감정의
지도 그리기

근대 / 후기
근대의 문학과
감정 읽기

글쓴이

김미현(金美賢, Miehyeon Kim) 아주대학교 영어영문학과

김연숙(金淵淑, Yeonsook Kim) 경희대학교 후마니타스 칼리지

김영미(金榮美, Youngmee Kim) 경인여자대학교 간호학과

김은하(金銀河, Eunha Kim) 경희대학교 후마니타스 칼리지

박숙자(朴淑子, Sukja Park) 경기대학교 교양학부

오봉희(吳奉姬, Bonghee Oh) 경남대학교 영어학과

이명호(李明昊, Myungho Lee) 경희대학교 글로벌커뮤니케이션학부

장정윤(張禎允, Jungyoon Chang) 뉴욕주립대(버팔로) 박사

전소영(全素榮, Soyoung Jeon) 경희대학교 후마니타스 칼리지

감정의 지도 그리기 근대 / 후기 근대의 문학과 감정 읽기

초판인쇄 2015년 11월 20일 **초판발행** 2015년 12월 5일
지은이 김미현 김연숙 김영미 김은하 박숙자 오봉희 이명호 장정윤 전소영 **펴낸이** 박성모 **펴낸곳** 소명출판
출판등록 제13-522호 **주소** 서울시 서초구 서초중앙로6길 15, 1층
전화 02-585-7840 **팩스** 02-585-7848 **전자우편** somyong@korea.com **홈페이지** www.somyong.co.kr

값 31,000원 ⓒ 김미현 김연숙 김영미 김은하 박숙자 오봉희 이명호 장정윤 전소영, 2015
ISBN 979-11-5905-002-2 93810

근대 / 후기 근대의 문학과 감정 읽기

감정의
지도
그리기

AFFECTIVE MAPPING:
READINGS OF LITERARY WORKS
IN MODERN AND LATE MODERN ERA

김미현
김연숙
김영미
김은하
박숙자
오봉희
이명호
장정윤
전소영

마리아
이광수
제인 에어
메리 울스턴크래프트
증언록
프리모 레비
소년이 온다
마이클K
레가토

소명출판

감정의 문화정치*

서문

이명호

1. 문화연구의 대상으로서 감정과 감정관계

최근 감정 연구 혹은 '감정학(emotion studies)'이 인문학의 새로운 화두로 등장하고 있다. 감정에 대한 학문적 관심은 정신과 이성을 우위에 두고 육체와 감정을 열등한 것으로 취급해온 근대 사유체계에 대한 비판적 인식과 연결되어 있다. 육체와 감정은 가변적이고 믿을 수 없는 것이라는 식의 관념은 육체와 감정이 인간의 가장 본원적이고 내밀한 차원이라는 점을 무시하게 만들었다. 하지만 20세기 후반 이성 중심적 근대 사유체계에 대한 도전이 일어나면서 몸의 복권이라 부를 수 있는 현상이 대두한다. 문제는 이런 몸의 복권이 일어나는 동안에도 감정에 대한 연구

---

* 이 글의 1부와 2부는 필자의 글 「문화연구의 감정론적 전환을 위하여」, 『비평과 이론』 20권 1호, 2015의 일부를 맥락에 맞춰 재구성하였다.

는 지연되어왔다는 점이다. 감정을 육화된 감각 정도로 인식하는 관념이 여전히 지배적이었기 때문에 감정을 육체적 감각이나 느낌과 연결되어 있지만 그것으로 환원되지 않는 독자적 영역으로 설정하고 감정이 한 사회와 문화에서 작동하는 복합적 과정을 규명하는 작업은 제대로 이루어지지 못했다.

문화적 타자로 존재해온 감정에 새로운 의미를 부여하기 시작한 것은 인간 삶에서 도덕적 영역과 심미적 영역이 차지하는 역할에 조명이 이루어지고, 감정이 외부자극에 대한 단순한 생리적 · 본능적 · 감각적 반응이 아니라 사회적 의미를 담고 있는 일종의 '해석활동'이라는 것이 인정되면서부터다. 외부 세계에 대한 신체의 '감각(sensation)'이 '느낌(feeling)'으로, 그리고 그 느낌이 구체적 '감정(emotion)'으로 인지되고 해석되고 명명되는 것은 사회적 담론과 상징적 의미망을 통해 이루어진다는 시각이 도입되면서 감정은 문화론의 연구대상이 된다. 감정은 주체가 놓여있는 구체적 맥락과 상황에 대한 이해와 판단을 포함하는데, 이는 사회적으로 습득되고 공유된 것이다. 감각과 감정은 서로 연결되어 있지만 양자 사이엔 간극과 차이가 있다. 모든 신체감각이 감정으로 표현되는 것은 아니며, 모든 감정이 지각 가능한 감각으로 나타나는 것도 아니다. (이를테면 수치심을 느끼면 얼굴이 붉어지지만 자부심을 느낀다고 항상 신체 반응이 나타나는 것은 아니다.) 많은 경우 감정은 '무언가에 대해' 혹은 '무언가에 반응하여' 보이는 지향적(intentional) · 목적적(purposive) 활동이지 날 것 그대로의 느낌이 아니다(이를테면 내가 화가 나는 것은 '그가' 화를 돋웠기 때문이다). 외부 대상이나 세계에 대한 '감각'이 '인지(cognition)'와 '판단(judgment)' 및 '평가(appraisal)'와 결합하여 복합적으로 일어나는 활동이자 실천이라는 점에서 감정은 단순한 감각의 차원을 넘어선다.

물론 감정 체험에 육체적 감각이 중요한 역할을 하는 것은 사실이다. 육체적으로 경험되는 후각, 미각, 촉각, 통각, 청각, 시각 등은 말없이도 감정을 표현한다. 이런 감각적 반응들은 (인간 자신을 포함하여) 특정 대상(물체, 인간, 관계, 상황, 관념) 혹은 하이데거가 '세계 내 존재(being in the world)'라 부르는 것에 대한 감정을 육체적으로 드러내는 통로다. 주지하다시피 하이데거에 따르면 우리는 의식이나 의지의 담지자로서의 '주체'가 아니라 특정한 세계 속에서 다른 존재자들과 함께 살아가는 '세계 내 존재'로서의 '현존재(Dasein)'(거기 있음)이다. 거기 세계 속에 던져진 존재로서 인간은 '느낌' 혹은 '정조(mood)'를 통해 세계에 대한 자신의 태도를 구조화한다. 이 정조 속에서 인간은 세계 속에 '처해진' 자신을 발견하면서 '세계 안에 있음'의 실감(實感)을 얻게 된다. 현존재의 이런 구조를 하이데거는 '심정성(心情性, Befindlichkeit)'(처해있음), 즉 정서적으로 체험되는 세계이해라고 불렀다. 이런 현상학적 관점에서 보자면 감각 속에 체화된 감정(embodied emotion)은 인간의 세계이해의 기초이고 인간 행동의 동기를 이루며, 인간에게 '자기 느낌(self-feeling)'을 부여하는 실존적 자아 체험을 구성한다. 이 육화된 감정은 의식적으로 통제하거나 관리할 수 있는 성질의 것이 아니다. 격정적 정념(passion)의 경우처럼 감정은 때로 우리가 통제할 수 없는 격렬한 힘으로 우리를 사로잡는다. 우리는 분노에 '휩싸이거나' 사랑에 '빠지거나' 공포에 '짓눌린다.' 우리를 휩싸거나 빠뜨리거나 짓누르는 힘들을 우리가 의식적으로 소유하거나 통제할 수는 없다. 우리는 이 힘들에 수동적으로 내맡겨진다. 인간은 이 육화된 감정들 속에서, 그것들을 통해서 다른 존재자들과 함께 살아가는 현존재로서 세계 속에 거주한다. 바로 이 육화된 감정들이 우리의 '산 경험(lived experience)'이자 '실존(existence)'을 구성한다.

　그러나 하이데거가 심정성이라는 조건을 언급할 때나 '불안'이나 '권태' 등 근본정조(Grundstimmung)를 말할 때 그는 현존재의 일반적 구조에 대해 말하고 있는 것이지 특정 시대, 특정 지역, 특정문화에서 구체적으로 경험되는 감정을 말하는 것은 아니다. 따라서 지금-여기가 우리의 감정에 영향을 미치고 우리의 감정체험을 구성하는 방식에 대해서는 또 다른 물음을 던져야 한다. 이는 하이데거의 현상학적 시각이 포괄하지 못하는 문제의식을 요구한다. 그것은 가장 넓은 의미에서 권력의 통치, 즉 "사람들 일부나 전체의 품행을 형성, 지도하거나 그에 영향을 미치려고 하는 활동의 형태"(고든, 15)로서의 통치가 우리에게 어떤 방식으로 수행되는가에 대한 물음이다. 통치의 기술이 주조한 '시대 경험'으로서 감정은 언제나 진정성을 담보하지 않는다. 경험적인 것이 본질적인 것은 아니며 순수한 것도 아니다. 우리의 경험 속에는 권력의 기술이 만들어낸 사회적 의미망이 깊이 각인되어 있기 때문이다.

　육체적 감각을 특정 감정으로 해석하고 판단하는 것은 단순한 감각을 넘어 사회문화적 의미와 사회적 권력관계의 영향을 받는다. 감정은 문화적으로 구성된 판단이다. 이런 문화론적 시각에서 감정은 "비록 만질 수는 없지만 언어·몸짓·표정·감각 등을 통해 구체적 사회 환경에서 실행되거나 수행될 때 우리가 감지하는 것의 총체"로 정의된다(Harding and Pribram, 11~12). 사회적 의미를 담고 있는 상징적 기호를 통해 표현되거나 해석되고 있기 때문에 감정은 개인의 은밀한 내면적 느낌일 뿐만 아니라 사회관계를 구성하는 역동적 힘이자, 사회적 타자들과의 관계를 통해 형성되는 상호주관적 현상으로 확장될 수 있다. 감정은 개인을 구성하면서 동시에 사회 공동체 및 그 관행과 신념을 구성한다. 이런 점에서 감정은 개인적인 동시에 집합적이다. 비록 감정을 사회제도나 담론적 의미 그 자체로 환원할 수는 없지만 그 효과에 있어서 감정은 사회적이며 실제적이다. 이로써 흔히 감정에 부여된 '개인적'이라는 한계가 벗겨지고 감정을 사회문화적 기제 및 역사적 변이와 연동시킬 수 있는 길이 열린다. 동시에 내면/외면, 사적/공적, 개인/사회, 육체/정신의 이분법에서 감정을 전자에 묶어 두었던 시각도 도전받으며, 근대 지식체계를 규정했던 이 이분법 자체가 해체되거나 재구성되기에 이른다.

'문화'를 좁은 의미의 예술적·문학적 산물만이 아니라 일종의 "전체적 삶의 방식"으로 확대하면서 시작된 문화연구가 처음부터 감정에 주목했던 것은 아니다. 사람들의 일상적 삶의 방식을 규정하는 이데올로기와 권력의 작용방식을 해석하고, 구체적인 사회적 국면에 개입하여 변화를 이루어내려는 것이 문화연구의 정치적 충동이었다면, 문화연구가 주목한 일차 대상은 이데올로기였다. 60년대 후반 이후 문화연구는 이데올로기를 계급적 허위의식이 아니라 "한 개인이 자신의 실제 존재 조건과 맺는 상상적 관계의 재현"으로 확장함으로써 인간의 정체성이 형성되는 의식적·무의식적 재현양식으로 이데올로기를 재해석했다(Althusser, 109). 하지만 이런 시각의 확장이 일어나는 동안에도 감정이 개인적, 집합적 정체성 형성에 담당하는 역할에 주목하지는 못했다.

문화연구가 감정 연구와 결합하지 못한 데는 몇 가지 이유가 있다.『감정―문화연구의 독본』이라는 앤솔로지를 펴내면서 감정 연구를 문화연구의 틀 속으로 데려 오는데 큰 기여를 한 제니퍼 하딩(Jennifer Harding)과

디드르 프리브람(E. Deidre Pribram)에 따르면, 대략 세 가지 요인이 작용했다고 한다(1~2). 첫째, 감정은 개인적인 것으로 가득 차 있고 '경험'이라는 범주와 마찬가지로 엄밀한 지식의 범주가 되기에는 여러모로 문제가 많다는 생각이 학계를 지배했기 때문에 학문적 논의에서 배제되었다. 둘째, 감정은 여성이나 흑인을 비롯하여 흔히 비이성적이라 여겨진 주변집단들과 너무 오래 연관되어왔다. 따라서 지식생산에서도 주변화되었다. 셋째, 지금까지 감정 연구를 주도해온 (진화)생물학, 인지심리학, 정신분석학은 감정을 개인의 신체나 심리에 위치시켰기 때문에 감정을 사회문화적이고 역사적인 현상으로 읽어내지 못했다.[1] 문화연구가 감정을 중요한 논의 주제이자 문화현상으로 포괄해 들이지 못하는 동안 감정 연구는 문화인류학, 사회학, 역사학, 여성학 등 다른 학문분과에서 활발하게 이루어져왔다. 이 학문분과들에게 감정은 개인적이고 내면적 현상이라기보다 집단적인 사회문화과정의 산물로 이해되었다. 하딩과 프리브람은 이제 문화연구에 오랫동안 지연된 '감정론적 전환'을 시도할 필요가 있다고 주장한다. 이 전환을 통해 문화연구가 개인을 사회와 접합시키는 기제이자 사회적 권력관계를 추동하는 힘으로서 감정을 포괄해들임으로써 새로운 방향성과 구체성을 얻을 수 있다는 것이다.

문화연구의 감정론적 전환을 역설하는 이들의 주장은 이 책의 구상에도 중요한 지적 자극으로 작용했다. 문화연구가 사회구성체의 일부로서 개인의 일상적 삶에 일어난 미세한 변화를 포괄해 들이기 위해서는 개인

---

1 이를테면, 다윈의 진화론에 기반을 둔 진화심리학은 감정을 인간이 외부 자극 및 환경에 적응하기 위해 발전시킨 신체의 대응양식으로 보면서 이를 보편적인 생리현상으로 파악한다. 특히 공포나 분노 같은 기본 감정들은 적대적 외부환경의 위험에 대처하고 개체의 욕구 만족에 장애가 되는 대상을 파괴하는 데 기여한 일종의 생존 기술로 이해된다.

의 실존적 자아인식과 맞닿아있는 감정 체험을 논의 속으로 들여와야 한다는 것은 지극히 당연한 요구다. 감정 경험을 문화연구의 논의 지평에서 배제한다면 주체와 주체화가 일어나는 공간으로서 일상성에 대한 온전한 이해는 일어나기 어렵다. 이데올로기 연구의 중요한 일부로서 감정을 포괄해 들여야 할 과제가 문화연구 앞에 놓여있는 셈이다. 이 과제의 수행을 통해 의식적 앎에 집중되어 있던 기존 이데올로기론에도 시각의 전환이 요청된다. 이런 점에서 로렌 벌런트(Lauren Berlant)의 주장처럼 감정 연구는 "이데올로기 이론사의 한 국면이다. 감정론적 전환은 새롭고 인지 가능한 방식으로 우리가 아는 것과 우리에게 충격을 주는 것을 우리가 느끼는 것과 만나게 하는 쪽으로 관심을 돌려 놓는다"(53). 개인이 한 사회 속에서 살아가는 일상의 세계는 균열과 틈새로 구멍이 숭숭 뚫리고 현실과 환상이 뒤엉켜 있는 모순지대이다. 한 개인이 내밀하게 느끼는 감정체험이 일상이라고 알려진 집합적 경험 속에서 일반화되는 과정을 이해하지 못한다면, 이른바 주체성(subjectivity)과 주체화 과정(subjectification)에 대한 이해도, 그것을 변화시키려는 실천적 노력도 일어나기 힘들다. 불평등한 권력관계가 생산·재생산되고 또 그에 대한 저항과 변화가 일어나는 일상의 삶—이곳이 바로 이데올로기가 작동하는 영역이다—에서 감정이 수행하는 역할을 문화연구가 포괄해 들여야 하는 이유가 여기에 있다.

하지만 지금까지 감정 연구는 '감정이란 무엇인가'하는 문제—이를테면 감정이 정신의 기능인지 신체의 기능인지, 혹은 개인적인 것인지 사회적인 것인지, 본성적인 것인지 문화적으로 습득된 것인지 등등—에 지나치게 매몰되어 왔던 관계로 감정이 실제 개인적·집합적 삶에서 어떻게 작용하며, 또 사회적 관력관계의 생산과 재생산에 어떤 역할을 수행하는지에 관해서는 제대로 논의하지 못했다. 이런 한계를 돌파하려면 감정 연구의 초점을 옮겨야 한다. 여러 측면에서 단순화의 문제를 안고 있긴 하지만 사라 아메드(Sarah Ahmed)가 감정의 문화정치학에 기여한 측면이 여기에 있다. 아메드는 감정 연구의 초점을 감정의 '존재론적' 위상에서 '수행적' 측면으로 옮김으로써 이런 한계에서 벗어날 길을 마련했다. 즉, 그는 감정을 사람들이 '가지고 있는' 물체(thing)로 사유하는 것에서 감정이 '행하는' 용법(use)을 사유하는 것으로 이론의 초점을 옮겼다 (5). 이로써 광의의 '감정 사용법'을 문제 삼을 수 있게 되었다. 이를 통해 문화연구가 감정 연구에 개입할 여러 통로가 열렸다. 이런 시각의 전환은 동시에 감정을 이른바 '진정성(authenticity)'의 범주에서 벗겨내는 탈신비화를 수행한다. 다시 말해 감정은 이성보다 더 순수하게 내면의 '진리'를 드러내는 영역이라기보다는 사회문화적 헤게모니 구조 내에서 형성되는 공통감각과 상식(common sense)이 형성되는 공간이다. 그런 까닭에 감정은 개인의 정체성이나 사회관계를 드러내는 창구인 만큼이나 그것들을 모호하게 흐리거나 은폐할 가능성도 상존한다. 이제 우리는 감정을 본질주의적 진리계기와 연동시키지 않으면서도 다음과 같은 질문들을 던질 수 있게 되었다. 감정이 사회관계에 얽혀들 때 어떤 의미를 획득하는가?(감정의 의미구성 및 재구성) 산 경험이자 역동적 에너지로서 감정은 사회관계와 사회구성체에서 어떻게 순환되고 유통하는가?(감정관계와 감정의 순환경제) 지배적 권력관계는 주체의 감정을 어떻게 구성하고 활용하는가?(감정규칙, 감정관리, 감정노동) 새로운 공동체 구성의 정서적 자원이자 태도로서 어떻게 타자와 공존할 수 있는 주체적 감정을 길러낼 것인가? (감정의 자력화(empowerment), 감정 민주주의, 감정 윤리학) 문화적 재현은 개인의 감정에 일어난 미세한 변화를 어떤 형식으로 드러내고 있는가?(감정변화와 문화재현양식의 상관성) 이런 질문들에 답함으로써 문화연구는 주체가 구성되는 과정에 대한 한층 섬세한 이해에 이를 수 있을 뿐 아니라 주체의 감정적 변화를 통한 사회변화의 단초를 마련할 수 있을 것이다.

감정은 지배담론과 불평등한 사회적 관계가 재생산되는 정서적 매개인 동시에 그것을 해체할 수 있는 유동적 에너지이자 상호주관적 과정이다. 이런 점에서 감정은 불가피하게 문화정치학의 일부이다. 한 사회의 작동기제를 이해하고 문화의 지층에 묻힌 역동적 에너지에 접근하기 위해서는 의식적 언어나 세계관으로 표현되기 이전의 느낌을 이해하는 것이 필요하다. 하지만 그 필요성에 비해 학술적 연구는 극히 일천하다고 고백하지 않을 수 없다. 영미 영문학계에서는 감상소설이나 멜로드라마, 고딕 소설 등 지금까지 주로 여성적 장르로 폄하되어온 문학형식들에 대한 페미니스트들의 재해석을 통해 감정의 문제가 쟁점으로 떠올랐지만, 보다 포괄적 시각에서 감정의 성격을 해명하고 이를 문화생산물과 연결시키는 작업은 2000년대 들어 본격적으로 이루어지고 있다. 국내 학계에서 감정의 문화정치학은 이제 막 시작되었다고 할 수 있다. 최근 10년간 몸에 대한 연구는 폭발적으로 늘어났지만 감정 관련 연구는 일단 수적으로 빈약할 뿐 아니라 그나마 개별 작가나 장르 연구를 통해 부분적으로 이루어지고 있다. 최근 2~3년 사이 대중 인문학의 한 형태로 감정문제가 부상하여 독자들에게 반향을 일으키고 있지만, 아직 흥미로운 주제로 소비되고 있는 것 이상으로 연구가 진척되고 있다고 말할 수는 없다. 이 공동저서는 한국 인문학의 결핍지점으로 남은 감정 연구를 문화론의 시각에서 시도해보려는 시도다.

2. 감정, 정동, 느낌

이 책에서 시도하는 문화론적 감정 연구를 구체적으로 설명하기 전에 감정을 가리키는 여러 용어들을 구분할 필요가 있다. 우리말에서도 감정, 정동, 정서, 감성, 느낌 등 여러 용어들이 혼재되어 사용되고 있다. 최근 서구학계에서 이루어져 온 문화론적 감정 연구에는 좁은 의미의 감정 연구(emotion studies)와 정동 연구(affect studies) 두 경향이 존재한다. 스피노자와 들뢰즈의 정동 개념에 기대고 있는 로렌스 그로스버그, 브라이언 마수미 같은 연구자들은 감정(emotion)과 정동(affect)을 확연히 분리한다. 이들의 구분법에 따르면, 감정은 사회문화적 의미질서를 통해 주체가 해석한 느낌이고, 정동은 이런 해석작용이 일어나기 전 즉각적인 신체의 느낌이다. 정동은 아직 주체로 정립되기 전의 신체가 외부 신체와 부딪치면서 외부를 변용시키고 스스로도 변용되는 사건적 힘(force)이자 강렬성(intensity)으로 정의된다.[2] 여기서 신체란 표면으로 둘러싸인 죽은 물체가 아니라 다른 신체 및 세계와 접촉하면서 외적 경계를 무너뜨릴 에너지로 요동치는 살아 있는 유기체이다. 신체는 안팎의 경계가 흐려지는 지점에 이를 때까지 외부와의 접촉을 통해 흔들리고 변용된다. 최근 이 흐름을 주도하고 있는 마수미의 설명에 따르면,

---

[2] 감정과 정동의 구분 및 문화연구 내에서 레이먼드 윌리엄스의 '느낌의 구조' 개념과 로렌스 그로스버그와 브라이언 마수미의 '정동경제' 개념이 갖는 의미, 지향점, 그리고 양자의 차이에 대한 자세한 논의를 보려면, 필자의 앞의 글을 참조할 것.

감정은 주관적 내용이자 경험의 질을 사회언어적으로 고정시키는 것이다. 이렇게 고정되는 순간부터 경험은 개인적인 것으로 규정된다. 감정은 제한된 강렬함이다. 또 감정은 (정동의) 강렬함이 의미론적이며 기호적으로 형성된 진행과정 속으로, 서사화할 수 있는 작용과 반작용의 회로 속으로, 기능과 의미 속으로 들어가는 관습화되고 합의된 지점이다. 감정은 소유되고 인지된 강렬함이다.(27~8)

거칠게 구분해보면, 정동은 비개인적이고(impersonal), 비의미화하며(asignifying), 서사화되지 않고, 인지되지 않는 신체의 느낌인 반면, 감정은 개인적이고 의미화질서에 고정되고 서사화된 인지적 느낌이다. 들뢰즈적 시각을 견지하는 논자들이 감정과 정동을 구분하고 정동을 감정보다 중요하게 여기는 이유를 짐작하기란 어렵지 않다. 주체의 사회적 위치(position)에 역점을 두고 있는 시각은 사회적 위치들 사이의 '치환(displacement)'만 일으킬 뿐 진정한 '변혁(transformation)'은 일으킬 수 없다고 보는 것이다. 이에 반해 정동은 사회적 의미형태와 정체성을 넘어서는 '이행'이자 '운동'으로서 잠재적이고, 불확정적이며, 미결정적인 미지의 것을 만들어낼 수 있는 무정형적이고 역동적인 신체 에너지이다. 그것은 아직 주체로 정립되지 않은 존재(들뢰즈의 용어로 다양한 특이체)에게 경험의 강렬성을 등록하는 비의식적인 느낌의 상태를 가리킨다(Massumi 28, 25).

그로스버그와 마수미가 감정에서 정동으로 문화연구의 관심을 이동시키려는 데에는 문화를 '의미'나 '재현'과 동일시하고 신체의 감각과 정서적 느낌을 이데올로기의 하위 기능으로 간주하는 영국 문화연구에 대한 비판이 내재되어 있다. 특히 로큰롤을 비롯하여 젊은 층이 향유하는 대중음악의 효과를 분석하려면 의미로 접수되기 이전의 느낌, '소리'와 '리듬'으로 표현되는 어떤 원초적인 감각에 다가갈 수 있어야 한다. 대중음악과 그 수용자들 사이에서 일어나고 있는 정서적 감염의 과정, 흔히 '대중성(popularity)'이라는 말로 쉽게 처리해버리는 강렬한 감응의 영역을 이해하려면 '정동적 소통(affective communication)'이라 부를 수 있는 현상을 문화연구의 주요 영역으로 끌어들여야 한다. 하지만 재현에 강박된 문화연구가 놓치고 있는 것이 바로 이 정서적 감응관계라는 것이 그로스버그의 판단이다. 구조주의 기호학의 광범한 영향력 아래 일어난 '언어학적 전회' 이후 사회문화현상을 '기호작용의 효과(의미화 효과)'로 바라보는 시각이 문화연구의 지배적 흐름으로 굳어지면서 의미화되지 않은 영역 혹은 의미화 이전의 영역은 분석지평에서 사라지거나 누락되어왔다. 하지만 의미질서에 묶이지 않는 이 원초적 느낌을 문화연구가 포괄해 들이지 못한다면, 일상이라는 거대한 영역은 보수 권력의 자장권으로 넘어갈 것이다. 그로스버그의 진단에 따르면, 포스트 모던 사회에서는 냉소적 무력감이 강박적 쾌활함과 결합된 모호한 정조가 사람들 사이를 떠돌고 있는데, 이 부유하는 정동을 효과적으로 활용하는 것은 좌파 급진 정치가 아니라 대중매체의 신기술을 능숙하게 활용하는 우파 신보수주의 권력이다.

하지만 우리는 감정/정동을 구분하는 취지나 그 효용성에 일정부분 공감하면서도 양자를 완전히 별개의 범주로 처리하기보다는 보다 포괄적인 접근법을 취하고자 한다. 양자를 아우르는 용어로 영어에서는 'feeling'과 'affect'을 동시에 쓰기도 한다. 시안 응가이(Sianne Ngai)가 제안하듯이, 우리는 감정과 정동을 완전히 다른 종류나 질적 차이로 보기보다는 양태의 차이로 보고자 한다(27). 정동은 보다 '덜' 구조화되어 있지만 그렇다고 아무 구조도 없는 그야말로 무정형의 날 것이라 할 수는 없다. 또 정동은 사회문화적으로 의미가 '덜' 고정되어 있는 것은 사실이지만 그렇다고 의미질서를 완전히 초월해 있는 것이 아니며, 상황에 대한 해석이 '덜' 조직되어 있지만 그렇다고 어떤 해석도 일어나지 않는다고 단언할 수는 없다. 정동은 '효과'를 통해 '부정적으로' 여전히 감정에 영향을 미치고 있기 때문이다. 이 부정적 방식을 통해 정동이 감정에 미치는 효과를 분석하려면 둘 사이에 '이동'과 '이행'의 가능성을 열어둘 필요가 있다. 문화연구가 수행해야 하는 작업은 정동이 감정으로, 감정이 정동으로 이동할 때 발생하는 복합적 과정을 분석하는 것이다.

　이런 점에서 레이먼드 윌리엄스의 '느낌의 구조(structure of feeling)'는 개념적으로 모호하다는 비판을 받기도 하지만 감정과 정동이 복합적으로 얽혀드는 과정을 분석할 수 있는 이론적 잠재력을 지니고 있다. 윌리엄스는 느낌의 구조를 "특정한 시공간에서 삶의 질에 대한 느낌"(『기나긴 혁명』, 159)으로 정의한다. 느낌의 구조는 "구조라는 말이 암시하는 바대로 견고하고 분명하지만, 우리 활동 가운데서 가장 섬세하고 파악하기 힘든 부분에서 작동하고 있다. 그것은 전반적인 사회 조직 내의 모든 요소들이 특수하게 살아있는 결과이다. 어떤 의미에서 느낌의 구조는 한 시대의 문화다"(『기나긴 혁명』, 93). 윌리엄스의 느낌의 구조가 "경험이나 행동에 생생한 압박을 가하고 실질적인 한계를 짓기 전까지는 정의되거나 분류되거나 합리화될 수 없는 사회적 경험"(*Marxism*, 132)을 가리킨다면, 그것은 사회적 의미질서에 고정된 좁은 의미의 감정으로도 사회화되기 이전의 정동으로도 구획되지 않고 둘 사이를 왕래하고 순환하는 넓은 체험 영역(그가 '느낌'이라는 말로밖에 표현할 수 없었던 경험영역)을 포착해낼 수 있다. 표현된 것과 살아낸 것은 각기 별개의 질서로 고정된 것이 아니라 상호작용을 통해 서로 얽혀 들고 서로를 변모시킨다. 느낌의 구조란 개별 인간이 이 두 영역을 왕래하고 비교하면서 서로를 변화시키는 역동적 과정 속에서 형성된다. 우리는 감정과 정동을 분명하게 구분해야 할 필요가 있을 때는 두 용어를 나누어서 쓰겠지만, 신체적 감각을 동반하면서 사회적으로 구성되고 해석된 느낌을 포괄적으로 지칭할 때는 '감정'이라는 표현을 쓰고자 한다.

3. 근대/후기 근대의 문학과 감정 읽기

이 책은 문화론적 시각에서 바라본 '감정'이라는 프리즘으로 근현대 한국문학과 영미문학을 읽어낸 공동연구서이다. 2010년에서 2012년까지 '감정의 문화정치학'이란 주제로 경희대학교 국제지역연구원 미국학연구소에서 영문학 연구자와 한국문학 연구자들이 모여 당시로선 생소한 감정이라는 화두로 연구를 진행했다. 참여자들의 전공이 문학인 이유가 주로 작용했겠지만, 우리는 문학작품이 당대 감정을 가장 섬세하게 표현하는 매개체라는 문제의식 하에 감정경험과 문학재현 양식의 상관성에 주목함으로써 사람들의 개인적, 집합적 감정 체험에 일어나는 변화가 어떻게 한 사회의 성격을 드러내는지, 그리고 이 감정변화가 어떤 문화적 표현을 얻고, 그것이 개인적 정체성과 집합적 소속감, 민족, 국가, 젠더, 계급, 인종, 공동체, 인간관계 등등 사회를 구조화하는 핵심 범주들과 어떻게 연관되는지 연구했다. 연구자들의 전공이 한국문학과 영문학이었기 때문에 분석대상 텍스트는 주로 한국문학과 영미문학이었고, 분석 사회는 한국과 영미사회였다. 애초 우리의 기획은 후기 근대 혹은 후기 자본주의로 불리는 현대사회에서 사람들의 감정에 일어난 변화와 문화양식 간의 상관성을 조명하는 것이었으나, 연구를 진행하면서 포괄하는 시대를 근대 초로까지 확장하게 되었다. 후기 근대 감정의 변별적 특성과 역사적 차이를 이해하기 위해서는 근대 감정을 알아야 한다는 지극히 당연한 요구에 부응하지 않을 수 없었기 때문이다.

이 책은 한국의 식민지 근대 시기 평등하고 자유로운 개인들 사이에 소통되는 연대의 감정이라 할 수 있는 '공감'이 '동정'으로 변모하는 과정에서부터 후기 근대 이른바 '재난사회'에서 '공포' 감정이 발현되는 양상에 이르기까지 한국과 영미사회에서 주요 감정의 변천사를 분석하고 있다. 다루는 감정들도 공감이나 사랑 같은 긍정적 감정들부터 우울, 분노, 혐오, 수치, 편집증, 시기와 질투, 무위와 우매함, 공포 등 여러 부정적 감정들에 이르기까지 다양하다. 이런 개별 감정들은 인간이 공통적으로 경험하는 '일반적인 것'이지만, 그것들이 발현되고 표현되는 양태는 시대와 문화에 따라 달리 나타난다. 레이먼드 윌리엄스의 지적대로 특정 감정형태가 한 사회에서 '느낌의 구조'로 부상할 때는 해당 사회의 특정 집단구성원들이 '삶의 질'에 대한 특정 느낌을 공유하고, 이렇게 공유된 감정은 해당사회에 대한 개인 혹은 집단주체들의 정서적 반응을 나타내는 문화적 지표로 작용하기 때문이다. 특정 감정이 특정 시대 특정 집단의 느낌의 구조를 형성했다는 것은, 그 감정이 해당사회에 대한 특정 집단의 집합적 태도를 드러내고 있기 때문이다. 이를테면 후기 근대로 넘어오면서 우리는 혐오, 수치, 우울, 시기, 공포 등 부정적 감정들이 압도적으로 나타나는 현상을 목격하게 되는데, 이런 부정적 감정들은 사회의 거대한 힘에 짓눌린 허약한 주체들의 무기력한 감정상태를 보여준다. 이 책의 구성이 개별 감정 분석의 형태를 띠고 있지만, 그것은 개별 감정 그 자체를 해석하는 것이라기보다는 해당 사회의 집합적 느낌이자 시대 감정으로 이 감정들에 접근하는 것이다.

박숙자의 글은 춘원 이광수가 번역한 스토우부인의『검둥의 설움』과 한국 근대소설의 기원으로 언급되는『무정』의 마지막 대목을 '동정'과 '공감'이라는 각도에서 읽어내고 있다. 필자의 분석에 따르면, '동정'이 국가주의와 자본주의 안에서 이를 강화하거나 제어하는 매개로 타자에 대한 주체의 감정을 강조하는 감정이라면, '공감'은 자유롭고 평등한 관계 속에서 발원하는 관계 지향적 감정이다. 그런데 이광수는 '공감'을 계몽 주체의 '동정'으로 번역하거나 축소해버림으로써 공감에 내재된 정치적 가능성을 살리지 못했다는 것이 필자의 판단이다. 이는 이광수가 번역한『검둥의 설움』에서 "톰이 검둥이로 환원되면서 톰과 조지의 우정은 번역되지 않거나 축약"되었기 때문이다. 역자 이광수는 톰과 쉘비, 톰과 조지 사이의 우정보다 톰의 시련에 초점을 맞춤으로써 인종적 박해와 해방에 비중을 두고 있다. 필자에 따르면, 인종적 해방을 강조하는 이런 해석은 식민지조선의 현실에서 민족해방의 상상력을 자극하는 데는 유용하지만, 톰과 쉘비가 맺는 평등한 인간관계에 대한 이해는 결여하고 있다. 이런 점은『무정』에서도 되풀이된다. 형식, 선형, 영채, 병욱이 탄 기차가 수해로 인해 삼랑진 기차역에 일시 정차한 상황에서 수재민들에게 인간적 공감을 표시하는 유일한 인물은 병욱이다. 병욱은 수재민과 자신이 놓인 위치 차이에도 불구하고 그들의 고통을 공감해냄으로써 인간적 소통에 이른다. 그러나 작품의 123회에 접어들면서 병욱의 존재는 지워지고 '공감'은 '동정'으로 번역된다. 작품의 초점화자인 형식이 사회적 타자들과 공감을 이뤄내지 못하고 공감을 '동정'의 윤리로 해석하기 때문이다. 결론적으로 필자는 근대 초 춘원의 소설에서 공감은 동정으로 번역되었다고 평가한다. 필자의 이런 평가는 계몽주체의 동정에 기초한 국가주의를 넘어 자유롭고 평등한 개인들 간의 '공감 공동체'를 수립하는 일이 한국 근대문학의 미완의 과제로 남았다는 판단으로 이어진다.

오봉희의 「모성적 공감과 분노의 정치학−메리 울스턴크래프트의 『마리아』를 중심으로」는 근대 초 영국사회에서 공감능력에 내재된 젠더성격과 계급적 성격을 사유한다. 필자는 근대적 공감 개념을 이론화한 것으로 평가받는 애덤 스미스의 입론이 젠더 편향성을 띠고 있고, 이 편향성이 여권 옹호론자인 메리 울스톤크래프트의 논설과 소설을 통해 교정될 수 있음을 시사한다. 남성은 이성적이고 여성은 감정적이라는 젠더 편향적 시각은 공감의 중요성을 강조하는 스미스의 생각에도 영향을 미쳐 여성은 '인정'에 좌우되는 성향을 보이고 남성은 '자제심'과 '관대함'을 보여주는 성향을 발전시킨다는 주장으로 이어지는데, 스미스는 당연히 남성적 공감형태가 더 우월하다고 생각한다. 필자는 이런 남성중심적 편향 뿐 아니라 스미스의 공감론이 '관망자'가 제 삼자로서 '당사자'가 겪은 것을 직접 경험하지 않은 상태에서 상상을 통해 그의 감정만을 전유하는 주체 중심적 편향성을 보인다고 비판한다. 반면 메리 울스톤크래프트는,

여성의 권리를 주장하는 선언문으로 널리 알려진 『여권옹호』에서는 가정에서 이루어지는 상호공감을 여성 권리 향상의 시발점으로 삼고, 소설 『마리아』에서는 공감을 가족 영역 바깥으로 가져와 계급이 다른 여성들 사이에 과연 공감이 가능한지를 묻고 있다. 『마리아』는 18세기 후반 남성중심적 영국사회에서 여성들이 겪는 억압과 학대의 경험을 중산계급 여성인 마리아와 하층계급 여성인 제마이머의 삶을 통해서 그리고 있는데, 사회적 소수자인 두 여성 사이에 이루어지는 감정적 교류는 비슷한 경험을 한 피해 당사자들 사이의 공감이 된다. 이들의 공감이 스미스가 생각한 남성중심적 한계를 넘어설 수 있었던 것은 바로 당사자들 사이에 형성되는 여성적 공감 가능성 때문이다. 하지만 필자는 이런 여성적 공감이 계급이 다른 여성들 사이의 연대감 형성에는 기여하지만, 사실상 중산계급의 특수성에 의해 지배되는 '여성'이라는 보편으로 두 계급 여성들을 묶어냄으로써 노동계급 여성의 특수성을 가려버린다고 주장한다. 필자는 공감이 지닌 이런 한계를 보완하려면 분노의 감정을 억압하기 보다는 긍정적인 정치적 힘으로 재활성화해야 한다고 주장한다.

김영미·이명호의 「분노감정의 젠더 정치학과 『제인 에어』」는 오봉희가 지적한 분노감정이 19세기 영국사회에서 어떻게 페미니스트 의식으로 발전될 수 있는지 논의하고 있다. 여성의 가장 고귀한 의무는 고통을 겪고 잠잠히 있는 것이라고 가르치던 빅토리아 시대에 대부분의 여성들은 겉으로는 순응적인 의무를 다하되 내면에서는 백일몽을 꿈꾸는 이중적인 삶을 살았다. 구바와 길버트도 빅토리아 시대 여성작가의 이중적인 측면에 초점을 맞추어 작가가 겉으로 드러내지 않는 억압된 성적 욕망과 분노의 감정을 읽어내고자 했다. 이 글은 『제인 에어』의 여주인공의 핵심적인 특징을 이런 이중성과 거리가 먼, 분노의 직접적인 표출로 읽어내면서, 분노가 여성으로서 제인의 주체 형성과 자아발전, 나아가 사랑과 결혼에서 매우 중요하게 작용하고 있음을 제시한다. 이 점에서 『제인 에어』는 영국 소설사에서 분노하는 여성 주체의 탄생을 최초로 보여준 작품이라고 할 수 있다.

김미현의 「혐오의 매혹―코맥 매카시의 『피의 자오선』」은 혐오에 내재된 매혹의 측면에 주목하면서, 이런 양가성이 어떻게 국가의 성립과 팽창에 작동하는 인종주의로 나타나는지 분석한다. 혐오는 대상을 비천하고 열등하게 보면서 거부, 배척하는 감정으로서 위계적 차별과 정치적 함의가 강하기 때문에 인종주의를 가동시키는 주된 감정기제이다. 하지만 필자는 혐오감에는 대상에 대한 거부와 파괴뿐 아니라 매혹과 끌림도 존재하기 때문에 혐오가 작동하는 기제를 제대로 살피려면 양자가 혼재되어 나타나는 내적 기제를 깊이 들여다봐야 한다고 주장한다. 혐오감을 불러일으키는 대상이 우리 몸에 닿을 듯 느껴지고, 그 대상에 대해 거부감에도 불구하고 우리가 다시 한 번 돌아보는 것은 혐오감 속에 거부나 공포로만 설명할 수는 없는, 어떤 매혹의 지점이 있기 때문이다. 대상에 대해 혐오감을 느낄 때 주체는 대상과 경계를 유지하려 하지만 동시에 그것이 어렵다는 것을 감지한다. 혐오감에는 경계의 유지와 해체가 동시적으로 일어나고 있다. 매카시의 『피의 자오선』은 멕시코 전쟁(1846~1848) 후 새롭게 그어진 멕시코와 미국의 국경지대에서 실제로 있었던, 현상금을 타기 위해 인디언을 학살하고 그 증거로 머리 가죽을 벗기는 존 글랜턴 일당의 살육행위를 묘사한다. 매카시는 미국 역사에서 중대한 분기점을 이루는 멕시코 전쟁 직후 서남부 국경지대를 인종적 매혹과 배척이 혼재하는 공간으로 묘사하면서 미국이라는 국가의 성립과 팽창에 작동하고 있는 인종적 혐오와 폭력의 메커니즘을 드러낸다. 미국의 국경이 새로이 그어지는 서남부 국경지역은 자연과 문명의 경계가 모호하게 흐려지면서 혼란과 폭력이 분출하는 곳이다. 이 작품에서 매카시는 미국의 성립과 팽창이 문명화의 과정이라고 정당화되지만 실제로는 혐오의 감정에 이끌리는 매혹과 배척의 과정이었다고 제시한다. 그는 배척과 끌림의 양면성을 지닌 혐오감이 문명의 경계유지에 작동하는 감정이라는 점을 근대 미국역사라는 구체적 사례를 통해 제시한다.

　김미현의 「사랑의 윤리—이창래의 『제스처 인생』」은 사랑의 가능성과 불가능성에 대해 질문한다. 한국계 미국인 소설가 이창래의 소설 『제스처 인생』은 태평양 전쟁에 일본군으로 참전한 한국인 하타가 "위안부"로 끌려온 끝애에 대한 사랑의 기억을 곱씹는 이야기다. 하타는 끝애를 사랑하고 그녀를 전쟁에서 구하겠다고 공언했지만 정작 그녀가 처참하게 강간당하고 난도질당할 때는 외면하고 아무런 행동도 하지 않았다. 이 소설은 국가의 이름으로 폭력과 강간과 살인이 자행되는 상황에서 사랑의 요구와 책임의 문제를 제기하고 있다. 끝애는 죽음으로써 지옥 같은 상황을 벗어나고자 하고 하타에게 자신을 죽여 달라고 요구한다. 끝애가 벗어나고자 하는 현실은 여성을 성노예로 만든 남성적 국가주의와 제국주의가 결합된 세계이다. 하지만 일본인 가정에 입양되고 태평양전쟁 당시 일본군 군의관으로 입대한 하타는 언제나 주류질서에 동화된 삶을 선택했다. 하타의 이런 동화된 삶에 상처로 남아있는 것이 끝애와의 실패한 관계이다. 하타에게 자신을 죽여 달라는 끝애의 요구는 자신의 성이 교환되는 폭력적 질서에서 희생자로 남지 않고 자신의 존재의 권리를 주장하는 것이다. 끝애가 이 죽음의 선택에 하타의 참여를 요구한 것은 알랭 바디우가 말하는, "사랑을 통해 주체가 자신의 나르시시즘을 넘어서는" 사랑의 관계를 상정했기 때문이라고 볼 수 있다. 바디우는 사랑의 두 가지 형태를 구분한다. 하나는 사랑의 대상이 또 다른 '나 자신'인 사랑이고, 다른 하나는 완전히 불투명한 상태에서 새로운 선택과 참여가 요구되는 '사건'적 사랑이다. 바디우에 따르면, 사랑은 전적으로 불투명한 상태에서 판단과 선택을 내리는 하나의 '사건,' 일자(一者)를 벗어나 최초의 다수인 둘의 관점에서 세계를 구축하며 새로운 존재 방식을 결정하는 '사건'이 될 수 있다. 죽음을 결행하는 순간 끝애는 하타에게 기존 질서에 결박된 지금까지의 신념과 가치와 태도를 이탈하는 윤리적 선택을 내릴 것을 요구하고 있다. 하타는 이 요구에 응답하지 못하고 외면한다. 타자와의 관계는 일자로의 통일이 아니라는 바디우의 지적을 고려하면, 주체와 주체의 만남을 상정하는 사랑은 새로운 공존의 윤리가 될수 있다. 사랑은 주체와 주체 사이의 책임과 요구가 무한한 가능성으로 열릴 때 힘겹게 이루어지지만, 이 '힘겨운 사랑'이야말로 새로운 윤리의 토대이다.

김연숙의 「우울한 시대, 멜랑콜리커가 사는 방법」은 한국문학에서 우울의 감정이 나타나는 양태를 추적하고 있다. 이 글은 앞선 계몽 세대의 희망이 좌절로 바뀐 1930년대 박태원의 소설, 1960년대 김승옥의 소설, 그리고 2000년대 김영하의 소설에서 멜랑콜리가 변모되는 양상을 읽어내고 있다. 우울은 주체가 무엇을 상실했는지 알 수 없는 상태에서 느끼는 슬픈 감정이다. 근대 서구사회에서 이 불가해성은 근대 자본주의 사회의 파편화와 물신화에서 기인하는 것으로 해석되었다. 멜랑콜리는 진정성이 사라지고 세계에 대한 저항이 힘들어진 시대에도 주체가 여전히 세계와 불화하고 있음을 드러내는 감정이다. 식민지 조선인들에게 식민지라는 역사적 경험은 국가의 상실이라는 존재론적 박탈을 각인시켰다. 필자는 이런 '박탈'을 삶의 조건으로 받아들일 수밖에 없었던 역사적 상황에서 멜랑콜리는 식민지 조선인들의 집단 감정이었고, 해방 이후에는 세대론적 감정으로 구체화된다고 주장한다. 박태원의 「소설가 구보씨의 일일」의 주인공 구보가 속물적 세계에 맞서는 정서가 멜랑콜리다. 그에게 멜랑콜리는 세계와 불화하고 있다는 존재증명이다. 1960년대 청년들은 4·19를 통해 새로운 시민사회의 가능성을 창출해냈으면서도 그것이 군사 쿠데타에 의해 짓눌리는 이중성을 경험해야했는데, 이 이중적 체험을 드러내는 감정구조가 김승옥 소설 속 인물들의 멜랑콜리다. 2000년대 김영하 소설 『퀴즈쇼』의 주인공은 현실과 부딪치는 열정도, 자기 파괴적 항의도, 세계를 냉소할 여력도 없다. 그는 후기 자본주의 사회에서 가난하고 왜소하고 무기력한 존재로 전락했다. 이 무력한 주체가 경험하는 감정이 우울이다. 이 우울은 고귀한 멜랑콜리도 이중적 감정구조로서의 멜랑콜리도 아닌, 비속한 주체의 심연에 남은 감정적 잉여 같은 것이다. 그에게서 세계와 불화하는 저항성을 찾기란 힘들다. 이런 저항성의 부족은 주체의 힘이 미약해진 후기 자본주의 사회의 증상이라 할만하다.

이명호의 「공감의 한계와 부정적 감정─허먼 멜빌의 「필경사 바틀비」」는 허먼 멜빌의 단편소설 「필경사 바틀비」 독해를 통해 자본주의사회에서 주체의 감정에 발생한 곤경을 추적하고 감정공동체를 형성하는 일이 가능한지 질문한다. 이 작품에서 바틀비와 화자 사이의 관계가 실패로 끝난 것은 월스트리트로 대변되는 자본주의 사회에서 감정적 곤경과 딜레마를 말해주는 사회적 증상이다. 화자는 바틀비와 의미있는 관계를 맺기 위해 연민, 관용, 자비, 공감 등 여러 감정들을 동원하지만 결국 '자기 이해'라는 한계를 넘지 못한다. 바틀비는 화자의 자기사랑이 포괄할 수 없는 혐오스러운 존재이기 때문이다. 혐오는 나르시시즘적 공감이 넘을 수 없는 한계 감정이다. 바틀비의 감정을 지배하는 것은 우울과 결합된 혐오감이다. 혐오감은 더럽고 추하고 하기 싫은 것을 피하는 감정이다. 혐오감은 대상을 향해 움직이기보다는 대상으로부터 벗어나고자 한다. 우울 역시 사랑대상을 상실한 후 심적 에너지가 외부에서 내부로 옮겨와 더 이상 밖으로 나가지 않고 안에 갇혀 있는 감정상태다. 필자가 바틀비의 내면정조를 우울과 혐오가 결합된 복합감정으로 해석하는 것은 그의 "모호한" 감정이 우울과 혐오가 공유하는 외부세계로부터의 '철회'의 방향을 취하면서도, 그것이 외부에 대한 적대적 배제나 내부의 갈등이 아니라 능동적 수동성의 성격을 띠고 있는 점을 드러내기 위해서다. 바틀비는 월스트리트의 사무실로 상징되는 자본주의적 사회체제로부터 물러난다. 그는 이 체제 속에서 특정 역할이나 위치를 취하고 싶지 않을 뿐 아니라 체제 그 자체로부터 물러나고 싶어 한다. 바틀비의 트레이드마크가 된 "~안 하는 것이 좋겠습니다"는 어귀는 그의 감정적 수동성을 예증한다. 하지만 역설적이게도 이 수동적 제스처는 기존 질서 속으로의 편입에 맞서는 힘을 지니고 있다. 바틀비가 보이는 복합적 감정 양태는 외부의 자극에 즉자적으로 반응함으로써 과잉 활성화되는 양상을 띠지 않고 무심한 상태를 유지하는 것 같아 보인다. 하지만 이 '무심(無心)'이 외부의 자극으로부터 진정 자유로운 '평정심'이나 내면의 활력으로 가득 찬 '항심(恒心)'은 아니라고 필자는 해석한다. 차라리 그것은 외부의 압도적인 힘으로부터 가까스로 자신을 방어하려는 자의 위축된 감정에 가깝다. 필자의 판단에 따르면, 이런 불분명하고 위축된 감정은 세계를 변화시키는 행위로 이어지지 않으며, 정치적 주체화의 길을 제시해주지도 않지만, 이런 소극적이고 불투명하고 위축된 감정이야말로 자본이 거대한 리바이어던으로 군림하는 고도로 관리화된 후기 자본주의 사회에서 주체가 경험하는 감정의 실상에 가깝다.

김영미의 「소비사회와 시기하는 주체－패트리셔 하이스미스의 『유능한 리플리 씨』」는 그동안 비평적 주목을 받지 못하고 주변화되었던 '시기 감정'에 대해 논의하고 있다. 시기는 오랫동안 도덕적으로 금기된 감정이었기 때문에 시기심을 느끼거나 드러내는 것은 수치스럽게 여겨졌다. 시기심은 특히 남성 지배이데올로기에 의해 여성의 감정으로 간주되어 도덕적으로 평가 절하되었다. 그러나 시기심에 대한 논의들을 살펴보면 시기심에는 부정적인 의미 뿐 아니라 긍정적 의미도 포함되어 있고, 시기심을 바라보는 관점 역시 사회역사적 문맥에 따라 변화를 겪었음을 알 수 있다. 이 글은 시기심이 개인의 욕망성취를 성공과 연결시켜 과시하고 상품의 경쟁적 소비를 권장하는 현대 자본주의사회에서 어떻게 작동되고 있는지 패트리셔 하이스미스의 소설 『유능한 리플리 씨』(1955)에 등장하는 두 남성인물의 관계를 통해 분석하였다. 이 작품에서 시기심은 자신보다 뛰어난 사람을 선망하고 모방하여 자기발전의 동력으로 삼을 수 있는 긍정적 측면도 내포하고 있지만, 이런 선망이 파괴적 폭력으로 전환된다는 점에서 위험한 감정이기도 하다. 작가는 시기하는 남성 주체의 재현을 통해 2차 세계 대전 이후 미국 사회의 주요 흐름, 즉 민주주의 제도와 더불어 물질적 번영과 소비문화가 미국적 삶의 우월성을 드러낸다고 생각했던 1950년대 미국사회의 병리적 증상을 드러내고 있다.

　이명호의 「아우슈비츠의 수치－프리모 레비의 증언록」은 프리모 레비의 증언록을 독해함으로써 아우슈비츠가 수치심이라는 감정에 일으킨 변화를 논의한다. 우선 이 글은, 수치와 죄책감은 지금까지 여러 논의에서 큰 구별 없이 사용되어왔고, 레비의 글에서도 종종 혼용되어 있지만 구분되어야 한다고 주장한다. 죄책감은 자아가 금기를 위반했거나 위반하려고 상상할 때 초자아가 내린 처벌이 내면화된 감정이다. 반면 수치심은 자아가 이상적으로 여기는 모델(이상적 자아)이나 이런 모델의 역할을 수행하는 타자의 시선에 자신의 열등한 부분이 드러났을 때 느끼는 감정이다. 「수치」라는 제목의 글에서 레비는 자신이 느낀 수치심을 네 차원으로 구분하고 있다. 저항의 의지조차 전면적으로 파괴된 굴욕감, 인간적 유대를 만들지 못했다는 수치, 살아남은 것에 대한 수치, 인간이라는 사실에 대한 수치가 그것이다. 이 네 차원의 부끄러움 중 레비를 가장 참혹하게 사로잡았던 것은 '인간이라는 사실에 대해 느낀 수치심'이다. 그것은 레비가 '무슬림'이라는 아우슈비츠의 가장 참혹한 존재를 대면하고서 느낀 감정과 연동된다. 그런데 필자는 이 차원의 수치는 극복해야 할 부정적 감정이 아니라 아우슈비츠 이후 현대 인간의 윤리적 가능성을 열어놓고 있다고 주장한다. 레비가 느낀 수치는 아우슈비츠 생존자들을 사로잡은 '죄책감'으로도, 가해국의 국민들이 자신들 혹은 자신들의 조상이 저지른 역사적 과오를 인정한 다음 곧바로 회복하고 싶어 하는 '국가적 자부심'으로도 쉽게 전화되지 않는다. 그것은 특정 사회나 집단이 설정해놓은 '이상(ideal)'에 비추어 자신의 결함을 느끼는 정서적 범위를 벗어난 곳에서 나온다. 인간에 대한 기존의 모든 관념과 이상의 불가능성을 마주한 곳에서 느끼는 정서야말로 레비가 경험한 수치의 한 측면이다. 그것은 인간범주를 넘어선 지점에서 발원하는 감정, 우리가 인간성이라고 이해하는 것을 부정하지만 인간 존재에 내재하는 어떤 비인간의 차원을 대면했을 때 느끼는 감정이다. 필자는 인간이 비인간을 대면했을 때 느끼는 이 수치심을 아감벤의 논의를 빌어와 '잔여' 혹은 '남은 자(remnants)'의 증언 (testimony)과 연결시키고 있다.

장정윤의 「편집증적 반응과 과잉감정」은 공포를 피하기 위해 다른 가짜 감정들을 의도적으로 만들어내고 타자와 표피적인 관계를 맺는 편집증적 주체의 특징을 논의한다. 지금까지 비평이 주목한 것은 편집증적 주체가 보이는 인식의 변화였다면, 이 글은 편집증적 주체가 느끼는 감정에 초점을 맞추고 있다. 필립 K. 딕의 『안드로이드는 전기양을 꿈꾸는가?』의 주인공 릭 데커드는 이런 편집증적 반응의 특징을 잘 보여주는 인물이다. 편집증적 반응은 주체가 사회에서 느끼는 공포를 피하기 위해 다른 감정을 만들어내고 종국에는 이런 감정 위장 속에 숨겨진 모순을 깨닫게 해준다. 주체는 단일하고 분명한 감정이 아니라 매번 바뀌는 복잡하고 다양한 감정들로 인해 불안을 느끼고 혼란을 경험한다. 이런 불안과 혼란 속에서 주체는 사회에서 제공하는 통합적 정체성을 잃어버리지만 자신처럼 감정적 분해를 겪고 있는 타인들을 만날 기회를 얻기도한다. 이런 기회를 통해 주체는 자신으로부터 도망치는 것이 아니라 자신을 만나고 타자들에게 다가간다. 결과적으로 편집증적 반응과 이에 수반되는 감정은 주체의 몸과 마음을 확장, 고양시키기보다는 축소, 분해시키지만, 이런 과정을 통해 주체는 사회의 목적이나 가치에 지배당하지 않는 자신의 존재를 깨닫고 타자들과 보다 깊은 관계를 형성하게 된다.

전소영의 「아파테이아 : 감정의 잠재태」는 흔히 감정이 없는 상태로 이해되어온 아파테이아(무정념)가 지식의 근원이라고 할 수 있는 우매함과 연결되어 있다는 점을 논의하고 있다. 우매함과 지식은 모순적인 관계에 있다. 계몽주의 이후 우리는 우매함에서 멀어지도록 훈련을 받아왔지만 실상 우리 사유의 근원에는 우매함이 존재한다. 여기서 필자가 말하는 우매함은 사고에 영감을 제공하는 '놀람' 혹은 사고에 충격을 가하는 '마비'를 일컫는 것으로 인간 감정의 억압된 근원이라고 할 수 있다. 칸트가 감정 부재상태로 가정한 아파테이아는 이러한 우매함과 관련되어 있다. 중요한 것은 칸트가 아파테이아를 그 자체 하나의 감정으로 보았다는 사실이다. 이는 아파테이아가 감정부재나 감정 상실이 아니라 모든 감정의 잠재태로 기능할 수 있다는 단서를 제공한다. 쿳시의 소설 『마이클 K』의 주인공 마이클 K는 우매함이 아파테이아라는 특유의 감정을 동반해 나타나는 '바보'라고 할 수 있다. 그는 외부적 시각에서 볼 때 우둔하고 결핍된 존재처럼 보인다. 그러나 그는 사회가 규정하는 것들에 대한 욕망이 없다. 마이클 K가 보여주는 '한가로움(idleness)'은 종종 무책임하고 수동적이라는 비판을 받지만 그는 진정한 실존적 자유를 원할 뿐이다. 마치 하등동물 취급을 받는 그가 한 인간으로서 할 수 있는 일이라고는 내전상황 속에서 우매한 상태로 남아있는 것이다. 마이클 K에게 우매함은 존재의 조건이자 잔인한 역사적, 사회적 현실에서 살아남기 위한 생존 수단이기도 하다. 마이클 K를 통제하려는 캠프의 군의관마저도 그가 보여주는 이런 우매함에 압도당하고, 그와의 관계에서 숭고와 마비가 결합된 역설적 감정을 경험한다. 타자에 대한 바른 윤리적인 대응은 타자를 우리의 인식틀 속으로 포섭해 들이는 것이 아니라 타자의 알 수 없음을 인정하고 그의 감정과 공감하려고 노력하는 것이다.

김은하의 「후기 근대의 공포와 재앙의 상상―편혜영의『재와 빨강』」은 한국사회에 신자유주의가 도입된 이후 공포가 어떻게 우리 시대 지배적 감정구조로 올라서게 되었는지 읽고 있다. 필자의 분석에 적절한 대상 텍스트가 되어준 소설이 편혜영의『재와 빨강』이다. 이 소설은 전염병으로 인해 공황상태에 빠진 C국을 무대로 약탈, 방화, 살인 등 아나키 상태로 돌아가는 문명 종말의 징후를 포착하고 있다. 신자유주의가 출현한 이후 우리 사회는 홉스가 말한, 만인이 만인에게 늑대인 자연상태로 회귀하는 형국이지만, 공포는 더 이상 정치공동체 형성의 감정적 계기로 작용하지 못하고 부정적 감정 그 자체로 남는다. 우리 시대에 정치는 약육강식을 비호하는 들러리로 전락하고 있기 때문이다. 편혜영의『재와 빨강』이 문제적인 까닭은, 이렇듯 다시 도래한 아나키 상태에서 벌거벗은 생명들이 벌이는 생존투쟁과 함께 한 마리 쥐로 추락한 인간의 운명을 그리고 있기 때문이다. 필자의 종합적 평가에 따르면,『재와 빨강』은 우리가 전통적으로 신봉해온 도덕과 종교적 구원과 진보에 대한 믿음을 철회할 것을 요구하면서 우리를 공포에 빠뜨린다. 하지만 이런 공포서사는 대중적 쾌락을 소비하는 익숙한 장르적 문법으로 활용되기보다는 우리 시대 끔찍한 현실을 충격적으로 포착하기 위한 리얼리즘적 충동 속에서 다시 쓰이고 있다.

이명호의 「혐오와 불안의 감정 경제」는 최근 한국 사회에 대두하고 있는 새로운 사회문화현상으로서 여성혐오에 대한 감정분석을 시도한다. 최근 한국사회는 2014년 IS로 떠난 김모군으로부터 '일베'에 이르기까지 젊은 남성들의 여성혐오감정이 공론장에 공격적으로 표출되는 낯선 현상을 목격하고 있다. 특히 한국사회에서 젊은 우파의 탄생으로 일컬어지는 일베는 여성혐오를 주요 감정적 기반으로 삼고 있다. 여성부-꼴페미-된장녀-개똥녀-김치녀로 이어지는 여성혐오발화의 연쇄회로는 여성들을 남성의 기득권을 빼앗아가는 약탈자로 표상하여 혐오대상으로 만드는 감정 경제를 발동시켜왔다. 필자는 이런 여성혐오 현상이 한국사회에 본격적으로 시작된 시기를 군가산점제가 폐지되었던 1999년으로 본다. 이때부터 '빼앗는 여성' / '빼앗기는 남성'이라는 왜곡된 젠더표상이 한국사회에 착근되기 시작했다. 이 글은 1997년 IMF 이후 한국사회를 지배하고 있는 신자유주의가 초래한 불안이 그 발생원천에서 분리되어 여성이라는 대체 표적에게 왜곡된 방식으로 표출된 것으로 여성혐오현상을 분석한다. 신자유주의는 남성들 사이의 상호인정과 경쟁에 기반을 둔 남성동성사회의 경제적 토대를 허물어버렸다. 위기에 처한 남성유대를 복원하는 손쉬운 방식이 여성혐오이다. 여성혐오감정 밑에 거대한 수원지로 출렁이는 남성들의 불안을 해소하지 않는 한 여성혐오의 움직임은 계속될 것이다. 남성들이 이런 불안을 사회적 타자에 대한 혐오로 풀어내지 않으려면 남성성에 대한 가부장적 관념을 바꾸고 책임과 부담, 권리와 권한을 나누는 쪽으로 변화해야 한다. 공유는 평등의 토대 위에서만 이루어질 수 있다. 페미니즘이 사회적 의제로 제기한 평등을 공적 영역과 사적 영역, 생산노동과 재생산노동의 구획을 가로질러 사회 전체로 확장함으로써 인간의 보편적 권리로 만들 때, 차별과 배제가 아닌 평등에 기초한 공생·공유사회를 만들어갈 수 있다는 것이 필자의 제안이다.

　김은하의 「유령의 귀환과 비통한 마음의 서사─한강의 『소년이 온다』·권여선의 『레가토』」는 5·18 광주를 그린 한강과 권여선의 소설

읽기를 통해 역사적 트라우마에 대한 사회적 애도와 슬픔의 정치성을 다루고 있다. 애도는 살아남은 자들이 망자를 기억의 영역에 안치하고 일상으로 돌아올 수 있도록 하는 작업이기에 슬픔의 극복을 돕는 감정의 의례이다. 그러나 '애도의 불가능성'이 '애도의 충실성'을 보장한다는 데리다의 역설적 명제처럼 애도는 실패했기 때문에 일회적인 것에 그치지 않고 지속될 수 있다. 특히 역사적 폭력에 의해 희생된 죽음을 애도하는 일은 시간이 지난다고 해서 쉬이 잊힐 수 없는 원한에 사로잡혀 있다. 이 원한을 공동체 전체가 풀어내고 희생된 죽음에 대해 집단적 책임을 짊어질 때 사회적 애도는 이루어질 수 있다. 따라서 애도는 희생자를 기념비화함으로써 엑소시스트하는 것이 아니라 그를 자기 삶의 지평 속으로 끌어 들여 윤리적 주체가 될 것을 요구한다. 타자의 고통과 상처를 깊이 공감하고 배려하는 심성이 형성되지 않는다면 애도는 단지 정치적 투쟁의 계기에 불과하다. 한강의 『소년이 온다』는 열흘간의 광주에 대한 세밀한 고증을 바탕으로 국가폭력의 부당성을 폭로하는 한편으로 희생자가 겪은 모멸적인 체험을 사건의 밖에 있는 사람들이 공유할 수 있도록 소설적 실험을 시도한다. 희생자가 겪은 인간적 상처에 대한 탐구는 인간의 취약함에 대한 숙연한 인정을 유도함으로써 이념, 정치, 역사 등의 언어로 수렴되지 않는 인간학적 깊이를 획득한다. 광주세대의 회한어린 폭로 자술서라고 할 수 있는 권여선의 『레가토』는 정치적 앎이나 신념의 순결성 이전에 부지불식간에 자행되는 폭력에 대한 예리한 느낌의 중요성을 일깨운다. 폭력의 적나라한 노출은 독자를 인간성에 대한 환멸과 냉소로 끌고가는 듯 보인다. 그러나 이 두 작품은 수치, 죄책감 등 그간 이성의 그늘 아래 폄훼되어온 감정이 인간을 윤리적으로 소환하고 공동체의 정의를 다시 세우는 자원이 될 수 있음을 암시한다. 이 두 소설에서 애도는 우리가 타자와 불가분하게 연결되어있음을 일깨움으로써 슬픔을 공동체에 대한 감수성을 섬세하게 만드는 윤리적 자원으로 의미화한다.

한국 인문학에서 감정 연구는 이제 막 출발선에 서있다. 한국문학과 영미문학을 대상으로 수행된 이 책이 인간의 삶과 사회에서 감정이 수행하는 역할을 더욱 깊이 있게 이해하고, 더 나은 인간관계와 사회변화의 동력이자 에너지로 감정을 자원화하는 방안을 모색하는 데 작은 보탬이 될 수 있기를 바란다. 연구팀원이 아니었지만 소중한 글로 책의 내용을 풍부하게 해준 오봉희 선생님께 감사를 표한다. 국가의 지원을 받는 연구 프로젝트라는, 관성화되기 쉬운 작업에 열정과 정성을 다해준 참여 선생님들께 연구 책임자로서 깊이 감사드린다. 이 열정이 할당된 논문편수를 넘어 다수의 글을 자발적으로 생산하는 에너지로 이어져 결국 한 권의 책으로 결실을 맺게 되었다. 책이 출판될 수 있었던 데에는 경희대학교 국제지역연구원의 단행본 지원사업이 결정적 촉매제로 작용했다. 재정 지원을 받을 수 있도록 격려해주고 한참이나 기한을 넘긴 책을 참을성 있게 기다려준 국제지역연구원 권세은 원장님, 그리고 책의 출판을 주선해준 이선이 교수님께 감사드린다. 이제 감정 일반에 관한 총론적 연구에서 개별 감정 각각에 대한 더 깊이 있는 각론 차원의 연구로 이어져 '감정 프로젝트 시즌 2'가 가동될 수 있기를 기대한다.

2015년 11월
집필진을 대표하여 이명호

근대와 감정

: 공감, 사랑, 우울, 분노, 혐오

근대국가의 파토스, 공감과 동정

이광수의 『무정』

박숙자

1. 근대적 감정의 기원과 구조

우리는 '근대'의 어느 지점에서 무엇이 '탄생'했다고 말하곤 한다. '학교의 탄생', '개인의 탄생', '소설의 탄생', '여성의 탄생' 등의 경우처럼, 새로운 지식과 제도의 자명한 기원으로 근대를 사유해 왔다. 그렇다면 감정이 '탄생'했다고 말하는 것도 가능할까. 한 인간이 느끼는 모호하고 불분명한 느낌의 정체가 '근대'의 매트릭스 안에서 빚어졌다고 상상하는 것은 마땅한 일일까? 이를테면 희노애락애오욕이라는 인간 본연의 감정까지도 근대 역사 속에서 다시 발견해 내는 일이 가능할 수 있을까? 또 그렇게 하는 것이 현재의 복잡한 삶의 문제를 풀어내는 접근이 될 수 있을까?

분명한 것은 한 개인이 커뮤니티에 참여하는 과정에서 필요한 여러 조건 가운데 감정의 문제를 되돌아보는 일이 시급해졌다는 점이다. 앎과 배움, 법과 제도의 형식적 절차 못지않게 다른 사람들과 어울려 살아갈 수 있는 삶의 기술들을 새롭게 발명하는 것이 절박한 과제가 되었다는 것, 다시 말해 서로 다른 생각과 인식의 차이들을 아우르며 소통하는 공동체를 구성하는 방법으로 감정-구조가 중요한 해법으로 상상되고 있다는 점이다. 그런데 이런 생각은 근대 초기에도 마찬가지였다. 어떻게 각각의 개인들이 국가의 일원으로 비슷한 감각과 리듬을 공유한 채, 같이 살아나갈 수 있을까 하는 문제에 천착했다.

이와 관련해서 한 가지 주목할 만한 것은 근대의 문이 열리는 순간 자유롭고 평등한 관계에 기초한 감정의 출현하고 있다는 점이다. 봉건제적 이념이나 신분의 제약 없이 눈앞에 놓인 타자들의 삶의 맥락에 상상적으로 개입해서 자신의 감정을 식별해내는 관계지향적인 감각이 등장하고 있는 것, 즉 자신과 무관하지만 딱한 처지에 놓인 사람들을 긍휼히 여기며 '공동'의 문제로 사고하는 것이다. 이를테면 『무정』에서처럼 기차 안에서 울고 있는 일본옷을 입은 여자에게 국적과 신분을 떠나 가긍한 마음을 표현하는 이심전심의 느낌, 그리고 12세 소년부터 장옷을 걸쳐 입은 여염집 아낙까지 독립문 앞에서 '광장'을 이루며 나란히 모여앉아 '공동'의 문제에 대해 이야기하며 공동운명을 자각해 낸 것이 바로 그것이다. 이는 성별과 계급과 무관하게 타자와 자신의 감정을 동등하게 여기며 이를 통해 관계를 만들어가는 감정이다.

또 분명하지는 않지만 이런 공동의 느낌을 '동정(同情)'이라는 단어에 담아내고 있는 듯 보인다. 1910년대 이후 각종 문헌에서 가치지향적인 언어로 사용된 감정 표현이 '동정'이다. 민족의 일원이라는 사실을 감각적으로 체화시키는 감정으로 '동정'이 쓰이고 있다. 이를테면 이광수가 1914

년 「동정」이라는 제목으로 글을 쓰는데 이 글에서 "동정(同情)이란 나의 몸과 맘을 그 사람의 처지에 두어 그 사람의 심사와 행위를 생각하여 줌이니"(57)라고 한다. 그런데 이 감정이 바로 '정신의 발달에 비례'하는 동시에 '인도(人道)의 발달'이자 "인류의 근본적 주적(主的) 문명"이라고 설파하면서 '동정'이 인간의 본능적인 감정일 뿐만 아니라 '문명'이자 정신의 가치임을 이야기하였다.[1] '동정'이 사용된 문맥을 살펴보면 불쌍한 처지에 놓인 노파를 가긍하게 여기는 마음에서부터 허물을 저지른 자를 관대하게 용서하는 마음까지 폭넓게 얘기된다. 아마도 짐작컨대 근대국가의 구성원들의 다양한 생활감정들을 표현해내려고 했던 것으로 보인다. 그래서 '불쌍하다'라는 말이 쓰이는 문맥에서조차 '동정하다'라고 말함으로써 근대적 개인들에게 '감정교육'을 직간접적으로 시도했던 것으로 보인다.

그러나 돌이켜 생각해 보면, 시대마다 '감정−구조'[2]가 달라진다는 것은 어느 정도 상상할 수 있지만 '감정'이 '탄생'한다고 말하는 것은 조금은 조심스러운 것이 사실이다. 다른 제도나 지식과 달리 감정은 우리 몸이 체험하는 감각의 변화를 동반하는 것이기 때문이다. 개인들의 감정구조를 바꿔내고자 하는 문명 담론과 달리 실제로 각각의 개인들이 감각해내

---

1 '동정(同情)'은 1920년대 문헌에서 가장 빈번하게 찾아볼 수 있는 감정 표현이다. 이 용어는 'sympathy'의 번역어로 "사랑과 이해가 결합된" 추상명사이다. 원래 한국에서 동정과 유사한 감정 표현으로는 '불쌍하다', '측은지심', '가긍하다' 등이 있었으나 1910년대 이후 '동정'이 이러한 감정표현을 대체하게 된다(김성연). 이를 통해 알 수 있는 것은 근대 초기 '동정', '공감', '연민'의 의미가 분화되지 않은 채 복합적으로 쓰이고 있다는 것, 즉 'sympathy'와 '동정' 간에 의미의 차이가 밝혀지지 않은 채 혼용되고 있다는 점이다.
2 레이먼드 윌리엄스는 '감정구조'와 유사한 개념으로 '정서구조'를 언급한다. 다만 이 글에서는 '정서'와 '감정'을 구분하고 있기 때문에 '감정구조'라는 용어를 사용하려고 한다. 정서가 언어를 매개로 재현된 것이라면 '감정'은 언어뿐만 아니라 육체적 체화(embodiment)까지를 포함하는 개념으로 보기 때문이다. 이와 비슷한 개념으로 랑시에르는 '감성체제'라는 말을 사용하고 있으며 '마음의 레짐'이라는 용어도 사용한다.

고 감응해내는 감정들이 어떠한지 세세히 살펴야 한다. 또 만약 개인들이 공동체의 일원으로서 마땅한 담론의 층위를 수용할 수도 있지만 또 이와 어긋나는 경험 또한 근대 인간의 감정 구조를 돌아보는 시점에서는 중요한 과제이기 때문이다. 또 만약 각각의 개인들이 공동체의 일원으로 마땅하게 느껴야 할 감정과 다른 감정에 감응된다 하더라도 이를 부정하거나 외면하는 것이 아니라 '감정 구조' 안에서 해석해야 한다. 적어도 근대 시기 '감정 구조'의 패러다임은 달라지고 있기 때문이다. 즉 분명한 것은 근대를 기점으로 새로운 관계와 감정들이 등장하고 있다는 것, 그리고 그것이 평등한 관계들이 만들어내는 상호성의 원리에 기반하고 있다는 짐작과 추정이다. 불특정 다수를 엮어내고 있는 '감정', 여기에서 감각되는 느낌이 바로 근대의 것이라는 짐작은 어느 정도는 가능해 보인다. 근대를 거치며 이러한 감정들이 체화되는 과정을 밝히는 것, 그리고 이러한 감정이 삶의 조건과 만나 충돌하고 길항하는 양상을 드러내는 것이야말로 '지금-여기'의 삶을 조명하는 일에 다름 아닐 것이다.

2. 우애-동정-공감

'공감'은 '타인'들이 겪는 고통을 '타인'의 입장에서 '그러할 만하다'고 느끼는 감정이다. 재난과 사고가 이어지는 근대의 삶의 조건 속에서 고통에 처한 자의 입장에서 그의 아픔을 감각해내는 것, 그리고 그 아픔을 우리 삶의 존재조건에서 나오는 것으로 감각해내는 능력이다. 이 감정은 자극-반응으로 유도되는 신체성의 순전한 표현이라기보다 나의 자리와 그의 자리를 바꿔서 생각해낼 수 있는 상상력인 동시에 슬픔과 연민 등이 복합적으로 결합된 감정이기도 하다. 또한 익명의 개인들이 공존하며 살아가기 위해 필요한 미덕이기도 하고, 또 몸에 기입된 공생의 감각까지 포함하는 감정이기도 하다. 다시 말해 '공감'은 그 사용 맥락에 따라 다르지만 자폐적 개인들의 연대와 공존을 가능하게 하는 대안적 감정으로 이성 중심의 근대주의를 월경할 수 있는 비전이라는 점은 분명하다.

그래서 공감은 그동안 다양하게 맥락에서 강조되었다. 근대국가의 '국민만들기' 프로젝트에서는 '국민'의 필수적인 조건이자 자질로 논의되면서 공동체에 참여하는 개인이 가져야하는 연대의 감정으로 논의되기도 했다. 그러나 한 가지 염두에 두어야 할 것은 주체가 타자의 처지를 불쌍히 여기는 연민과는 질적으로 다른 감정이라는 점이다. 또 주체가 타인의 슬픔을 관조하며 '도덕적인 관찰자'와 다를 바 없는 경우와도 선을 그어야 한다는 점이다. 대개 동정, 공감, 연민, 우애 등의 감정이 혼탁하게 길항하면서 그 의미가 불분명하게 수용된 경우가 적지 않았다. 특히 동정과 공감이 그 의미가 모호하게 변별되지 않은 채 서로 다른 맥락에서 자의적으로 전유되기도 하였다. 그러나 동정이든 공감이든지 간에 각각의 개인들이 미지의 혹은 기지의 타자들에 대해 감응하는 중요한 감정의 중요성은 누구든 동의하지만 그럼에도 동정 / 공감이 변별화되지 않은 채 여러 다른 의미들과 결합함으로써 그 함의가 곡해되거나 오도되는 경우가 있어 정리할 필요가 있어 보인다.

우선 애덤스미스는 '감정'이 근대 사회를 구성하는 원리라는 점을 전제하며 이기적인 개인들이 공동체를 구성할 수 있는 대안으로 '동정'을 언급한다. '동정(sympathy)'은 '동류의식(fellow-feeling)'에 기초한 감정으로 비탄에 빠진 친구들의 고통에 대해 반응하는 감정이다. 그런데 스미스는 이 감정을 적절하게 중개해 줄 수 있는 '제3의 눈'이 필요하다고 덧붙인다. 이것이 바로 '정의'이고 '양심'이다. 이처럼 『도덕감정론』은 '동정'을 통제하는 제3의 능력을 강조한다. 스미스는 사회적 존재로서의 인간이 다른 사람들과 같이 살아나가야 한다는 대의에는 수긍했지만 '감정'을 믿을 수 없는 부적절한 감각으로 평가함으로써 감정을 중개하는 '도덕'의 역할을 강조하게 된다. 감정과 동시에 '도덕'의 중개성을 논의하게 된 맥락에는 유럽 계몽주의의 맥락과 국가주의의 철학적 기초가 자리잡고 있다(정정호, 45). 개인들의 무분별한 자유의지를 조정해내는 '국가'의 역할을 강조하는 것이다(애덤스미스, 5). '적자생존'을 근간으로 하는 자본주의를 조절해내는 국가주의에 대한 의지가 그 바탕에 놓여있기 때문이다. 즉 스미스의 '동정'은 근대 초기 도덕으로서의 감정의 역할에 주목했다는 점에서 그 의의가 크지만 양심과 도덕의 감정적 버전으로 국가주의를 차용하고 있다는 의심에서 자유롭지 않다.

이에 반해 가라타니 고진은 스미스의 'fellow-feeling'의 사회적 형식 그대로를 승인하지만 이 감정이 "프랑스혁명 시기에서 보여진 직인적 노동자들의 어소시에이션의 표현"(170~204)이었다고 언급함으로써 'fellow-feeling'의 '역사적 형식'에 무게를 둔다. 뿐만 아니라 '동정 혹은 공감'을 일반적인 종교적 연민과 달리 노동자들의 어소시에이션이라는 협동적 관계의 감정적 산물, 즉 근대세계의 역사적 결과로 간주함으로써 스미스의 '동정'론에 내재한 계몽주의에 균열을 가한다. 또한 사회적 연대성에 기반한 공감이 '네이션'에 흡수되는 과정에서 변용되었다고 지적함으로써 국가주의와 연동하는 주체 중심의 '동정'과 구분되는 '공감'의 본원적 가능성에 주목한다. 이를 통해 '공감'이 역사적으로 평등한 관계의 연대라는 형식 속에서 발아된 감정이라는 사실을 지적해 낸다.[3]

이 논의를 통해서 적어도 '공감'에 내재한 긍정성, 다시 말해 사회적 동물로서 인간이 가진 평등에 대한 감각으로 공감을 논의할 수 있는 여지가 좀 더 분명해졌다. 제러미 리프킨은 *The Empathic civilization*에서 동정과 공감의 기원을 다르게 설정한다. 그는 공감의 유래를 '동정'에서 찾는 대신 1872년에 로베르트 피셔가 미학에서 사용한 독일어 'Einfuhlung(감정이입)'에서 찾는다. 이 용어는 1909년 E. B. 터치너에 의해 'Empathy'로 번역되었는데 그 후 인간의 감정을 설명해내는 보편적인 심리적 용어로 정착되었다. 그에 따르면, "공감(empathy)은 다른 사람이 겪는 고통의 정서적 상태로 들어가 그들의 고통을 자신의 고통인 것처럼 느끼는 것"이라고 말한다. 이는 스미스가 "우리 자신을 타인이 처한 상황에 놓고 우리 자신이 타인과 같은 고통을 겪는다고 상상하는 것"(제러미 리프킨, 4)과 유사해 보이나 그 이면에 놓인 전제와 결과가 전적으로 다른 것이다. 스미스의 '동정'이 주체가 타자를 이해하는 계몽주의의 바탕 위에서 상상되었다면, 다시 말해 주체의 '상상력'이 촉발해내는 감정으로 '동정'의 의미를 한정시켰다면 리프킨은 주체가 타자와 맺는 관계성의 전도와 확장을 포함하는 관계성

---

3 '동정'과 '공감'의 차이를 이론적으로 정리하고 있는 논의로 손유경의 『한국 근대소설에 나타난 동정의 윤리와 미학에 관한 연구』(서울대 박사논문, 2006)를 들 수 있다. 거기에서는 '동정(sympathy)', '연민(pity)', '공감(empathy)'이 도달하는 함의가 서로 비슷해서 뚜렷한 선을 긋는 것이 어렵다고 지적한 맥카시의 논의에 힘입어(Thomas J. McCarthy, *Relationships of Sympathy*, Scolar Press, 1977, pp.1~8 재인용) 이들 간의 차이에 주력하기 보다는 '동정'이 문학 영역에 나타난 감성의 특질을 설명해내는 데 적절하다고 지적한다.

의 변화를 전제한다는 점에서 다르다. 다시 말해 '공감'은 주체의 상상력으로 타자의 감정을 상상해내는 능력이기도 하지만 동시에 주체와 타자의 관계 자체가 변화될 수 있는 공명의 형식이다. 공감은 타자들과 공존해서 살아야한다는 인식 속에서 배태되는 상호성의 원리인 것이다.

교육학자인 메리고든 또한 '공감(empathy)'을 '타인의 감정'을 통해 자신의 감정을 식별하는 관계중심적 감정 능력으로 설명한다(5~16). 결국 리프킨과 메리고든은 '공감'을 통해 향후 근대 세계가 나가야 할 방향을 얘기하고 있으며 결과적으로 '공감'과 길항하는 감정인 '동정'과 그 의미를 분별해내게 된다.

'공감'과 '동정'을 구분해야 하는 것은, '공감'이 선취하고 있는 '평등한 관계'의 상호성에 대한 문제 때문이다. 공감은 이데올로기가 아니라 "감각적 세계 안에 몸이 기입되는"(랑시에르, 12) 사회적 관계가 반영된 감정이다. 동정과 공감이 근대국가의 바탕에 놓인 감정으로, 동정의 외연 가운데 '공감'의 의미가 부분적으로 사용되고 있다고 볼 만큼 두 개념은 유사한 개념이지만, 두 개념을 유사한 것으로 혼란스럽게 사용할 경우 '공감'이 본질적으로 드러내는 상호성의 관계들이 설명되지 않을 우려가 있다. 요컨대 동정이 국가주의와 자본주의 안에서 이를 강화시키거나 제어하는 매개로 타자에 대한 주체의 감정을 강조한 감정이라면, '공감'은 자유롭고 평등한 관계 속에서 발원하는 관계지향적인 감정으로 주체와 타자의 위치 전도와 변화가 가능한 관계성의 형식이라는 점에서 변별된다. 그래서 동정이 주체를 타자를 가긍히 여기는 연민의 형식으로 요약된다면 공감은 주체가 타자처럼 느끼는 공명의 형식으로 볼 수 있다. 근대의 문턱에서 '공감'이 신분사회의 해체 이후 느슨해진 개인들을 민족

국가의 일원으로 동일시할 수 있는 도덕이자 이데올로기로 전도되기도 했으나 그럼에도 이 차이를 뛰어넘는 협력의 느낌으로, 역사적으로 새롭게 부상하는 감정 양식으로 공감이 등장하고 있다는 점이 무엇보다 중요하다.

3. 오역된 공감–『엉클 톰스 캐빈』과 『검둥의 설움』의 격차

근대 초기 공감/동정은 완곡한 명령형의 형태로 말해지는 근대 국민의 필수 자질이었다. 공감하는 자만이 '국민'으로 구성된다고 말할 정도로 '공감'은 교육되어야 할 근대적 감성이었다. '무정하다'라는 말이 근대 계몽기 민중들의 유행어가 될 정도로 근대화되지 못한 세계는 '정이 없는', 정을 알지 못한 세계였다. 이 사실을 집중적으로 얘기하고 있는 작가가 이광수다. 김우창은 『무정』이 보여준 새로운 인간론의 핵심이 "사회적 의무에 의하여 규정되는 인간에 대하여 감각적, 감정적 존재, 욕망의 존재로서의 인간을 내세우는 것"(19)이라고 지적한다. 그만큼 이광수의 『무정』은 근대적 감정-구조를 만들고 있는 대표적인 작품이다.

이광수는 '감정'의 유무가 근대적 인간과 중세적 인간을 가르는 구분이라고 논의하면서 '감정'에 대한 인식의 전환을 언급하고 있다(배개화, 349). '감정'이 무엇인지는 모르지만, 문명 정도가 이 감정을 통해 알 수 있다고 말해지기 때문에 '정'은 새롭게 발견해야 할 앎의 대상으로 논의되었고 이를 한국문단에서 주도해 간 작가가 이광수였다. 『무정』이라는 제목처럼 이광수는 '정'의 유무를 통해 근대문학의 아젠다를 세우고 있다고 해도 과언이 아니다. 그렇다면 『무정』에서 '정(情)'이 어떻게 드러나고 있는지, 또 이 감정이 어떻게 해석되고 추인되었는지 살펴보자. 『무정』을 발표하기 4년 전 이광수가 번역한 『검둥의 설움』(원작, 『엉클 톰스 캐빈』)은 '공감'의 문학적 재현이 드러나는 대표적인 작품이다.

1910년대 세계 명작들이 조선에 소개되기 시작하면서 『플란다스의 개』, 『십오소년 표류기』, 『엉클 톰스 캐빈』 등 10여 종이 번역되었다(박진영, 155). 세계명작이 중역될 때 일본에서 번역한 제목을 그대로 사용한 경우도 있으며 번역자의 해석이 반영된 경우도 있다. 『플란다스의 개』는 조선에서 『불쌍한 동무』로 번역되었고, 『엉클 톰스 캐빈』은 일본에서 『노예 톰』으로 번역된 뒤 조선에서 『검둥의 설움』으로 제목이 다시 바뀌었다. 이광수는 『엉클 톰스 캐빈』을 번역하는 과정에서 '톰'이라는 개인에게 집중하는 대신 '검둥이'라는 인종표상을 좀 더 강조한다. 이를 통해 좀 더 집단적인 문제로 보려는 번역자의 시선을 드러낸다. 심지어 이 작품의 주제와 관련하여 이광수는 "사백만 노예가 자유를 얻은 것"(『전집』 1)이라고 언급하면서 해방으로서의 자유에 좀 더 집중한다. 이렇게 이광수가 『엉클 톰스 캐빈』을 '검둥의 설움'으로 이해하고 있는 것은 일견 납득할 수 있지만 '톰'을 '검둥이'로 번역해내면서 잃게 되는 의미의 결락은 생각해 볼 문제이다. 실제로 『검둥의 설움』에서 이런 우려가 현실화되었는데, 톰이 검둥이로 환원되면서 톰과 조지의 우정은 번역되지 않거나 축약되었다. 톰과 쉘비, 톰과 조지아 사이에 놓인 우정보다 톰의 시련에 초점을 맞춤으로써 인종적 박해 / 해방에 비중을 두고 있는 것이다.

그러나 『엉클 톰스 캐빈』이 가진 긍정성은 해방이라는 결과에 있다기보다 이를 가능하게 한 '공감'에 놓여있다. 이런 번역이 식민지하 조선의 현실에서 민족해방의 상상력을 자극하는 것은 유용하지만 그 가능성의 단초가 배제되는 것은 문제적이다(권두연, 113~150).

이러한 양상은 원본과 번역본 전체에서 나타난다. 일단 원본에서는 각 인물의 내면에 주목하는 서술을 보인다. 톰의 주인 쉘비는 "착한 심성과 친절함, 그리고 주변사람들을 챙길 줄 아는 평범한 남자"로, 흑인노예 톰은 "정말 착하고 충성스러우며 머리도 잘 돌아가고 신앙심도 깊은" 사람으로 묘사되는데, 이런 묘사는 당대에 익숙한 방식은 아니다. 그래서 주인이 노예인 톰을 악덕상인에게 소개하는 장면에서 신앙심이 깊다고 말하자 악덕상인은 노예를 이런 표현으로 소개하는 것에 낯설어하며 그냥 노예를 잘 팔려고 하는 수작쯤으로 넘겨짚는다. 그러면서 "검둥이 따위에겐 신앙심"이 있을 수 없다며 완강하게 부인한다. 그만큼 노예의 내면에 대한 언급은 당대에 일반적인 방식은 아니었던 것이다. 그럼에도 이런 서술방식은 텍스트 다른 곳에서도 지속적으로 드러난다. 예컨대 악덕상인이 흑인노예 엘리자의 아이를 빼앗아가려고 하자 엘리자는 아이를 업고 발이 찢어지는지도 모른 채 얼어붙은 강물 위를 도망친다. 흑인노예 엘리자를 지극한 모성애의 표상으로 그려내고 있는 것이다. 이 또한 엘리자의 피부색과 무관하게 그의 모성에 초점을 맞추었기 때문에 가능한 결과다. 만약 악덕상인의 시선으로 이 장면을 포착해냈다면 이해할 수 없는 무모한 열정이나 야수성쯤으로 그려졌을 지도 모른다. 그러나 이것이 숭고하게 재현될 수 있었던 것은 서술자가 그의 입장에서 그의 감정에 공감했기 때문이다. 인간의 심성과 내적 자질에 주목하는 이러한 시선은 톰과 쉘비가 이별하는 장면에서 더 분명하게 드러난다.

> 톰이 말했다. "주인님은 팔려가는 나보다 더 가슴이 아파보였어. 주인님을 갓난아기 때부터 섬겨온 나에게도 힘든 시간이었어. 하지만 난 주인님을 알아. 그리고 주님의 뜻대로 따르자는 기분이 들기 시작했어. 주인님도 어쩔 수 없었던 거고 그분 입장에서는 옳은 판단을 하신거야. 진짜 걱정스러운 건 내가 여길 떠난 다음의 일이야. 주인님 혼자서 영지를 돌아다니며 관리를 하긴 벅찰까봐 걱정이야. 이 집 하인들이야 다 주인님을 잘 섬기겠다고 말하겠지만 꼼꼼하지 못하거든. 그게 마음에 걸려" (…중략…) "주인님" 톰이 몸을 똑바로 세우며 말했다. "옛날 마님이 제 팔에 주인님을 안겨주었을 때 저는 여덟살이었고 주인님은 한 살도 못되었었죠. 그때 옛날 마님께서 '톰 너의 어린 주인님이다. 잘 보살펴드리렴' 하고 말씀했죠. 이제 제가 주인님에게 묻겠습니다. 제가 한번이라도 특히 그리스도를 영접한 다음에는 주인님 말씀을 어긴 적이 있었습니까?" 쉘비는 완전히 압도당했고 눈가에 눈물이 솟아났다. "착한 놈, 네가 진실만을 이야기하는 걸 주님은 아실 게다. 그리고 내가 할 수만 있다면 너를 팔지는 않았을 거야."(125)

쉘비가 노예인 톰을 팔아야 하는 장면인데, 쉘비가 너무 가슴 아파하자 톰은 "제가 주인님에게 묻겠습니다"라고 말하며 주인인 쉘비를 설득한다. 감히 노예가 주인한테 '묻겠습니다'라고 말을 건네는 것도 낯선 풍경이지만 그보다 더 이채를 띠는 것은 이들의 대화가 주인과 노예의 대화로 볼 수 없을 만큼 평등하다는 것이다. 때문에 이 대화 속에서 쉘비는 '눈가에 눈물이 솟아난 채'로 톰의 진정성에 감동하기까지 한다. 이 자리에서 흑인과 백인의 위계적 구분은 중요하지 않다. 오히려 노예이지만 주인을 걱정하는 내면과 감정이 있다는 것, 주인임에도 권리를 내세우지 않고 노예의 마음을 읽어준다는 사실 그 자체가 중요하다. 『엉클 톰스 캐빈』이 전 세계 사람들에게 감동을 주었던 것은 바로 이런 지점이다. '노예제도의 비인간성'이 무엇인지 설득했던 지점은 바로 톰과 쉘비가 맺고 있는 평등한 관계 때문이다. 그런데 이광수가 번역한 『검둥의 설움』에는 이 '공감의 힘'에 대한 이해가 없다. 번역본 첫줄은 "미국 켄터키 어떤 고을에 한 사람이 있으니 이름은 쉘비라. 학식도 매우 있고 사람도 단정하여 가세도 유여하여 좋은 집에 살고 종도 많이 부리더니"로 시작하면서 쉘비가 가진 감정과 심성은 온데간데없고 고전소설에 흔히 등장하는 양반쯤으로 소개한다. 뿐만 아니라 톰과 쉘비가 헤어지며 서로를 상대방의 입장에서 공감해주는 부분은 아예 삭제되었다. 톰을 둘러싸고 "방안에 앉았던 사람들은 다 눈물을 흘리더라"(259)라고 언급되고 있지만 이는 팔려가는 노예에 대한 안타까움, 다시 말해 "어찌하면 좋으냐"로 대변되는 처량한 신세에 대한 연민지정으로 그려진다. 또한 톰과 쉘비, 그들 사이에 놓인 공감은 번역되지도 않았다.

사실 『엉클 톰스 캐빈』에서 인물들의 관계를 이끌며 공감을 드러내는 인물은 쉘비부인이다. 그럼에도 번역본 『검둥의 설움』에서는 쉘비부인의 행위와 감정 표현이 전반적으로 부각되지 않는다. 때문에 『검둥의 설움』만 보면 『엉클 톰스 캐빈』이 어떻게 해방의 텍스트가 될 수 있는지 분명하지 않은 게 사실이다. 검둥이들도 인간으로 인간답게 대접받아야 한다는 주장을 던질 수는 있지만 『엉클 톰스 캐빈』이 어떻게 미국인들의 마음을 움직일 수 있었을지는 설명해내기 어렵다. 물론 이 번역본이 대강의 줄거리만 축약한 번안소설에 가깝지만 사정이 그렇다 하더라도 이광수가『검둥의 설움』에서 느낀 해방감이 무엇이었는지 다시 묻지 않을 수 없다. 결과적으로 '공감'의 결과만 전유했을 뿐 '공감'이 가진 긍정성이 번역되지 못한 것이다.

4. 공감과 동정의 차이

그렇다면『무정』은 어떠한가.『무정』은 '동정'을 형상화하는 대표적인 작품으로 알려져 있다. 그간 많은 논의에서『무정』의 민족만들기 담론 안에서 '동정' 담론이 '민족애'를 어떻게 형상화하는지 분석해왔지만, 이때 '동정'은 '민족의식'이라는 명제에 가려져 별 주목을 받지 못했다. '민족'의 현실이라는 당위 앞에 '동정'은 '불가피'한 감정으로 논의되어 왔을 뿐이다. 이 불가피하다는 인식을 통해 '동정'은 민족의 현실을 극복하는 이데올로기로 치환되었다.[4] 민족의 현실에 대응하는 '동정', 이 속에서 '동정' 이전에 공감이 있었다는 사실은 잊혀졌다.

4　『무정』을 '동정'으로 해석하는 대표적인 논자는 김성연, 김현주, 손유경 등이며 권보드래와 김동식, 배개화, 서영채 등은 열정과 사랑 등을 통해『무정』에 접근한다. 이들은 그간『무정』에 나타난 '정'의 개념이나 민족주의 이데올로기 등으로 논의되어 온 것과 달리 이들은 조금 더 '감정'의 양상에 집중한다. 특히 앞의 세 논자들은 '동정'을 집중적으로 다루는데, 그중 김성연은 '동정'의 문학적 재현에 집중해서 이광수의『무정』에 나타난 '동정'이 '시혜의식' 정도의 수준이었다고 언급하고 김현주는 '민족만들기' 논의 안에서 '동정'이 어떻게 의미화되었는지 논의한다. 그리고 손유경은 1920년대 '동정' 담론을 정서구조 차원에서 자세히 논의한다.

「다른 일이 아니라」 ᄒᆞ고 져 수지를 당ᄒᆞᆫ 사ᄅᆞᆷ들중에는 병인도 잇고 태모도 잇고 졋먹이가진 부인도 잇는데 조반도 못먹고 비를 맛고 쩌는 정경이 가련ᄒᆞ며 더구나 어머니가 무엇을 먹지 못ᄒᆞ얏ᅀᆞᆷ으로 졋이안이나셔 어린 ᄋᆞ희들의 우는양은 참아 못보겟다는 말을 ᄒᆞᆫ뒤에 그리셔 맛참 부산가는 렬챠가 비에 걸녀셔 오후 ᄭᆞ지 머물게 되얏스니 음악회를 열어 거긔셔 슈입된 돈으로 불상ᄒᆞᆫ 사ᄅᆞᆷ들에게 ᄯᅡᆺ듯ᄒᆞᆫ 국밥이라도 만드러먹이고 십다는 뜻을 몰하고 허가와 원죠ᄒᆞ여 쥬기를 청ᄒᆞ얏다('다른 일이 아니라' 하고 저 수재를 당한 사람 중에는 병인도 있고 임산부도 있고 젖먹이를 가진 부인도 있는데 조반도 못먹고 비를 맞고 떠는 정경이 가련하며 더구나 어머니가 무엇을 먹지 못하였음으로 젖이 안 나와 어린 아이들이 우는 모습은 차마 못보겠다는 말을 한 뒤에 그래서 마침 부산가는 열차가 비로 인해 멈춰서 오후까지 머물게 되었으니 음악회를 열어 거기서 수입된 돈으로 불쌍한 사람들에게 따뜻한 국밥이라고 만들어 먹이고 싶다는 뜻을 말하고 허가와 원조하여주기를 청하였다.)[5] 셔장은 점점 놀니어ᄒᆞ는 빗츨 보이더니 「그러면 음악홀줄 ᄋᆞ는이가 잇나요」 ᄒᆞ고 감격ᄒᆞᆫ 목쇼리로 디답ᄒᆞᆫ다 「잘ᄒᆞ기야 엇더케 바라겟습닛가마는 제가 음악학교에 다닙니다 그리고 동힝ᄒᆞ는 녀ᄌᆞ가 두어사ᄅᆞᆷ되는데 녀학교에셔 빈흔 챵가마디나 ᄒᆞ고요」 셔장은 이 말에 지극히 감복ᄒᆞ야 「참 당국에셔도 구제방침을 연구ᄒᆞ던 중이외다. 그러나 갑작이 닐어난일이닛가」 ᄒᆞ고 잠시 싱각ᄒᆞ더니 「참 감샤ᄒᆞ외다 허가야 물론이지오」 ᄒᆞ고 벌덕 닐어나셔 모ᄌᆞ를 쓰고 나온다. 셔장은 일변 뎡거쟝에 나가셔 역쟝과 교섭ᄒᆞ야 대합실을 회쟝으로 쓰기로 ᄒᆞ고 일변 슌사를 파숑ᄒᆞ여 각 려관과 시가에 이 뜻을 말ᄒᆞ게 ᄒᆞ얏다. 중간에셔 ᄉᆞ오시간

---

5   민족적 재난 앞에서 병욱이 슬퍼하는 첫 장면이다. 이 글에서 인용문은 원자료에서 가져왔지
    만 그 의미를 강조할 단락은 현대어로 다시 풀어 썼다.

이나 기다리기에 답답증이 낫던 승긱들은 일제히 대합실에 모혀들엇다. 그 숙에는 간혹 흰옷입은 삼등긱도 셧겻다 걸상을 잇는디로 둘러노핫다 좁은 디 합실에 갓득찻다 출찰구겻헤 큰 테불을 노하셔 무디를 만드럿다. 즈션 음악 회라는 말은 드럿스나 엇더훈 샤롬이 나오는지 모르는 군중은 눈이 둥글호야 무디만 바라본다. 이윽고 셔쟝은 무디겻흐로 가더니 일동을 둘너보며 「이러 케 모히시기를 쳥훈것은 다름이 안이외다 여러분 져 산기슬글 보시오 져긔는 수지를 당호야 집을 일은 불상훈 동포가 밥도 못먹고 비에 저져셔 방황홈니 다. 그런데 앗가 아름다운 쳐녀가 경찰셔에 와셔 저 불상훈 동포들에게 한끼 나 짯듯훈 밥을 먹이기위호야 잘호는지를 모르거니와 그의 아름다운 졍셩이 족히 피잇고 눈물잇는 신스슉녀졔씨를 감동식힐줄을 확신홈니다」호며 셔쟝 은 눈물이 흐르고 말이 막힌다. 일동의 얼굴에는 찌르르호는 감동이 휙 지나 간다. 여긔져긔셔 코를 포는 부인의 소리도난다. 셔쟝은 말을 이어 「여러분 우리는 그 쳐녀의 졍셩에 디답홈이잇셔야훌것이외다. 이제 그쳐녀를 쇼기홈 니다」호고 져편 구셕에 가지런히 셧던 세 쳐녀를 부른다. 비이올닌을 든 병욱 을 션두로호야 세쳐녀는 은근히 일동에게 경례롤호다 디합실이 터져라호고 박슈호는 소리가 들닌다. 엇던 사롬은 감격홈이 극호야 소리를 치는이도 잇 다. 병욱은 세사롬을 디표호야 「져히는 음악을 알아셔 호려홈이안이올시다 다만 여러분 어룬끠셔 동졍을 줍신사롬이외다. 더구나 힝리중에 보표가 업스 니 짜로 외워호는것이라 잘못되는 것도 만흘것이외다.(『매일신보』, 1917.6.7)

    이 장면은 『무정』 주제가 드러나는 책의 마지막 부분이다. 형식, 선형, 영채, 병욱이가 탄 기차가 수해로 인해 삼랑진역에서 일시 정차한다. 이 때 다들 어마어마한 재난 앞에서 속수무책이며 때로는 귀찮아한다. 기차 승객들은 삼랑진의 집들이 대부분 물에 잠긴 비참한 현실을 보면서 처음 보였던 반응은 관찰자로서의 '물구경'이었으며 기차에서 내려 상당한 불편이 예상되었을 때에도 무서워하고 난처해한다. 이 시선 속에서 수재민들은 산기슭에 몰려서있는 군중 정도로만 포착된다. 사실, 선형과 영채, 형식조차 이 '수해'가 무엇을 말하는지 산기슭에 서있는 수재민들의 모습이 무엇을 말하는지 알지 못했다. 즉 산기슭에 서있는 무리들의 상황이 무엇인지 감각해내지 못한 것이다. 미래를 위해 나아가는 도중에서 벌어진 이 상황에 대해 혼란스러워하고 삶의 리듬이 깨진 것에 당황해할 뿐 산기슭의 '그들'이 자신의 삶과 어떤 관련이 있는 것인지 느끼지 못한다. 이 사태가 무엇인지 그들이 놓인 상황이 얼마나 참담한 것인지 느끼는 것은 병욱뿐이다. 또 산기슭에서 물에 젖은 채 서있는 그들에게 필요한 것이 무엇인지 감각해내는 것 또한 병욱이다.

병욱은 몸이 안 좋은 임산부에게 괜찮은지 묻고 여관으로 데려가 간호한다. 병욱은 여기에서 그치지 않고 경찰서장에게 가서 이곳 수재민들을 돕기 위해 자선음악회를 열겠다고 말한다. 이렇게 병욱이가 물에 젖어 몸이 파랗게 변한 임산부의 고통에 공명하면서 그를 돕기 위해 애쓰는 과정에서 새로운 관계가 만들어진다. 그 전까지 수재민-관찰자로 나뉘어진 관계가 아픔에 공명하는 관계로 전이되는 것, 이 속에서 부여된 집합적 표상이 바로 동포애, 민족애이다. 병욱이 느끼는 '가련함'과 '차마 못 보겠는' 감정은 '동포'라는 표상에서 기인하는 것이 아니다. 그저 임산부가 비를 맞는 모습에 대한 슬픔과 안타까움인 것이다. 경찰서장이 이 감정을 전하면서 요약하면서 '동포에 대한' 감정이라고 말하고 있지만 동포애는 공감의 결과일 뿐 전제가 아니다.

이렇게 삼랑진에서 '공감'하고 결단을 내리는 병욱에 대한 감동은 독자들의 반응을 통해서도 분명히 나타난다. 김기전은 「무정 122회를 독(讀)하다가」라는 글을 통해 「무정 122회」의 이 장면에 대해 곧바로 지적한다(『매일신보』, 1917.6.15). 그는 병욱이가 경찰서장에게 "비를 맞고 쩌난 정경이 가련ᄒ며 더구나 이어머니가 무어슬 먹지못ᄒ(비를 맞고 떠는 정경이 가련하며 더구나 애어머니가 무엇을 먹지 못)"하다는 대목을 읽는 순간 스스로 "엇지흔 세음인지 무슨 이상흔 감동이 들며 쇼름이 젼신에 쭉 치인다(어찌된 셈인지 무슨 이상한 감동이 들며 소름이 전신에 쭉 끼친다)"라고 하면서 "마음은 엇더타 형용홀 수가 없다(마음이 어떻다 형용할 수가 없다)"라고 말한다. 김기전은, 애엄마가 무엇을 먹지 못해 애가 배가 고파 우는 장면에 병욱이 가슴아파하는 모습을 보면서 그간 경험하지 못했던 새로운 "감회"를 느꼈다고 말한다. 그의 감동은 점점 증폭돼 병욱이가 불쌍한 동포들에게 밥 한 끼라도 먹이기 위해 자선음악회를 했으면 한다고 말하는 대목에 이르러, 가슴에 무엇이 움찔움찔하는 그런 느낌으로 걷잡을 수 없었다고 말한다. 김기전이 이렇게 『무정』을 보면서 울었던 것은 삼랑진 물난리 때문이 아니라 실은 병욱이가 수재민들의 처지에 공감해서 느꼈던 감정 때문이다. 빗속에 서있는 아이엄마와 우는 아이의 모습을 보면서 아이의 배고픔과 안타까운 어미의 심정을 공감하는 모습에서 자연스럽게 '동포애'가 무엇인지 느끼고 있었기 때문이다. 이는 수재민들의 '수해'를 자기 몫으로 떠안으며 이 문제를 같이 극복하는 병욱이의 마음에 감동한 것이다. 이와 관련해서 병욱이가 보인 '공감' 능력은 주목할 만하다. 병욱은 영채뿐만 아니라 수재민들을 '차이에도 불구하고' 그들의 맥락에서 고통을 공감해냄으로써 소통에 이르게 된다. 병욱이가 일으킨 이 감정은 당대 독자들에게 계속해서 파장을 일으킨다.

주요한은 병욱이 드러내는 이 새로움의 기호에 대해 언급한다(『매일신보』, 1918.8.10). 그는 이 소설에서 가장 흥미를 끄는 인물이 '병욱'이라고 하면서 그를 통해 '새로운 무대'를 경험할 수 있었다고 말한다. 그러면서 병욱을 "새로운 조선 여자의 표본"으로 사고하며, 병욱을 통해 '새로운 무대'를 경험할 수 있었다고 한다. 뿐만 아니라 병욱의 등장으로 인해 '건조한 사상의 허재비'가 되지 않았다고도 이야기한다. 즉 '병욱'이라는 인물에 감화되어 근대의 새로운 기운을 감각해 내고 있는 것이다.[6]

그러나 123회에 접어들면서 '병욱'의 존재는 지워지며, '공감'은 '동정'으로 번역되는 듯 보인다. 이 작품의 초점화자인 형식이 이 공감의 사태를 감지해내지 못한 채 '동정'의 윤리로 해석하기 때문이다. 형식의 관찰에 따르면, 자선공연을 보고난 수재민들이 모습은 "엇지홀 줄을 모르고(어찌할 줄을 모르고)", "아모 방칙도 업(아무 방책도 없)"는 의지없는 무리들이며, "가련ㅎ기도 ㅎ지만은 쪼 엇지보면 너머 약ㅎ고 어리석어보(가련하기도 하지만 또 어찌보면 너무 약하고 어리석어 보)"인다고 말한다. 수해라는 대재앙으로 집을 잃은 난민들을 향해 '의지'와 '능력'을 거론하면서 이들을 한심스럽게 이야기 한 뒤 이를 해결하자고 말한다. 그러나 형식이 이 상황을 극복할 문제로 사유했다는 것은 수재민의 고통을 감지하지 못하고 있다는 사실의 반증이다. 형식은 수재민을 처음으로 발견하는 122회에 등

---

6   이와 관련, 김주리는 병욱과 형식을 비교하며 "영채를 향해 어리고 사랑스럽다는 감정을 갖는 것은 형식이 아니라 병욱이다. 형식은 영채의 미모에 황홀해 할 뿐 사랑스럽다는 감정을 나타내지 않는다"고 분석한다. 뿐만 아니라 영채에 대한 형식의 태도가 동정과 불쾌를 오간다면, 병욱이 영채에게 보이는 태도는 '우애'에 가깝다고 지적한다.(김주리, 『한국근대소설에 나타난 신체담론 연구』, 서울대 박사논문, 2005, 34쪽)

장하지 않는다. 122회에서는 병욱의 주도로 모든 일이 진행되면서 형식은 후경화되어 있다. 그러다가 123회에 등장해서 수재민들을 바라보는 관찰자로 등장하게 된다. 수재민의 고통을 관찰하는 시선의 주체, 그가 반복적으로 확인하는 것은 주체와 타자를 구분하는 경계의 지표다.

> 이러ᄒᆞ는 동안에 집일흔 사ᄅᆞᆷ들은 여전히 엇지홀줄을 모르고 ᄯᅡᆼ바닥에 안져잇섯다. 차차 시장증이 나고 몸이 ᄯᅥᆯ리기 시작ᄒᆞ얏스나 그네에게는 아모 방칙도 업셧다. 그네는 다만 되어가ᄂᆞᆫ디로 되기를 바랄 ᄲᅮᆫ이다. 그네는 과연 아모 힘이 업다. ᄌᆞ연의 폭력의 더ᄒᆞ여셔야 누구라셔 능히 디항ᄒᆞ리오만은 그네는 너모두 힘이 업다. 일성에 ᄲᅧ가 휘도록 이셔셔 싸아노흔 싱활의 근거를 하로밤 비에 다 씻겨ᄂᆞ려 보니고 말리만콤 그네는 힘이 업다. 그네의 싱활의 근거는 마치 모리로 싸하 노흔 것 같다. 이제 비가 그치고 몸이 나가면 그네는 홋허진 모리를 그러모와셔 시 싱활의 근거를 쌋는다 마치 ᄀᆡ아미가 가늘고 연역ᄒᆞᆫ 발로 ᄯᅡᆼ을 파셔 둥지를 만드는 것과 갓다. 하로밤 비에 모든 것을 일허바리고 발발 ᄯᅥ는 그더들이 엇지보면 가련ᄒᆞ기도 ᄒᆞ지만은 ᄯᅩ 엇지보면 너머 약ᄒᆞ고 어리석어보힌다. 그네의 얼골을 보건디 무슨 지혜가 잇슬 것갓지안이ᄒᆞ다. 모도다 미련히보히고 무감각히보인다. 그네는 몇푼어치 안이되는 농ᄉᆞᄒᆞᆫ 지식을 가지고 그져 ᄯᅡᆼ을 팔 ᄲᅮᆫ이다. 이리ᄒᆞ여셔 멋히 동안 하ᄂᆞ님이 가만히 두면 썩은 볏셤이나 모화두엇다가는 한번 물이나면 다 씻겨 ᄂᆞ니고만다 그리셔 미련ᄒᆞ야진다. 져디로 ᄂᆡ어버려두면 맛참ᄂᆡ 북히도에 아이누가 다름업는 종자가 되고 말것갓다. 져들에게 힘을 쥬어야겟다 지식을 주어야ᄒᆞ겟다 그리히셔 싱활의 근거를 안젼ᄒᆞ게 ᄒᆞ여쥬어야ᄒᆞ겟다.(『매일신보』, 1917.6.9, 1면)

형식이 보기에 수재민들이 '불쌍한' 이유는 '아무 힘도 없고', '미련'하기 때문이다. 또 그들은 너무 무식해서 또 물난리가 나면 또 이런 식으로 자기 재산을 송두리째 빼앗길 것이며 또 이렇게 쭉 가난하게 살 것이라고 단정짓는다. 때문에, 이들에게 필요한 것은 근대 문명으로 나아갈 수 있는 배움이라고 하면서 이들에게 "지식을 주어야겠다"고 한다. 형식은 아이를 안고 있는 젖먹이 엄마와 임산부 등을 통틀어 "아이누와 같은" 야만인으로 대상화하며 '민족적 수난'으로 수재를 분석하기에 이른다. 병욱이가 앞서 보고 아파했던 젖먹이 엄마와 몸이 안 좋은 임산부 등은 외면한 채 이들을 하나의 추상명사로 치환시켜 버리는 것이다. 그래서 그들의 삶 속에 녹아있는 아이를 품은 어미의 마음이라거나 아이를 잃을까 두려워하는 걱정 등이 지워진 채 '야만인'으로 대상화한 것이다. 그가 그들 속에서 감각해 내는 것은 '고통'이 아니라 '고통의 원인'에 대한 표상화이다.

이렇게 122회에서 123회로 넘어가는 동안 '공감'의 관계는 계몽된 자와 야만인의 관계로 전도된다. 뿐만 아니라 공감은 앎의 문제로 전락한다. 비록 형식이 수재민들에게 궁극적으로 필요한 것이 '지식'이라고 분석하면서 영채와 선형 그리고 병욱을 설득해내고 있지만, 또 이를 통해 이들의 삶의 목적이 바로 '민족'을 위한 교육에 있다고 요약해내지만 그가 '감정의 공동체' 밖에 있다는 사실이 더 중요하다. 형식은 삼랑진 사건이 주는 메시지를 민족적 수난으로 해석하며 무엇이 필요한지 묻기에 앞서, 삼랑진 사건을 통해 울고 박수치는 '공감적 연대'의 의미에 대해 먼저 물었어야 했다. 또 그 자신이 수재민들과 같은 인간이며 자신이 만일 그들의 처지였다면 어떠했을지 그것을 먼저 감지해내었어야 했다. 그 자리에서 그가 느껴야 하는 것은 다른 사람들이 그러하듯 눈물 흘리고 박수치면서 같은 처지에 놓여있다는 공동운명에 대한 느낌이다. 서로 다른 차이에도 '불구하고' 서로의 현실을 자기 현실의 일부로 상상해내는 것, 그리고 이 감정이 실은 '민족애'로서의 힘이라는 사실에 대한 이해가 빠진 채 관찰자의 자리에서 내려오지 못하는 무능을, 오인의 상태를 지워내고 있는 것이다. 형식은 병욱이가 다른 수재민들과 느끼고 있는 이 느낌이 무엇인지 감각해내지 못하고 있다.[7] 아니, 이 관계를 외면한 채로 그 결과만을 전유하고 있다. '공감'은 '공감하다'로 이야기되는 '능력'에 관한 물음이어야 하며, 상호성의 관계 안에서 개화될 수 있는 감정의 양식이어야 한다. 이때 중요한 것은 이 '공감'을 감각할 수 있는 몸이다. 이 가능성이 '병욱'을 통해서만 선취된다. 그러나 이마저도 계몽주체의 개입으로 주체 중심의 민족주의적 계몽만으로 해석되었다.

---

[7] 이와 관련 이재선은 이형식의 감정구조에 대해, 『무정』의 본문에 제시된 "형식의 특색은 영어를 많이 쓰고 서양 유명한 사람의 이름과 말을 많이 인용하여 무슨 뜻인지 잘 알지도 못할 말을 길게 함이었다. 형식의 연설이나 글은 서양것을 직역한 것 같다"라는 부분을 그대로 인용하며 "가치의 명료성이 확연하게 이루어지지 않은 채" 과도기적 감정구조를 보인다고 설명한다. 그리고 이러한 형식의 감정적 특징은 선형과 영채가 상징하는 신질서와 구질서 간의 갈등으로 드러난다고 설명한다. (『한국현대 소설사』, 홍성사, 1979, 212~213쪽) 또한, 권영민은 『무정』의 한계와 관련, "개인을 사회적인 존재로 인식하는 데 실패하고 있으며, 개인적 자아가 근거할 현실적 상황에 대한 객관적 인식도 제대로 구현하지 못하고 있다"고 설명하면서 "문명개화의 시대로서 근대사회를 적극적으로 긍정하고 있다는 점에 서 이 소설이 개화공간의 말미에 자리하고 있음을 알 수 있다"고 설명한다. (권영민, 『한국현대문학사』, 민음사, 2002, 204쪽)

5. 동정의 외부, '공감'의 (불)가능성

근대 초기 한국 문학에서 '공감'은 번역되지 않았다. 아니 좀 더 엄밀히 말해, 춘원의 소설에서 공감은 '동정'으로만 번역되었다. 공감이 있었음에도 이것이 가지는 함의를 제대로 보지 못한 것이다. '공감'이 인간(노예, 민족)의 해방의지로 나아갈 수 있다는 사실이 전혀 고려되어 있지 않으며, 그저 계몽주체의 동정으로 공감의 자리를 채웠다. 예컨대 『엉클톰스 캐빈』이 야기한 '공감'은 그 자체로 또 다른 노예해방을 이끌어낸 메시지였다. 비록 『검둥의 설움』이 『엉클 톰스 캐빈』보다 좀 더 메시지가 분명하지만 이는 자유롭고 평등함 박애로움으로 가득한 세계에 대한 이해가 없는 메시지일 뿐이다. '공감'은 평등하고 자유로운 개인들 간의 연대의 감정이다. 이 '감정'은 언어로 재현하기 이전에 관계성의 변화가 기입된 몸으로 체화된 감정이다. 『무정』이 대중소설로서 읽힐 수 있었던 것, 신문소설을 읽으면 눈물 흘리게 하고 이상한 감동에 가슴이 스멀거렸던 것은 한 인간이 또 다른 인간을 향해 보내는 '공감'과 '연대'의 기운 때문이다.

『무정』의 주인공 형식은 '공감'을 통해 감정의 공동체로 변이되고 있는 삼랑진의 장에서 공감을 '동정'으로 번역했다.[8] 이 해석에 대해 그간

---

8 이는 『무정』이 실려있는 『문학』 교과서에서도 확인할 수 있다. 『무정』을 다루고 있는 11종의 문학교과서에서 122회를 다루고 있는 교과서는 단 1종뿐이며 다른 교과서는 모두 123장에서 125장 사이의 형식의 연설 부분을 싣고 있다. 이는 교과서에서 제시하고 있는 바, 당대 지식인들의 이념과 그 대응방식을 살펴보기에 123장 이해가 적절하다고 판단하기 때문인 것으로 보인다. 일례로 교학사(구인환 편)에서는 "당대에 가장 알맞은 새로운 이념형"을 제시하고 있다는 점에서, 두산(우한용 편)에서는 개화기 지식인들의 현실대응방식으로 논의하고 있다. 즉

의 문학사는 이를 추인하고 지지해왔다.[9] 1935년 김동인이 「춘원 연구」를 통해 『무정』의 역사적 공과를 진단하면서 '민족애로서 4인의 감정이 융화'(김동인, 210)에 주목하는 것을 시발로 『무정』의 문학사적 공과는 대개 민족문학적 관점을 얼마나 충실하게 지키고 있는지 하는 문제로 논의해 왔다(김현주, 167). 물론 이 민족주의적 관점이 나름의 한계를 노정하고 있다고 보더라도 일단 『무정』의 공과를 '민족주의적 비전' 제시로 놓고 있는 게 사실이다. 또, 한편에서는 이광수의 후기에 의지해 자유연애라는 새로운 풍속에 주목하기도 하지만, 이 또한 『무정』에 제시되고 있는 새로운 감정의 실체를 외면하기는 마찬가지다.[10] 그간 여러 문학사에서 『무정』이 드러내는 근대성의 감정에 주목했지만 이를 민족주의적 '계몽주의'와 '자유연애'로 양분했을 뿐 '공감'이 선취해낸 결과는 주목하지 않았다. 민족주의적 계몽과 자유연애는 근대적 '공감'이 만들어내는 두 가지 전도된 양태일 뿐이다.

공감을 선취하고 있었던 '병욱'은 텍스트 중심에서 밀려나면서, 『무정』 전체에서 '공감'의 해방적, 정치적 기능 또한 외면되었다. 그는 동포애라는 비가시화된 감정의 교감, 다시 말해 타인의 감정을 그 상황 속에서 미

무정에서 새로운 이념이나 현실대응방식을 보고자 했기 때문에 형식의 연설과 '동정'이데올로기에 주목하게 된 것이다.

9 이와 관련 김동식은 계몽주의자들이 인식한 감정과 정서의 문제로 설명한다. "집중된 감정과 정서는 계몽의 기획에 따라 적절하게 배치될 때 사회 변혁을 위한 집단적인 리비도를 형성할 수 있다"(68쪽)고 전하면서 국가라는 유기체 안에서 적절하게 배치될 때에만 감정이 정상적으로 소비된다고 지적한다.(『한국의 근대적 문학개념 형성 과정 연구』, 서울대 박사논문, 1999, 94~108쪽)

10 김윤식은 "이 장면에서 주목되는 것은 이형식이 교사로서 높고 성스러운 존재로 회복됨으로써 개인적 감정을 극복했다는 사실이다. 어째서 수해가 났으며 많은 사람들이 형언할 수 없는 재난을 당해야 하는가 누가 이를 구원할 수 있으며 무엇으로 구원해야 하는가 이 중대한 물음 앞에서 이형식은 성스러운 교사로 떠오른다"고 지적하며 형식이 재난의 구원자로 등장한다고 설명한다.(『한국소설사』, 문학동네, 2000, 74쪽)

루어 짐작하며 느낌의 공동체를 만들어냈지만 형식의 '도덕감정' 이면에 놓이게 되었다. 물론 병욱은 이광수가 탄생시킨 인물로서 『무정』 안에서 근대적인 아비투스를 체현한 인물이다. 또, 선형과 영채를 중개하며 영채와 선형의 감정적 딜레마를 텍스트 안에서 조정하는, 형식을 대리하는 여성인물이기도 하다. 그러나 서술자와 근거리에 놓인 '형식'은 '병욱'을 알지 못할 뿐만 아니라 그에 대해 추측해 보거나 그가 일으킨 '공감'의 맥락을 감각해내지도 못한다. 병욱이는 텍스트 내부에 놓여 있지만 형식의 시선 바깥에 있는 '외부'였으며, 이광수가 탄생시킨 근대여성이지만 작가의 해석 밖에 놓인 인물이었다. 다행스럽게도 당대 독자들은 텍스트 '내부'의 인물로, 『무정』의 감각해낸 새로운 인물로 병욱을 알아보았다.

'공감'은 자유롭고 평등한 관계들이 만들어내는 협력과 연대의 감정이다. 인종, 계급, 국가 등을 초월해서 '차이에도 불구하고' 소통하고 교감하려는 상호성의 감정이다. 한 인간이 인간으로서 가지는 존엄성에 기반해서 인종적, 계급적, 민족적 경계를 뛰어넘는 감정이 네트워크이기도 하다. 이 감정을 통해 자유롭고 평등한 공동체가 구성될 수 있었다고 해도 과언이 아니다. 비록 이 '공감'이 근대국가를 대리하는 계몽주체의 해석 속에서 지워지기도 했으나, '동정' 이전에 '공감'이 '이미' 있었다는 것, 그리고 당대 독자들이 이 공감의 장을 반복적으로 감각해내고 있었다는 점은 기억해야 할 것이다.

모성적 공감과 분노의 정치학

메리 울스턴크래프트의 『마리아』

오봉희

1. 이성적인 남성, 감정적인 여성?

1990년대 이탈리아 파르마(Parma) 대학 자코모 리촐라티(Giacomo Rizzolatti) 연구팀은 원숭이를 대상으로 뇌신경세포의 활동을 관찰하고 있었다. 어느 날 리촐라티 박사는 원숭이의 뇌 속에 다른 원숭이나 인간이 행동하는 것을 보기만 해도 자신이 직접 행동할 때와 동일한 반응을 보이는 신경세포가 있다는 것을 발견했다. 원숭이의 뇌와 마찬가지로 인간의 뇌에도 다른 사람이 행동하는 것을 볼 때 자신이 직접 행동할 때와 동일한 반응을 하는 세포가 있다. 이 세포의 이름이 '거울신경세포(mirror neuron)'인데, 과학전문기자들은 이 세포를 '공감 뉴런'이라고 부르기도 한다. 인간의 거울신경세포는 단순한 행동에만 반응하는 원숭이의 거울신경세포와 달리 복잡한 행동뿐만 아니라 타인의 생각과 감정에도 반응한다.

인간의 거울신경세포는 우리가 타인의 행동에도 우리가 직접 행동할 때와 똑같이 반응하게 하고, 타인의 복잡한 생각이나 미묘한 감정까지도 자신의 것처럼 인식하게 해준다. 이 연구 결과는 그동안 철학자들이 인간의 천성이라고 주장해온 공감 능력이 생물학적 근거를 가지고 있다는 것을 증명해주었다.

　그러나 과학적 연구를 통해 인간의 공감 능력이 입증되었다고 해도 공감에 관한 철학적 논의와 문제제기는 여전히 유효하다. 특히 성별에 따른 공감 능력의 양적 혹은 질적 차이는 과학으로도 명확히 해명되지 못하고 있다. 심지어 공감 능력에서 나타나는 차이가 젠더에 기인하는 것인지 아니면 단순히 개인차에 의한 것인지조차 명확하지 않다. 남성은 이성적이고 여성은 감정적이기 때문에 여성이 남성보다 더 잘 공감한다는 것은 우리의 통념일 뿐이다. 하지만 이 통념은 공감 논의에서 오랫동안 별다른 문제 제기 없이 수용되어왔고, 일부 논자들은 남녀의 질적 차이를 구분하는 근거로 이 통념을 확장하거나 변형시켰다. 더 문제적인 것은 남성은 이성적이고 여성은 감정적이라는 통념이 남성의 공감이 여성의 공감보다 우월하다는 주장의 근거로 활용되기까지 한다는 점이다. 그 대표적인 이론가가 공감론에 이론적 근거를 제공한 것으로 평가되는『도덕감정론The Theory of Moral Sentiments』의 저자 애덤 스미스(Adam Smith)이다.

　스미스는『국부론The Wealth of Nations』을 통해서 서구 자본주의체제에 이론적 근거를 제공함으로써 근대 자본주의 정치경제학의 창시자로 알려진 인물이다. 그러나 경제학자라는 대중적 이미지와는 다르게 스미스는 도덕 철학자였다. 당시 사람들은 인간의 본성과 인간 사회의 원리를 탐구하는 학문 분야를 도덕철학이라고 통칭했는데, 스미스의 관심이 바로

이 도덕 철학에 있었으며 정치경제학은 그 일부였을 뿐이다. 『도덕 감정론』에서 잘 드러나듯이 스미스 도덕 철학의 핵심은 공감이다. 물론 스미스의 도덕 철학이 독창적인 것은 아니다. 당시 스코틀랜드 계몽주의자들은 인간의 본성과 도덕 감성을 집중적으로 연구했으며 『도덕 감정론』은 그 연장선상에 있다. 스미스는 특히 프랜시스 허치슨(Francis Hutcheson)과 데이비드 흄(David Hume)의 영향을 많이 받았다. 허치슨은 인간의 도덕 감성은 경험에서 비롯되며 도덕이란 이성이 아니라 감정의 산물이라고 본다. 흄과 스미스는 이 점에 동의하면서도, 사회질서를 유지하는 데 있어서 이타심이나 자선의 중요성을 강조하는 허치슨과는 달리 인위적인 정의가 중요하다고 주장한다. 또한 스미스는 인위적인 정의가 사회질서를 유지할 수 있는 것은 인간의 공감 능력 덕분이라는 흄의 견해에 동의하지만, 공감의 효용성을 강조한 흄과는 달리 공감의 적절성을 강조한다.

18세기 스코틀랜드 계몽주의 도덕 철학의 전통에서 탄생한 스미스의 『도덕 감정론』은 공감론의 기초를 세운 텍스트로 언급되어왔다. 그러나 후기 근대에 들어와 스미스의 공감론은 근대 사유의 한계를 벗어나지 못했다는 비판을 받는다. 스미스의 공감은 근대 시민사회의 윤리적 양심으로 전도된 감정 형식이며 주체가 타자의 경험을 전유해버리는 주체 중심 개념이라는 것이다. 이 비판은 타자의 문제가 후기 근대의 주요 화두로 떠오르면서 '타자와 진정으로 공감할 수 있는가' 혹은 '공감이란 주체가 타자의 감정을 전유함으로써 오히려 타자를 지워버리는 것은 아닌가?' 등의 윤리적 질문과 함께 많이 논의되었다.

스미스의 공감론에 나타나는 이런 한계는 관망자가 제 삼자로서 당사자가 경험하는 것을 직접 경험하지 않은 상태에서 상상을 통해 그의 감정만을 자기 것으로 전유하기 때문에 생긴다. 그러나 관망자와 당사자가 같은 경험을 공유할 때는 스미스가 생각한 것과 다른 형태의 공감이 형성될 수 있다. 메리 울스턴크래프트(Mary Wollstonecraft)가 『마리아*Maria*』에서 제시하고 있는, 마리아(Maria)와 제마이머(Jemima)의 공감 관계가 그 한 예이다. 『마리아』는 18세기 후반 영국의 남성중심사회에서 여성들이 겪는 억압과 학대의 이야기를 중산계급 여성인 마리아와 하층계급 여성인 제마이머의 삶을 통해서 풀어내고 있다. 이 두 여성은 사회적 소수자로서 억압받고 학대당하고 있다. 따라서 두 여성이 서로 공감할 때 그것은 관망자와 당사자가 아니라 유사한 경험을 한 피해 당사자들 사이의 공감이 된다. 그런데 이들의 공감은 단순한 감정적 소통이 아니라 여성의 사회적 현실에 대한 이성적 자각을 수반하는 감정적 소통으로 그려지고, 이 소통은 두 사람의 삶을 변화시키는 연대감으로 발전한다. 이것은 이성을 남성과, 감정을 여성과 결부시키고, 여성의 공감을 남성의 공감보다 열등하게 취급하는 젠더 편향적 시각을 재고할 것을 요구한다. 따라서 젠더 편향적 시각은 스미스의 공감론에 내재되어 있는 또 다른 한계이다.

이 글은 근대적 공감 개념을 형성한 스미스의 공감론과 그것의 젠더 편향적 시각을 살펴보는 것으로 출발하고자 한다. 그리고 스미스식의 젠더 편향적 공감론을 여성에게 실질적으로 유용한 관계 형성 모델로 다시 쓸 수 있는 가능성을 울스턴크래프트의 공감론에서 찾고자 한다. 울스턴크래프트는 스미스처럼 체계적인 공감론을 서술하고 있지는 않지만, 공감의 문제를 『여권옹호*A Vindication of the Rights of Woman*』에서 부분적으로 제기하고 있고, 미완성 유고작인 『마리아』에서는 서사를 통해 본격적으로 풀어내고 있다.

2. 젠더화된 공감

스미스는 공감을 어떤 감정이 경험 당사자로부터 관망자에게 전달되어 제 삼자인 관망자도 당사자가 느끼는 것과 유사한 감정을 느낄 때 형성되는 '동류의식(fellow-feeling)'으로 정의한다. 공감 능력은 인간이라면 누구나 천성적으로 타고나는 것으로 아무리 이기적이고 못된 사람이라도 이 능력 자체를 완전히 결여하고 있지는 않다. 물론 타인과 공감할 수 있는 능력을 천성적으로 타고났다고 해서 모든 사람이 이 능력을 실제로 행사하거나 행사할 수 있는 것은 아니다. 하지만 공감은 인간의 천성에서 비롯되는 것이므로 우리는 다른 사람과 공감할 수 있을 때 기뻐하고 공감할 수 없을 때 충격을 받으며, 다른 사람이 나와 공감할 때 기뻐하고 공감하지 않을 때 상처를 입는다. 공감을 불러일으키는 상황이 무엇이든, 또 어떤 감정에 공감하든 상관없이 타인에게서 공감을 얻는 것은 우리를 즐겁게 한다.

공감은 우리가 흔히 타인의 슬픔에 동참할 때 느끼는 연민이나 동정뿐만 아니라 기쁨, 사랑, 분노, 공포 등 인간이 경험하는 모든 감정을 포괄한다. 그러나 공감이 형성되는 빈도나 공감의 강도는 각각 다르다. 대체로 기쁨보다는 슬픔에 공감하는 것이 더 보편적이고, 쾌락보다는 고통이 더 자극적인 감각이기에 고통에 공감하는 것이 더 강렬하다. 스미스는 이를 수용하면서도 한 가지 조건을 덧붙여 이 통념을 살짝 비튼다. 그는 "시기심이 없는 경우에는 기쁨과 공감하려는 우리의 성향이 슬픔과 공감하려는 성향보다 훨씬 더 강하고"(54), 고통스러운 감정보다 유쾌한 감정에 공감할 때 관망자가 느끼는 감정은 당사자가 느끼는 감정의 강렬함에 훨씬 근접한다고 주장한다. 시기심이 없는 경우에 우리는 기쁨이 주는 황홀감에 심취하고 타인의 기쁨에 공감하지만, 슬픔은 고통스럽기 때문에 슬픔에 공감하기를 꺼리다가 더 이상 저항할 수 없는 단계에 이르러서야 공감한다는 것이다. 루신다 코울(Lucinda Cole)이 지적하듯이 이 주장에는 시기심 없이 타인의 기쁨에 동참하는 것이 "더 진정한" 공감이라는 뜻이 함축되어 있다(112).

스미스에 따르면 타인의 불행과 고통에 공감하는 것이 더 보편적이지만, 타인의 기쁨에 공감하는 것이 더 진정성이 있다. 그런데 문제는 스미스가 이 구분을 젠더 차이와 결부시킨다는 점이다. 스미스의 공감론에서 여성은 천성적으로 고통에 민감하게 반응하기 때문에 타인의 고통에 자연스럽게 공감하는 것으로 그려진다. 그러나 여성의 공감은 관망자로서 당사자의 감정에 대해 품는 예민한 동류의식에 불과한 것으로 타인이 슬퍼할 때 함께 슬퍼하고 기뻐할 때 함께 기뻐하고 부당한 일을 당할 때 함께 분개하는 것에 지나지 않는다. 스미스는 이를 여성의 미덕인 '인정(humanity)'이라고 칭하고, 남성의 미덕인 '관대함(generosity)'과 구분한다. 인정이 즉각적으로 형성되는 공감이라면, 관대함은 자기보다 남을 먼저 생각하고 남을 위해 자신에게 중요한 것을 희생하는 행위를 수반한다. 다시 말해 관대함은 기쁨을 절제하고 고통을 견디는 '자제심(selfcommand)'이라는 덕목이 필요하다. 자제심은 고통스러운 것, 연약한 것, 과도한 것, 따라서 여성적인 것을 통제하고 억누르고 더 긍정적인 것으로 대체하는 행위이다. 스미스에 따르면 관대함과 자제심에 근거하여 형성되는 공감은 남성적인 것이며 그 최고 형태는 "고결한 남성들 사이에서만" 형성된다(264). 그는 공감은 인간의 천성에 속한다는 전제에서 출발하지만, 관대함과 자제심을 남성적 자질로 규정하고 가장 바람직한 형태의 공감은 남성들 사이에서만 가능하다고 주장함으로써 남성적 공감과 여성적 공감 사이에 우열을 매긴다. 이 논리에 따르면 인정에서 비롯되는 여성적 공감은 즉각적이고 자연스럽지만 열등한 형태의 공감이다.

울스턴크래프트는 『여권옹호』에서 "다른 사람에게서 우리 자신의 가슴 속에서 생겨나는 모든 감정들에 대한 동류의식을 보는 것보다 우리를 더 즐겁게 하는 것은 없다"는 스미스의 주장을 인용하면서 "삶의 매력은 공감"이라고 주장한다(171). 공감을 동류의식으로 보고 그 핵심적 효과를 기쁨에서 찾는다는 점에서 울스턴크래프트는 스미스를 따르고 있다. 그러나 그녀는 여성적 덕목에 대한 잘못된 개념과 교육이 여성을 열등하게 만들고, 여성의 이해력은 제한한 채 감각만 예리하게 만드는 사회적 조건이 여성을 예민하고 연약하게 만든다고 주장한다. 즉, 여성은 천성적으로 감정이나 감각에 민감하고 남성보다 더 잘 반응하는 것이 아니라 후천적으로 그렇게 만들어진다는 것이다. 이 주장은 울스턴크래프트가 남성은 이성적이고 여성은 감정적이라는 통념에 문제를 제기하고 있으며, 남성적 공감과 여성적 공감 사이에 우열관계를 설정하는 것에 동의하지 않음을 보여준다.

울스턴크래프트에 따르면 여성은 하나의 성이기에 앞서 남성과 동등한 인간으로 남성과 마찬가지로 세상에서 자신의 능력을 펼칠 수 있어야 한다. 그런데 남성중심의 사회는 여성에게 전문적 직업을 허용하지 않고 가정에 국한된 삶을 살게 한다. 이러한 제약 때문에 여성은 경제적으로 자립하기가 거의 불가능할 뿐만 아니라 다른 사람들과의 사회적 교류가 주는 공감의 기쁨을 누릴 기회를 박탈당하고 있다. 또한 정치적 권리와 시민으로서의 삶이 허용되지 않기 때문에 여성은 공동체의 이익에 관심을 두지 않게 된다. 울스턴크래프트는 이런 사회적 제약과 편견을 비판하면서, 여성의 처지를 개선하기 위해서는 여성도 남성과 동일한 이성을 지닌 존재라는 점이 우선 인정되어야 하고, 여성에게도 사고력과 분별력을 키우는 교육과 공적 업무를 수행할 기회가 주어져야 한다고 주장한다. 스미스가 여성을 즉각적이지만 덜 긍정적인 공감 능력을 구현하는 성으로 보고 있다면, 울스턴크래프트는 여성을 사회적 조건 때문에 이성적 능력을 펼칠 기회와 경제적 자립의 기회를 박탈당하고, 남성의 자의적 권력에 종속될 수밖에 없는 계급으로 인식한다. 이렇게 울스턴크래프트는 여성의 인권 옹호의 문맥에서 공감을 논한다.

울스턴크래프트가 여성도 이성적 존재임을 역설하는 이유는 남녀 모두 이성을 사용함으로써 인간으로서의 권리와 의무를 제대로 수행하고 행복해질 수 있다는 믿음 때문이다. 그런데 여성이 의무를 적절하게 수행하기 위해서는 이성이 반드시 필요하다고 주장할 때 울스턴크래프트는 여성의 중요한 의무를 모성에서 찾는다. 얼핏 보면 이것은 여성의 활동 공간을 가정에 국한하는 사회를 비판하는 울스턴크래프트의 자기모순으로 오해할 수도 있다. 그러나 바람직한 공감 관계를 스미스는 고결한 남성들 사이에서 찾는 반면에, 울스턴크래프트는 가정에서 찾고 있다는 점을 고려하면 다른 설명이 가능하다. 스미스에게는 가정 바깥의 공적 영역에서 형성되는 남성들의 관계가 사회 결속의 모델이라면, 울스턴크래프트에게는 가족 구성원 간의 공감 관계, 즉 가정애가 사회 결속의 토대이다. 따라서 울스턴크래프트가 모성을 강조하는 것은 여성의 역할을 모성에 국한하려는 것이 아니라 시민사회의 미래 구성원을 키워내는 데 어머니의 역할이 중요하다고 보기 때문이다. 그러나 그녀가 옹호하는 모성은 자식에 대한 맹목적인 애정이 아니다. 그녀는 맹목적인 모성은 자식을 망친다고 비판하면서 "좋은 어머니가 되기 위해서 여성은 분별력과 독립적인 정신을 갖추어야 한다"고 조언한다(243). 따라서 모성과 결부되는 공감은 예민하거나 과도한 감정이 아니라 감정과 이성이 적절하게 결합된 형태이다.

울스턴크래프트는 여성이 빠져들기 쉬운 과도한 감정의 예로 사랑을 들고 있다. 그녀에 따르면 사랑은 강렬하지만 일시적인 감정으로 아내로 하여금 남편의 관심을 끌기 위해 온갖 기교를 부리도록 만듦으로써 아내를 남편의 성적 욕망의 대상으로 전락시켜 버린다. 아내가 남편의 존경을 얻으려면 사랑의 감정이 "원칙에 입각해 있고 시간과 더불어 견고해지는" 친애의 감정으로 대체되어야 한다(151). 친애는 자식에 대한 부모의 의무를 수행하는 과정에서 형성되는 상호 공감이다(244). 부모와 자식 간의 애정도 "상호 공감을 습관적으로 행하는 것에서부터 생겨나야 하고," 부모가 부모로서의 의무를 수행하면서 자식에게 애정을 쏟을 때 자식은 부모에게 그 도리를 다 하게 된다(244). 이렇게 가족 구성원 간의 상호 공감이 가정애의 핵심을 구성하고, 이것이 가정 바깥으로 확장될 때 "공적 애정"과 "인류애"가 생겨난다(256). 울스턴크래프트에게 가정은 시민사회의 구성원을 길러내는 곳이고, 가정에서 미래 시민사회의 구성원에게 훈련시켜야 하는 것은 바로 공감 능력이다.

『여권옹호』에서 울스턴크래프트는 가정에서 여성의 역할을 "애정이 깊은 아내"와 "분별 있는 어머니"로 규정한다(74). 전자에서는 남편에 대한 친애의 감정을, 후자에서는 자식에 대한 모성애를 실천하는 것이 중요한데, 이 두 감정은 모두 가정에서 행해지는 상호 공감의 표현 양태들이다. 그러나 『마리아』에서 울스턴크래프트는 여성 문제와 관련하여 친애보다 모성애의 긍정적 힘에 더 초점을 두고 있다. 그녀는 일시적인 사랑의 감정이 견고한 친애의 감정으로 발전하지 못하는 남녀 관계와 모성애에 근거한 공감 관계가 자매애로 발전하는 두 여성의 관계를 함께 보여줌으로써 모성애와 결부된 공감 관계가 여성에게 대안이 될 수 있음을 시사한다. 그리고 『여권옹호』가 가족 구성원들이 상호 공감을 일상적으로 실천함으로써 가족애를 형성하고 가족애는 인류애로 확장된다는 울스턴크래프트의 공감론을 제시하고 있다면, 『마리아』는 가족애가 없는 가정을 반복적으로 그림으로써 가정이 애정과 보호의 공간이 아니라 억압과 학대의 공간일 때 여성은 어디에서 대안을 찾을 수 있을지를 탐색하고 있다.

3. 공감의 힘

『마리아』는 출신 계급이 다른 두 여성의 삶을 통해 18세기 말 영국사회의 여성 문제를 다루고 있다. 마리아는 폭군 같은 아버지와 큰아들만 편애하는 어머니 밑에서 자라면서, 자연과 책에서 위안을 얻는다. 그녀는 낭만적 기질이 있고 책을 통해 이상적인 남성을 꿈꾸는데, 베너블즈를 자신의 이상형으로 착각하고 그와 결혼한다. 그러나 베너블즈는 마리아의 삼촌이 약속한 5천 파운드 때문에 그녀와 결혼한다. 마리아는 곧 결혼을 후회하고, 남편이 친구에게 돈을 빌리는 조건으로 임신한 자신의 정조를 팔려고 하자 결혼 파기를 선언하고 떠난다. 그러나 마리아의 삼촌이 마리아의 아이에게 유산을 물려주고 그녀를 유산 관리인으로 지정하고 죽자, 베너블즈는 그 유산을 차지하기 위해 아이를 빼앗고 그녀를 정신병원에 가둔다. 정신병원에서 마리아는 간수인 제마이머를 만나게 되고 두 사람은 서로가 겪은 억압과 학대의 경험을 알게 되면서 공감에 근거한 연대감을 형성하게 된다. 제마이머의 도움으로 마리아는 단포드를 알게 되고 자신처럼 강제로 정신병원에 갇힌 그의 처지에 공감하고 그를 사랑하게 된다. 그러나 마리아가 정신병원을 탈출하여 단포드와 새 살림을 차리자, 베너블즈는 단포드를 간통죄로 고발한다. 마리아는 베너블즈를 비난하고 단포드를 옹호하는 탄원서를 법원에 제출하지만, 판사는 "여성들이 결혼 서약을 깨는 구실로 그들의 감정에 호소하도록 놔두는 것"은 잘못이라며 무시한다(145). 울스턴크래프트의 원고는 여기까지만 완성된 상태였고, 그녀가 이 작품을 어떻게 마무리하려고 했는지 알려주는 단서들을 편집자가 정리해놓은 부분에 따르면, 단포드는 마리아를 배신하고 마리아는 절망감에 빠져 자살을 시도한다. 그때 제마이머가 죽은 줄 알았던 마리아의 딸을 찾아 데려오고, 마리아는 딸을 위해서 살기로 결심한다.

이 작품의 주요 인물인 마리아, 제마이머, 단포드는 모두 가족애를 모른 채 자란다. 그러나 여성인 마리아와 제마이머가 겪는 일들과 남성인 단포드가 겪는 일들은 아주 다르다. 그 차이는 마리아의 삶이 보여주듯

여성의 독립은 거의 불가능하거나 제마이머의 삶이 예증하는 것처럼 여성의 독립은 성적 학대와 노동 착취에 노출되는 사회 상황에서 비롯된다. 게다가 당시 "여성에게 독립은 거의 언제나 남성이 여성을 부양하는 데 실패하거나, 여성이 남편을 얻지 못했기 때문에 어쩔 수 없이 받아들여야 하는 비참한 상황으로 간주되었다"(Todd, 205). 처음에 마리아는 베너블즈와의 결혼을 통해서 억압적인 아버지의 집을 벗어나는 동시에 고상한 여성으로 정착하는 데 성공하는 듯 보인다. 그러나 곧 베너블즈는 그녀가 꿈꾸던 이상적인 남성이 아닌 것으로 드러나고, 그녀는 삼촌에게 빚을 얻어 살림을 꾸려가야 하는 처지에 내몰린다. 미혼이면서 아무런 의지처가 없는 마리아의 여동생들도 비참한 상황에 있다. 그들은 아버지의 집을 견딜 수 없지만, 그렇다고 달리 갈 곳도 없다. 대안은 "교육을 받은 여성이 생계를 위해 분투할 수 있는 유일한 직업인 가정교사 자리"를 구하는 것뿐이다(110). 가정교사는 정숙한 여성으로 간주되기는 하지만, 다른 사람의 집에 거주하면서 그 집의 가정적 의무를 수행하면서 생계를 유지해야 한다는 점에서 하인의 처지와 별반 다르지 않다. 하층계급 출신으로 교육을 받지 못한 제마이머는 여성의 독립이 어떤 것인지를 보여주는 최악의 사례이다. 그녀는 "다른 종에 속하는 존재처럼 취급받으며" 노동 착취와 성적 학대에 시달리고, 살기 위해서 도둑질과 매춘까지 하게 된다(81). 이와 대조적으로 남성인 단포드는 생계를 위해 버둥거려야 하는 처지에 놓이지 않는다. 가족을 잃었을 때 그에게는 돌봐주는 후견인들이 있었고, 물려받은 재산도 있었다. 재산을 탕진한 이후에도 그는 스스로를 부양할 수 있는 직업을 구하는 데 큰 어려움을 겪지 않는다. 젠더 구분 때문에 발생하는 이 차이는 여성에게는 경제적 자립을 가능하게 해주는 직업, 더구나 사회적으로 존경받을 만한 직업이 없기 때문에 여성은 온갖 억압과 학대에 노출될 수밖에 없다는 점을 보여준다.

정신병원에 갇힌 후 과거의 삶을 되돌아보면서 마리아는 여성이기 때문에 자신이 겪었던 불행과 학대를 딸은 피할 수 있기를 바라는 마음에서 회고록을 쓰기 시작한다. 이 회고록에서 그녀는 딸에게 "그것이 자유로울 수 있는 유일한 길이라면, 네가 최하층 계급으로 분류되는 것도 감수할 수 있게 해줄 정신"을 지니라고 조언한다(111). 이는 대담하면서도 불온하기까지 한 조언이다. 왜냐하면 마리아는 사실상 중산계급 여성으로 태어난 딸에게 정숙함의 젠더 규범뿐만 아니라 중산계급과 하층계급을 구분하는 경계선을 위반하라고 말하고 있기 때문이다. 그러나 이 말이 생존을 위해 하는 노동을 찬양하는 것은 아니다. 마리아가 베너블즈의 억압과 학대에 분개하여 자발적으로 그를 떠나고, 법적으로 이혼하지 않은 상태에서 단포드와 가정을 꾸릴 때 그녀는 정숙함의 규범을 위반한다. 그러나 그녀는 돈을 벌기 위해 노동에 몸을 내맡김으로써 자신이 속해 있는 중산계급과 하층계급을 나누는 경계선을 넘어서는 일은 결코 하지 않는다. 오히려 그녀는 생계를 위해 노동을 해야 하는 하층계급 여성을 자선의 대상으로 여김으로써 계급 구분을 재확인한다. 이렇게 마리아가 자신은 스스로 선택하기는커녕 강요받아 본 적도 없는 것을 하라고 딸에게 말하고 있다는 점에서 그녀의 조언은 전복적이다.

그러나 '만일 결혼할 남성도 없고 기댈 다른 수단도 없다면, 그때는 생계를 위해 노동을 해야만 하는 사람들과 같은 계급으로 분류되는 것도 감수하라'는 취지의 마리아의 조언은 여성에게 노동은 자발적으로 선택하는 것이 아니라 최후 수단으로써 어쩔 수 없이 해야 하는 일임을 암시한다. 그 이유는 부분적으로 여성의 독립도, 돈을 벌기 위한 여성의 노동도 사회에서 찬양받지 못한다는 데에 있다. 그러나 노동하는 여성을 자선의 대상으로 여기는 마리아의 태도는 부분적으로는 노동계급에 대한 편파적 이해에서 기인한다. 마리아는 하층계급의 사람들을 기껏해야 자선의 대상으로 생각하고, 최악의 경우에는 인간 이하의 존재로 여긴다. 더구나 그녀는 베너블즈가 방탕한 것은 하층계급의 여성들을 가까이 하기 때문이라고 생각함으로써 "성적 불결과 계급적 불결"을 결부시킨다 (Nyquist, 81). 베너블즈의 개인적인 특성들—예를 들면, 방탕, 천박, 무정함 같은 특성들—은 하층계급 전체에게 속하는 것으로 간주된다. 따라서 마리아가 "나는 내 남편의 친구나 마음의 벗이 될 수 없다"고 깨닫는 것처럼, 그녀는 하층계급 사람들과 친구가 될 수 없다(108). 마리아는 "마치 유인원이 나와 동족이라고 주장하는 것처럼, 그들을 나와 같은 인간으로 여기지 않을 수 없다는 것에 굴욕감"을 느낀다(124). 그녀는 하층계급 사람들과의 접촉을 견딜 수 없으며, 심지어 그들과 접촉하는 것 자체를 도덕적 타락으로 여긴다.

마리아와 베너블즈 사이, 그리고 마리아와 하층계급 사람들 사이에 이루어질 수 없는 친애는 각각 마리아가 그녀에게 "보호자이자 영원한 친구가 될 것을 엄숙하게 선언한" 단포드와 맺는 관계, 그녀의 간수에서 조력자로 변하는 제마이머와 맺는 관계에 의해 벌충되는 것처럼 보인다 (138). 마리아가 베너블즈에게 보이는 감정이 그녀가 하층계급 사람들에 보이는 감정과 분리될 수 없다고 한다면, 마리아와 단포드의 관계는 마리아와 제마이머의 관계와 연결되어 있다. 마리아에게 책을 빌려 주고 그녀가 단포드를 만날 때에는 들키지 않도록 지켜주면서도 제마이머는 그녀에게 완전히 마음을 열지 않는다. 그러다 어느 날 두 사람이 이야기를 나누는 모습이 너무도 생기에 넘쳐 제마이머는 "기쁨의 눈물"을 흘린다(79). 제마이머는 그것이 "사회적 즐거움을 보고 흘려본 첫 눈물"이라고 고백한다(79). 간수임에도 불구하고 마리아를 도와주면서도 제마이머는 그녀에 대한 의심을 완전히 거두지는 않았었다. 그런데 마리아와 단포드가 생기에 넘쳐 이야기를 나누는 모습을 보는 이 순간 "의심의 그림자가 그녀의 이마에서 사라졌고," 제마이머는 자신이 처음으로 "같은 인간처럼 대우 받는다"고 느낀다(79).

제마이머가 마리아와 단포드가 서로 사랑을 속삭이는 것을 보고 눈물을 흘리며 마음을 여는 장면은 그녀가 "마리아와 단포드의 낭만적 관계에 대행자로 참여하고" 있음을 보여준다고 보는 평자도 있다(Nyquist, 83). 이 입장에 따르면 가혹한 삶을 살면서 마비되어 버린 제마이머의 인정이 제 삼자인 마리아와 단포드의 사랑 덕분에 되살아나는 것으로 볼 수도 있다는 것이다. 그러나 제마이머의 변화는 그 한 순간에 갑자기 일어난 것이 아니라, 마리아를 만난 다음부터 서서히 진행되어 온 것이다. 정신병원에 갇힌 마리아가 처음에 이야기를 나눌 수 있는 사람은 간수인 제마이머 뿐이었다. 마리아는 자신이 미치지 않았으며 부당하게 감금되었다는 것을 제마이머에게 확신시키려고 애쓴다. 제마이머는 마리아의 이야기에 곧바로 공감하지는 않는다. 왜냐하면 누구에게도 사랑받지 못하고 억압과 학대로 점철된 삶을 살아오는 동안 그녀는 세상과 사람들을 싫어하게 되었기 때문이다. 그러나 그녀는 마리아의 이야기에 서서히 영향을 받기 시작하며, 젖먹이 딸을 빼앗겼다는 이야기를 듣는 순간 "여성적 감정으로부터 오랫동안 소외되었던 가슴 속에서 여성적 특성이 깨어남"을 느낀다(64). 그리고 딸을 빼앗긴 어머니로서 마리아가 겪는 고통을 덜어주기 위해 전력을 다하겠다고 결심한다. 즉, 마리아의 딸 이야기는 제마이머에게서 모성애를 일깨워 마리아의 상황에 공감하게 하고, 간수인 그녀로 하여금 마리아를 감시하는 대신 도와주게 만든다. 이렇게 시작된 마리아와의 교제에서 그녀는 기쁨을 얻는다. 그리고 그녀는 단포드의 간수를 통해 그의 책을 마리아에게 빌려다 주고, 마리아와 단포드가 쪽지를 주고받고, 단포드가 마리아의 감방으로 찾아와 같이 시간을 보낼 수 있도록 도와준다. 따라서 제마이머가 눈물을 흘리는 것은 두 사람의 사랑 감정 자체 때문이라기보다는 절망과 슬픔에 빠져있던 마리아가 행복해하는 모습 때문이다.

게다가 그들이 있는 공간은 정신병원이다. 이곳에 수용되어 있는 사람들은 세상과 단절되어 있고, 같은 피수용자들과도 교류할 수 없으며, 간수의 감시를 받아야 한다. 마리아와 단포드의 만남은 교류 자체가 금지된 공간에서 이루어지는 유일한 교제이다. 제마이머가 "사회적 즐거움을 보고 흘려본 첫 눈물"이라고 마리아에게 고백할 때, "사회적 즐거움"이란 마리아와 단포드의 사랑 감정 자체라기보다는, 세상과 단절된 사람들이 교류하며 느끼는 즐거움을 말한다. 제마이머는 두 사람의 낭만적 관계에 대행자로 참여한다기보다는 교제가 금지된 공간에서 작은 사회를 가능하게 하는 인물이고, 이 사회에서 그녀는 다른 사람들과 같은 존재로 대우 받는다고 느낀다. "다른 종에 속하는 존재처럼 취급당했던" 그녀에게 같은 인간처럼 대우 받는다는 느낌은 기쁨의 눈물을 흘리게 할 만큼 충분히 강렬하다(81). 그리고 이 느낌이야말로 제마이머가 이 순간까지 가장 절실하게 원했지만 얻을 수 없었던 것이다. 결국 제마이머의 인정을 되살리는 것은 공감, 다른 사람들과의 교류에서 얻는 "사회적 즐거움"인 것이다. 그리고 이 즐거움이 그녀로 하여금 자발적으로 자신의 과거를 이야기하게 한다.

제마이머는 혼전 관계에서 태어났는데, 태어나기 전부터 아버지의 미움을 받고, 태어나자마자 곧바로 어머니를 여읜다. 아버지는 그녀를 유모에게 맡겨버리는데, 유모는 가난과 아이들의 죽음을 늘 지켜본 탓에 마음이 냉혹해진 사람이기에 그녀에게 따뜻한 보살핌을 전혀 주지 못한다. 제마이머는 아버지가 결혼을 하고 계모가 여동생을 낳은 후에는 아버지의 집에서 살게 되지만, 하인 취급을 받는다. 그러다가 가게를 하는 계모의 친구 집에 견습 일꾼으로 보내지는데, 이곳에서 제마이머는 힘든 노동과 온갖 학대 속에 동물 취급을 받는다. 심지어 남자 주인에게 여러 차례 성폭행까지 당하고 임신을 한 상태로 쫓겨난다. 낙태를 한 후에는 구걸과 매춘으로 생계를 유지하다가 한 신사의 정부 겸 가정부가 되어 몇 년 동안은 비교적 안락하게 살지만, 그 신사가 갑자기 죽자 다시 하층민의 생활로 돌아간다. 이런 일들을 겪으면서 제마이머는 그녀와 같이 살고 싶어 하는 상인에게 그의 아이를 임신한 하녀를 집에서 내쫓으라고 할 정도로 냉혹해진다. 이 하녀가 자살을 하고 나서야 제마이머는 자신이 어떻게 그토록 잔인할 수 있었는지 후회한다. 그 후 제마이머는 힘든 세탁 노동을 하다가 심하게 다쳐 병원에 입원하기도 하고 도둑질을 하다 잡혀 감화원에서 복역하기도 하는 등 사회 밑바닥을 전전하다 정신병원의 간수가 되어 마리아를 만나게 된 것이다.

제마이머의 이야기를 들은 후 마리아는 그녀의 손을 잡고 깊은 공감을 표시한다. 그리고 마리아는 "제마이머의 특수한 운명과 자신의 운명을 생각하면서, 여성의 억압 상황을 숙고하게 되고" 딸을 낳은 것을 한탄한다(92). 그들처럼 딸도 불행한 삶을 살게 될 것이라는 생각에 제마이머에 대한 마리아의 공감은 고통으로 바뀐다. 마리아는 여성들이 부당하게 고통 받고 있으며 이런 운명으로부터 벗어나는 것은 거의 불가능하다는 말을 하면서 제마이머에게 딸을 되찾을 수 있도록 도와달라고 청한다. 마리아의 처지에 공감하고 자신의 이야기에 공감적 반응을 보이는 마리아에 감동한 제마이머는 그녀를 도와주기로 한다. 이것은 제마이머가 처음으로 다른 사람을 돕는 행위이며, 남성중심의 사회에서 억압과 학대를 당한 여성들이 서로 공감하고 연대하는 것을 예증하는 행위이다. 또한 마리아가 제마이머에게 보여주는 공감은 인간 이하의 취급을 받으면서 인류 전체를 미워하고, 자기 자신까지 혐오하게 되어버린 제마이머로 하여금 마음을 열고 인류와의 화합을 시도해볼 수 있게 해준다. 마리아를 도와 정신병원을 빠져나오기 직전에 제마이머가 마리아에게 하는 "내가 인류와 화해하는 것은 당신에게 달려 있어요"라는 말은 바로 이러한 화해의 가능성을 담고 있다(138).

제마이머와 마리아의 공감 관계를 형성하는 데 결정적인 역할을 하는 것은 마리아의 딸이다. 처음에 제마이머가 마리아를 돕기로 결심하는 순간은 그녀가 딸을 빼앗겼다는 것을 알게 된 때이고, 마리아가 제마이머의 이야기에 그토록 큰 영향을 받는 이유는 그녀의 딸이 제마이머가 처했던 바로 그 상황에 놓여있을지도 모른다는 생각 때문이다. 즉 제마이머와 마리아 사이의 공감은 각자가 그 어린아이에게 느끼는 모성애에 근거하고 있다. 이렇게 형성되는 공감 관계는 마리아와 제마이머가 개인적 경험에 매몰되지 않고 고통 받는 다른 사람들에게 마음을 열고 관심을 기울이게 해준다. 제마이머의 이야기는 마리아에게 여성의 처지에 대해 생각해볼 기회를 제공함으로써 단포드와의 사랑에 취해있는 그녀에게 분별력을 갖게 하고, 마리아의 공감적 반응은 제마이머의 마비되어 버린 인간애를 다시 일깨운다. 그리고 제마이머는 마리아를 대신하여 그녀의 딸을 찾아 나서며, 마리아는 딸에게 제마이머를 "두 번째 엄마"로 여기도록 가르칠 것을 약속한다(92). 출신 계급이 다른 두 여성이 모성애를 토대로 서로 공감하고 연대하는 것이다. 더구나, 이 둘의 공감 관계는 개인 차원의 결속을 넘어서 개인과 공동체의 관계까지도 긍정적으로 변화시킬 가능성을 열어놓는다. 마리아는 제마이머가 인류 전체와 화해하는 데 중간자 역할을, 제마이머는 마리아와 하층계급 사이에서 동일한 역할을 할 것으로 기대된다. 비록 작품 자체에서는 잠재적 형태로만 제시되어 있지만, 개인과 공동체 사이의 이러한 화해의 가능성은 공감이 갖는 잠재적 힘의 일부를 구성한다. 그리고 공감 관계를 형성하면서 제마이머가 마리아의 간수에서 확실한 조력자로 변한다는 사실은 계급을 초월하여, 그리고 남성의 매개 없이 여성들 사이에서 형성되는 친화력과 연대감을 예증한다. 이렇게 『마리아』는 개인을 변화시키는 공감의 힘과 이것이 공동체와의 관계로 확대될 때 낳을 수 있는 긍정적 변화의 힘을 보여준다.

4. 특수 / 보편, 분노 / 공감의 상보적 관계

『도덕감정론』에서 공감은 당사자와 관망자 사이에서 형성되는 것인 반면에, 『마리아』에서 공감은 비슷한 경험을 공유하고 있는 피해자들 사이에서 형성된다. 마리아와 제마이머는 남성 중심의 사회에서 여성에게 가해지는 억압과 학대를 당한 경험을 공유하고 있다. 제마이머의 과거에 대해 마리아는 초연하고 사심이 없는 제 삼자가 아니라 비슷한 고통을 겪은 피해자로서 그 이야기를 듣는다. 마리아가 딸을 찾게 도와달라고 부탁할 때 제마이머는 제 삼자가 아니라 마리아의 딸이 겪게 될 운명을 이미 겪은 피해자로서 마리아를 돕는다. 그런데 문제는 유사한 경험을 바탕으로 공감이 형성될 때, '같은 피해자'라는 범주 하에 개별적인 차이들이 눈에 보이지 않게 된다는 점이다. 더 정확히 말하면, 피해자들 사이에 일종의 연대감을 형성하는 메커니즘으로서의 공감은 특수한 차이들을 눈에 보이지 않게 함으로써 가능해진다는 것이다. 이에 따라 공감이라는 보편 속에 각 경우의 특수한 요소들이 모두 포괄되어 버린다.

특수 / 보편의 문제는 『마리아』라는 소설의 기획 자체에 내재해 있는 문제이다. 다이슨씨(Mr. Dyson)에게 보낸 편지에서 울스턴크래프트는 "교육의 차이 때문에 필연적으로 다양할 수밖에 없지만, 똑같이 억압적인, 서로 다른 계급의 여성들이 겪는 학대를 보여주기 위해서" 이 소설을 쓴다고 밝히고 있다(60). "필연적으로 다양한"과 "똑같이 억압적인"이라는 구절들로 표현되는 특수 / 보편의 문제는 출신 계급이 다른 마리아와 제마이머가 여성이라는 보편적 이름으로 포괄될 때 전면에 드러난다.

여성을 "마치 영원한 유년기에 있는 것처럼" 보는 당대의 사회적 기준에 의하면 마리아는 아이와 마찬가지이다(Wollstonecraft, 1995, 76). 하지만 태어나자마자 버려져 "아무 것도 아닌 존재로 쪼그라든 노파"처럼 보이는 제마이머에게는 유년기가 없다(80). 중산계급 출신인 마리아가 낭만적인 공상에 빠져 사는 동안, 제마이머는 기계처럼 끊임없는 노동에 시달린다. 마리아가 힘든 육체노동을 해본 적이 없다면, 제마이머는 타인의 아픔을 느낄 줄 아는 인간애를 잃어버린다. 마리아에게는 대체로 가혹한 현실에서 의지할 누군가가 있지만, 제마이머에게는 의지할 사람이 아무도 없다. 중산계급 여성과 노동계급 여성 사이의 이 차이는 마리아와 제마이머 사이에 공감이 형성될 때 남성 중심의 사회에서 학대와 억압을 받은 '여성'이라는 보편성 속에 묻혀 버린다.

제마이머의 이야기는 절망과 미움, 분노, 심지어 인류 전체에 대한 비난으로 가득 차 있는 다음의 말들로 끝난다. "무엇이 나로 하여금 고통받는 인류의 옹호자가 되도록 설득할 수 있단 말인가?—누가 나를 위해 무언가를 위험에 내맡긴 적이 있던가?—누가 나를 같은 인간으로 인정한 적이 있던가?"(91) 그러나 이 말들이 표현하고 있는, 강력한 정치적 함의들을 담고 있는 제마이머의 감정들은 마리아의 공감적 반응에 의해 완화된다. 마리아가 제마이머의 이야기에 감동을 받듯이, 제마이머는 마리아의 감정적 반응, 즉 같은 인간에게서 처음으로 받아보는 공감에 감동받는다. 마치 '여성'이라는 이름 아래에 함께 모임으로써 두 사람 사이의 계급차가 사라져 버리기나 하는 것처럼 말이다. 피해자들 사이에서 연대감을 형성하는 공감의 힘에 초점을 둘 때, 마리아와 제마이머의 공감 관계는 모범적 사례를 구성한다. 실제로, "직업 구분과 계급 구분을 가로지르는 마리아와 제마이머 사이의 점점 깊어가는 우정은 이 미완성 소설의 가장 긍정적인 가치"라고 할 수도 있다(Lorch, 95). 그러나 둘의 공감 관계는 제마이머가 중산계급 속에 이방인으로 편입되는 양상을 띠기도 한다.

제마이머에 대한 마리아의 첫 판단은 뚜렷하게 계급 편향적이다. "이 여자는 바보가 아니다. 다시 말하면, 이 여자는 그녀의 계급보다 뛰어나다"(63). 이 판단이 옳았다는 것은 제마이머의 이야기를 통해 확인된다. 방탕하지만 지적인 신사의 가정부 겸 정부로 지낼 때 접한 많은 책들과 토론 모임들 덕택에 제마이머의 감정과 언어는 그녀 자신의 계급보다 우월해졌다. 이것은 독서와 지식, 혹은 노동과 무지의 관계에 주목하게 한다. 제마이머의 이야기를 들으면서 마리아가 말하듯이, "지식을 담고 있는 책은 날마다 가혹한 육체노동을 해야 하고, 그렇지 않으면 죽게 되는 사람들에게는 굳게 닫혀있고", 단포드가 말하듯이, 노동계급에게는 상황을 "개선할 수 있는 모든 길이 막혀 있다"(88). 제마이머는 신사의 정부가 되어 열악한 육체노동을 하지 않게 되었을 때에서야 비로소 자신을 도야할 기회를 가지게 된다. 의미심장한 것은 상황이 개선됨에 따라 제마이머는 고상한 사람들이 속해 있는 사회로 편입되고자 하는 열망을 품기 시작한다는 점이다. 이때 독서는 제마이머의 감정을 세련되게 만듦으로써 그녀가 중산계급으로 편입될 수 있도록 돕는 역할을 한다.

제마이머가 중산계급으로 편입되는 것은 베너블즈가 하층계급으로 하락하는 것과 뚜렷한 대조를 이룬다. 신사와의 생활이 제마이머에게 "문학에 대한 취향"을 심어주고 이 취향은 나중에 마리아와의 관계에서 결정적인 역할을 하는 것으로 드러난다면(87), 베너블즈와 하층계급 여성들 사이의 접촉은 그가 애정이라곤 전혀 느끼지 못하는 "무정하고 냉혹한" 사람임을 입증할 뿐이다(111). 이것은 따뜻한 마음과 인간적 감정들은 중산계급에게 속하는 것으로 기술되고 있음을 뜻한다. 노동계급 사람은 이런 따뜻한 마음과 감정의 대상이 될 수는 있어도 그 행위자가 될 수는 없다. 오직 그러한 특성들을 지니고 있음이 입증될 때만 중산계급으로 편입될 수 있고, 반대로 그 특성들을 상실했을 때는 하층계급과 동일시된다. 제마이머는 노동계급 사람들보다 뛰어나기 때문에 중산계급 사람들처럼 될 준비가 이미 되어 있는 사람으로서 중산계급 속으로 편입되는 것이다. 즉, 마리아와 제마이어의 공감 관계는 노동계급과 중산계급을 나누는 바로 그 계급 차이 위에 서 있다.

제마이머는 마리아와의 공감 관계에서 "같은 인간으로"가 아니라 "같은 인간처럼" 대우받는다고 느낀다. 이 느낌은 제마이머로 하여금 마음을 완전히 열게 하지만, "~처럼"이라는 말이 암시하듯이 그녀가 중산계급 속으로 편입되는 것은 미완으로 남는다. 이것은 마리아와 단포드가 가정을 꾸릴 때, 제마이머는 봉급을 받는 가정부로서 그들과 함께 하겠다고 말하는 것에서 잘 드러난다. 흥미롭게도, 마리아와의 관계에서 제마이머는 항상 '지키는 자'의 위치에 있다. 정신병원에서 제마이머는 마리아를 감시하는 간수인 동시에 마리아와 단포드의 관계가 발각되지 않도록 지켜주는 보호자라는 이중적 의미에서 마리아를 지킨다. 마리아의 새 가정에서 제마이머는 가정부로서 그 가정을 지키게 될 것이다. 이 두 곳 모두에서 제마이머는 안과 밖을 구분하는 경계, 즉 확실한 내부인의 자리라고도 외부인의 자리라고도 말하기 모호한 위치에 있다. 그녀는 마리아를 지켜주는 일종의 '내부의 이방인'으로서 마리아의 사회에 받아들여지는 것이다. 더 중요한 것은 제마이머의 이방인성이 마리아와 제마이머 사이에 공감이 형성될 때 눈에 보이지 않게 되어버린 계급차를 다시 드러내준다는 점이다. 그것은 개별 문맥의 특수성이 여성과 같은 보편 요소에 의해 간단히 설명되어 사라질 수 없음을 명백히 보여준다.

공감을 통해 해소되는 듯 보이는 마리아와 제마이머의 계급차, 그로부터 비롯되는 제마이머의 이방인성이야말로 공감이라는 사건이 발생한 이후에도 여전히 남는 문제이다. 이것은 제마이머의 이야기를 마무리하는 말 속에 담겨 있는 절망, 미움, 분노, 비난의 부정적이지만 강력한 정치적 함의를 지닌 감정들에 주목하게 한다. 이 감정들은 제마이머가 "인류와의 교류에서" 견뎌야 했던 고난 때문에 생겨난 것들로 마리아와의 공감 관계에 의해 기적적으로 제거되는 듯 보였던 것들이다(63). 마리아도 역시 비록 인류 전체를 미워하는 지경까지 이르지는 않지만, 베너블즈와의 관계에서 비슷한 감정들을 경험한다. 재미있는 것은 이러한 감정들을 겪으면서 제마이머는 남성들과 남성 중심의 제도들을 불신하게 되는 반면에, 마리아가 베너블즈를 동정할 때마다 이 감정들은 마리아에게 아무런 힘을 발휘하지 못한다는 점이다. 해거티(George E. Haggerty)의 지적처럼, 베너블즈에게 "저항하고" "그를 벗어난 세계를 상상하도록" 이끈다는 점에서 "마리아는 베너블즈에 대한 자신의 감정이 정치적 감정이라는 것을 배워야 한다"(110~111). 마리아가 베너블즈에게 느끼는 동정은 그녀로 하여금 그의 학대와 억압을 참고 견디게 하지만, 그녀와 제마이머의 공감 관계는 마지막까지 그녀를 보호해준다. 문제적인 것은 마리아와 제마이머 사이의 공감 관계가 두 사람 모두에게 도움이 되지만, 제마이머를 '내부의 이방인'으로 만듦으로써 그렇게 된다는 점이다.

공감은 출신 계급이 다른 여성들 사이에 연대감을 형성하는 데 기여하지만, 사실상 중산계급의 특수성에 의해 지배되는 '여성'이라는 보편으로 그들을 묶어냄으로써 노동계급 여성의 특수성을 가려버린다. 공감이 지닌 이런 약점을 보완하기 위해서는 제마이머가 세상에게 느끼는 분노의 감정, 마리아가 베너블즈에게 느끼는 분노의 감정은 억압되기보다는 긍정적인 정치적 힘들로 재활성화되어야 한다. 왜냐하면 분노의 감정은 무엇보다도 특수한 맥락 속에 있는 사회 현실에 의해 유발되기 때문이다. 여기에서 주의해야 할 점은 세상에 대한 제마이머의 분노는 그녀의 인간애를 마비시켜버리고 그녀로 하여금 "이기적인 독립"만을 이루게 할 뿐인데 반해, 마리아와의 공감 관계는 그녀의 인간애를 되살리고 그녀로 하여금 다른 사람들의 고통에 눈을 돌리게 한다는 점이다(66). 보편성을 산출하는 메커니즘으로서의 공감이 분노의 감정에 의해 보완될 필요가 있다면, 구체적인 현실들 속에서 유발되는 분노의 감정은 공감에 의해 적절하게 완화될 필요가 있다.

분노 감정에 내재되어 있는 정치적 잠재력은 마리아가 베너블즈에 맞서 결혼 파기를 선언하고 그를 떠날 때, 그리고 간통죄로 고소당해 법원에 제출한 탄원서에서 단포드와의 관계를 대담하게 옹호할 때 현실화된다. 마리아가 아버지의 집을 벗어나기 위해 베너블즈와 결혼한 것이 치명적이었음을 깨달아감에 따라서, 그에 대한 그녀의 감정은 사랑에서 동정으로 그리고 경멸로 변한다. 그러나 베너블즈에게 도움이 되고자 하는 바람 때문에 마리아는 그의 폭정과 부정행위를 묵묵히 견딘다. 마리아는 베너블즈가 돈을 빌리기 위해 자기 아내이자 자기 아이의 어머니가 될 여자의 정조를 다른 남자에게 팔려고 했다는 사실을 알고 난 다음에야 남편을 떠난다. 분노의 감정만이 마리아로 하여금 가정의 폭군인 남편에게 대항하도록 만든다. 마찬가지로 마리아가 사회의 결혼 관습을 거부하고 대담하게 자신의 감정을 항변하게 된 것도 바로 "불의에 대한 강한 의식" 때문이다(142). 마리아의 저항은 남성 중심의 사회체제 자체를 뒤흔들지는 못한다 하더라도, 분노의 감정이 긍정적인 정치적 힘으로 변형될 수 있는 가능성을 보여준다. 그리고 분노의 감정에 내재되어 있는 정치적 잠재력은, 사회적 결속을 가져오지만 개별 문맥에서 발생하는 특수한 요소들을 가려버리는 공감의 한계를 보완할 가능성을 지니고 있다.

5. 공감의 정치학을 위하여

『여권옹호』에서 울스턴크래프트는 여성들에게 이성적 능력을 키우고 가정적 의무들을 실천함으로써 애정 깊은 아내와 분별 있는 어머니가 될 것을 권고한다. 이를 위해서는 우선 여성들에게도 인간의 천부적 권리들을 허용함으로써 그들을 모든 제약으로부터 해방시키고, 남성들과 같은 교육을 받고 경제적으로 자립할 수 있게 해줘야 한다. 즉, 여권옹호에 관한 울스턴크래프트의 핵심 주장은 "여성들을 자유롭게 해주면 그들은 곧 현명해지고 고결해질 것이고", "여성들을 이성적인 존재이자 자유로운 시민으로 만들면 그들은 곧 좋은 아내, 좋은 어머니가 될 것"이라는 것이다(275). 그런데 그녀는 여기에 "만일 남성들이 남편과 아버지의 의무를

등한시하지 않는다면"이라는 단서를 붙인다(275). 그리고『마리아』에서는 자신의 의무들을 등한시하는 아버지와 남편을 등장시키고 가정을 억압과 학대의 장소로 그림으로써 여성이 처한 억압적 현실을 개선하기 위해서는 여성과 남성, 그리고 사회가 모두 바뀌어야 함을 시사한다.

특히 울스턴크래프트는 여성들에게 사랑에서만 행복을 찾도록 가르치는 것을 비판한다. 사랑은 여성으로 하여금 감각적 느낌만을 추구하고 의무를 소홀히 하게 할 뿐만 아니라 여성을 남성에게 종속적인 존재로 만들기 때문에 경계해야 할 감정이다. 이 때문에 울스턴크래프트는 『여권옹호』에서 여성은 남편에게 친구가 되어야 하고, 사랑의 감정은 친애의 감정으로 바뀌어야 한다고 역설한다. 그리고 여성은 모성적 감정을 실천하면서 자연스럽게 사랑의 대체물을 발견하고, 부부가 서로 친구가 될 때 상호 신뢰가 형성되고 아이를 돌보면서 새로운 공감대가 형성된다. 그러나『마리아』는 남녀의 일시적인 사랑의 감정이 견고한 친애의 감정으로 발전되는 것이 쉽지 않음을 잘 보여준다. 마리아는 베너블즈를 이상적인 남성으로 여기고 결혼하지만, 그와의 결혼 생활에서 깨달은 것은 남편은 가정의 폭군이고 아내는 종속물에 불과하다는 것이다. 대안적인 남녀 관계로 제시되는 듯 보이던 마리아와 단포드의 관계도 단포드의 배신으로 파국에 이른다. 불행한 결혼 경험에도 불구하고, 낭만적 기질 때문에 마리아는 여전히 이상적 남성을 꿈꾸며 단포드가 그런 남성이라고 생각한다. 그러나 마리아는 단포드에게서 자신이 보고자 하는 것만을 보고 자신이 원하는 대로 그의 이미지를 만들어낸 것일 뿐이다. 이번에도 그녀는 사랑의 감정에 속고 절망한다. 이런 그녀에게 희망을 가져다주는 사람이 바로 제마이머이다.

처음에 제마이머가 마리아에게서 딸의 행방을 알아봐달라는 부탁을 받고 수소문을 했을 때 그 딸은 죽은 것으로 나온다. 그러나 결말에서 마리아의 딸은 살아있는 것으로 밝혀져 기적적으로 등장한다. 여기에서 주목해야 할 점은 죽은 줄 알았던 마리아의 딸을 찾아 데려오는 사람이 바로 제마이머라는 점이다. 즉, 마리아의 딸의 등장은 남성중심의 사회에서 억압당한 "같은 피해자"라는 의식에 근거하여 마리아와 제마이머 사이에 형성된 공감이 단순히 감정교류로 끝나는 것이 아니라 두 사람의 삶을 변화시키는 실제 행동으로 이어지고 있음을 보여준다. 사랑의 감정은 마리아에게 불행과 절망을 가져다주는 반면에, 제마이머와의 공감관계는 그녀가 정신병원에서 탈출할 수 있도록 해줬을 뿐만 아니라 단포드의 배신으로 삶의 의욕을 완전히 상실한 그녀에게 새로운 희망을 가져다준다.

자살을 시도한 마리아의 앞에 딸을 데려다 놓으면서 제마이머는 이렇게 묻는다. "당신은 당신 딸을 세상에 홀로 내버려서, 내가 견뎌야했던 것을 견디게 할 참인가요?"(147). 이 말은 마리아의 딸에게서 "보듬어줄 가슴도, 키워줄 따뜻한 친척도 없는" 고아였던 자신의 과거 모습을 보면서 그녀를 자신이 겪었던 노동 착취와 성적 학대의 삶으로부터 보호해주고자 하는 제마이머의 모성적 감정을 압축적으로 보여준다. 또한 이 말은 죽기를 원하던 마리아에게서 모성애를 다시금 일깨운다. 제마이머는 마리아의 딸을 데려오는 내내 "엄마"라는 말을 가르치고, 마리아는 딸이 자신을 "엄마"라고 부르는 순간 격한 눈물을 흘린다. 그리고는 "갈등은 끝났어! 난 내 아이를 위해 살 거야!"라고 외친다(148). 이 작품 전체를 마무리하는 마리아의 이 말은 연인의 배신으로 인한 절망감을 극복하고 어머니로서 살겠다는 의지를 보여줄 뿐만 아니라, 모성애야말로 남성중심 사회의 소수자인 여성들이 기댈 수 있는 현실적 대안임을 보여준다. 이 모성애는 원초적 감정이 아니라 여성을 억압하고 학대하는 사회 현실에 대한 분노의 감정이 같은 피해자라는 공감 의식과 결부된 감정이다.

중산계급 출신의 여성인 마리아는 낭만적 기질이 강하고 제마이머를 만나기 전까지는 억압과 학대를 여성 전체의 문제로 인식하지 못한다. 하층계급 출신의 여성인 제마이머는 짐승 취급을 당하며 사회의 밑바닥 생활을 하는 동안 인간애를 잃어버린다. 마리아가 억압받는 여성의 현실을 깊이 숙고하게 하게 된 것은 제마이머를 통해서이고, 마비되어 있던 제마이머의 인간애를 일깨운 것은 마리아이다. 그리고 마리아의 딸은 두 여성의 관계를 단단하게 다져준 연결고리 역할을 한다. 즉, 마리아와 제마이머가 서로에게 공감할 때 그 공감의 핵심에 모성애가 있다. 공감이 완전히 메워줄 수 없는 계급적 차이가 존재함에도 불구하고 모성애에 근거한 두 여성의 공감 관계는 그들의 삶 자체를 바꿀 정도로 견고하다.

분노 감정의 젠더 정치학

샬럿 브론테의 『제인 에어』

김영미 · 이명호

1. 위계적이고 젠더화된 감정으로서의 분노 감정

서양에서나 동양에서나 인간의 가장 원초적인 감정 중 하나로서 흔히 불, 열과 같은 뜨겁고 폭발적인 이미지로 묘사되는 분노의 감정은, 개인의 인격의 완성이나 성숙한 인간관계, 사회의 조화로운 상태를 위해서는 다스려지고 통제되어야 할 감정, 혹은 치유되고 관리되어야 하는 감정으로 여겨져 왔다. 이는 특히 종교적 가르침에서 명확하게 나타난다. 기독교와 이슬람교, 불교 등 동서양의 종교는 분노가 철저히 파괴적이고 어떤 상황에서도 정당화될 수 없는 것이라 가르쳤다. 기독교와 이슬람교는 분노를 지옥에 떨어질 대죄라고 했고, 동양불교는 분노를 가리켜 "탐욕과 망상과 더불어 고통스러운 삶의 원인이 되는 세 가지 근본적인 독 가운데 하나"라고 했다(서면, 23). 스토아 철학자 중 한 사람으로 예수와 동시대인이었던 세네카 역시 분노를 매우 부정적인 감정으로 보았다. 그에 의하면 "모든 감정 중에서 가장 끔찍하고 황포한 감정"(재인용 서면, 61)인 분노는 통제 불가능한 감정이다. 그는 분노가 이성을 마비시키며 모든 목소리를 무시한다고 보았으며, 정당한 상황, 예를 들면 애인이 살해되었을 때, 조국이 공격받았을 때, 악을 행하는 것을 보았을 때 분노를 가지고 대처할 수 있겠지만, 이 경우에도 화를 내지 않는 것이 더 효과적이라고 보았다. 화는 언제나 정의 구현을 어렵게 만들기 때문이라는 것이다(서면, 65).

중세, 르네상스, 신고전주의, 계몽주의 등의 시기에서도 분노의 감정은 통제되고 부정되어야 할 감정이었다. 폴록(Linda Pollock)에 의하면 중세 작품에서 분노와 절망은 사랑과 더불어 광기와 육체적 질병으로 연결되었다고 한다(570). 그리고 르네상스기의 행동 지침서를 보면, 상처와 모욕에도 평정한 상태의 무관심을 보이는 것이 신사답다고 이야기되고, 인내의 가치가 강조되었다. 16세기 이후 개인들은 자기 규율과 내적 절제를 통해 자연적 충동을 길들이고 절제하면서 남에게 해를 주지 않게 조심해 왔다. 이런 예의 바름, 절제의 가치가 절정을 이룬 때는 18세기로서, 이 시기에는 부정적인 감정을 억제하기 위해 연민, 사랑, 감사 같은 감정들을 풍부하게 표현할 것을 조장하여 결국 감상적인 감정들이 분출되게 했다고 폴록은 지적한다(588).

그러나 분노 감정에 대해 이런 부정적인 견해만 있었던 것은 아니다. 종교적 가르침이나 일반적인 사고와 달리 분노 감정을 긍정적으로 바라보는 대표적인 사람은 아리스토텔레스이다. 그는 분노 감정을 부정적으로 보지 않을 뿐 아니라, 심지어 분노를 정당한 감정이라고 말한다. 그에 의하면, "어떤 사람, 혹은 그 사람의 친구가 관계되어 있는 일"에 "정당하지 않게" "경멸"이 가해졌을 때, 그 경멸에 대해 "복수하고 싶어 하는 충동"이 바로 분노이다(재인용 서면, 48). 아리스토텔레스는 화를 내야 할 상황에서 화를 내는 것은 정당하며 마땅히 칭찬받을 만하다고 본다. 그는 자신이나 자신의 벗에게 가해진 모욕을 견디는 것은 "노예와 같다"고 까지 말한다(재인용 피셔, 173). 분노에 대한 아리스토텔레스의 정의를 요약하면 첫째, 분노란 자기의 가치와 명예의 위반에 대한 반응이라는 것, 둘째, 분노 감정은 자기 자신에게 일어난 일 뿐 아니라, 자신이 사랑하는 이, 주변 사람들, 이웃들에게 일어난 일에도 반응하는 감정이라는 것, 셋째, 분노 감정은 부정의에 대한 느낌과 인식에 근원을 둔다는 것이다.

이런 아리스토텔레스적인 의미에서의 분노, 즉, 자기 자신과 자신의 벗과 이웃의 가치를 지키고 부정의에 반응하는 감정으로서 분노가 영국에서 가장 고조된 때는 18세기 말 낭만주의 시기이다. 프랑스 혁명이라는 역사적 사건은 영국의 감정의 문화 지형도에 큰 변화를 가져왔다. 분노 감정과 낭만주의 시대를 연구한 스타우퍼(Andrew M. Stauffer)에 의하면, 프랑스 혁명의 영향으로 영국의 출판물은 민중들의 권리를 주장하는 분노의 목소리를 많이 담게 되었다고 한다. 피지배계층의 권리에 대한 주장들은 자연히 기성 질서에 대한 분노의 감정과 함께 분출되었기 때문에 지배계층은 이런 분노감정과 그것이 표출하는 권리주장에 두려움을 느꼈다. 그 결과 지배계층은 분노가 파괴적이며 통제할 수 없는 감정이라고 새롭게 강조할 필요를 느끼게 되었으며, 분노에 대한 매우 다양한 정치적, 미학적 억압이 존재했다. 스타우퍼에 의하면, 대부분의 낭만주의 작가들은 이런 영향으로 분노에 대해 모호한 태도를 취하는 데 반해, 블레이크(William Blake), 셸리(Percy Bysshe Shelley), 바이런(George Gordon Byron)

은 분노의 감정을 긍정적인 감정, 자아를 세계에 결단력 있게 실행하는 힘으로 제시했다고 한다. 그런 점에서 이 세 낭만주의 시인들은 "분노의 가치를 인정하지 않으려는 문화"에게 "분노의 가치를 새롭게 보게 했다"고 스타우퍼는 지적한다(5).

분노 감정을 자아의 가치를 주장하고 현실을 변화시키는 긍정적 감정으로 해석한 가장 대표적인 예는 페미니즘에서 찾아 볼 수 있다. 페미니즘적 관점은 분노의 감정이 위계적이면서 젠더화된 감정이라는 것을 지적하면서, 분노의 감정에 부정적인 함의보다 긍정적인 의미를 부여하고자 한다. 여성의 분노와 여성작가에 대해 연구해 온 제인 마커스(Jane Marcus)에 의하면 분노 감정은 주로 왕, 가부장 등 권력을 지닌 남성들의 전유물이었다. 왕과 가부장의 정당한 분노는 "영웅적인" 감정으로 여겨진 반면, 여성을 비롯한 피지배자의 분노는 악마적이고 지옥 불에 떨어질 감정으로 여겨졌다(70). 성난 가부장은 "권위를 행사하는 것"이지만, 성난 어머니는 "자제력을 잃은" 것으로 간주되었다. 남성의 화는 정당화된 반면, 여성의 화는 심각한 성격적 결함으로 여겨졌던 것이다.

분노 감정에 대한 긍정적인 의미부여는 70년대, 80년대의 페미니스트들에 의해 이뤄졌지만, 기실 여성에게 있어서 분노 감정의 중요성과 분노 감정의 억압에 대해 가장 먼저 논의를 시작한 이는 버지니아 울프(Virginia Woolf)였다. 울프는 남성 가부장의 분노와 여성의 분노를 구분하면서 논의하는데, 그녀에 의하면 남성들의 분노는 자신들이 가진 권력과 부를 빼앗길까봐 의심하기 때문에, 그리고 여자들이 남성들의 자아를 확대해서 비춰주는 거울의 역할을 거부하고 진실을 말할 때 생기는 것인 반면, 여자들이 느끼는 분노는 쉽게 파악될 수 없는 것이라고 한다.

여자들의 분노는 "단순하고 개방된 분노"가 아니라 "위장한 채 숨어 있는 복잡한 분노"(33)라고 한다. 울프의 이런 논의는 여성의 분노를 성격적 장애 내지 광기로 규정한 문화의 작용을 잘 지적한다고 할 수 있다. 그런데 울프의 경우, 가부장적인 현실 속에서 여성이 분노에 직면하고 그 감정을 적극적으로 분출하는 것을 긍정적으로 보았고, 실제로 자신도 『나만의 방A Room of One's Own』(1929), 『3기니Three Guineas』(1938) 같은 산문집을 통해 여성적 분노와 저항의식을 표출하였음에도 불구하고, 여성작가의 작품들을 논할 때에는 분노 감정이 예술성과 배치된다는, 다소 상반되는 주장을 펼친다. 일례로 울프는 샬럿 브론테(Charlotte Brontë)의 『제인 에어 Jane Eyre』의 12장에서 소위 페미니즘 선언서라고 일컬어지는 유명한 주장이 나온 뒤에 그레이스 풀(Grace Poole)의 웃음소리가 들려왔다고 말하는 장면을 논의하는데, 이 대목에서 갑자기 그레이스 풀의 웃음소리가 언급되는 것은 당황스럽고 연속성이 깨어지는 느낌이 든다고 하면서, 이는 작가인 샬럿 브론테가 분노를 참지 못했기 때문이라고 지적한다(70). 울프는 작가의 분노 감정 표출이 "소설가로서 지녀야 할 완전성에 걸림돌"이 되고 있다고 비판한다(73).

이처럼 예술적인 측면에서는 분노 감정에 대해 유보를 둔 울프와 달리, 70, 80년대 페미니스트들은 분노를 가부장적, 인종적, 자본주의적 억압에 대한 반응이자 그 모순된 체제를 변화시킬 수 있는 건설적 에너지로 재해석 하는 한편, 분노 감정을 여성 예술가들의 창작 에너지의 주요 원천으로 보았다. 이들은 여성의 분노 감정을 억압하는 가부장적 문화가 가장 강하게 유지되었던 영국의 빅토리아 시대와 미국의 19세기 초, 중반의 여성작가들의 작품에서도 분노가 중요한 미학적 원리로 작용하고 있다고 보았다. 19세기 문학에 등장하는 예절 바른 여주인공과 분노에 찬 여성 괴물 사이의 연결점을 지적하면서 작품의 심층 텍스트와 표층 텍스트의 이중적 전략을 언급한 수전 길버트(Susan Gilbert)와 샌드라 구바(Sandra Gubar)의 『다락방의 미친 여자*The Madwoman in the Attic*』(1979), 여성작가들이 자신들의 분노를 마스크로 위장하는 방식을 연구한 제인 마커스(Jance Marcus)의 『분노와 여성 – 여성처럼 읽기*Anger and Women: Reading Like Women*』(1988), 1820∼1860년대 미국 여성작가 네 명을 대상으로 민주주의적 약속에서 여성들이 배제된 것에 대한 여성들의 분노와, 이런 분노 표출을 가로막는 문화적 금기에 맞서 분노를 표현하기 위해 여성작가들이 취한 위장방식을 연구한 린다 그라쏘(Linda M. Grasso)의 『분노의 예술적 기교*The Artistry of Anger*』(2002)가 대표적인 예이다.

그러나 분노 감정에 대한 페미니스트들의 적극적 해석에도 불구하고 여전히 분노는 여성에게 있어 부정적인 함의나 비난의 두려움 없이 경험될 수 있는 감정이 아니다. 분노하는 여성은 성격이 이상하거나 위험하거나 병적이고, 성적으로 좌절된 여성으로 여겨지기 때문이다. 게다가 여성적 분노라고 할 때 더 이상 그 감정은 단일한 성격을 띠지 않는다. '여성'이라는 단일 범주가 더 이상 가능하지 않기 때문에 인종, 계급에 따라 여성의 분노의 성격과 대상이 달라지고 있기 때문이다.

본고는 분노 감정의 이런 복합적인 맥락을 염두에 두면서, 영국 소설사에서 최초로 분노하는 여성 주체의 탄생을 보여준 『제인 에어』의 분석을 통해 분노 감정이 곤경에 처한 자아의 자기 보존 및 자아의 성장과 어떤 관계가 있는지 살펴보기로 하겠다. 제인의 분노 감정을 분석할 때 본고는 구버와 길버트가 주목했던 텍스트의 무의식의 차원에서 작용하는 분노 감정보다, 제인의 의식의 차원에서 표출되는 분노 감정에 더 주목하고자 한다. 조애리가 지적하듯이(168) 제인의 저항과 분노가 오직 버사를 통해 표출되는 것이 아니라 제인의 의식적인 차원에서도 매우 중요하게 다루어지고 있기 때문이다. 본고는 또 여성 주체의 분노 감정과 반항의식이 사랑과 결혼이라는 관습적인 플롯과 어떻게 교섭하는지도 살펴볼 것이다.

2. 『제인 에어』에 나타난 분노 감정의 재현

1) 폭력, 배제, 감금의 공간으로서의 가정과 분노하는 여성 주체의 탄생

낸시 암스트롱(Nancy Armstrong)은 빅토리아 시대의 가정을 속박과 구속의 장소가 아니라, 중산층 여성의 힘과 권위가 길러지고 발휘되는 장소, 남성의 (귀족적) 이상을 여성의 (중산층적) 가치관으로 변화시키는 장소로 해석하지만(재인용 김진옥, 6), 제인이 유년기를 보내는 가정은 제인에게 결코 긍정적인 힘과 사랑의 장소가 아니다. 그곳은 매우 귀족 중심적이고 위계적인 공간으로서 차별과 위계의 질서가 엄격하게 적용되는 곳이다. 그 공간의 지배자는 죽은 귀족 남편과 어린 아들을 대신해서 그 집을 실질적으로 관장하는 리드 부인(Mrs. Reed)이다. 귀족적, 가부장적 가치관을 내면화하고 있는 리드 부인은 미래의 가부장이 될 아들인 존 리드(John Reed)를 무조건적으로 편애하며, 그 집안에서 가장 취약한 존재인 제인을 철저히 배척한다. 가난한 고아인데다가 당시 여성의 주요 미덕으로 평가 받는 예쁜 외모를 갖추지 못한 제인은 그 가정에서 사랑과 인정을 전혀 받지 못하고 있는 아웃사이더이다. 집 안의 외부인으로서 제인이 처한 상황은 첫 장면에서 매우 선명한 이미지로 전달된다. 19세기 소설에서 흔히 가정의 따뜻함과 보호를 상징하는 난롯가에서 리드 부인과 그 자녀들만 편안하게 쉬고 있고, 제인은 그들과 따로 떨어진 채 홀로 추위에 떨고 있다. 이 때 제인이 느끼는 물리적 추위는 그녀의 마음에서 느끼는 정서적 한기에 다름 아니다.

제인이 견뎌야 할 것은 외숙모라는 보호자의 쌀쌀함과 냉대만이 아니다. 외사촌들의 무관심과 폭력 역시 어린 그녀가 감당해야 하는 시련이다. 여자 외사촌들은 같은 또래의 제인과 전혀 공감대를 이루지 못하며, 외사촌 오빠인 존 리드는 시시때때로 제인을 괴롭힌다. 그의 폭언과 폭행은 제인을 가장 두렵게 하는 것 중 하나다. 제인은 그가 가까이만 와도 "뼈 위의 살이 떨릴 정도로"(12) 두려움에 떤다.

제인은 외숙모 가족뿐 아니라 집안의 하녀들로부터도 공감과 보살핌을 받지 못한다. 하녀들은 더부살이 하는 제인의 무력한 상태, 예쁘지 않은 용모를 끊임없이 상기시키면서 제인이 '은인'인 리드 부인에게 순종해야 한다는 것을 주입하고, 예쁜 조지아나(Georgiana)와 못생긴 제인을 구별하면서 차별한다. 하녀들 중에서 가끔 기분 내키면 재미나는 이야기를 들려주고 노래도 불러주는 베시(Bessy)가 그나마 제인에게 연민을 표시하고 유모처럼 보살피기도 하지만, 그녀 역시 존 리드와 리드 부인의 학대로부터 제인을 보호할 힘이 없다.

그러므로 제인은 항상적으로 "굴욕감(humiliation)", "자기 회의(self-doubt)", "비참한 우울(forlorn depression)"(19) 상태에 놓여 있다. 폭력과 폭언에 시달리고 사랑과 보살핌을 받지 못하는 제인이 "근심 걱정 없고(carefree)", "밝고(bright)", 재미나게 "뛰어 노는(romping)"(19) 통상적인 아이들과 다른 것은 당연하다.

그런데 이 소설은 이런 제인이 갑자기 변하게 되는 사건으로 이야기를 시작한다. 즉 조용히 학대를 견디던 제인이 학대에 저항하고 반발하는 사건과 그로 인한 처벌로 소설이 시작되는 것이다. 소설 후반부에 리드 부인이 임종 때 하는 말에서 알 수 있듯, 이 무렵은 제인이 아홉 살에서 열 살로 넘어가는 때다. 리드 부인이 도저히 이해할 수 없었던 제인의 극적 변화는 제인의 자아가 새로이 형성되는 변화로서, 리치(Adrienne Rich)가 말하듯, "우리가 제인 에어라고 알고 있는 사람의 씨앗"(93)이 생겨나오게 하는 변화이다. 리치는 제인이 바로 이때부터 "존엄성, 진실성, 자부심을 가지고 살기로 결심"한다(93)고 말하는데, 본고에서는 존엄한 자아를 지닌 존재로 살고자 하는 제인의 결심이 폭력적 질서에 대한 분노 감정의 표출과 더불어 시작한다는 점에 주목한다.

다정한 가정의 원에서 배제된 제인이 혼자 조용히 앉아 좋아하는 책도 읽지 못하게 될 뿐 아니라, 책으로 이마를 맞아 피를 흘리게 되는 사건은 존의 이유 없는 폭력과 잔혹성을 극적으로 드러내는 사건이다. 제인이 핍박을 받게 된 것은 그녀가 구체적인 잘못을 저질러서가 아니라, 그녀로서는 어쩔 수 없는 고아라는 존재조건에서 비롯된 것이다. 그러므로 이 상황을 그대로 수용한다면, 제인은 매 맞는 존재, 배척당하고 경멸당하는 존재로 살아갈 수밖에 없다. 제인이 자신보다 덩치가 더 크고 자신의 은인의 총애 받는 아들 존의 폭행에 반격을 가하는 것은, 자아의 훼손과 모욕을 받아들이지 않겠다는 의지의 표현이다. 그런 의미에서 제인의 반격은 아리스토텔레스적 의미에서 정당한 도덕적 분노의 표현이다.

제인의 정당한 분노와 반항은 그녀에게 더 가혹한 처벌을 가져온다. 그 집안에 지배력을 행사하는 리드 부인과, 그 권력의 명령을 따를 수밖에 없는 하녀들은 제인의 상처와 고통에 전혀 공감하지 않고 존 편만 든다. 그들의 편파적인 행동은 존의 폭력적 행동에 무비판적 태도를 보이고 피해자인 제인을 감금하는 형태로 나타난다. 제인이 감금된 방을 빠져나올 수 있는 유일한 길은 "완벽한 복종과 얌전히 있는 것(perfect submission and stillness)"(21)을 약속하는 것이다. 말하자면 반항적이고 분노하는 새 자아를 버리고 순종하고 공손한 옛 자아로 돌아갈 것을 요구받는 것이다.

제인이 간힌 '붉은 방(red room)'은 죽음과 유령의 공포, 폐쇄와 감금의 압박을 주는 곳이다. 제인은 이곳에서 죽음과 유령에 대한 공포와 리드 부인과 존의 학대에 대한 분노와 복수심으로 극도의 감정적 동요를 경험한다. 여기서 공포 감정과 분노 감정은 서로 반비례의 관계에 있다. 공포가 커짐에 따라, 제인의 분노와 용기는 사라진다. 처음에 제인은 애써 공포심을 누르고, 분노를 되새긴다. 분노의 순간을 묘사하는 제인의 언어는 "폭력적인 압제(violent tyrannies)"(18), "비합리적인 폭행(irrational violence)"(19), "견딜 수 없는 억압(insupportable oppression)"(19), "오만한 무관심(proud indifference)"(18), "편파적인 것(partiality)"(18), "부당함(unjust)"(19), "선동(instigate)"(19), "반역(insurrection)"(19), "반란을 일으킨 노예(the revolted slave)"(18), "피억압자(the oppressed)"(20), "복수(avenge)"(20) 등 혁명적 어휘로 가득 차 있다. 제인이 느끼는 분노는 피억압자, 노예와 같은 위치에 놓인 자신이 폭압을 가하는 존과 리드 부인을 향해 복수와 반란을 선동하는 감정이다. 다시 말해 제인의 분노는 비도덕적인 권력자에 대해 저항하는 도덕적 감정으로 제시되고 있다.

그러나 제인의 분노는 죽음과 유령에 대한 공포 감정에 힘을 잃고 만다. 날이 어두워져 방에 빛이 사라지자 용기가 꺾였다고 제인은 말한다. 용기와 분노의 자리에, 옛날의 감정, 즉 자기 회의와 굴욕감과 우울이 찾아들며(19), 제인은 급기야 자신의 말과 행동이 "사악한(wicked)" 것이었다는 생각을 하기에 이른다. 제인은 자신을 '핍박받는 가엾은 아이'의 위치에서 리드 가족의 "침입자(interloper)"(20), "마음이 맞지 않는 이방인(incongenial alien)"(20)으로 호명하며, 급기야 리드 부인에게 '용서'와 '다른 처벌'을 애원한다. 하지만 제인이 느끼는 이런 공포와 두려움은 리드 부인의 연민을 받지 못한다. 리드 부인은 제인의 행위를 "위험한 이중성(dangerous duplici-ty)"(22)에서 나온 "인위적인 행동(artifice)"(21), "수작(tricks)"(21)으로 해석하며, 감금을 풀어주지 않는다. 그리고는 제인이 그곳을 나오려면 "완벽한 복종"을 보증해야 한다고 말한다. 어떤 의미에서 리드 부인의 말은 일리가 있다. 왜냐하면 제인이 용서를 구한 것은 어디까지나 공포심 때문이지, 리드 부인을 비롯한 가족들의 행위가 옳고 자신은 잘못했다는 인식의 변화로 인한 것이 아니기 때문이다.

그런 의미에서 '붉은 방'의 감금은 리드 부인이 원하는 내면의 교화를 이끌어내지 못한다. 제인은 '교화'와 '반성'을 통해 그 방에서 풀려나는 것이 아니라, '히스테리 발작'이라는 '병'을 통해 풀려난다. 제인은 그 방을 나오긴 했지만, 그 방의 격리와 감금이 해제된 것이라기보다, 오히려 그 격리가 집 전체로 확산되었다고 볼 수 있다. 리드 부인은 제인과 자녀들 사이에 더욱더 뚜렷한 경계선을 그으면서 제인을 격리시키기 때문이다. 그러므로 제인은 감금 전에 느꼈던 것과 "똑같은 깊은 분노와 필사적인 반항심(the same sentiments of deep ire and desperate revolt)"(33)을 가지게 되고, 이런 분노와 반항심은 존의 폭력에 폭력으로 응수하거나 '그 아이들 역시 자신과 어울릴 가치가 없다'고 "낯설고 대담하게 선언(this strange and audacious declaration)"(34)하는 방식으로 표출된다.

제인의 분노와 저항의 감정이 가장 고조되고 치열한 형태로 드러나는 것은 제인과 리드 부인이 대결하는 장면이다. 제인이 속해있는 가정의 실질적 지배자가 리드 부인임을 감안할 때 제인의 저항은 억압적 가부장제에 대한 싸움으로 해석될 수 있다. 제인이 리드 부인에게 참을 수 없는 분노를 느끼게 된 이유는, 리드 부인이 새롭게 펼쳐질 제인의 미래마저도 암울하게 만들었기 때문이었다. 제인의 표현을 빌면, "자기 삶의 새로운 국면(the new phase of existence)"(41)에서도 리드 부인이 "혐오감과 불친절이라는 씨앗을 뿌려대었기(sowing aversion and unkindness)"(41) 때문이었다. 리드 부인은 제인이 가게 될 기숙학교의 실질적 운영자인 브로클허스트(Brocklehurst) 목사에게 제인이 남을 속이는 아이, "교활하고 해로운 아이(an artful and noxious child)"라고 낙인을 찍었던 것이다.

리드 부인의 그런 부당한 비난과 모함을 제인은 참지 못한다. '기만과 거짓에 빠진 나쁜 아이 마사 G의 끔찍하고 갑작스런 죽음'과 같은 교훈들이 담겨 있는 "어린이 지침서(Child Guide)"(42)를 권유받은 제인과, 바느질감을 가지고 있는 리드 부인, 이 두 사람만 있는 거실은 냉랭함과 적대감으로 팽팽한 긴장을 이루고 있다. 여기서 제인의 분노는 온 힘을 다해 언어적으로 리드 부인을 비판하는 형식으로 분출된다. 제인은 남을 속이는 것은 자신이 아니라 리드 부인이라는 것을 매우 논리적으로 이야기한다. "착한 부인(a good woman)"(44)이라는 주변의 평판과 달리 리드 부인은 연민의 감정이라고는 조금도 없이 비참할 만큼 잔혹하게 자신을 대하고 있는 "아주 나쁘고 냉혹한(bad, hard-hearted)" 사람이므로, 남을 속이는 사람은 자신이 아니라 리드 부인이라는 것이다. 그동안 리드 부인이 했던 일을 알고 있는 독자들로서는 제인의 이 말이 그녀의 주장대로, "진실" 그 자체임을 알고 있고 리드 부인 자신도 알고 있다. 그렇기 때문에 리드 부인은 제인의 말에 제대로 반박을 못 하는 것이다.

여기서 우리는 제인의 분노가 단순히 순간적으로 격분해서 충동적으로 표출된 것이 아니라, 그동안 제인이 직접 겪고 관찰하고 생각한 끝에 나온 것이라는 점, 그렇기 때문에 그것은 현실의 부당함에 대한 정확한 인식에 근거하고 있다는 데 주목할 필요가 있다. 평소에 책 읽기를 즐기며, 주변의 사물을 깊이 관찰하고, 자기의 감정과 경험을 반추하며 분석하는 것은 제인이 지닌 중요한 특성이다. 생각하고 분석하는 자아와 분노하는 자아가 그녀 속에 깊이 연결되어 있는 것이다.

그리고 여기서 또 한 가지 주목할 점은 제인의 분노 표출이 리드 부인에게 끼친 영향이다. 리드 부인은 자신의 처사를 신랄하게 비판하고 분노하는 제인의 모습을 보고나서야, 비로소 제인이 자기 목소리와 눈을 가진 인간, 자신의 존엄성과 권리를 주장하는 인간으로 본다. 작품 초반부의 직접적인 대결 장면에서는 리드 부인이 아무 말도 못하고 공포감, 울음을 터뜨릴 것 같은 표정만 보였지만, 후반부 임종직전에 그때의 심경을 제인에게 토로하는 아래의 말은 이 점을 잘 보여준다.

내가 때리거나 거칠게 밀어낸 동물이 인간의 눈을 하고 나를 바라보고 인
간의 목소리로 나를 저주한 것 같아 난 두려움을 느꼈지.(275)

리드 부인의 이 말은 자신이 그동안 제인을 말 못하는 동물처럼 함부
로 대했다는 것을 인정하는 동시에, 분노와 비판의 말을 쏟아 붓는 제인
을 보면서 비로소 제인이 '인간의 눈', '인간의 목소리'를 가진 존재라는
것을 자각했음을 보여준다. 리드 부인에게 미친 영향이라는 점에서 보
면, 제인은 '분노'를 통해 동물적 존재에서 인간적 주체로 변모한 셈이다.

2) 로우드 학교, 인내 · 공감 · 사랑의 기독교적 가치가 내면화된 장소

여성의 분노를 금지하는 문화적 금기는 인내와 희생의 가치를 여성의
주요 미덕으로 내면화시키면서 분노하는 여성을 여성답지 못한 여성,
광기에 사로잡힌 여성, 괴물 같은 여성으로 만든다. 제인이 들어간 학교
는 가난한 중산층 딸들을 교육시키기 위한 기독교 자선학교로서 엄격한
기독교 정신으로 여학생들의 몸과 정신을 억압하고 훈육한다. 이 학교
가 강조하는 가치는 금욕, 인내, 자기 부인, 엄격한 규율에의 복종 같은
전통적 기독교적 가치이다. 이 가치는 브로클허스트 씨같이 극단적이면
서 이중적인 방식으로 구현되기도 하고, 헬렌 번즈(Helen Burns)와 템플
선생님(Miss Temple) 같이 진정성을 지닌 가치로 구현되기도 한다. 헬렌과
템플 선생님은 엄격한 가부장적 질서 속에서 전통적인 여성다움의 가치
를 구현하는 인물이다. 여기서 본고는 제인에게 벗과 멘토 역할을 하는

이 두 여성이 분노하는 여성 주체인 제인에게 어떤 영향을 끼치는가를 살펴보고자 한다.

헬렌은 억압적이고 폭력적인 권력에 대해 한 개인이 어떻게 반응하는 것이 올바른지에 대한 문제를 제인에게 제기하는 인물이다. 별로 잘못한 일이 없이 억울하게 선생님으로부터 처벌 받는 헬렌은, 과거에 제인이 겪은 경험을 환기시킨다. 브론테는 헬렌으로 하여금 제인이 겪은 것과 유사한 억울한 핍박을 당하게 한 뒤, 제인과 대조되는 반응을 보이는 그녀를 통해 분노와 저항의 가치와 전통적인 인내의 가치를 경쟁시킨다. 제인은 "잔혹하고 부정의한 사람들"(68)에 대해서는 '복종'이 아니라 '되받아 치는 항거'가 옳다고 말한다. 이에 반해 헬렌은 제인의 그런 생각을 "이단적이고 야만적인 사람들(Heathens and savage tribes)"의 믿음과 연결시킨다. 헬렌은 증오를 극복하는 것은 폭력이 아니며, 상처를 치유하는 것은 복수가 아니라고 하면서 사랑이라는 기독교적 가치를 강조하고, 악과 폭력을 견디는 인내를 강조한다. 헬렌은 제인의 자아 형성에 결정적인 영향을 끼쳤던 '붉은 방' 사건에 대해서도 제인과 다른 견해를 드러낸다. 즉, 리드 부인의 몰인정함은 분명한 사실이지만, 그 몰인정한 태도를 세세하게 기억하는 제인의 태도도 바람직하지 않다고 말한다. 헬렌은 적의를 가지거나 잘못을 기록하면서 보내기엔 인생이 너무 짧다고 하면서 제인에게 억울한 일을 잊으라고 권유한다. 또 우리 모두 결함을 가진 인간들임을 상기시킨다. 헬렌의 이런 태도는 지배자의 억압과 잔혹함이라는 문제를, 인간의 보편적 잘못으로 일반화시키며, 결국은 부당한 지배 질서를 온존시키는 데 기여한다. 헬렌의 이런 보수적인 태도는 영국 역사에서 처형당한 찰스 1세에 대한 그녀의 평가에서도 반영된다. 헬렌은 자신의 공감을 개혁세력이 아닌 처형당한 지배자에게 표하는 것이다.

헬렌과 더불어 기존의 인내와 복종, 온화함의 여성적인 가치를 대변하는 인물은 템플 선생님이다. 그녀는 억압받는 헬렌과 제인에게 공감과 사랑을 표현하고 다수의 굶주리는 학생들 편에서 그들의 복지에 신경을 쓰지만, 위선적이고 폭력적인 권력자 브로클허스트 씨에 대해 직접적인 비판의 목소리를 내는 법이 없이, 지배 질서의 규칙을 수행하고 학생들도 그 규칙을 따르도록 이끈다. 그런 의미에서 그녀는 리치도 지적하듯이, 학교의 비인도적인 처사를 변화시킬 수 있는 인물이 아니고, 단지 냉혹한 제도를 좀 더 잘 견딜 수 있도록 해주는, 일종의 집안의 천사 같은 선생님이다(94).

이 두 사람은 제인으로 하여금 분노를 순화하거나, 그것을 표현하는 방식을 바꾸도록 이끄는 역할을 한다. 제인이 이 두 사람으로 인해 분노 감정을 순화하고 있다는 것을 우리는 그녀의 처벌 장면을 통해 확인할 수 있다. 유년기에 부당하게 감금되었던 제인은, 이번에는 학생들 앞에서 부정적인 본보기로서 호명되고 전시되는 일을 겪는다. 제인은 리드 부인의 악의에 찬 말을 그대로 믿는 브로클허스트 씨에게서 "하나님의 어린 양떼"에 끼지 못하는 "침입자(interloper)", "이방인(alien)", "이교도들보다 나쁜 존재(worse than many little heathens)"(79), "거짓말쟁이(liar)"로 불리면서 다른 아이들과 격리되어야 할 나쁜 아이로 구성된다. 제인이 겪는 이런 일이 어떤 근거도 없다는 것을 잘 알고 있는 독자들로서는 제인이 얼마나 억울한지 충분히 공감할 수 있다.

그런데 이런 억울한 상황에 대처하는 제인의 태도는 이전과 다르다. 제인은 이전에는 격렬하게 분노하고 히스테리적인 상황까지 갔지만, 이

번에는 이런 감정을 통제할 수 있게 된다. 그것은 헬렌이 보여준 은밀한 지지의 표현, 템플 선생님이 제인에게 준 자기 해명의 기회를 통해 가능했다. 브로클허스트 씨에 대한 비판의식의 공유, 제인의 '진실'과 '착한 본성'에 대한 신뢰, 제인에 대한 공감과 지지가 그녀로 하여금 분노를 폭발하지 않고도 억울한 상황에 대처할 힘을 준 것이다. 자신의 도덕적 정당성, 자기 가치가 인정받았기 때문에 제인은 분노하지 않을 수 있는 것이다.

또 한 가지 이 대목에서 우리의 주목을 끄는 것은 '이야기하기'와 관련해서 제인이 분노 감정에 대해 새롭게 깨닫는 대목이다. 제인은 지금의 자신의 태도와 상황에 결정적인 영향을 끼친 '붉은 방' 사건을 템플 선생님에게 이야기하는 과정에서, 분노를 직설적으로 표출하는 것이 진실을 설득하는 데 바람직하지만은 않다는 교훈을 얻게 되는 것이다. 제인은 헬렌의 충고대로 비통한 마음과 분개심을 자제하면서 자신의 이야기를 좀 더 단순화시키니까 더 설득력을 지니게 되었다고 말한다.

이후 제인은 이전의 분노하는 여성주체의 모습과 분명 다른 변모를 보인다. 그녀는 템플 선생님을 모델로 삼아 교양 있는 숙녀가 되기 위해 갖춰야 할 자수, 그림, 피아노, 프랑스어 등을 습득하고, 규율과 질서를 지키며 조화로운 생각을 하려고 애쓴다. 그렇다면 제인은 과거의 자아를 벗어던지고, 리드 부인이 원한 '완벽하게 복종하는' 사람, 로우드 학교가 목표로 하는 '인내, 자기희생, 성실성'의 가치를 체현한 사람이 된 것인가?

이 질문에 대해 브론테는 두 가지 방식으로 답변을 제시한다. 첫째, 브론테는 헬렌과 템플 선생님이 구현하는 전통적 여성적 가치가 그렇게 바람직하지 않은 것임을 독자들에게 시사한다. 두 사람은 내면의 자질이 뛰어나고 비판받을 게 별로 없지만, 결국 문제 많은 현실에 순응하는 인물이다. 이 세상보다 저 세상을 절대적으로 높이 평가하면서 현실을 초월하려고 하는 헬렌의 태도는 제인에게 별로 설득력을 주지 못한다. 제인은 헬렌을 사랑하지만 그녀의 내세관, 현실 초월적인 태도를 받아들일 수가 없다. 헬렌의 때 이른 죽음은 그녀의 절대적 이상주의가 현실에서 힘을 발휘하기 힘들다는 것을 암시하는 듯하다. 또 템플 선생님은 제인에게 역할 모델이면서 어머니 같은 존재로서 제인의 성장을 돕고, 또 나중에는 일종의 벗으로 우정을 나누었지만, 결국 결혼과 같은 관습적인 역할 속으로 들어간다. 그렇기 때문에 템플 선생님은 열악한 학교 환경을 변화시키는 데 전혀 기여하지 못한다. 학교를 변화시키고 개혁하는 힘은 그 열악한 환경을 알게 된 대중들이 표출하기 시작한 '분노'의 열기에서 온다. 브론테는 결국 '분노의 감정'이 가지는 도덕적 정당성과 개혁적 에너지를 인정하고 있다.

둘째, 브론테는 전통적 여성성으로의 제인의 변모와 동화가 완전한 것이 아니었음을 분명히 밝힌다. 제인은 자신이 동화되어 살던 템플 선생님이 사라지자, "훈육을 당해 기가 눌린 성격(a disciplined and subdued character)"(100) 아래로 옛날 감정이 되살아남을 느낀다. 이 옛 감정은 부당한 권력자에게 항의하고 분노하던 자아가 느낀 감정이기도 하지만, 북극, 아라비안나이트의 동방세계, 걸리버가 여행하던 세계를 즐겨 읽던 지적인 자아의 감정이기도 하다. 이 옛 감정이 되살아나면서 제인은 전통적인 여성적 가치에 머무르지 않고, 독립과 자유, 변화와 자극을 열망하게 된다. 그녀는 자신이 볼 수 있는 것 너머, 한계 너머의 넓은 세상으로 나가고자 한다.

그런데 여기서 주목할 사실은, 넓은 세상을 향한 제인의 열망 배후에 현실적 제약과 구속에 대한 인식과 이로 인한 분노가 강렬하게 남아있다는 점이다. 이 점은 가정교사로 일한 지 얼마 되지 않아 제인이 쏜필드(Thornfield) 저택의 지붕에서 저 멀리 펼쳐진 세상을 바라보며 하는 말 속에 잘 드러나 있다. 제인은 남성의 특권과 대비되는 여성들의 삶에 가해지는 "가혹한 제약과 절대적인 침체(too rigid a restraint, too absolute a stagnation)"(130), 이로 인해 여성들의 가슴 속에 들끓고 있는 반란의 소리들을 알고 있고, 여성들이 그 제약을 넘어 더 배우고 더 일하려고 할 때 받게 될 비난과 조롱도 잘 알고 있다. 이처럼 여성 전반의 불평등하고 열악한 삶에 대해 분노를 토로하는 제인의 의식은 페미니스트적 의식과 닿아 있다고 볼 수 있다.

3) 여성 주체의 분노와 사랑의 양립 (불)가능성

제인의 분노와 반항 정신에 관해서는 대부분의 비평가가 동의하는 바이지만, 이 분노와 저항이 작품의 결말에 제인이 하게 되는 결혼과 어떤 관계가 있는지에 관해서는 다양한 해석들이 제기 되고 있다. 제인의 저항적 면모를 높이 평가하는 70, 80년대의 페미니스트들은 분노하는 여성 주체로서의 제인의 모습이 사랑하고 결혼하는 플롯에 의해 손상되지 않는다고 본다. 이들은 제인의 결혼을 관습에 대한 순응으로 해석하지 않고 삶의 완성이자 성취로 본다. 예를 들어 리치는 『제인 에어』가 제시하는 사랑과 결혼은 기존의 낭만적으로 미화된 결혼이나 여성을 위축시키는 관습적 결혼이 아니라, 경제적 독립과 자유로운 선택에 의해 이뤄진 결혼, 여성의 자아실현과 완성을 가능하게 하는 결혼이라고 본다(105).

이는 제인이 보여준 억압에 대한 분노와 저항 의식, 그리고 그녀의 자존
감이 새로운 결혼 관계를 가능하게 했다고 보는 해석이다. 쇼왈터(Elaine
Showalter)는 제인과 유사하게 지적이고 관습에서 벗어난 저항적인 여주
인공의 이야기인 조지 엘리어트(George Eliot)의 『플로스의 물방앗간*Mill on
the Floss*』과 『제인 에어』를 비교하면서, 『플로스의 물방앗간』의 여주인공
메기(Maggie)는 "자신의 분노와 창조성을 억압"해서 "신경증적이고 자기
파괴적인" 길을 걸은 반면, 내면의 감정을 자유롭게 표출하며 심리적 성
장을 해 가는 제인은 "여성 소설가가 상상할 수 있는, 최고로 충만되고
건강한 여성성을 성취"(112)했다고 본다. 이런 쇼왈터의 평가에는 제인
의 결혼을 "평등한 결혼"으로 보는 시각이 전제되어 있다. 반면 맑시즘
비평가인 테리 이글턴(Terry Eagleton)은 『제인 에어』에서 "숨 막힐 듯한 반
항심"이 "엄격한 관습주의"와 기묘하게 결합되어 있다고 본다(16). 그에
의하면 귀족 계급과 부르주아 계급의 결합이라 할 수 있는 제인과 로체
스터의 결혼에서 제인은 자기주장을 펼치는 활동적 자아와 인내하고 공
손한 자아, 귀족계급에 대해 주도권을 쥔 부르주아의 모습과 귀족 계급
인 남편에게 순종하는 모습, 두 가지 상반되는 측면을 보여준다고 한다.
또한 이글턴은 지배 계급에 대한 제인의 억압된 분노와 무의식적 적대감
은 불구가 된 로체스터의 모습을 통해 드러난다고 하면서, 이는 주인공
제인의 분노가 아닌 작가 자신의 분노를 표현한다고 말한다. 이글턴보
다 제인의 저항성을 강조하는 페미니즘적 시각을 더 통렬하게 비판하는
이는 탈식민주의 비평가 가야트리 스피박(Gayatri Spivak)이다. 스피박은
제인이 서사적으로 볼 때 반가족에서 합법적 가족으로 움직여 가고 있다
고 하면서, 주변에서 중심으로의 이런 이동 속에 버사라는 타 인종을 제

거시키는 제국주의적 이데올로기가 작용한다고 지적한다(246).

제인의 저항성과 전복성에 대한 이런 다양한 해석은 국내 연구에서도 예외가 아니다. 최근에 나온 두 편의 논문은 같은 연도(2009)에 발표된 것임에도 불구하고 상반된 해석을 내리고 있어 눈길을 끈다. 손영희는 어린 제인과 성인이 된 제인을 구분하면서, 어린 제인은 버사처럼 반항적이고 체제 도전적인 반면, 성장한 제인은 집안의 천사가 된다고 본다(158). 이 과정에서 제인은 자기 내면의 괴물성, 즉 분노, 성적 열망, 사회 참여에 대한 욕구를 제거하게 된다고 지적한다. 반면 들뢰즈(Gilles Deleuze)와 가타리(Félix Guattari)의 유목적 욕망 이론의 틀로 이 소설을 분석한 김정순은 제인이 "제도에 완전히 투항한 것이 아니"라(82), "결혼 전과 마찬가지로 결혼 후에도 여전히 분열"되어 있다고 보며, 이 분열된 자아의 모습에서 오히려 전복적인 가치를 읽어내고자 한다.

『제인 에어』를 둘러싼 이런 다양한 해석들은 단지 비평가들의 관점의 차이에서 기인하는 것은 아닌 듯하다. 그것은 소설에 형상화된 제인과 로체스터의 관계가 그만큼 복잡하고 모호하다는 것을 반영한다. 이 글에서는 이 모호성을 제인의 분노와 사랑의 맥락에서 분석해 보고자 한다.

사랑과 결혼은 기존 질서에 대한 제인의 분노와 저항의식과 관련해서 매우 중요한 문제이다. 앞에서 살펴보았듯이, 계급적·사회적으로 미천한 고아 신분에다가 여성의 중요한 미덕인 아름다움을 타고 나지 못한 제인은 자신의 잘못이 아닌 현실로 인해 받은 언어적·심리적·육체적 폭력에 분노하고 항거하면서 주체로 성장해 왔다. 제인은 개인적으로 겪은 부당한 권력에 저항하는 의식을 넘어서서, 여성 전반이 가부장적 사회질서로 인해 겪는 삶의 제약과 그로 인한 고통에 공감했다. 그런 제인이 가부장적 질서를 대변하는 귀족 가부장과 사랑하고 결혼하는 플롯은 그 질서에 순응하고 투항하는 것으로 비춰지기 쉽다. 특히 사랑은 자아의 권리와 가치를 주장하는 과정에서 나타나는 분노와 달리, 자아의 의지를 자발적으로 상대방의 의지에 복종시키고자 한다는 점에서 자아가 상실될 위험이 있는 감정이다. 그렇다면 제인의 사랑은 제인의 자아 주장과 자기에 대한 배려와는 어떤 관계가 있는가?

제인과 로체스터의 이야기는 제인의 사회적 약점과 로체스터의 도덕적 결함이 만나는 이야기, 즉 재산도, 가족도, 벗도, 아름다운 미모도 없는 평범한 제인이, 영국의 유서 깊은 명망가의 귀족 남성의 특권과 매력 뒤에 도사린 도덕적인 결함을 알게 되는 이야기이다. 길버트(Sandra Gilbert)의 표현을 빌리자면, "순응적이지 않은 신데렐라가 자기 왕자님이 푸른 수염의 사나이, 즉, 아내의 간수임을 목격하는 이야기"(358)이다. 그런 의미에서 제인의 사랑 이야기는 가부장적 사회의 폭력성과 잔혹성과 만나는 이야기이다. 그녀는 폭력성과 이중성을 지니고 있는 가부장과 어떻게 관계를 협상해 나가는가?

제인과 로체스터의 관계는 리치가 지적하듯 지적이고 에로틱한 공감 속에서 형성된 관계이다(105). 제인은 재산과 신분과 관습의 장애를 뛰어넘는 사랑을 로체스터와 주고받는다. 로체스터는 재산과 신분의 면에서 제인이 접근할 수 있는 인물이 아니다. 게다가 그에게는 이미 마음에 두고 있는 결혼 상대자가 있다. 그런 점에서 로체스터는 제인에게 금지된 욕망의 대상이다. 이렇듯 자신에게 금지된 욕망의 대상을 향해, 제인이 사랑의 감정을 절절하게 드러내고 있으며, 그것도 매우 육체적이고 감각적인 언어로 표현한다는 것은 그녀가 얼마나 관습에서 벗어난 인물인지를 보여준다. 그녀의 도발성은 특히 로체스터의 남성적인 매력과 활력을 열정적으로 묘사하고 있는 데서 드러난다.

브론테를 일컬어 남성의 육체적 아름다움을 작품에서 솔직하게 묘사한 최초의 여성작가라고 한 케이트 밀레트(Kate Millette)의 지적처럼(198), 제인은 로체스터의 지적인 매력뿐 아니라 그의 남성적, 육체적 매력에 매우 끌리는 모습을 보인다. 그녀는 로체스터에 대한 자신의 사랑을 감각적인 언어로 표현한다. "그가 뿌려주는 빵 부스러기만 맛 봐도 잔치 음식 같을 것"(283)이라든가, 냉소적 태도와 험악한 표정 같은 그의 단점도 "최고급 요리에 들어간 짜릿한 양념" 같다고(195) 말하는 대목, 금지된 욕망을 가진 자신의 상황 속에서 얻는 순간적인 만족을 "갈증으로 죽어가는 이"가 "독이 퍼진 샘물"에 도착해 샘물을 몇 모금 마실 때의 기쁨에 비유하는 대목(194) 등은 그녀의 사랑이 지닌 감각성을 암시한다. 로체스터가 제인을 성적으로 경험이 없고 순결한 여성으로 구성하려고 하면서 그녀를 성적으로 방탕한 자신이나 버사(Bertha Mason)와 구별하려고 하지만, 제인은 자신의 에로틱한 감정을 우리에게 거침없이 펼쳐 보인다. 여성에게 성적 욕망을 금지하는 당대 문화 속에서 제인은 "욕망의 평등성"(Gilbert, 353)을 보여준다. 이처럼 제인은 자기 내면에서 일어나는 성적 열망을 인정하고 표현하기 때문에, 19세기의 여성들이 많이 걸렸던 병인 히스테리에 빠지지 않고 감정의 건강성을 유지할 수 있었다.

제인이 로체스터에게서 구혼을 받고 결혼을 준비하는 과정에서 우리는 그녀가 사랑이나 결혼을 결코 낭만화하지 않으며, 자기자신을 이상화하는 법 없이 있는 그대로의 모습을 바라보고 있음을 알게 된다. "난 바로 히스클리프야"라고 하던 『워더링 하이츠*Withering Heights*』의 캐서린과 달리, 제인은 단 한 번도 자신의 존재 위치를 잊은 적이 없다. 제인이 후렴구처럼 자신을 묘사하는 말은 "가난하고 미천하며 평범하게 생긴(poor, obscure, plain)" "가정교사"이다. 하지만 그렇다고 해서 제인이 자신을 지나치게 비하하지도 않는다. 제인은 '자유 의지를 지닌 인간', '사랑하고 일하고 세상을 널리 경험할 권리'를 가진 인간으로 자신을 본다. 작품에서 제인은 이런 자아존중감 덕분에 로체스터의 사랑도 얻게 되는 것으로 그려진다. 제인이 청혼 받는 장면을 보면 이 점이 분명하게 드러난다. 로체스터의 구혼을 받기 전 제인은 그가 자신을 염두에 두고 있다는 것을 모른 채, 자신의 속마음을 드러내고 마는데 그때 그녀가 주장하는 것은 두 사람이 계급적으로는 다를지 몰라도 영혼은 동등하다는 생각이다. "가난하고, 미천하고, 평범하게 생기고 어리지만"(292) 자신에게도 주인님인 로체스터와 똑같은 영혼과 감정이 있다는 것, 그러므로 로체스터를 사랑하는 자신이 그 사랑의 권리를 로체스터의 신부감에게 빼앗기고 감정도 없는 "자동인형(automaton)"처럼 살 수 없다는 고백이 제인의 입에서 먼저 나온다. 이 고백 장면은 자기 욕망과 감정을 부인하려는 억압적 힘에 대한 제인의 분노 감정이 자신을 개별적 주체로 드러내고, 그 당당한 주체 의식이 남자의 사랑까지도 얻게 한다는 느낌을 독자에게 전달한다. 실제로 로체스터는 제인의 이때 모습을 이야기하면서, "자기 운명에 대해 봉기를 한 것"이었고, 자신과 동등한 계급을 주장한 것이었다고 하면서, 바로 그것이 자기로 하여금 청혼을 하게 만들었다고 말한다.

당신이 분개할 때면 당신이 얼마나 불같은 성미가 되는지 난 목격했소. 어젯밤 달빛 속에서 당신은 빛을 발했소. 당신의 운명에 대해 봉기를 해서, 당신의 계급이 나와 동등하다고 선언했을 때 말이오. 어쨌거나, 자넷, 나로 하여금 청혼하게 한 건 바로 당신이었소.(303)

자유 의지를 지닌 존재라는 의식과 그 권리 침범에 대해 보이는 분노는 제인이 결혼을 준비하는 과정에서도 나타난다. 결혼 준비과정에서 로체스터가 제인을 대하는 태도는 특권적인 숙녀와 노예를 대하는 태도와 유사하다고 말해지는데, 흥미롭게도 이 두 이미지는 가부장적 빅토리아 사회에서 아내의 이중적인 위치를 정확하게 반영하는 이미지이다. 빅토리아 사회에서 아내는 여왕, 천사, 구원자로 숭배되나 실제로는 아무 권리도 지니지 못한 노예와 같은 존재였기 때문이다. 제인은 로체스터가 자신을 특권적인 숙녀나 천사 같은 이미지로 자신을 대할 때는, 자신은 "그저 못생긴 퀘이커 교도 같은 가정교사일 뿐"(299)이라고 하거나 "전 천사가 아니에요. 죽을 때까지 그러지 못할 거고요. 저는 그저 저 자신일 뿐입니다"(300)라고 하면서 부인한다. 또 로체스터가 "행복한 사랑에 빠진 회교도 터키 군주가 자신의 황금과 보물로 치장시킨 여자 노예에게 하사하는 미소" 같은 것을 보일 때나, 터키 군주의 후궁과 그곳 아가씨들, 회교도 천상 미녀 군단들을 다 준다 해도 "어린 영국 아가씨 한 명"인 제인과 바꾸지 않겠다고 할 때, 분노를 느낀다. 자신은 노예가 될 그 사람들과 후궁들에게 자유를 가르치는 선교사가 되어 그들의 "반란"을 "선동"하여 주인님을 포획하고 개인의 자유를 보장하게 할 것이라고 반박한다(310). 그리고 자신이 로체스터에게 바라는 것은 오직 자신을 존중하는 마음이라고 밝힌다. 여성이 결혼과 동시에 시민으로서의 죽음을 맞이하고, 모든 인간적 권리를 박탈하게 되었던 시기에 제인은 미래의 남편에게 인간으로서의 존중과 자유의사를 요구하고 있는 것이다.

　로체스터가 작품 속에 등장하기 전 제인이 하던 생각에서 알 수 있듯이, 제인은 자기가 속한 사회에서 여성이 얼마나 불공평한 삶을 살고 있는지, 그 속에서 여성들이 얼마나 갈등과 고통을 겪고 있는지를 알고 있다. 제인의 이런 인식은 그녀의 의식적인 차원뿐 아니라 무의식의 차원에서도 나타나는데, 그녀의 그림과 꿈은 그녀의 무의식을 보여주는 좋은 장치이다. 그녀가 소질을 보이는 그림과 그녀가 자주 꾸는 꿈은 반복적으로 유사한 이미지를 보여주는데, 그것은 바로 잔혹하고 비참한 운명에 처한 여성들의 이미지이다. 그녀의 그림과 꿈속에 나타나는 여성들은 무표정하고 절망에 찬 눈, 여위고 핏기 없는 얼굴 표정, 사납게 빛나는 눈, 바람에 흩날리는 긴 머리카락을 하고 사슬에 매어 있거나, 머리를 기대고 있거나, 혹은 익사하거나 추락하거나 감금되어 있다. 제인의 꿈이나 그림을 통해 재현되는 이런 고통스러운 여성들의 모습은 폭력적이고 잔혹한 가부장적 사회에서 여성들의 운명을 암시하며, 그것은 버사의 모습에서 가장 극적으로 재현된다.

　그러나 제인은 버사와 대면하기 전까지, 그리고 버사와 대면한 후에도 자신의 무의식적 불안과 공포를 분명하게 탐구하지 않는다. 이것은 로체스터의 도덕적 결함을 문제 삼지 않는 태도와 연결된다. 사실 로체스터의 비밀은 그가 작품에 등장하는 순간부터 시종일관 언급되었다. "운명의 타격(Fortune has knocked me)"(155), "오염(contamination)"(158), "끔찍한 후회(dread remorse)"(159), "중대한 실수(a capital error)"(251), "자발적 추방(voluntary banishment)"(252), "언제 폭발할지 모르는 화산 분화구 표면에 서 있는 것(to stand on a crater-crust which may crack and spue fire any day)"(250) 같은 삶 등등의 묘사를 통해 작가는 로체스터의 폭풍 같은 고뇌를 표현하였다. 제인이 단 한시도 자신이 미미한 가정교사라는 사실을 잊은 적이 없듯이, 로체스터는 단 한시도 자신의 가슴 속 비밀을 잊은 적이 없는 듯이 보인다. 그리하여 제인은 그의 비밀이 "머나 먼 외국"에서 저지른 "치명적인 과오"(243)와 관련 있으며, 그것은 당사자의 "모든 삶을 더럽히는 그런 과오"일 것이라고 짐작하고 있다. 그런데도 제인은 그 과오가 무엇인지에 대해 구체적으로 알려고 하지 않는다. 이것은 제인이 특권적인 귀족 남성인 로체스터의 가슴 속 비밀(도덕적 결함)보다, 자신의 사회적 결함과 장애물을 더 뼈저리게 느끼기 때문에 초래된 것이라 볼 수 있다. 그래서 로체스터 가문을 오랫동안 알아 온 페어팩스 부인(Mrs. Fairfax)이 그들의 결혼 소식을 듣고 제인에게 거리를 둘 것을 충고하자, 제인이 보인 첫 반응은 "내가 무슨 괴물이라도 되나요?" "로체스터 씨가 저에게 진지한 애정을 품는다는 게 있을 수 없는 일이란 말씀인가요?"(305)라는 말이었다. 페어팩스 부인은 로체스터 쪽의 의도를 문제 삼은 진심어린 충고였지만, 제인의 시선은 자신의 사회적 결함에 더 가 있는 것이다.

제인이 로체스터의 도덕적 결함을 통찰하지 못하는 것은 버사와 대면했을 때에도 마찬가지이다. 결혼 직전에 제시된 무수한 불길한 재앙의 예감대로 버사의 존재와 그의 중혼이 밝혀졌을 때, 제인은 로체스터의 비밀을 알게 되지만 그 의미를 정확히 설명하기보다 로체스터의 고통과 사랑의 '진정성'이 주는 호소력에 굴복하고 만다. 로체스터의 비밀은 그가 그렇게 못 견뎌한 쏜필드 저택이 기실 식민지의 부를 기반으로 하고 있다는 것, 로체스터가 아내 / 정부에게 절대 권력을 가진 폭력적인 가부장일 수 있다는 것을 드러내고, 궁극적으로는 쏜필드 저택으로 대변되는 영국 제국주의 사회와 서인도 제도의 식민지 사회의 지배 / 종속의 관계, 영국 제국주의 남성(로체스터)과 식민지 여성(버사)의 성적, 인종적 억압 관계를 드러낼 수 있는 폭발력을 지녔다. 그런데 이 지점에서 제인은 로체스터가 구성하는 결혼의 서사, 자신에 대한 사랑의 서사에 설득되고 만다. 그리하여 그녀는 자신의 공감을 같은 여성인 버사가 아닌 로체스터를 향해 표현한다.

그동안 많은 비평가들이 언급해왔듯이 버사는 제인의 분신이라고 해도 좋을 만큼 제인과 핵심적인 성격을 공유한다. 로체스터는 거대하고, 사납고, 동물 같고, 음탕한 버사와 가녀리고 순결하고 맑고 지적인 제인을 대립적인 이미지로 묘사하지만, 성적 욕망과 그 억압에 대해 저항하고 분노하는 면에서 버사와 제인은 닮은꼴이다. 이 두 사람의 유사성은 제인이 그린 그림이나 꿈을 통해서도 명백히 제시된다. 제인의 그림 속에 나오는 '사납게 빛나는 눈', '길게 나부끼는 머리', 길 떠나는 로체스터를 보기 위해 성벽 위에 올라가서 그를 애타게 부르다가 추락하는 것 등의 이미지는 버사의 운명을 그대로 반영한다. 또 제인이 '붉은 방'에 갇혀 유령에 대한 공포로 문을 두드리며 나가려고 할 때 두 하녀가 억지로 그녀를 의자에 앉히는 장면과, 처음 외부에 공개되었을 때 버사가 로체스터와 심한 몸싸움을 하다가 억지로 의자에 앉혀지는 장면은 비슷한 저항과 처벌의 메시지를 전달한다. 제인은 로체스터의 이야기를 듣다가, "저 불운한 부인에게 가혹하시군요. 당신은 증오에 차서 그녀에 대해 이야기하고 있으시네요. 복수심에 불타는 반감을 가지고 말이에요. 잔인한 일이에요. 그녀도 미칠 도리밖에 없었겠지요"(347)라고 말하는데, 이는 제인이 여성으로서 버사가 처한 비참한 운명에 공명하고 있음을 드러낸다.

그런데 버사에 대한 제인의 공감은 거기에서 그친다. 사실 버사의 존재가 밝혀지고 나서 관건은 제인이 로체스터에 대해 어떻게 생각하는지, 그에게서 권력을 가진 가부장으로서의 잔혹성과 폭력성을 읽어내는지, 그리고 더 나아가 가부장적 질서가 여성에게 부과하는 가혹한 운명, 영국 제국주의적 질서가 식민지 여성에게 가하는 착취를 읽어내는지 하는 것이다. 그런데 제인은 로체스터의 서구중심적이고 남성중심적인 사고, 기만적인 자기 정당화의 논리를 읽어내지 못하고, 그가 호소하는 자기고뇌와 그녀에 대한 깊은 사랑의 감정에 더 동조를 보내고 있다. 로체스터는 영국에서 차남이라는 자신의 불리한 위치, 자기에게 전혀 어울리지 않는 배우자와 결혼하게 된 불운한 남편으로 자신을 구성한다. 버사가 더 괴물 같고, 더 사납고, 더 음탕할수록, 로체스터의 비극성은 더 커진다. 로체스터는 아버지와 형의 죽음으로 재산을 상속받아 많은 권력을 얻게 되었지만, "자신이 여태 본 사람들 가운데서 가장 비천하고 음탕하고 타락한 인간"(353)과 "사회적, 법적"으로 부부 관계로 엮여 있으며, 더구나 자기 부인이 미친 것으로 진단받아 영원히 그녀에게서 풀려날 길이 없다고 말한다. 벗어날 수 없는 고통 속에 던져진 삶이 자신의 삶이라는 것이다. 로체스터의 이런 말에 제인은 "연민"을 표한다(354). 제인은 로체스터가 말하는 과거의 상처와 고통, 재생에 대한 강한 갈망에 공명한다. 제인이 말로 표현하지는 않고 있지만, 로체스터의 과거의 상처와 고통, 재생에 대한 열망은 곧 제인 자신의 삶의 내용이기도 했기 때문이다.

제인이 로체스터를 비난하지 않고 그와 공감하고 있다는 것은 로체스터의 사랑의 진실성과 깊이를 믿고 받아들이는 데서 나타난다. 로체스터는 서인도 제도에서 버사와 지냈던 지옥 같은 삶과 그 이후 방황했던 삶을 이야기한 뒤, 제인과 처음 만나던 날부터 지금까지의 자신의 심정과 느낌을 생생하게 묘사한다. 이때 그가 전달하는 주요 메시지는 제인이 '그가 최초로 만난 진정한 사랑'이라는 것이다. 그는 제인이야말로 자기가 찾던 이상형에 가장 가까운 사람, 즉, "크레올 여자와 정반대되는"(357), "선하고 재능 있고 사랑스러운(good, gifted and lovely)"(363) 여자라고 말한다. 그는 청혼하기 전에 제인에게 서로의 갈비뼈에 강한 교감의 줄이 연결되어 있는 것 같다고 고백했듯이, 여기에서 다시 한 번 제인과 자기 사이의 공감과 강한 연결의 줄을 언급한다.

> 절반은 말로 표현할 수 없는 비참함 속에서, 또 절반은 황량한 고독 속에서 젊음과 성년기를 보낸 후에 처음으로 난 내가 진정 사랑할 수 있는 존재를 찾았소. 바로 당신을 찾은 것이오. 당신은 나의 공감이오. 더 나은 나의 반쪽이고, 나의 선한 천사요. 나는 당신과 강하게 매어 있소. (…중략…) 내 가슴엔 열렬하면서도 엄숙한 열정이 품어져 있소. 그 열정이 당신에게 기대고 있고, 당신을 나의 중심, 생명의 원천으로 끌어당기며, 나의 존재를 당신 주변에 감싸며, 순결하면서도 강렬한 불꽃으로 타올라 당신과 나를 하나로 융합시켜주고 있소.(363)

로체스터의 이런 절절한 사랑 고백은 제인의 가슴에 강력한 호소력을 발휘한다. 제인은 자기가 "숭배"하고 사랑하고 "우상"(363)으로 여기는 사람으로부터 '최상의 사랑'을 받았다고 생각한다.

여태껏 살았던 그 어떤 사람도 내가 받은 것보다 더 사랑받기를 바랄 수 없을 것이다. 날 이렇게 사랑한 그는 내가 절대적으로 숭배했던 사람이다.(363)

이리하여 제인이 느끼는 가장 큰 시련은, 자기가 사랑하고 숭배하는 사람, 우상 같은 사람과 헤어져야 하는 일이다. "시뻘겋게 달구어진 무쇠 손이 온 몸의 장기를 쥐고 있는 것 같았다"(363)고 그 순간을 표현할 정도로 제인의 마음의 갈등은 크다. 로체스터가 그녀의 고아 상태를 상기시키면서 그녀가 부적절한 관계에 몸을 맡겨도 어느 누구에게 해가 되지 않을 것이라는 논리를 폈을 때는, 감정 뿐 아니라 이성과 양심마저도 "제발 응해!"라고 하면서 그녀를 유혹한다.

제인이 비록 그 유혹을 뿌리치고, 페미니스트들이 가장 높이 평가하는 자기에의 배려가 가득한 문장, "내가 나 스스로를 보살필 거야. 더 외로울수록, 홀로 남겨질수록, 의지할 이가 없을수록 나는 나 자신을 더 소중히 여길 거야"(365)를 말하며 집을 나가지만, 그녀가 로체스터를 자신의 우상이자 최상의 연인으로 생각하는 한 로체스터의 삶의 서사를 정확하게 해석할 수는 없다. 로체스터의 삶의 서사를 정확하게 해석할 수 없다는 것은 곧 로체스터로 대변되는 가부장적 질서, 제국주의적 질서의 폭력성을 해석할 수 없다는 것이다. 이 폭력성에 대면하지 못하게 될 때 분노 감정도 멈춘다.

3. 나가며

　"여성의 가장 고귀한 의무"는 "고통을 겪고 잠잠히 있는 것"(Patsy Stone-
man, 17)이라고 가르치던 빅토리아 시대에 대부분의 여성들은, 나이팅게
일(Florence Nightingale)의 지적처럼, 겉으로는 순응적인 의무를 다하되 내
면에서는 백일몽을 꾸는 이중적인 삶을 살았다(재인용· Pasty Stoneman, 17).
구바와 길버트도 빅토리아 시대 여성작가의 이중적인 면에 초점을 맞추
어 작가가 겉으로 드러내지 않는, 억압된 성적 욕망과 분노의 감정을 읽
어내고자 하였다. 본고는 『제인 에어』의 여주인공의 핵심적인 특징을
이런 이중성과 거리가 먼, 분노 감정의 직접적인 표출로 읽어내면서, 분
노 감정이 제인의 주체 형성과 자아 발전, 그리고 더 나아가 사랑과 결혼
에서 매우 중요하게 작용하고 있음을 제시하고자 했다.
　여성의 섹슈얼리티와 분노를 광기와 동일시하던 빅토리아 시대에서
작가는 제인의 분노를 병적인 것과 연결시키지 않고, 억압과 차별에 맞
선 정당하고 고귀한 감정, 자아의 존중과 권리를 지키게 하는 감정으로
제시하고 있다. 이 점에서 우리는 기존의 관습적 사고에 맞서는 새로운
여성 주체, 즉, 분노하는 여성 주체의 탄생을 이 작품에서 목도하게 된다.
　제인이 성인기에 접어들면서 보여주는 분노의 감정은 여성 전반의 삶
에 부과된 현실적 제약과 불평등에 대한 인식과 연결되어 있다. 그런데
젠더의 무거운 짐을 느껴서 끓어오르는 제인의 분노의 감정은 귀족 남성
인 로체스터의 관계에서 복잡하게 굴절되다가 결국은 실종되고 만다.
계급적으로 사랑의 가능성이 희박한 두 사람이 연인관계, 결혼 상대자

의 관계로 발전하여 결혼을 준비해 가는 과정에서는 제인의 자아 존중과 젠더적 불평등에 대한 분노 감정이 중요한 역할을 한다. 사회적 신분은 다르지만 감정과 이성을 지닌 자유로운 인간이라는 점에서는 평등하다고 하는 제인의 주장은 로체스터의 공감을 받으며 그의 청혼을 이끌어내기도 하는 것이다. 그리고 결혼을 준비하는 과정에서 로체스터가 보이는 소유적인 태도와 여성을 천사, 혹은 특권적인 숙녀로 보는 태도에 반박하며 자신의 있는 그대로의 모습을 각인시키고 오직 존중받기를 원한다고 하는 제인의 모습은 자유롭고 독립적인 여성의 모습, 자신의 가치를 귀하게 여기는 여성의 모습이다.

그런데 로체스터의 핵심적인 특징을 드러내는 그의 가슴 속 어두운 비밀과 버사의 존재와 관련해서 제인은 자신의 주된 공감을 식민지 출신의 불운한 아내가 아니라 로체스터에게 주고 만다. 제인은 로체스터가 호소하는 과거 삶의 고통, 새로운 삶에 대한 갈망, 자신에 대한 사랑의 깊은 진정성에 더 깊이 공명하는 것이다. 그러므로 제인의 큰 갈등은 로체스터의 도덕적 문제를 둘러싸고 일어나는 것이 아니라, 자신이 사랑하고 숭배하는 사람, 그리고 자신에게 최상의 사랑을 베풀어준 사람인 로체스터와 헤어지는 문제를 둘러싸고 일어나고, 그와 재회해서 다시 결혼할 때까지 제인의 삶의 행로는 사랑을 중심으로 전개된다. 제인이 로체스터의 죄를 용서하고, 그를 연인이자 우상으로 구성하는 순간부터 제인이 지녀 온 분노 감정과 비판의식은 실종되고 만다.

작가는 제인에게 유산을 상속시켜 그녀의 계층적 결함을 메우고, 불구가 된 로체스터를 그녀 스스로 선택하여 결혼하게 함으로써, 그녀에게 독립성과 자유 의지를 부여하는 듯 보인다. 하지만 "당신의 아내가 되는 것이 지상에서 제가 누릴 수 있는 가장 큰 행복입니다"(513)라고 말하고, 남편의 삶에 완전히 동화된 자신의 삶을 "말로 표현할 수 없는 축복"(519)이라고 하는 제인의 모습에서 우리는 더 이상 젠더의 무거운 짐을 인지하고 분노를 표출하는 모습을 찾을 수 없다. 여성들이 처한 전반적인 삶의 제약과 모순 속에서 여성들의 무언의 분노와 반란을 읽어내던 그녀가 로체스터와 결혼하면서 그런 공감대를 잃어버리고 있다는 것은, 사랑과 결혼이 곧 여성의 자아의 실현이라는 메시지를 독자에게 전달한다. 그리고 그것은 또, 제인의 의식이 자신의 자아실현에 집중된 채 더 넓은 사회적 의식으로 확대되지 못하는 한계를 드러낸다.

혐오의 매혹

코맥 매카시의 『피의 자오선』

김미현

1. 혐오, 경계의 유지와 와해의 이중운동

혐오(disgust)는 대상에 끌리는 욕망과 반대로 대상에게서 멀어지려는 감정이다. 다른 감정에 비해 참기가 어렵고 즉각적인 신체적 거부반응을 보이는 것이 혐오이다. 혐오대상을 만나면 우리는 반사적으로 멀어지거나 벗어나려고 한다. 메스꺼움이나 욕지기 같은 육체적 증상을 보이기도 한다. 혐오는 침이나 입에 들어온 물체를 내뱉는 행위로 표현되기도 한다. 영어에서 혐오를 의미하는 단어, 'disgust'의 'gust'가 '맛보다'라는 뜻의 라틴어 'gustare'에서 유래한 것에서 알 수 있듯이 혐오는 많은 경우 미각과 관련된 대상이나 사건과 연결된다. 참을 수 없어 내뱉고 더럽게 느껴져 움찔하며 물러서는 것이 혐오이다.

혐오는 많은 부문 증오(hatred)와 겹친다. 심리적 원인과 과정이 겹치기도 하고 두 감정 모두 대상의 파괴를 지향한다. 하지만 혐오는 더러움이나 오염에 대한 회피, 공포, 거부에 가깝고 증오는 주체가 느끼는 해나 악에 대한 적대감과 분노에 가깝다. 사라 아메드(Sara Ahmed)는 혐오와 증오, 둘 다 주체가 대상을 거부하는 감정이지만 증오의 거부감은 주체가 대상에 부여한 의미나 힘에서 기인하고(49) 혐오의 거부감은 주체의 경계를 뚫고 들어오는 침범이나 오염의 위협에서 비롯된다고 설명한다(83~85). 프로이트(Sigmund Freud)가 그의 손자의 "포르트-다(Fort-Da)" 게임에서 읽어낸 어머니의 부재에 대해 아이가 실패를 내던지며 보이는 적대적 공격성(『쾌락 원칙을 넘어서』, 16)이 증오의 예라고 할 수 있다. 즉 사랑을 원했지만 얻을 수 없을 때 나타내는 정서적 반응은 증오이다. 반면 혐오가 일으키는 불쾌감은 더럽고 추하고 비천하다고 느끼는 것에 대한 거부감이다. 또 혐오는 비천한 대상에 대해 보이는 거부감이라는 측면에서 경멸(contempt)과 흡사하지만, 경멸은 대상을 열등한 것으로 쉽게 무시할 수 있을 때, 다시 말해 대상이 그다지 위험하지 않다고 느낄 때 갖는 감정인 반면 혐오는 주체가 자신의 청결, 순수, 안전, 경계가 침범당할 때 느끼는 것으로 그 불쾌감, 거부감, 위협감을 쉽게 떨쳐 버릴 수 없다.

프로이트는 「본능과 본능의 변화」에서 "자아는 불쾌한 감정을 일으키는 대상을 파괴하기 위해 증오하고, 혐오하고, 쫓는다"고 설명하면서(138), 혐오나 증오가 파괴적 행동과 연결되는 점을 짚는다. 혐오나 증오는 단순히 거부감에 머물지 않고 폭력과 공격으로 이어진다. 입 안으로 들어온 불쾌한 것을 곧바로 내뱉는 것은 거부의 신체적 표현이다. 바퀴벌레를 보고 움찔하며 피하는 것은 바퀴벌레가 몸에 닿지 않도록 거리를 유지하려는 반응이다. 그러나 혐오는 단순히 피하거나 거리를 유지하는 것에 그치지 않고 대상을 없애려는 행동으로 이어진다. 우리는 바퀴벌레를 피하기도 하지만 박멸하려고 한다. 혐오는 주체의 경계·순수·청결을 유지하기 위해 대상을 거부하고 더 나아가 폭력적으로 파괴하고자 한다.

감정의 사회정치적 교류와 교환에서 혐오, 증오, 경멸이 작동하는 대표적 사례는 인종주의다. 인종주의가 폭력을 불러온다면 혐오는 폭력을 정당화하고 폭력을 끌어내는 감정이다. 혐오는 대상을 비천하고 열등하게 보면서 거부하는 감정으로서 위계적 서열의식이 개입되고 정치적 함의가 강하기 때문에 인종주의를 가동시키는 주된 감정기제이다. 인종주의에 기반한 타인종에 대한 폭력행위는 정치적으로 정당화되고 집단화되어 대규모 학살로 이어졌다. 대량 인종 학살이 "청소"에 비유되는 것에서 알 수 있듯이, 청결과 순수의 수사는 타인을 더러움을 유발하는 존재로 느끼게 하고 그들에 대한 혐오의 감정을 불러일으킨다. 이러한 혐오는 주체의 순수성과 청결을 유지하는 감정으로 정당화되었다. 나치의 선동 다큐멘터리 영화 〈방랑하는 유태인(The Eternal Jew)〉(1940)은 하수구에서 몰려나오는 쥐들과 거리에 모여 있는 유태인의 이미지를 병치시키고 유태인들이 사는 집을 벌레가 우글거리는 더러운 곳으로 그린다. 병균과 전염병에 대한 거부감을 인종적 혐오로 발전시킨 예이다.

혐오는 집단폭력으로 이어질 정도로 강렬하며 혐오에 기반한 폭력은 역사적으로 반복되었다. 이 점을 고려할 때 혐오를 대상에 대한 단순한 거부로 설명할 수는 없다. 혐오는 대상에 대한 거부이지만 동시에 끌림, 매혹을 포함한다. 조지프 콘래드(Joseph Conrad)는 『어둠의 심연Heart of Darkness』(1899)에서 로마 정복자들이 처음 영국에 도착해 자기들 앞에 펼쳐진 "완전한 야만", 자신들이 이해할 수 없는 미지의 세계를 마주했을 때 그 세계를 혐오하면서도 끌렸다고 묘사하면서 이를 "혐오의 매혹(fascination of the abomination)"이라고 부른다(6). 콘래드는 혐오를 배척과 매혹이 혼재하는 감정으로 보면서 식민주의 폭력의 기저에 타자에 대한 매혹과 욕망이 작동하고 있음을 짚어 내고 있다.

콘래드의 지적은 현대사회에서도 여전히 유효하다. 사회적 집단을 구성하고 나누는 여러 경계들이 무너지고 뒤섞이는, 이른바 경계 와해와 혼종에 직면한 현대인들에게는 자신과 다른 타자를 축출하려는 성향과 타자에게 끌리고 타자를 가까이 두려는 성향이 모순적으로 공존한다. 혐오는 열등하고 비천하다고 느껴지는 대상을 거부한다는 점에서 대상에 대한 일정한 서열의식을 담고 있지만 동시에 대상에 대한 매혹과 배척이 공존하는 감정이다. 혐오는 주체와 대상, 문화와 자연의 경계의식을 내포하고 있는데 좀 더 엄밀히 말하자면, 대상이 자신과 가깝거나 비슷하기 때문에 그것을 더욱 격렬하고 폭력적으로 배척하는 것이다. 대상에 대해 혐오감을 느낄 때 주체는 대상과 경계를 유지하면서 동시에 그것을 유지하는 것이 어렵다는 것을 감지한다. 혐오는 경계가 흐려질 것 같은 위험을 느끼고 대상을 내버림으로써 경계를 지키는 감정이다. 프로이트의 지적처럼 억압이 문명의 조건이라면 혐오는 그 억압을 감정적으로 작동시키는 양상이다.

이 글은 혐오가 주체의 경계유지에 관여하는 감정으로 배척과 끌림의 양면성을 지니고 있다는 점을 읽어내기 위해 코맥 매카시(Cormac McCarthy)의 『피의 자오선Blood Meridian: Or the Evening Redness in the West』(1985)에 주목하고자 한다. 매카시는 이 작품에서 혐오의 기저에 자리 잡고 있는 욕망의 에너지를 집요하게 추적하고 있다. 매카시가 이 작품에서 문제 삼고 있는 것은 경계선에서 극대화되는 지배와 배척의 반복적 운동이다. 이러한 운동은 경계의 양면성과 불안정성을 안고 파국으로 향하는 것 이외에는 다른 길이 없다. 이 작품에 나타난 자기 파괴로 이어지는 혐오의 움직임은 국가, 인종, 문명 경계의 취약성을 드러낸다.

2. 혐오의 감정과 문명의 경계짓기

매카시의 『피의 자오선』은 역사소설로 이해될 정도로 실제 역사에 기초해 있다.[1] 이 작품은 멕시코 전쟁(1846~1848) 후 새롭게 그어진 멕시코와 미국의 국경지대에서 실제로 있었던, 현상금을 타기 위해 인디언을 학살하고 그 증거로 머리 가죽을 벗기는 존 글랜턴(John Glanton) 일당의 살육행위를 묘사한다. 매카시는 미국 역사에서 중대한 분기점을 이루는 멕시코 전쟁 직후 서남부 국경지대를 인종적 매혹과 배척이 혼재하는 공간으로 묘사하면서 미국이라는 국가의 성립과 팽창에 작동하고 있는 인종적 혐오와 폭력의 메커니즘을 드러낸다. 1845년 텍사스 병합 후 미국은 멕시코를 침공하여 지금의 캘리포니아, 뉴멕시코, 네바다, 애리조나, 유타, 콜로라도로 영토를 확장한다. 미국은 이 전쟁을 "명백한 운명(Manifest

---

1   존 세피치(John Sepich)는 매카시가 이 소설의 주요 사건과 인물의 많은 부분을 멕시코 전쟁 후 글랜턴 일당과 함께 했던 사무엘 챔벌린(Samuel Chamberlain)의 회고록(*My Confession : The Recollections of a Rogue*)에 근거했다고 지적한다.(*Notes on* Blood Meridian; "'What kind of Indians was them?' : Some Historical Sources in Cormac McCarthy's *Blood Meridian*")

Destiny)"[2]이라는 수사를 동원하여 정당화한다. 하지만 미국의 국경이 새로이 그어지는 그곳은 신의 섭리가 실현되는 곳이라기보다는 자연과 문명의 경계가 모호하게 흐려지면서 혼란과 폭력이 분출하는 곳이다. 『피의 자오선』 이후 연이어 발표한 "국경 삼부작(the Border Trilogy)"[3]에서도 매카시는 미국과 멕시코 국경을 넘나드는 주인공들을 다루면서 폭력과 재난에 파괴되어가는 인간 군상들을 그리고 있다. 재클린 스쿤스(Jacqueline Scoones)는 매카시가 국경 삼부작에서 생물학적 삶과 정치적 삶이 다르지 않다는 것을 보여준다고 지적하는데(134), 『피의 자오선』 역시 원초적 자연 상태에서 폭력이 문명의 경계를 세우는 주요 기제로 작용하고 있음을 드러낸다.

이 작품에서 매카시는 미국의 성립과 팽창이 문명화의 과정이라고 정당화되지만 실제로는 혐오의 감정에 이끌리는 매혹과 배척의 과정이었음을 제시한다. 작품에 그려진 인디언 머리 가죽 벗기기는 미국이라는 새로운 국가와 문명에 작용하는 경계의식을 극명하게 드러내는 사건이다. 매카시는 작품 서두에 삼십만 년 전 인간 두개골 화석에서 머리 가죽이 벗겨진 증거를 발견했다는 신문 기사를 인용하고 있는데 이는 인간의 폭력이 모방되고 전수되며 집단화된다는 것을 시사한다. 특히 근대를 거치면서 과학 기술의 발달로 대규모 학살이 가능해지고 폭력은 국가 이

2　"명백한 운명(Manifest Destiny)"이라는 말은 1845년 저널리스트 존 오설리번(John L. O'Sullivan)이 자신이 편집하는 잡지(the *United States Magazine and Democratic Review*)에 "계속해서 인구가 증가하는 미국의 자유로운 발전을 위해 대륙 전체로 영토를 확장하는 것이 신이 부여한 운명"이라고 주장한 데서 나온 표현으로 그 당시 미국정부, 정치 지도자들이 텍사스 병합, 멕시코 전쟁, 서부로의 팽창을 정당화하는데 이용한 수사이기도 하다.

3　『모두 다 예쁜 말들*All the Pretty Horses*』(1992), 『국경을 넘어*The Crossing*』(1994), 『평원의 도시들*Cities of the Plain*』(1998).

데올로기와 맞물려 더욱 조직적으로 자행된다. 매카시는 배척과 끌림의 양면성을 지닌 혐오감이 문명의 경계유지에 작동하는 감정이라는 점을 근대 미국역사의 구체적 사례를 통해 제시한다. 그는 폭력이 미국역사의 근저에 작동하고 있음을 보여주면서 폭력의 피해자가 가해자와 얽혀 드는 은폐된 매듭을 드러낸다.

3. 경계와 혼돈

매카시의 『피의 자오선』은 14세에 가출하여 "맹목적 폭력에 맛이 들린" "소년"이 멕시코인들 사이에 반란을 선동하고 그들을 살육하는 미국 비정규군(filibuster)에 가담하는 것으로 이야기가 시작된다. 이들 비정규군은 전쟁이 끝난 후에도 국경지대를 돌아다니며 경계를 확장하고 지키는 일종의 청소부 같은 사람들이다. 이 무리의 지도자 화이트 대위가 "우리가 지금 상대하는 것은 타락한 인종이야. 검둥이보다 나을 게 없어. 하나도 나을 게 없어. 멕시코에는 정부가 없어. 빌어먹을. 하나님도 없지"라고 말하는 데서 알 수 있듯이(33), 이들의 행동은 인종적 혐오감에 기초해 있다. 화이트 대위는 멕시코인들에게 아무런 생각도 감정도 없다고 말하는 소년에게 "미국 사람들이 대개 그렇다"며 자신의 사명감을 피력한다.

이 소설이 초점을 맞추는 인물들은 별다른 동기나 생각 없이 폭력에 맛이 들리는 소년과 글랜턴 일당이다. 화이트 대위가 이끄는 집단이 코만치(Comanche)에게 몰살당한 후 소년이 합류하는 글랜턴 일당은 흑인, 백인, 인디언, 멕시코인이 마구 뒤섞여있다. 이들은 국경지역을 돌아다니며 백인, 인디언, 멕시코인, 여자, 아이 가릴 것 없이 닥치는 대로 죽인다. 화이트 대위가 흑인과 멕시코인에 대한 미국인의 인종적 배척을 대변한다면 글랜턴 일당은 화이트 대위의 인종주의를 공유하면서도 그와 다르다. 이들은 인종을 가릴 것 없이 눈에 띄는 대상을 무차별적으로 죽인다. 이들은 대상을 혐오하고 배척하면서도 마치 그 대상에 매혹당한 듯 끝까지 쫓아가 도육한다. 아파치족의 습격과 약탈로부터 멕시코 주민들을 보호하려는 치와와(Chihuahua) 주지사 트리아스(Trias)에게 인디언 머리 가죽 하나당 백 달러를 받기로 하고 시작한 일이지만 여정이 계속되면서 이들은 인디언으로 보일 수만 있다면 상대가 멕시코인이든 누구든 상관하지 않고 죽인다. 평화로운 티구아스(Tiguas)족부터 멕시코인 마을 전체까지 몰살하고 백인 여행자들에게도 총구를 거두지 않는다. 이들의 살육은 화이트 대위 일당처럼 백인의 사명감에 따라 자행되는 것이 아니며, 트리아스와 맺은 계약이나 현상금과도 실제로는 큰 상관이 없다.

멕시코 전쟁을 배경으로 국경을 넘나들며 자행되는 폭력과 무차별 살육을 그리는 이 작품은 주체의 순수성을 지키려는 배척과 거부를 넘어서 경계선상의 긴장과 혼돈에 초점을 맞추고 있다. 작품은 칼에 난자당해 거꾸로 매달린 시체들, 아기들의 시체가 널려 있는 덤불, 성기가 칼에 찔려 마차에 널브러져 있는 남자, 자신이 죽인 흑인의 심장을 기념품으로 보여 주는 정신 나간 은둔자, 인디언 머리 가죽으로 장식한 성당, 총이나 칼, 도끼로 인간을 도륙하는 장면들을 집요하게 보여준다. 소설 전편에 걸쳐 반복되는 무의미한 살육과 폐허 속에 전시된 시체, 잘린 신체 부위에 대한 끔직한 묘사를 더 이상 감당할 수 없을 때 독자들은 너무 많이 먹었을 때 느끼는 구역질, 과잉에서 비롯되는 혐오감까지 경험한다.

혐오에서 비롯되는 이들의 살육은 대상을 너무나 비천하게 도육하는 것이다. 희생자들은 그 존재가 인간이라는 생각을 할 겨를도 없이 벗겨진 머리 가죽이나 난자당한 몸뚱이가 되어 버린다. 희생자와 가해자 모두 끔찍한 폭력을 통해 문명의 도덕 질서에서 벗어난다. 코만치 인디언이 화이트 대위 일당을 공격해서 그들의 팔과 다리를 자르고, 몸통을 잘게 썰고, 죽어가는 사람을 강간하는데(54), 이는 글랜턴 일당이 길레노스(Gilenos)마을을 습격해 수백 명을 학살하는 과정에서 뇌가 터져 나오도록 머리를 돌에 찧고 죽어가는 여자들을 강간하는 행위와 다르지 않다(156~57). 글랜턴 일당에겐 인종적 구별도 중요하지 않다. 그들에게 적은 나 아닌 나머지 모두이고 타자는 머리 가죽이나 몸뚱이일 뿐이다. 이들은 어떤 정치적 명분도 없고 집단으로서 동질감이나 소속감도 없이 닥치는 대로 살육을 일삼을 뿐이다. 글랜턴 일당의 이런 끔찍한 행동은 결국 그 숨은 동인이 폭력에 대한 원초적 욕망, 타자에 대한 지배와 배척일 뿐이라는 점을 보여 준다. 이 점에서 이 일당은 서로 닮아 있다.

이 작품이 묘사하는 미국 서남부 지역의 자연, 여행, 싸움, 살육은 서부 영화에 흔히 등장하는 장면들 같아 보이지만, 서부 영화와 달리 승리도 종결도 영웅도 우정도 없다. 무차별적 폭력으로 일관하는 이런 살육의 여정에는 아와 피아, 우리와 적의 구분도 없다. 일당 중 멕시코인인 존 멕길(John McGill)이 부상당하자 일당은 그를 총으로 쏴죽이고 머리 가죽을 벗겨간다. 싸움이 끝난 후 일당 중 누가 피를 흘리고 있으면 주위 사람들은 방관자가 되어 시선을 돌리거나 그와 상관없이 떠날 차비를 한다. 사람과 동물의 경계도 불분명하다. 일당 중 누군가 팔에 부상을 입으면 그 묘사는 흐르는 피, 구역질나는 냄새, 부어터짐, 살의 부패 정도로 끝나지 않는다. 사막에서 잠이 든 부상자의 상처에 박쥐가 달려든다. 부상을 당해 뒤쳐진 사람들은 여행 중 목격한 뱀에 물려 얼굴이 퉁퉁 부어 죽음을 기다리는 말과 같은 취급을 당한다.

이들은 또한 살육할 대상을 보았을 때, 혹은 집단 안과 밖의 누군가와 갈등이 생겼을 때 반복적으로 침을 뱉는다. 피터 조시프(Peter Josyph)는 이들이 침을 뱉는 행위는 경멸과 혼동을 표현하는 것으로 보는데(173), 이들은 특히 살의를 느끼지만 행동으로 옮기지 못할 때 침을 뱉는다. 나룻배를 탈취하기 위해 유마족을 이용해야 할 때 이들은 유마족과 협상을 하면서 인종 비하적 욕설을 퍼붓고 침을 뱉는다(255). 이들은 대상에 대한 혐오를 언어와 같은 상징적 기호로 표현하는 것으로 만족하지 못한다. 인디언과 멕시코인을 총, 칼, 도끼로 살육을 하고 그들의 육체를 유린하면서 혐오를 폭력으로 표현한다. 이들이 침을 뱉는 행동은 직접적인 폭력을 가할 수 없거나 폭력을 준비할 때의 제스처라고 볼 수 있다.

4. 경계와 반복

누구나 이런 무자비한 폭력의 대상이 되어 죽임을 당하고 육신이 잘라져 폐허 속에 널브러질 수 있다. 이 점이 이들의 동질성이라고 할 수 있다. 이들이 말에 달고 다니는 살육의 표시, 머리 가죽들은 곧 이들이 당할 운명을 예시한다. 화이트 대위의 잘린 머리를 보게 된 소년은 "그가 나와 친척도 아닌데" 하면서 침을 뱉는다(70). 하지만 타인의 죽음에 대해 애써 눈을 돌리고 침을 뱉는 행위는 타인의 죽음이 계속될수록 자신의 죽음이 임박하다는 것을 인지하는 것이기도 하다. 서부 영화의 플롯이 악당을 하나씩 하나씩 처치하는 영웅의 최종승리에 초점이 맞춰져 있다면 이 작품의 진행방향은 타인을 처치하는 주체가 똑같이 잔인하고 비천하게 죽어 사라지는 것이다.

매카시가 1992년 『뉴욕 타임스』와 가진 인터뷰에서 밝히듯이,[4] 이 소설은 기존의 문학작품에 대한 인유(allusion)가 많은 것이 특징이다.[5] 반복되는 인유는 이 작품에 두드러지는 중첩의 한 종류라고 할 수 있다. 소년이 화이트 대위 일당과 국경을 넘기 전, 메노파 신도(the Mennonite)가 국경을 넘으면 돌아오지 못할 것이라고 경고를 하는데 이는 허먼 멜빌(Herman Melville)의 『모비딕Moby-Dick』(1851)에서 이슈마엘이 피쿼드호에 타기 전 일라이자로부터 듣는 경고를 연상시킨다. 글랜턴 일당의 여행은 죽음으로 치닫는 『모비딕』의 여정과 비슷하고 어둠의 심연으로 향하는 콘래드의 『어둠의 심연』의 여정과 비슷하다. 하지만 이 작품에는 『모비딕』의 이슈마엘이나 『어둠의 심연』의 말로우같이 끔찍한 공포를 겪고 돌아와 전달하는 인물은 없다. 작품의 여정은 한 사람 한 사람이 죽어 사라지면서 끝을 향해 나아갈 뿐이다. 파국과 심연에 이끌리는 듯 이들은

---

4 "The ugly fact is books are made out of books. The novel depends for its life on the novels that have been written."
5 비평가들은 성경, 멜빌의 『모비딕』, 콘래드의 『암흑의 심연』, 밀튼의 『실락원』, 단테의 『신곡』, 호머, 포크너, 셰익스피어 작품과의 유사성을 지적한다.

점점 더 끔찍한 살육의 행보를 계속하는데, 마치 타락의 끝, 지옥으로 가는 듯하다. 이 작품에서 인간은 문명, 언어, 상징의 세계에서 벗어나 그저 몸뚱이가 되고 자연물과 다르지 않으며, 투쟁과 살육이 개개인의 차이를 무화시킨다. 정치적, 도덕적 경계를 지키는 것이 무의미한 이들에게는 폭력을 행사하는 행위와 그 행위가 정해주는 나와 적의 구별만 있을 뿐이다. 이들을 묶어주는 것은 타자를 향한 배척의 움직임과 그 움직임의 반복이다. 이 작품의 긴장감은 여행이 계속되고 페이지가 넘어갈수록 일당의 인원이 하나씩 줄어들면서 반복과 중첩의 운동도 파국에 가까워지는 것에서 나온다.

작품 속 사건과 인물들도 중첩된다. 화이트 대위 일당은 글랜턴 일당으로 대치되고 전자의 인종 혐오는 후자의 무차별적 폭력으로 이어진다. 오른 손에 손가락이 세 개 밖에 없는 배쓰캣(Bathcat)은 미간에 글자 낙인이 찍혀 있는 토드바인(Toadvine)에게 형벌의 표시를 몸에 갖고 있다는 점에서 동질감을 느낀다. 인물 간 이미지의 중첩, 가해자가 희생자가 되는 플롯의 반복성, 과거 문학작품과 인물에 대한 인유 등을 통해 매카시가 의도적으로 강조하는 반복과 중첩의 움직임은 작품의 동인이자 비전이다. 글랜턴 일당의 살육, 자연 상태에서의 투쟁, 국경 지대의 배척 행위에서 확인하게 되는 것은 타자를 향한 폭력이 곧 나의 운명이기도 하다는 느낌, 가해자와 피해자 사이에 존재하는 기묘한 동질성이다.

5. 동질감과 끌림

혐오는 폭력, 파괴, 제거의 움직임을 부르면서 또한 대상에 대한 매혹과 끌림도 포함한다. 흔히 사랑의 반대 감정이 증오나 혐오가 아니라 무관심이라고 하는 데서 알 수 있는 것처럼, 증오나 혐오의 경우 대상에 대한 관심을 끊기는 어렵다. 프로이트가 지적하듯이 증오나 혐오는 대상에 대한 끌림과 추구가 동반된다. 윌리엄 밀러(William Ian Miller)는 혐오 대상을 다시 한 번 보게 되는 반응, 본인도 모르게 무심코 다시 보게 되는 반응에 주목하여 혐오스러운 대상은 또한 주체를 끌어당기는 힘(power to allure)이 있다고 한다(111). 혐오감을 불러일으키는 대상이 몸에 닿을 듯이 느껴지고, 혐오감을 느끼면서도 다시 한 번 돌아보게 되는 것을 주체의 경계를 침해하고 침범하는 것에 대한 거부나 공포로만 설명할 수는 없다.

매카시 작품에서 이미지가 중첩되거나 닮은 인물들은 서로 보완적이기도 한데, 이러한 상호보완성이 서로에게 끌리는 통로가 된다. 귀가 잘려 나간 토드바인은 배쓰캣이 목걸이로 달고 다니는 사람의 귀에 관심을 보인다. 글랜턴 일당 중 존 잭슨(John Jackson)이라는 이름이 같은 흑인과 백인은 나란히 말을 타고 여행한다. 백인 잭슨은 흑인 잭슨에 가까이 붙어 그의 그림자를 그늘로 삼는다. 그러면서도 그는 흑인에게 계속 속삭이는데 얼핏 친근함이나 애정을 표시하는 것 같이 보이지만 실상 둘은 서로 죽일 듯이 미워하는 사이다. 이들의 갈등은 글랜턴 일당들로 하여금 결국 한 잭슨이 다른 잭슨을 죽일 것이며 누가 죽게 될지에 내기를 하도록 만든다. 결국 흑인 잭슨이 모닥불 앞에 앉아 식사를 하고 있는 백인 잭슨의 머리를 칼로 벤다. 흑인과 백인이라는 인종적 차이가 있지만 같은 이름을 가진 그림자 같은 존재를 죽이는 것은 이들의 폭력에 매혹과 배척이 동시에 존재하며, 나아가 타자를 제거하는 폭력이 주체 자신을 향하는 것이기도 하다는 점을 말해준다. 일당의 운명이 흑인 잭슨의 운명에 달려 있다는 타로 점의 예언은 이 집단의 여정이 타자와 동질성을 확인하면서 동시에 그 타자를 제거하는 움직임의 반복이며, 그 움직임은 곧 주체 자신을 파괴하고 집단을 와해시키는 쪽으로 향한다는 것을 보여준다.

아메드는 인간이 혐오의 대상에게서 즉시 도망치려는 행동의 이면에는 신체적 접촉감과 감각적 근접성(a sensuous proximity, 85)이 존재한다고 지적하면서 이 근접성을 흔히 혐오감을 불러일으키는 물체의 끈적거리고 흐느적거리는 특성과 연결하여 설명한다(89). 주로 음식물로 연상되는 혐오의 감정은 내 몸 안에 들어올 수 있는 어떤 것, 내 일부로 자리 잡을 수 있는 어떤 것이라는 위협감을 포함하고 있다는 것이다. 아메드는 혐오가 대상과 주체의 근접성과 경계의 불분명성을 부각시키고, 경계선 상에 있는 대상(border object)에 대한 인식을 나타낸다고 한다(87). 아메드는 줄리아 크리스테바(Julia Kristeva)의 비체(abject)론과 연결시켜 이 점을 설명한다.

크리스테바에 따르면 우리가 시체, 토사물, 배설물, 분비물을 볼 때 느끼는 불쾌감은 깨끗하고 선명하게 확립된 주체의 경계가 흔들리기 때문에 위험하다고 느끼는 것이기도 하다. 이러한 불쾌감을 일으키는 시체, 배설물, 분비물 등은 비체(abject), 즉 주체와 객체의 경계선상에 있는 물체로 주체도 객체도 아니다. 크리스테바는 주체는 비체가 불러일으키는 "소환과 거부의 소용돌이(vortex of summons and repulsion)"에 휘말리면서 반응한다고 한다(1). 주체의 경계를 위협하는 비체는 끊임없이 주체에게 돌아와 주체를 사로잡고 놓아주지 않는다. 크리스테바의 비체론은 혐오가 주체로부터 밀려났거나 배제되었지만 주체가 쉽게 떨쳐 버리지 못하는 타자적 존재에 대해 여전히 관심을 보이는 감정이라는 점을 시사한다. 시안 응가이(Sianne Ngai)는 욕망에 대한 이론적, 철학적 관심에 비해 혐오에 관한 논의는 부족하다고 지적하면서 크리스테바의 비체 논의도 결국 "결여"와 "일차적 억압"으로 개념화되면서 욕망 담론의 자장을 벗어나지 못한다고 비판한다(332). 하지만 혐오감정에서 끌림을 배제할 수는 없다.

혐오를 극복해야할 배타적 감정으로만 이해할 때 타자와의 관계를 바라보는 우리의 시선은 제한적이다. 이를테면 타 인종과 공존의 윤리로 "관용"을 말하는 입장은 인종주의에 작용하는 혐오의 감정을 외면하거나 회피하는 것일 수 있다. 이런 시각은 타 인종에 대한 매혹과 연결되는 배척을 무시하고 단순한 거리 두기로 일관하는 것일 수 있다. 인종주의에 작용하는 경멸, 혐오, 증오는 타자가 주체의 심리에 부정적으로 차지하는 양상이나 비중을 나타낸다. 혐오의 거부감은 관용의 한계를 벗어난다. 응가이는 참아 줄 수 있을 정도의 거부감이 경멸이라면 혐오는 참을 수 없는 거부감이라고 말한다(336). 그러므로 혐오에서 기인하는 즉각적이고 부정적 반응과 참을 수 없는 거부감은 좀 더 면밀한 접근을 필요로 한다. 고정되어 있는 것보다 움직이는 것, 건조한 것 보다는 젖은 것, 생명이 없는 것보다는 살아 움직이는 것이 혐오의 감정을 더 불러일으키는 것에서 알 수 있듯이 대상이 움직이면서 가까이 다가올수록 주체의 배척 강도, 혐오의 감정은 커진다.

이러한 면에서 혐오가 일으키는 즉각적이고 강렬한 배척의 반응은 근접성에 대한 공포와 거부감 때문이라고 볼 수 있다. 혐오가 성적 욕망이 자유롭게 흐르는 것을 가로막는 일종의 댐의 기능을 한다는 프로이트의 주장에서 알 수 있듯이(*Three Essays* II, 177) 혐오는 무의식적 욕망의 충족을 막는 기제로 작용한다. 끌리기 때문에 배척하는 것이든 배척하기 때문에 매력적으로 보이는 것이든 혐오감에 작동하는 거부와 배척의 움직임은 끌림과 맞닿아 있다. 크리스테바도 비체에 대해 보이는 매혹과 공포가 자기 안의 타자 혹은 주체에서 밀려난 타자적 존재에 대한 위협감과 연결된다고 말한다. 밀러는 혐오감이 대상을 비천하고 열등하게 바라보고 거부하는 위계적 서열의식과 연결된 것으로 정치적 함의가 강하다고 주장하는데(9) 이는 혐오가 정치적, 사회적 이데올로기에 의해 형성된다는 점을 시사한다. 밀러는 혐오감은 어린아이가 대소변을 가리는 과정에서 배우는 감정으로 문화에 의해 형성되는 것임을 또한 지적한다(11). 프로이트, 크리스테바, 밀러의 논의를 통해 우리는 혐오가 의식과 무의식, 주체와 객체, 문화와 자연의 경계 의식과 관련되는 감정임을 알 수 있다.

6. 경계 세우기와 폭력

『피의 자오선』의 인물, 행동, 이미지의 중첩과 반복은 단순히 지속되는 것이 아니라 주체와 타자와의 경계를 무화시키는 작용을 한다. 이들은 동시에 폭력을 매개로 서로의 상보성을 확인한다. 존 로쓰폭(John Rothfork)

이 지적하듯이, 이들의 폭력은 광적이고 강박적이다(25). 이들은 배척하는 대상에 강박적으로 끌린다. 이러한 배척과 끌림의 혼재는 글랜턴 일당 중 홀든 판사(Judge Holden)라고 불리는 인물에게서 극대화된다. 글랜턴 일당의 폭력이 화이트 대위 일당의 인종적 혐오의 기저로 파고들게 한다면 판사의 폭력은 독자를 더욱 깊은 심연으로 이끈다. 판사는 아파치 부족 몰살 후 부족의 어린아이를 데려와 자기 앞에 태우고 다니며 어르고 만진다. 하지만 그는 바로 그 아이의 목을 베어 머리 가죽을 벗긴다(164). 판사의 이런 기괴한 폭력적 성향은 광산에서 하룻밤을 보낼 때 나체로 춤을 추는 모습이 목격되고 다음 날 아침 그 광산에서 만난 혼혈 소년이 목이 부러져 발견된 사건에서 먼저 암시되었다. 유마족의 기습을 받았을 때 판사는 방에서 어린 여자아이와 여행 중에 동행하게 된 정신지체아와 나체인 상태로 발견된다(275). 두 잭슨 사이의 혐오의 감정에 근접성과 동질성이 있다면 판사의 소아성애(pedophillia)는 살인으로 이어진다. 판사는 죽이기 위해 욕망하는 듯하다.

　판사의 이러한 성향은 결국 작품의 종결점이 되는 소년과 판사의 대립으로 압축된다. 일당이 유마족의 기습으로 와해된 후 생존자가 몇 되지 않는 상황에서 판사와 소년은 사막에서 대적한다. 소년은 판사를 죽일 수 있었지만 죽이지 않는다. 이후 판사는 자신과 소년만 살아남았다는 사실을 알고 자신을 죽일 수 있었던 소년에게 집착을 보이기 시작하며 그를 집요하게 따라 다닌다. 소년은 사막을 가까스로 벗어나 샌디에이고에 도착하여 군인들에게 잡혀 수감되는데 판사는 감옥으로 찾아와 자신이 소년을 아들처럼 생각해왔으며 가까이 다가와 만져 보게 해달라고 간청한다. 이 장면에서 판사의 말과 행동은 동성애적이면서 동시에 둘의 관계를 부자관계로 만든다. 이러한 판사의 행동은 부친살해와 근친상간을 금지하는 움직임과 이 금기가 일어나기 이전으로 회귀하는 움직임을 동시에 보여준다고 할 수 있다. 판사의 의식에는 아들과 아버지의 사랑이 근친상간적 욕망 및 살해충동과 혼재해있다.

또한 판사는 자신의 지식을 통해 대상을 지배, 통제하려고 하고 결국에는 파괴하고자 한다. 판사는 틈틈이 공책을 꺼내 화석과 동물의 뼈, 직접 죽인 새와 나비, 만난 사람들을 그리고 기록한다. 그는 자신이 기록하는 목적은 "인간의 기억에서 그것들을 지우기" 위해서라고 말한다. 이에 대해 웹스터(Webster)는 세상의 모든 것을 책에 담을 수 는 없다고 대꾸하며 무식한 야만인이라고 침을 뱉는다. 하지만 그는 자기는 그 책에 집어넣지 말라고 말하며 두려움과 거부감을 표현한다. 판사는 다섯 언어를 구사할 줄 알며, 화약이 떨어져 아파치의 추격을 당할 때 화산지역으로 일당을 끌고 가 유황과 규토와 초석을 긁어내 소변과 섞어 즉석에서 화약을 만든다. 일당은 이 화약으로 산을 타고 올라오는 백여 명의 인디언을 몰살한다(131). 어린아이를 죽이고 나체로 춤을 추는 그가 반쯤 벗은 채로 노트에 뭔가를 기록하면서 자신의 세계관과 문명관을 피력하는 모습은 "혐오" 그 자체다. 그는 "존재란 알 수도 없고, 말할 수도 없는 종착지로 가게 될 유랑 카니발이나 텐트 쇼"라고 말하는가 하면, "내 지식 밖에 존재하는 것은 나의 허락을 받지 않은 존재"라고 말하기도 한다(198). 그는 극단의 허무와 지배욕을 동시에 갖고 있다. 또 그는 "자유로운 새는 자신에 대한 모욕이며 나는 새들을 모두 동물원에 가두려고 한다"고 한다.

소년은 "도대체 그 자가 무슨 판사냐(What's he a judge of)"고 묻는데, 일당 중 누구도 대답하지 못한다. 수시로 침을 뱉는 일당과 달리 판사는 한

번도 침을 뱉지 않는다. 화자는 "일당 중 그만 유일하게 침착하고 냉정을 잃지 않으며, 상황을 잰다"고 한다. 글랜턴이 평정심을 잃고 인디언에 대한 혐오로 침을 뱉을 때 판사는 "세상은 눈에 보이는 대로가 아니라고 판단하는 듯" 조금도 동요하지 않는다(255). 계속되는 살육의 여정 중에 글랜턴은 이성을 잃고 발작을 일으키지만 판사는 평정심을 잃지 않는다. 그의 냉정한 판단력은 법을 제정하고 법처럼 군림하는 지배욕과 닿아 있다. 지식과 통제력이 근대인으로서 그의 면모를 보여주는 자질이라면 그가 실제로 보여주는 모습은 완전한 파괴로 향하는 지배욕이다.

릭 월러치(Rick Wallach)는 어린아이를 죽이고 춤을 추는 판사가 우주를 파괴하고 전쟁 춤을 추는 힌두교의 신, 시바(Shiva)와 닮았다고 본다(128). 실제로 그는 교주나 철학자처럼 자신의 문명관과 세계관을 피력하는데 그는 "모든 사람들은 타인의 육체에 기거하여 존재의 대체와 연계를 통해 세계의 끝을 보게 된다"고 주장한다(141). 판사의 말은 어느 정도 매카시의 비전을 반영하고 있다. 이 작품의 여행 플롯은 작품의 주된 모티브라 할 수 있는 역전(inversion)과 중첩을 통한 반복, 즉 우리들 "한 사람 한 사람은 타인의 여행을 거꾸로 반복하고 타인이 걸어온 길을 다시 가는 점"을 보여 주는 것이다(121). 판사는 또한 "인간의 정신은 그 성취가 절정에 이르는 때 고갈되고 인간의 절정(meridian)은 곧 그의 날이 저무는 어둠"이라고 말한다(146~47). 이러한 반복과 역전이 보여 주는 것은 인간의 행위는 어떤 목표나 가치를 추구하는 것이 아니라 집단 간, 개인 간 투쟁이며 투쟁 의지의 표현일 뿐이라는 점이다. 역사의 흐름과 반복을 통해 나타나는 세계와 문명의 끝은 결국 주체와 타자의 투쟁에서 어느 한쪽만 남는다는 것이다. 판사는 "전쟁만이 인간의 의지를 시험하는 것이고 한

쪽만 남는다는 점에서 더 큰 의지의 시험을 거친다. 전쟁은 존재의 단일성을 결정하는 최종게임이다. 전쟁은 신이다"라고 말한다(249). 그에게 존재의 의미는 투쟁이고 신의 뜻은 투쟁의 승자를 결정하는 것이다.

흑·백 두 잭슨의 동질성과 상보성이 결국 한 사람이 다른 사람을 죽이는 것으로 이어지는 것처럼 판사에게 게임의 상대는 곧 동질성과 상보성을 동시에 지니는 존재이다. 판사는 칠 피트 정도의 키에 백반증에 가까울 정도로 하얗고, 큰 키와 대조되는 자그마한 손을 내미는 자세를 취한다. 그는 "이상스럽게도 아이 같은 느낌을 준다"(6). 그는 "거대한 신생아 같다." 이에 비해 소년은 작은 키에 큰 손을 가지고 있다. 이름도 없이 "소년"이라고 불리는 이 인물은 첫 장에 소개될 때 "그 아이, 어른의 아버지(the child the father of man)"로 호명된다(3). 세월이 흘러도 늙지 않는 판사는 "어른의 아버지"인 소년을 아들처럼 여겨 왔다는 논리를 편다. 매카시의 이러한 언어 사용에서 볼 수 있듯이 이들에 대한 묘사는 이중적이고 상보적이다. 두 사람은 서로 대치하고 투쟁하는 구조에서 상대가 되지만 서로 닮아 있고 상대의 운명을 그대로 따라간다. 두 잭슨의 갈등에 일당들이 내기를 거는 것처럼 판사의 논리를 따르면 이들의 관계는 하나가 다른 하나를 죽이는 게임일 뿐이다.

판사가 표방하는 이런 철학은 미국의 경계 확장과 경계 지키기, 화이트 대위가 표방하는 미국의 인종주의, 글랜턴 일당의 학살에 동인이 된 혐오의 감정에 내재한 배척과 끌림, 그 혼란과 긴장의 종국을 설명하는 것이다. 그가 소년에게 관심을 보이는 것은 소년이 자신이 참여한 게임의 마지막 생존자이기 때문이다. 이제 소년은 원하지 않아도 판사의 상대이다. 판사는 감옥에 찾아와 소년에게 "우리의 적대 관계는 우리가 만나기 전부터 형성된 것이고 기다려온 것"이라고 말한다(307). 판사가 소년에게 말하는 적대 관계는 그가 설정한 부자 관계의 이면이다. 판사는 소년에게 아버지와 같은 애정과 관심을 보이는데, 인디언 아이와의 관계에서처럼 그에게 애정의 대상은 곧 살해 대상이다. 동시에 그가 상대로 고른 사람은 곧 그의 애정의 대상이다. 이는 끌리기 때문에 배척하고 배척하기에 끌리는 혐오의 양면성과 닮아 있다. 판사는 감정이 없는 듯 행동하지만 그가 주도하는 게임에는 배척과 끌림이라는 혐오의 감정적 움직임이 가동되고 있다.

토빈(Tobin)의 말처럼 판사는 "전혀 남을 속이지 않는 것처럼 구는 사기덩어리"이다(252). 첫 등장 장면에서 판사는 평화롭게 예배를 보는 텐트에 들어와 예배를 집도하는 그린목사가 열한 살짜리 소녀를 성적으로 범하고 염소와 수간을 한 가짜목사라고 거짓 주장을 한다(7). 이에 흥분한 청중들은 목사를 죽이려 달려든다. 문제는 판사의 속임수에 사람들이 속아 넘어간다는 것이다. 그가 "목사"가 아니라고 하면 그의 말은 판결문처럼 효력을 발생한다.

28년의 세월이 흘러 다시 만난 소년이 판사에게 당신은 아무것도 아니라고 하자 판사는 "너는 네가 알고 있는 것보다 더 많은 진실을 말한다"고 한다(331). 토빈의 말처럼 그는 속임수 덩어리이고 자신이 인정하듯 아무것도 아니다. 그에겐 투쟁의 게임에서 이기려는 의지만 있을 뿐이다. 그의 지배욕은 파괴욕망이고 그는 자신의 투쟁의지를 합리화한다. 판사는 소년에게 "전쟁이 고귀하다는 것에 의문을 제기하면 (…중략…) 전사는 자신의 권리인 춤을 출 수가 없다"고 하면서 자신만이 영원히 춤출 수 있다고 말한다(331). 그는 "전사"이지만 "판사"처럼 말한다. 자신의 의지가 법이고 진실인양 행동한다. 판사의 행동과 말에서 알 수 있는 것은 그가 이중적이라는 사실이다. 문제는 이 이중성이 사람들 사이에서 통용된다는 것이다. 작가 후기에서 매카시가 여행자는 사실 단순히 여행을 지속할 뿐이면서 "어떤 원칙을 증명해보이려는 것처럼 군다"고 밝히듯이(337) 판사는 승리의 춤을 추기 위해 사람들을 게임에 끌어들이고 그 게임에서 승리를 거둔다.

판사의 말이 발생시키는 효력은 매카시가 문제시하는 언어와 상징의 힘이자, 서구 문명이 발휘하는 속임수의 위력이다. 판사는 합리화에 능하면서도 폭력으로 사물과 육체를 파괴한다. 동시에 기록을 통해 세상을 지배하려고 한다. 판사에게 경계선상에서 일어나는 긴장은 게임을 반복하기 위한 것이다. 혐오의 감정이 유발되고 인종주의가 확산되는 것은 판사의 속임수가 효력을 발휘하기 때문이다. 살육과 폭력만이 존재하는 이 세계에선 인디언과 백인, 멕시코인과 백인, 흑인과 백인의 구별뿐만 아니라 적과 나의 구별도 무너진다. 남는 것은 판사의 이중성과 수사적 합리화, 그리고 그 뒤에 자리 잡고 있는 유아론적 지배욕일 뿐이다.

판사에게 소년은 자신에 의해 부정되어야 할 존재일 뿐이다. 소년을 해칠 뚜렷한 이유나 명분도 없이 그는 소년이 자신을 인정하기를 바란다. 그는 혼자 살아남아야 한다는 의지만으로 이유와 명분을 대고 합리화하며 소년에게 관심을 보인다. 감옥에서 헤어진 후 28년이 지나 우연히 재회한 후 술집 야외 화장실에 나체로 앉아 있던 판사는 소년이 들어오자 기다렸다는 듯이 자신의 "거대하고 끔직한 몸으로 소년을 끌어당긴다"(333). 아들처럼 생각했던 소년을 죽인 다음 판사는 춤을 춘다. 이 순간 판사는 "영원히 잠들지 않는 불사의 존재"로 묘사된다(335). 판사가 거두는 최종승리는 모든 존재를 자신의 욕망 앞에 굴복시키고 자기 외의 대상은 모조리 부정하는 심리적 상태, 오직 자신만이 존재하는 유일신이자 아이 같은 상태를 나타낸다.

판사가 보여주는 이런 심리상태는 문명과 비문명의 경계선상에서 일어나는 혼동이자 문명의 시작과 끝이 맞닿아 있는 어떤 근원적 혼돈이다. 이런 긴장과 혼돈은 글랜턴 일당을 움직이는 감정적 힘이며, 마지막 생존자인 판사와 소년을 서로에게 끌어당기면서 동시에 밀어내는 힘이다. 판사와 소년 사이에 동질성이 커지는 것과 비례하여 매혹과 배척의 긴장도 강해진다. 소년을 죽인 후의 판사는 자식을 집어삼키는 아버지이자 부모를 살해한 자식이 된다. 그는 『실낙원*Paradise Lost*』의 사탄과 같은 존재이자, 많은 문학 작품에 등장하는, 금기를 넘어선 인물이다. 매카시가 의도적으로 반복하는 문학 작품의 인유는 판사의 인생행보를 하나의 알레고리로 이해하게 하고 선행 작품들이 문제시한 서구 문명에 대한 작가의 진단이라 할 수 있다. 자식을 살해하는 원초적 아버지이자 자기 밖에 알지 못하는 유아론적 아이가 바로 판사의 본모습이다. 판사가 소년을 죽인 후 추는 춤은 더 이상 상대하거나 욕망할 타자가 없는 상태, 아들도 아버지도 없는 절대적 유아상태에서 추는 춤이다. 물론 또 다른 타자를 향해 파괴적 접촉을 시도할 수 있겠지만, 이는 결국 같은 지점으로 돌아오는 반복일 뿐이다. 절정에 도달한 파괴적 접촉은 타자를 집어삼키는 것이며 반복 이외에 이를 벗어날 다른 길은 없다. 판사의 묵시론적 예언처럼, "인간의 정신은 그 성취가 절정에 도달한 지점에서 고갈되고, 인간의 절정(meridian)은 곧 그의 어두움, 그의 날이 저무는 것"이다(146~47).

7. 공존과 생존

매카시는 2006년에 발표한 『로드*The Road*』에서 지구가 잿더미로 화하는 미래 시점으로 두 생존자의 여행플롯을 다시 쓰고 있다. 이를 보면 파국적 종말에 이른 인류의 미래에 대한 그의 깊은 우려를 읽을 수 있다. 원인은 밝혀지지 않지만 지구가 몽땅 타버려 잿더미가 된 상태에서 소년과 아버지는 생명과 먹을 것과 따뜻한 잠자리를 찾아 남쪽으로 길을 떠난다. 이들은 탈출의 가능성을 찾아 사람을 잡아먹는 사람들과 싸우며 우여곡절 끝에 바다에 도착한다. 하지만 그들이 마주한 것은 잿더미로 가득 찬 바다이다.

『피의 자오선』과 『로드』를 보면 미국의 근대와 근대 이후, 확장의 시대와 파국 이후의 시대는 닮아 있음을 알 수 있다. 『로드』에서 아버지와 소년이 남쪽 끝에서 더 이상 나아갈 곳이 없음을 확인하는 것은 『피의 자오선』에서 19세기 중반 미국의 국경지대에서 벌어지는 파국의 체험과 유사하다. 이들이 문명의 경계에서 목격하는 것은 더 이상 갈 곳이 없는 현실, 습관이 되어버린 구원의 희망, 자신들이 구축해온 세계의 허구성이다. 『피의 자오선』에서 글랜턴 일당이 닥치는 대로 살육을 일삼고 판사가 일당 중 유일하게 살아남은 소년을 추격하여 죽이는 행위는 『로드』에서 사람을 사냥하고 인육을 먹는 사람들의 행동과 닮아 있다. 『로드』에서 사람들은 살기위해 인간 사냥을 하지만 『피의 자오선』의 살인은 광적이고 강박적이다. 판사의 경우에서 보듯이 여기서 살육은 문명이 그 경계에 은폐해온, 타자를 향한 극단적 파괴욕망이다. 하지만 『로

드』에서 소년은 살아남는다. 소년은 아버지가 죽자 다른 생존자 무리에 합류한다. 그가 합류하는 생존자들이 식인부류인지 아닌지는 분명치 않다. 하지만 소년은 생명의 기미가 보이지 않는 상황에서 계속해서 서로를 잡아먹는 것이 모두의 죽음을 앞당기는 일임을 안다. 『로드』에서 공존은 생존과 연결된다. 적어도 『로드』에서 살아남은 소년은 『피의 자오선』을 지배하는 판사와 달리 타인을 삼켜 버리는 것이 자신의 죽음을 의미한다는 것을 안다. 폭력을 정당화하고 배척을 합리화하는 혐오의 감정은 경계의식과 서열의식을 내포하는 동시에 자신과의 근접성과 동질성에 대한 인식을 담고 있기도 하다. 혐오 감정에 깃들어있는 이런 양면성을 이해하고 그것을 넘어서고자 노력할 때 우리는 공존의 미래를 상상할 수 있을 것이다.

사랑의 윤리

이창래의 『제스처 라이프』

김미현

1. 윤리와 사랑

칸트(Immanuel Kant)는 윤리가 의지의 문제이기에 의지로 일어나지 않는 감정, 특히 사랑의 윤리적 의미를 살필 수 없다고 한다(401). 반면에 모리스 블랑쇼(Maurice Blanchot)는 결코 의지가 아닌 사랑의 경험에서 의지로 또 욕망으로도 넘을 수 없는 불가능성과 절대적 타자와 대면하는 윤리적 경험을 할 수 있다고 본다. 그는 자아가 타자에 의해 의문에 부쳐졌다고 하는 느낌과 일반적인 규칙에서 유래할 수 없는, 강제되지 않은 책임을 느끼는 관계가 긍정되어야 하고 거기에 윤리의 가능성이 있다고 본다. 사랑의 관계에서 요구할 수 없는 것을 부당하게 요구하는 것, 요구의 만족 너머의 것이 있고 또 요구하는 것 이상이 있는 것, 이 과도함은 기이함, 새로움으로 열릴 수 있다는 것이다(41). 지극히 개인적이고 이기적 욕망, 감정이라고 치부될 수 있는 사랑이 윤리의 가능성을 내포한다는 것은 철학적 사고를 요하는 어려운 논의로 생각될 수 있지만 사랑이 내가 이제까지 상상하지 못했던 생각과 행동으로 이끈다는 점은 쉽게 수긍할 수 있다. 우리가 쉽게 말하지만 사랑이라는 감정은 그 요구와 책임의 심연이 끝없이 깊어지는 경험이고 사랑할 때 우리는 유령처럼 사라지지 않는 질문, 사랑의 이름으로 내가 상대에게 무엇을 요구하고 무슨 책임이 있는가를 묻게 된다. 타자에 대한 책임의 지평이 무한히 새롭게 펼쳐지는 것이 사랑의 감정이다. 보편적인 경험이면서 타자와의 관계, 타자에 대한 이해와 감정에서 주요한 경험인 사랑은 타자에 대한 요구와 책임을 상정한다는 점에서 윤리적 경험일 수 있다.

프로이트(Sigmund Freud)는 사랑이 초기 나르시시즘의 만족감을 불러일으킬 수 있다고 본다(101). 또한 자기애적 성향으로 사랑의 대상을 선택하는 경우 사랑의 대상이 자아이상(ego ideal)이 되고 주체가 과거의 자신, 자신이 잃은 자신의 일부, 또는 자신이 되고자 하는 모습을 가진 대상을 사랑한다고 본다. 자기애적 성향이 대상의 이상화에 관계한다는 것은 사랑이 근본적으로 동일성 추구의 과정을 밟는다는 인식이다. 그러나 알랭 바디우(Alain Badiou)가 지적하듯이 동일성 자체가 규정하기 어려운 개념이다(『윤리학』, 35). 자신이 잃은 자신의 일부는 무엇이고 자신이 되고자 하는 자신의 모습은 무엇인가? 그 결핍의 느낌과 욕망의 근원을 찾는 것은 인간이면 누구나 하게 되는 자신에 대한 탐구일 것이다. 그러나 이러한 자신에 대한 탐구도 어떤 통일된 이해로 나아가지 못한다. 바디우의 말을 빌자면 모든 상황은 무한한 요소들로 구성된 다양성이고 어떠한 경험이라도 무한한 차이들의 무한한 전개이다. 사랑도 상대에게 나의 나르시시즘에서

오는 결핍과 욕망에 대한 만족을 얻는다는 것만으로 설명할 수 없다.

　일부 철학자들은 사랑이 동일성 추구를 넘어선다는 점에서 사랑의 정치적, 윤리적 의미를 살핀다. 바디우는 자신의 이미지를 타자에게 반영하는 관계와 본질적인 비동일성을 경험하게 되는 타자와의 관계를 구별하고 동일성 추구를 넘어서는 것 자체가 윤리적 경험이라고 본다(『윤리학』, 30~31). 이 점에서 그는 사랑하는 대상이 또 다른 “나 자신”인 사랑과 “이미 주어진 것”이나 일반적인 것으로 기입되거나 환원될 수 없는 무엇인가가 일어나는 “사건”적 사랑을 구분한다(『윤리학』, 54). 바디우는 연인들이 그들의 사랑에서 하나의 사랑하는 주체를 구성하지만, 사랑의 주체는 그들 각자를 넘쳐나는 것이라고 한다(『윤리학』, 57). 블랑쇼도 “연인들의 공동체”에서 동일자를 넘어서는, 타자에 이르는 윤리적, 정치적 가능성을 본다. 바디우와 블랑쇼의 논의는 사랑은 성관계로 환원될 수 없고 성관계가 놓치는 무엇, 성관계의 결핍을 보충하는 무엇이 된다고 하는 라캉(Jacques Lacan)의 인식에서 출발한다. 라캉은 사랑에서 주체가 가정되어 나타나고 목표가 된다고 한다(47~50). 그는 결코 하나가 되지는 않지만 가정되는 상호성, 주체와 주체의 관계, 그 우연성을 상정하기 때문에 그 예외적 상황을 위해 사랑은 무한히 반복되는 것이라고 한다. 바디우는 이 점에 근거하여 사랑에서 주체가 제 자신을 넘어 서게 되고, 나르시시즘을 넘어 서게 된다고 본다(『사랑예찬』, 29). 이러한 만남은 전적으로 불투명한 상태에서 판단을 요하는 하나의 사건, 우연, 탈중심적 관점, 일자를 벗어나 최초의 다수인 둘의 관점에서 어떤 세계를 구축하는 것이 된다. 라캉은 사랑과 사랑의 말이 반복될 수밖에 없다고 하지만 바디우와 블랑쇼는 그 우연성, 사건성에 대해 낙관적 기대를 한다.

사랑이 윤리와 연결이 되는 것은 사랑의 이름으로 요구하고 책임을 느끼는 상황에서 주체가 상대, 타자에 대한 자신의 윤리적 지점을 정하기 때문이다. 사랑은 동참을 요구하지만 그것이 일자, 동일자로의 통일이 아니고 또 그렇게 될 수 없다. 거기에 사랑의 어려움이 있다. 타자와의 공존은 어떤 일자로의 통일이 아니라고 하는 바디우의 지적(『윤리학』, 34)을 고려하면 주체와 주체의 만남을 상정하는 사랑이 공존의 윤리 이해에 도움이 될 수 있다. 연인이 사랑한다고 선언할 때 그것은 성관계를 넘어서는 주체와 주체 사이의 책임과 요구의 열림을 의미한다. 사랑에 여러 층위가 있지만 우리는 개인적 · 낭만적 환상, 성적 욕망, 상대에 대한 지배를 넘어서는 사랑의 의미가 있다는 것을 안다.

　이 글은 한국계 미국 소설가 이창래의 『제스처 라이프*A Gesture Life*』(1999)를 통해 사랑의 관계에서 생겨나는 요구와 책임의 문제를 살펴보고자 한다. 『제스처 라이프』는 한국인으로 태어나 12세에 일본인 가정에 입양된 주인공, 프랭클린 하타(Franklin Hata)가 일본 군인으로 태평양 전쟁에 참가하여 한국인 "위안부" 끝애(Kkutaeh)를 만나고 그녀의 처참한 죽음에 대한 기억을 안고 미국으로 이주하여 은퇴한 뒤 과거를 회고하는 소설이다. 근면과 성실로 미국 중산층에 편입한 하타는 모범적 소수자(model minority)로 이해될 수 있다. 또한 한국인으로 태어나 일본 사회를 거쳐 미국으로 이주해 동화를 지향해온 하타의 삶은 초국가적 이주민의 소속감과 정체성의 문제, 즉 그 다중성과 수행성에 대한 논의를 불러일으킨다. 또한 이 소설은 하타와 끝애의 사랑의 관계를 통해 소속감과 정체성을 새롭게 형성하면서 살아가는 과정에서 주체가 타자와 맺는 관계가 어느 정도 윤리적일 수 있는가라는 문제를 제시한다.

2. 요구와 책임

하타는 뉴욕시 교외의 부유한 백인 거주지 베들리 런(Bedley Run)에서 큰 저택을 소유하고 오랫동안 운영해오던 의료 기구상점을 팔고 은퇴 생활을 하며 지난날을 회고한다. 현재의 그의 생활은 평화로운 듯 보인다. 그러나 그의 이야기는 오십여 년 전 끝애와의 만남까지 거슬러 올라가면서 점차 갈등과 고통을 드러낸다. 하타의 현재 삶의 이야기는 끊임없이 끝애와의 기억에 영향을 받는다. 이창래는 여성에 대한 남성적, 국가적, 제국주의적 폭력의 상황에 처해 파국에 이른 두 사람의 관계를 단순히 과거의 사건이 아닌 하타 인생의 지속적인 문제로 제시한다. 하타는 끝애와의 관계를 사랑으로 규정하고 기억한다. 하타는 자신이 젊고 순진했기 때문에 끝애에게 끌렸다고 하지만(239) 일흔이 넘은 현재에도 그는 끝애와 대화를 하고 한 침대에 눕는 꿈을 꾼다(288). 하타는 사령관의 방에서 도망쳐 나와 달빛아래 쓰러져 있는 나체의 "위안부"와 그녀를 쫓아 나온 나체의 사령관을 보고 진상을 모른다면 아름답다고 할 수 있는 장면, 화가가 "어려운 사랑(a difficult love)"을 표현하는 장면과 같다고 하는데(173) 그는 그림을 보는 관찰자의 태도를 유지하지 못하고 실제로 "위안부" 중 한 명인 끝애를 사랑하게 된다. 그리고 이 사랑은 그의 이후 삶에 지속적인 영향을 미치는, 해결하지 못한 과제가 되었다.

하타의 기억에서 쉽게 정리되지 않는 끝애의 사건은 역사적 사회적 맥락에서 하타가 여성에 대한 국가적 차원의 성폭력, 자신의 기원인 한국과 한국인에 대한 제국주의 폭력에 참여하게 되는 사건이다. 또한 끝애는 하타의 일본 군인으로서의 의무감과 소속감, 식민지배자로서 정체성, 남성 중심주의에 문제를 제기하는 존재가 된다. 하타에게는 자신이 속한 사회에 누가 되지 않는 것이 평생 중요하고 가치 있는 일이었고(229) 또 그는 다름에도 불구하고 자신을 받아준 사회로부터 "후원(sponsorship)"을 받았다는 점 때문에 그 사회에 헌신해왔다(229). "후원"해준 사회에 대한 소속감은 하타에게 중요하다. 그는 일본의 제국주의 전쟁에 참가하여 그 명분과 행위에 동조하고 충성을 다한다. 또 미국에서도 모범적인 시민이 되기 위해 최선을 다한다. 그는 항상 자신을 받아 준 사회에 감사하고 그 사회의 가치와 정체성에 오점이 되지 않기 위해 애써왔다. 그러므로 한국 여성 끝애와 그의 관계는 그의 민족적 기원에 대한 태도를 볼수 있는 계기로 이해될 수 있다. 그러나 이 작품의 특이한 점은 하타와 끝애의 갈등이 민족적 기원이나 식민지배자와 피지배자의 관계 맥락에서 뿐만 아니라 남성과 여성의 관계에서 나온다는 것이다.

이창래는 제국주의와 남성적 지배 이데올로기가 교차된 역사의 사건인 "위안부" 문제를 남녀의 사랑을 통해 접근한다. 그렇다고 해서 그 범죄의 정치적 윤리적 의미에 대한 탐구를 한 남자의 낭만적 환상과 정념의 국면으로 축소시켰다고 볼 수 없다. 이창래는 1999년 드와이트 가너(Dwight Garner)와의 『뉴욕 타임즈』 인터뷰에서 "위안부" 시각에서 어느 정도 분량을 썼다가 포기하고 별로 큰 비중이 없던 인물인 하타의 시각으로 작품을 다시 썼다고 집필 과정을 밝힌 바 있다. 또 2000년 론 호건(Ron Hogan)과의 인터뷰에서는 "위안부"의 시각에서 글을 쓰기가 어려웠고, 그 이야기를 다루기가 벅찼으며, 그 끔찍한 범죄를 독자에게 전달하기만 하는 정도였다고 밝힌다(2). 집필 과정부터 이미 그 경험은 이창래에게 재현하기 어려운 문제로 대두되었다. 서술 시점이 문제가 되었다는 점에서 이창래가 "위안부" 문제를 서사화할 때 그 범죄를 경험한 사람을 자칫 희생자로만 재현할 수 있다는 것과 그 의식과 감정의 깊이를 다루기가 쉽지 않다는 것을 성찰하고 있음을 알 수 있다.

그러나 한국인이자 일본 군인의 "위안부"에 대한 사랑은 독자에게 더욱 더 어려운 문제가 된다. 하타는 단순한 방관자나 목격자가 아니고 그의 입장은 정치적, 심리적 소속감, 이중적 민족 정체성뿐만 아니라 성적 욕망이 얽혀 있는 복잡한 문제가 된다. 하타가 사랑이라고 명명하고 기억하는 그 관계는 또한 사랑의 여러 면을 나타낸다. 사랑은 성관계이고 낭만적 환상이다. 이백여 명의 군인들이 다섯 명의 여자들을 강간하는 상황에서 하타는 끝애에게 끌린다. 그녀는 아름답고 기품 있고 고상하며 비범하다. 두 사람은 자신들이 현재 그 곳이 아닌 서양 소설에 나오는 유럽의 어느 곳에 있다고 상상해 본다. 그리고 하타는 그녀와 성관계를 한다. 하타는 전쟁이 끝나고 끝애가 자신의 부인이 되기를 희망한다. 하타의 사랑은 또한 남성적 지배이고, 잃어버린 기원이라 할 수 있는 가족과 민족에 대한 그리움과 미움이다. 끝애와 한국말로 대화하며 하타는 가족에 대한 기억을 나누면서 친부모의 뜻으로 자신이 입양되었다고 밝힌다. 한국을 가난하고 초라했던 부모의 나라로 기억하고 있는 하타는 끝애의 기품과 고상함에서 어린 시절 자신이 접했던 한국인과 다른 모습을 본다. 끝애는 한국말을 할 때 하타의 목소리가 남동생의 목소리와 같다고 하고 자신이 남동생 대신 징용되었다고 밝힌다. 한국 사람끼리의 공감을 느끼며 사랑에 빠진 하타는 끝애와 성관계를 가진 후 그녀와 결혼하는 희망을 품게 된다. 그러나 그녀가 이미 임신 중이라는 말을 들은 후 진짜 임신했는지 몸을 살필 정도로 그녀의 순결에 집착한다. 자신 말고 다른 사람이 그녀를 "가지는" 것을 참을 수 없어서 마지막 순간에 끝애에게 "일어난 일들이 일어나도록 내버려 두었다"고 한다(296). 끝애는 일본 군인들에게 집단 강간을 당하고 난도질당해 죽는다. 하타는 살아 있는 그녀를 가질 수 없다면 죽은 상태로라도 소유하려고 한다.

하타의 이후 삶에서 끝애는 유령처럼 출몰한다. 입양한 딸 써니(Sunny)나 연인 메리 번즈(Mary Burns)와의 관계에서 끝애와의 관계가 반복된다. 기억에서 어렵게 끄집어내는 며칠 동안의 끝애와의 경험은 언제라도 죽을 수 있는 전쟁 상황에서 자신이 지우려했던 친부모에 대한 생각을 하게 되고 젊은 시절의 강렬한 사랑을 하게 된 사건이다. 그것은 또한 끔찍한 집단 성폭력과 인간이 인간에게 저지를 수 있는 범죄의 끝에 대한 경험이다. 하타는 끝애를 사랑한다고 선언하고 지키겠다고 했지만 정작 그가 끝애가 죽음을 당하는데 외면했던 것은 결국 자신이 누구인가라는 질문으로 이어진다.

일본과 미국 사회에 받아들여지는 것이 중요했던 사람, 사회에 대한 충성심이 자신의 정체성의 근간이었던 하타가 일흔이 넘도록 끝애를 잊지 못하는 것, 죄책감일 수 있고 사랑일 수 있는 그 감정이 이 작품을 이해하는데 주요한 점이다. 끝애는 하타에게 죽여 달라고 계속 부탁한다. 사랑한다고 구하겠다고 했지만 정작 끝애가 처참하게 강간당하고 난도질당할 때 행동하지 않았던 것은 하타의 선택일 수 있다. 하타는 자신의 선택에 대해 죄책감을 느끼는 것일까? 그렇다면 그 죄책감은 어디에서 오는 것일까? 끝나지 않는 이 관계와 감정은 무엇일까? 이 소설은 국가의 이름으로 폭력과 살해와 강간을 자행하는 상황, "더한 어떤 범죄도 남아 있지 않은" 범죄의 희생자가 된 상황(299), 존재나 생존에 대해서 어떤 생각도 감정도 남아있지 않은 상황에서 남자와 여자, 두 사람 사이의 요구와 책임의 문제를 살피고 있다. 하타는 오십여 년이 지나서 끝애가 자신의 죽음에 일익을 담당하라고 한 요구, 그녀가 죽기 직전에 뱉은 비난, 즉 사랑한다면 "위안부"로 끌려온 그녀가 살아있다는 사실조차 견딜 수 없어야 한다는 말(300)을 이해하기 시작한다. 하타와 끝애의 관계는 "사랑"이라고 우리가 쉽게 말하지만 상대에 대한 요구와 책임의 지평이 끝없이 펼쳐지는 경험에 대한 탐구를 하게 한다. 우리는 사랑의 이름으로 상대에게 무엇을 요구하고 무슨 책임이 있는가를 묻게 된다. 이창래는 "위안부"의 시각에서 그 경험을 재현하는 것이 어려웠다고 하지만 하타에게 끝애의 선택과 요구 또한 어려운 사랑의 문제가 된다.

이 소설은 사랑한다는 말이 약속하는 것과, 죽여 달라는, 혹은 죽는 것을 도와달라는 말이 요구하는 것이 무엇인지 생각하게 한다. 이러한 약속과 요구가 이들이 처한 정치적 윤리적 상황과 무슨 관계가 있는지도 생각하게 된다. 사랑의 이름으로 우리가 상대와 맺는 관계는 이러한 폭력과 지배의 상황, 희생자 혹은 가해자로 남을 수밖에 없는 상황에서 무엇을 남기는가? 하타는 전쟁에서 살아남았고 두 번의 이주 경험에서 동화에 성공했다. 그러나 그는 죽은 끝애의 기억에서 벗어나지 못하고 살아있지만 죽고 싶어 하는 듯하다. 이 소설은 타자에 대한 윤리와 존재의 의미, 그 관계를 살핀다. 타자에 대한 완전한 지배와 포획에 기반을 두는 주체의 생존이 존재의 의미일 수 없다는 점을 짚으면서 그 핵심에 사랑의 관계를 제시한다.

일흔이 넘은 아시아계 미국인, 성공한 사업가, 딸이 가출해 외로운 아버지 하타는 오십 년 전 그때의 그 젊은이가 한 행동 또는 하지 않은 행동에 대해 파고들고 사랑의 이름으로 기억하는 과거의 만남에서 그가 끝애에게 무슨 짓을 한 것인지, 자신은 과연 어떤 사람인지 끊임없이 질문한다. 끝애를 정점에 두고 젊은 남자의 사랑과 국가적 강간을 연결하는 하타의 기억에 독자는 불편해진다. 끝애의 죽음과 그녀에 대한 사랑을 이야기하는 이 화자는 우유부단한, 용기없는, 철없었던, 혹은 혼란에 빠진 불쌍한 남자인가, 아니면 혼동과 충격과 침묵 뒤로 숨은 냉혈한인가 문게 되고 그래서 독자는 더 불편해진다. 앤 챙(Anne Anlin Cheng)이 지적한 것처럼 독자는 끔찍한 과거를 가진 점잖은 노인의 이야기를 읽고 있는 것인가 냉혈한 살인자가 점잖은 신사인체 하는 이야기를 읽고 있는 것인가라는 질문을 하게 된다(564). 이 작품을 통해 사랑의 요구와 책임에서 불거져 나오는, 타자와의 관계에 있어서 주체가 어떻게 윤리적으로 존재하고 행동할 수 있는가라는 문제를 살필 수 있다. 타자와의 관계가 주체를 형성하고 이해하는 주요한 맥락이라면 타자와의 관계인 사랑의 이름으로, 그 넓고도 깊은 정념을 통해서, 주체는 윤리적으로 존재할 수 있는가라는 질문을 할 수 있다.

3. 동화와 사랑

여러 비평가들이 지적하는 대로 하타가 끝애에게 끌린 이유로 자기애적 성향을 짚을 수 있다. 해밀턴 캐롤(Hamilton Carroll)은 끝애와 자신의 민족적, 문화적 동질성 때문에 하타가 새로운 정체성 확립을 위해 끝애를 버려야 할 자신의 과거로 여긴다고 지적한다(605). 하타는 단순히 젊은 남자로서 끝애에게 끌렸다고 하지만 또한 그녀 옆에 있으면 자신을 찾을 수 있을 것 같다고 고백한다(239~40). 앞에서도 지적했지만 프로이트의 설명을 따르면 자기애적 성향은 대상에 대한 이상화에도 관계한다. 이러한 사랑의 관계에서 사랑의 대상과 자아이상(ego ideal)이 연결되고, 주체는 과거의 자신, 자신이 잃은 자신의 일부, 또는 자신이 이루지 못한 이상을 가진 대상을 사랑하게 된다(101). 하타가 끝애에게 끌린 것은 그녀에게서 과거 한국인으로서 자신을 보았거나(Carroll, 605) 그녀를 통해 기품 있고 고귀한 한국인, 순수하고 순결한 한국의 이미지, "순수 증류된 조선의 이미지"를 보았기 때문일 수 있다(정혜욱, 147). 하타는 같은 민족으로서, 친구로서, 사랑하는 사람으로서 죽여 달라는 끝애의 요구와 일본 군인으로서의 의무감 사이에서 갈등했다고 볼 수 있다. 자아 이상이 가족, 계급, 국가 등의 집단 이상과 연결된다고 한 프로이트를 따르자면 (101) 하타가 두 개의 집단 이상 사이에서 갈등한 것이라고 볼 수 있다.

미국에서의 하타의 삶은 이러한 갈등이 해소되지 않은 듯 보인다. 그는 전쟁이 끝난 후 자신은 의사가 되고 끝애가 자신의 부인이 되는 것을 꿈꾸었던 것처럼 세월이 지나 미국에 이주한 후에도 고국의 불쌍한 고아를 입양해 누가 봐도 의심할 바 없는 한 민족, 한 인종의 가족을 만들어 내려 했다. 끝애와 일본에서 가정을 꾸밀 수 있다고 생각한 것처럼 입양한 딸 써니에게 의료기구상을 물려주고 아버지와 딸로서 사는 것을 꿈꾸었다. 가죽 손질 일을 하는 아버지와 남의 집 허드렛일을 하는 어머니를 떠나 부유한 일본인 구로하타 부부에게 입양되어 좋은 옷을 입고 좋은 교육을 받게 된 하타는 자신을 받아 준 양부모와 일본 사회에 감사하고 의무감을 느낀다. 그는 써니도 양아버지인 자신에게 똑같이 느끼고 행동할 것이라고 기대했음을 토로한다(72~73). 그는 사랑의 이름으로 상대가 자신과 동일한 것을 추구하기를 원한다. 하지만 하타는 공항에서 써니를 처음 보고 써니가 흑인 혼혈아인 것을 알게 되자 실망감을 감추지 못한다. 일본 사회에서 한국인이라는 자신의 기원이 오점이었던 것처럼 써니가 흑인 혼혈인 것은 그가 이해하는 미국에서는 오점이다. 써니가 흑인인 링컨 에반스(Lincoln Evans)와 성관계를 가지는 것을 안 후 그는 써니가 자신의 딸이 아니라 모르는 여자이기를 바란다(116). 그는 끝애에게 그랬던 것처럼 딸 써니의 성을 자기 마음대로 통제할 수 없다는 것을 알았을 때 폭력적이 된다. 하타는 끝애가 임신했다는 오노 대령의 말에 충격을 받고 상관인 오노 대령을 친다. 그리고 직접 끝애의 몸을 살펴 확인하고 그러면서 또 다시 끝애를 강간한다. 가출한 지 일 년 만에 써니는 임신을 해서 하타에게 도움을 요청한다. 써니를 기차역에서 만나 차에 태워 집으로 향하면서 하타는 커브 길에서 차가 농가의 벽에 부딪쳐 두 사람 모두 죽었으면 한다(340). 그리고 주저하지 않고 써니가 무리한 임신중절을 하도록 한다.

동일성 추구에 있어서 문제가 되는 것은 이러한 배척과 통제의 움직임이라고 할 수 있다. 일본군인 하타에게 한국인이라는 자신의 기원이 지워져야하는 오점으로 인식된 것처럼 써니의 흑인성도 지워져야 하는 오점으로 인식된다. 아버지를 알 수 없는 끝애의 아이가 하타에게 문제가 된 것처럼 써니가 흑인 남자친구의 아이를 임신하자 다 자란 태아에 대한 살인 행위임에도 불구하고 하타는 중절을 하도록 한다. 국가적, 민족적, 인종적 횡단의 경험에서 동화를 지향하는 것은 자신의 일부를 지워야한다는 요구에 직면하게 되는 것이다. 하타의 경우 써니와 끝애의 성에 대한 통제는 오염으로 여겨진 자신의 한국성에 대한 은폐와 거부의 맥락에서 이해될 수 있다. 끝애가 한국인이어서 더욱 끌린 것이고 끝애가 한국인이어서 배척되어야 한다면 바디우가 지적하듯이 동일성의 인정이 어려운 문제가 됨을 알 수 있다(『윤리학』, 35). 하타의 예는 타자와의 관계에서 단순하게 설명할 수 없는 동일시의 문제를 보여 준다.

바디우는 타자와의 공존은 어떤 유일자로의 통일이나 동화를 지향하는 관계가 아니라고 본다. 그러면서 현대의 "타자에 대한 인정", "차이의 윤리", "다문화주의" 강령이 쉽게 동일성 추구가 되는 것을 지적한다.

> 그 유명한 '타자'란 오직 그가 좋은 타자일 때에만 제시될 수 있는 것이다. 좋은 타자란 누구인가? 바로 우리와 동일자가 아닌가? 물론 차이를 존중해야 한다. 그러나 이는 그 차이나는 자가 의회민주주의자이고, 시장경제의 신봉자이며, 언론 자유의 지지자이고, 페미니스트이고, 환경주의자일 때에 한해서이다. 또한 다음과 같이 말해질 수도 있다. 나는 나와 차이나는 자가 정확하게 나처럼 차이들을 존중하는 한에서만 차이를 존중한다. "자유의 적에게 자유란 없다"라는 것과 마찬가지로, 그 차이가 바로 차이를 존중하지 않는 것에 있는 그러한 자들은 존중하지 않는다는 것이다. (…중략…) 외국인 이민자들의 경우도 그들이 "통합된" 경우, 그들이 통합되기를 원하는 경우 (…중략…) 에만 알맞게 차이가 나는 것이다.(『윤리학』, 33~34)

하타가 베들리 런에서 인정을 받은 것은 그 사회가 인정할 정도의 차이를 잘 지킨 결과라고 볼 수 있다. 하타는 이웃에게서 환영 카드나 사탕

바구니를 받았을 때 어느 정도가 적절한 답례인가를 잘 가늠하는 등 "섬세하고 깨지기 쉬운 균형"을 깨뜨리지 않았다고 말한다(44). 그는 친절을 베푼 이웃에게 지나치게 가깝게 다가가거나 나서지 않고 적절한 거리를 유지해왔다. 그는 베들리 런에서 "오래 전에 계산에 넣은 존재", "예상외로 투명한 존재, 다른 사람들의 확신에 어긋나는 일이 없는 살아 있는 사례가 되어 버렸다"(21). 그는 그곳에서 특별한 존재이지만 기대에 어긋나지 않는 존재이다. 그는 자신이 외국인임에도 불구하고 이 사회에 쉽게 받아들여진 이유가 자신의 일본 이름이 이 마을이 좋게 보이는 데에 역할을 하기 때문이라는 점도 지적한다(2). 예상할 수 없는 양상으로 무한히 펼쳐질 수 있는 타자성에 대한 긍정이 아니라 예상 가능성이 그가 안정적으로 그 곳에 존재할 수 있게 한 것이다. 하타가 고백하듯이 그의 소속감의 특징은 "무엇이든 가까이 있는 것을 본 떠 틀을 바꾸는 것"이다(290). 그러므로 일본에서는 친부모가 한국인임을 숨기는 것이, 그리고 미국에서는 일본인임을 부각시키는 것이 "받아들여지는 질서" 속에 자신을 잘 위치시키는 것이다. 하타의 동화 지향 인생이 이러한 균형을 잘 유지한 결과라고 할 수 있지만 하타의 성공은 결국 동화의 이면, 동일성 추구의 기저에 남아있는 타자성에 대한 통제라는 문제를 드러낸다. 이는 횡단의 경험에만 국한된 윤리적 문제가 아니라 우리가 타자와 맺는 관계의 윤리의 문제이다. 하타는 끝애를 사랑한다고 하면서 끝애가 처참한 죽음을 당하는데 외면을 한다. 하타의 상황은 남녀의 사랑과 윤리적 문제, 사랑과 타자에 대한 책임의 문제의 연결점을 드러낸다.

사라 아메드(Sara Ahmed)는 현대에 다문화주의(multiculturalism)를 표방하는 국가나 문화가 자기 집단의 이상을 지향하고 그와 동일시하는 타자를 일원으로 인정하는 경향은 프로이트가 말하는 집단적 자아 이상에 대한 동일시, 동일성을 만들어 내는 것으로 설명될 수 있으며 그 점에서 이는 인종 혐오 단체가 타 인종에 대한 혐오와 증오를 자신들의 인종에 대한 사랑의 이름으로 실행하는 심리적 메커니즘과 다르지 않다고 짚는다 (122~28). 타자와의 관계에서 동일성 추구, 동일성으로의 회귀는 배척, 혐오, 폭력을 정당화할 수 있다. 자민족과 인종에 대한 사랑의 이름으로 타민족과 인종에 대한 혐오와 폭력이 정당화된다. 타자에 대한 포용과 수용도 동일성 추구의 맥락에서 이루어진다면, 그래서 인종 혐오 단체의 심리적 메커니즘과 다르지 않다면 타자에 대한 지배라는 같은 윤리적 문제를 내포한다. 나아가 문화적, 인종적, 민족적 접경지대, 횡단의 경험에 있어서 동일성 추구라는 심리적 메커니즘은 하타의 경우에서 보는 것처럼 자기 안의 타자, 타자 안의 자신에 대한 파괴욕으로 이어질 수 있다. 하타가 사랑이라고 기억하는 끝애와의 관계가 하타의 서술에서 점차 하타 자신이나 독자를 불편하게 하는 것은 타자에 대한 지배, 일자로의 통일의 움직임, 그리고 그 폭력성을 드러내기 때문이다.

하타가 끝애를 돕지 못한 것은 그의 일본군에 대한 의무감과 충성심때문으로 보인다. 그는 엔도 상병(Corporal Endo)이 "위안부"로 끌려온 끝애의 언니를 살해한 사건을 언급하면서 엔도 상병은 이 사회에서 "실패"로 낙인찍혔으며 자신도 그렇게 될까봐 두렵다고 한다. 그가 이해하는 엔도 상병의 실패는 "자아"의 실패가 아니라 공적인 사회, 전체에 대한 의무의 면에서의 실패이다(229). 오노 대령이 검은 깃발을 올려 하타에게 다른 사람 모르게 두 사람 만의 신호를 보내겠다고 했을 때, 하타는 구로하타라는 자신의 성을 의미하는 검은 깃발이 집안에 전염병 환자가 있다는 신호, "병균", "오염"을 상징하는 것임을 인지한다. 검은 깃발 신호를 통해 오노가 자신을 사회적 오염물로 암시하는 것을 알아차리고 그에게 강한 적의를 느낀다(224). 그는 어린 시절 자신이 한국인이라고 경멸하는 학교 친구들이 있었지만 심각하게 받아들이지 않았다고 한다. 하지만 이 순간 이전과 다른 하타의 강렬한 감정적 반응은 그의 심리에 군대에서의 소속감이 상당히 중요하게 자리 잡고 있었음을 보여 준다. 그는 오노의 이런 행동에서 "모든 것이 무너지는 감정을 느끼고" "자기 자신에 대한 확신이 없었던 젊은이로서 같은 목적을 위해 노력하는 군대에서의 동료 의식에서 의미를 찾았던 것"이 와해되는 느낌을 받는다(224). 하타는 일본 사회, 군, 국가에 대한 소속감, 거기에서 오는 안정적 정체성과 끝애를 보호하고 싶은 욕망 사이에서 갈등에 휩싸인다. 하지만 그는 "위안부"를 전쟁터에 끌고 와 강간을 하는 현실, "위안소"에 들어갈 번호표를 나눠주는 상황에 충격을 받은 엔도처럼 돌발적 행동을 할 수 없을 뿐만 아니라 자신과 끝애의 관계를 의심하는 동료들의 눈길에조차 불안해한다.

　하타의 동화에 대한 열망은 받아들여지기 위해 동일성을 추구하고, 동일성을 만드는 움직임이라고 볼 수 있다. 받아들여지기 위해 자신의 "오점"을 끊임없이 지우려는 것처럼 "순수성"을 잣대로 하여 끝애와 써니의 타자성을 지우려고 하고 그것이 불가능할 때 그들의 존재를 자신의 경계 밖으로 밀어내려고 한다. 챙이 지적하는 대로 하타는 끝애의 보호자이면서 동시에 감시자가 되는 양면성을 보인다(560). 캐롤도 끝애에 대한 하타의 태도에는 "외국 여성 비하와 내국 여성 지배"의 양면성이 있다고 지적한다(604). 그는 한국인이면서 일본인, 피식민자이자 식민지배자인 입장 사이에서 결정을 해야 하는 상황에 직면한다. 그는 한국인이 아니라고 하면서 한국말로 끝애와 의사소통을 하고 보호해주겠다고 하면서 정작 마지막 순간에 그녀가 처참하게 죽음을 당할 것을 알면서 외면한다.

그러나 지속적으로 출몰하는 끝애의 기억은 이러한 동일성 추구에 균열을 일으킨다. 끝애는 끝내 포획되지 않는 타자이고 하타가 자신이 과연 누구인가라는 질문을 계속하게 만든다. 그녀는 하타가 안주할 수 없게 하는 존재이다. 겉보기에 아무 문제가 없어 보이는 하타의 생활에 문제를 제기하는 인물은 써니이다. 하타의 무의식 속에서 써니와 끝애는 겹쳐진다. 써니는 하타가 베들리 런에서 일등 시민이 되려고 노력하는 것, 공손함과 제스처에 신경을 쓰는 그의 삶이 "거짓(fake)"이라고 규정한다(95). 써니는 어떤 이유인지 몰라도 하타가 자신을 필요로 했고 자신이 하타를 필요로 하지 않았다고 말한다(96). 메리가 지적하듯이 하타는 써니를 어린 아이가 아닌 성인 여성으로, 그녀에게 무언가 잘못을 한 듯 대한다(60). 그리고 하타의 서술은 결국 끝애가 하타에게 의문을 제시하는 지점에 다다른다. 끝애와 써니 모두 하타의 점잖음과 사랑에 대해 의문을 제기한다. 끝애와 써니에 대한 기억은 하타의 동화 지향의 움직임에 있어서의 모순과 균열을 드러내는 계기가 된다. 하타는 베들리런에서의 "소속감이 묘하게 불편해지기 시작했다"고 토로한다(21). 하타의 이러한 소속감에 대한 불편한 감정은 히키 부인이 써니의 사진이 든 상자를 건넨 후 과거 기억이 시작되는 시점에 나타난다. 정성스럽게 가꾸고 자랑스럽게 여긴 집이 점차 낯설게 느껴지고 이는 써니가 처음 입양되어 왔을 때부터 이 집을 싫어했다는 기억을 하게 한다. 화재 사건 후 병원에서 퇴원을 해 집을 둘러보면서 그는 자기 집이 박물관 같다고 느낀다(139). 잘 가꾼 하타의 집과 흐트러짐 없는 하타의 일상은 그가 물이나 불의 이미지를 통해 표현하는 파괴 욕망, 죽음의 이미지로 안정감을 잃는다. 하타는 스스로 자신에 대해 의문을 제기한다. 왜 안락하게 살 수 있었는데도 써니가 하타를 떠났으며 왜 조심성 많은 자신의 집에 불이 났는지 이 사건들 뒤에 숨어 있을 자신의 의도와 책임을 추궁한다. 기이하고 어두운 감수성을 가졌던 죽은 친구 후지모리(Fujimori)가 하타에게 와서 질문을 던지는 형식으로 서술하지만(128) 그는 스스로에게 일부러 불을 내서 그토록 소중한 집과 모든 것을 무너뜨리고 싶었던 것은 아니냐고 질문하는 것이다.

이러한 질문은 과거의 기억이 진전될수록 그가 목격하거나 당한 일에서 그의 의도나 책임은 없는지 의심하게 만든다. 그는 숲을 산책하면서 연인 메리와 심하게 부딪친 적이 있다. 그 때 그는 성적으로 흥분해 있었을 뿐 아니라 그즈음에 메리와 결혼을 생각하고 있었다. 코피가 난 메리의 목을 잡고 출혈을 막으면서 누가 보면 자신이 메리를 죽이려 한다고 볼 수 있겠다고 하면서 만약 자신이 정말 메리를 죽이려 한다면 앞으로 일이 더 복잡해지는 것을 막기 위해서 일거라고 생각한다(313). 오해나 망상으로 여겨질 수 있는 하타의 이러한 생각은 일관되게 끝애와의 관계에서처럼 그가 선의로 한 행동에 다른 의도가 있는 것이 아닌가 하는, 그에게 일어난 일들에 사실 그의 의도나 바람이 작용한 것이 아닌가 하는 질문을 하게 한다. 타인 역시 그의 행동에 악의가 담겨있지 않은지 의심했다. 히키는 하타가 의료 기구상 사업이 앞으로 타격을 입게 될 것을 뻔히 알고 있었음에도 그것을 숨기고 가게를 넘겼다고 비난한다. 써니는 하타가 메리의 인맥을 이용해 은행에서 융자를 쉽게 얻었다고 지적하면서 메리에 대한 애정도 단순한 것이 아니라고 암시한다.

엔도가 "위안부" 쪽으로 걸어갈 때 하타는 "위안부"를 죽이려는 엔도의 의도를 파악하고 있었으며 자신의 예상이 현실화되는 것을 "관계없는 구경꾼"으로 지켜보았다고 한다(187). 엔도 사건은 결국 하타가 처하게 되는 상황, 끝애의 죽음에 대한 하타의 책임과 행동의 윤리에 대한 질문으로 이어진다. 끝애가 오노 대령을 죽이고 하타에게 사랑한다면 자신이 살아있다는 사실조차 견딜 수 없어야 한다고 비난을 퍼부으며 죽여 달라고 할 때 하타는 대답을 하지 않는다. 그리고 오노 대령을 총으로 쏜다. 하타는 나중에 그때 자신은 끝애를 쏠 수 없었다고 덧붙인다(301). 오노 대령을 총으로 쏘자 보초들이 들어오고 이 시점부터 하타의 서술은 그 이전과 달리 일어난 일, 상황 설명에 그친다. 이전 서술에서 끝애를 말하고 느끼고 생각하는 주체로 묘사했던 것과 달리 하타는 이 시점부터 끝애의 행동만 기술하고 자신도 과거를 곱씹고 반추하는 목소리를 내지 않는다. 그는 끝애가 보초를 공격해 제압당하고 구타당하기 시작할 때도 그 상황을 묘사할 뿐 그에 대한 자신의 내면의 감정이나 해석을 덧붙이지 않는다. 그는 끝애가 사정없이 구타당하는 것을 보면서 그 자리를 떠난다. 그리고 그의 서술은 한 시간 정도 지난 시점, 그가 사령관에게 주사를 놓고 그 자리로 다시 돌아온 시점으로 뛴다. 이 한 시간에 대한 침묵이 끝애의 죽음과 자신의 책임에 대한 회피를 나타낸다. 엔도 사건에서처럼 그는 이 사건에서 구경꾼, 방관자가 된다. 그가 이전까지 서술한 끝애와의 대화와 생각을 보면 그는 구경꾼이나 방관자가 될 수 없다. 자신에게라도 그 한 시간 동안의 행동, 생각, 감정에 대해 설명할 책임이 있다.

인물을 달리하지만 반복되는 상황은 과거로 향하는 서술이 종국에 드러내는 끝애와 하타의 관계로 집약되고 이 과정에서 또한 다른 사람의 행동과 정체성에 대한 하타의 동일시가 드러난다. 하타는 오노 대령이 현지인 포로를 데려와 마취시키고 산 채로 심장을 꺼냈다가 마사지로 심장을 다시 뛰게 하는 시연을 할 때 그 기술에 감탄하고 오노 대령의 의사로서의 침착함과 냉철함을 부러워했다. 하타는 오노 대령처럼 순수성과 청결에 집착하고 그와 같은 외과 의사가 되고 싶어 한다. 또한 두 사람이 쌍둥이같이 끝애에게 끌렸다고 고백을 한다(298). 하타는 오노 대령이 끝애에게 관심을 가지는 것이 어린 소년이 신기한 장난감에 몰두하는 것과 같다고 하는데(182) 이는 끝애가 마지막 순간에 하타에게 뱉은 비난, 즉 하타가 사랑이라고 하지만 사실은 끝애의 성에 집착한 것이며 그것을 작은 돌멩이나 가죽 조각처럼 주머니에 가지고 다닐 수 있다면 그렇게 했을 거라는 비난(300)과 일치한다. 끝애가 가진 아이의 양아버지가 되고 싶은가라는 오노의 질문(270)은, 오노가 하타가 양부모에게서 자란 것을 알고 그의 약점을 건드린 것이고, 오노의 질문과 이에 대한 하타의 강한 분노를 보면 두 사람이 결국은 끝애에 대해 동일한 욕망과 지배욕을 갖고 있었다는 해석도 할 수 있다. 써니가 하타 때문에 떠났다는 의심이나 일이 더 복잡해지는 것을 막기 위해 하타가 메리를 죽이고자 하는 것이 아닌가 하는 상상은 하타가 힘겹게 끌어내는 끝애와의 기억에서 끝애가 죽음을 선택한 것은 하타로부터 숨으려는 것, 하타 때문에 떠난 것이기도 하다는 인식, 하타 자신도 끝애가 죽는 것을 원했다는 인식과 연결된다.

서술에서 또는 하타의 기억에서 메리, 써니가 끝애와 동일시되고 오노 대령과 하타가 동일시된다면 메리, 써니, 끝애에 대한 하타의 애정은 오노 대령의 잔인한 욕망과 지배에 대해서와 마찬가지의 윤리적 책임을 물을 문제가 된다. 하타의 끝애에 대한 사랑, 써니에 대한 희망은 오노 대령이 끝애가 "고상한" 일본 사람과 비슷하다고 보고 그녀가 일본 민족을 "담아낼 흔하지 않은 그릇"이 될 수 있다고 보는 것(268)과 마찬가지로 동일성의 논리로 귀결된다.

4. 사랑과 비동일성의 경험

바디우는 사랑하는 대상이 또 다른 "나 자신"인 사랑과 완전히 불투명한 상태에서 새로운 선택과 참여가 요구되는 "사건"적 사랑을 구분한다(『윤리학』, 54). 하타의 이야기는 그의 삶이 동일성의 추구였음을 밝히는 동시에 그러한 반복에 기입되지 않는 "사건"적 순간들을 드러내는 것이기도 하다. 하타의 서술은 같은 관계 패턴을 반복하는 것을 보여 주지만 동시에 반복되는 기억 속에서 점차 같은 의미로 환원될 수 없는 점, 하타 서술의 모순이 드러난다. 독자는 하타의 서술을 믿을 수 없게 되고 하타가 설명하지 못하는 지점, 그가 분명히 밝히지 못하는 과거의 지점에 집중하게 된다.

끝애가 죽음을 선택한 이유에 대해서 하타는 끊임없이 다른 해석을 제시한다. 그리고 이러한 반복 속에서 끝애는 쉽게 이해되지 않는 인물, 하타의 해석을 비껴가는 인물이 된다. 하타는 끝애가 자기가 늘 갈망했던 것, "받아들여지는 질서 속에 자기 자리를 갖는 것"을 원했다고 생각한다. "그녀가 훌륭한 품성을 가진 여성으로, 아버지에게 남동생만큼이나 의미 있는 존재가 되기를 희망했을 것"이라고 생각한다(299). 그러나 하타가 끝애에 대해 이해하지 못하는 것은 끝애도 갈망, 분노, 원망을 느끼지만 하타와 같은 꿈을 꾸지 않았고 하타와의 관계를 지속하고자 하지 않았다는 것이다. 그녀는 언제나 다른 삶을 살고 싶어 했다고 말하고 하타보다 더 이 전쟁터가 아닌 다른 곳에서 다른 존재로 사는 것에 관심을 보였다. 하타와의 대화에서 끝애는 하타의 친부모에 대해서 보다 양부모와의 관계에 더 궁금해 한다. 그들이 친부모처럼 하타를 사랑했는지, 하타가 친부모처럼 그들을 생각했는지 궁금해 한다. 하지만 그녀는 하타가 말하는 전쟁 후의 삶을 꿈꾸기를 거부한다.

하타의 서술이 봉착하게 되는 지점은 끝애와 하타의 차이이다. 하타는 끝애에게 "사랑한다"고 선언했지만 끝애는 그 말에 동조하지 않았다. 끝애는 하타가 다른 이들처럼 물건을 원하듯 성적 대상으로서 그녀를 원하고 있다고 비난한다. 그녀에 대한 이러한 욕망은 그녀가 "위안부"로 그곳에 끌려오게 된 힘, "모든 것을 소모하는 전쟁의 엔진"(299)의 일부이기도 하다. 하타는 끝애가 희생자로 이 모든 욕망이 연결되는 것을 경험한 것이고 끝애에 대한 자신의 욕망도 그녀를 지배하고 소모하려는 힘의 일부라는 것을 알게 된다. 그는 끝애가 원한 것은 "모든 것으로부터 숨는 것", "코앞에 닥쳐 있는 고통과 공포로부터가 아니라, 종합하면 결국 완전하고 철저한 기만에 이르는 나의 갈망과 방종한 희망, 흔들리는 내 욕망에 따라 행동하기만 할 정도로 영웅적인 내 모습으로부터도 숨는 것이었다"고 깨닫는다(295). 끝애가 벗어나고자 하는 것은 단순히 전쟁 상황, "위안부"의 현실이 아니라 그녀를 여기까지 오게 한 질서, 그녀가 성노예가 되게 한, 모든 이의 욕망이 결합된 교환의 질서이다. 그 연쇄 속에 그녀의 가족, 민족, 한국, 일본, 세계가 있고, 하타도 그것의 일부이다. 그러므로 끝애는 더 이상 피할 곳이 없다고 생각한다.

바디우가 지적하는 것처럼 진짜 문제는 동일성의 인정이고 하타가 말하는 "받아들여지는 질서에" 자신의 자리를 찾는 것이 문제이다. 그것은 끝이 보이지 않는 반복이고 그 끝에는 모순이 드러난다. 끝애의 경우, 식민화된 상황에서 그녀의 아버지는 아들 대신 딸 둘을 일본군에게 넘기기로 결정한다. 써니의 경우, 아버지 하타는 딸의 인종적 성적 순수성에 집착한다. 이것을 종합하면 딸은 제국주의, 국가주의 성폭력에 노출되고 동시에 민족의 순수함을 지켜야하는 이중적 상황에 처한다. 끝애의 평정과 의지를 꺾은 후 죽이려는 오노 대령, 죽음을 통해서라도 끝애를 소유하려는 하타 모두 타자에 대한 절대적 지배력을 행사하려는 것이고, 하타의 경우 그것이 사랑의 이름으로 이루어진다는 점에서 무섭다. 임신한 써니와 같이 죽기를 소망하는 것을 볼 때 그는 또한 타자에게 원초적인 자기 파괴 욕망을 행사한다고 볼 수 있다. 나르시시즘과 공격성의 결합이 동일성 추구의 파국일 수 있다.

끝애는 하타와 달랐다. 하타는 끝애가 자신을 죽일 수 있었는데 죽이지 않은 이유가 무엇인지 그 당시에도 궁금해 했고 현재에도 묻는다. 끝애는 하타에게 죽는 것을 도와 달라고 했지만 사실은 하타의 도움이 필요 없었다고 말한다(300). 그녀는 외과 수술용 칼을 하타도 모르게 훔쳐 오노 대령의 동맥을 정확하게 찌를 수 있었다. 하타는 끝애가 오노 대령을 찌르는 것을 보면서 바로 이어서 자신에게 달려들어 찌를 거라고 느끼기까지 했다(299). 하타는 그 순간을 회상하면서 끝애가 그 부대의 다른 어떤 사람과 마찬가지로 자기도 죽이고자 하는 것이 당연하다고 서술한다. 하타가 나머지 사람들과 다르지 않다는 끝애의 지적은 끝애 만의 주장이 아님을 알 수 있다. 하타도 자신이 가해자임을 인정하는 것이다.

그렇다면 오노 대령을 죽이고 나서 하타에게 다시 자신을 총으로 쏴달라고 하는 끝애의 요구, 끝애가 오노 대령을 공격해서 하타가 끝애를 쏘았다고 하면 문제가 없을 것이라고 하면서 자신을 죽여 달라고 하는 끝애의 행동을 어떻게 해석할 것인가? 사랑한다면 자신이 이곳에 이렇게 있는 것을 견딜 수 없어야 한다는 말을 하고 끝애는 하타에게 자신을 죽여 달라고 다시 부탁한다. 끝애는 이 시간이 하타에게는 끝날지 모르지만 자신에게는 끝나지 않을 것이라고 말하고(301) 자신의 선택에 일익을 담당해 주기를 바란다. 언니가 눈앞에서 일본군에게 끌려가 죽임을 당했을 때 끝애는 전혀 동요하지 않았고 오히려 그 군인에게 고마워했다.

바디우는 본질적 비동일성에 대한 경험에서 주체가 성립된다고 본다. 그는 주체가 된다는 것은 일반적 법칙에 기대지 않는 선택을 하는 것이라고 본다. 이러한 "사건"은 우리로 하여금 새로운 존재 방식을 결정하도록 강요하는데 그 상황에 관계하려는 결정으로 개별적이고 충실한 주체가 될 수 있다는 것이다(『윤리학』, 54~55). 바디우는 인간은 동물 가운데 가장 저항적이고 역설적인 존재가 될 수 있고, 생명의 보존과 안전 추구를 넘어 불사의 것을 지향하고 개별적인 진리를 추구하는 것을 통해 주체가 된다고 본다(『윤리학』, 25). 그러므로 그가 말하는 비동일성에 대한 경험으로서 사랑은 주체를 불러오는 순간이 될 수 있다.

끝애는 하타와의 관계를 통해 단순한 피해자로 남는 것에 저항한다고 볼 수 있다. 이 점에서 이 둘의 관계는 바디우의 지적대로 개별적인 주체의 성립이 이루어지고 새로움과 비동일성에 대한 윤리적 경험이 될 수 있다. 하타는 끝애가 자신을 죽이지 않은 이유가 "열정이나 자비, 인간애도 아닌 그것들의 완전한 부재, 비하의 상태에 있었기 때문"이라는 인식에 이른다(299). 제국주의, 국가주의, "전쟁의 엔진"에 휘말려 군대의 성노예가 된 딸, 끝애는 민족의 순수성, 가족의 순수성, 성적 순수성을 지켜야 한다는 요구를 받는다. 그리고 이 모순은 감추어져야 하는 것이다. 끝애가 숨거나 사라진다면 좋을 것이다. 하지만 끝애는 하타를 비난하고 자신의 죽음에 하타가 일익을 담당하기를 요구한다. 이미 모든 것이 의미가 없어진 상황에서 끝애는 하타가 자신을 죽여주기 바란다. 군인들이 자신을 가만히 두지 않을 거라는 것을 알고 있고 임신한 걸 알고 스스로 목숨을 끊을 수 없어서 일 수 있다. 그러나 자신의 죽음에 하타가 참여를 하기를 바라는 요구에 주목할 필요가 있다. 끝애는 자신의 성이 교환되는 질서가 낳은 모순의 상황에서 숨거나 사라지지 않고 저항하고자 한다. 자신이나 하타가 이 모순의 질서에 충실히, 적극적으로 저항할 수 있다고 보는 것이다. 끝애는 교환질서에 편입되지 못하는 존재로 소모되어야 하는 물건이나 동물이 아닌 그 질서의 폭력에 저항하는 존재의 권리를 요구하는 것이다. 끝애는 하타에게 요구를 하고 있다. 이 요구는 두 사람의 관계에서 의미가 있을 것이다. 하타가 사랑의 이름으로 끝애에게 더 잔인한 가해자가 되는 데 반해 끝애는 사랑의 이름으로 하타가 자신을 넘어서 저항에 동참하기를 희망하는 것이다. 끝애가 하타의 참여를 요구한 것은 사랑의 관계가 도달할 수 있는, 두 사람이 각자를 넘어서는 만남을 기대했기 때문이라고 볼 수 있다. 그녀는 하타의 참여로 단순히 사라져야 하는 존재, 피해자, 죽어야하는 존재가 아닌 존재로 죽고자 한 것이라고 볼 수 있다.

과거의 심연을 향해가는 하타의 서술은 현재 자신의 모습, 동화 지향 서술에 내재한 오노 대령과 같은 지배욕과 폭력성을 밝히는 움직임이 된다. 동시에 유령으로서 끝애와 끊임없이 만나고 그 만남을 밝히는 것이 된다. 실제로 그는 자기 집에서 끝애를 보았고 이곳을 떠날 것이냐는 끝애의 질문에 여기 남자고 설득했다고 한다(286). 그는 과거에도 지속적으로 이런 식으로 끝애와 대화를 했으며 그 때마다 논쟁도 없이 끝애를 설득하고 이겼으며 그럴 때마다 "더럽게 고여 있는 역겨움"을 느꼈다고 토로한다(288). 이 "고여있는 역겨움"은 하타 인생의 동력, 동화의 엔진, 동일성으로의 회귀, 일자의 지배욕이라고 말할 수 있다. 현재에도 그는 끝애를 이긴다. 벗어날 수 없는 운명일지도 모른다. 그것이 주체의 안정감일지도 모른다. 하지만 그러한 안정감이 불편하게 되는 사건을 경험할 수 있다. 바디우의 지적처럼 주체는 자신의 생존이나 생명 혹은 "이해 관심"을 추구할 수 없는 순간, 사건, 우연에 충실하고 그것을 지속시키려고 노력할 수 있다. 바디우의 용어를 빌면 "지속적으로 자신의 고유한 존재를 초과"하면서 "사고하기"를 계속할 수 있다(『윤리학』, 64). 이 점에서 하타가 마지막에 성공의 표상이었던 저택을 팔고 삼십 년 이상 부단히 노력해 일원으로 인정을 받았던 베들리 런에서 떠나며 자신의 "살과 피와 뼈를 짊어지고" 계속 걷겠다고 한 결심(356)을 이해할 수 있다.

5. 사랑과 충실성

끝애의 시신을 수습하면서 하타는 의무병으로서의 의무를 다했다고
만 말한다. 그는 시신을 수습하는 순간 자신의 손도 잔해의 무게도 느끼
지 못했다고 한다. 잔해에서 발견한 태아, "놀랍도록 온전한 작은 형체"
도 느끼지 못했다고 한다(305). 느껴야 하는데 느끼지 못하는 것, 보면서
못 보는 것, 기억해야 하는데 기억하지 못하는 것이 외상적 증후일 수 있
고 죄책감 때문일 수 있고 무감각을 통해 책임을 회피하는 것일 수 있다.
끝애의 살과 피와 뼈, 그 태아, 그 온전한 존재의 무게감을 감지하고 설
명해야 하는 것이 하타가 죄책감을 넘어서, 망각, 침묵을 깨고 끝애의 요
구에 대한 책임을 받아들이는 것이다.

끝애와 성관계를 하면서 그녀를 조각상처럼 묘사하고 집안 구석구석
을 살피듯이 그녀의 몸을 만진다고 묘사하는 데에서 보듯이 하타는 어느
지점에서 끝애를 하나의 주체, 살아있는 존재로도 서술해내지 못한다.
이 점이 그가 끝애와 온전한 관계를 이루지 못하는 지점이다. 라캉이 지
적하는 것처럼 사랑한다는 것은 성관계를 넘어서는 그 어떤 것을 향한
다. 끝애가 사랑한다면 자신이 거기에 그렇게 있다는 것도 견딜 수 없어
야 한다고 하타에게 했을 때, 그녀는 사랑의 선언과 함께 일어나는 요구
와 책임의 열림을 의미한 것이다. 그리고 그것은 두 사람이 처한 상황에
서 죽음의 선택과 행위에 관계된다. 라캉은 사랑은 언어로 포착되지 않
는 존재를 향한다고 한다(39). 사랑의 말은 사랑 받는 사람의 존재를 지
칭한다는 착각을 만들어 내지만 존재는 기표를 벗어나기 때문에 사랑의

말은 타자의 존재에 도달할 수 없으며 사랑의 말이 내포하는 요구는 무한히 계속될 수밖에 없고 그 사랑의 관계 속에서 내가 누구인가라는 질문이 더욱더 절박하게 된다는 것이다.

하타는 끝애와 끝애의 아기, 그 존재를 비유로밖에 나타내지 못한다. 그 존재에 대한 인식은 다른 것으로 전이되어 나타나기만 한다. 하타가 마지막에 짊어지겠다고 하는 자신의 살과 피와 뼈는 하타가 짊어져야 하는 끝애의 살과 피와 뼈이다. 써니의 임신 중절 수술실에 들어가 수술을 보조하면서 하타는 거의 다 자란 그 태아도 보았을 것이고 물에 빠진 써니의 아들 토마스(Thomas)를 물에서 건져 내면서 그 무게를 느꼈을 것이다. 동일시의 연쇄를 통해서만 끝애의 존재, 끝애의 아기의 존재를 인식한다. 그 관계에서 자신이 어떤 사람이었는가도 전이적 표현으로 밖에 나타내지 못한다. 자동차 사고로 죽은 히키 부인의 장례를 먼발치에서 지켜보면서 더 이상 증인의 역할은 참을 수 없다고 고백한다(323). 수영장에서 토마스를 찾으러 물에 뛰어 들었다가 심장마비가 온 레니(Renny)를 구조하면서 자신의 인생에서 더 이상 회피는 견딜 수 없다고 말한다(323). 이러한 전이의 연쇄에서 알 수 있는 것은 그가 써니의 첫아이의 죽음과 끝애와 그 태아의 죽음에 대한 자신의 책임을 감지하고 있다는 것이다. 하타는 산 사람의 심장을 꺼내어 시연을 하는 오노 대령에게 매료되었던, 오노 대령과 겹쳐지는 자신, 자신의 어두운 면도 인정해야 하는 것이다. 이렇게밖에 끝애의 존재와 요구에 다가가지 못하지만 사랑한다면 끝애를 만질 수도, "위안부"로 끌려 온 끝애의 모습을 견딜 수도 없어야 한다는 말에 죄책감을 느끼고 그녀의 죽음에 일익을 담당해 달라는 요구에 책임의 무게를 느껴야 하는 것이다. 그러므로 안정감에 대한 불편함을 느끼고 정체되지 않고 끊임없이 움직이겠다는 하타의 마지막 결심은 적어도 주어진 질서에 동화하고 주체로서의 안정을 추구하는 것에서 벗어나겠다는 뜻으로 이해할 수 있다.

하타는 결국 자신과 끝애가 그리고 다른 "위안부"들과 군인들이 이 주어진 질서 속에 얼마나 중요한 부분이었는지 깨닫는다. 모든 것을 소모하는 전쟁의 엔진에 자신들을 먹이로 내놓고 서로를 먹이로 내놓았다고 인정한다(299). 하타는 남자, 일본군이었고 끝애는 한국인, 여자, "위안부"였다. 죽음으로라도 끝애를 소유해야하는 하타의 사랑은 딸을 희생해야 하는, "위안부"를 만드는 거대한 엔진, 질서의 일부였다. 그 질서의 끝에 끝애가 존재한다. 하타는 끝애에 대한 기억을 멈출 수 없고 그 존재의 무게감을 외면할 수 없다. 하타는 유령이 아닌 끝애를 만나야하는 어려움에 봉착해 있다.

혼란에 빠졌던, 행동하지 못했던 젊은이와 교묘한 살인자 사이에 자신이 있다는 것은 견디기 힘든 인식이다. 지극히 개인적이고 이기적 욕망이라고 치부될 수 있는 사랑이 이 정치적이고 윤리적인 상황에 문제가 되는 것은 사랑의 이름으로 요구하고 책임을 느끼는 상황에서 주체가 자신의 윤리적 지점을 정하기 때문이다. 사랑은 동참을 요구하지만 그것은 일자, 동일자로의 통일이 아니고 또 그렇게 될 수도 없다. 거기에 사랑의 어려움이 있다. 고통과 죽음에 접해서 가해자와 피해자만의 상황으로 좁혀진다면 생존과 생명의 권리는 누구에게 있는 것인가? 그 결과에 대해서 그 고통과 죽음을 불운으로 치부하거나 피해자를 피해자일 수밖에 없게 하는 논리와 질서에 기댈 수밖에 없는 것이다. 하타는 사랑의 이름으로 그 절박한 상황을 외면하고 방관하고 거기에 장막을 드리웠지만 또한 사랑의 이름으로 피해자를 피해자로서 내버려 두지 않아야 한다. 사랑의 관계에서 존재의 권리, 그 고통과 죽음에 지배권을 행사하는 권리를 요구할 수 있고 그 요구에 답할 수 있다.

우울한 시대, 멜랑콜리커가 사는 방법

박태원, 김승옥, 김영하 소설

김연숙

1. 멜랑콜리의 행적을 좇아서

멜랑콜리(melancholy), 뭔지 모를 무겁고 축축한 기운이 온몸을 휘감고 늪에 빠지는 듯한 느낌. 때때로 내 주위 사람들은 감기로 심한 코맹맹이 소리를 내면서 "나, 엄청 멜랑콜리해보이지 않아?"라고 농담을 던진다. 진짜이든 우스갯소리든 간에 우리는 어둡고 무겁고 음울하고 슬픈 정조를 멜랑콜리라 부르는데 무척 익숙하다. 실제 멜랑콜리는 이유 없는 슬픔이다. 이유가 없기 때문에 슬프고, 해결할 방법을 찾기 어렵기 때문에 더 불안한 것, 그것이 멜랑콜리다.

멜랑콜리를 우리말로 옮기면 '우울'이다. 더 엄밀하게 말하자면 멜랑콜리는 우울한 분위기나 느낌을 넘어 질병으로서의 '우울,' 즉 우울증에 이른 정신상태를 가리킨다. 역사적으로 멜랑콜리는 고대 그리스인들이

의학적 차원에서 어떤 부정적 정념이 과잉된 상태를 '검은 담즙'(멜라스(검다)+콜레(담즙)=멜랑콜리아)으로 지칭하면서 등장했다. 그런데 이런 어원적 고찰을 넘어서 멜랑콜리는 서양문화의 핵심으로 설명되기도 한다. '멜랑콜리'란 서양의 자기중심적 사랑관, 곧 자기애적 사랑 이해와 자유인의 죽음론에 바탕을 둔 어두운 정조로 파악된다(김동규, 416). 이러한 설명에서 흥미로운 것은 멜랑콜리와 서양의 자기동일성, 나아가 자기애(나르시시즘)를 연결시키는 대목이다. 이에 따르면 서양문화는 타문화와의 잦은 접촉에도 불구하고 자기동일성을 비교적 견고하게 유지해왔고, 이처럼 치명적인 자기상실의 경험이 없었기 때문에 자기 폐쇄성을 띠고 있다고 한다(김동규, 31~32).

프로이트의 멜랑콜리론이 전제하고 있는 나르시시즘도 이러한 서양의 자기중심적 존재론의 연장선상에서 이해할 수 있다. 멜랑콜리의 출발은 사랑하는 대상의 상실이다. 그러나 멜랑콜리커(Melancholiker, 멜랑콜리기질의 소유자)는 자신이 무엇을 잃었는지 모른다. 사랑하는 대상을 잃고 애도작업을 통해 상실의 현실을 받아들이면 슬픔은 슬픔으로 남는다. 하지만 애도작업이 실패할 경우 슬픔은 멜랑콜리로 변한다. 멜랑콜리는 사랑하는 대상의 상실을 인정하지 못하고 자기 마음속에 그 대상을 간직하는 것이다. 멜랑콜리커는 자신이 무엇을 잃었는지 알지 못하면서 상실감에 시달린다. 때문에 그는 항상 어둡고 음울하고 슬프다. 이유 없는 상실감, 그로 인한 슬픔은 불안, 권태, 무력감, 허무, 피로 등 다양한 부정적 감정(negative emotion)을 동반한다. 멜랑콜리하다는 일상적인 표현은 '슬픔'의 계열에 속하는 갖가지 부정적인 감정양상들을 두루 포괄하는 일종의 '정조' 혹은 '분위기(mood)'이다.[1]

'슬픔'은 대체로 그 원인이 외부에 있기 때문에 인간은 슬픔을 스스로 통제하기 어렵다. 슬픔과 관련된 부정적 감정들은 인간의 존재론적인 특성으로 인정되기도 하지만, 다른 한편으로는 감정적 사치나 나약하고 나른한 정조로 여겨지면서 정신적 무능으로 간주되기도 한다. 즉, 그것들은 나태, 게으름, 몽상, 느림, 어둠 등 열정이 없고 타성에 빠진 자의 감정으로 비판된다. 특히 불안이 자학적 요소를 띨 때는 일종의 '악'이 되는데, 스토아학파에서는 이러한 불안을 치료가 필요한 병적 요소로 보면서 불안이 사라진 내면의 평정을 정신적 이상으로 삼았다.

이와 달리 인간 존재의 불확실성, 무의미성, 유한성에 좀 더 주목한 이들은 불안을 비롯한 부정적 감정들을 인간의 본질로 보고, 이 감정들이 인간의 실존적 욕망을 드러내는 긍정적 측면을 지니고 있다고 생각했다. 예를 들어 실존주의는 인간본성에 깊이 뿌리 내린 인간의 실존적 조건으로서의 불안에 주목한다. 인간은 실존의 선택 가능성 앞에서 현기증 나는 자유의 불안을 느끼는 존재이다. 나아가 인간은 존재의 유한성에서 비롯된 불안뿐만 아니라 항상 자신의 존재가 불확실하다고 느끼고, 이 불확실성에서 생겨나는 무의미와 공허함에서 기인하는 불안과 우울을 경험한다. 그런데 '죽음'으로 표상되는 이런 '존재론적 부정성' 뿐만 아니라 근대 이후 인간을 둘러싼 '세계의 부정성'과 대면하게 된 주체들은 더욱 극심한 불안과 우울에 시달린다. 이런 관점에서 보면 우울, 불안, 권태, 무기력, 허무, 피로 등은 주체가 세계의 부정성과 대면하여 불협화음

---

1 감정 연구에서 '기본감정 / 보편감정'에 대한 분류는 논자에 따라 다양하다. 보편감정 자체를 부정하는 논자도 다수이지만, 대체로 보편감정이 무조건적으로 통용될 수 없다는 한계를 인정하는 범위에서 긍정적 감정과 부정적 감정으로 나누어서 대여섯 가지의 보편감정을 제시하고 있다.

을 일으키고 있음을 확인시켜주는 감정들이다.

  사유의 역사를 정조의 역사로 구성하려 한 하이데거에 따르면, 그리스 철학을 가능하게 해주었던 근본정조는 '경이'이고, 근대 데카르트 철학의 근본정조는 '의혹'이다(김홍중, 219). 그리스 시대 경이의 감정은 진보에 대한 자신감과 미래에 대한 낙관에 기초한 근대성의 맥락으로 이어지는 반면, 데카르트 철학의 의혹의 감정은 근대가 창출한 사회적 모더니티의 부정성에 대응하는 문화적 모더니티로 기능한다. 이때 우울과 불안은 단순히 인간의 실존적 정조일 뿐 아니라 문화적 모더니티를 진동시키던 불협화음에 부응하는 근대적 정조로 이해된다.

  이런 맥락에서 발터 벤야민은 멜랑콜리커들이 보여주는 고독과 내면으로의 침잠이 단순히 무기력이 아니라 세계를 성찰하는 심층적 시선을 드러내고 있다고 평가한다. 멜랑콜리커들에게 나타나는 우울의 감정은 벤야민이 사물의 파편화라고 부른 사태, 즉 사물의 '자연적이고 창조적인 관계'가 상실된 근대 자본주의적 부정성에 맞서는 방식이기도 하다(김항, 84). 프로이트가 신·예술·총체성 등 모든 근원적 가치가 사라진 시대의 지배적 감정으로 멜랑콜리를 설명하는 것도 이와 비슷한 맥락에서 이해할 수 있다(프로이트b, 244~252). 프로이트의 설명에 따르면, 애도와 달리 멜랑콜리는 자신이 무엇을 잃었는지 알지 못하면서 상실감에 시달리는 감정이다. 대상을 알 수 없다는 이 불가해성은 자본주의적 세계의 독특한 성격에서 기인한다. 논자에 따라 이 불가해성은 근원적인 '사물(Chose)'의 결핍(크리스테바), 기호학적 폐허와 사물의 파편화(벤야민), 상품의 물신성(맑스), 물신숭배(프로이트) 등으로 설명된다. 이러한 세계에서 멜랑콜리커는 알 수 없는 상실을 인지하려고 하고 상실에 대해 질문을 던져왔다.

멜랑콜리는 진정성과 총체성이 소멸한 시대에 항시적 파국에 대항하는 '문화적 모더니티'의 감정기제이다. 예를 들어 벤야민이 즐겨 분석한 보들레르는 대도시라는 무대에서 자신의 우울을 연출한 고독한 영웅이었고, 그의 우울한 시선은 구원 없는 세계를 바라보는 근대 예술가의 비극적 시선이었다(발터 벤야민, 32). 이처럼 근대 이후 세계와의 불화라는 측면에서 멜랑콜리 계열의 부정적 감정들은 좀 더 적극적으로 의미화되었다. 다시 말해, 멜랑콜리는 진정성이 사라지고 세계에 대한 저항이 힘들어진 시대에도 주체가 여전히 그 세계와 불화하고 있음을 드러내는 감정이다.

그러나 세계와 불화하는 이런 '대항 감정(counter-emotion)'은 후기 근대에 이르면 무엇에 대항하는 것인지 알기 힘든 상황, 아니 '대항'이란 말 자체가 낯설어진 상황을 맞이하여 그 효용성이 현격하게 약화된다. 원래 멜랑콜리는 그 특성상 상실의 대상과 이유가 불분명한 감정이지만, 이는 구체적인 대상을 지목할 수 없다는 뜻일 뿐 무언가에 대항한다는 태도 자체는 여전히 유효하다. 그러나 세계에 맞서는 일 자체가 힘들어진 후기 근대 사회에서 멜랑콜리는 더 이상 해방성을 담보하기 어렵다. 이제 개인들은 불명확한 심리적 인과관계 속에서 우울-불안-슬픔-짜증-초조-두려움-권태가 혼재된 감정을 느낀다. 과거 우울이 가져다준 해방적 기능에 따라 자아창조의 가능성을 열어젖혔던 '고귀한 멜랑콜리아'(리처드 커니, 309)는 자신의 위치에 대한 불안, 겨우 얻은 특권을 잃어버릴지 모른다는 두려움, 뒤처질지 모른다는 초조, 원인을 알 수 없는 슬픔과 그로 인한 피로를 느낄 뿐이다. 불안은 실존적 개인이 자신의 정체성을 추구하는 긍정적 힘으로 전환되지 못하고 사회적 기준에 미달될 때 안절부절하지 못하는 초조감으로 바뀐다.

나아가 이렇게 혼재된 부정적 감정들은 계속 '미끄러지는(sliding)' 양상을 보인다(Sarah Ahmed, 231~233). 자신이 느끼는 감정이 무엇인지 모르고 다른 감정으로 미끄러져 내리는 상태가 또 하나의 감정인 것처럼 간주되는 것이다. 이제 멜랑콜리는 내부와 외부의 경계가 불분명해지고, 지향하는 대상도 모호하며, 행동과 쉽게 연결되지도 않는다. 이런 감정적 특성은 세계에 대한 의식적 해석이나 저항의 가능성을 말하기 힘들고, 행동으로 전환되기 쉽지 않다는 점에서 정치적으로 문제적이지만, 동시에 사회의 지배적 의미망 속으로 포획되지 않을 잠재적 가능성도 지니고 있다.

지금까지 고대 그리스어에서 유래한 멜랑콜리가 서구 근대에서 후기 근대에 이르는 시기 동안 어떤 의미였는지 간략하게 살펴보았다. 그렇다면 이처럼 서양문화의 맥락에서 이해되는 멜랑콜리가 우리 문학에서는 어떻게 나타나는 것일까. 물론 이 글에서 서양과 동양의 차이를 논하자는 것이 아니다. 또 멜랑콜리와 흔히 한(恨)이라고 알려진 한국적 정서를 구분하자는 것도 아니다. 이 글에서 주목하고 싶은 것은, 멜랑콜리가 서양에서 수입되었지만 그것이 의미화되는 것은 서양-근대가 우리 역사에서 전면적으로 드러나기 시작하던 시기라는 점이다. 멜랑콜리는 중국이라는 보편 질서 속에 있던 조선이 일본을 매개로 한 서양-근대와 맞부딪치면서 식민지로 편입되는 시점에서 우리 역사에 등장한다. 아시아인은 스스로를 아시아인이라고 부른 적이 없다는 어느 지식인의 냉소처럼, 우리는 서양에 의해 서양의 타자로서의 아시아인으로[2] 세계무대에

---

2   아시아는 어원상 그리스인들이 그들 나라의 동쪽에 있는 나라들을 가리킬 때 사용한 '아수(asu)'(동쪽)라는 아시리아어에서 유래했다. 근대 이후 서양을 기준삼아 심상지리학적으로 '아시아'라는 개념이 성립되었다.

호명되었다. 그러나 아시아가 서양의 타자라고 하지만, 서양-근대를 온전히 체험할 틈도 없이 식민지로 전락한 조선인들은 우울할 수밖에 없었다. 1900년대 이후 한국문학의 주류를 이루었던 슬픔과 상실의 정조는 이런 역사적 우울의 징표였다. 근대 이후 한국의 역사와 멜랑콜리는 밀접한 관련을 맺고 있는 것이다. 근대 체험과 식민지 경험이 중첩되는 한국의 역사적 특수성은 멜랑콜리라는 부정적 감정을 개인적 차원만이 아니라 집합적 차원에서 해석하도록 해주기 때문이다.

모든 감정은 불변의 정조가 아니라 주체가 특정 세계와 관계 맺는, 역사적으로 특수한 정조이다. 인간의 감정은 단순한 심리적 소여가 아니라 주체가 역사적으로 세계와 관계 맺는 가장 본원적인 차원의 집합적인 체험이다. 식민지라는 역사적 경험은 조선인들에게 존재론적 박탈을 각인시켰으며, 아울러 제국에 미달하는 문화적 지체를 인정해야 하는 수치심을 안겨주었다. 이런 '박탈'과 '지체'를 역사적 조건으로 받아들일 수밖에 없는 상황에서 식민지 조선인들은 불안하고 우울할 수밖에 없었다. 우울한 개인은 식민지 조선의 전형적 주체였고, 그가 드러내는 멜랑콜리는 식민지 조선의 집단적 감정이었다. 식민지 해방 이후 우울이라는 집단 감정은 국가 주도의 자본주의 하에서 세대론적 감정으로 구체화된다.

이 글에서는 한국사회에서 멜랑콜리가 발현되는 양태를 1930년대 박태원의 소설 「소설가 구보씨의 일일」(1934), 1960년대 김승옥의 단편소설, 그리고 2000년대 김영하의 『퀴즈쇼』(2007)를 중심으로 살펴보고자 한다. 이를 통해 멜랑콜리라는 부정적 감정이 근대와 후기 근대를 경유하면서 한국사회에서 경험되고 표현되는 양태를 살펴볼 것이다. 일반적으로 후기 근대는 국가 간 경계가 흔들리고, 상품의 기호적 성격이 전면화되면서 세계에 대한 주체의 총체적 인식이 불가능해지는 시대, 즉 중심화된 주체의 종말이 가시화되는 다국적 자본주의 시대를 가리킨다. 한국의 경우, 대체로 90년대 후반부터 후기 근대의 징후가 나타난다고 논의되는데, 이 글에서는 김영하의 『퀴즈쇼』(2007)를 중심으로 멜랑콜리가 변모되는 양상 및 그 의미를 짚어보고자 한다.

2. 역사적 멜랑콜리커의 탄생과 그 기록

멜랑콜리커에게 상실은 선험적인 것이다. 그는 자신이 상실한 것을 경험적 지평에서 찾거나 기억할 수 없다. 한국의 근대 작가들에게 국가의 상실도 이와 같았을 것이다. 이광수(1892년생)나 최남선(1890년생) 같은 근대 한국문학 1세대의 경우에나 소년의 눈을 통해 조선이 몰락하고 식민지가 되는 것을 볼 수 있었을 뿐, 박태원(1909년생)이나 이상(1910년생)을 비롯한, 이후 세대의 작가들은 태어남과 동시에 식민지인으로서의 삶을 받아들일 수밖에 없었다.

후자의 경우에 국가의 상실이란 부모님으로부터 전해들은 이야기 속 사건이며, 상실 이전세계에 대한 그리움도, 독립에 대한 열망도 실체를 잡을 수 없는 상상 속의 그 무엇일 뿐이었다. 그들에게도 내지인(일본인)과 조선인의 차별, 식민지라는 불평등한 조건은 분명 문젯거리였지만, 그 해결책이 반드시 독립에 대한 열망으로 이어진 것은 아니었다. 누군가는 개인의 입신양명으로, 누군가는 조선민족의 실력양성으로, 또 누군가는 일본과 우호관계 증진으로 다양한 길을 모색했다. 러일전쟁과 청일전쟁에서 잇따라 승리한 후 문자 그대로 욱일승천하는 일본에 맞서 조선독립을 꿈꾼다는 것은 그야말로 꿈에 불과한 일로 느껴졌을 것이다. 설령 상해와 같은 해외에서 상대적으로 국제정세를 파악하기 쉬운 위치에 있었다 하더라도 1940년대 말 이전까지 일본의 패망을 가늠하기는 쉽지 않았다. 이런 암담한 상황에서 누가 조선독립의 현실적 가능성을 전망할 수 있었을까.

어쩌면 식민지 조선인들에게 '독립'이란 종교와 같은 믿음의 차원이었는지 모른다. 현실적인 가능성과는 무관하게 해야 할 일, 옳은 일, 믿음으로 걸어가야 할 길, 이것이 당시 사람들이 상상하는 조선 독립이 아니었을까. 물론 이런 믿음을 가슴에 품고 독립운동의 불씨를 키웠던 이들의 빛나는 삶이 우리 역사에 존재하는 것은 사실이다. 하지만 대부분의 장삼이사들에게 식민지 조선에서 살아가는 일은 그저 팍팍한 고통의 연속이었고, 그 고통의 원인을 찾는 일은 불가능에 가까웠다. 그들은 태어나기도 전에 결정된 조건 속에서 무력한 식민지인으로 현실을 견딜 뿐이다. 이들에게 고통의 근본원인인 국가 상실은 너무나도 거대하여 감히 바라볼 수 없는 사건이다. 그것은 그들의 인지 능력을 벗어나 있다. 그러므로 무언가를 인식하고 판단하고 실행계획을 세우는 일은 불가능하다. 결국 그들은 그저 습관처럼 나라 잃은 백성이라는 말을 읊조릴 뿐 상실의 실체를 파악할 수 없다. 마치 멜랑콜리커가 무엇을 잃어버렸는지도 모른 채 상실의 슬픔에 잠겨있는 것처럼.

「소설가 구보씨의 일일」(박태원, 1934, 이하 「구보씨~」로 칭함)은 식민지 근대성에 대응하는 모더니즘문학의 대표작으로 평가받아왔다. 「구보씨~」는 속물적 자본주의 사회에서 예술과 예술가의 존재방식을 지킨다는 기본구도를 충실히 따르고 있으며, 이른바 '예술가소설'에서 나타나는 삶과 예술의 갈등을 잘 드러내주고 있다. 속물에 맞서는 고독한 주체로서의 작가, 그의 갈등과 고뇌어린 창작과정 자체가 소설의 주제이자 내용이다. 이때 속물들에게 맞서는 유용한 정서적 대항기제가 바로 멜랑콜리다. 멜랑콜리는 세계와 내가 불화하고 있다는 존재증명이다.

구보는 소설가라지만 제대로 창작을 할 수가 없다. 무엇 때문에 그런지 자신도 잘 모른다. 답답함을 이기지 못하고 외출을 시도하지만 거리를 헤매고 다닐 뿐이다. 그렇게 정처 없이 다녀도 그의 우울은 좀처럼 사라지지 않는다. 아니 더더욱 깊은 우울로 침잠할 뿐이다. 구보의 우울은 스스로가 선택한 의지적인 것이 아니라 어쩔 수 없이 주어진 것이다. 그는 다른 젊은이들의 "명랑성에 참말 부러움"을 감추지 않는다. 우울하지 않은 자, 명랑성을 가진 이들은 시대의 흐름에 순응하는 자들이다. 예를 들면 구보가 길에서 마주친 "금광부로커"임에 틀림없을 사내들이 그렇다. 구보는 그들을 보고 "황금광시대"가 도래했음을, 심지어 평론가나 시인 같은 문인들도 그 대열에 합류했음을 떠올린다. 하지만 구보 자신은 그들처럼 될 수 없다. 구보는 "명랑을 가장할 수" 있으나 본래의 우울을 멈출 수가 없다. 자신에게는 "극히 음울한 제 표정"만 있고 "황혼의 애수와 또 고독이 혼화"되어 있음을 인정하지 않을 수 없다.

이유를 알 수 없는 깊은 우울 그리고 그 때문에 고통스러운 구보라는 존재야말로 한국문학에서 탄생한 새로운 인간 즉 역사적 멜랑콜리커이다. 삶 자체에 의미를 물을 수 없다면 삶에 불가피한 고통 역시 의미화될 수 없다(김동규, 39). 삶의 고통이 잔인하도록 무의미한 인간의 운명에 뿌리를 두고 있을 때, 그것은 존재론적 우울이며 니체가 말했듯이 광기어린 멜랑콜리로 치환된다. 그러나 구보의 경우, 고통의 근원은 존재론적 차원이 아닌 명백히 역사적─서사적 상황에서 기인한 것이다. 문제는 고통의 원인을 해석할 수 있는 의미망을 구축할 수 없고, 개인의 힘으로는 고통의 현실에 대응할 수 없다는 사실이다. 하지만 고통은 개인의 정체성을 뒤흔드는 엄청난 무게감으로 압도해온다. 이때 무력한 개인은 우울에 빠지는 것 이외에 다른 가능성을 찾을 수 없다. 이런 우울이 집단적 성격을 띨 때, 우리는 이를 두고 역사적 멜랑콜리커의 탄생이라 이름붙일 수 있다.

이 멜랑콜리는 개인적인 것이 아니라 "이 곳에 어울리"는 것이고, 여기 있는 "무리"들의 것이라는 시대적 정당성을 확보할 수 있다. 멜랑콜리가 개인의 실존적인 근거로 명시되어 나타나지는 않지만, 세계와 불화한다는 당위성·명분을 전제하고 있기 때문이다. 주인공들은 불안하기 때문에 고통스럽지만, 역설적으로 이 불안이 그들의 존재근거가 된다. 따라서 1930년대의 멜랑콜리커들은 "단순한 우울자가 아니라, 우울이라는 시대적 감정을 인식론적이고 존재론적인 전략으로 구사하는 메타적 우울자"(김홍중, 241)이다. 소설 결말에 이르러 '구보'가 내일부터는 집에서 창작을 하면서 "생활을 가지겠다고" 다짐하지만, 어쩌면 그 '내일'은 영원히 오지 않을지도 모른다. 그의 멜랑콜리는 개인적 노력으로 극복할 수 있는 성질의 것이 아니기 때문이다.

아무리 다짐하고 노력해도 벗어날 수 없는 깊은 우울 앞에서 멜랑콜리커들은 종종 스스로에게 자학적 자세를 취한다. 이때 등장하는 자기

비하와 자기멸시는 표면적 제스처일 뿐이다. 멜랑콜리커들은 자존감의 극심한 감소로 자학에 가까운 자기멸시를 보여주지만 이는 위악적 포즈에 가깝다. 그들은 세계의 부당성과 부정한 현실에 확실한 판단을 내리고 있지만, 그에 대해 적극적으로 대응하지 못하는 자신을 징벌함으로써 역설적으로 자기 영혼의 순결성을 보증하려고 한다. 1930년대의 멜랑콜리커들은 자기비하와 자기멸시를 통해 존재의 정당성을 확보한다. 이들의 멜랑콜리는 개인이 시대에 대항하는 개별 감정인 동시에, '민족'이라는 집단정체성을 유지시키데 핵심적인 역할을 하는 집단 감정이다.

하지만 이들 멜랑콜리커가 보여주는 우울이 정당한 것이라 하더라도 현실에서 구보는 지극히 무능한 존재일 뿐이다. 그는 아무 것도 하지 않는다. 구보가 하는 일이라곤 그저 거리를 아무 의미나 목적 없이 헤매고 다니는 일뿐이다. 그는 "한낮의 거리"로 나와 우두커니 다리 옆에 서 있다가 "무의미함"을 깨닫고, "아무렇게나 내어놓았던 바른 발이 공교롭게도 왼편으로 쏠렸기 때문에" 그쪽 방향에 있는 종로 네거리로 걸어간다. 또 "저도 모를 사이"에 화신상회(백화점) 안으로 들어갔다 나와서는 "발 가는 대로" 계속 걷다가, 전차가 오니 사람들을 따라 올라 타고, 내리지도 못하고 그저 차창으로 바깥구경을 한다. 장곡천정(지금의 소공동)에 내려서는 시계가 없어 시간도 모르는 채로 다방에 들어간다. 구보는 어슬렁거리면서 돌아다닐 뿐 아무것도 하지 않는다. 주변 거리를 헤매고 마주치는 사람들을 관찰하나 구보 자신은 그들처럼 될 수 없다. 그는 아무것도 하지 않는 무능한 구경꾼일 뿐이다. 그러나 여기서 무능이란 어떤 능력의 결핍을 뜻하는 말이 아니다. 그것은 기존의 방식에 무능할 수 있는 능력, '자발적 무능'을 선택한 자만이 가질 수 있는 새로운 능력이다. 명랑한 금광꾼들, 시대에 야합한 문인들의 활기에 동참하지 않고, 무능할 수 있는 자가 구보인 것이다. 이 무능을 통해 구보는 시대의 명랑성이 무엇인지 재조명한다. 마치 보들레르가 '만보(漫步)'를 통해 권태와 우울을 이기는 동시에 권태와 우울이 만들어내는 세계를 인식하듯이 말이다.

나아가 구보는 무능한 자신의 하루 궤적을 글쓰기를 통해 꼼꼼하게 기록한다. 애초에 산책은 소설이 쓰여지지 않는다는 구실로 시작되었지만, 산책 자체가 소설이 됨으로써 생산적인 과정으로 승화한 것이다. 따라서 시간성도 공간성도 의미를 띠지 못하는 구보의 산책은 진정성을 상실한 시대를 전형적으로 드러내주는 징표다. 구보의 산책은 권태와 우울을 이기기 위한 수단인 동시에 권태와 우울을 야기하는 세계를 인식하는 작업이자, 반성적 자기의식을 확보하는 역사적 멜랑콜리커의 생존방식이다. 이런 의미에서 구보는 '고귀한 멜랑콜리아' 즉 "멜랑콜리를 창조적 재능으로 전환시키는 자"(리처드 커니, 309)의 모습을 보여준다.

3. 4·19세대의 우울과 멜랑콜리커들의 연대

해방 이후 한국사회에서 본격적인 근대 자본주의가 출현하면서 멜랑콜리는 식민지 시대보다 한층 뚜렷하게 나타난다. 특히 1960년대는 멜랑콜리가 세대적 감성으로 드러난 대표적인 사례라고 할 수 있다. 이 시기는 4·19로 대표되는 시민의식의 분출과 5·16 군사쿠데타로 인한 정치적 좌절이 길항하고 있던 시기다. 동시에 제1차 경제개발 5개년 계획으로 시작된 위로부터의 자본주의 근대화가 한국사회를 변모시켜 나가던 시기이기도 하다. 이후 급격하게 진행된 근대화와 도시화의 영향력이 사회의 전 영역으로 파급되는 한편, 급격한 산업화에서 비롯된 유동적이고 불안정한 삶의 질서, 자본주의적 모순의 심화, 본격적인 시장 소비문화의 정착 등이 본격화된 시기였다. 이에 따라 이른바 '4·19세대'라 불리는 1960년대 젊은이들은 승리하면서도 실패한 세대, 즉 새로운 시민사회를 창조해냈으면서도 그것이 군사 쿠데타에 의해 짓눌리는 이중성을 경험해야했던 세대이다. 이 이중성을 독특하게 드러내는 감정구조가 바로 1960년대의 멜랑콜리다.

1960년대의 멜랑콜리를 전형적으로 보여주는 작가가 김승옥이다. 심광현에 따르자면, 김승옥에게 '우울'은 세계를 경험하고 지각하고 공통된 것과 구획된 것을 동시에 보여주는 감성이다. 즉 세계를 느끼고 지각하는 정치성의 근저에 존재하는 것이 '우울'이다. 그래서 김승옥에게 '우울'은 표면을 떠도는 분위기 / 무드 / 징후로 존재하지만, 그것은 표피적인 것이 아니라 근본적인 것이다.

우선 김승옥에게 1960년대는 개인의 삶을 좌절과 무기력으로 몰아넣는 보이지 않는 어떤 힘이 뭉뚱그려진 불투명한 전체로 그려진다. 근대는 정체를 드러내지 않고 개인의 삶을 뒤덮어버리는 불안하고 불투명한 실체로 지각된다. "사람들의 힘으로써는" "헤쳐 버릴 수 없는" 안개와도 같은 것이다(「무진기행」, 1964). 시원을 헤아릴 수 없는 불안, 인간을 무기력으로 몰아넣는 불투명한 실체가 김승옥의 시대다. 또 한 치 앞도 볼 수 없는 무기력으로 몰아넣는 안개는 1960년대라는 시대를 이미지화한 것이고, 그 안개 앞에 선 자의 불안과 무기력과 우울은 60년대의 대표적인 감정이다.

이런 가운데 "자기세계"가 있다고 말하는 사람은 겉으로는 번듯한 "성곽"을 가진 것처럼 보이나 실제로는 '곰팡이와 거미줄이 쉴 새없이 자라나는 지하실'을 차지한 위장자(「생명연습」, 1962)이거나, 자기세계를 만들어 내기 위해 온갖 불안과 우울, 초조, 긴장을 견디며 안간힘을 쓰는 자(「생명연습」)일 따름이다. 이와 같은 '자기'에 대한 강박적인 집착은 역설적으로 '자기'가 해체될지 모른다는 불안에 대한 과잉방어이다. 따라서 이때 세워진 '자기'는 불안과 위기를 은폐하면서 회피하는, 조작된 '자기'이다. 이 "자기세계는 불안을 생산하고 동시에 억압하면서 존재하는 세계다. 문제는 그 조작된 '자기' 혹은 '자기세계'를 만들어내는 원천 역시 모종의 불안이라는 점이다"(김영찬, 255). 따라서 우울하고 무기력한 인물이거나, 자기세계에 굳건히 뿌리내린 인물이거나 간에 그들은 모두 불안에 시달리고 있다. 그래서 김승옥 소설 속 대부분의 인물들은 좌절하고 회의하거나 방황하는, 그리고 그런 자신을 응시하는 우울한 멜랑콜리커들이다.

「60년대식」(1968)의 '도인'은 답답함을 견딜 수 없다면서 자살을 감행하고자 한다. 그가 느끼는 답답함은 개별자로서의 고유성을 확신할 수 없기 때문이며, 스스로를 왜소하고 비루하다고 인식하기 때문이다. 하지만 자살이라는 극단적인 선택에 비해, 막상 작품 속에서 그러한 지경까지 갈 만한 절박함이나 긴장감을 찾기는 어렵다. '도인'은 시종일관 담담하며, 다소 느슨하고 무기력해보일 정도이다. 자살을 앞두고 주변신상을 정리할 때도 마찬가지다. 신문사에 유서를 투고하고, 직장에 사직서를 제출하고, 자기 짐을 정리하면서 '도인'은 모아둔 책을 어떻게 처분할까를 고민한다. 하지만 이미 세상은 완전히 변해있다. 그의 책보다 동거녀 주리의 포르노 사진집(일본에서 사온 『원색 춘화집』)에 더 비싼 값이 매겨지는 속물적 세상이다. 이런 속물적 현실에서 '도인'은 정신적 무능을 느끼고 "답답"하다는 감정적 표현을 끊임없이 토로한다. '도인'은 주위사람들에게 남길 유서를 쓰고, 그 유서를 신문에 투고해서 자신의 죽음을 세상에 알리려 한다. 왜냐하면 그가 자살하는 이유로 꼽는 "답답함"이란 그 혼자만의 것이 아니라 시대의 것이며, 그는 "이 시대가 답답하여 견딜 수 없는 모든 사람을 대신하여" 내가 죽는 것이라고 생각하기 때문이다. 결국 '도인'의 답답함은 1960년대 우울자들의 연대감을 드러내주는 징표인 셈이다.

1960년대 초반에서 중반까지 공적 담론장의 중심을 차지했던 세대론과 지식인론은 4·19를 주도한 집단의 강렬한 세대의식과 자부심, 나아가 지식인의 역할과 임무를 담론화하는 방식이었다(송은영, 212~214). 이는 공감과 정서적 환기력을 이끌어내는 자기 연민의 정서를 낳았고, 멜랑콜리를 감정적 주조로 삼고 있었다. 특히 김승옥이 그려낸 청년 군상들의 모습은 당대에 깊은 공감을 얻어냈고, 「무진기행」의 대중적 인기는 "광란적 흥분"에 비유될 정도였다(염무웅, 182). 이들 청년들은 대부분 스물다섯 살 안팎의 나이지만 "너무 늙어버린 것" 같지 않느냐는 자조 섞인 질문을 "한숨 같은 음성"으로 말하는 자들이다(「서울 1964년 겨울」, 1965). 그도 아니면 친구들끼리 어두운 방에서 '우울한 날엔 ~을 해라'는 어구를 반복적으로 되풀이하는 시를 끄적이고, "그래도 우울한 날엔……" "그 다음엔 '죽어라'인가?"라는 자학적인 문답을 주고받으며 소일한다(「환상수첩」, 1962).

이들에게 "정열"이라곤 없다. 주변 인물 또한 그들에게 정열이 없다고 비판한다. '도인'의 주변인물인 '화학기사'는 '도인'에게 정열이 없다고 비판한다. '화학기사'는 불우한 환경을 극복하고 "기술"을 습득해서 "존경받을 권리가 있는 기사"가 되었으며 "그의 기술을 고도로 성장시킬 수 있는 외국유학"을 갈 예정이다. 이에 비해 도인은 그 스스로도 "자기에게 가장 필요한 것이 정열이라는 것"을 깨달았지만 그 정열을 현실화시킬 수 없다. 그는 이미 '정열'을 지나간 시대의 것이라고 생각하기 때문이다. 그래서 '도인'은 답답했고, 자살로 이 세계를 벗어나고자 했다.

한편 자살도 할 수 없는 멜랑콜리커들은 자학 / 가학이라는 방식을 택한다. 앞서 언급했던 것처럼 30년대 멜랑콜리커에게서 등장했던 위악과 자학은 60년대에 이르면 주체의 심층적인 내면에 자리잡는다. 이들의 자기멸시와 자기비하는 이전 세대에 비해 훨씬 더 파괴적이다. 이들의 자학에는 자기애적인 요소가 없고, 주체와 세계의 경계선이 소멸되고, 자기를 파괴하는 불안과 우울의 징후를 보여준다. 이들은 종종 여성인물에게 가학적 태도를 드러내는데, 이런 가학성은 타자에 대한 자신의 욕망을 불가능하게 만들어 버린다. 이런 가학적 제스처는 가면을 쓰고서라도 상징질서를 받아들일 수밖에 없으며, 또 그것이 자기보존의 길이라는 것을 스스로에게 확인하는 행위다(김영찬, 252).

자학이든 가학이든 1960년대의 멜랑콜리커는 멜랑콜리를 세대론적 문제로 공유하고, 동시대를 살고 있다는 연대감을 창출해낸다는 점에서 특징적이다. 그러나 30년대의 청년들처럼 이들의 멜랑콜리가 존재론적 전략이라는 실존적 차원에 있지는 않다. 종종 김승옥에게 가해지는 사회의식의 결여라는 비판은 60년대의 멜랑콜리커들의 폐쇄성을 지적하는 것이라 할 수 있다. 하지만 다른 각도에서 보면 그 폐쇄성은 상실을 겪어내는 이들의 내면적 진정성을 드러내는 증거로 평가할 수 있다.

4. 잉여로 남은 멜랑콜리, 무력한 멜랑콜리커

2000년대 '젊은' 문학의 주체는 대체로 자기 자신의 현실적·정신적 무력함을 일종의 운명으로 내면화하는 데서부터 출발한다. 이들에게는 기댈 수 있는 관념적 거점도, 현실과 부딪치는 모험적 열정도, 자기 파괴적 항의도, 세계를 냉소할 여력도, 또 이를 떠받칠 자아에 대한 신념도 없다. 그들은 후기 자본주의의 풍요와 활기 뒤에 감추어진 불안과 폐쇄성으로 말미암아 빈곤하고 왜소하고 무기력한 주체로 전락했기 때문이다(김영찬, 72~75). 실상 이들에게 '주체'라는 말을 붙일 수 있는지조차 의심스럽다. 김동규는 희망이 부재하는 시대라는 현대의 특징 속에서 시대정신의 분열과 이에 따른 정신분열적 멜랑콜리를 지적한다(김동규, 312). 그런데 이런 정신분열적 멜랑콜리도 엄밀하게 말하면 주체이다. 그러나 분열증적이든 아니든 간에 주체에서 밀려난 자들, 소위 그림자 삶을 살아야하는 자들의 멜랑콜리는 흔적으로서만 존재한다.

이들의 멜랑콜리는 '세계가 나를 우울하게 만든다'가 아니라 '내가 우울하기 때문에 세계도 우울하다'는 느낌이다. 그것은 자기 존재를 증명할 멜랑콜리도, 뭔가를 창조해내는 고귀한 멜랑콜리도 되지 못하는 비천한 멜랑콜리이다. 그렇다고 타인에게서 우울의 연대감을 확인할 수도 없다. 제각각 파편화된 상태에서 자신들에게 육화된 멜랑콜리, 현격하게 약화되어 잉여처럼 남겨진 감정만 확인할 뿐이다. 그러나 이런 감정적 특성은 개인이 주관적으로 느끼는 것일 뿐 개인을 둘러싼 환경은 누가 보아도 객관적으로 비극적이고 우울하다. 『퀴즈쇼』에서 2000년대의 특징이라 할 만한 몇몇 장면들을 추려 보자.

소설 속 주인공인 '민수'는 편의점 아르바이트생이다. 그는 근무시간 내내 CCTV의 감시 속에 있다. 그에게 허락되는 것은 유통기한이 지난 김밥이나 샌드위치 정도지만 그마저 공짜 음식을 노리는 영악한 소년들에게 가로채이고, 취객을 가장한 사기꾼들에게 심심찮게 돈을 갈취 당한다. 그럼에도 '민수'는 누구에게나 상냥한 목소리로 '포인트 적립카드나 할인카드가 있으십니까? / 네, 결제되었습니다. 이용해주셔서 감사합니다. / 안녕히 가세요' 등등의 고정 멘트를 손님들이 듣거나 말거나 꼬박꼬박 외치는 감정노동을 수행해야 한다. 그가 알바를 마치고 돌아오는 곳은 고시원이다. 그가 거주하는, 옆방에서 물 삼키는 소리까지 들리는 작은 방은 관 속인 양 비좁기 짝이 없다. 고시원 사람들은 그 비좁은 공간에서 밥과 국 대신 삶은 고구마를 퍽퍽하게 삼킨다. 어쩌다 영양보충을 한답시고 옥상에 쭈그리고 앉아 삼겹살을 구워먹는 장면은 차라리 비참할 지경이다.

그러나 이런 참담한 상황에서도 '민수'는 우울을 느끼지 않는다. 아니 감정 자체를 못 느낀다. 그는 인식할 여유나 이성의 작동이 사라져버린 상황에 놓여 있기 때문이다. 따라서 앞선 세대의 작가들이 보여주었던 지독한 상실감이나 비관, 환멸과 냉소는 사라진 지 오래다. 심지어 존재

근원의 상실과 혼란도 '민수'에게는 별 영향력이 없다.

'민수'의 가족사를 살펴보면, 아버지는 어떤 사람인지 생사여부도 모르고, 어머니로 알았던 '최여사'는 실제로는 외할머니인지 이모인지 분명하지 않다. 그런데도 이런 상황은 전혀 비극적이지 않은 것으로 서술된다. 오히려 또래친구의 엄마들은 "분냄새 나는 어린 여자"였고, 늙은 외할머니는 "그 여자들에겐 없는 부드럽고 세련된 위엄"을 가진 존재로 묘사된다. 젊은 엄마들은 "너무 철이 없는데다 어딘가 어설픈 구석"이 엿보이는, "엄마 역할로 고용된 얼치기 배우" 같았고, 머리가 허옇게 센 외할머니는 "머리가 검은 다른 여자들보다 훨씬 젊어 보였다". 물론 외할머니가 엄마를 대체하고 있는 이런 상황이 좋다고 서술되는 것도 아니다. 이 상황은 비극적이지 않을 뿐더러 낙관적이지도 않다. 그저 그렇다고 무덤덤하게 서술될 뿐이다. 감정이 사라진 이런 상황이 『퀴즈쇼』의 전반적 분위기이다.

'민수' 주변의 여자들도 모두 감정부재 상태를 보여준다. '최여사'와 함께 살던 시절에 사귄 여자친구 '빛나'는 감정을 시시때때로 연기(演技)할 뿐 자기감정이라는 것을 보여준 적이 없다. 고시원에서 만났던 옆방 여자 '수희'는 어정쩡한 소극적인 태도 속에 감정을 감추고 사는데 익숙하다. 수희는 자살이라는 극단적 선택을 내리지만, 그녀의 자살 이유는 작품 그 어디에도 구체적으로 등장하지 않는다. 비좁은 고시원 방에서 목을 매달 공간이 없어 방문 고리에 끈을 묶었다는, 믿기 어려운 참담한 사실도 전혀 충격적이지 않게 건조하게 서술된다. '민수'와 가장 깊은 관계에 있었던 '지원' 또한 '벽 속의 요정'이라는 인터넷상의 이름처럼 좀처럼 자신을 드러내지 않는다. 그녀는 '민수'에게 더없이 다정하며, 그를 긍정하고 지지하는 모습을 보여주지만 자세히 들여다보면 "겉은 부드럽지만 어떤 지점에 이르면 더는 날이 들어가질 않는다. 진짜 감정은 딱딱하게 응결된 채 부드러운 과육 아래에 숨겨져 있다(김영하, 14~15).

『퀴즈쇼』에서 거의 유일하게 감정을 적극적으로 활용하는 인물은 '최여사'의 친구이자, 평소 그녀에게 많은 돈을 빌려주었던 '곰보빵 할아버지'다. 그는 '최여사'의 빚 대신 '민수'가 살고 있던 집을 합법적으로 취득한다. 그는 '민수'를 '인생실패자'로 규정하고, 인생실패자의 특징은 "감성이 없어. 느낄 줄을 모른다는 거야"라고 주장한다. 또 '민수'에게 "감각이 마비"되어 있다고 꾸짖으면서 '분노'의 중요성을 역설한다. '곰보빵 할아버지'는 분노는 신성한 것이고, 폭력에 맞서 싸우려는 숭고한 정신이라고 말한다. 그리고 분노할 줄 모르는 '민수'는 '공정한 척하는, 일종의 '정신적 허영'을 부린다고 비웃는다. 하지만 '민수'의 입장에서 이런 상황은 좀 다르게 해석될 여지가 있다. 그것은 근대적 의미에서 '분노'가 사라진, 그래서 멜랑콜리의 의미가 현격히 약화된, 비속한 멜랑콜리커인 '민수'의 자연스러운 반응일 뿐이다.

'민수'는 "계속 대꾸를 해봐야 성질만 날 것 같았다. 아, 지긋지긋해"라는 짜증만을 거의 유일한 감정으로 드러낸다. '분노'가 적절한 대상에 대한 정당한 감정이라면 '짜증'은 균형감각, 정당성, 정확성을 결여하고 있는 부정적 감정이다. 아리스토텔레스는 짜증을 분노의 결핍이 아니라 과잉으로 분류함으로써, 짜증이 무엇인가에 대한 화를 은닉하고 있다고 지적한다. 또 피셔는 부적절한 대상에 대한 반복적 짜증을 분노가 과잉되거나 결핍된 징후로 봄으로써 '짜증'의 이중성에 주목하고 있다(Philip Fisher, 175). 무엇보다도 '짜증'은 분노를 허용 받지 못한 사회적 약자의 감정적 특질이다. 또 그것은 멜랑콜리의 저항성과 불화 가능성이 속물화되고 피상화되어 감정적 깊이가 사라진 존재의 특성이다. 자기 안에 내면이 있어야 세계와 불협화음을 일으킬 수 있다. 그러나 표층과 심층의 구분이 사라지고 내면이 사라진 시대에는 감정을 느낄 수 있는 능력 역시 사라진다.

이는 프로이트가 지적한 '감정지출의 경제학'과는 다르다. 감정지출의 경제는 특정한 상황에서 필연적으로 나올 법한 정서적 표현을 절약하는 것이다(프로이트a, 11). 하지만 '민수' 세대의 반응은 오히려 감정의 불가능성, 즉 감정이 무력화된 상태에 가깝다. 이들의 고통은 무겁지 않은 사소한 것으로 바뀌고, 슬픔과 고통은 간접화된다. 작가는 시종일관 이런 인물들에게서 거리를 유지하고 있는 듯 보이지만, 그렇다고 유머러스하게 새로운 감정을 창출하거나 냉소로 우월한 위치를 확보하는 것도 아니다. 감정을 드러낼 수 없는 상태에서 담담한 서술을 유지할 뿐이다. 그래서 감정지출의 경제학에서 도출할 수 있는, 현실의 냉혹함을 견디는 자기긍정의 제스처가 '민수'에게는 불가능하다. 민수 세대에게 '감정노동'은 있지만 '감정'은 없다. 이들에겐 '쿨'한 가면 뒤에 감정을 질식시켜버린 '관리화된 마음(managed heart)'만이 남아있을 뿐이다. '관리화된 마음'은 혹실드(Hochscild)가 인간의 감정이 상품화되는 경향을 가리키기 위해 사용한 용어이다. 메스트로비치 역시 지금의 시대를 '포스트 감정시대'라고 명명하면서, 감정적 혼란을 방지하고, 감정을 통제하고 조절하는 특징이 있다고 설명한다(Simon J. Williams, *Modernity and the Emotions*, pp.143~147 참조).

이렇게 약화된 '우울'과 감정의 부재는 후기 근대적 상황에서 비롯된 것이다. 이런 상황의 특징은 『퀴즈쇼』의 배경이 되고 있는 '퀴즈방'이나 작품의 주요 모티브인 '퀴즈'의 의미 속에서 분명하게 드러난다. '민수'가 퀴즈풀이를 하던 '퀴즈방'은 인터넷에서 발견한 곳이지만, 가상과 실제가 혼재된 지점에 위치하고 있다. 인터넷이라는 설정도 그러하지만, 이후 TV방송국 퀴즈프로그램이라는 설정은 가상과 실제의 혼재를 명확하게 드러내준다. 사람들이 퀴즈를 푸는 곳은 녹화장이라는 현실공간이지만, 그것이 유통되는 곳은 TV방송이라는 가상공간이기 때문이다.

퀴즈는 과거가 현재의 질문으로 의미화되는 지점이며 "지식검색의 시대", "위키피디아의 시대", "대중이 지식인인 시대"라는 표현처럼 연령과 계층에 상관없이 누구나 참여할 수 있는 평등한 것으로 주어진다. 하지만 퀴즈의 지식은 현실에서 별로 유용하지 않다. 퀴즈에서는 그 내용이나 의미를 얼마만큼 깊이 이해하는가보다는 아는지 모르는지 확인하는 것만이 중요하다. 더구나 평등함을 표제로 내건 '퀴즈쇼'는 끊임없이 이어지는 퀴즈배틀이라는 무시무시한 경쟁이 일어나는 공간이다. 퀴즈배틀에서는 감정의 직접적 분출이 일어나고, 권력투쟁 같은 상황이 펼쳐진다. 하지만 여기서 열정은 퀴즈배틀 과정 속에서만 유효하며, 타자에 대한 관심과 연대는 풀이의 정오(正誤)와 관련되어서만 가능하다. 퀴즈문제로 주어지는 질문 외에 다른 질문은 금지되어 있다. 유형화된 질문만이 통용가능하다.

그렇다면 '퀴즈방' 혹은 '퀴즈쇼'를 떠난 현실에서는 제대로 된 질문이 가능할까. 무의미하든 유의미하든 질문을 던지는 일은 이미 가능하지 않다. 질문을 받을 대상이 사라졌기 때문이다. 그저 혼잣말이나 다름없는 '되묻기'나 되풀이할 뿐이다. 이때 '되묻기'는 '힘없는 어린 남자'의 '사보타주'란 표현을 쓰긴 했지만 애초부터 응답을 기대하지 않은 자족적인 행위에 지나지 않는다. 수동적인 저항자로 평가받는, 멜빌의 소설 속 주인공 '바틀비'는 소극적인 부정문이긴 하나 끊임없이 고용자를 향해 말을 내뱉었다. 이에 비해 '민수'는 너무나 무력하다. 그는 세상에서 살아가기 위해서는 "무슨 말을 들어도 다시 되묻지 않아야" 한다는 사실을 알고 있다. 게다가 "어떤 질문은 충분히 생각할 시간이 주어지지 않을 수" 있다는 것, "달리 말하자면, 충분히 생각할 시간을 주지 않는 퀴즈도 있다"는 것을 그는 잘 알고 있다. 더욱이 그는 "얼마 지나지 않아 인생의 거의 모든 질문이 그렇다는 것을"(김영하, 70) 깨닫는다.

> 숲길 주변을 호위하던 숲과 안개를 벗어나 나는 개활지로 향하고 있었다. 뒤를 돌아보니, 안개는 마치 진격명령을 기다리는 기병대처럼 일렬횡대로 늘어서서 나를 노려보고 있었다. 개가 목에 걸린 닭뼈를 토해내듯 안개가 나를 토해낸 것 같았다. 누가 저 안개를 대기 중의 수증기가 응결되어 이루어진 작은 물방울의 집합이라 할 수 있을까? 저것은 그대로 하나의 장벽이었다. (김영하, 417)

1960년대 김승옥에게 '우울'이 세계를 "둘러싸고 있는 것"이며, "여귀가 뿜어내는 입김"과 같은 안개였다면, 2000년대 김영하에게 '우울'은 "장벽" 같은 안개다. 1960년대의 '안개'는 이질적이고 낯선 것이자, 정체를 드러내지 않으면서도 개인을 압도한다. 그것은 나와 내 주위를 휘감고 있으며 주체와 세계의 경계를 무화시켜버리는 비가시적인 것의 총체다. 안개가 언제 어디서부터 시작되었는지 모른다. 나는 부지불식간에 안개에 휩싸인다. 그래서 귀신에게 홀린 것 같은 섬뜩한 그런 두려움만

이 내 속에서 스멀스멀 피어오를 뿐이다.

　2000년대의 김영하에게도 '안개'는 여전히 주체가 정체를 파악하기 어려운 것이다. 그러나 2000년대의 '안개'는 내가 그 속에 들어가 있을 때에는 그것이 안개임을 느끼지 못하고('퀴즈쇼'가 벌어지는 장소와 '회사'에서는 안개가 등장하지 않는다) 그곳을 벗어나자마자 나와는 분명히 구별되는 것으로 등장한다. 그 안개는 "진격명령을 기다리는 기병대"처럼 내게 적개심을 드러내는 배타적인 것이고, 토해진 닭뼈처럼 두 번 다시 삼켜질 수 없다. 그것은 도무지 대기 중에 있는 것이라고 믿어지지 않을 견고한 "장벽"이다. 너무나도 견고하고 분명한 장벽이지만 사람들은 일상에서 그 존재감을 느끼지 못하고 살아간다. 하지만 아주 가끔씩 감지되는 "얇고 가벼운 우울"은 혹시 내가 그 존재감을 모른 "체"하고 살아가는 건 아닌지 의심하게끔 한다. 우울은 "상한 우유처럼 냄새를 풍기며 몸 어딘가에 들러붙어"(김영하, 300) 있는 것, 즉 분명치는 않지만 끊임없이 "냄새"를 피우며 자신의 존재를 감지하게끔 만드는 어떤 것이다. 어쩌면 이것이야말로 2000년대의 멜랑콜리커가 그 비속함에도 불구하고 완전한 속물의 구렁텅이로 빠져버리지 않을 가능성이 아닐까.

　비속한 주체의 심연에 남은 잉여로서의 멜랑콜리는 그 끈질긴 존재양태로 인해 미약하나마 새로운 가능성을 만들어낼 수 있다. 소설 후반부에 일상적인 삶으로 복귀한 듯한 '민수'는 '퀴즈배틀을 위해 살아가는 회사사람들의 모습', '고시원 옆방녀 수희의 음성', '난데없는 새가 날아다니는 환청'이 불쑥불쑥 튀어나오는 "악몽"에 시달린다. 그것은 "언제나 나를 내려다보고 있을, 작고 사소한, 그러나 집요한 악몽이었다"(김영하, 438). 이 집요한 악몽은 문자 그대로 "작고 사소"하지만 계속해서 민수를 따라 붙는다. 민수가 겪는 악몽은 나와 다른 외부자, 몰락해버린 타자의 존재를 환기시키고, 일상의 견고한 침묵을 깨트리며, 통제되지 않는 감정의 존재를 일깨워준다. 즉 지금의 현실이 기계화된 감정과 유사감정적 반응으로 이루어진 신오웰적 세계(메스트로비치)라는 비관적 전망에도 불구하고, 인간에게 통제되지 않는 감정은 여전히 남아 있다. 감정도 육체만큼 완강한 것이기 때문에 없앤다고 깡그리 사라지는 것은 아니다 (Simon J. Williams). 주체에게 잉여로 남아있는 감정의 흔적, 그 생생한 모습이 2000년대의 멜랑콜리다.

5. 우리 시대 멜랑콜리의 행방─얼지마! 죽지마! 부활할 거야!

1930년대에서부터 2000년대에 걸쳐 등장한 한국문학의 멜랑콜리커들은 자기 시대와 대결하는 이질적인 존재 구성의 가능성을 보여준다. 그들이 느끼는 우울은 사회에서 침묵으로 존재하는 자, 발언이 금지당한 자의 목소리를 대신 발화하는 것이며, 자신의 이질적 발화가 상대자의 목소리로 인정받기 위해 고투하는 것이다.

필립 피셔(Philip Fisher)는 『격정 The Vehement Passions』에서 문학 텍스트가 독자의 감정을 끌어내는 두 가지 방식에 대해 논의하고 있다. 하나는 다른 사람이 느끼는 것에 대해 내가 느끼는 '공감'이고, 또 다른 하나는 '자발적 정념(volunteered passion)'이다. 후자의 경우 텍스트는 독자가 참여하는

'공백'을 포함하고 있는데, 독자의 자발적 정념은 이 공백을 메우는 기능을 한다. 박태원과 김승옥의 텍스트에서는 독자의 자발적 정념을 통해 멜랑콜리의 의미를 찾아볼 수 있다. 그러나 또 한편으로 이들의 멜랑콜리가 대내외적으로 정당하고 명분이 뚜렷하다 할지라도, 작품 속 멜랑콜리커가 보여주는 태도에는 세계와 분명한 경계선을 긋고 자기 내면으로 침잠해버리는 폐쇄성도 존재한다.

이에 비해 2000년대 멜랑콜리의 특성을 보여주는 김영하의 소설은 독자가 공감하거나 자발적인 정념으로 반응하지 못하도록 의미를 굴절시키고 있다. 독자는 텍스트에서 감정적 관계를 찾기 힘들고 그 때문에 감정에서 빗겨난다. 피셔가 냉담한 텍스트와 독자의 관계라 부르는 상황이 만들어지는 것이다. 독자가 주인공에게 공감하는 것도, 주인공을 대신해 자진해서 감정을 느끼는 것도 모두 거부된다. 그러나 김영하 소설에서도 멜랑콜리는 여전히 세계와 불화하는 징표임에 틀림없다. 비록 그것이 약화된 우울이나 초조와 짜증으로 변질된 감정이라 할지라도 김영하 소설에서 멜랑콜리는 주체에게 낯선 힘을 발휘하는 '집요한 악몽'과 같은 것이다.

이 글의 처음에서 언급했던 것처럼 멜랑콜리는 상실의 불행이 불러일으키는 슬픔의 정서다. 멜랑콜리가 일반적인 의미에서 능력의 약화나 무가치함을 지니고 있는 것은 분명하다. 하지만 이런 부정적 측면에도 불구하고 멜랑콜리는 지금 여기의 세계에 결코 무감각하게 적응하지 않으며, 강요된 화해를 수락하기를 거부하는 '부정의 자의식'(김영찬, 272)을 지니고 있다. 바우만이 '액체 근대'라 명명했던 것처럼 후기 근대 사회는 고정된 의미를 찾기 힘든 이동성과 무일관성을 그 특징으로 하고 있다

(지그문트 바우만, 8~25). 액체 근대란 모든 단단한 것들을 녹여버리는 긍정적 힘이기도 하지만, 사회관계의 복잡한 그물망마저 느슨하게 만들어버려 개인들을 '벌거벗기는' 부정적 힘이기도 하다. 액체 근대가 행사하는 이런 부정적 힘 때문에 개인을 집단적 기획이나 행동과 연결시켜주던 유대관계들은 사라져 버렸다. 그 결과 우리 시대는 개인화되고 사적으로 변한 근대, 유형을 짜야 하는 부담과 실패의 책임을 개인의 어깨에 지우는 시대가 되었다(바우만, 16). 상호결속의 종말, 해방이 가져다 준 역설적 무능이 우리 시대 주체가 견뎌야 하는 무게다. 이 무게를 견디는 개인이 바로 우리가 김영하 소설에서 발견하는 우울하고 무력하고 감정이 휘발된 '민수'이다.

1930년대 이래 한국문학의 멜랑콜리커들은 기존의 감성지도를 새롭게 분할하고 재편해왔다. 이들은 자기 시대의 문제를 이전과는 완전히 다른 지평에서 질문해왔다. 물론 이들이 그 질문에 해답을 내놓은 것도 아니고 시대의 돌파구를 연 것도 아니다. 어쩌면 시대의 무게에 짓눌린 신음소리가 이들의 멜랑콜리였다고 폄하할 수도 있다. 그리고 시대의 무게는 형태만 바뀌었을 뿐 여전히 우리 삶을 짓누르고 있고, 이런 의미에서 멜랑콜리의 역사는 차이 없는 반복에 지나지 않는다고 말할 수도 있다. 하지만 멜랑콜리커는 이유 없이 엄습하는 힘겨운 고통 앞에서 새로운 질문을 던져왔다. 그리고 그들은 세계에 고통은 존재하며 그 고통을 마주보는 주체의 힘 역시 존재한다는 사실을 보여준다. 이것이야말로 우리가 계속해서 멜랑콜리에 주목하고 그것을 인정해야 할 이유다.

제2부

후기 근대와 감정

: 공포와 불안, 시기, 수치, 편집증, 무감, 애도

공감의 한계와 부정적 감정

허먼 멜빌의 「필경사 바틀비」

이명호

1. 관리사회의 도덕적 곤경과 부정적 감정

허먼 멜빌(Herman Melville)이 「필경사 바틀비─월가 이야기(Bartleby, the Scrivener : A Story of Wall Street)」(1853)를 발표한 것은 그가 당대 감상주의 문학에 비판적 개입을 시도한 『피에르Pierre; or The Ambiguities』(1852)를 출판한 이듬해다. 심혈을 기울여 쓴 『모비딕Moby-Dick』(1851)이 독자들로부터 외면당하자 멜빌은 당시 여성독자들 사이에서 인기를 끌고 있던 가정적 연애소설 양식을 택함으로써 대중적 성공을 시도한다. 『피에르』는 적어도 작품 중반 주인공 피에르가 독자들이 외면하는 독창적 작품을 쓰는 전업작가로 등장하기 전까지는 멜로드라마적 가정소설의 요소를 두루 갖추고 있다. 아버지의 숨겨진 이복 여동생의 등장, 여동생을 구출하기 위한 오빠로서의 의무와 그녀를 향한 근친상간적 욕망이 착종되어 있는 위장 결혼, 파혼, 어머니의 재산 상속권 박탈과 뉴욕 행으로 이어지는 전반부 이야기는 '가정의 숨겨진 비밀과 근친상간적 사랑'이라는 감상적 가정소설의 공식을 그대로 따르고 있다. 하지만 이런 특성은 곧 비판적 전복의 대상이 된다. 19세기 중반 미국 문학시장의 지배적 양식이었던 감상적 연애소설에서 가정은 경제적 이해관계만이 합리적 가치로 여겨지는 시장질서에 맞서 "바르게 느끼는(to feel right)" 도덕 감성(moral sentiment)이 형성되는 공간이자 근대 개인의 내면적 자율성이 실험되는 공간으로 설정된다.[1] "내면에 집을 갖고 있지 않은 어떤 존재도 진실하지 않다"는 리디아 마리아 차일드의 발언은 근대 개인의 도덕적 내면성과 가정 사이에 존재하는 연관성을 선언한 대표적 진술이다. 여기서 가정은 단순히 물리적 장소가 아니라 주체의 내면적 진실이 연마되고 표현되는 진정성의 공간으로 확장된다. 미국사회에서 가정적 정체성이 집밖으로 이동했을 때 그것은 상품과 물신적 관계만을 맺도록 강요하는 시장주의와 그 제도적 산물인 노예제도에 일정한 변화를 가져오기도 했다. 주류 문학사에서 체제 순응적 존재로 낙인찍혀 왔던 가정여성들은 그들 나름으로 체제와 치열한 전투를 치러내고 있었던 것이다. 하지만 『피에르』에서 멜빌

---

1 "바르게 느낀다(to feel right)"는 구절은 해리엇 비처 스토우가 『엉클 톰의 오두막집』의 에필로그에서 쓴 표현이다. 비처는 개개인이 "바르게 느끼는 것"이 노예제와 같은 사회적 문제를 해결하는 출발점이며 자신이 소설을 쓴 목적이라고 말한다(385). 자신의 감정에 충실하며 바른 느낌을 갖는 개인을 형성하는 것이 넓은 의미에서 근대사회에서 가정여성이 기여한 공로다. 19세기 중반 미국문화에서 가정성과 감상성을 둘러싼 논쟁을 살핀 영미학계의 연구는 단순 소개를 넘어 설 만큼 질적, 양적으로 축적되어있다. 더글라스 / 톰킨스 논쟁으로 알려진 감상주의 문학을 둘러싼 유명한 논쟁을 보려면, Ann Douglass, *The Feminization of American Culture*(1977); Jane Tomkins, *The Sensational Design*(1985)를 참조할 것. 1990년대 이후 미국학계에서 이루어진 이들의 논쟁에 대한 수정주의적 재해석은 Laura Wexler(1992), Elizabeth Barns(1997), Amy Kaplan(1998), Laura Romero(1997)의 글을 참조할 것. 영미학계의 논의를 해리엇 비처 스토우의 『엉클 톰의 오두막집』과 관련하여 비판적으로 점검한 국내의 글로는 필자의 「감성적 개인주의와 가정의 정치학─해리엇 비처 스토우의 『엉클 톰의 오두막집』을 중심으로」가 있다.

은 가정과 감상성에 대한 이런 해석에 정면으로 도전한다. 피에르가 어머니 글렌디닝 부인의 감상적·모성적 권력에서 벗어나 독립적 글쓰기 주체로 자신을 정립하는 작품의 후반부는 탈감상·탈가정·탈시장 기획을 통해 '문학적 개인주의'를 성취하려는 남성작가의 내면 투쟁기를 기록한 것이다.

피에르의 작가적 실패는 가정을 벗어난 시장에서 바로 그 시장질서에 맞서 독립적인 근대 예술가로 살아가는 일의 지난함을 보여주는 사회적 증상이다. 가정을 시장과 대립되는 도덕 감성의 수련 공간으로 설정하여 자본주의적 시장권력과 맞서고자 했던 감상소설 작가들과 달리, 멜빌은 가정이 이 싸움의 무대가 되기에는 이미 타락한 공간이며 사회통합의 기제로 제시된 '공감' 역시 '정서적 폭력'이라는 어두운 측면을 내장하고 있음을 드러낸다.[2] 엘리자베스 반스, 에이미 카플란 같은 연구자들이 밝혀냈듯이, 19세기 중반 미국사회에서 가정여성들이 시도한 감상주의적 문화기획은 본인들의 의도와 달리 가족적 동질성 속으로 이질적 차이들을 통합하는 '상상적 국가 만들기' 프로젝트에서 크게 벗어나지 못했을 뿐 아니라 종종 인디언이나 흑인처럼 백인 중심적 국가질서에 포섭되지 않은 인종적 타자들을 교화하는 제국주의적 규율권력으로 작용하기도 했다. 그렇다면 점점 비대해지는 시장과 국가의 자장에서 벗어날 길은 어디서 찾을 수 있는가? 감상소설 작가들이 국가와 시장질서에 맞설 교두보로 삼고자했던 가정마저 국가화 프로젝트나 제국주의적 규율권

---

2 19세기 중반 미국사회에서 백인 중산층 여성 소설가와 개혁가들이 가정소설과 교육개혁을 통해 시도한 감정교육이 흑인과 인디언을 비롯한 인종적 타자들을 길들이는 연성 폭력의 기제임을 신랄하게 고발한 글로는 Laura Wexler의 "Tender Violence : Literary Eavesdropping, Domestic Fiction, and Educational Reform"을 볼 것.

력에 편입되어 버린 상황에서 단독자 예술가 남성주체가 이 질문에 대해 즉답을 내놓기에는 국가와 시장의 힘이 지나치게 거대할 뿐 아니라 남성 예술가 내면의 갈등 역시 쉽게 해결할 수 있는 간단한 문제가 아니었다. 사실 예술가의 사회적 소외와 내면의 불안이 결합된 복합적인 국면을 드 러낸 것이야말로 20세기 초 모더니스트 예술가의 모습을 선취하는 듯 보 이는 이 작품의 성취라 할 수 있다. 피에르가 내·외부의 위협에 맞서 경 험하는 '불안'은 근대 남성 예술가의 도덕적·미학적 곤경을 드러내는 감정적 응축물이다. 그것은 도덕적 공감을 넘어서는 윤리적 길을 제시 하지도 못하고 감상소설을 극복하는 '철학적 글쓰기'의 가능성을 구체화 하지도 못한 채 '부정적 느낌(negative feeling)'으로 남아있다.[3] 작품의 부제 처럼 피에르가 경험하는 불안은 미학적·윤리적·정치적 출구를 찾지 못하고 '모호성(ambiguities)' 그 자체로 존재한다.

1853년 『퍼트남*Putnam*』 11·12월호에 분재된 「필경사 바틀비」는 『피에 르』에 대해 독자와 비평가 양쪽 모두로부터 냉담한 반응을 받은 후 1년 만에 발표된 작품으로 여러 면에서 『피에르』의 후속편이라 할 만하다. 이 작품은 우선 『피에르』의 후반부의 배경을 이루고 있는 산업화된 자본 주의적 뉴욕을 그 배경으로 하고 있다. 그러나 「필경사 바틀비」의 직접 적 배경인 뉴욕의 월스트리트는 『피에르』의 뉴욕보다 훨씬 더 삭막하고 비인간적인 분위기에 지배되고 있다. 자본주의화된 도시에서 무미건조

---

3 부정적 감정은 시안 응가이(Sianne Ngai)에게서 빌려온 용어이다. 『추한 감정*Ugly Feelings*』이 란 제목의 책에서 응가이는 초조, 불안, 시기, 혐오, 편집증, 권태 등 후기 자본주의 사회에서 흔히 만날 수 있는 느낌들을 부정적 감정으로 정의하며, 다양한 문화텍스트 분석을 통해 각각 의 감정들에 대한 해석을 시도한다. 부정적 감정 일반에 대한 그의 정의를 현대 감정론의 맥락 에서 살펴보려면 특히 이 책의 서론을 참조할 것.

하고 단조로운 일상과 기계적 노동이 반복되는 삶은 이야기의 직접적인 배경인 화자의 법률사무소의 사면을 둘러싸고 있는 '벽'을 통해 환기된다. 어떤 감정도 드러내지 않은 채 부동의 자세로 벽 속에 갇혀 문서를 필경하고 있는 바틀비는 난파를 기다리며 항해를 계속해나가는 배처럼 글쓰기에 매달렸던 피에르를 닮았지만, 새로운 문학을 생산하기 위해 창조적 불안을 겪고 있는 피에르에 비해 훨씬 더 희미하고 미약한 인물이다. 이미 "대서양 한 가운데 떠있는 난파선의 잔해"(117)처럼 버려진 바틀비의 감정 상태는 피에르보다 훨씬 더 참담하게 소외되어 있다. 그에게는 난파를 예견하면서도 항해를 계속해나가는 능동적 의지와 동력이 결여되어 있는 것 같아 보인다.

자신을 위협하는 대상에 맞서 싸우거나 매혹하는 대상을 얻기 위해 적극적으로 투신하는 것이 아니라 원하지 않는 일을 하지 않으려는 감정이 바틀비를 지배하고 있다. "~을 향한" 감정보다는 "~로부터 벗어나려는" 감정이 바틀비의 주된 내면의 정조를 이루고 있다. 나는 이 감정을 우울(melancholy)과 혐오(disgust)가 복합적으로 결합된 감정이라고 본다. 혐오감은 더럽고 추하고 하기 싫은 것을 피하는 감정이다. 욕망이 원하는 것을 향해 끌리는 것이라면 혐오는 원하지 않는 것으로부터 벗어나려는 감정이다. 우울 역시 사랑대상을 상실한 후 심적 에너지가 외부에서 내부로 옮겨와 더 이상 밖으로 나가지 않고 안에 갇혀 있는 감정상태이다. 우울의 경우 사랑과 미움의 양가감정의 형태로 나타나는 외부대상에 대한 애착이 주체의 내부로 들어와 '자아와 초자아'의 싸움(초자아에 의한 자아의 학대)으로 전개된다. 그런 점에서 우울은 외부세계에 대한 애착을 완전히 중단하거나 철회한 것이라기보다는 외부가 내부로 들어와 내부의 싸움으로 이전된 것이다. 혐오는 외부대상을 회피하는 감정인데, 회피의 움직임은 상반되는 방향으로 나타난다. 혐오감은 더럽고 추하고 오염된 것으로부터 벗어나려는 '수동적' 제스처를 취할 수 있지만 보다 적극적으로 이런 대상을 배제하거나 파괴하려는 '공격적' 제스처를 취할 수도 있다. 인종적 타자나 여성에 대한 혐오발화에서 종종 나타나듯이 혐오는 특정 집단이 자신들의 취약성과 동물성에 대한 거부감을 외부로 투사하여 다른 집단을 사회적으로 배제하는 감정적 무기로 사용되기도 했다. 내가 바틀비의 내면정조를 우울과 혐오가 결합된 복합감정으로 해석하는 것은 그의 "모호한" 감정이 우울과 혐오가 공유하는 외부세계로부터의 '철회'의 방향을 취하면서도, 그것이 외부에 대한 적대적 배제(혐오감정에서 일부 나타나듯)나 내부갈등(우울감정을 구성하는 한 측면)의 형태를 띠지 않고 능동적 수동성의 성격을 띠고 있는 점을 드러내기 위해서다. 수동적인 그의 감정 상태는 외부세계로부터 자신을 분리시키는 후퇴와 철회의 형태로 나타나지 외부세계를 적대화하거나 내부 싸움의 형태를 띠지 않는다. 어느 한 감정으로만 쉽게 분류되지 않는 그의 "불가해한" 정조와 행동양태에 가장 근접한 감정양상을 찾자면 혐오와 우울이 복합적으로 결합된 감정을 생각해볼 수 있다.

특이한 것은 외부세계로부터 물러나는 수동적 제스처에도 불구하고 바틀비는 결코 자신의 뜻을 굽히지 않는다는 점이다. 이 '능동적 수동성'을 어떻게 이해해야 할 것인가? 바틀비가 자신에게 할당된 사회적 노동이나 역할을 하지 않는 방식으로 취하는 이 '수동적 자세'는 급진적인가 패배적인가? 어떤 활동도 거부하는 그의 부동의 자세는 자본의 순환에 맞서는 저항의 표시인가, 아니면 정치적 행동으로 표출되지 못하는 우울증의 증상인가? 바틀비에 대한 다양한 해석에도 불구하고 비평가들이 공유하는 한 가지 사실은 그가 자신을 "참을 수 없는(intolerable)" 존재로 만들고 있다는 것이다. 그 모든 수동성에도 불구하고 바틀비는 자신을 견딜 수 없는 존재로 만들고 있다. 사회적 공동체를 유지시키는 수용가능한 감정적 범위를 초과하는 대상에 대해 사회는 어떤 반응을 보이는가? 바틀비에 대해 변호사가 보이는 다양한 정서적 반응들은 윤리적으로 정당화될 수 있는가? 바틀비를 사회적 경계에서 쫓아내 쓰레기로 처분한 뒤 죽음으로 몰고 가는 '월스트리트'란 곳에서 정서적 결속과 연대는 가능한가?

19세기 중반 출판된 짧은 이야기 속 인물이 보여주는 감정적 반응과 그에 대한 사회의 대응양식에 대해 우리가 던지는 이런 질문들은 사실 아도르노가 "관리사회(administered society)"라 부르는 후기 자본주의사회에서 현대인이 경험하는 감정적 딜레마를 예시하고 있다. 바틀비가 보이는, 우울과 결합된 혐오감은 정치적 행동이나 도덕적 행위로 쉽게 전환되지 않는다. 그것은 19세기 중반 성적·인종적·계급적으로 분열된 미국사회를 하나로 통합시켜줄 정서적 기제로 제시된 '동정'과 '공감'처럼, 주체가 사회적 타자에게 감정적 동일시를 보이는 도덕적 감정도 아니며, 아리스토텔레스가 『시학』에서 분석한 '공포'처럼 거대한 운명적 힘에 맞서 카타르시스를 경험하는 비극적 감정도 아니다. 혐오와 우울이 결합된 바틀비의 감정에는 사회적 타자와의 정서적 동일시나 세계의 비극적 해체 뒤 경험하는 주체적 힘이 결여되어 있다. 또 그것은 '질투'나 '분노'처럼 거대한 체제에 대해 주체가 보이는 선망도 그에 맞서는 저항도 아니다. 오히려 그것은 정서적 동일시를 방해하고 거리를 유지하게 만들며, 적극적 저항을 무력화시키는 비카타르시스적 감정인 동시에 그 감정을 느끼는 주체 자신에 대해 비루하고 비열한 느낌을 갖게 만드는 부정적 정서다. 하지만 이런 소극적이고 부정적인 감정이야말로 자본이 거대한 리바이어던으로 군림하는 고도로 관리화된 후기 자본주의 사회에서 주체가 경험하는 감정의 실상에 근접하는 것일 수 있다.

불안, 시기, 초조, 편집증, 우울, 혐오 같은 부정적 정서들은 주체가 쉽게 인정할 수 있는 긍정적 성격을 띠고 있지 않으며 그 느낌의 성격을 명확하게 규정하기도 어렵다. 특히 이 글에서 주목하는 우울과 혐오가 결합된 복합감정은 다른 부정적 정서들에 비해 비교적 대상이 분명한 편이지만, 그 대상은 주체가 감정을 투여하기 보다는 철회하는 쪽에 가깝다. 이 복합감정이 움직이는 방향은 앞으로 나아가는 것이 아니라 뒤로 물러서는 것이다. 이 감정은 타인이 쉽게 공감하거나 동일시할 수 없으며 무엇보다 당사자가 자신의 느낌을 분명히 자각하기 쉽지 않다. 무엇에 대해, 왜 그런 느낌을 갖는지 말하기 힘든 이 모호성과 불투명성이야말로 '감정의 지도'에 발생한 혼란이며, '감정의 지도 그리기(affective mapping)'를 불가능에 빠뜨리는 요소다. 우리가 「필경사 바틀비」에서 경험하는 것이 바로 이 '감정의 비결정성'이다. 작중 화자도 말하듯이 그는 무엇보다 낯설고 기이한 존재다. 그는 해석의 그물망을 빠져나가는 '잉여(excess)'이자 '불가해성(the inscrutable)' 그 자체이다. 이런 점에서 바틀비가 살고 있는 물리적 시공간은 19세기 뉴욕이지만 그의 감정이 미치는 범위는 20세기를 넘어 21세기를 포괄한다. 햄릿이 영원한 신비를 품고 있는 영문학의 모나리자라면 바틀비는 미국문학의 모나리자다. 바틀비의 경우에는 얼굴 전체에 퍼지는 신비한 미소가 아니라 어떤 감정도 담겨있지 않는 듯한 무표정한 얼굴이 손쉬운 정서적 동일시나 단정적 해석을 허용치 않는 불가해성의 원천이다.

미적 자율성의 역사적 기원에 관한 아도르노의 분석이 보여주듯, 현대예술이 부르주아 혁명의 결과 획득한 사회로부터의 분리는 아이러니하게도 그 사회를 의미 있게 변화시킬 수 있는 능력을 상실해가고 있다는 자의식과 동시적으로 이루어져 왔다. 이 무능력이야말로 자율성을 획득한 현대 예술의 자기성찰적 대상이다(225). 하지만 현실에서 예술의 무능력과 잉여적 위상에 대한 '반성적 성찰'이야말로 다른 어떤 사회적 실천과도 다른 예술 나름의 고유한 방식으로 현실세계의 모순과 병리를 드러내는 길을 제시해왔다. 아도르노는 이런 방식을 통해 자율적 예술이 자신의 무능력을 통해 무력한 사회가 만들어 내는 부정적 감정들을 드러내는 역설적 기능을 수행할 수 있다고 주장한다. 예술은 교환가치와 사회적 효용성을 잃어버린 잉여적 쓰레기로서 사회의 주변부로 버려졌지만, 바로 그 잉여적 성격 덕분에 현대인간이 경험하는 부정적 감정들을 탐색할 수 있는 유리한 위치에 올라설 수 있다. 정치적 행동이나 도덕적 행위로 쉽게 연결되지 않는 사소하고 미약하고 부정적인 감정이야말로 '후기 근대'라 부를 수 있는 신자유주의적 자본주의 사회에서 개인들이 경험하는 일상적 느낌들이기 때문이다. 이 글은 바틀비라는 수동적이며 불가해한 한 인간의 감정 분석을 통해 후기 자본주의 사회의 인간이 처해있는 정치적·도덕적·미학적 딜레마를 이해하고, 새로운 정치윤리 공동체를 구성할 수 있는 감정적 유대를 어떻게 형성할 수 있는지 모색해보고자 한다.

2. 관리 감정의 윤리적 한계─변호사의 감정 경제

바틀비의 이야기는 아주 간단하다. 뉴욕 월가의 한 법률 사무소가 낸 필경사 구인 광고를 보고 "햄쑥하고 깔끔하고 애처로울 만큼 귀티가 나면서도 결코 고칠 수 없을 것 같은 외로운 모습"(103)으로 찾아온, 바틀비란 이름의 한 남자가 한동안 밤낮으로 열심히 필경 일을 하다가 화자인 사무소장의 지시에 "안 하는 것이 좋겠습니다"란 말을 되풀이 하고 급기야 모든 업무를 중단하고 시립교도소로 옮겨져 스스로 굶어죽는 것이 작품의 대략적인 줄거리이다. 스스로를 사회적 관계에서 떼어낸 후 결국 죽음을 맞는 이 비극적 과정을, 그것에 일조하고 있으면서도 그 사실을 명확히 인식하지 못하고 있는 화자의 복합적 시선으로 그려내고 있다는 데 이 작품의 아이러니가 있다. 그러므로 작품 속 인물들의 감정에 도달하기 위해서는 두 층위의 분석이 필요하다. 먼저 바틀비의 해독 불가능한 그 기묘한 감정 분석이 필요하다. 다음으로 바틀비에 대해 애초 우호적 감정을 가지고 있던 화자가 동정, 원한, 관용, 분노, 자비심을 번갈아 경험하다가 급기야 혐오감에 이르게 되는 감정의 변천사를 분석해야 한다.

뉴욕의 시립 교도소에서 죽음을 맞이하는 바틀비의 인생행로를 이해하기 위해서는 화자 자신이 말하는 것처럼 화자를 포함한 그의 고용인들, 그들의 업무와 사무실, 그리고 그들이 거주하고 있는 월스트리트라는 사회적 환경에 대한 이해가 필요하다. 화자는 변호사이지만 법정에서 변론을 맡아 피의자의 권익을 옹호함으로써 세상 사람들의 박수갈채를 받는 일 따위에는 관심이 없다. 그는 사람들의 시선으로부터 물러나 부자들의 계약서, 저당증서 혹은 부동산 권리증서를 다루는 "편안한 일"(97)을 더 좋아한다. 그의 인생모토는 "손쉬운 삶이 최상의 삶"(97)이라는 것이다. 화자는 네 명의 직원을 거느리고 있는 고용주로서 자본가 계급의 권익을 옹호하고 그들의 가치관을 대변하고 있다. 이런 점은 그가 당시 뉴욕 제일가는 부자였던 애스터씨로부터 "신중"하고 "질서정연"하다는 인정을 받고 마음 속 깊이 자부심을 느끼고 있다거나, 금괴 부딪치는 소리가 울리는 듯한 애스터씨의 이름을 반복해서 불러보기를 즐긴다는 고백을 통해 드러난다(97). 화자가 자본가 계급의 인정을 받을 수 있었던 것은 그들의 재산을 보존·증식시켜주고 월가의 사무직 노동자들을 적절히 관리할 수 있는 능력을 지녔기 때문이다.

이 관리능력에 필수적인 감정상태가 바로 신중함이다. 그는 "좀체 화를 내지 않으며, 부당한 일이나 터무니없는 일에 위험하게 분개하는 일은 더욱 드물다"(98). 분노를 적절히 다루어 위험을 최소화하고 무리 없이 업무를 추진하는 것, 이것이 그의 감정 경제를 지배하는 원리이다. 프로이트라면 이 원리에 '항상성(constancy)'이라는 이름을 붙여주었을 것이다. 불쾌한 자극을 최소화함으로써 일정하게 쾌락을 유지하는 신중함이야말로 자본주의 사회 속 관리자에게 필요한 능력이자 자질이다. 이 관리능력은 그가 세 명의 고용인을 다루는 데서 잘 드러난다. 터어키(Turkey)는 오전에는 온순하고 일을 잘 처리하지만 오후가 되면 신경질과 실수가 많아진다. "그에게는 기이하고, 뜨겁게 달아오르고, 혼란스럽고, 변덕스러운 무모함이 있다"(98). 태양이 자오선을 지나는 열두시 이후가 되면 그의 얼굴은 "기름가스가 붙은 석탄처럼"(98) 벌겋게 달아올라 초조해지고 무례해진다. 반면 소화불량기가 있는 니퍼즈(Nippers)는 오전 중에는 일을 잘 하지 못하고 오후가 되어야 침착해진다. 소화불량은 니퍼즈를 신경과민상태의 초조불안증에 빠뜨린다. 화자는 이들의 불안정한 감정상태를 적절히 파악하여 일감을 맡김으로써 효율성을 극대화한다. 사무실 내에서 화자는 다른 필경사들과 자신을 분리시키면서도 자신의 지시가 즉각 실행될 수 있도록 접이식 유리문을 사용한다. 접이식문은 분리를 통한 사적 공간의 확보와 언제든 곧바로 통제할 수 있는 효율성을 동시에 충족시키는 절묘한 방안이다. 화자가 터키와 니퍼즈, 진저 넛(Ginger Nut) 그리고 바틀비를 높이 평가하는 이유도 효용성과 연관되어 있다. 터키는 민첩하고 건실하며 단시간에 많은 분량의 일을 처리한다. 니퍼즈는 꼼꼼하고 재빠른 필경을 자랑하며 진저 넛은 화자의 지시에 기민하게 대응한다. 바틀비는 조용하면서도 기계적으로 서류를 끊임없이 소화해 낸다. 효율성의 원리에 크게 저촉되지 않는 한 고용인들이 보이는 감정적 불안정이나 기벽은 용인되거나 관리된다.

사무실의 필경사들이 자신에게 부여된 직분을 충실히 수행해나가는 와중에 바틀비가 업무를 거부하면서 사무실에 부정적 영향을 미치기 시작한다. 바틀비의 거부행위는 문서 확인 작업에서부터 시작하여 나중에는 사무실 내에서 이루어지는 일체의 행동으로까지 확대된다. 이러한 과정에서 바틀비는 애초에 유순하고 얌전해보였던 인물에서 사무실 내에 불쾌감을 불러일으키는 혐오 유발자로 바뀐다. 그는 화자의 법률 사무실을 원활하게 작동시키는 것이 아니라 오작동을 일으키는 이물질이자 낯선 침입자가 되는데, 그 과정을 다음 네 단계로 나누어 볼 수 있다.

첫 번째 단계에서 바틀비는 문서의 원본과 사본을 대조하고 확인하는 작업만 거부한다. "안 하는 게 좋겠습니다(I would preder not to)"라는 어떤 감정도 실리지 않은 듯한 그의 "조용하고, 부드럽고, 확고한"(104) 발언은 신중함을 자랑으로 여기는 화자를 경악시킨다. 바틀비의 반복된 발언은 서술자를 당혹시키고 심지어 "무장해제당한"(105) 것 같은 느낌을 불러일으킨다. 당장이라도 해고시키고 싶지만 바틀비의 행동에 악의나 무례함이 있지 않다는 것을 확인한 후 화자는 그가 아직 쓸모가 있다고 생각하며 참아주기로 한다. 이런 관용(tolerance)은 적은 비용으로 도덕적 만족을 얻을 수 있는 손쉬운 방법이다. 두 번째 단계에서 바틀비는 화자의 모든 질문과 제안에 "안 하는 게 좋겠습니다"란 대답으로 일관한다. 이 지점에서 바틀비는 화자가 더 이상 참을 수 없는, 사무실에서 완전히 제거되어야 할 혐오 인물로 낙인찍힌다. 바틀비가 화자에게 불러일으키는 심적 고통과 불쾌감은 화자가 바틀비를 해고하기로 결정한 후에도 계속된다. 화자는 바틀비에게 웃돈을 얹어 준 뒤 해고를 통보하지만 바틀비가 사무실을 떠났으리라는 그의 "추정(assumption)"은 빗나간다. 바쁘게 돌아가는 사무실에서 아무 일도 하지 않는 바틀비는 직원들 사이에 불화를 일으키고 고객들에게 화자의 명성을 손상시킨다. 결국 화자는 자신을 괴롭히는 바틀비를 피해 스스로 회사를 옮긴다. 세 번째 단계에서 바틀비는 화자가 머물던 사무실 주위를 맴돌며 건물주와 세입자들에게 두려움과 공포심을 불러일으킨다. 화자가 다른 건물로 사무실을 옮긴 후에도 바틀비는 "안 하는 게 좋겠습니다"라는 예의 그 말만 되풀이할 뿐 어떤 행동도 취하지 않는다. 건물주의 호소로 바틀비를 다시 만나게 된 화자는 필경 일 말고 다른 일을 해볼 것을 권하지만 바틀비의 대답은 단호하다. "이 자리에 그대로 있고 싶습니다. 하지만 저는 까다롭지 않습니다(I like to be stationary, But I am not particular)"라는 말로 화자를 견딜 수 없게 만든다. 마지막으로 바틀비는 부랑자로 몰려 시립 교도소에 수감된다. 화자는 바틀비 소식을 전해 듣고 그를 변호하기 위해 교도소를 찾아간다. 바틀비는 식사를 거부하고 교도소 벽만 쳐다보다가 죽는다. 그의 죽음 후 화자는 바틀비가 필경사가 되기 전 워싱턴에 있는 어느 우편물 취습소에서 배달 불능 편지를 처리하는 직원으로 일했다는 소문을 전해 듣는다.

시종일관 변치 않고 반복되는 거부로 인해 바틀비가 사무실에서 사무실 바깥으로, 사회의 바깥(교도소)으로, 그리고 마침내 삶의 바깥(죽음)으로 추방시키는 과정이 작품의 공간적 이동 궤도를 이루고 있다. 이런 공간 이동과 함께 바틀비에 대한 화자의 감정적 궤도도 그려진다. 애초에 화자는 바틀비의 유순하고 차분한 자세에 호의적 태도를 보인다. 처음 문서 대조작업을 거부하는 순간 화자는 경악(constellation)하지만 곧 너그러운 관용으로 이를 극복한다. 관용은 사회적으로 열등하지만 기본적으로 무해한 사람에게 보이는 정서적 반응이다. 관용은 정의상 타인이 주는 불편을 참아보려는 노력이지만 불편이 과도해지면 감당하지 못한다. 이런 점에서 관용은 불쾌를 유발하는 혐오감에 대한 신중한 억압이라 할 수 있다. 애초 화자에게 바틀비가 관용되었던 것은 그가 사무실의 질서를 심각하게 위협하지 않았기 때문이다. 하지만 단순히 서류 대조작업을 하지 않는 것만이 아니라 필경 일 자체를 거부하고 급기야 사무실의 모든 업무를 중단할 때 바틀비는 더 이상 무해한 존재가 아니다. 자신이 관리하는 사무실에서 고용주의 통제를 벗어나는 인물이 있다는 소문은 변호사로서 화자의 명성과 직업적 이익에 심각한 손해다. 결국 자신의 이익을 지키기 위해 화자는 바틀비를 해고한다.

해고 통보 이후에도 바틀비로부터 "저는 그만두지 않는 것이 좋겠습니다"는 예의 답변을 듣자 화자는 법적 근거를 들어 바틀비를 비난한다. "당신이 여기에 있을 권리가 무엇이냐? 월세를 내느냐? 세금을 내느냐? 이 재산이 당신 것이냐?"는 화자의 다그침은 법적 방식으로 바틀비와의 관계를 해결하려는 변호사 특유의 자세를 보여준다(120). 하지만 이 역시 바틀비에게 통하지 않자 화자는 순간 "신경질적 원한(nervous resentment)"에 사로잡혀 살인충동에 휩싸인다(120). 이 충동을 제어해 준 것은 "내가 너희에게 새로운 명령을 내리노리, 너희는 서로를 사랑하라"라는 성경 말씀이다(121). 하지만 이웃사랑을 명하는 이 기독교 윤리가 화자에게 수용되는 방식은 지극히 공리적이고 자기중심적이다. "깊이 생각하지 않더라도 자비심(charity)은 종종 아주 현명하고 분별력 있는 원리로 작용한다. 자비심은 그것을 지니고 있는 사람에겐 가장 큰 안전장치다"(121). 화자는 "자비심 때문에 극악무도한 살인을 저질렀다는 이야기를 들어본 적은 없기 때문"에 "더 좋은 동기를 거론하지 않더라도, 특히나 자존심이 강한 사람에게 자기 이익(self interest)은 자비와 박애로 이끈다"(121)고 결론짓는다. 화자에게 기독교적 덕목으로 추앙받는 자비와 박애가 봉사하는 것은 타자에 대한 사랑이 아니라 자기사랑과 자기이익이다. 화자는 바틀비를 '불쌍한 인간'으로 여겨 자비를 베품으로써 살인이라는 자신에게 닥칠 가장 큰 불이익을 피할 수 있다고 생각한다.

하지만 이런 자비심의 발동도 곧 한계에 봉착한다. 관용과 마찬가지로 자비심도 자기 이익에 반하는 상황에 봉착하면 유지될 수 없다. 바틀비가 영구거주권을 들어 사무실에 대한 권리를 요구할 경우 자신의 재산권에 닥칠 불이익에 생각이 미치자 화자는 극단의 방법을 강구한다. "그가 떠나지 않을 것이므로 내가 떠나야 했다"(123). 그는 스스로 사무실을 옮기기로 결정한 것이다. 화자가 자신의 공간에서 스스로를 추방시키는 이런 불편한 선택을 내리는 것은 혐오대상을 쫓는 것이 여의치 않을 경우 스스로 내쫓김을 당함으로써 자신의 경계를 유지하려는 시도이다.

　사실 어떤 대상을 혐오스럽게 만드는 것은 대상 그 자체의 고유한 성격에서 기인한다기보다 대상이 주체의 경계를 침범하기 때문이다. 혐오감의 근간을 이루고 있는 '더럽다'는 느낌은 주체의 경계가 무너질 때 보이는 정서적 반응이다. 침, 체액, 생리혈, 똥, 시체 등 여러 문화에 걸쳐 혐오감을 불러일으키는 공통적 대상들을 보면 육체의 내부와 외부를 가르는 구멍에서 흘러나오는 물체(침, 땀, 오줌, 생리혈, 똥)이거나 삶과 죽음의 경계에 있는 물체(시체)이다. 침이나 똥 같은 배설물들은 몸속에 있다가 밖으로 떨어져 나감으로써 외부가 되는 대상이고 시체는 삶이었다가 죽음으로 바뀌는 대상이다. 크리스테바가 '비체화(abjection)'라 부르는 공포와 혐오와 매혹이 결합된 독특한 감정은 경계에 혼선을 일으키는 비체(the abject)에 대해 주체가 보이는 정서적 반응이다. '깨끗함 / 더러움'은 경계를 무너뜨리는 대상에 대해 주체가 가동하는 상징적 표상이라 할 수 있다. 이를테면, 똥은 몸 안에 있을 때는 인간의 존재조건이지만 일단 밖으로 배설되면 불결한 것, 오염된 것을 상징한다. 피고름으로 엉겨 붙은 상처, 땀이나 썩은 물체에서 풍기는 달콤하고 자극적인 냄새가 곧바로 죽음을 의미하지는 않는다. 그러나 이러 고름과 오물과 배설물은 주체가 힘겹게 죽음을 떠받치고 생명을 유지해나가도록 하는 육체적 조건이다. 배설물은 주체의 몸이 삶의 경계를 넘어 죽은 몸이 될 때까지 지속적으로 생산되며, 생산되는 즉시 밖으로 배출된다(박주영, 82~3). 시체가 오물 중에서 가장 혐오스러운 대상이 되는 것이 이 때문이다. 크리스테바에 따르면 시체는 "더 이상 내가 쫓아내는 것이 아니라 (그로부터) 쫓겨나는 것은 나"이다. "시체는 우리가 떠나보내는 것이 아니라 그로부터 우리가 거부된 것", "그로부터 우리 자신을 보호할 수 없는 것이다"(3~4). 그러나 시체애호증이라는 병리적 증상이 말해주듯, 이런 혐오감 안에는 강렬한 매혹이 존재한다. 주체는 자신의 삶을 유지하기 위해 시체를 '더러운 존재'로 만들어 밀어내지만, 삶의 근간으로서 죽음에 강렬한 매혹을 느낀다. 스스로 사무실에서 쫓겨남으로써 바틀비로부터 자신을 방어하려는 화자의 시도는 시체가 인간에게 불러일으키는 매혹과 혐오의 이중운동을 닮아 있다. 이제 쫓겨나는 것은 바틀비가 아니라 화자 자신이다. 시체처럼 부동의 바틀비가 화자를 움직인다. 화자는 자신이 유지해왔던 법률사무소라는 자본주의적 관리체제를 유지하기 위해 이 체제에 혼란을 일으키는 '내부 속의 외부', '삶 속의 죽음'이라 할 수 있는 바틀비에게서 밀려난다. 그러면서도 쉽게 바틀비를 버리지 못하고 정서적 끈을 유지한다. 화자는 자기 속으로 고요히 침잠해 들어가는 바틀비의 모습이 그 어떤 공격적 저항보다 더 강력하게 자신을 흔들고 있음을 마음속 깊이 느끼고 있기 때문이다.

하지만 화자가 바틀비를 떠난다고 문제가 해결되는 것은 아니다. 화자가 사무실을 떠난 후에도 사무실 주변을 배회하던 바틀비는 건물주와 세입자들로부터 '부랑자(vagrant)'로 몰려 교도소에 수감된다. 어떤 이동도 거부하고 부동의 자세를 취했던 인물이 떠도는 부랑자로 몰려 감금당하는 역설적 상황에 처하게 된 것이다. 바틀비를 알고자 하는 온갖 노력에도 불구하고 바틀비는 화자에게 해독불능의 애매모호한 존재로 남아 있다. 그러나 화자가 바틀비에 대해 말할 수 있는 한 가지 확실한 사실은

"그가 언제나 그곳에 있었다는 점이다"(110). 바틀비는 정적인(stationary) 사람이었다. 19세기 당시 미국사회에서 부랑자는 범법자는 아니었지만 사회적 격리대상이었다. 이들은 사회의 순수성을 더럽히는 혐오 대상이 자 사회적 경계를 무너뜨리는 불법 침입자로 간주되었다. 이들을 격리 하는 교도소가 '무덤(the Tomb)'으로 불리는 것에는 아이러니한 진실이 있 다. 사회에서 제 자리를 얻지 못하고 이리저리 떠밀려 다니는 부랑자들 은 사회 속에 살고 있지만 산송장이나 다름없다. 무덤 속에 누워 있어야 할 그들이 좀비처럼 거리를 활보할 때 사회는 혼란에 빠진다. 그러므로 그들은 무덤으로 보내져야 한다.

이야기의 마지막 대목에서 화자는 바틀비가 과거 워싱턴 소재 우편물 취급소에서 배달 불능 편지(dead letter)를 처리하는 직원으로 근무한 적이 있다는 소문을 듣는다.

> 소문은 이렇다. 바틀비가 워싱턴의 배달 불능 우편물 취급소의 말단 직원 이었는데, 행정부의 물갈이로 갑자기 그 자리에서 쫓겨났다는 것이다. 이 소 문을 곰곰이 생각할 때면 나를 사로잡는 감정을 표현할 길이 없다. 배달 불능 편지라니! 죽은 사람과 같은 느낌이 들지 않는가? 천성적으로 혹은 불운 때문 에 창백한 무기력에 빠지기 쉬운 사람들을 생각해보라. 그런 사람들이 계속 해서 배달 불능 편지를 다루면서 그것들을 분류해서 태우는 것보다 그 절망 을 깊게 하는 데 더 잘 어울리는 일이 있을까?(130)

작가는 소문의 진위를 확인해주지 않고 모호한 채로 남겨두지만 우리 는 소문을 대하는 화자의 태도를 알 수는 있다. 월스트리트라는 곳에서 바틀비는 화자의 의미체계로 통합될 수 없는 죽은 문자였다. 화자의 눈에 바틀비가 워싱턴에서 배달불능 편지를 담당했던 전력은 월스트리트에서 일어날 그의 운명을 예견해주는 것으로 비친다. 뉴욕의 교도소처럼 워싱턴의 배달 불능 우편물 취급소는 사회의 경계 속으로 들어가지 못한 잉여들을 격리시키는 장소다. 목적지에서 벗어난 편지들은 사회의 순환체계를 거스르는 탈선물이다. 배달불능 우편물 취급소 직원들은 죽은 편지를 분류해 소각로에 던져 넣는다. "삶의 사자(使者)로 보내진 이 편지들이 결국 죽음으로 직행하게 되는 것이다"(130). 그러므로 화자가, '배달불능 편지'란 말에서 죽은 사람을 떠올리는 것은 우연이 아니다. 사회의 원활한 순환체계에서 벗어난 편지들은 사회 속에 살고 있지만 이미 죽은 사람들을 가리키는 은유다. 그들은 매년 대량으로 소각되는 배달불능 편지처럼 사회적 소각로에서 제거될 수밖에 없다. 그러나 배달불능의 사태가 발생한 것은 편지 때문이 아니라 배달 시스템의 문제이다. "천성"이나 "불운" 탓으로 돌리고 있지만 바틀비가 죽음으로 치달을 수밖에 없었던 것도 월스트리트로 명명되는 자본주의적 관리 시스템의 문제다. 하지만 화자는 시스템이 안고 있는 구조적 폭력을 문제 삼지 않은 채 천성이나 불운이라는 운명론적 어휘를 동원하여 시스템에서 벗어난 사람들의 배제를 당연한 것으로 받아들인다. 만일 그가 시스템을 문제 삼는다면 체제의 관리자로서 자신의 역할과 충돌하지 않을 수 없다는 것을 본능적으로 느끼고 있기 때문이다. 물론 그가 동료 인간으로서 연민의 감정을 발동하지 않는 것은 아니다. 어느 누구에게도 직접적 위해나 공격을 가하지 않으면서 자기 속으로 빠져 들어가는 바틀비의 "조용하고 부드럽고 확고한" 모습은 화자의 마음을 흔들고 애처로움을 불러일으킨다. 그러나 연민이 수긍과 체념을 넘어설 정도로 지속되지는 않는다. 사회가 효율적으로 운용되려면 배달불능의 편지처럼 죽음으로 직행하는 바틀비 같은 인간들은 불쌍하지만 어쩔 수 없다는 '관리화된 마음'이 화자의 내면을 지배하고 있다.

3. 수동적 철회의 감정으로서 혐오와 우울
─바틀비의 감정 경제

그렇다면 소각장에서 불타버린 배달불능 편지처럼 혐오 대상으로 몰려 죽음을 맞는 바틀비는 어떤 인물인가? 그는 화자의 해석처럼 연민을 불러일으키지만 사회를 유지하기 위해 소각시켜야 할 인물인가? 그의 기이한 행동을 추동하는 감정의 논리는 무엇인가? 사실 바틀비는 최근 들어 그리스 비극의 여주인공 안티고네와 함께 탈근대 이론가들이 자신의 이론적 정당성을 확인하기 위해 빈번하게 활용하는 리트머스 시험지가 되었다. '제국에 맞서는 노동 거부'(하트와 네그리), '사회적 상징질서에 뺄셈의 자세를 취하는 공격적 수동성'(지젝), '아버지의 권능에서 벗어난 형제공동체의 영웅이자 모든 형상을 능가하는 기원적 단독성'(들뢰즈), '순수하고 절대적인 잠재성의 형상'(아감벤) 등은 바틀비의 기묘한 행동을 설명하기 위해 동원된 유력한 철학 개념들이다. 이 각각의 개념들에 대해 상세한 주석을 다는 것이 이 글의 몫은 아니다.[4] 조금씩 다른 이론적 지향을 보이며 때로 상충되는 해석을 내리기도 하지만, 이 탈근대 사상가들의 바틀비 해석에서 이 글의 논지와 관련하여 한 가지 공통점을 추출할 수는 있다. 그것은 기존 질서에 갇히지 않는 '부정성(negativity)'이다. 여기서 말하는 부정성은 이미 정립된 기존 체제에 맞서 그 안티테제로 기능하는 '부정(negation)'과는 구분된다. 바틀비의 수동적 태도가 '능동 / 수동'의 이분법을 넘어서는 '능동적 수동성'으로 해석되는 것이나, 어떤 적극적 활동도 하지 않으면서 미래의 가능성을 약속하는 '잠재성'(아감벤이 '~할 잠재성' 뿐 아니라 '~하지 않을 잠재성'이라 부르는 것)으로 읽히는 것도 기존 질서에 갇히지 않는 이 부정성과 연관된다.

우리는 여기서 "저는 안 하는 것이 좋겠습니다"란 그의 트레이드마크가 된 발언의 의미를 다시 생각해볼 필요가 있다. 이 정형어구는 하기 싫은 일을 피하려는 소극적 자세와 자신이 좋아하는 일을 하려는 적극적 자세를 동시에 포함하고 있다. 그것은 뭔가를 하지 않는 것을 욕망하는 진술방식이다. "~안 하겠다"는 것은 타인의 요구로부터 자신을 빼내는 진술방식이다. 화자가 "왜 거부하느냐(why do you refuse?)"고 물었을 때 바틀비는 "안 하는 것이 좋겠다"고만 대답할 뿐 '거부'라는 표현을 쓰지 않는다(105). "안 하는 것"은 체제 안팎의 특정 위치에서 체제를 거부하는 것이 아니라 체제에서 물러남으로써 체제를 지속시키는 일체의 행위—체제에 저항함으로써 그 지속을 돕는 행위를 포함하여—를 하지 않는 것이다. 지젝은 바틀비의 행위를 자본주의 제국에 부정을 선포하는 행위로 읽어내는 하트와 네그리의 해석에 반대하면서 이 어구를 상징질서에

---

4   지면 관계상 이 글에서는 생략하지만 이 각각의 해석들에 대한 상세한 논의를 보려면 인용문헌에 제시된 해당 저자들의 글을 참조할 것.

대한 거부나 부정이 아닌 '폐제(foreclosure)'와 '공제(subtraction)'로 해석한다. 라캉 정신분석학에서 폐제는 정신병의 논리다. 정신병은 상징질서의 원리인 '거세'를 받아들인 후 '억압된 것의 복귀'를 (무의식적으로) 시도하는 신경증과 달리, 거세를 구조화하는 팔루스의 기표 자체가 주체의 심리공간에 들어서지 않는 것이다. 따라서 정신병자는 상징질서 '바깥'에서 자신의 주관적 환상과 관계한다.

> 그의 '그렇게 안 하는 것이 좋겠습니다'는 문자 그대로 받아들여져야 한다. 즉 그 말은 '그렇게 안 하는 것이 좋겠다'는 의미이지 "그렇게 하는 것을(혹은 하고자 하는 것을) 좋아하지 않는다"가 아니다. 그래서 우리는 부정판단과 무한 판단 사이의 칸트적 구분으로 돌아온다. 주인의 명령을 거부하면서 바틀비는 술어를 부정하는 것이 아니라 오히려 비술어를 긍정한다. 그는 '그것을 하는 것을 좋아하지 않는다'라고 말하는 것이 아니라, '그것을 안 하는 것이 좋겠다'(안하는 것을 원한다)고 말한다. 이것이 우리가 자기가 부정하는 것에 기생하는 저항 혹은 항의의 정치로부터 패권적 위치 및 그 부정 바깥에 새로운 공간을 여는 정치로 이행하는 방식이다.(Žižek, 381)

여기서 흥미로운 대목은 지젝이 "자신이 부정하는 것에 기생하는 저항 혹은 항의의 방식"과 "패권적 위치 및 그 부정 바깥에서 새로운 공간을 여는 정치"를 대비시키는 부분이다. 전자는 이른바 '적대적 부정과 공존'이라고 알려진 기존 진보정치의 운동 방식을 가리킨다. 지젝은 이 운동방식이 기존 체제를 넘어서는 "새로운 공간을 여는 정치"를 가로막아 왔다고 주장하며, 이제 급진적 변혁운동은 다른 운동방식을 구상해야 한다고 주장한다. 지젝이 바틀비에서 찾아낸 것이 바로 항의의 정치에서 벗어나 체제 자체로부터 물러남으로써 새로운 공간을 여는 해방정치의 가능성이다. 하지만 바틀비의 정치성을 해석하는 대목에서 지젝은 하트/네그리와 견해를 달리한다. 하트/네그리는, 바틀비의 물러남의 제스처가 기존 체제로부터 거리를 획득하는 시작일 뿐이며, 이 첫 단계에서 새로운 사회조직, 삶의 양식, 그리고 무엇보다 새로운 공동체를 건설하는 다음 단계로 나아가야 하는데, 바틀비에게 심각하게 결여되어 있는 것이 바로 이 두 번째 대안적 활동이라고 주장한다. 이들은 대안적 활동으로 이어지지 못하는 바틀비의 거부행위가 그의 육체적 죽음처럼 어떤 긍정적 결과도 낳지 못하는 "일종의 사회적 자살"로 귀결될 뿐이라고 한다(204). 지젝이 하트/네그리가 주장하는 대안적 활동 자체를 반대하는 것은 아니다. 다만 그는 바틀비의 자세가 새로운 대안질서를 형성하는, 두 번째 좀 더 '건설적인' 과제를 위한 예비단계가 아니라 전체 운동을 뒷받침하는 근본적 원리, 즉 "일종의 아르케(arche)"라고 주장한다. 지젝의 표현을 빌면, "바틀비의 물러남의 제스처와 새로운 질서 형성의 차이는 (…중략…) 시차(視差)의 차이다"(383). 지젝이 바틀비에게서 읽어내는 것은 '무'의 지점이다. 바틀비-시차는 "어떤 것(something)으로부터 아무것도 아닌 것(nothing, 무)으로의 이동이며 두 개의 어떤 것들 사이의 간극으로부터, 어떤 것을 아무것도 아닌 것으로부터, 즉 그 자리의 공백으로부터 분리시키는 간극으로의 이동이다"(383). 이런 해석에 따르면, 바틀비의 제스처는 하나의 상징적 위치에서 다른 상징적 위치로의 이동이 아니라 상징질서 자체에 내재하는 '공백' 혹은 '무'(아무것도 아닌 것)로 물러나는 것이다. 공백 혹은 '무'는 상징질서를 구축하는 중심이자 동시에 상징적 법이 온전히 상징질서를 지배할 수 없게 만드는 내부의 구멍 혹은 '사물(the Thing)'이다. 지젝에 따르면 혁명적 상황에서도 법과 그 외설적 보충 사이의 간극은 사라지지 않는다. 바틀비의 제스처는 "법에 대한 보충물의 자리에서 그 모든 외설적 초자아적 내용이 비워졌을 때 남는" '무'이자 공백이다. 지젝에게 바틀비는 극복해야 할 '사회적 자살'이 아니라 '사회적 삶의 공공적 규제', 다시 말해 사회질서 내부의 규제 장치들을 벗어나는 '존재론적 부정'을 가리키는 이름이다. 지젝에 따르면 대안적 혁명은 이 존재론적 부정에 구체적 형상을 부여하는 것이지 하트/네그리가 생각하듯 이 부정을 극복한 다음에 수행해야 하는 어떤 이차적 활동이 아니다. 이런 점에서 지젝의 해석은 바틀비의 형상을 "순수하고 절대적인 잠재성으로서의 무에 대한 가차 없는 옹호"로 읽어내는 아감벤의 해석과 공명한다.[5]

"안 하는 것이 좋겠습니다"로 표상되는 바틀비의 물러남의 제스처가 체제에 대한 "규정된 부정"이 아니라 체제 그 자체로부터 벗어나는 보다 근원적 부정행위라는 지젝의 주장은 옳다. 바틀비는 특정한 요구나 역할을 거부한다기보다(애초에는 그렇게 시작되었지만) 자기 생명을 포함한 일체의 활동, 주어진 세계 자체를 부정하는 쪽을 선택하기 때문이다. 이것

---

5 '성과사회', '피로사회'라는 새로운 개념을 발명함으로써 후기 근대 사회를 철학적으로 해명하려고 한 한병철은 바틀비가 신적 잠재력의 순수성을 체현하고 있다는 아감벤의 독해가 과장되었다고 주장한다. 한병철은 "멜빌이 묘사하는 사회는 아직 규율사회"이며 주인공 바틀비는 "후기 근대적 성과사회의 표징인 우울증의 증상"을 보여주지 않는 "복종적 주체"라고 주장한다(56~7). 한병철이 바틀비에게서 읽어낸 것은 규율사회의 이면으로서 "의욕상실"과 "탈진"이다. 아감벤의 독해가 과장된 감이 있다는 한병철의 지적은 필자도 수긍하는 바이지만, 그렇다고 한병철처럼 바틀비를 규율사회의 복종적 주체로 읽어내는 것 역시 작품의 실감과 부합하지 않는다. 사회가 유지되기 위해 필요한 업무나 역할만이 아니라 자기 생명을 포함한 세계 전체를 거부하는 바틀비의 도저한 부정행위는 복종적 행위에 수반되는 탈진과는 분명 다른 차원에 있기 때문이다.

이 '안 하는 것이 좋겠습니다'로 표상되는 그 특유의 부정행위를 급진적으로 만드는 이유이다. 부정행위가 꼭 적극적, 의지적으로만 나타나는 것은 아니다. 월가의 변호사인 나와 나의 사무실에서 일하는 인물들의 긍정적 활동이 지배하는 세계에서 바틀비는 생산적 활동도 저항적 활동도 하지 않는, 일종의 '영도(zero-degree)'의 존재이다. 그는 어떤 활동도 하지 않고 부동의 자세를 취한다. 아니 보다 정확히 말하자면, '하지 않는 것'이 그의 활동이다. 바틀비의 행동은 일종의 '소극적 부정'이라 할 수 있는데, 특이한 점은 이 소극성이 거의 맹목적 절대성을 띤다는 사실이다. 바틀비의 부정행위를 추동하는 힘은 결코 미약하지 않다. 그것은 누구도 막을 수 없을 정도로 완강하며 목숨을 내놓을 만큼 절대적이다.

바틀비의 문제적 발언의 나머지 반토막인 "좋겠습니다"를 지배하는 것은 '선호(preference)'의 논리이다. 지젝의 지적처럼 바틀비는 술어를 부정하는 것이 아니라 오히려 비술어를 긍정한다. 그는 '~하는 것'이 아니라 '~하지 않는 것'을 선호한다. 바틀비를 추동하는 힘이 그 자신의 '선호'이기 때문에 그는 타인의 추정에 종속되지 않는다. 화자는 바틀비를 해고한 뒤 바틀비가 사무실을 떠났을 것이라고 추정하지만 자신의 추정이 빗나갔음을 알게 된다.

> 바틀비가 떠났을 거라고 추정하는 것은 진짜 근사한 생각이었다. 하지만 결국 그 추정은 내 생각이었을 뿐 바틀비의 생각은 아니었다. 중요한 점은 그가 떠났을 거라고 내가 추정하느냐가 아니라 그가 그것을 선호하느냐이다. 그는 추정의 인간이라기보다는 선호의 인간이다. (140)

바틀비의 선호 논리는 화자의 추정의 논리를 넘어선다. 추정이라는 영어단어 'assumption'의 여러 뜻 가운데 하나는 '취하기' 혹은 '떠맡기(taking)'이다. 사람들은 사회가 자신에게 요구하는 역할과 위치와 임무를 '떠맡음으로써' 사회질서 속으로 편입된다. 앞서 지적했듯이 바틀비는 어떤 역할도 떠맡지 않고 어떤 사회적 위치도 취하지 않는다. 애초에 그는 필경사 구인광고를 보고 지원함으로써 필경사라는 사회적 역할을 스스로 선택했고 이 역할에 요구되는 필사 작업을 누구보다 성실히 수행했다. 그러나 이 역할 수행을 중단할 때 그는 역할 취하기와 추정의 논리에서 벗어난다. 애초 문서 대조작업을 하지 않는 것으로 출발한 바틀비의 부정적 선호행위가 자신의 사회적 위치가 요구하는 필경작업을 넘어 사무실의 모든 행위로, 심지어 삶을 지속하기 위해 요구되는 모든 활동으로까지 확대되는 것은 이 논리의 필연적 수순이다. 바틀비의 선호논리는 자본주의 질서 속에서 충족될 수 없다. 그것은 그 바깥을 향하고 있기 때문이다.

나는 체제가 요구하는 어떤 것도 하지 않겠다는 바틀비의 '부정적 선호'의 논리가 죽음충동에 의해 지배되는 혐오의 감정 경제에 기초해 있다고 생각한다. 혐오란 무엇보다 더럽고 추하고 하기 싫은 것을 피하는 정서이다. 그것은 매혹하는 대상을 얻기 위해 자신을 적극적으로 투자하는 긍정적 감정이 아니라 불쾌를 유발하는 대상으로부터 벗어나려는 부정적 감정이다. 앞서 지적했듯이 '욕망'이 원하는 것을 향해 끌리고 그것을 얻기 위해 심적 에너지를 투자하는 마음이라면 '혐오'는 원하지 않는 것을 피하고 리비도를 거둬들이는 감정이다. 혐오는 어떤 쾌락이나 만족도 주지 않는다. 칸트가 미적 취향에서 유일하게 배제하는 감정이 혐오인 이유는 혐오가 쾌락과 만족을 결여하고 있기 때문이다. 이런 점에서 혐오는 진정한 의미의 숭고이자 숭고보다 더 숭고한 감정이며, 칸트적 취향체계의 절대적 타자라고 할 수 있다. 혐오감은 미적 만족을 파괴할 뿐 아니라 미적 만족이 기대고 있는 '무사심성(disinterestedness)'을 파괴한다. 우리는 혐오감을 불러일으키는 대상으로부터 안전한 미적 거리를 유지할 수 없다. 참을 수 없는 욕지기와 구토가 심미적 관조에 요구되는 거리를 불가능하게 만들기 때문이다. 바틀비는 자신이 떠맡고 싶지 않고, 하고 싶지 않은 것을 요구하는 사회에 혐오감을 드러냄으로써 그 자신이 혐오대상이 된다. 그에게 사회는 참을 수 없는 혐오 대상일 뿐 아니라 그 자신 역시 사회가 용납할 수 없는 혐오 대상이다. 앞서 살펴본 대로 양자를 지배하는 논리가 상호배타적이기 때문이다. 그의 선호논리는 사회의 추정의 논리를 참을 수 없고 사회의 추정의 논리는 그의 선호논리를 참을 수 없다. 그가 사회에 대해 보이는 혐오감은 적절히 관리될 수 있는 수위를 넘어서서 죽음을 지향할 정도로 극단적이고 치명적이다. 그가 사회에서 추방되어 산송장처럼 무덤에 묻힐 수밖에 없는 이유가 이것이다.

작품의 마지막에 화자는 교도소에서 굶어 죽은 바틀비의 몸을 만진다.

> 나는 그에게 다가가 허리를 구부리고 그의 희미한 눈동자가 열려있는 것을 보았다. 눈을 뜨고 있지 않았다면 그는 마치 깊은 잠에 빠져있는 것 같았다. 내 안의 뭔가가 솟아올라 나는 그를 만졌다. 그의 손을 느끼는 순간, 가벼운 전율이 팔에서 치솟아 정강이를 가로질러 발 아래로 내려갔다. (129~30)

이미 죽음으로 건너간 바틀비의 몸을 만지면서 화자는 일순간 전율을 느낀다. 하지만 이 느낌은 바틀비에 대한 사랑이나 공감으로 이어지지 않는다. 마지막 순간까지 화자에게 바틀비는 "천성과 불운 때문에 창백한 무기력으로 떨어지기 쉬운 인간"(130)으로 정리될 뿐이다. 화자는 사회적 관용, 동료 인간에 대한 우정과 연민, 기독교의 자비심을 동원해서도 바틀비에 대한 혐오감을 누그러뜨릴 수 없었다. 사회적 통합을 유지시켜주는 이 모든 감정들이 바틀비에게 적용되는 데 실패했다. 사회의 상식적 도덕으로 판단할 때 결코 비난할 수 없는 화자 같이 온건한 인물이 바틀비를 구제하는 데 실패했다는 것은, 감정적 유대가 결코 쉽게 형성될 수 없다는 작가의 비관적 인식을 보여준다. 멜빌은 당시 감상주의 여성작가들이 낙관적으로 믿었듯 감상적 사랑이나 공감을 통해서는 성적·인종적·계급적·지역적 분열에 시달리는 미국사회를 통합할 감정적 유대감을 형성할 수 없다는 사실을 알고 있었던 것으로 보인다. 바틀비라는 인물은 감상적 공감의 논리로 통합해 들일 수 없는 불순한 침입자이자 사회가 유지되기 위해 버려야 하는 위험한 배설물이다. 작품의 마지막 문장에서 화자가 내뱉는 "오 바틀비여! 오 인간이여"라는 탄식이 사랑의 유대로 결속된 윤리 공동체로 이어지려면 주체가 공감할 수 없는 불순물을 공감하고 피하고 싶은 배설물을 사랑할 수 있어야 한다. 물론 이 불가능한 공감과 사랑이 실천될 때 우리는 이미 기존 체제를 벗어난 지점을 향한다.

실상 바틀비는 후기 자본주의사회의 전형적 특성을 지닌 인물이라고 하기에는 여러모로 근대적 속성을 많이 지니고 있는 것으로 보인다. 포스트 모던 인물의 특징으로 꼽는 '정신분열증'보다는 모더니즘 시기의

'소외'와 '우울'이 그의 내면정조를 이루고 있는 것 같다. 지젝이 바틀비의 행위를 추동하는 것으로 해석한 '존재론적 부정'이 체제 내부의 '공백'으로 물러나는 바틀비의 완강한 태도를 해명하는 논리로는 수긍할 수 있지만, 이 물러남이 진정 '창조적 활동'에 값하는 것인지는 의문이다. 물러남이 단순한 부정이 아니라 창조적 활동이 되려면 세계에 대한 진정한 관심에 기초한 자유의 계기를 포함하고 있어야 하는데, 바틀비에게 결여된 것이 바로 이 자유로움이기 때문이다. 김성호는 능동적 부정의 진정한 요체는 "이런저런 일을 하거나 하지 않음이 아니라, 나에 대한 세계의 요구와 기대로부터 본질적으로 자유로움, 자유롭게 세계와 관계함"(142)이라고 주장한다. 그는 주체가 세계와 맺는 이런 자유로운 관계를 프랑스 철학자 장 뤽 낭시를 참조하여 '무위'라 부른다. 무위는 "인간과 공동체에 어떤 목적(telos)을, 또 그에 따른 동일성을 부여하는 '일'이나 '과제'에 종속되지 않음을 의미한다"(142~43). 그것은 체제의 요구나 인정, 생산과 완성의 강박에서 벗어나 주체의 "존재론적 개방성"을 유지하고 있는 상태이다. 무위란 세계에 대한 "관심이 사라진 상태가 아니라 진정한 관심, 칸트식으로 말하면 사심없는 관심이 지배하는 상태이다"(148). 김성호의 독법에 따르면, "안 하는 것이 좋겠습니다"로 표상되는 부정적 선호의 태도에도 불구하고 바틀비에게 결여된 것이 바로 무위의 활동에 존재하는 존재론적 개방성과 자유로움, 그리고 세계에 대한 진정한 관심이다. 요약하자면 바틀비에게는 '활동의 부정'은 있지만 '무위의 활동'은 보이지 않는다는 것이다. 부정과 무위 사이에 존재하는 이 괴리가 김성호로 하여금 바틀비의 태도를 "대안적 행위모델로 삼을 수 없다"는 최종결론을 내리게 만든다. 그러나 김성호는 이런 부정적 판단을 내리면서도 "바틀비의 존재양식이 무위의 활동 위에 세워진 무위의 공동체가 도래해야 할 존재론적 필연성을 암시한다"(153)고 말함으로써 일정한 역사적 가능성을 열어놓는다. 하지만 이 가능성은 그저 "암시"로 남아있을 뿐 바틀비를 통해 실현되거나 예견되지 않는다.

실상 죽음으로 치닫는 바틀비의 극단적 모습은 주체가 세계와 자유롭게 교섭하는 존재론적 개방성을 지니고 있다기보다는 폐쇄적 고립과 소외에 가까운 것으로 느껴진다. 세계에서 물러나 자기 속으로, 그리고 마침내 죽음 속으로 들어가는 바틀비의 모습에서 개방성과 활력을 발견하기는 어렵고, 동료 인간에 대한 관심이나 수평적 상호교류도 찾기 힘들다. 무엇보다 바틀비에게는 실재의 심연으로 가라앉는 무력감이 존재할 뿐, 상징계의 공백에서 새로운 질서를 일궈낼 혁명적 '행위'—상징질서 내에서 일어나는 행동(action)이 아니라 상징질서 자체를 변혁하는 행위(Act)—가 발생하지 않는다. 바틀비는 새로운 세상에 대한 꿈과 기대, 그리고 그 주위에 박동치는 힘과 활력을 갖고 있지 않다. 말하자면, 바틀비에게서는 우리가 안티고네에게서 찾을 수 있는, 아테를 횡단하는 윤리적 '행위'가 일어나지 않는다. 라캉이 안티고네를 언급하며 말한 '아테(Ate)'란 주체의 가장 내밀한 심부에서 발견되는 경계이며, 그것에 접근하는 순간 우리는 상징계의 질서에 구멍을 낼 수 있다. 화자가 바틀비에게서 발견한 "대서양 한 가운데 떠있는 난파선의 잔해"나 "창백한 무기력" 등의 이미지는 화자의 주관적 시선에 굴절된 것이기 때문에 바틀비에 대한 온전한 묘사라고 하기에는 신뢰할 수가 없다. 하지만 작품에서 바틀비가 거주했던 월스트리트의 사무실이나 교도소가 모두 사면이 벽으로 둘러싸인 닫힌 공간이고, 그 속에서 바틀비가 동료인간들과 어떤 인간적 관심도 정서적 교류도 나누지 못한 채 혼자만의 세계로 빠져드는 것으로 그려지는 것은 바틀비의 부정적 선호행위가 세계로부터 단절된 고립의 산물일 것이라는 점을 암시한다. 바틀비는 경제적 효용과 자본의 축적에 기여하는 활동만이 지배하는 월스트리트에서 자신을 지키기 위해 '부정'의 자세를 취하지만, 그것은 그야말로 부정으로 남아있을 뿐 세계와 창조적으로 교섭할 계기를 만들어내지는 못한다. 이 창조적 활동의 부재가 바틀비를 어딘가 병적으로 보이게 만든다. 바틀비를 따라다니는 '애매성(ambiguity)', '불가해성(the inscrutable)' 등등은 세계로부터 리비도를 철수하되 가야할 방향과 지향점을 찾지 못하고 자기 안으로 고여 든 우울증적 심리상태를 기술하는 표현이다. 앞서 지적했듯이, 나는 혐오와 결합된 이 우울의 감정이 바틀비의 내면정조를 이루고 있다고 본다. 이 복합적 감정은 외부의 자극에 즉자적으로 반응함으로써 과잉 활성화되는 양상을 띠지 않고 무심한 상태를 유지하는 것 같아 보인다. 하지만 이 '무심(無心)'이 외부의 자극으로부터 진정 자유로운 '평정심'이나 내면의 활력으로 가득 찬 '항심(恒心)'으로 보이지는 않는다. 차라리 그것은 외부의 압도적인 힘으로부터 가까스로 자신을 방어하려는 자의 위축된 감정, 감정을 경험하는 당사자가 자신의 느낌을 신뢰하기 힘든 모호하고 불투명한 감정에 가깝다. 이런 불분명하고 위축된 감정은 세계를 변화시키는 행위로 이어지지 않으며, 정치적 주체화의 길을 제시해주지도 않는다. 하지만 이런 소극적이고 불투명하고 위축된 감정이야말로 자본이 거대한 리바이어던으로 군림하는 고도로 관리화된 후기 자본주의 사회에서 주체가 경험하는 감정의 실상에 가깝다.

바틀비의 독특함은 그가 난파선의 잔해처럼 월스트리트란 자본주의 사회의 한복판에 외로이 떠있는 미약한 존재이면서도 주위 사람들을 끊임없이 불편하게 만든다는 점이다. 이 불편한 이물감은 사회적으로 수용가능한 관용이나 경멸로 처리할 수 있는 수위를 넘어서 있다. 사회 바깥으로 자신을 밀어냄으로써 사회의 논리에 종속되지 않는 그의 비타협성과 비융통성은 화자의 해석을 넘어 독자들에게 이전된다. 그의 병적 고집스러움은 사회가 어딘가 어긋나고 잘못되어 있음을 독자들에게 강력하게 환기시킨다. 그는 사라져도 그가 남긴 문장은 메아리처럼 긴 여운을 남기며 울려 퍼질 것이기 때문이다. 이런 점에서 바틀비는 19세기적 환경을 초월하여 21세기 독자들에게 윤리적 응답을 요구하는 현재 진행형이다.

소비사회와 시기하는 주체

패트리셔 하이스미스의 『유능한 리플리 씨』

김영미

1

셰익스피어가 이아고의 입을 통해 "사람의 마음을 마음대로 농락하고 사로잡는 초록 눈을 한 괴물"[1]이라고 말한 바 있는 시기심은 인간의 본성에 내재하는 사악한 죄로서 어느 시대에나 발견되는 보편적인 감정으로 여겨져 왔다. 인류와 사회에 해가 되는 시기심의 파괴적인 측면을 무엇보다 강조한 것은 기독교 문화였다. 벤 존슨의 작품 세계를 시기심과 관련시켜 논의한 린 메스킬(Lynn S. Meskill)에 의하면, 시기심은 고대 그리

---

1   여기서 셰익스피어는 시기심(envy)이란 단어 대신에 질투(jealousy)란 단어를 쓰고 있지만 이 시기에는 시기심과 질투를 구별하지 않고 썼다고 한다. 그런데 문맥 상 여기서는 질투보다는 시기심의 의미에 더 가깝다고 멜라니 클라인을 비롯한 논자들이 지적하고 있다. 멜라니 클라인에 의하면 질투는 욕망의 대상을 놓고 세 사람 사이에서 일어나는 감정인데 반해, 시기심은 두 사람 사이에서 일어나는 감정으로 상대방이 놓인 자리, 상대방이 이룬 것, 권력의 지위를 가지고 싶어하는 욕망이라고 한다.

스와 기독교 전통에서 흥미로운 주제로 다뤄져왔는데, 특히 교부철학자들이 시기심에 관한 글을 많이 썼다고 한다(46). 시기심을 악마와 연관된 감정으로 보았던 교부철학자들은 신의 명령을 어긴 사탄, 동생 아벨을 죽인 카인, 동생 요셉을 죽이려했던 형들을 모두 시기심으로 인해 죄를 범한 자들로 보았으며, 예수 그리스도의 고난과 죽음 배후에도 그의 능력을 시기한 대제사장들의 시기심과 배신행위가 있었다고 보았다. "뼈를 썩게"(잠언 14장 30절) 만들고, 영혼에 독이 되는 시기심은 인간의 일곱 가지 죄악 중 하나로서, 인간이 끊임없이 경계하고 극복해야 할 추한 감정으로 여겨졌다.

시기심이 발생하고 작동하는 심리적 메커니즘에 대해 좀 더 정교한 설명을 제시하고 있는 이는 아리스토텔레스이다. 아리스토텔레스에 의하면 시기심은 "시대, 장소, 나이, 명성"이 유사한 사람들, 너무 뛰어나거나 너무 열등하지 않고 경쟁적인 위치에 있는 사람들 사이에서 발생하는 감정이며, "그들이 가진 소유물이나 그들이 거둔 성공이 자신들에 대한 비난이 되는 그런 사람"에게 느껴지는 감정이다(메스킬 재인용, 44). 아리스토텔레스의 논지에 의하면, 서로 능력과 욕망이 비슷하고 근접한 거리에 있는 사람 사이에서, 어느 한 쪽이 더 큰 성취를 이룰 때 그렇지 못한 이가 느끼는 것이 시기심이라는 것이다. 자신이 원하는 것을 상대방이 이룰 때, 상대방의 성취가 자신의 자아를 비난하게 만든다는 것은, 시기심이 주체의 열등의식과 상대방의 우월성과 관련 있음을 함축하고, 이 함축은 시기심의 근저에 타인에 대한 비교 의식이 있음을 나타낸다. 칸트 역시 시기심의 발생을 비교의식과 연결시켜 논의한다. 칸트에 의하면, "시기심이란 우리 자신의 안녕이 다른 사람의 안녕에 의해 빛을 잃게 되는 것을 꺼려하는 마음"인데, 이 마음이 생겨난 이유는, 우리가 우리의 삶을 판단하는 기준을 "내재적 가치"에 두지 않고 "타인과의 비교"에 두기 때문이라는 것이다(차운아 재인용, 171).

시기심을 비슷한 처지에 있는 사람들 사이의 감정, 인간의 내재적 가치가 아니라 외적 가치에 기준을 둔 비교의 감정이라 본다면, 만인의 평등을 지향하고, 부와 지위, 명성 등 외적 가치를 성공의 척도로 삼는 현대 사회의 삶의 양식이 시기심을 조장할 수 있는 환경일 수 있다는 추론을 가능하게 한다. 만약 그렇다면 우울과 권태와 불안 같은 감정이 현대 삶을 살아가는 주체의 특징적인 면모를 드러내는 것만큼이나 시기심 역시 현대 주체가 세계와 교섭하는 방식을 징후적으로 드러낼 수 있는 감정이 아닐까 라는 문제의식이 이 글의 출발점이다.

일상생활에서 주체가 경험하는 감정으로서, 또 문학, 문화 분야에서 재현의 대상으로서 시기 감정은 그동안 별로 주목 받지 못하고 주변화되었다. 주체의 감정으로서 시기 감정은 자신의 열등함을 인정하는 것이 되고, 또 오랫동안 도덕적으로 금기되어 왔기 때문에 시기심을 느끼거나 드러내는 것은 수치스럽게 여겨졌다. 관습적으로 추하게 여겨져 온 감정들에 대한 논의를 전개한 시안 응가이(Sianne Ngai)에 의하면 시기심은 특히 남성 지배이데올로기에 의해 여성의 감정으로 여겨지면서 도덕적으로 가치 절하되었다고 한다.[2]

2　시기심의 여성화, 즉 시기심은 곧 여성적 성격이라는 관념은 오랫동안 사람들의 의식을 지배해서 페미니스트들 역시 이에 대한 반작용으로 시기감정을 부인하고 회피하는 결과를 낳았다고 진 와이어트(Jean Wyatt)는 지적한다. 그녀에 의하면 페미니스트들이 자매애의 윤리를 강조하면서 공감(empathy)에 관한 이론을 정교하게 전개해온 반면, 시기심에 대해서는 상대적으로 소홀히 다루었다고 지적한다. Jean Wyatt, "I Want to Be You : Envy, the Lacanian Double, and Feminist Community in Margaret Atwood's *The Robber Bride*", *Tulsa Studies in Women's*

문학과 문화 분야에서도 시기심의 재현은 그리 풍부한 것이 아니다. 울라노프 부부(Ann & Barry Ulanov)에 의하면 "단테, 존 번연 등의 작품, 중세와 르네상스 시기의 서사시, 소수의 현대 소설에서 시기심을 다루었으나, 아주 간략하게 다루었고, 의식에서 쉽게 몰아낼 수 있을 만큼 추하게 의인화되었다"고 한다(14). 중세와 르네상스의 회화에서 시기심의 의인화된 모습은 사악함의 상징인 뱀과 함께 있는 모습으로 그려지는데, 그 뱀이 옆에 있는 인물을 물거나 아니면 시기심을 나타내는 인물 자신의 가슴이나 눈을 찌르는 모습으로 형상화되어 시기심이 가지는 파괴적인 측면을 강조했다. 그리고 시기심을 나타내는 추한 인물 위에 진실과 미덕을 나타내는 빛나는 모습을 배치시켜 미덕 앞에 악이 패배하는 모습을 재현했다(Meskill, 55).

그러나 논의들을 살펴보면 시기심에는 부정적인 의미만 내포된 것이 아니라 긍정적으로 여겨지는 개념도 포함되어 있으며, 시기심을 바라보는 관점도 사회적, 역사적 문맥에 따라 변화를 겪었음을 알 수 있다. 시기심이 파괴적 욕망뿐 아니라 긍정적 욕망도 담고 있음을 나타낸 논의는 저 멀리 그리스의 헤시오드(Hesiod)까지 거슬러 간다. 헤시오드는 시기심에는 칭찬할 만한 시기심(praiseworthy envy)과 비난 받아 마땅한 시기심(blameworthy envy)이 있다고 말한다(Meskill 재인용, 87). 일을 하지 않고 빈둥거리는 사람이 다른 사람이 열심히 밭을 갈아 농사를 짓고 집을 잘 꾸려 부자가 되는 것을 보면 시기심을 느껴 열심히 일을 하게 되는데, 이런 경우의 시기심은 일종의 건전한 경쟁을 유발하는, 긍정적인 욕망이라는

Literature 17(1), 1998, p.37.

것이다. 반면 증오심과 분란을 유발하는 시기심은 파괴적이고 부정적인 욕망이다. 메스킬에 의하면 헤시오드가 한 이 구별이 근대 초기에도 발견되는데, 각각 모방하다(emulate)라는 말과 시기하다(envy)라는 단어로 표현되었다고 한다. 시저가 알렉산더 대왕을 모방했듯이, 다른 사람의 위대함을 보고 자극받아 위대하고자 한 것을 '모방'이라고 보았고, 반면 다른 이의 성취를 참지 못하고 자기 파괴적 우울의 원천이 되는 감정을 '시기'라고 했다는 것이다(63). 그러나 근대 초기에 나누어진 이 두 개념이 현대의 사전적 의미나 시기 논의에서는 '시기(envy)'라는 한 단어에 다 포괄된 채 사용된다. 이런 사실을 볼 때, 시기심의 의미 구성이 단일하지 않으며 역사적으로 변화를 겪었음을 알 수 있다.

다른 사람의 훌륭한 점, 더 나은 모습을 보고 선망하여 그것이 자기 발전의 동력으로 전개된다는 의미에서 시기심을 긍정적으로 본 헤시오드와 달리, 시기심이 자신과 대상의 불평등성에 대한 인식에 근거한 감정이라는 데 초점을 두고, 시기심을 좀 더 긍정적으로 평가하는 관점이 현대에 와서 전개되기도 하여 눈길을 끈다. 버트란트 러셀(Bertrand Russel)의 경우 그는 시기심을 일컬어 "평등사회, 민주주의 이론에 추진력"을 제공한 감정, "다른 계급, 민족, 성 간의 정의를 이룩하는 중요한 원동력"(100)으로 보고 있으며, 응가이는 시기심을 일컬어 "사회적 불평등, 사회적 불화를 인식하고 그 불화에 반응하는 주체의 방식"이라 볼 수 있다고 하면서, 그런 점에서 시기심에는 정치적 충동, 비판 의식이 잠재해 있다고 한다(128). 이들처럼 시기심에서 적극적으로 정치적 충동을 읽어내지는 않지만, 시기심의 배후에 있는 긍정적인 욕망을 읽어내려고 한 이론가도 있는데, 사비니와 실버(J. Sabini & M. Silver)가 대표적인 예다. 그들은 시기심의 배후에는 "가치 있는 자아"를 가지고 싶어 하는 욕망, "가치 절하의 상태로부터 자신을 지키려는 자기 보호의 욕망"이 있다고 말한다(174).

하지만 이들과 달리, 시기심이 사회의 평등, 불평등의 문제, 사회 정의의 문제 같은 도덕적, 사회적 문제에 근본적으로 관심이 없음을 지적하는 논의도 있다. 아론 벤 지브(Aaron Ben-Ze'ev)에 의하면, 시기심은 세계의 부정의 문제보다는 개인 주체의 열등한 위치에 대한 인식과 관련된 감정이다(552). 시기는 우리의 눈길을 끄는 다른 한 개인의 더 좋은 상황 때문에 생기는 것이지, 세계의 부정의에 대한 감정이 아니다. 세계의 부정의에 대해 반응하는 감정은 시기가 아니라 분노다.[3]

필자가 보기에도 시기심은 개인적 상황과 관련된 감정이지 세계 자체의 성격에 대해 문제 삼는 감정은 아니다. 개인의 결핍, 개인의 열등함을 충족시키고 개선하고자 하지 세계 전체의 불평등한 구조와 부조리를 개선하고자 하는 감정은 아닌 것이다. 그런 점에서 시기심은 개인 중심적이고, 자아 중심적인 감정이라 할 수 있다. 시기심의 이런 특성은 현대 사회의 주된 특징으로 말해지는 개인주의적 성향과 조응하고 있어 관심을 끈다. 또 시기 감정에 대한 인류학적 연구[4]가 제시하듯이, 근대화를 겪지 않은 공동체적 성격이 강한 사회에서는 시기심을 공동체 전체의 이익에 위협적인 감정이라 보았기 때문에 개인들이 욕망의 성취를 과시하지 않고 자제하거나, 그 성취의 결과를 서로 공유함으로써 이 감정을 완화시켰음을 볼 때, 개인의 욕망의 성취를 성공과 연결시켜 공공연히 과

---

3 여기서 벤 지브는 존 롤즈의 논의를 소개하면서 자신의 관점을 전개하고 있다.
4 George M. Foster, "Cultural Responses to Expressions of Envy in Tzintzuntzan", *Southwestern Journal of Anthropology*, 21(1), 1965, pp. 24~35 참조.

시하는 현대 문화가 시기심의 수위를 더 높일 수 있음을 짐작할 수 있다.

시기심이 현대 사회의 성격 속에서 더 지배적인 감정일 수 있다는 지적은 이미 몇몇 논자에 의해 거론된 바 있다. 현대 사회의 평등주의적이고 민주주의적 성격 속에서 시기심이 더 만연할 수 있다는 주장(러셀; 벤지브), 현대 사회의 불안정성, 경쟁적인 구조, 정보통신의 발달이 시기심을 강화시킬 수 있다는 주장(벤지브), 현대가 소비사회로 진입하면서 소비에 대한 시각과 시기심에 대한 견해가 부정적인 것에서 긍정적인 것으로 바뀌었음을 지적하는 주장(수잔 메트) 등이 바로 대표적인 예이다. 이들 논의 중에서 특히 메트(Susan Matt)의 논의는 시기심과 소비사회의 관련성을 보다 본격적으로 지적하고 있어 살펴볼 필요가 있다.

메트의 논의는 시기심이 물건에 대한 욕망, 물질의 추구와 관련하여 일어나고 있음을 지적하면서, 물질 추구에 대한 사회의 시각이 변함에 따라 시기 감정에 대한 시각도 달라지고 있음을 제시한다. 메트는 미국이 소비사회로 진입하기 시작한 1890년대로부터 미국이 물질적 풍요를 만끽하던 1920년대까지의 기간 동안 아동들에 대한 도덕적 지침서, 교훈서, 교과서 등을 중심으로 시기심에 대한 시각 변화를 추적한다. 그녀의 논의에 의하면 19세기 말에서 20세기 초에 교육가와 도덕가들은 시기심에 대한 전통적인 견해를 그대로 보여준다. 그들은 시기심을 부정적인 감정, 도덕성과 사회 안정의 이름으로 억압하고 통제해야 할 감정으로 보았다. 그들은 소비상품과 소비문화가 아이들의 시기심을 더 조장하고 아이들의 인성에 부정적인 영향을 끼칠까봐 우려했다고 한다. 그러다가 1차 대전을 전후해서 시기심과 소비문화를 바라보는 관점에 변화가 생겼다고 한다. 미국이 물질적인 번영을 이룩한 이 시기에 도덕가들은 소비에 대한 사람들의 열망을 긍정적으로 포용했고, 소비상품의 구매를 둘러싸고 일어나는 시기심을 나쁘게 보지 않았다. 이 시기에는 현재에 만족하는 태도보다 현실에 대해 불만족하고, 다른 사람들이 가진 것처럼 자신도 가지기를 원하는 시기의 감정, 물질에 대한 추구를 오히려 자기 발전을 이끄는 원동력으로 보게 되었다. 시기심은 이제 풍요의 과실을 향한 열망, 당연한 민주주의적 권리와 연결된 것이다.

이 글은 메트의 이런 논의를 바탕으로, 소비사회가 더욱 더 가속화된 20세기 중반 미국 사회 속에서 시기심이 어떤 식으로 드러나고 있는지를 패트리셔 하이스미스(Patricia Highsmith)의 소설, 『유능한 리플리 씨*The Talented Mr. Ripley*』(1955)를 통해 살펴보고자 한다. 이 작품은 프레데릭 제임슨(Frederick Jameson)이 새로운 단계의 자본주의의 시작으로 잡는 1950년대 미국의 호황기를 배경으로 계급적으로 다른 두 남성인물들을 통해 시기심의 작동을 보여주고 있다고 생각되기 때문이다.

2

이 작품의 주인공, 톰 리플리(Tom Ripley)의 시기심을 분석할 때 필자는 멜라니 클라인(Melanie Klein)의 논의를 참조 틀로 삼고자 한다. 그 이유는 클라인이 제시한 시기의 심리적 메커니즘에 대한 설명이 톰의 심리 메커니즘과 정확히 조응하고 있다고 보이기 때문이다. 주지하다시피 시기심에 대한 정신분석학적 논의를 처음 시작한 이는 프로이트이지만, 시기심을 인간관계의 중요한 진실을 여는 단서로서 보다 본격적인 논의를 전개한 이는 클라인이다.

클라인의 이론 틀에서 볼 때, 개인의 전 감정생활에서 가장 중요한 영향을 끼치는 것은 유아가 최초로 만나는 대상인 엄마, 보다 구체적으로 말해 엄마의 젖가슴과의 관계이다. 이 최초의 관계에서 유아가 보이는 매우 중심적인 감정이 시기라고 클라인은 말한다. 유아는 최초의 대상인 젖가슴에 대해 이상화와 박해의 망상에서 기인한 통한 파괴적 태도를 취한다. 유아는 자신의 본능적 욕구와 무의식적 환상에 의해 엄마의 젖가슴을 단순히 육체적 대상이라 보지 않고, 실제의 젖가슴이 줄 수 있는 것 이상의 자질(창조성, 관대함, 무한한 인내 같은 자질)을 부여한다고 클라인은 말한다. 이 좋은 젖가슴을 유아가 자기 속에 내면화하면 인간의 선에 대한 믿음과 희망의 기초가 놓인다. 반면, 고갈되지 않고 늘 현존하는 젖가슴에 대한 유아 자신의 욕구가 충족되지 않으면 유아는 엄마의 젖가슴을 나쁜 젖가슴이라 비난하고, 그 젖가슴이 자신을 박해하려 한다고 생각한다. 그리고 그 박해의 망상 속에서 엄마의 젖가슴을 파괴하려 하고, 급기야 엄마의 젖가슴을 욕망하고 싶지 않은 대상으로 만들어 버린다.

클라인은 유아가 젖가슴과 맺는 관계에서 엄마의 정신적, 육체적 상태, 출산의 상황 같은 외부 환경이 중요한 역할을 담당한다는 것을 지적하면서도, 시기의 감정을 인간이 출생과 더불어 타고나게 되는 공격성, 죽음 충동의 발현으로 보기 때문에, 시기심을 인간 존재에 내재하는 가장 원초적이고 근원적인 정서로 본다. 이 점에서 클라인의 논의는 시기심이 사회 구조에 따라 다르게 나타날 수 있는 가능성을 차단한다. 그럼에도 불구하고 주체가 대상과 맺는 이상화와 박해의 망상을 통한 파괴의 심리구조를 통해 시기하는 주체의 감정을 분석한 부분은, 시기심이란 단어의 정의에서 보이는 두 가지 개념, 즉 대상에 대한 선망의 감정, 모방의 감정과 대상이 가진 것을 빼앗고 대상의 자리를 차지하고자 하는 부정적인 의미의 시기 감정과 조응하고 있어 흥미롭다. 그리고 대상에 대한 선망, 이상화, 모방의 욕구가 대상에 대한 폭력과 파괴로 변하는 심리 기제를 설명하는 부분은 너무나 잘 알려진 르네 지라르(René Girard)의 모방욕망이론과 겹치는 부분도 있어 더욱 흥미롭다.

지라르는 모방욕망을 일컬어 "타인이 되고자 하는 욕망, 타인의 속성을 자기 것으로 삼음으로써 우월하다고 여겨지는 타인의 위치에 이르고자 하는 형이상학적 욕망"(김모세, 70)이라 했는데, 이는 시기심에 내포된 선망의 감정, 이상화의 감정과 유사하다. 그리고 이 모방의 욕망이 어느 순간 모델이 되는 인물을 향한 적개심, 폭력으로 전환된다고 말하는 것도 유사하다. 그러나 클라인 논의와 지라르 논의의 결정적 차이는, 클라인의 경우 시기심을 주체와 대상 사이의 일대 일의 관계로 보는 반면, 지라르의 모방욕망은 주체와 대상과 매개자(모델이 되는 인물) 사이의 삼각형의 관계 속에서 일어난다는 점이다. 그리고 이상화, 선망, 모방의 감정이 폭력으로 전환되는 이유를 설명하는 부분에서도 차이가 있는데, 클라인은 주체 / 대상 사이의 절대적 의존관계, 동일시, 합일의 욕망과 그 욕망의 좌절에서 그 전환의 계기를 설명하는 반면, 지라르는 주체와 매개자(모델인물) 사이의 경쟁과 적대감을 강조하고 있다.[5] 그리고 지라르의 경

---

5 지라르는 주체와 매개자의 거리에 따라 외적 매개와 내적 매개로 나누는데, 주체와 매개자의 거리가 물리적으로 정신적으로 매우 멀리 떨어져 있는 외적 매개의 경우, 주체는 모델을 존경

우 주체로 하여금 모델인물과 겨루게 하고 폭력을 가하게 만드는 것은 둘 사이의 차이가 없어지기 때문이라고 말하는 반면, 클라인의 시기심 논의는 둘 사이의 극복될 수 없는 차이가 폭력을 야기한다고 본 점에서 두 논의가 다르다.

이 글은 클라인이 제시한 시기 감정의 특징적 메커니즘, 즉 주체와 대상 사이의 일대일의 관계에서 시기 감정이 일어난다는 점, 대상에 대한 선망과 이상화의 경향에서 대상에 대한 폭력으로 전환되는데, 그 전환의 계기는 두 사람 사이의 절대적 의존관계, 극복될 수 없는 차이에서 비롯된다는 것을 『유능한 리플리 씨』의 두 남성 인물의 관계 속에서 살펴보기로 하겠다.

3

르네 클레망(Rene Clement) 감독의 〈태양은 가득히(Plein Soleil)〉(1960)와 앤소니 밍겔라(Anthony Minghella) 감독의 〈리플리(The Talented Mr. Ripley)〉(1999)[6]로 영화화된 작품으로 더 유명한 하이스미스의 『유능한 리플리

하고 자신이 모델을 모방하는 것을 자랑스럽게 여기지만, 주체와 매개자의 거리가 매우 근접한 내적 매개의 경우에는 동일한 욕망의 대상을 두고 매우 강한 경쟁관계에 놓이게 된다고 한다. 주체는 모델에 대한 존경심보다 모델을 방해자로 여기는 마음이 더 커지고, 이 방해자의 적대감정, 경쟁심이 대상에 대한 가치를 더 높게 만들어 대상을 더욱 강렬하게 욕망하게 된다고 말한다. 김모세, 『르네 지라르 – 욕망, 폭력, 구원의 인류학』, 살림, 2008, 57~69쪽 참조.
6 영화는 소설과 제목이 같으나 우리나라에서 상영될 때는 '리플리'라는 제목으로 번역되어서

씨』는 계급이 다른 두 남성 인물의 관계를 시기의 감정으로 분석하기에 매우 적절한 작품이다. 끌레망 감독은 두 남성 인물간의 계급적 차이와 한 여자를 두고 벌이는 이성애적 사랑을, 그리고 밍겔라 감독은 남성인물들 사이의 동성애적 관계를 부각시켰지만,[7] 두 영화의 원작인 하이스미스의 소설에서는 두 남성인물의 계급적 차이와 그 차이에서 비롯되는 선망, 이상화, 동일시의 감정과 상대방을 파괴하고 상대방을 대체하고자 하는 파괴적인 감정으로서 시기심이 잘 드러나고 있어, 무엇보다 시기하는 주체의 모습을 잘 재현하고 있다.

이 소설은 얼핏 보면 한 여자를 사이에 두고 두 남자가 경쟁하는 것 같은 구조를 가지고 있어 지라르의 모방욕망의 삼각형 구조로 분석하기에 적합해 보인다. 그러나 디키는 여성인물 마지(Margie)를 낭만적 연인으로 사랑하기보다 서로의 생활에 대한 공감적 이해를 바탕으로 마음을 나누는 친구로 여기고 있으며 톰 역시 마지에 대해 전혀 이성으로서의 관심과 끌림을 가지고 있지 않다. 그는 디키와 친하게 지내던 마지를 처음 보

그것에 따랐음.

7 물론 작품 속에서 동성애적 함축이 전혀 없는 것은 아니다. 톰은 여성에 대한 성적 관심을 거의 보이지 않고, 여성인물과의 관계보다 남성인물인 디키(Dickie)에게 훨씬 더 관심을 보이고, 그와의 감정적 유대를 훨씬 중시하고 있는 것이다. 가령 여성인물과 톰의 관계를 살펴보면, 톰이 뉴욕에서 유일하게 마음을 터놓으며 친밀하게 지낸 여성 예술가 클레오(Cleo)와의 관계는 "상투적인 남녀관계가 아니었다"(40)고 묘사되고 있다. 두 사람은 클레오의 작은 방에서 나란히 잔 일이 여러 번 있었지만 클레오는 "톰이 자기 몸에 손대기를 기대하는 거동을 한 번도 보인 적이 없"었고, 톰 역시 그런 행동을 하지 않았는데, 톰은 클레오의 그런 면이 좋았다고 말하고 있다(44). 그리고 톰은 디키의 여자 친구인 마지(Margie)에게 이성적인 관심이 전혀 없고, 오히려 디키가 그녀와 키스하는 장면을 목격하고 몹시 마음 상해하고 내적 동요를 느끼는데 이런 그의 모습은 그를 이성애자보다 동성애자에 더 가깝게 보이게 한다. 하지만 디키에 대한 그의 태도를 성적 욕망의 코드로 해석하기엔 무리가 있다. 디키는 그에게 성적 욕망의 대상이라기보다 그가 동일시하고 싶고 그가 닮고 싶은 선망의 대상, 이상적인 모델이면서, 그가 전적으로 의존하는 인물이다.

앉을 때부터 호감보다 반감과 경계를 더 보인다. 그는 젊은 남자가 젊은 여성에게 가짐직한 환상적인 태도나 이끌림이 전혀 없고 지극히 사실적이고 비판적인 시각으로 그녀를 바라보고, 그녀를 오히려 자신과 디키의 관계의 방해물로 본다. 그래서 세 사람의 관계에서 그녀를 배제하고 디키를 혼자 독차지하고 싶은 마음이 강하다. 그런 의미에서 톰과 디키의 관계는 지라르가 말하는 식의 경쟁관계보다는, 클라인이 말하는 시기 주체와 대상인물간의 이자적 관계 속에 있다고 봐야 한다.

톰 리플리와 디키 그린리프는 동화와 소설에서 흔히 발견할 수 있는 짝패(Double)의 계열에 속하는 인물로 보인다. 계급적인 차이만 제외한다면, 연령, 얼굴 생김새, 체격, 손의 모양, 예술적 취향까지 거의 모든 면이 쌍둥이처럼 닮아있다. 프로이트는 낯익지만 이상한 어떤 존재, 한 때 알고 있었지만 억압되어있던 존재를 가리켜 짝패라 하고, 라깡은 주체가 상징계로 들어오면서 희생한 대상을 짝패라 하였지만, 이 소설에서 짝패관계는 계급이 다른 두 남성 인물의 욕망의 유사성, 정체성의 복제 가능성을 드러내기 위한 기제로 읽힌다.

두 사람은 사회적, 계급적으로 매우 대조적인 위치에 있는 인물들이다. 톰은 어릴 적에 부모를 잃고 고모 손에서 불우하게 컸다. 정서적으로 경제적으로 거의 지원을 받지 못하고 자란 그는, "고모를 미워하고 고모에게서 도망칠 계략만을 생각했기 때문에 공부하거나 성장할 틈이 없었다"(65). 자기 계발과 성공의 꿈을 안고 온 뉴욕에서 그가 경험한 세상은 너무나 불공평한 것 같았고, 세상에는 스토우 부인이 살던 시대의 잔혹한 노예 중개상 같은 이들이 득실거려, "야수가 되지 않으면 굶어죽는다"는 생각을 하게 되었다. 배우를 꿈꾸었으나 배우가 되기 위해 극복해야 할 여러 난관, 힘든 수업, 타고난 재질 등이 있는지도 몰랐던 상황이라 그 꿈을 이루지 못한 채, 뉴욕에서 알게 된 친구의 지저분한 방에서 신세를 지며 근근이 연명하는 상황이었다. 반면 디키는 선박회사를 운영하는 아버지의 후원 아래 프린스턴 같은 명문학교를 나왔으며, 지금은 아버지의 사업을 잇지 않고 예술가로 살기 위해 이탈리아에서 살고 있는 청년이다.

이렇게 서로 다른 세계에 놓여 있는 두 인물이 만날 수 있는 길을 열어주는 것은 교육이다. 계급적 격차를 그나마 극복할 수 있는 길이 명문학교라고 제시하는 듯이, 작가는 명문대학을 매개로 두 사람을 연결시킨다. 톰이 명문학교를 나왔다고 생각하는 것은 디키 아버지의 오해로 인한 것이지만, 그 오해 덕분에 가난하고 뚜렷한 직업이 없는 톰은 부유한 사업가의 엘리트 아들인 디키의 세계로 들어간다. 톰에게 있어 디키의 세계와의 접촉은 새로운 자아창조, 자아발전의 기회를 의미한다.

> 그는 새로운 삶을 시작할 참이었다. 지난 3년간 뉴욕에서 서로 왔다 갔다 하면서 사귄 저속한 친구들과도 이젠 모두 안녕이다. 톰은 이민자들이 자신들의 모든 것을 어떤 외국 고향땅에 남겨 두고, 친구도, 친척도, 과거의 잘못도 모두 버리고, 신세계 미국을 향해 출발했을 때 느낌직한 그런 느낌을 가졌다. 백지에서 새로 출발하는 것이다!(37~8)

메스킬에 의하면, 고전시대부터 근대초기에 이르기까지 시기의 감정은 '눈' 혹은 '보는 것'과 긴밀한 관련이 있다고 한다(13). 그리고 시기에 대한 많은 논의가 상대방과의 근접성을 강조하는데, 이는 주체가 대상과 직접 구체적으로 접촉하는 것, 근거리에서 대상의 우월함을 바라보고 인식하는 것에서 시기심이 생겨난다는 것을 의미한다. 그런 의미에서 볼 때 톰이 디키의 세계 속으로 들어가는 것은 시기심의 구조 속으로 들어가는 것이라 해석할 수 있다.

프로이트는『집단심리학과 자아의 분석』에서, "개인의 정신적인 삶 속에는 누군가가 모델로서, 대상으로서, 협조자로서, 반대자로서 반드시 개입되어"(23) 있다고 했는데, 톰에게는 디키가 바로 그런 이상적인 모델이다. 톰은 일찍이 부모를 잃고 고모 손에서 불우하게 컸으며, 아버지는 무능했기에, 톰에게는 아들들이 자아 형성과정에서 흔히 가지게 마련인 이상적인 아버지의 모습이 존재하지 않는다. 부유한 계급 출신으로 유럽에서 자신이 원하는 삶을 자유롭게 향유하는 디키의 모습은 톰에게 선망과 동일시의 욕구를 유발시킨다. 톰은 디키를 만났을 때, "부러움에 심장이 찢어지는 듯이 아팠으며, 자신이 더없이 가엾어졌다"고 말한다(54). 톰은 디키가 속한 세계의 견고한 물질성(집, 가구, 명화, 세련된 옷과 장식품들)과 그의 한가하면서도 교양 있는 삶의 양식을 부러워하고, "헌 샌들에 더러워진 흰 바지"(65)를 입고 있어도 "갈레리아의 소유주 같이"(65) 자신 있는 태도를 부러워한다. 그리고 그를 "뛰어난 인물다운 품격"이 있는 인물로 여긴다. 톰의 눈에 디키와 디키가 속한 세계는 그저 부러움과 선망의 대상이다. 그것은 더할 나위 없이 이상적인 것으로 보인다.

그런데 디키에 대한 톰의 이런 이상화와 선망이 어떤 지점에서 그에 대한 폭력, 그의 존재의 박탈로 돌아선다. 경탄하던 대상을 훼손하고 파괴하게 만든 이 심리적 기제를 어떻게 설명할 것인가? 클라인이 제기한 시기의 심리적 기제는 톰의 심리구조를 설명하는데 좋은 틀이 되어준다. 클라인의 설명 틀에 의하면 유아가 엄마에 대해 가지는 절대적 의존 관계가 유아로 하여금 엄마(의 젖가슴)를 이상화하고, 박해의 망상 속에서 그것을 파괴하려는 심리를 가지게 된다는 것이다. 이와 마찬가지로 톰도 디키에 대해 절대적으로 의존하는 상태에 놓여 있다. 톰은 유럽에서 한가하게 그림을 그리고 있는 디키를 미국의 사업의 현장으로 데려오기를 바라는 디키 아버지로부터 임무를 부여받고 일정한 돈을 지원받고 온 터라 그 돈이 떨어지면 더 이상 돌아갈 곳이 마땅치 않은 상태이다. 그는 디키에게 자신의 모든 상황을 털어놓았으므로 디키도 그의 어려운 형편을 충분히 알고 있다. 톰은 디키의 호의에 전적으로 기대어 있는 형편인 것이다. 톰은 디키와 자신 사이에 충분한 감정의 유대가 있고 서로 융합이 되어 언제까지나 둘의 공동생활이 지속되리라 기대했다. 그러나 두 사람 사이에 넘을 수 없는 간극이 있음을 톰이 인지하게 되는 순간이 온다.

톰은 화해할 요량으로, 디키가 그것을 잊게 하려고 적어도 '괜찮아, 디키'라고 말하려고 했다. 그런데 혀가 움직이지 않았다. 그는 디키의 파란 눈을 응시했는데 그는 아직도 눈살을 찌푸리고 있었으며 태양에 표백된 눈썹이 하얗고 눈동자는 빛나지만 텅 비어 있었다. 파란 젤리 같은 것에 검은 점이 있을 뿐 그와 전혀 무관한 눈이었다. 우리는 눈을 통해 영혼을 바라보고 눈을 통해 사랑을 느낄 수 있다. 남의 마음속을 들여다보고 안에서 어떤 일이 생기고 있는가를 알려면 눈밖에 없다. 톰은 지금 디키의 눈을 보고 있으면서도 단단해서 피가 통하지 않는 거울을 보고 있는 느낌이었다. 톰은 가슴이 죄는 듯한 아픔을 느끼고, 두 손으로 얼굴을 가렸다. 그는 갑자기 디키를 빼앗긴 것 같은 느낌이 들었다. 그들은 친구가 아니었다. 그들은 서로 알지도 못했다. 그것은 끔찍한 진실처럼 톰에게 충격을 주었다.(87)

"자신과 무관한 눈", "단단해서 피가 통하지 않는 거울" 같은 모습, "서로 알지 못한" 타인의 표정을 디키에게서 읽어내자 그는 가슴이 죄는 아픔, 정신이 아득할 정도의 충격을 느꼈다고 묘사된다. 그의 이 아픔과 충격은 자신이 디키를 잘 알고, 디키와 "완전히 융합"되었다고 느꼈던 그의 감정과 상반되는 데서 오는 감정이다. 감정적 유대와 완전한 융합에 대한 기대감의 좌절은 그로 하여금 디키가 자신을 미워하고 박해한다는 망상에 빠지게 하여 디키를 비난하고 급기야는 디키의 존재를 박탈하기에 이르는 것이다.

> 그는 디키가 미웠다. 왜냐하면 지금까지 일어난 일들을 아무리 돌아보아도, 그의 실패는 그 자신의 잘못, 그의 행동이 야기한 것이 아니라 모두 디키의 인정머리 없는 고집이 원인이었기 때문이었다. 디키는 얼마나 노골적으로 무례했는지 모른다! 자신은 디키에게 우정, 친교, 존경 등 자신이 줄 수 있는 것은 뭐든지 다 주었다. 그런데 디키는 배신으로 보답하고, 지금은 그에게 적의마저 품고 있는 것이다.(97)

그는 상황의 변화를 자신의 잘못이 아니라 디키의 잘못으로 몰아가며 디키의 계급적 오만, 디키의 무례함을 탓하며, 디키가 자신을 미워한다고 생각한다. 디키는 자신을 "싫은 손님", "폐를 끼치는 손님"(94)으로 여겨 자신을 몰아내고 싶어 한다고 그는 생각한다. 그의 이런 심리적 변화는 유아가 자신의 욕망과 환상이 충족되지 않았을 때 엄마의 젖가슴에 대해 가지는 태도에 상응한다.

밍겔라 영화에서 디키의 살해는 우연적으로 일어나고, 톰이 디키의 정체성을 흉내 내는 것도 수위가 그를 디키로 착각하는 바람에 우발적으로 일어난 것으로 제시되지만, 하이스미스는 톰이 그의 살인을 미리 계획하고, 의도적으로 디키의 정체성을 모방하는 것으로 그려낸다. 이 과정에서 특히 눈에 띄는 대목은 그가 디키의 정체성을 그대로 베끼고 있으며, 그 과정에서 자신의 정체성에 대해서는 조금도 미련을 두지 않으며 오히려 디키로 사는 일을 매우 즐긴다는 사실이다.

> 그는 다시 토마스 리플리가 되는 게 싫었다. 아무 것도 아닌 존재가 되기 싫었다. 자기의 옛 습관을 몸에 다시 익히고, 사람들로부터 멸시받고 있다는 느낌, 어릿광대처럼 상대의 비위를 맞추지 않으면 지겹다고 느껴지는 것, 다른 사람을 기쁘게 하는 것 말고는 한 번에 몇 분도 자신을 위해 아무 것도 할 수 없으며, 무능하게 느껴지는 게 싫었다. 새것일 때도 별로 고급이 아니었는데, 얼룩투성이에다가 다리지도 않은 누추한 양복을 입고 싶지 않듯이, 그렇게 자기 자신으로 돌아가는 것이 싫었다.(181)

이 대목은 그가 과거의 자신을 어떻게 인식하는지 잘 보여주는 대목이다. 그가 생각하는 과거의 자신의 모습은 존재감이라고는 없이 사는 존재, 그러면서 자신을 위해서는 아무 것도 할 수 있는 게 없고, 어릿광대처럼 다른 사람들의 비위나 맞추면서 사는 존재, 사람들로부터 존중받지 못하고 멸시받는 존재이다. 이런 부정적인 자아상을 단적으로 드러내는 비유는 새 것 상태일 때도 품질이 그다지 좋지 않은 평범한 옷인데, 그나마 얼룩이 잔뜩 묻고 다리지도 않은 누추한 양복에 대한 비유이다. 과거의 자기, 진짜 자기에 대해서 이렇게 부정적인 의식을 가지고 있기 때문에 그의 자아 발전은 선망하는 인물(디키)을 모방함으로써 주체를 채워가는 방식이 아니라, 자신의 주체성을 완전히 비워내고 그 자리에 선망하는 인물의 복제본을 가져오는 방식을 취한다. 그 복제본의 정체성으로 그는 열등한 자아와 대조적인 강화된 자아의식을 가진다. 둘째, 디키로 살아가는 일에서 그가 가장 만족을 느끼는 것은 고급한 물건들을 소비하고 소유하는 일이라는 점이다. 가령 디키를 살해하고 난 뒤 그가 파리의 노상 카페에서 느끼는 만족감의 표현이라든가, 디키 살해의 혐의에서 완전히 벗어난 뒤에 자신의 미래를 생각하며 물건에 대해 느끼는 다음과 같은 표현은 그에게 있어 디키로 산다는 것의 의미가 무엇인지, 그의 욕망과 존재 이유가 무엇인지 보여주는 대목들이다.

여기는 파리다. 유명한 카페에 앉아, 디키로 변해서 내일, 또 내일, 그리고 또 내일을 보낼 것을 생각하니 멋지다. 커프스 버튼, 하얀 실크 와이셔츠, 그리고 심지어 낡은 옷, 벗겨진 놋쇠 버클이 달린 벨트며 [펀치]지에서 평생 신을 수 있다고 광고가 난 다갈색의 낡은 그레인레더 구두, 주머니가 축 처져 있는 겨자색의 낡은 스웨터. 이 모든 것들이 모두 자기의 물건이고 그는 그것들이 모두 마음에 들었다. 그리고 이름의 첫 글자를 금으로 작게 새긴 검은 만년필과 구찌 가게에서 산 낡은 악어가죽 지갑도 있다, 더구나 그 지갑 속에는 앞으로 많은 돈이 들어오게 되어 있었다.(121~2)

아마 그는 이제 다시는 미국으로 돌아가지 않을 것이다. 유럽 그 자체 때문이라기보다 이곳 로마에서 혼자 보낸 밤들로 인해 그는 그렇게 느끼게 되었다. 그저 혼자 지도를 보거나 소파에 누워 여행 안내서를 훑어보며 지낸 밤들. 자기의 옷들—자신의 옷과 디키의 옷을 포함해서—을 보거나 손바닥 위에 있는 디키의 반지의 감촉을 느끼거나 구찌 가게에서 산 영양 가죽 가방을 손으로 쓰다듬며 보낸 밤들. 그는 그 가죽가방을 영국의 특제 가죽 약으로 열심히 닦았다. 소중히 다루고 있어 닦을 필요가 없는데도 그는 그저 소중하기에 닦았다. 그는 물건들을 사랑했다. 다량의 물건들이 아니라, 자신이 갖고 싶어 했던 물건 중 오랜 시간에 걸쳐 고른 물건들을 사랑했다. 그런 물건들은 사람에게 자존감을 주었다. 외양이 아니라 품질, 그리고 그 품질을 소중히 사랑하는 마음이 중요했다. 물건들은 그에게 자기가 존재한다는 사실을 환기시켜 주었으며, 자신의 존재를 즐기게 해 주었다. 그것은 그처럼 단순했다. 그것만으로 충분히 가치 있는 것이 아닐까? 그는 존재하고 있었다.(235~6)

찰스 디킨스의 소설에서 가게 안의 가구, 시계, 손수건 등이 살아 숨쉬는 것으로 묘사되었다면, 하이스미스의 이 소설에서 물건은 단순한 물건이기를 넘어, 톰의 자아 이미지, 자아 존중감, 삶의 이유, 존재 방식으로까지 연결된다. 멕베스가 파멸 직전에 자신의 야심의 덧없음을 깨닫고 하는 그 유명한 독백을 떠올리게 하는 첫 인용문의 도입부는 톰이 "디키로 변해서 사는 내일, 또 내일, 그리고 또 내일"이 보장해 줄 약속에 대한 기대감으로 가득 차 있음을 보여주며, 그 기대감의 주된 원천이 물건들이 주는 만족에 있음을 제시하고 있다. 물론 여기서 물건은 평범한 상품이 아니라, 여러 명품 브랜드의 구체적인 열거와, "오랜 시간에 걸쳐 고른" "품질"이 좋은 물건을 좋아했다는 표현을 통해 드러나듯, 사치품이고 명품이다. 시장에서 유통되는 상품으로서의 물건 속에는 마르크스가 지적하였듯이 그 물건을 생산하기까지의 노동의 흔적이 숨어있지만, 톰에게 있어 그 물건은 특권 계급의 기호와 상징이고, 자신으로 하여금 자신이 열망하던 특권적 계급의 정체성을 보증하고 확인하는 표시다. 그렇기 때문에 그는 물건에 자아 존중감과 삶의 이유라는 과도한 의미를 부여하고 있는 것이다. 이 점에서 물건들에 대한 톰의 태도는 에드워드 섀넌(Edward A. Shannon)도 지적하듯, 페티시즘적인 경향을 띤다고 할 수 있다(126). 그리고 그의 이런 페티시즘은 물건에만 국한되지 않는다. "진짜 디키가 아니면서 자기 이미지 속에 디키를 계속 살아있게 하려는 그의 필사적인 노력"(Sara Street, 48) 속에서도 페티시즘의 경향을 읽어낼 수 있다. 디키의 삶과 이미지를 분리시켜 그 틈 사이로 자신이 들어가 그 이미지에 과도하게 집착한다는 점에서 그러하다.

톰은 자신의 그런 삶이 만족스럽다고 느끼고, 끝까지 부가 제공할 삶의 가능성에 희망을 가지지만 그럼에도 불구하고 그의 삶이 그렇게 충만하지 않을 것임을 독자들은 시사 받게 된다. 그가 남의 정체성을 베끼는 데 들이는 그 모든 노력, 가짜임이 발각될까봐 노심초사하는 그 마음의 고통, 진정성의 감정에 오히려 깜짝 놀라는 아이러니는, 그의 그런 삶이 과연 그가 생각하는 만큼 그렇게 만족과 충족을 보장할지 의혹이 들게 하는 것이다. 그리고 남의 정체성을 베끼는 가짜의 삶을 사는 그는 어느 누구하고도 깊이 있는 관계를 맺지 못하고 있는데, 의미 있는 타인이 있어야 할 자리에 물건들을 두고, 물건들로부터 살아있다는 느낌을 받는 그의 모습에서 파행적인 느낌을 받지 않을 수 없다.

4

    현대 사회에서 시기심을 긍정적으로 바라보았을 때 그것은 첫째, 불평등에 대한 인식, 자아의 가치를 보존하고 자아를 향상시키고자 하는 열망과 시기 감정이 닿아있다고 보았기 때문이고, 둘째, 물질의 추구, 상품의 소비현상을 긍정적으로 바라보는 시각의 변화와 함께 시기 감정 역시 풍요의 과실을 누리고 싶은 욕망, 남들이 누리는 것을 똑같이 누리고 싶은 당연한 민주주의적 권리의 표현이라고 보았기 때문이었다. 그러나 클라인의 시기 감정 분석이 보여주듯이, 시기 감정은 뛰어난 이를 선망하고 모방하여 자기 발전의 동력으로 삼을 수 있는 긍정적인 욕망도 있지만, 이 선망의 감정이 파괴적인 폭력으로 전환된다는 점에서, 그리하여 이상적인 인물의 존재를 공격하고 강탈하게 된다는 점에서 시기 감정은 위험한 감정이다.

    클라인의 이론 틀에서 선망과 모방의 감정에서 폭력의 감정으로 전환되는 기제는 두 사람 사이의 절대적인 의존관계, 동일시와 합일에 대한 욕망, 두 사람 사이의 극복될 수 없는 차이에 대한 인식인데, 시기하는 주체인 톰이 디키에게 느끼는 감정도 이런 과정을 그대로 보여주고 있다. 톰이 디키에 대해 가지는 시기의 이런 감정구조는 근본적으로 자신과 디키의 계급적 차이에서 비롯되는 것이므로, 이 작품은 결국 두 계급 사이의 극복될 수 없는 차이를 강조하고 있다고 볼 수 있다. 그러나 톰은 이 차이를 만들어내는 불평등한 사회 구조에 대해서는 전혀 관심이 없고, 다만 부와 특권을 가진 디키의 세계 속으로 자신이 들어가고자 하는 열망밖에 없다. 그렇기 때문에 톰에게서 러셀이나 느가이가 말한 것 같은 정치적 충동과 비판의식을 직접 읽어내긴 힘들다.

　그러나 톰이 디키를 없애고 디키의 정체성을 복제하여 자신이 디키로 행세하며 사는 삶의 방식, 자신의 자아를 보존하며 조금씩 개선해가는 방식이 아니라 자신의 내부를 텅 비우고 다른 사람의 정체성의 이미지로 살아가는 방식, 그리고 자신이 입은 새로운 정체성이 제공하는 큰 만족 중의 하나가 물건들, 소유물이 주는 만족이라는 사실, 그 물건들이 의미 있는 타인의 자리를 대체할 뿐 아니라 자신의 정체성과 자아 존중감과 삶의 의미를 제공한다고 느끼는 방식은 현대 사회의 핵심적인 문제인 진정성과 정신적 가치의 상실이라는 문제를 징후적으로 보여주고 있다. 2차 대전 이후 미국이 세계적 주도권을 잡아나가면서 민주주의적 제도와 더불어 물질적 번영과 소비문화를 미국적 삶의 방식의 우월함을 드러내는 것으로 생각했던 1950년대의 사회 흐름에 대해 이 작품은 그 병적인 징후를 명징하게 보여주고 있다.

아우슈비츠의 수치

프리모 레비의 증언록

이명호

> 그날 이후, 불안한 순간이면
> 그때의 고통이 다시 찾아와
> 내 끔찍한 이야기를 말 할 때까지
> 내 안의 이 가슴은 불탄다.
> ─사무엘 테일러 콜리지,『노 수부의 노래』

1. 아우슈비츠와 수치

테오도르 아도르노는 "아우슈비츠 이후 서정시를 쓰는 것은 야만적이다"는 말로 아우슈비츠 경험이 현대 서구 미학에 끼친 파국적 영향에 대해 말한 적이 있다. 이제는 예술의 종언을 알리는 숱한 전언들 가운데 하나로 전락한 아도르노의 이 문장은 이탈리아계 유태인 생환자 프리모 레비(Primo Levi)가 절멸수용소에서 느꼈다고 토로한 수치심과 함께 이해해야 한다는 것이 이 글을 이끄는 문제의식이다. 예술의 종언은 그 예술을 창조하는 인간이 자신의 존재와 세계에 대해 느끼는 감정의 맥락에서 이해할 필요가 있다. 미학은 진위의 인식이나 선악의 판단에 앞서 무엇보다 인간의 '감정' 혹은 '느낌'과 연관되기 때문이다. 감정이란 의식적 사고, 의미, 재현에 앞서 인간이 구체적인 사회 환경에서 언어·몸짓·표정 등을 통해 드러내 보이는 가장 본원적인 육체적·인지적 반응이다. 그것은 인간에게 감응을 불러일으키는 외부 대상이나 사건에 대해 인간이 드러내 보이는 신체적·정신적 반응이다. 대상이나 사건에 대한 일정한 '인지(cognition)'와 '판단(judgment)'을 수반한다는 점에서 감정은 단순한 육체적·감각적 반응을 넘어선다. 그러나 동시에 감정은 감각을 통해 '느껴지는' 것이다. 감각(sensation)과 판단이 동시에 이루어지는 복합적 반응양태라는 점에서 감정은 육체와 정신, 어느 한쪽으로 분류되지 않고 양쪽 모두를 포괄한다. 또 감정은 단순히 주체 내부에서 형성되는 것이 아니라 대상과의 접촉을 통해 발생한다는 점에서 주체와 대상, 안과 밖, 어느 한쪽으로 귀속되지 않는다. 감정은 주체가 대상을 지향하고(directed), 대상에 대해(about) 느끼는 것이자 대상과의 접촉을 통해 변용되는 감응양태(mode of affection)이다. 이런 점에서 감정은 세계에 대한 '태도(stance)'를 포함하며 세계를 '감지하는(apprehend)' 활동이다(Ahmed, 5~8). 감각적 반응이면서 인지적 판단이고, 대상에 의해 변용되면서 동시에 대상을 변용시키는 정서적 활동이라는 점에서 감정은 육체와 정신, 대상과 주체의 이분법으로 포괄되지 않는 영역에 위치해있다. 이런 이분법의 경계를 넘나드는 활동으로서 감정은 인간이 세계와 관계 맺는 가장 본원적인 방식이자 자기 자신을 변화시킬 수 있는 능력이다. 따라서 인간이 세계에 대해, 그리고 자기 자신에 대해 경험하는 느낌의 변화를 포괄해 들이지 못하는 예술은, 그것이 아무리 화려한 수사와 정교한 서사구조를 지니고 있다 해도 불구일 수밖에 없다. 역으로 인간과 세계에 대해 가장 근원적이고 정직한 대응이 이루어지는 문화적 작업은 인간의 섬세하고 복잡한 감정의 변화를 포괄해 들인다.

프리모 레비가 나치 절멸수용소에서 느낀 '수치심(shame)'은 이런 의미에서 20세기 인간이 경험한 여러 감정들 중 하나이다. 아니, 그것은 어쩌면 수많은 감정 가운데 하나가 아니라 감정 일반의 본질과 관련하여 어떤 특수한 지위를 가지는 것일 수 있다. 레비가 느낀 수치심은 '인간이 인간이 아니게 되는 생성변화'를 내포함으로써 인간의 존재 자체에 대해 변화된 반응을 보여주는 감정이기 때문이다. 아우슈비츠가 진정 20세기 역사에 한 획을 그을 수 있는 극한의 사건(the event of the extreme)이라면, 그리하여 우리가 20세기 역사를 아우슈비츠를 중심으로 '포스트(post)'와 '프리(pre)'로 나눌 수 있다면, 이 분기점은 레비가 느낀 수치심이 되어야 한다는 것이 나의 생각이다. 이는 미국 내 대학에 자리 잡고 있는 유태 지식인들이 아우슈비츠를 그 어떤 역사적 사건과도 비교할 수 없는 유일무이한 사건으로 만듦으로써 아우슈비츠 경험을 특권화하는 움직임에 동조하는 것은 아니다. 아우슈비츠에 대한 불순한 전유가 아우슈비츠 경험이 우리에게 던지는 급진적 문제제기 자체를 봉쇄하는 알리바이로 작용해서도 안 된다. 레비가 아우슈비츠에서 느낀 수치심은 아우슈비츠를 특권화하는 역사적 이해마저도 비판적으로 해체하는 보다 근원적인 감정, 인간의 인간됨 자체를 심문하는 감정이기 때문이다.

아우슈비츠의 고통이 사라지고 난 다음에도 오랫동안 레비를 사로잡은 참혹한 느낌, 그의 가슴을 벌겋게 달아오르게 하고, 그로 하여금 거듭 그 시절로 돌아가 "위험한 물(perilous water)"(The Drowned, 75) 속을 들여다보게 했던 것은 부끄러움이다. 그가 그 물속에서 들여다 본 인간의 모습은 인간이라는 사실에 대해 부끄러움을 느끼지 않을 수 없는 일그러진 형상이었고, 그 형상을 차마 더 들여다보지 못하고 그는 스스로 생을 반납한다. 레비로 하여금 절멸수용소의 끔찍한 고통 속에서도 보존해왔던 생을 자기 손으로 거두게 만들고, 자발적으로 위험한 물 속으로 걸어 들어가게 했던 부끄러움은 대체 어떤 감정인가? 그것은 부끄러움의 역사에 어떤 변화를 보여주는가? 살아 돌아온 지 23년이나 지난 다음 자살을 선택한 레비의 소식을 전해 듣고 츠베탕 토도로프(Tzvetan Todorov)는 "레비가 1987년 자살하지 않았다면 모든 것이 단순 명쾌했을 것이다"(262)라고 말한다. 이 말에 이끌려 제일 조선인 작가 서경식은 레비의 무덤을 찾는 긴 여행길에 오른다. 살아있는 자를 다시 죽은 자의 대열로 밀어 넣는 이 부끄러움의 감정이야말로 비극적 공포나 연민으로 감당할 수 없는 감정적 진실이자, 어떤 단순 명쾌한 설명도 뚫고 들어갈 수 없는 어둡고 모호하고 위험한 감정적 실재이다. 레비가 느낀 부끄러움은 여러 개의 얼굴을 지니고 있다. 레비는 「수치(Shame)」라는 제목의 글에서 자신이 느낀 수치심을 네 가지 차원으로 구분하여 기록하고 있다. 뒤에 자세히 논의하겠지만, 이 네 차원의 부끄러움 중 그를 가장 참혹하게 사로잡았던 것은 '인간이라는 사실에 대해 느낀 수치심'이다. 이는 인간적 범위를 초과하고 있다. 인간으로 귀속되지 않는 어떤 감정의 차원이 그의 아우슈비츠 체험을 통해 드러나고 있는 것이다. 레비가 느낀 부끄러움이 수치심의 역사에 일대 전환을 가져온 중대한 사건이 되는 것은 바로 이 때문이다. 나는 레비가 수치심을 인간주의의 극단에서 사유함으로써 인간에 대한 새로운 이해를 요청했다고 본다. 레비를 통해 수치의 역사에 획기적이라고 부를 만한 새로운 사유가 출현하고 있는 것이다.

이 글은 프리모 레비가 기록하는 수치의 여러 차원을 검토해보고, 특히 그가 무슬림이라는 수용소의 존재에 대해 느낀 부끄러움이 어떤 의미를 갖는지 논의해보고자 한다. 이 차원의 부끄러움은 극복해야 할 부정적 감정이 아니라 아우슈비츠 이후 현대 인간의 윤리적 가능성을 열어놓고 있다. 레비의 책 제목이 말해주듯이 아우슈비츠 이후 우리가 "이것이 인간이라면"이라는 가정법을 던지며 인간의 범주에 대해 의문부호를 달지 않을 수 없다면 그것은 부끄러움의 감정에서 출발해야 할 것이다. 레비가 느낀 부끄러움은 아우슈비츠 생존자들을 사로잡은 '죄책감(guilty feeling)'으로도, 가해국의 국민들이 자신들 혹은 자신들의 조상이 저지른 역사적 과오를 인정한 다음 곧바로 회복하고 싶어 하는 '국가적 자부심(national pride)'으로도 쉽게 전화되지 않는다. 또 그것은 특정 사회나 집단이 설정해놓은 '이상(ideal)'에 비추어 자신의 결함을 느끼는 정서적 범위를 벗어난 곳에서 나온다. 인간에 대한 기존의 모든 관념과 이상의 불가능성을 마주한 곳에서 느끼는 정서야말로 레비가 경험한 부끄러움의 한 측면이다. 이 차원의 부끄러움은 인간적 이상으로서 도덕의 상실이나 실패를 나타낸다기보다는 기존의 인간범주를 넘어선 지점에서 발원하는 감정, 우리가 인간성이라고 이해하는 것을 부정하지만 인간 존재에 내재하는 어떤 비인간적 차원을 대면했을 때 느끼는 감정이다. 레비는 이 차원의 부끄러움을 어떻게 증언하고 있는가? 자신이 대면한 불가능성에서 레비는 어떤 윤리적 가능성을 끌어내고 있는가? 이 글이 답해 보고자 하는 질문들이다. 나는 이 질문들에 답을 찾아가는 실타래로 이탈리아 철학자 조르조 아감벤(Giorgio Agamben)의 해석을 부분적으로 활용하고자 한다.

하지만 아감벤을 경유하여 레비의 질문에 답하기 전에 우리는 먼저 수치에 대한 현대철학의 성찰을, 그리고 수치심과 죄책감의 관계에 대한 간략한 사전 이해과정을 거칠 필요가 있다. 레비가 경험한 아우슈비츠의 수치는 이런 우회로를 거친 다음에야 도달할 수 있는 지점에 놓여 있기 때문이다.

2. 수치와 죄책감

수치에 대한 현대철학의 성찰이 가장 선명한 형태로 이루어진 것은 사르트르의『존재와 무』이다. 라캉이 자신의 '응시(gaze)' 개념을 차별화하여 읽어낸 것으로 유명한 3부 "대타존재"의 모두에서, 사르트르는 열쇠구멍을 통해 방속을 엿보고 있는 현장이 누군가에 의해 발각되는 한 남자에 대해 이야기하고 있다. 보고 있는 자신이 누군가에 의해 보여 지고 있다는 것, 타자의 시선의 대상이 된 자기의 존재를 인정할 때 주체가 경험하는 감정이 수치이다. 사르트르에게 수치는 "그 최초의 구조에서는 누군가 앞에서의 부끄러움"이다. "타자는 나와 나 자신 간의 불가결한 매개자이다. 나는 내가 타자에 대하여 드러나는 그러한 나에 대해 부끄러워한다. 이런 이중구조는 분리할 수 없다." 사실 이 한 대목에서 우리는 "타자 앞에서 보이는 존재로서의 자기"라는 수치의 감정구조에 대한 철학적 해명, 수치심에 대한 이후 논의의 근간을 형성하는 기본명제를 발견할 수 있다. 주체의 의식 속에 매개되는 타자의 존재 뿐 아니라 수치의 감정에 지배적 감각으로 등장하는 '시각'(보이는 것)의 문제는 사르트르의 분석을 통해 드러난다.

하지만 수치심에 대한 사르트르의 분석에는 대타존재의 논증이라는 현상학적 과제로만 환원되지 않는 어떤 영역이 있다. 일본 철학자 우카이 사토시가 예리하게 지적하듯이, 사르트르가『존재와 무』중에서 수치 파트를 집필한 것은 수용소 체험을 한 다음이었던 것으로 밝혀지고 있다(40). 1940년 6월 독일에 패한 다음부터 해방이 되기까지 4년간의 독일 점령기간 동안 사르트르는 포로로 수용되었던 자신을 포함하여 프랑스 전체가 세계의 시선 앞에서 느낀 부끄러움을 고백하고 있다.

> 우리는 양심의 가책을 느끼고 있었다. 우리를 번민하게 했던 이 은밀한 부끄러움, 나는 이것을 포로 시절에 경험했다. 포로는 불행했지만, 자기 자신을 연민하는 데까지는 이르지 않았다. (…중략…) 그들은 프랑스 앞에서 부끄러움을 느끼고 있었다. 그러나 프랑스는 세계 앞에서 부끄러움을 느끼고 있었다. 내 몸을 다소 가련하게 여기는 것은 감미로운 것이다. 그런데 타인의 경멸이 사방을 둘러쌀 때, 우리가 어떻게 자기 자신에 대한 연민을 갖게 되겠는가?(『점령 하의 파리』, 22; 사토시, 40 재인용)

병사는 프랑스 앞에서 부끄러워하고, 프랑스는 세계 앞에서 부끄러워한다. 자기 연민으로 수습되지 않는 이 부끄러움은 나치 점령을 겪은 다음 프랑스 국민들이 개인적, 국가적 차원에서 경험한 감정이었다. 사토시의 지적처럼, 사르트르가 그려낸 상황은 1차 세계대전에서는 있을 수 없었던, 2차 세계대전이라는 특수한 전쟁체험과 떼려야 뗄 수 없이 연결되어 있다(40).

인류의 종적 존재를 가장 철저하게 부정했던 곳에서 부끄러움의 감정이 가장 격렬하게 일어났던 것은 결코 우연이 아니다. 2차 세계대전 중 유태인의 인종말살이 일어난 절멸수용소의 현장은 그곳에서 생환한 사람들에게나 그곳에서 일어나고 있던 일들에 직간접으로 연루되었던 사람들 모두에게 인간이 지금까지 경험하지 못했던 미증유의 감정을 안겨주었다. 사르트르가 수치에 대한 철학적 해명을 시도하면서 주체와 타자의 문제로 나아갔다면, 이를 인간 존재의 문제로 정면에서 맞선 사람이 프리모 레비이다. 수용소에서 인간이라는 사실에 대해 느낀 수치심은 결국 레비를 죽음으로 몰고 갔지만, 마지막 순간까지 그는 자신이 경험한 부끄러움의 감정에 대해 명료한 사유를 포기하지 않았다.

레비에게 수치심은 수용소 체험을 기록한 여러 증언집에 산재되어 있다. 하지만 그의 첫 회고록『이것이 인간인가』(영어로는 *Survival in Auschwitz*라는 제목으로 출판되었다)의 한 장인「가라앉은 자와 구조된 자」, 1986년 동명의 제목으로 출간된 산문집(*The Drowned and the Saved*)에 실린 두 편의 글「회색지대(The Gray Zone)」와「수치(Shame)」는 부끄러움의 감정에 대한 레비의 생각이 집중적으로 표현되어 있는 글이다. 특히 뒤 두 편의 글은 독일에서 수정주의 역사 논쟁이 진행 중이던 시절 레비가 자살하기 1년 전쯤 출판되었는데(레비는 1987년 4월 11일 토리노 자택에서 자살했다), 레비를 가장 마지막 순간까지 괴롭힌 감정적·윤리적 딜레마를 짐작할 수 있게 해준다. 도덕적 선/악의 이분법이 포괄해 들일 수 없는 이른바 '회색지대'에서 레비가 경험한 부끄러움은 40년의 시간이 흐른 후에도 해결되지 않은 채 남아있었다. 이 미해결의 감정적 딜레마가 그로 하여금 "위험한 물" 속으로 몸을 던지도록 만들었던 것으로 보인다.

그런데 레비의 글에서 부끄러움은 죄책감과 선명하게 구분되지 않고 서로 용해되어 있는 것으로 보인다. 「수치」에서 레비는 『다시 깨어남*The Reawakening*』(1963)에서 자신이 이미 한번 기록했던 장면, 즉 러시아 군인들이 수용소에 들어와 죽어가는 사람들과 시체가 뒤섞여 있는 장면을 목격하는 대목을 거의 그대로 다시 쓰고 있다.

> 그들은(러시아 군인들) 우리를 반기지 않았고 웃지도 않았다. 그들은 연민만이 아니라 그들의 입을 다물게 했던 혼란스러운 자제심 때문에 억눌려 있는 것 같았다. 그들의 시선은 화장장에 고정되어 있었다. 그들에게 나타난 것은 선발되고 난 후 우리를 가라앉혔던 수치심이었다. 그것은 우리가 너무도 잘 알고 있던 바로 그 수치심이었다. 우리가 끔직한 일을 보거나 겪어야 했던 순간마다 경험했던, 독일인들은 결코 알 수 없을 수치심, 정의로운 사람이 타인이 저지른 죄에 부딪칠 때 경험하는 수치심이었다. 정의로운 사람은 그 죄가 존재한다는 사실에 대해, 그 죄가 현존하는 세계에 어쩔 수 없이 들어오게 되었다는 것에 대해, 그리고 자기 자신은 의지가 없거나 박약한 것으로 드러나 그 죄를 제대로 방어하지 못했다는 것에 대해 가책을 느낀다.(*The Drowned*, 72~73)

레비는 수용소에서 자신이 겪은 수치심을 열거한 이 구절을 인용한 후 곧바로 여기에 지우거나 고칠 것은 하나도 없지만 덧붙여야 할 것은 있다고 언급하면서 다음 구절을 추가한다. "나를 포함한 많은 사람들이 수감기간과 그 이후 수치 즉, 죄책감을 경험했던 것은 수많은 증언을 통해 확인되는 분명한 사실이다. 이것은 터무니없지만 사실이다"(73). 이어지는 대목에서 그는 생존자들의 자살이 대부분 어떤 처벌로도 줄일 수 없는 죄책감에서 비롯된다고 하면서, 그것이 진정 어떤 '죄'인지 묻고 있다. "모든 것이 끝났을 때 그것은 어떤 죄일까? 우리는 자신을 삼켜버린 체제에 어떤 저항도 할 수 없었으며, 설령 저항했다 하더라도 충분하지 못했다는 자각이 일어났다"(76). 하지만 곧이어 레비는 수감자들이 저항하지 못했다는 데 대한 죄책감이야말로 어떤 근거도 없다고 지적한다. 유태인 수감자들보다 더 젊고 건강하며 전문적인 군사훈련까지 받은 소비에트 군인들조차 나치에 저항하지 못했다면, 수년간의 인종차별과 모멸, 영양부족, 강제이주, 가족적 유대의 단절, 세상으로부터의 고립에 내몰렸던 유태인 수감자들이 저항하지 못했던 것은 당연하다는 것이다. 하지만 그는 "이성적으로 보면 부끄러워해야 할 일이 많지 않았지만, 특히 저항의 가능성과 용기를 보여준 소수의 빛나는 사례 앞에서 수치심은 지속적으로 남아있었다"고 고백한다(76~77). 레비의 글에서 직접 인용한 이런 대목들을 보면 그에게 수치와 죄책감은 선명하게 갈라진다기보다 서로 뒤섞여있는 복합적인 감정양태로 받아 들여졌던 것으로 보인다.

죄책감과 수치가 이렇게 뒤섞이는 것은 레비만이 아니라 홀로코스트 생존자들 사이에서 일관되게 발견되는 현상이다. 수용소 생존자 중 한 사람인 브루노 베틀하임(Bruno Bettleheim)은 죄책감을 느끼지 않고선 수용소에서 살아남을 수 없었다고 고백한다. "수백만의 사람들이 죽어갈 때—많은 사람들은 우리 눈앞에서 죽어갔다—자신은 믿을 수 없을 만큼 운이 좋았다는 것에 죄책감을 느끼지 않을 수는 없었다. (…중략…) 수년 동안 매일매일 수많은 다른 사람들이 파괴되어 하는 것을 지켜보면서 우리는 개입했었어야 했다고 느꼈으며, 죽어간 사람이 자신이 아니라는 사실에 기쁨을 느꼈다는 데 죄책감을 느꼈다"(297~98). 나 대신 다른 사람이 죽어갔다는 것, 그들의 죽음을 막기 위해 노력하지 못하고 내가 아니라는 사실에 안도감을 느꼈던 것은 또 다른 생존자 엘리 비젤(Elie Wiesel)로 하여금 "나는 살아있다, 고로 나는 유죄이다"라는 명제를 선언하도록 만들었다.

사실 죄책감과 수치심이 뒤섞이는 이런 양상은 프로이트 정신분석학을 위시한 서구학계에서 일반적으로 발견된다. 프로이트 정신분석학은 기본적으로 죄책감은 자아(ego)와 초자아(super-ego)의 갈등으로, 그리고 수치심은 자아(ego)와 자아이상(ego-ideal)의 갈등으로 해석한다. 인간이 죄책감을 느끼는 것은 자아가 금기를 위반했거나 위반하려고 상상할 때 일어난다. 자아가 법을 위반하면서 금기된 쾌락을 추구할 때 초자아의 처벌이 내면화된 것이 죄책감이다. 초자아는 자아에게 도덕적 심판을 내리고, 자아는 이 심판을 내면화하여 양심이라는 도덕 감정을 형성한다. 반면 수치심은 자아가 이상적으로 여기는 모델(이상적 자아)이나 이런 모델역할을 수행하는 타자의 시선에 자신의 열등한 부분이 드러났을 때 느끼는 감정이다. 이런 타자의 시선에 직면할 때 주체가 보이는 일차적 반응이 열등한 부분을 숨기는 것이다. 주체는 보여 지지만 아직 보일 준비가 되어 있지 않다. 수치심은 노출과 은폐가 동시에 일어나는 감정이다. 이런 만큼 수치심에는 내면화된 도덕적 양심보다는 타자의 시선이라는 외부적 평가(혹은 내재화된 외부판단)가 더 중요하게 작용한다. 감정의 젠더정치에서 흔히 수치는 여성적 감정, 죄책감은 남성적 감정으로 분류되는 것도 여성이 타자의 시선에 더 쉽게 영향을 받는다는 통념 때문이다. 우리에게 『국화와 칼The Chrysanthemums and the Sword』의 저자로 잘 알려진

루스 베네딕트(Ruth Benedict)가 전후 일본문화를 분석하면서 나눈 서구=죄책감의 문화, 일본=수치의 문화의 구분은, 서구처럼 내면적 깊이를 지닌 형이상학적 문화를 발전시키지 못하고 이른바 체면을 중시해온 일본문화에 대한 비판을 담고 있다. 현지문화에 대한 인류학적 해석의 형태를 취한 베네딕트의 시각이 오리엔탈리즘의 전형적 사례로 비판받는 것도 수치를 수치스럽게 생각하고 이를 타문화의 열등함으로 돌리는 서구중심적 시각과 연결되어 있다. 하지만 프로이트는 초자아와 자아이상을 확연하게 구분하기 보다는 초자아가 도덕의식, 자기관찰, 이상의 형성세 가지 기능을 동시에 수행한다고 봄으로써 죄책감과 수치심을 구분하면서도 양자가 혼용될 수 있는 근거를 제공했다(Freud, 100~2).

하지만 죄책감과 수치는 비록 중첩되는 부분이 있다 하더라도 서로 구분되어야 한다. 특히 생존자의 죄책감이라는 문제설정은 생존자에게 부당하게 죄의식을 덧씌운다. 생존자들이 살아남은 것은 그들 잘못인가? 그들은 실제에 있어서나 상상 속에서 죄를 저질렀기 때문에 죄책감을 느껴야 하는가? 타인이 죽었기 때문에 내가 살아남았다는 느낌은 온당한가? 이런 문제제기와 함께 최근 서구 연구자들 사이에서는 생존자의 죄책감이라는 관념을 비판하고 수치심을 재해석하려는 경향이 뚜렷하다. 이를테면 이브 세즈윅(Eve K. Sedgwick)에 따르면, "수치는 자신이 누구인가에 대한 느낌과 연결되어 있으면서 이 감각을 날카롭게 하는 것인 반면, 죄책감은 자신의 행위와 연결되어 있다"(Sedgwick and Frank, 37). 세즈윅에게 수치심이 중요한 것은 그것이 정체성을 형성할 수 있는 잠재력을 지니고 있기 때문이다. 이와 비슷한 맥락에서 도날드 나댄슨(Donald Nathanson) 역시 수치의 순간 드러나는 것은 "자아의 가장 내밀하고 섬세하며 취약한 부분"이라고 주장한다. 법과 규범을 위반하거나 타인에게 해를 끼쳤을 때 느끼는 죄책감과 달리, 수치심은 자아를 감독하는 감정이다. 인간이 자신의 정체성에 대해 느끼는 것과 연결되어 있다는 점에서 수치심은 인간 존재 그 자체와 맞닿아있는 보다 근원적인 감정이다. 죄책감이 법과 규범에 지배되는 도덕감정이라면, 수치심은 법을 벗어난 지점에서 인간의 존재와 만나는 존재론적 감정이다.

우리는 수치심의 체험에서 얼굴과 나체가 차지하는 중요성을 이런 맥락에서 이해할 수 있다. 실반 톰킨스(Sylvan Tomkins)의 주장처럼, "자아가 얼굴을 인식하는 것이 수치의 경험에서 핵심적이다"(118). 수치를 느낄 때 왜 얼굴이 붉어지는가? 후안무치(厚顔無恥)라는 한자어에도 나타나 있듯이 뻔뻔스러울 때 왜 얼굴이 두꺼워지는가? 여기서 얼굴은 수치가 일어나는 외부적 장소가 아니라 자아와 타자가 서로를 구성하고 변형시키는 만남의 장소이다. 수치는 "정체성의 문제가 가장 원초적으로, 그리고 가장 관계적으로 일어나는 곳이다"(Sedgwick and Frank, 22). 수치는 타자와의 관계뿐만 아니라 보다 중요하게는 자아와 자아의 관계에서 형성된다. 특별히 나체를 보았을 때 부끄러워지는 것은, 수치가 우리 자신이 오직 우리 자신으로서 혹은 우리의 몸으로서 환히 비춰지는 그 현현의 순간에 발생하는 감정이기 때문이다. 그러므로 에덴에서 추방당하는 아담과 이브가 자신들의 벌거벗은 몸을 보고 느낀 최초의 감정은 죄책감이 아니라 수치심이다. 수치는 자연을 떠나 인간의 질서로 입성한 인간의 얼굴을 붉게 물들인다.

물론 수치심에는 자기 존재를 긍정하고 자신이 원하는 바를 자유롭고 창의적으로 실현할 수 있는 개방적 확장성이 부족한 것이 사실이다. 자신에 대해 기쁨과 자부심, 경외심을 느끼게 만들기에 수치심은 지나치게 부정적이고 제한적이다. 치욕을 겪을까봐 두려움에 떨고 취약한 자기 자신을 경멸하는 부정적 방식으로는 자신과 세상을 변화시키기 힘들다는 사실을 전면적으로 부인할 수는 없다. 니체가 수치를 '노예의 도덕'이라 부르며 '수치에 대해 전쟁'을 선포한 것이 이 때문이다. 또 마사 누스바움(Martha Nussbaum)이 시민사회를 유지하는 데는 수치가 적합하지 않다고 생각하는 것도, 좀 다른 맥락에서 나온 것이긴 하지만, 수치감정에 들어있는 이런 부정적 측면에 주목했기 때문이다. 누스바움은 인간이 자신의 취약성과 열등성에 대해 느끼는 수치심이 타인을 수치스러운 존재로 낙인찍는 방식으로 해소될 때 그것은 쉽게 사회적 폭력으로 전화할 수 있다고 우려한다. 수치스러운 자신으로부터 도망치는 것이 타인을 수치스럽게 만드는 방식으로 풀릴 때 건강한 시민공동체를 유지할 수 없다는 것이다. 누스바움은 타인에게 투사하는 방식으로 수치심을 부인하지 않고 합리성을 통해 다스리는 사회, 편견이 작용하는 사회적 규범을 추종하면서 이 규범 바깥에 있는 개인이나 집단을 비합리적으로 낙인찍는 행위를 막고 모든 시민들이 법 앞에서 평등한 보호를 받고 인간적 존엄을 유지할 수 있는 사회, 이런 사회가 우리가 지향해야 할 품위 있는 민주사회라고 본다(270~71).

하지만 아우슈비츠 이후 인류가 봉착한 문제는 너무 많은 수치 때문이 아니라 너무 적은 수치 때문이 아닐까? '수치심을 모르는 자존감'과 '자기중심적 나르시시즘'에 빠져 자신이 부족하다고 느끼지 못하는 것이 타인에 대한 맹목적 증오와 폭력을 낳는 게 아닐까? 너무 많은 수치가 타인을 수치스럽게 만드는 부정적 결과를 낳는다기보다는 수치심을 느끼고 그와 더불어 살아가는 방법을 모르기 때문에 과잉 팽창된 자아와 타자에 대한 멸시가 생기는 것이 아닐까? 그런데 수치에서 도망치지 않고 그와 더불어 산다는 것은 무슨 뜻인가? 어떤 수치, 무엇에 대한 수치를 말하는가?

3. 수치의 네 차원

수치와 죄책감이란 말을 혼용하고 있지만 수용소에서 레비가 느꼈던 감정은 기본적으로 수치심이다. 그것은 무엇보다 자신이 잘못을 저지르거나 법을 위반한 행위와 관련된다기보다 자신의 존재 자체에 대해 느끼는 것이기 때문이다. 그렇다면 레비는 무엇에 부끄러움을 느꼈는가? 「수치」라는 제목의 글에서 레비는 이를 네 차원으로 설명하고 있다.

첫째는 저항하지 못했다는 사실에 대한 수치이다(저항의 의지조차 전면적으로 파괴된 굴욕감). 절멸수용소의 수감자들은 살아남기 위해 간수의 명령을 따라야 했다. 징벌, 본보기 처벌, 고문의 압력 아래에서 그들은 의지의 붕괴를 경험했다. 극소수의 사람들을 제외할 경우 대부분의 수감자들은 수용소체제에 저항하지 못했을 뿐 아니라 저항을 시도했던 사람들을 지지하지도 못했다. 이와 관련하여 레비는 수용소체제에 맞섰다가 공개처형을 당하는 사람 앞에서 누구도 감히 나서지 못했던 장면을 아프게 기억하고 있다. 레비는 이 장면—'최후의 인간'이라는 제목을 달고 있는 『아우슈비츠에서의 생존』의 한 장—을 다시 기록하면서 당시에는 크게 괴롭지 않았지만 시간이 지나면서 "너도 그렇게 했어야 했다"는 부끄러움에 시달렸었다고 고백한다.

둘째는 인간적 유대감을 형성하지 못했다는 데 대한 부끄러움이다. 나치대원들과 자신을 동일시하면서 동료 수감자들을 의도적으로 괴롭히고 갈취했던 특권적 위치에 있던 소수의 유태인들—'화장장의 갈매기'라 불린 이른바 특별 처리반 사람들—처럼 굴지는 않았지만, 대부분의 수감자들은 도움을 요청하는 사람들에게 구조의 손길을 건네지 못했다 (인간적 유대를 만들지 못했다는 부끄러움). 이와 관련하여 레비는 자신이 겪은 사건 하나를 고백한다. 수용소에서 견딜 수 없는 갈증에 시달리다가 그는 우연히 담벼락에서 수도관을 발견한다. 수도관에 구멍을 뚫어 허겁지겁 물을 마신 다음 레비는 물이 있다는 것을 다른 사람들에게 알릴 것인지 고민한다. 잠깐의 번민 끝에 레비는 가장 가까운 친구에게만 알리기로 하고 그 친구와 둘이서만 몰래 물을 마신다. 하지만 막사로 돌아오자 다니엘이라는 이름의 노인이 눈치를 챈다. 그들에게 보내는 노인의 눈길에서 레비는 부끄러움을 느낀다. 그 눈길은 "왜 나는 아니고 너희 둘이냐?"는 힐난을 담고 있는 것으로 느껴졌기 때문이다. 나누지 못한 한 모금의 물은 수감자들 사이에 쳐진 장막, 아무도 말하진 않았지만 모두가 느끼고 있었던 투명한 장막이었다. 장막을 걷어내고 인간적 유대감을 형성하지 못했던 것을 정상 사회의 도덕적 잣대를 들이대며 변절이라고 비난한다면 분노가 치솟지만, 그 분노 뒤에 또아리를 틀고 있는 부끄러움의 감정은 오랜 세월이 지난 후에도 여전히 그를 괴롭힌다.

셋째는 살아남은 것에 대한 부끄러움이다. 생환자들은 수용소에서 자신들이 죽은 사람들 대신 살아났다는 생각을 떨칠 수가 없다(자신은 죽은 사람들의 카인이라는 자기고발과 수치). "사람들은 다른 사람이 자기 대신에 죽은 것이고, 자신은 남들이 누리지 못한 특권이나 죽은 사람들에게 행한 잘못 때문에 살아있다고 생각한다." 물론 이는 사실이 아니다. 레비는 말한다.

　당신은 명백한 잘못을 저지르지 않았다. 당신은 다른 사람의 자리를 빼앗지 않았다. 당신은 아무도 때리지 않았다. 당신은 어떤 자리도 받아들이지 않았다. 당신은 다른 사람의 빵을 훔치지 않았다. 그럼에도 부끄러움을 피할 수는 없다. 각자는 자신의 형제의 카인이라는 것, 우리들 한 사람 한 사람은 이웃의 자리를 빼앗고 이웃 대신 살고 있다는 것은 하나의 가설, 아니 의혹의 그림자에 지나지 않는다. 그것은 가설이다. 하지만 이 가설이 나를 괴롭힌다. 그것은 나무좀처럼 내 속에 깊숙이 또아리를 틀고 있다. 바깥에서 보이진 않지만 나를 긁고 할퀸다.(82)

살아남은 자로서 느끼는 이런 부끄러움은 레비가 자신의 친구이자 마우트하우젠 수용소에서 돌아온 유태인 생존자 부루노 바사리(Bruno Vasari)에게 바치는 시, 「살아남은 자의 아픔—생존자 B. V에게」에서도 반복된다.

　언제부터인가 그 끔직한 순간들이 되살아나
　그 얘기를 말할 수 있을 때까지
　내 가슴은 너무나 쓰라리고 저려왔다.
　그는 희미하게 밝아오는 새벽이면

온통 시멘트 가루로 뒤덮인 잿빛 얼굴이며

다음날을 기약할 수 없는 불안한 잠자리로

죽은 송장이나 다름없는 동료들을 바라보았다.

그리곤 밤마다 악몽을 꾸며 너무 배고픈 나머지

무 같은 거라도 씹는 듯 마구 턱을 움직이며

애절한 목소리로 잠꼬대를 해대곤 했다.

"돌아가게! 제발 나를 내버려두고

돌아가게, 먼저 간 동료들이여!

난 아직 어느 누구의 것도 빼앗은 적이 없고

어느 누구의 빵 한 조각도 훔친 적이 없네.

그리고 지금까지

나 때문에 정말 단 한사람도 죽은 적이 없네.

제발 그대들은 그대들의 세상으로 어서 돌아가게.

내가 아직 살아서

내가 아직 죽지 못해서

먹고, 입고, 잠자며 목숨을 부지하고 있다는 게

어찌 내 탓이고 내 잘못이란 말인가?"(『살아남은 자의 아픔』, 103~4)

이 시의 첫 부분은 레비가 「가라앉은 자와 구조된 자」의 제사(題詞)로 쓴 콜리지의『노수부의 노래』의 한 구절을 변형하고 있고, 후반부는 내가 앞 문단에서 인용한 대목을 거의 그대로 반복하고 있다. 생존자들은 수용소의 트라우마가 덮치면 불길한 꿈속을 헤맨다. 꿈속에서조차 그들은 죽어간 동료들의 비난소리를 들으며 자신의 무고함을 주장한다. 그러나 살아있는 것이 내 잘못은 아니라고 항변하지만 부끄러움을 멈출 수는 없다. 애절한 목소리로 외치는 잠꼬대는 마음 깊은 곳에서 우러나오는 부끄러움을 증언한다.

넷째는 인간이라는 사실에 대한 수치이다. 생환자들은 희생자임에도 불구하고 자신이 가해자들과 같은 인간이라는 종에 속해있다는 사실에 부끄러움을 느낀다(인간이라는 종족의 일원이라는 수치). "올바른 자가 타인이 범한 잘못에 대해, 이것이 존재했다는 사실에 대해, 또 이것이 현존하는 세계에 들어와 회복불가능하게 되었다는 생각에 몸부림치며 부끄러움을 느낀다"(『휴전』). 인간은 섬이 아니다. 인간이 저지른 죄를 보지 않거나 듣지 않을 도리는 없다. 그 죄를 씻을 수도 없다. "인간, 아니 인간이라는 종―간단히 말해 우리―이 엄청난 고통을 저지를 수 있는 힘을 지니고 있다는 것, 고통이란 어떤 대가나 노력 없이도 무로부터 만들어지는 단 하나의 힘이라는 사실은 입증되었다"(「수치」, 86).

프리모 레비를 논하는 한 대목에서 츠베탕 토도로프는 이 마지막 차원의 부끄러움을 칼 야스퍼스가 『독일의 죄에 관한 문제』에서 제시한 형이상학적 죄와 비교하고 있다(265). 형범상의 죄(실제 범죄자가 법 앞에서 저야 하는 법적 죄), 정치적 죄(범법자와 같은 공동체에 속해있는 자가 전승국의 의지 앞에 저야 하는 정치상의 죄), 도덕적 죄(행위자가 자신의 양심 앞에 저야 하는 죄)와 비교할 때, 형이상학적 죄는 인간이 범한 잘못 그 자체에 대해 저야 하는 죄(인간이 신 앞에 저야 하는 죄)이다. 그런데 이런 비교를 하다가 토도로트는 갑자기 이런 감정은 형이상학과는 무관한 일반인들도 느낀다고 말한다. 사토시는 토도로프가 이 구절의 첫 대목에서는 '부끄러움 내지 죄책감'

이라는 표현을 쓰다가 이 대목에 이르러서는 "죄책감이라는 개념이 포괄할 수 있는 모든 범위를 벗어나 삐어져 나오는 부끄러움의 차원에 주의를 기울이고 있는 것 같다"(42)고 지적하면서 토도로프가 죄책으로 포괄되지 않는 부끄러움의 감정을 무의식중에 표현하고 있다고 읽어낸다. 앞의 세 차원의 부끄러움이 인간의 범주 안에서 경험되는 것이라면, 이 마지막 차원은 인간의 반경을 넘어서는 지점에서 느껴지는 것이다. 그것은 인간과 비인간의 경계에서 경험되는 감정적 차원이다. 사토시는 이 차원의 부끄러움에서 새로운 사유를 갈구하는 시대적 징후를 읽어낸다. 그 징후란 무엇인가? 아니 레비는 아우슈비츠의 어떤 지점에서 인간이라는 사실에 대해 수치를 느꼈는가?

4. 인간과 비인간의 경계에서 경험되는 수치

레비는 『이것이 인간인가』에서 수용소에서 그가 '가라앉은 자'라 부르는 무슬림들을 다음과 같이 묘사한다.

가스실로 가는 무슬림들은 모두 똑같은 사연을 갖고 있다. 아니, 더 정확히 말하자면 아무런 사연도 갖고 있지 않다. 그들은 바다로 흘러가는 개울물처럼 끝까지 비탈을 따라 내려갔다. 근본적인 무능력 때문에, 혹은 불운해서, 아니면 어떤 평범한 사고에 의해 수용소로 들어와 적응을 하기도 전에 그들은 학살당했다. (…중략…) 선발에서, 혹은 극도의 피로로 인한 죽음에서 그들을 구할 수 있는 건 아무것도 없다. 그들의 삶은 짧지만 그들의 번호는 영원하다. 그들이 바로 무젤매너, 익사자, 수용소의 척추이다. 그들은 끊임없이 교체되면서도 늘 똑같은, 침묵 속에 행진하고 힘들게 노동하는 익명의 군중, 비인간들이다. 신성한 불꽃은 이미 그들의 내부에서 꺼져버렸고 안이 텅비어서 진실로 고통스러워 할 수도 없다. 그들을 살아있다고 부르기가 망설여진다. 죽음을 이해하기에는 너무나 지쳐있기 때문에 죽음을 두려워하지 않는 그들 앞에서 그들의 죽음을 죽음이라고 부르기조차 망설여진다.

얼굴 없는 그들의 존재가 내 기억 속을 가득 채우고 있다. 우리 시대의 모든 악을 하나의 이미지로 형상화할 수 있다면 나는 내게 친근한 이 이미지를 고를 것이다. 고개를 숙이고 어깨를 구부정하게 구부린, 뼈만 앙상한 남자의 이미지이다. 그의 얼굴과 눈에서는 생각의 흔적을 찾을 수 없다.(『이것이 인간인가』, 136)

살아있지만 이미 익사자의 대열로 빠져 들어간 무슬림들은 인간을 인간으로 규정해주는 어떤 사회적, 상징적 의미망으로부터도 벗어나 인간이 비인간으로 건너가는 경계선상의 존재이다. 수용소라는 거대한 물살에 가라앉은 사람들이 구조된 사람들과 갈라지는 것은 선악의 구별이 아니며, 심지어 삶과 죽음의 경계도 아니다. 생명이 위협당하는 극한의 상황에서는 정상세계에서 상정하는 도덕이 힘을 발휘하지 못하며, 위엄, 용기, 자존 같은 인간적 덕목도 벗겨진다. 레비가 지적하듯이, 비인간적 체제에 맞서는 저항이나 고통 받는 동류 인간에 대한 연대도 사라졌다. 이들은 죽음을 이해하기엔 너무 지쳐 있어서 죽음마저 두려워하지 않는다. 인간에서 유기체로 넘어가는 이런 기로에 선 존재를 레비는 '비인간 (non-human)'이라 부른다. 무슬림은 가장 기본적인 동물적 자극에조차 반응하기를 멈춘 일종의 살아있는 시체여서 공격을 받아도 방어하지 않으며, 점차 배고픔과 갈증도 느끼지 못하게 된다. 이들은 인간의 표정을 담고 있는 얼굴이 지워진 존재, 말하자면 얼굴 없는 존재이다. 따라서 이들은 레비나스적 의미에서 타자의 얼굴에서 발성되는 부름에 "여기에 내가 있습니다"라고 말할 수 있는 존재가 아니다. 무슬림과 마주칠 때 우리는 그들의 얼굴에서 우리의 책임성에 대한 부름으로 우리에게 말을 건네는 타자의 심연의 흔적을 발견할 수 없다. 대신 우리가 그들에게서 보는 것은 인간적 깊이의 결여이자 어떤 감상적 공감이나 동일시의 불가능성이다. 이들은 단순히 인간도 비인간도 아니다. 오히려 이들은 우리가 인간이라고 이해하는 것을 부정하지만 인간 존재에 고유한 어떤 비인간적 자질로 나타난다. 문제는 이 비인간적 자질이 소외된 인간성이나 그에 맞서 싸워야 하는 야만성이 아니라는 것이다. 레비가 무슬림에게서 본 것은 인간적인 것의 보이지 않는 근거로 작동하는 어떤 불가해한 힘이다. 아감벤은 이 힘을 가리켜 '벌거벗은 생명(bare life)'이라 부르고, 슬라보예 지젝(Slavoj Žižek)은 "상징적 진리가 없는 실재(the Real)"(121)라 부른다. 아감벤에게 벌거벗은 생명은 고대 로마에서 죽여도 법으로 처벌받지 않고 희생물로 바칠 수도 없는 존재, 즉 '살인죄에 대한 면책'과 '희생제의로부터의 배제'가 동시에 일어나는 '신성한 인간', 즉 호모 사케르(homo sacre)이다. 이들은 그리스적 의미의 정치영역을 구성했던 '비오스(bios)'(인간적 삶)의 능력뿐 아니라 '조에(zoe)'(그저 살아있는 삶)의 가능성마저 박탈당한 존재들이다. 지젝이 기대고 있는 라캉 정신분석학에서 실재는 인간성 한

복판에 놓여있는 비인간적 사물이다. "정상적인 인간의 존엄성과 관여성을 무슬림의 비인간적 무관심으로부터 갈라놓는 그 구분선은 인간성이라는 것 한복판에 일종의 비인간적 중핵 혹은 간극이 있다는 것을 뜻한다. 라캉의 용어를 써서 말하자면 무슬림은 외밀한 방식으로 인간이다"(지젝, 121). 무슬림이라는 이 끔찍한 역설과 대면하지 않는 한 어떤 인간도 인간이 아니며, 어떤 윤리도 윤리가 아니다. 무슬림은 인간과 윤리에 대한 모든 언설을 무의미하게 만드는 '영도(zero degree)'이다.

무슬림이 불러일으키는 수치심은 인간이 인간 자신의 비인간을 마주할 때 느끼는 감정이다. 그런 만큼 여기서 감정이란 인간학적 깊이나 주체의 내면에서 솟아나오는 것이 아니라 주체를 넘어선 지점에서 발원하는 느낌이자 정동(affect)에 가깝다. 아감벤의 용어를 빌자면 수치는 주체가 자신 안에 내재하는 탈주체성을 마주할 때 경험하는 존재론적 정조이다. 수치는 주체화(subjectification)가 탈주체화(desubjectification)와 내속(內屬)하고 있는 이중적 운동에 다름 아니다. 이런 점에서 수치는 아감벤이 증언에 부여하는 이중구조와 닮았다. 그에게 증언의 주체는 탈주체성에 종속되어있으면서 탈주체성을 증언하는 주체, 아니 증언이라는 언표행위(the act of enunciation)를 통해 탈주체화에서 살아남는 사람이다. 수치는 부족하거나 불완전하거나 열등하다는 의식에서 생기는 것이 아니라 우리가 어떤 식으로도 숨기거나 거리를 유지할 수 없는 어떤 것에 노출되고 '맡겨질(being consigned)' 때 경험된다. 여기선 자아이상이라는 사회적 기준이나 타자의 시선은 더 이상 수치심을 불러일으키는 요인이 되지 못한다. 사르트르의 현상학적 수치심도, 프로이트 정신분석학에서 말하는 상징적 수치심도 여기선 작동하지 않는다. 그것은 상징적 타자나 사회적 이상으로 환원될 수 없는 곳에서 발원하는 부끄러움이기 때문이다. 인간적인 것으로 여겨지는 어떤 것에도 귀속되지 않는 곳에서 삐져나오는 감정, 인간성의 불가능성을 대면하는 지점에서 연원하는 것이 레비가 무슬림에게서 느낀 부끄러움이다. 레비의 수치심이 수치심의 역사에 새로운 차원을 획득하는 것은 바로 이 때문이다.

이 '맡겨짐'이 능동적 의지가 결여된 수동적 굴복인 것은 사실이다. 하지만 아감벤이 분석하듯이 '수동성(passivity)'은 단순히 외부 자극을 있는 그대로 받아들이는 '수용성(receptivity)'과는 다르다. 수동성은 주체가 자신이 수동적인 것을 적극적으로 느끼는 것, 자신의 수용성에 감응되는 것을 가리킨다. 그것은 영어의 재귀용법에 나타나듯, "나에게 무슨 일이 일어나도록 하는 것("I get myself done something")"이다. "어떤 일이 나에게 일어나도록 하다"는 그냥 "나에게 무슨 일이 일어났다("something is done to me")"와는 다르다. 그것은 주체가 자신을 수동적으로 구성하는 자기감응(auto-affection)의 복합적 운동, 능동과 수동이 구분되면서 동시에 서로 얽혀있는 복합적 구조를 이루고 있다(111~12).

레비가 무슬림에게서 느낀 수치심은 인간이 자기 내부의 외상적 중핵이라 할 수 있는 비인간성에 노출되고 맡겨질 때 경험하는 감정이다. 그것은 선과 악의 대립으로 나뉘기 이전의 감정이며, 비극적 영웅(주관적으로는 무고하지만 객관적으로 일어난 일에 대해 책임을 지는 존재)에게 느끼는 연민을 넘어서는 탈비극적·탈주체적 감정이다. 아감벤이 찾아낸 아우슈비츠의 교훈은 인간이 비인간에서 살아남고 비인간은 인간에서 살아남는다는 것이다. 무슬림은 인간에서 살아남은 비인간이다. 생존자는 무슬림(비인간)에서 살아남은 인간이다. 인간과 비인간은 무슬림에서 하나가 된다. "무슬림, 익사한 자가 완전한 증인이다. 인간은 비인간이다. 인간성이 완전히 파괴된 사람이 진정으로 인간이다"(아감벤, 133). 아감벤이 지적하듯이 "역설적인 것은 인간성을 증언할 수 있는 유일한 사람이 인간성을 완전히 파괴당한 사람이라면 이는 인간과 비인간의 동일성이 결코 완전하지 않으며, 인간성을 완전히 파괴하는 것이 가능하지 않고 언제나 뭔가가 **남는다**는 사실이다. 이 남은 자가 증언자이다"(133~34). 아감벤이 '잔여' 혹은 '남은 자(remnants)'라 부르는 증언자들은 "죽은 자도 살아남은 자도 아니고 익사한 자도 구조된 자도 아니다. 그들은 그 사이에 남은 자들이다"(164). 남은 자는 인간성의 파괴 이후에도 남아있는 자, 인간성에서 살아남은 자로서 인간 속의 비인간을 증언하는 자이다. 세계 전쟁의 바다에 가라앉아 죽었지만 역사의 잔해에서 메시아적 계시의 흔적을 찾으려 했던 벤야민처럼, 아우슈비치의 홍수를 겪은 사람들은 이 남은 자들을 통해 구원에 이르는 길을 발견할지 모른다. 이 잔여로서 남은 자들이 인간 속에 있는 비인간을 마주하고 느끼는 부끄러움에서 우리는 새로운 탈주체적 인간 존재론을 구축할 수 있는 방안을 찾을 수 있을지 모르겠다. 아우슈비츠의 홍수에서 남은 자들은 인간이라는 자기동일성으로부터 간극과 차이를 지니고 있으며, 인간 속에 비인간을 내장하고 있다. 아감벤이 다른 곳에서 사용한 어휘를 빌리자면 이들에게 인간과 비인간은 식별 불가능하다. 이 식별불가능성(indistinction)은 인간이라는 광휘를 흐리는 존재론적 취약성이지만, 탈주체적 가능성을 길어 올릴 수 있는 잠재성이기도 하다.

물론 우리는 이 잠재성을 과장하거나 미화하는 오류를 범해서는 안 될 것이다. 역사의 희생자인 무슬림에게서 정치적 변화의 가능성을 찾으려는 성급함도 자제해야 한다. 하지만 자신에게 맡겨진 비인간성을 회피하거나 그로부터 거리를 취하지 않고 그것을 증언함으로써 다가올 구원의 시간을 기다리는 것, 이것이 아우슈비츠의 물바다에서 살아남은 자들의 몫일지 모른다. 아우슈비츠라는 가공할 폭력은 우리에게 인간이라는 사실에 대해 부끄러움을 느끼게 만들었다. 특정 집단이나 공동체 혹은 국가에 귀속되지 않는 인간이라는 종적 존재 그 자체에 대해 느끼는 수치는 인간 공동체의 의미세계로부터 벗어나는 의미의 벡터를 포함하고 있다. 이 감정적 진실을 경유하지 않는 어떤 정치나 윤리도 진정으로 인간을 구원할 수 없다. 아우슈비츠가 우리에게 남긴 감정적 교훈이다.

편집증적 반응과 과잉감정

필립 K. 딕의 『안드로이드는 전기양을 꿈꾸는가?』

장정윤

1. 후기 근대 사회와 편집증적 반응

편집증(paranoia)은 그리스어로 '떨어져 있는(beside)'을 의미하는 'para' 와 지성, 마음(mind)을 의미하는 'nous'의 결합어로 '정신이 없는' 혹은 '미 친' 마음상태를 뜻한다. 일반적으로 미친 사람을 지시했던 편집증이 과 대망상의 의미로 쓰이기 시작한 것은 프로이트가 슈레버(Daniel Paul Schreber)의 『한 신경병자의 회상록』을 분석하면서부터다. 정신분석학은 대체로 과대망상적인 환자들을 정상적인 기능을 할 수 있기 때문에 정신 병이라기보다는 신경증을 앓고 있다고 여겼다(Daniel Freeman, 13). 그러나 프로이트 이후 편집증은 단순히 신경증 환자의 과대망상으로 한정되지 않고 후기 근대 사회 문화의 한 단면을 표상하는 대표적 용어가 되었다. 토마스 핀천(Thomans Pynchon)은 미국의 1960년대를 플라스틱과 편집증의 시대라고 정의하였고, 슬라보예 지젝(Slavoj Zizěk)은 "후기 자본주의에 대응하는 주체성의 형태"가 바로 편집증이라고 하였다(216). 이렇듯 편집증은 우울과 불안만큼이나 우리의 일상적인 심리상태이며, 후기 근대 사회라는 사회적 배경과 밀접한 관계를 맺고 있다(Freeman, 14).

후기 근대 사회에서 편집증은 음모론과 연결되어 이들은 세상에 대한 '열정적 해설가' 혹은 지식인의 모습으로 재현되고, 이들이 구축하는 망상체계는 거대사회의 음모를 파헤치는 정치적 저항으로 해석되어 왔다. 특히 프레드릭 제임슨(Fredric James)은 편집증을 망상적방식을 통한 그들만의 '인식적 지도그리기(cognitive mapping)'를 시도하는 것으로 보면서 편집증적 인물이 정치적 주체로 변모하는 과정에 관심을 두었다. 후기 근대 사회에서 편집증을 통해 정치적 주체가 되는 과정을 다룬 대표적인 작품은 미국 폭스사에서 제작한 드라마 〈엑스-파일(X-File)〉과 핀천의 『제49호 품목의 경매*The Crying of Lot 49*』이다. 각각의 작품 속에서 외계인의 존재를 추적하는 멀더(Mulder) 요원과 비밀 우편 제도인 트리스테로(Tristero)의 비밀을 파헤치는 에디파(Oedipa Maas)는 처음엔 미지의 거대한 사회가 제공하는 수많은 의미를 확인하는 것조차 힘들어하지만, 점차 자신이 집착하고 있는 대상을 추적하는 과정 속에서 새로운 정보를 얻는다. 그 정보에 의해 그들은 자신만의 인식적 지도그리기를 완성하고 거대 사회가 꾀하려는 음모를 파헤친다.

편집증의 주체는 바로 거대 사회가 제공하는 의미를 믿지 않고 그 속에 숨겨진 음모를 파악하려고 시도한다. 이 주체는 숨은 의도에 의해 끊임없이 변하는 사물들의 표면의 본질을 파악하고, 사물로 인해 자신이 파멸되는 것이 아니라, 그것에 연결되어 있는 다른 존재를 인식하고 그들과 소통 할 수 있는 방법을 모색한다. 예를 들면, 멀더 요원은 항상 고도의 기술과 정치 구조의 방해에 고독하게 대항하는 전형적인 후기 근대 사회의 편집증적 지식인이다. 그는 아무도 자신의 말을 믿어주지 않아 공포와 불안을 느끼지만, 진실을 추적하는 과정에서 정신적, 물리적 폭력의 희생자인 흑인, 소수민족, 미성년, 동성애자, 비정규직 노동자를 발견한다. 거대한 사회의 폭력에 희생당했거나 그 희생을 목격한 사람들과 정신적 교감을 나누고 때론 그들에게 도움을 받으면서 멀더는 그들과 네트워크를 형성하고 함께 사건을 파헤친다.

필자가 편집증에 관한 기존 논의가 안고 있는 문제로 파악하는 것은 이들 논의가 편집증적 주체의 인식 변화에만 관심을 기울임으로써 이 주체가 느끼는 감정에 대해서는 무관심했다는 점이다. 기본적으로 편집증적 주체는 거대한 사회의 보이지 않는 힘과 맞서기 때문에 '공포'를 느낀다. 이 공포는 주체가 후기 근대 사회에서 자신의 정체성을 확인하거나 인정받을 수 없는 애매모호한 존재라는 사실을 인식하는 것으로 시작되며, 이후 주체는 모든 것을 포섭하고 있는 거대사회체제에 대해 불쾌와 우려를 드러낸다(Sianne Ngai, 299). 주체가 이런 공포와 불쾌감을 극복하는 방법은 다양할 것이다. 예를 들면 멀더 요원은 공포에 굴복하기 보다는 더욱 적극적으로 사회의 음모를 파헤치려고 시도한다. 반면 한국 영화 〈살인의 추억〉에 등장하는 형사 서태윤은 공포와 분노를 그대로 드러내며 "근대 한국의 폭력과 공포 속에서 짓눌린 전형적인 편집증적 지식인의 모습을 보인다"(김영찬, 365~66).

필자가 관심을 둔 편집증적 주체는 공포를 피하기 위해 다른 가짜 감정들을 의도적으로 만들어내고 타자와 표피적인 관계를 맺는 주체이다.

공포를 피하기 위해 편집증적으로 만들어지는 이러한 다양한 가짜 감정들은 프로이트의 정신분석학의 의미가 강한 '편집증'보다는 '편집증적 반응(paranoid response)'이라는 말로 더 잘 설명될 수 있을 것이다. 그래서 이 연구에서는 편집증이 발생하는 구조와 그 속에서 일어나는 다양한 감정들의 특징을 필립 K. 딕(Philip K. Dick)의 『안드로이드는 전기양을 꿈꾸는가?*Do Androids Dream of Electric Sheep?*』[1]란 작품 분석을 통해 밝히고 '편집증적 반응'을 규정하려고 한다.

『안드로이드는 전기양을 꿈꾸는가?』의 주인공인 릭 데커드(Rick Decard)는 부인인 아이란(Iran)과 함께 지구에 남아 전기양을 키우고 화성에서 지구로 도망친 안드로이드를 죽이면서 현상금을 받는 형사이다. 이 작품은 하루 동안 릭이 화성에서 지구로 탈출해 온 안드로이드를 추적하고 죽이는 과정을 다루고 있다. 초반에 릭은 안드로이드들은 아무 감정도 없고 자신과 교류할 수 없다고 생각하지만, 후반으로 가면서 그들 역시 살고 싶은 욕망과 나름대로의 감정을 지니고 있음을 깨닫고 혼란스러워한다. 이 과정에서 그는 안드로이드는 감정이 없는 기계인간이라는 원래의 믿음에 집착하면서 진실을 외면하려고 한다. 자신의 믿음이 흔들릴 때마다 그는 더욱 더 안드로이드를 죽이려고 혈안이 되고 결국 그 어떤 현상금 형사도 하지 못했던 일을 하루 만에 해낸다. 안드로이드를 여섯이나 죽이는데 성공하지만 이런 성공 끝에 그가 마지막으로 획득한 것

---

1 이 작품은 1982년 리들리 스콧(Ridley Scott)이 감독한 영화 〈블레이드러너(Bladerunner)〉의 원작소설이다. 프리드만은 편집증과 SF 소설이 형식적인 면에서 많은 유사성을 갖고 있다고 보았다. 왜냐하면 SF 소설은 인간의 무한한 상상력에서 나오는 이상하고 기괴한 내용을 리얼리즘적 형식 속에서 다루기 때문이다(20). 낯선 내용과 논리적인 형식이란 이질적인 결합은 바로 피해 망상적인 편집증의 내용과 그들의 이성적이고 논리적인 해석체계와 밀접하게 연결된다.

은 살아있는 생명체로 여긴 두꺼비이다. 이것을 마치 어린 아이처럼 아이란에게 자랑하려던 그는 그것이 전기 두꺼비란 사실을 알고 힘없이 잠자리에 들고 아이란은 전기 두꺼비의 먹이인 전기 파리를 주문하는 것으로 이 소설은 끝이 난다. 작품은 초반의 건장하고 항상 긍정적인 생각을 하던 릭이 초라하고 힘없는 사람으로 변해버린 것으로 끝이 났지만, 여기서 우리가 주목할 점은 그가 단절되었던 아이란과 진정한 대화를 시작했고, 동물에 대한 집착도 버리게 되었다는 점이다.

작품에서 살펴보려는 편집증적 반응과 감정 상태는 '부속품으로 존재하는 주체의 편집증적 반응'이다. 여기서 우리는 릭이 편집증을 통해 거대체계에 편입하려는 과정에서 발생하는 감정들의 특징을 살펴볼 것이다. 초반에 그는 아직 자신이 무엇을 억압하고 있으며, 무엇 때문에 동물에 집착하고 있는지 모르는 상태에서 단순히 낙진으로 가득한 지구의 상태와 진짜 동물을 소유하지 못한 상황에 대해 불쾌감을 느끼지만, 이 불쾌감을 회피하려는 의도에서 안드로이드를 죽이고 정의감을 강조한다. 그러나 자신이 생각한 것과 전혀 다른 안드로이드를 경험한 릭은 원래의 원칙과 믿음이 흔들리면서 정의감에 불타던 형사에서 죄책감을 느끼는 살인자로 변한다. 필자는 릭이 형사에서 살인자로 변하는 과정 속에서 자신이 느끼는 불안감과 위기를 극복하려는 시도가 바로 편집증적 반응이며 이와 연결되어 발생한 다양한 감정들의 상태를 연구하고자 한다. 그리고 불안한 자신의 감정과 위치를 확인한 릭이 편집증적 반응을 통해 도달한 곳에서 타자와 새로운 관계를 형성할 수 있는 가능성이 있는지의 여부를 '편집증적 반응을 통한 주체의 변화'에서 살펴보고자 한다. 릭을 통해 우리는 불안을 잊어버리기 위해 대상에 집착하는 전형적인 편집증과 불안을 직시한 주체가 새로운 현실을 계속 유지하기 위해 고수하는 새로운 유형의 편집증적 반응을 확인할 수 있을 것이다.

2. 부속품으로 존재하는 주체의 편집증적 반응

전쟁 이후, 낙진으로 뒤덮인 지구에서 동물들은 서서히 멸종되고, 인간들은 살아남기 위해 죽어가는 지구로부터 식민지인 화성으로 이주해야 한다. 만약 지구에 남는다면, 그들은 병원에서 주기적으로 건강 검진을 받고, 특별 경계 대상자와 안드로이드를 색출하려는 경찰의 불시 검문검색을 감수해야 한다. 그리고 만약 검진과 검색을 통해 특별 경계 대상자로 판정되면, 지구인은 화성으로 갈 기회를 잃을 뿐만 아니라 아이를 키울 수 있는 권리도 박탈당한 채 격리된 삶을 살아야 한다. 그 무엇보다 그들을 괴롭히는 것은 방송에서 "떠날 것입니까? 퇴보할 것입니까? 선택은 당신의 몫입니다"[2]란 광고이다. 이 문구는 지구인들에게 인간다운 삶을 살기 위해선 화성으로 떠나는 것이 옳은 선택임을 말하고 있지만, 결국 이 선택은 각자 개인의 몫이 아니라 이미 누군가에 의해 정해져 있음을 보여주고 있다. 그러므로 화성에 가지 않고 지구에 남아 있는 사람들은 항상 자신의 안위에 대한 불안감과 끊임없는 정부세력과 미디어

---

2 Philip K. Dick, *Do Androids Dream of Electric Sheep?*, New York : Random House, 1968, p.8. 이후 이 소설에서의 인용은 괄호 안에 페이지만 표시하겠음.

의 통제로 인해 불쾌감을 느끼고 있다. 인간들의 의식을 혼란스럽게 만드는 세 가지 음모의 주체는 지구에 있는 사람을 통제하는 정부와 경찰 세계, 지구에 남아 있는 사람들을 화성으로 이주하도록 캠페인을 벌이는 미디어, 그리고 안드로이드를 생산하는 로젠(Rozen) 같은 대기업이다. 미디어 속에 나오는 화성은 인간들이 안전하게 가족과 함께 살 수 있는 공간이며, 무엇보다 그곳은 주인인 인간과 노예인 안드로이드 사이에 분명한 경계가 존재하는 곳이다. 살아있는 동물 대신 안드로이드를 소유하고 있는 그들은 지구에 있는 사람들처럼 동물을 통해서 자신의 위치와 도덕성을 평가받을 필요가 없다. 그래서 광고 속에 등장한 한 여인은 인터뷰를 통해 화성에서는 인간으로서의 "존엄성을 느낀다"(18)고 말한다. 이렇게 미지의 세계이지만 인간으로서 존엄성을 찾게 해주는 화성과 막연하게 "뭔가 나를 끌어당기는 친숙한 어떤 것이 남아 있는"(17) 지구를 대립 체계로 만드는 것이 음모의 핵심이고 이로 인해 주체는 편집증적 반응을 일으키고 다양한 감정을 느낀다.

지구인들은 안드로이드가 화성으로부터 탈출한다는 사실을 모르지만 릭은 그런 안드로이드를 죽이는 형사이다. 그러므로 그는 그 누구보다도 지구와 화성 그리고 인간과 안드로이드가 처한 현실의 문제점을 직시할 수 있었지만, 그것을 회피한 채 사회에서 시키는 대로 행동하고 스스로 위축되어 있다. 이렇게 행동하는 이유는 전기양 밖에 없는 릭이 사회적으로나 도덕적으로 낮게 평가될 것을 두려워했기 때문이다. 여기서 동물은 생물학적으로 살아있는 개체가 아니라, 추상적 개념과 전시가치[3]로 존재하면서 자신을 현실을 직시하지 못하게 만드는 환상의 기제로 기능한다. 낙진으로 인해 지구는 죽어가고 인간은 피폐한 현실 속에 살지만, 동물을 소유한 인간의 눈에는 그런 현실보다 오히려 눈앞에 살아 있는 동물이 더욱 현실적이다. 그리고 살아있는 동물을 돌보는 인간은 배려심, 책임감, 도덕심 그리고 애정을 가시적으로 드러낼 수 있다 (13). 따라서 동물은 본래의 본성과 기능을 상실한 채, 인간에게 인간성을 확인시켜주는 대상이며 동시에 도덕적이고 선한 세력을 상징하는 알레고리로만 존재한다. 릭과 지구에 남은 사람들이 동물에게 보이는 배려, 사랑, 그리고 도덕적 우월감은 전쟁을 일으킨 인류에 대한 혐오와 아무것도 할 수 없는 채 특별대상자가 될 날만 기다리는 무기력한 인간의 내적 상태가 투사된 일종의 편집증적 반응이다. 그것은 바로 인간이 인류의 무책임과 자신의 무기력에 대한 혐오와 미움을 동물을 돌봐주려는 마음과 사랑으로 둔갑시킨 반면에 전쟁을 일으키는 무자비한 인간의 대한 두려움을 안드로이드에게 투영하였다. 그래서 그들은 동물을 소유하고 보살피려하지만, 안드로이드는 무자비하게 파괴하고 양심의 가책을 느끼지 않는다.

동물과 안드로이드에 대한 상반된 감정은 릭이 안드로이드를 색출할 때 사용하는 감정이입 테스트(Voigt-Kampff test)가 대부분 동물과 관련된 질문이라는 점에서 더욱 확실해진다. 릭은 안드로이드라고 의심되는 대상에게 "송아지 가죽으로 만든 지갑을 생일 선물로 받았을 때" 혹은 "채집한 나비 표본을 보았을 때" 어떻게 안구 근육과 모세 혈관이 얼마나 즉각

---

3   발터 벤야민은 기술복제시대에 예술작품의 위치를 '전시가치'라는 개념으로 설명하였다. 전시가치는 사용가치와 교환가치와 함께 논의 될 수 있는 세 번째 항으로, 이것은 "전시되는 것 자체가 사용의 영역에서 제거되기 때문에 사용가치가 아니며, 결코 그 어떤 노동력도 측정하지 않기 때문에 교환가치도 아니다"(아감벤, 131). 전시가치의 메커니즘은 그 자신이 노출되어 있음을 자각하고 있다는 사실을 드러냄으로써 이들은 모든 목적과 단절된 채 순수한 수단으로 존재하는 것이다.

적으로 반응하는지를 지표로 확인하고 인간과 안드로이드를 구분한다 (48). 동물에 대한 질문을 받은 인간은 자신의 잘못을 되새기고 자신들의 무책임한 행동에 대해 수치심을 느끼기 때문에 즉각적으로 반응하는 반면 안드로이드는 반응이 인간에 비해 느리다. 예를 들면 모두 안드로이드라고 믿을 정도로 무자비하고 차가운 필 레시(Phil Rasch)가 감정이입 테스트를 통과할 수 있었던 것은 다람쥐를 키우면서 지구 멸망에 대한 죄책감과 수치심으로 느꼈기 때문이다. 반면 안드로이드는 화성에서 지구로 도망쳤을 뿐이지 지구 멸망의 직접적인 원인이 아니기 때문에 죄책감과 수치심을 느끼지 못하기 때문에 테스트를 통과하지 못한다. 그 결과 릭은 무자비하게 안드로이드를 죽이면서 정의감을 느낀다.

그러나 이런 정의감은 릭이 인간과 유사하게 만들어진 최첨단 안드로이드, 넥서스 6인 레이첼(Rachel), 루바 루프트(Luba Luft), 갈란드(Garland) 그리고 자신과 동일한 일을 하는 필 레시와 만나면서 다시 위기를 맞이한다. 특히 루바는 위험한 안드로이드가 아니라 오히려 인류가 잊고 있었던 감성과 감각을 일깨워주는 인간보다 더 인간적인 존재이다. 루바는 감정이 없다고 여겨진 안드로이드이지만, 자신의 목소리를 악기로 사용하여 가장 아름다운 소리를 만들어낸다. 릭과 루바는 현실 속에서 피폐해져가는 인간이 아니라 모차르트의 '마술피리'와 뭉크의 그림 '사춘기' 속에 재현된 인간을 그리워하는 공통점을 서로에게서 발견한다. 아이러니하게도 풍부한 감성과 상상력을 필요로 하는 음악과 그림을 통해 릭은 안드로이드들도 감정을 소유한 개체라는 사실을 깨닫고 안드로이드를 죽이는 일을 힘들어하게 된다. 인간과 안드로이드를 구분할 수 있었던 확신을 잃어버린 릭은 안드로이드를 괴물로 오인하고 잘못 죽인 것이 아닌가 하는 혼란스러움과 죄책감을 느낀다. 이런 감정의 변화를 통해 릭은 정의로운 형사에서 자신과 다르게 살아가는 존재를 죽이는 가해자 혹은 살인자란 위치로 추락한다.

이 순간 릭은 자신이 느끼는 죄책감을 감당할 수 없기 때문에 이런 감정을 숨기기 위해 편집증적 반응을 보인다. 언제나처럼 죄책감을 잊고 자신의 세상을 다시 구축하기 위해 그는 안드로이드들을 죽인 현상금으로 살아있는 염소를 구입하고, 자신이 지금 느끼고 있는 죄책감을 피로로 인해 나약해진 상태로 생각한다. 형사였을 때 느낀 불쾌감을 정의감 혹은 정당함으로 포장하듯, 그는 안드로이드에게 느낀 죄책감을 육체적 피로에서 비롯된 일시적 혼란으로 해석하고 염소를 통해 인간성을 회복하려는 편집증적인 반응과 가짜 감정을 만든다. 하지만 그 염소를 레이첼이 빌딩에서 떨어뜨려 죽였다는 사실을 전해 듣고도 릭은 화를 내지 않는다. 왜냐하면 그 역시 동물로 자신의 위선적인 행동을 가리려고 했음을 깨달았기 때문이다. 자신의 위선을 깨달은 릭은 스스로 수치심을 느끼고 또한 자신의 불안한 위치가 안드로이드와 다르지 않음을 알게 된다. 레이첼이 계속 다른 이름의 안드로이드로 재생산되어 여성의 역할을 수행하듯, 릭 역시 그의 선임자 데이브 홀든(Dave Holden)의 역할을 대체한 부속품과 같은 존재인 것이다. 홀든, 릭 그리고 릭을 대체한 다른 형사가 전혀 구별되지 않는 이런 사회에서 그는 자신이 음모 주체의 논리와 이익에 의해 존재 여부가 결정되는 안드로이드와 같은 존재임을 인식하고 극도의 무력감에 빠진다.

3. 편집증적 반응과 감정을 통한 변화

초반에 릭은 자신이 구분한 선과 악의 이분법을 고수하면서 동물을 키울 줄 아는 인간은 선하고 안드로이드는 악한 존재라고 믿었다. 그러나 그는 동물에 집착하고 고도로 발달한 과학 기술 문명에 의존하려는 이유가 지구에서의 자신의 불안전한 삶에 대한 공포 때문이었고, 그런 불안감을 회피하기 위해 끊임없이 다른 감정을 의도적으로 만들고 있었다는 사실을 깨닫는다. 이때 릭은 윌버 머서(Wilber Mercer)로 변하는 사건을 겪는다. 머서는 감정이입기계에 접속한 모든 인간을 하나로 연결시켜주고, 불안한 인간들을 진정시켜주는 신과 같은 역할을 한다. 영화 〈매트릭스(Matrix)〉의 주인공 네오(Neo)가 여러 경험을 통해 모든 것을 깨닫는 존재가 되듯이, 릭은 머서가 되어 모든 것을 극복할 수 있는 신적인 존재로 탈바꿈한다(233).

일반적으로 머서와 융합을 하면 사람들은 '너'가 '그'가 되고 '그들'이 되면서 다시 '우리'가 되는 과정을 겪는다(23). 편집증적 반응과 다양한 감정이 유발되는 상태와 구조를 경험한 그는 타자가 단순히 머서와 융합을 시도한 다른 사람이 아니라, 상징적으로 릭 속에 너와 나란 개체가 우리로 통합되어 있음을 알게 된다. 그러므로 신이 된 그는 모든 것을 할 수 있는 존재라기보다는 모든 것을 볼 수 있는 존재가 된다. 이 순간 릭은 다시 권위적인 남자의 모습이 아니라 개구쟁이 아이와 같은 모습을 보여주며,(238) 처음으로 자신의 부인인 아이란을 불만의 대상이 아니라 나를 이해해줄 수 있는 새로운 존재로 대면한다. 그리고 그는 자신이 느긴 고독, 죄책감, 무력감을 그녀에게 이야기하면서 타자와 진정한 의사소통을 시도한다. 초반에 릭은 아이란에게 불만이 많았지만, 많은 것을 경험하고 돌아온 이 시점에서 그녀는 그를 든든하게 지켜주는 동반자이며, 그의 인간성을 회복시켜 줄 존재로 등장한다. 언제나 외롭고, 의사소통이 힘들어 우울증을 겪어야했던 그녀 앞에 릭 역시 새로운 협력자가 되어 돌아왔다.

아이란은 많이 등장하지 않지만, 소설의 맨 처음과 끝에 등장함으로써 작품의 주제인 새로운 소통의 가능성을 보여준다. 항상 기계에 의존해서 감정을 조절하고 긍정적인 기분만을 쫓던 릭과 다르게 아이란은 자신의 현재 상태를 자신의 감각과 지각으로 알아내기 위해 애쓴다. 그녀는 인간이 살 수 없는 환경으로 변해가는 지구의 상태를 눈과 귀 그리고 머리로 느꼈지만, 그것을 표현할 감정을 찾지 못해 괴로워한다. 그녀는 이런 자신의 상태를 '적절한 정동의 부재(absence of appropriate affect)'(5)라고 진단하면서 일부러 '자책감을 유발하는 우울증(self accusatory depression)'(4)을 경험하려고 한다. 또한 그녀에게 동물은 자신의 도덕성을 평가 받기 위한 전시품이 아니라, 모든 살아 있는 것의 존재 그 자체를 의미한다. 즉 동물은 그녀 자신을, 죽어가는 지구를 그리고 안드로이드란 존재를 모두 의미하기에 그녀는 전기양이든 진짜 양이든 혹은 염소이든 전기 두꺼비든 상관없이 최선을 다해 그들을 돌보려고 노력한다. 그녀는 안드로이드와는 다른 차원의 타자이며, 철저히 이해받지 못한 채 고립된 개체이며, 일부러 수동적인 감정인 우울증에 젖어서 사회적 구조에 협조를 거부하는 인물이다. 흥미로운 점은 이런 그녀가 가장 힘든 경험을 하고 돌아온 릭을 이해하고 배려해주는 가장 인간적인 존재로 부상한다는 점이다.

그는 마치 혼란스럽다는 듯이 그녀를 바라보았다. "다 끝났어, 그렇지?" 그녀를 믿고 있는 그는 그녀가 답을 알고 있으며, 그것을 그에게 말해 줄 것을 기다리는 듯했다. 자신의 말은 의미가 없다는 듯, 릭은 자신의 말을 확신하지 못했다. 자신의 말은 그녀가 동의하지 않는다면 현실이 아니었다.(241~2)

아이란의 우울증과 비사회적 존재 양태와 릭의 무력감이 만났지만, 이들은 그 어느 때보다 조화롭고 안정적인 상태를 형성하였다. 그들은 서로가 서로를 연민으로 바라보고 배려하고 아끼려는 마음을 갖게 되었고, 더 이상 자신들의 도덕성을 보여주기 위한 대상을 동물로 한정하지 않게 되었다. 그래서 두꺼비가 진짜이든 가짜이든 상관없이 그들만의 존재 가치를 인정하게 된 릭은 "전기 동물에게도 그들만의 삶이 있는 거니까. 그 삶이 아무리 빈약한 것이라 해도"(241)라고 말하면서 동물에 대한 생각을 바꾼다.

릭은 이제까지 자신의 진짜 세상을 직시하지 못하고 그것을 동물이란 대상에 투영하여 자신의 삶을 유지해왔다. 그의 이런 편집증적 반응은 그에게 허구적인 세상을 만들어주었지만, 그것이 깨지기 쉽다는 것을 동시에 암시하고 있다. 왜냐하면 대상에 대한 편집증적인 반응 속에서 그는 끊임없이 자신을 보호해야할 수많은 감정을 만들어야했기 때문이다. 안드로이드들과의 만남, 머서의 융합 속에서 발견한 타자들 그리고 아이란과의 소통을 통해 릭은 사회의 음모에 의해 자신의 사회적 위치와 인간성을 잘못 인식하고 있었음을 깨닫는다. 그리고 공포를 회피하기 위해 가짜 감정들을 만들어냈던 릭은 이제 자신이 느낀 공포를 숨기려고만 하지 않는다. 다시 말하면 릭은 공포를 숨기기 위한 편집증이 아니라 그것을 드러내기 위해 끊임없이 편집증적 반응을 유지한다. 아이란과의 결합을 통해 새로운 소통을 시작한 릭은 자신의 공간을 사회에 의해 침입 받지 않기 위해 지속적으로 자신만의 세상을 지켜내야 하며, 이것을 위해 또 다른 형태의 편집증적 반응을 고수하게 된다.

4. 결론

개인이 느끼는 감정은 사적이고 주관적인 인간의 마음 상태에서 발생하여 이해할 수 없는 어떤 것이 아니라, 사회 속에서 타인 혹은 대상과 관계를 맺는 원칙을 통해 구성되는 공적이고 객관적인 구조이다. 이 구조는 개인들이 공동체 속에 포함되는 기본 조건이며, 또한 배제의 원칙이기 때문에, 감정은 나와 타자의 결속을 가능하게 도와주는 동시에 분리의 원인이 된다. 그러므로 주체가 느끼거나 표현하는 감정은 단순히 개인의 만족이나 불만족이 아니라, 끊임없이 사회와 교섭하는 과정 속에서 그 결과에 대한 자신의 이해를 표현하는 것이다. 그러나 '감정의 부재'의 상태에 놓인 후기 근대 사회의 주체는 자신을 둘러싼 사회에 대한 올바른 이해 없이 사회에서 제공하는 기쁨, 열정, 행복과 같은 긍정적인 감정과 태도에 집착하고 있다. 이것은 주체가 사회 속에서 맺는 관계가 어떤 음모에 의해 일방적으로 형성되고 있는 후기 근대 사회의 특징을 보여준다. 동시에 이런 음모를 알아 낸 후기 근대 사회의 주체는 이런 집착이 발생하는 원인을 탐색하여 그 사회로부터 벗어나 자신만의 새로운 네트워크를 형성하려고 시도한다.

편집증적 반응은 주체가 후기 근대 사회에 반응하는 방식 및 그에 수반되는 감정적 특징을 규정하는데 적합한 용어이다. 편집증적 반응은 사회 속에서 느끼는 공포를 회피하기 위해 다른 감정을 만들어내는 주체의 시도를 추적하면서 결국엔 주체의 위장 속에 숨겨진 모순을 주체가 깨닫도록 도와준다. 단일하고 분명한 감정이 아니라 매번 바뀌는 복잡하고 다양한 감정 때문에 주체는 안도감보다는 불안감을 느끼고 질서보다는 혼란을 겪는다. 정상적인 이행이 아니라 끊임없이 선회하는 감정에 의해 혼란을 경험하는 주체는 사회에서 제공하는 총체적인 정체성을 잃어버리지만, 분해된 자신과 같은 처지에 있는 사람들을 만날 수 있는 기회를 얻는다. 이런 기회를 통해 주체는 자신으로부터 도망치는 것이 아니라, 자기 자신과 타자에게 가장 가깝게 도달하려고 하는데, 이를 가능하게 하는 것이 바로 편집증적 반응이다.

필립 K. 딕의 소설 『안드로이드는 전기양을 꿈꾸는가?』에 등장하는 주인공 릭 데커드는 이런 편집증적 반응의 특징을 보여주는 중요한 인물이다. 초기에 릭은 기계와 동물에 의존하면서 실제 자신이 느끼는 감정을 통제할 수 있는 현실에 만족하였다. 그래서 릭은 지구의 멸망으로 인한 죽음에 대한 공포와 현실 사회 속에서 느끼는 불안감을 끊임없이 다른 감정인 정의감, 피로감 등으로 바꾸었다. 그러나 그는 이러한 시도가 자신이 살고 있는 현실의 모순을 위장하려는 의도에서 비롯되었음을 직시하고, 다른 삶을 꿈꿀 수 있는 가능성을 얻게 된다. 그 가능성이란 릭이 편집증적 반응을 통해 예전에 알지 못했던 안드로이드와 아내 아이란의 존재를 새롭게 인식하고 그들과의 소통을 시도하는 것이다. 이 순간 그는 자신뿐만 아니라 그들 역시 자신과 같이 사회의 음모에 대치하고 있다는 사실을 깨닫고 그들에게 연민을 느끼게 된다.

릭에게 연민의 대상은 인간과 동물뿐만 아니라, 안드로이드이다. 살고 싶은 욕망과 하나의 독립적인 개체로 인정받고 싶어 하는 안드로이드의 투쟁을 통해 그는 자신 역시 사회에서 부속품처럼 대체되는 존재가 아니라 하나의 인격체로서 인정받기 위해 노력했던 모습을 떠올리면서 안드로이드와 자신에게 연민을 느낀다. 그리고 그는 현실 속에 남겨져 있던 아이란을 만나 그녀와 새로운 관계를 맺는다. 아이란은 환상보다는 현실을 인식하고 있으며, 타자를 배제하면서 자신을 인식하기보다는 각자의 존재를 인정하는 방식으로 자신과 타자의 존엄성을 지키려고 하였다. 그래서 그녀는 편집증적인 반응에 의해 자신의 현존을 인식하고 괴로워하던 남편의 존재를 다시 회복할 수 있게 도와준다. 결과적으로 수동적 태도인 편집증적 반응과 이에 수반된 감정은 주체의 마음과 몸을 확대하고 고양시키기 보다는 축소시키고 분해시키지만, 이런 과정을 통해 릭이란 주체는 사회의 목적과 가치와 무관한 자신의 본성을 깨닫게 되고 올바른 관계를 형성하게 된다.

아파테이아, 감정의 잠재태

존 쿳시의 『마이클 K』*

전소영

1. 아파테이아—감정의 예외상태

서양 철학전통에서 감정(emotion)은 이성에 부수적인 것 혹은 확고한
주체성을 확립하는 데 불필요한 것으로 여겨져 왔다. 감정과 이성을 확
연하게 분리하여 감정은 이성과 아무 관련이 없는 본능적인 것이자, 남
성보다는 여성과 가까운 것으로 간주해왔던 것이다. 그러나 감정은 서
양철학에서 배제되거나 억압당해 왔지만 주체 내부에서 주체를 구성하
는 조건이자 주체의 결핍을 드러내는 근원적인 것이다. 확고부동한 코
기토 체계를 주장하는 데카르트(Rene Descartes)조차 감정과 이성을 분리
하는 것이 불가능하다는 사실을 인식하고 있었다. 그는 사고의 내부에

---

* 이 작품의 원제는 『마이클 K의 삶과 시대*Life and Times of Michael K*』이나 본 글에서는 국내 번역
본에서의 제목 『마이클 K』를 사용하였다.

감정의 지도 그리기 - 근대 / 후기 근대의 문학과 감정 읽기

'정념(passion)'을 위치시킴으로써 사고가 포괄할 수 없는 또 다른 종류의 사고가 존재함을 인정했다. 결국 데카르트는 사고가 인간 존재를 가능하게 하는 조건이라고 주장했지만 그가 생각하는 사고는 결코 감정과 무관하지 않다.

감정은 단순한 육체적 감각으로서의 '정동(affect)'과는 구별되며, 해석적이고 재현의 과정을 거친다. 감정에 대한 고전적 인식과 달리, 감정은 항상 매개되며 개별 감정에 대한 차별적인 재현을 통해서만 드러난다. 살아있는 육체의 감각이라 할 수 있는 정동과 달리 감정은 주체의 주관적 의식과 정신적 대상이 결합된다. 주체의 감정은 타자의 감정을 해석하고 그것과 자신의 감정을 동일시하는 과정을 통해서만 발생한다. 결국 우리가 순수한 자신의 감정이라고 생각하는 것 또한 매개된 타자의 감정에 대한 재현을 통해 경험되는 것이다. 감정은 실제로 느끼는 것이라기보다는 주체의 의식에서 발생하는 것이다. 감정을 느끼는 대상이 허구적인 것이든 실제적인 것이든 간에 감정은 언제나 타자의 경험을 상상함으로써 느끼는 대리적인 것이라 할 수 있다. 내가 확신하는 나 자신이라는 존재 자체, 그리고 내가 느끼는 감정조차도 타자들의 것 중에 하나인 것이다.

그렇다면 주체의 감정은 재현과 분리시켜 말할 수 없는 것이다. 주체의 감정은 그것이 아무리 자신의 것이라고 할지라도 표현되는 순간 이미 주체가 애초에 느꼈던 것과 동일하지 않다. 때로 주체가 감정을 느끼는 대상에 대해 명확한 인식이 없는 상태에서 감정이 먼저 도달하는 경우도 있다. 불확실한 '느낌' 혹은 '정동'이 의미 있는 혹은 정의할 수 있는 '감정'으로 바뀌는 것은 주체가 감정을 느끼는 대상의 특성이나 실체를 근거로

하는 것이 아니라 대상과의 관계 혹은 접촉을 통해서이다. 결국 감정의 근원이 전혀 없다고 말할 수 있을까? 다시 말해 감정의 근원은 주체도 대상도 아닌, 주체와 대상의 접촉과정을 통해 발생하는 느낌을 재현한 것이라고 할 수 있지 않을까?

칸트(Immanuel Kant)는 주체의 의도가 포함된 정념(passion)보다는 충동적이며 매개되지 않은 정동에 가치를 두며 숭고와 같은 경지에 도달한, 모든 것에 무심한 평정심과 같은 '아파테이아의 순간'을 상정한다(132~133). 감정이 불가능한 상태처럼 보이는 아파테이아는 감정적 동요가 전혀 일어나지 않는 평정상태이므로 주체는 대상을 보는 순간 아무 것도 느끼지 못한다. 아파테이아는 감정이 부재하는, 말 그대로 '영도(zero degree)'의 감정이지만 역설적이게도 타자의 감정을 유발시킨다는 의미에서 대인적이다. 이런 무감정상태를 감정으로 분류할 수 있을까? 칸트는 감정이 메마른 일종의 감정 실패의 순간이 타자로부터 감탄을 불러일으킨다고 말한다(132~133). 다시 말해, 그는 주체의 무감정 상태가 타자의 감정을 촉발한다고 보는 것이다.

흥미로운 사실은 칸트가 아파테이아의 상태를 이성이나 사고의 영역이 아닌 정동으로 분류한다는 점이다(Terada, 84). 그것은 감정이 없는 아파테이아의 순간은 의식이 일종의 공백상태로 남아있기 때문이다. 이러한 무의식, 무감정 감정상태로서 아파테이아는 당연히 특정 대상과는 관련이 없으며 감정의 구멍과 같은 상태가 감정의 내용이 된다. 그것은 칸트가 자연에서 느끼는 숭고와 비슷하지만 어떤 정신이나 판단과는 관련이 없다. 감정적 동요나 공감을 생각할 수 없는 무관심한 이러한 상태는 상징계를 완전히 벗어난 것과 같은 순간이며, 감정의 실패인 동시에 지적, 이성적 사고의 실패를 나타낸다. 그러나 유쾌하지도 불쾌하지도 않은 이런 중립적 감정부재의 상태를 부정적으로만 해석할 수는 없다. 그것은 주체를 무능력하게 만드는 지루함이나 권태와는 구별되기 때문이다.

칸트의 아파테이아는 쾌감이나 불쾌감이 아니라 주체가 다른 정신활동을 할 수 있도록 주체를 해방시키고 이성 또한 작동시킨다. 반면 지루함은 이성을 포함한 다른 정신활동을 정지시키거나 무력하게 만든다. 지루함은 아파테이아에 내포된 잠재적 활동성이나 숭고가 결여된 나른한 정동으로서 고귀함이 전혀 없다. 시안 응가이(Sianne Ngai)는 아파테이아의 숭고와 지루함이라는 모순적 감정이 혼재하는 "stuplimity"라는 낯선 감정을 소개하면서, 어떤 상황에서 이런 감정이 발생하는지 분석한 바 있다. 그러나 "stuplimity"라는 이 신조어에서 찾을 수 있는 숭고에는 일종의 '우매함(stupidity)'과 경탄의 느낌 또한 포함되어 우리가 익히 알고 있던 감정체계로는 분류가 힘들다.

"stuplimity"는 갑작스럽게 나타나 잠시 머물다 사라지는 '놀라움'과 느리게 진행되지만 오래 지속되는 '지겨움'이 동시에 일어나는 감정으로 주체가 반응하기 어려운 한계를 느끼도록 한다. 그것은 숭고를 포함하고 있지만 칸트의 숭고처럼 대상의 '무한성'과 마주함으로써 경험하는 것이 아니라 유한하고 파편적인 반복되는 권태 및 지루함과 관련된다. 그러나 "stuplimity"에 동반되는, 놀라움과 지겨움이 동시적으로 일어나는 이런 느낌은 정동이 결핍된 것이라기보다는 쾌와 불쾌로 구분할 수 없는 어떤 '멍한 상태'라 할 수 있다. 그런데 특이한 점은 이런 멍한 상태가 그야말로 아무것도 할 수 없는 무력감으로 떨어지지 않고 저항이라

부를 수 있는 의외의 결과를 낳을 수 있다는 사실이다(Ngai, 284). 후기 근대를 살아가는 미미한 주체들은 자신보다 압도적으로 거대한 사회체제 속에서 반복적인 일상을 버텨가면서 "stuplimity"와 같은 특이한 감정을 경험한다. 그러나 이 감정은 주체가 넋을 놓고 있는 무력한 상태가 아니라 타자에 대한 일종의 저항으로 작용할 가능성도 있다. 물론 여기서 말하는 저항은 우리가 일반적으로 생각하는 적극적 투쟁이나 항거라기보다는 타자가 주체를 쉽게 통제하거나 포섭하지 못하도록 만드는 감정적 저항을 가리킨다.

결국 칸트가 정의하는 아파테이아와 응가이의 "stuplimity"는 모두 기존 감정 분류법으로는 명확히 정의할 수 없는 중립성과 숭고라는 느낌을 포함하고 있다. 그러나 양자 사이에 간과할 수 없는 차이점은 "stuplimity"에 포함된 우매함이다. 우매함은 흔히 지성 혹은 지식과 대립되는 것으로 생각되어왔다. '아파테이아'가 감정의 결핍으로 인식되어 왔던 것처럼 우매함은 지식의 결핍 또는 지성의 부족으로 인식되어 왔다. 그러나 우매함은 지적 능력의 결핍 같은 부정적 용어로만 정의될 수 없는 느낌이다. 일상의 반복적 노동을 통해 이루어야 할 것들을 위해서는 우매함이 필수적이다. 우리는 종종 우매함을 지식과 계몽을 통해 제거해야 할 부정적인 것으로 생각하지만 우매함과 지식의 관계는 그리 단순하지 않다.

철학의 역사는 대부분 우매함을 지식의 그림자로 치부하고 철학과 이성의 빛을 통해 그 어두운 그림자를 밝히려고 했다. 하지만 우매함은 이성의 빛을 가능하게 하는 근원적 어둠이기에 사고가 우매함으로 오염되는 것을 막으려는 시도는 사고의 결핍과 이성의 불완전성을 드러낼 뿐이다. 역사를 돌이켜보건대 노동의 결과를 얻는데 방해가 되고 비생산적으로 보이는 요소들, 예를 들어 여가, 명상, 유희 같은 것들은 부정적으로 인식되어왔다. 지식을 축적하고 성장을 계속한다면 우리는 우리가 원하는 모든 것을 얻을 수 있을 것처럼 생각했다. 자본주의적 무한경쟁 속에서 대량생산을 하고 경제적 성장을 지속할 수 있다면 인간의 욕구가 충족되는 유토피아를 이룰 수 있을 것처럼 보였다. 하지만 실상 목표를 향한 무모한 질주는 인간을 자본의 노예로 만들고 정신적 공황상태로 몰아넣는 부작용을 초래했다. 자본주의는 노동, 생산 및 성장과 곧장 연결되지 않는 휴식, 여가, 느림, 빈둥거림을 열등한 것으로 치부하고 심지어 범죄시했다.

우매함은 지성의 실패나 행동의 실수와 연관되어 왔고 우월하고 자기 충족적인 주체에 의해 열등한 타자의 속성으로 인식되어왔을 뿐 아니라 극단적인 경우 폭력의 대상이 되어왔다. 그러나 지식을 극단적으로 강조함에도 불구하고 우리는 일상에서 우매함이라는 감정에 압도되는 자신을 발견한다. 우매함은 부정적 감정으로서 피해야 할 것으로 여겨져 왔지만, 우매함이 있음으로 해서 일상적 노동과 활동이 가능하다. 따라서 우매함은 인간이 결코 벗어날 수 없는 일상적 감정이다. 우매함이 지닌 이런 가치를 인정한다면 그것에는 우리가 간과해왔던, 결코 제거할 수 없는 무언가가 존재한다고 할 수 있다. 우매한 자들을 제거하려는 욕망은 인간 자신의 우매함에 대한 공포를 드러내는 징후이며, 자신 또한 우매한 존재라는 불편한 진실에 맞서는 부질없는 투쟁일 뿐이다(Ronell, 83~84).

2. 우매함의 윤리학

우리 사회는 항상 우매함을 제거하여 지적 우월성을 지향하도록 강요해 왔다. 그러나 모든 사람이 지적으로 우수해야 한다는 것은 이성적이며 논리적이라 할 수 없다. 지식에 대한 무조건적 갈망이나 이성적 주체에 대한 확신 자체가 우매한 것일 수 있기 때문이다. 우리는 과도한 지식이나 극히 복잡한 감정들이 오히려 우매함의 형태로 나타날 수 있다는 사실을 간과해왔다. 지식은 우매함의 반대가 아니며 오히려 우매함을 유발시킨다고 말할 수 있다. 우매함은 이성이나 지식으로 쉽게 극복할 수 있는 것이 아니기 때문에 우매함이라는 부정적 느낌은 결코 완전히 사라질 수 없다.

우매함은 지금까지 이성이나 우리가 느끼는 어떤 감정에도 포함되지 않았지만 언제나 우리와 함께 있었다. 특히 작가들의 경우 우매함은 자기 존재의 취약성을 드러내는 감정으로 생각되었다. 롤랑 바르트(Roland Barthes)는 작가란 자서전을 쓸 때조차 우매함에 사로잡힌다고 말했으며, 폴 드 만(Paul de Man) 역시 자신이 우매함을 극복하지 못할 것이라고 우울해했다. 작가는 우매함을 떨쳐버리려고 하지만 오히려 우매함에 사로잡힌다. 작가를 사로잡는 것은 타인의 우매함이 아니라 글을 쓰는 자기 자신의 우매함이다. 우매함은 죽음처럼 알 수 없는 힘으로 존재하며 결코 피하거나 극복할 수 없다. 토마스 핀천(Thomas Pynchon)은 맹목적 확신과 신속한 행동을 부추기는 것이 지혜로 이어지기보다 실패를 일으킬 수 있다고 말했다. 질 들뢰즈(Gill Deleuze) 또한 지성과 이성에 우려를 표시하며 우매함과 맞서기보다는 우매함을 이해하려고 했다.

중요한 것은 우매함이 사유 혹은 지식의 관점에서 이해되어서는 안된다는 점이다. 우매함은 지식이 부재한 것이 아니라 지식과 연결되어 있다. 그것은 사유에 내속해 있다. 우매함은 이성의 바깥에 있는 것이 아니며 지식의 대립항도 아니다. 오히려 사유와 우매함의 역설적인 관계가 양자 모두를 가능하게 한다. 그렇다면 우리는 우매함을 부정적으로만 볼 것이 아니라 우매함을 통해 존재를 느낄 수 있는 길을 찾는 것이 더 현명하다. 우매함과 투쟁하려는 자는 우매해질 뿐이다. 우매함은 종종 결핍을 가리키는 용어, 즉 지식의 결핍, 이해의 결핍, 감정의 결핍으로 이해되었지만 그것은 결핍의 반대인 과잉과 연관되어 있을지 모른다.

아비탈 로넬(Avital Ronell)은 "우매함이 무엇인지 알지 못하는 한 지식에 대해 알고 있는 것 역시 확실치 않다"라고 말한다(4~5). 우매함은 사유의 근원이자 사유를 촉발시키는 놀라움이나 망연한 정신상태를 가리킨다. 칸트의 아파테이아가 감정의 근원으로서 무욕망, 무감정 상태를 가리킨다면 우매함은 사유의 근원으로서 지식의 공백상태를 말한다. 우매함은 또한 지식의 한계임과 동시에 지식이 가능하게 만드는 조건이다. 작가는 창작 활동을 할 때 자신을 비워야한다. '무(無)' 혹은 '공(空)'에서 출발하는 초월적인 우매함이 창작의 원천이다. 우매함은 삶과 세계의 기원에 존재하는 근원적 무지이자 앎의 근본이다. 우매함은 우리가 때때로 경험하는 무지한 실수가 아니라 아무리 명징한 순간에도 결코 피할 수 없는 초월적 무지이다.

우매함에 대한 금지가 풀리고 우리가 우매함을 허용받는 유일한 순간은 사랑에 빠졌을 때다. 사랑은 주체가 타자성에 노출되는 사건이라 할 수 있는데, 그로 인해 외부가 내부로 들어와 주체 안에 타자성을 소개한다. 그리고 타자성 때문에 사랑할 때 우리는 자신의 마음을 온전히 지배할 수 없다. 이러한 사랑의 아이러니로 인해 주체는 완전히 자신을 소유할 수 없게 되고 초월적인 우매함이라는 곤경에 직면한다. 우매함은 사랑만이 그 존재를 허용해줄 수 있는 힘을 가진, 인간의 근원적 감정상태이다. 사랑에 빠지는 것은 자기 폐쇄적인 자족적 경험이 아니며 사랑을 통해서 주체는 가능해지는 동시에 불가능해진다.

그러나 사랑을 느끼는 것은 주체의 정신이 아닌 육체이다. 역설적이게도 지성과는 아무 상관이 없어 보이는 이 육체라는 장소가 사유와 밀접하게 관련되어 있다. 특히 고통 받는 육체는 우리가 그동안 간과해왔던 몸에 대한 의식을 환기시킨다. 우리는 건강할 때면 육체를 당연한 것으로 받아들이지만, 육체적으로 힘들어지고 고통스러워지면 육체가 지식과 사유의 근거라는 생각을 하지 않을 수 없다. 육체는 인간주체가 자기 충족적이지 않고, 자신의 우매함을 극복할 수 없는 제한적 존재라는 점을 상기시켜준다. 결국 윤리적으로 조화로운 인간은 스스로 안다고 가정하지 않는 주체다(Davis, 14). 사유하는 주체와 우매한 타자라는 이분법적 경계를 유지하기 위해 주체는 타자에게 다양한 폭력을 행사해 왔지만, 우매함과 고통 받는 육체는 사유하는 주체의 독립성과 자율성에 도전한다. 주체는 타자 앞에서 우매할 뿐이다.

3. 무위의 존재

현대사회는 아무 일도 하지 않는 것에 대해 지나치게 부정적인 감정을 갖고 있다. 목적 지향적이고, 성공지향적인 사회에서 그 기준에 부합하지 못하는 인간들은 낙오자나 실패자로 취급되기 십상이다. 그러나 과연 인위적 목적 없이 행해지는 활동들은 가치가 없는 것일까? 동양의 도가에서는 무위의 필요성을 주장하면서 인간의 의식을 초월한 자연의 무위상태를 인간이 도달해야 할 완성으로 보았다. 감정이 없는 아파테이아[1]가 감정을 촉발하고 우매함이 지식의 근원인 것처럼, 무위 또한 좀 더 나은 세계를 위한 몸짓이라 할 수 있지 않을까?

쿳시(J. M. Coetzee)의 소설 『마이클 K』의 주인공 마이클을 지배하는 감정은 어떤 상황에서도 동요하지 않으며 세속적 욕망이 전혀 없는 아파테이아로서의 우매함이다. 우리는 마이클 K를 통해 아파테이아가 현실에서 어떻게 작용하며 타자에게 어떤 감정이나 반응을 유도하는지 살펴볼 수 있다. 마이클의 아파테이아 상태는 감정이 부재하거나 감정이 불가능한 상태인 동시에 모든 감정을 가능하게 하는 근원으로 작용한다. 그의 우매함은 타자로 하여금 숭고와 당황스러움을 동시에 느끼게 한다. 마이클은 자신의 소박한 정원을 가꾸거나 자신이 들어갈 수 있는 굴을

---

1 서양 고대 스토아 철학에서 가장 이상적인 인간의 전형인 현인은 완벽한 지식을 갖고 자연에 일치된 삶을 실현시킴으로써 아파테이아, 즉 '무정념'의 상태에 도달한 완벽한 사람이다. 스토아 철학에서 현인을 어리석은 자와 구별시켜주는 핵심적 증표는 아파테이아이지만 그것은 비인간적인 차가운 지식인을 의미하는 것이 아니라 희망, 주의, 기쁨과 같은 "좋은 정념"은 가지고 있으며 어리석은 자처럼 과도한 욕구로 인해 올바른 판단을 그르치지 않고 주의와 신중함의 정념을 취한다(손병석, 58 참조).

파는 것 외에는 어떤 일도 하지 않는, 말 그대로 무위의 존재다. 마이클이 아무것도 하지 않는 것은 아니지만, 사회의 기준으로 볼 때 그는 생산적인 노동이라 할 만한 행동은 전혀 하지 않는다. 그렇다면 마이클의 무위와 아파테이아는 어떤 관련이 있는 것일까?

마이클은 작품의 사회적 배경이나 행동양식에 있어 현대인들과는 상당히 동떨어진 인물이라 할 수 있지만 우리는 그에게서 우리 자신의 모습을 찾을 수 있다. 마이클이 현대사회를 살고 있는 우리와 공유하는 점은 그가 거대한 사회체제가 개인에게 요구하는 의무나 목적에 부응하지 못하고 소외된 미약한 주체라는 점이다. 그러나 그의 목적 없는 행동은 본인의 의도와 상관없이 체제에 대한 저항으로 나타난다. 또한 기존 감정분류방식으로는 정의할 수 없는 그의 독특한 감정은 그가 만나는 사람들로 하여금 숭고와 우매함이라는 모순된 감정을 동시에 느끼도록 한다. 그는 현실사회에서 성공하지 못한 소외된 인물이며 어떤 생산적 활동에도 하지 않는 사회 부적응자인 것처럼 보인다. 하지만 마이클의 특이한 태도 속에는 단순히 우둔한 자, 실패한 자로 처리할 수 없는 잠재력이 내재되어 있다. 이 잠재력이 그의 비천한 외양에도 불구하고 사람들로 하여금 그에게 지속적으로 관심을 갖게 만들고 시간이 지나면서 경외에 가까운 숭고마저 느끼게 한다. 마이클의 상관조차 그에게 권력을 행사하지 못하기에 그가 지닌 우매함은 권력을 무력화시키는 저항의 기능을 수행한다고 볼 수 있다.

마이클에게 나름대로 호의와 배려를 베풀려고 했던 군의관은 경탄과 함께 숭고를 경험하고, 끝내는 그를 이해할 수 없다는 자신의 한계와 무력함과 대면한다. 지배계급이자 고용주라 할 수 있는 군의관은 현실에 대해 아무런 적극적 반응도 보이지 않는 마이클에게 자선을 베풀려고 한다. 하지만 그의 일방적인 시도는 오히려 우매한 것으로 드러나고 일견 무력해 보이는 마이클의 저항에 직면하여 실패한다. 물론 마이클의 저항은 우리가 흔히 말하는 정치적이고 실질적인 행동과는 다르다. 그의 행동은 아무 목적이 없는 듯 보이나 결국 그의 무목적이 그를 지배하고자 하는 다른 사람들의 목적을 방해하고 그의 무감정이 다른 사람들의 감정을 유도한다. 감정의 예외상태인 아파테이아는 예외적 존재의 수동성을 긍정적 저항의 힘으로 전환시킬 뿐만 아니라 그와 마주하는 타자들로부터 모순적 감정을 촉발한다.

마이클은 어떤 상황 앞에서도 동요하지 않고 평정심을 유지하는, 세속적인 욕망이 부재하는 아파테이아 상태를 보여준다. 흥미로운 것은 그의 이러한 감정부재의 상태가 오히려 다른 사람들에게 복잡한 감정을 불러일으키고, 그들의 우매함을 노출시킨다는 점이다. 마이클을 알 수 있다고 생각했던 사람들은 그에게서 자신들이 이해할 수 없는 타자성을 발견하고 아무것도 할 수 없는 자신들의 무력감에 직면한다. 이들은 무엇이든 할 수 있는 대상으로부터 아무것도 '할 수 없음'을 발견하게 되지만, 이 무력함이 오히려 윤리적인 것이기에 '할 수 없음'을 인정하는 것이 중요하다. 타자를 이해할 수 없고, 재현할 수 없고, 지배할 수 없다는 것을 인정하는 주체가 윤리적이다. 교환경제의 바깥에 있는 잉여 존재들과 그들이 드러내 보이는 무위의 가능성을 인정하는 것이 필요하다.

다니엘 디포(Daniel Defoe)의 소설『로빈슨 크루소*Robinson Crusoe*』에서 크루소는 무인도를 점령하고 자연을 경작하며 놀라운 의지력으로 자연을 자신의 소유물로 만든다. 그는 무인도에 새로운 영국을 건설한다. 그러나 자연에 대한 마이클의 태도는 크루소와는 정반대이다. 마이클은 자연을 소유하거나 변형시켜 자신의 이익에 합당한 것으로 만들려고 하지 않으며, 자연으로부터 다른 무언가를 만들어내려는 의지를 보이지 않는다. 따라서 크루소가 동굴을 자신의 집으로 만드는 과정과 마이클이 자신의 몸만 간신히 누일 수 있는 토굴을 만들어 그 속에서 살아가는 모습은 상당히 대조적이다. 마이클에게 자연과 그로부터 얻은 수확물은 이용의 대상이 아니라 공존해야 하는 가족과 같은 존재이다. 그는 또한 자신이 직접 기른 호박을 자신의 형제처럼 느낀다. 크루소가 자연과 맺는 관계는 주체가 자연으로부터 최대한을 획득하려는 소유의 관계라면, 마이클이 자연과 맺는 관계는 주체와 대상의 관계를 초월해있다. 마이클은 자신이 죽게 되면 돌아가야 될 자신의 일부인양 자연과 같아지려는 행동을 통해 자신만의 유토피아를 갈망한다. 마이클이 보여주는 이런 무위의 자세는 소유의 감정으로부터 자유롭기 때문에 가능하다. 마이클은 자기 소유나 자기중심적 의식 없이 자연 속에 살아갈 뿐이다.

실제 나이는 삼십대이지만 마이클은 언어능력과 지적 능력이 부족한 어린아이처럼 보인다. 하지만 실제로 그는 종종 사회체제를 무시하고 언어를 불신할 뿐 정상적인 성인으로 행동한다. 사회적 기준으로 평가하면 마이클은 어딘가 모자라고 우매한 존재인 것 같지만 그의 내면을 자세히 들여다보면 그는 부조리하고 폭력적인 현실을 판단하는 그 나름의 철학을 가지고 있다. 작가는 마이클의 인종에 대해 명확하게 밝히고 있지 않지만 독자는 그가 사회에서 소외되고 무시당하는 하찮은 존재라는 점을 짐작할 수 있다. 소설의 서두에 묘사된 마이클의 특이한 입모양(언청이)은 정상적 삶에서 벗어난 마이클의 소수자적 정체성을 표시하고 있다. 작가는 마이클에게 신체적 장애를 부여함으로써 그가 정상적인 의사소통을 할 수 없고, '그의 이야기'는 사회에 제대로 전달될 수 없다는 점을 암시한다. 마이클이 다른 사람들과 다른 점은 그가 자신에 대해 밝히기를 꺼려하기 때문에 생기는 특유의 모호성이다. 그는 자신이나 자신의 삶에 대해 한 번도 직접적으로 밝히지 않는데, 이 모호성이 다른 사람들로 하여금 끊임없이 그를 생각하도록 만든다.

수용소에서 마이클이 만나는 군의관은 처음부터 마이클에 대해 알 수 있다고 생각하며 그의 이야기를 듣고자 한다. 작품에는 자기 이야기를 하지 않는 우둔한 마이클과 그로부터 자신이 원하는 이야기를 들을 수 있다고 확신하는 백인 주체 사이의 갈등이 드러나 있다. 군의관이 처음 마이클을 만났을 때 그는 "마이클이 우리 세상 사람인지 확신할 수 없으며 너무 어리석거나 천진난만해서 거절할 줄 모른다"고 생각한다(178~79). 군의관은 마이클이 반역자로 잡혀왔지만 무엇을 위한 전쟁인지도 모를 거라고 생각한다. 그는 여러 가지 결핍을 지닌 마이클을 짐승이나 벌레에 비유하고, 심지어는 돌과 같은 존재라고 생각한다(185). 하지만 나중에 그는 마이클로 인해 자신의 존재에 대해 질문하게 되는 역설적 상황에 처한다. 지식을 소유한 그가 마이클이라는 우둔한 타자 앞에서 자신의 우매함을 경험하게 되는 것이다. 그로 인해 군의관은 이제까지 자신이 지켜왔던 질서나 규율이 무의미하게 보이기 시작하고, 마이클이 추구하는 자유가 이런 질서나 규율보다 더 가치 있는 것인지 의문하게 된다. 군의관은 이해하기 힘든 마이클을 자기 방식대로 규정함으로써 그의 존재를 드러내려고 하지만 그의 의도와는 반대로 실제 드러나는 것은 군의관 자신의 결핍이다.

그때 문득 나는 내 인생을 허비하고 있다는 생각이 강하게 들었다. 내가 날마다 뭔가를 기다리는 상태 속에서, 삶을 허비해 가다가, 마침내는 이 전쟁의 포로로 나를 몰아가고 말았다는 생각이 들었다.(216)

그는 심지어 마이클로 인해 자신이 왜 이 전쟁에 참여해야 하고 이 전쟁이 무엇을 위한 것인지에 다시 생각해 보게 되며, 마침내 마이클에게 경의를 표하기에 이른다. 마이클의 우매함이 군의관으로 하여금 일종의 충격적 마비의 감정인 "stuplimity"를 불러일으킨 것이다.

하지만 도시의 그늘에서 30년 동안 살아내고 전쟁지역에서 제멋대로 돌아다니면서(누군가 당신의 이야기를 믿는다면) 상처없이 그대로 살아남은 것은 마치 가장 약한 오리새끼나 아기 고양이 혹은 둥지에서 쫓겨난 어린새가 살아남는 것과 같이 놀라운 것이다. 서류도 없고 돈도 없으며 가족도 친구도 자신이 누군지도 모르는 상태에서. 모호한 것 중에 가장 모호한 자이며 너무도 모호하여 경이로울 지경이다.(195)

그의 관심은 어느 날 갑자기 낯선 감정을 경험하는 계기가 된다. 결국 그가 마이클을 위해 할 수 있는 '윤리적 행위'는 그를 이해할 수 없는 자신의 우매함을 인정하는 것이다.

1, 2부로 나누어진 소설의 후반부는 군의관의 입장에서 마이클에 대한 이야기가 서술된다. 거의 아무것도 먹지 않고 농사짓는 일에만 몰두한 마이클은 건강이 극도로 나빠져 수용소 병원으로 후송된다. 군의관은 마이클에게 자기 나름대로 도움을 주려고 노력하는 한편, 계속해서

자기 식대로 마이클을 정의하려고 한다. 군의관이 보여주는 선의의 행동은 마이클을 위한 것처럼 보이지만 마이클은 수용소의 음식조차 거부하고 탈출을 시도한다. 마이클이 한 곳에 정착하지 못하고 방랑하는 여정은 그가 기존 사회체제 내부에서 어떠한 의미로도 규정될 수 없는 존재라는 것을 상징한다. 마이클은 사회적이고 정치적인 규범을 초월한 존재이기에 군의관의 언어로 정의되거나 이해될 수 없다. 거의 아무 것도 먹지 않지만 마이클이 생명을 유지하도록 하는 유일한 희망은 자연으로 돌아가 농사를 짓는 것이다.

　수용소의 경찰관은 그곳에 갇힌 죄인들을 '기생충'이라 부르지만 마이클은 누가 기생충이고 누구 '숙주'인지 알 수 없다고 생각한다. 마이클은 사회적 기준에서는 열등한 존재이지만 어느 누구도 완전히 지배하거나 제거할 수 없다고 생각하며, 군의관이 제공하는 인본주의적 관대함에 내재한 저의를 파악하고 있다. 개인의 자유와 자율성을 무시하는 강압적이고 폭력적인 사회적 의무와 억압적인 관계를 피하는 마이클은 근본적으로 사회화 자체를 거부하는 것으로 보인다. 그러나 이런 거부행위는 개인의 삶을 파괴하는 정치로부터 벗어나 자연에서 유토피아를 갈구하려는 시도이기도 하다. 마이클은 사회적, 정치적 임무를 초월한 진정한 형태의 자유를 추구하기 때문이다.

　현실의 사회적 공동체에서 마이클은 무지한 부적응자이며, 사회적 의무에 무책임한 존재로 비난받을 수 있지만, 사실 그는 폭력적이고 혼란스러운 사회와 정치 체제의 피해자이다. 마이클이 무자비하고 냉엄한 현실에서 살아남을 수 있었던 것은 그의 '전략적인 우매함'[2] 덕분이라고 할 수 있다. 마이클은 사람들이 자신을 바보로 인식하고 있다는 것을 알고 있으며, 그의 우매함은 타자로부터 자신의 자유를 지키기 위한 능력이 되기 때문이다. 그는 타인의 눈에 자신이 우둔하게 보이면 타자의 지배로부터 벗어날 수 있다는 것을 알고 있다. 이는 그가 자신의 이익을 위해 우매함을 이용한다는 것이 아니라, 그의 우매함이 오히려 그를 살게 만든 힘이라는 것을 의미한다. 어느 누구도 자신의 이름을 제대로 불러주지 않는 힘없는 존재로서 마이클이 수용소에서 그리고 전쟁이라는 정치적 소용돌이에서 벗어나 나름대로 저항할 수 있었던 유일한 힘이 바로이 우매함이다.

저항은 적극적이고 공격적 형태를 띨 때도 있지만 마이클이 보여주는 저항은 기존 사회체제와 언어 및 역사에 순응하기를 거부하는 또 다른 형태로 나타난다. 어떤 점에서 보면 마이클의 저항은 저항이라 하기엔 너무 희미하고 미약해 보일 수 있다. 그러나 타자의 요구에 순응하지 않고 사회적 명령을 따르지 않는 것도 분명 저항이다. 그는 주변 인물들의 지시와 간섭, 이기적 동정심과 사회적 억압에 순응하거나 타협하지 않음으로써 결국 그들의 의도가 이루어지지 않도록 만들기 때문이다. 이런 행동양태는 허먼 멜빌(Herman Melville)의 「필경사 바틀비(Bartleby, the Scrivener)」에서 바틀비가 변호사의 요구에 순순히 응하지 않는 것과 같다. 두 사람 모두 타자의 요구에 반응하지 않음으로써 사회적으로 무익한 존재로 인식된다. 군의관과 변호사에게 마이클과 바틀비는 살아있는 것도 죽은 것도 아닌 유령과 같은 존재이기 때문이다. 그러나 역설적이

---

2   전략적 우매함은 로넬이 사용한 용어로 "기교적 우매함(artful stupidity)"이라고도 하는데 약자가 현명해보이지 않는 것이 더 현명한 상황을 말한다. 즉 실제보다 더 우매하게 행동함으로써 상황으로부터의 구제를 의도한다. "If I look very stupid, he thought, perhaps they will let me through."(55)

게도 이런 모호성이 그들에 대한 이야기를 가능하게 만드는 조건이 되고 소설은 잃어버린 존재에 대한 욕망을 표현하게 된다.

한편, 마이클이 지니는 이런 비역사적·비정치적인 태도는 루소가 그의 『고독한 산책가의 몽상*The Reverie of the Solitary Walker*』에서 주장하는 비정치적 존재를 연상시킨다. 『에밀*Emile*』, 『사회계약론*Social Contract*』과 같은 저서를 출판한 후 도피생활을 해야 했던 루소는 모든 사회적이고 정치적인 삶으로부터 완전히 분리된 고독한 삶을 살았다. 루소가 사회적 의무를 거부한 것은 마이클의 비사회성과 연결되며 마이클과 루소가 공히 추구한 고립생활은 '무위(idleness)'와 '몽상(reverie)'이다. 루소는 식물을 탐구하고 마이클은 정원을 가꾸지만, 이런 일들은 사회적으로나 경제적으로 뚜렷한 목적을 갖지 않는 무위에 가깝다.

그들은 또한 돈이나 땅에 대한 욕심이 없다. 그들은 원시시대의 자연으로 돌아가 문명에 의해 매개되지 않고 사회적 책임과 노동의 의무가 없는 완전한 자유를 경험하고자 한다. 이들에게 '몽상'이라는 경험은 지극한 고독과 자기몰입의 행복한 순간이다. 중요한 것은 그들의 존재를 가능하게 하는 조건이 바로 이 '무위'의 몽상이 일어나는 순간이며, 이 순간이 바로 '아파테이아'와 '우매함'이 연결되는 부분이다. 마이클에게 몽상은 자신의 몸과 정신이 하나가 되고 자연의 일부가 되는 것처럼 느껴지는 순간이다. 아무것도 먹지 못해 아사직전의 상태에 이르게 되는 마이클은 자기만의 방식으로 자연과의 합일을 시도한다. 그에게 몽상은 "기쁘지도 불쾌하지도 않은 평정의 순간"이다. 그는 몽상을 통하여 현재에서 과거와 미래를 경험하며 영원한 현재의 상태에 머물 수 있다. 그의 이런 자세가 다른 사람들에게는 나태나 무지로 보일지 모르지만, 그는 이런 순간을 통해 행위의 목적성에 과도하게 집착하지 않는 지고지순의 행복(bliss)을 느낄 수 있다. 다시 말해 마이클의 현재 속에는 과거와 미래가 공존하며, 여기서 현실의 억압적인 역사를 초월하려는 그의 초월적 우매함이 드러난다.

소설의 결말에서 마이클은 어머니의 유골을 마치 씨앗처럼 대지에 묻고 나서 그 대지가 바로 자신의 어머니인양 농부로서의 새로운 삶을 시작한다. 전쟁으로 폐허가 된 대지에 마이클이 심는 것은 씨앗이 아니라 대지의 생존력에 대한 믿음과 희망이다. 마이클은 전쟁으로 황폐해진 인간성과 자연을 회복하는 하나의 방법으로 농사를 택한 것이다. 그에게는 전쟁의 대의명분보다 땅을 가꾸는 것이 더 소중하다. 그의 정원 가꾸기는 정치적 권력에 대항하는 하나의 방법이다. 거대한 현대 문명과 정치체제에서 마이클은 하찮은 동물이나 곤충과 같은 미미한 존재로 보일 수 있지만 그는 역사적이고 현실적인 인물이라기보다는 역사 밖의 예외적 존재이다. 마이클이 경험하는 몽상과 우매함의 순간은 어떻게 인종차별이라는 정치적 폭정을 종식시킬 수 있는가라는 현실적 딜레마에 대한 상상적 탈출구가 될 수 있다. 결국 마이클의 씨뿌리기와 정원 가꾸기는 전쟁의 역사와 타락한 문명에 대한 하나의 유토피아적 대안이다. 그는 땅을 가꾸는 것을 통하여 황무지를 문명화하기보다 자연과 합일하는 자기소멸을 상상한다. 대지의 어머니인 자연에서 태어나 자연에 묻혀 살다가 흔적도 없이 다시 자연으로 사라지는 것이 그의 소망이다.

이처럼 마이클은 땅속에 사는 열등한 짐승에 가깝고 동시에 모든 언어적 의미를 초월한 전기원적 존재이기에 군의관은 물론 어떤 사람에 의해서도 통제되거나 제거될 수 없다. 타인을 의식하지 않고 자신의 존재 그 자체로 살고자 하는 마이클의 우매함에서 비롯된 욕망은 그를 지탱하는 힘이며 동시에 그 특유의 저항으로 나타난다. 그가 전쟁에 참여하지 않는 것은 정신적으로 우둔하고 자신의 이야기를 하지 못하는 사회적 능력의 부족 때문이 아니라 어떤 사회적, 정치적 체제나 언어로도 제한될 수 없는 자신만의 존재로 돌아가려는 그의 적극적인 의지 때문이다. 결국 그의 존재의 모호성과 비결정성이 사회적 체제와 의미체계를 중지시키고 군의관으로 하여금 그에 대한 관심을 유발시켜 이야기를 만들어내게 한다.

마이클 자신조차 자신의 삶에 대해 이야기할 수 없는 것은 그의 존재 자체가 현실 속의 구멍과는 같은 공백이기에 언어를 통해서는 완전하게 표현될 수 없기 때문이다.

> 그러나 그가 자신을 설명할 수 없는 이유와 진실 사이에는 그를 난로불빛과 분리시키는 거리보다 훨씬 더 큰 간극이 있다. 그가 스스로에게 자신을 설명하려고 할 때마다 그의 이해를 방해하는 틈과 구멍과 어둠이 존재했다. 단어들은 먹혀지고 틈은 언제나 그곳에 남아있었다. 그는 언제나 내부에 구멍이 뚫린 이야기였다. 잘못된 이야기, 항상 틀린 이야기 말이다.(150~51)

주위의 사람들, 심지어 마이클을 가장 잘 이해하는 군의관조차 그로부터 자신들이 원하는 이야기를 만들어내려고 함으로써 그를 언어, 역사, 정치체제 속으로 끌어 들이려고 한다. 군의관은 그의 이름조차 "마이클"이 아닌 "마이클스"라 부름으로써 그의 특이성을 무시한 채 그를 여러 마이클 중 하나로 일반화하여 분류하려고 한다. 아무리 좋은 의도를 가지고 있다 하더라도 마이클에 대한 글쓰기는 국가 권력의 도구이며 역사의 족쇄일 뿐이다. 중요한 것은 침묵하는 비언어적 존재인 마이클의 이야기를 만들어내는 것이 아니라 그의 "삶과 시대"에 대해 공감을 보이는 것이다. 이는 단순히 마이클에게 관심을 보이고 자선과 호의를 베푸는 것이 아니라 그의 삶의 여정을 이해하고 그의 감정체험에 개방적 자세를 보이는 것이다. 마이클의 태도와 감정을 온전히 이해하는 일은 현실적으로 불가능할지라도 그에 대해 얼마만큼 공감하려고 노력하느냐에 따라 그와 윤리적 관계를 맺을 수 있는 가능성이 열린다.

소설은 마이클이 어머니가 일했던 곳에서 출발하여 여행을 시작했던 지점으로 돌아오는 것으로 끝난다. 자연적 존재로서 인간이 흙에서 태어나 다시 흙으로 돌아가는 것처럼 마이클 또한 출발지점으로 회귀한다. 마이클이 현실의 역사에서 물러나 자신만의 정원을 가꾸는 것은 단순히 농사를 짓는 것이라기보다는 자신의 존재를 유지하기 위한 창조적 활동이다. 이런 그의 노력이 가시적이고 실질적인 결과를 가져올 수는 없다 하더라도, 미약하고 우매한 주체로서 사회적 규범에 복종하는 것에서 벗어나 그 자신으로 존재하고자 하는 긍정적 시도로 평가할 수는 있다. 마이클이 원하는 것이 있다면 그것은 소설의 결말에 나타난 것처럼 자신처럼 보잘 것 없는 사람들과 교감할 수 있는 공감적 인간관계이다. 모든 것으로부터 그리고 모든 이로부터 자신을 철회하려는 것처럼 보이는 마이클이 원하는 것은 결코 사회로부터 소외된 삶이 아닌 타자와 공존하는 삶, 타자와 공감하는 삶이다.

따라서 마이클의 아파테이아는 감정이 소멸된 상태가 아니라 어떤 감정으로도 이동 가능한 잠재감정으로 해석되어야 할 것이다. 그의 기나

긴 여정 또한 결국 자기에게로 회귀하는 폐쇄적 움직임이 아닌 타자를 향해 열린 것이기 때문에 사회공동체의 토대가 될 잠재력을 지니고 있다. 이것이 마이클을 단순한 도피자나 부적응자로 정의할 수 없는 이유이자, 그의 우매함을 부정적 감정이자 결핍된 감정으로만 볼 수 없는 이유이기도 하다. 쿳시의『마이클 K』는 마이클이라는 한 인물의 특이한 감정을 통해 인간의 가장 원초적인 감정이란 무엇인가라는 근본적인 문제를 질문하도록 한다. 아파테이아는 기쁨이나 만족감처럼 좋은 감정을 욕망하는 것도 슬픔, 분노, 고통과 같이 부정적 감정을 피하는 것도 아니다. 그것은 쾌 혹은 불쾌로 나뉘는 감정의 분류를 초월하여 목적의 성공 여부와 무관한 감정의 평정상태이다. 그리고 이런 평정심은 지나치게 복잡한 과잉감정에 시달리는 현대인이 추구해야할 이상적 감정이라 하겠다. 결국 현자에게서 느낄법한 마이클의 무정념의 아파테이아는 감정의 상실이나 부재가 아니라 자신이 진정으로 원하는 행위 안에서 고요하고 지속적인 행복감을 느끼는 유토피아적 감정이다.

후기 근대의 공포와 재앙의 상상력

편혜영의『재와 빨강』

김은하

1. 후기 근대와 공포의 문화사회학

몽테뉴는 자신의 수상록에서 "공포는 그 힘들고 고생스러움이 다른 재앙들보다 더욱 심하다"(85), "공포는 죽음보다 더 참아낼 수 없이 괴로운 일"(85)이라고 함으로써 공포가 보편 정서 중 인간에게 가장 위협적인 것임을 암시한 바 있다. 그러나 혹자는 공포가 인간문명을 발전시킨 원동력이라고 보기도 한다. 17세기 유럽의 과학혁명 이후 실험과학의 등장은 인류를 공포에 떨게 만든 것들을 앎의 대상으로 만듦으로써 문명을 인류 역사상 가장 '진보'시켰기 때문이다. 몽테뉴 역시 공포가 평범하던 이에게서 상궤를 벗어난 힘을 이끌어낸다는 점을 주목하지만 그것을 긍정적 효과가 아니라 비이성적 광란의 증거로 해석한다. 로마의 집정관 셈 프로니우스의 보병들이 카르타고 군과 맞서 승리를 거둘 수 있었던 것은 그들이 한니발과의 전투에서 처절히 능욕당한 경험, 즉 두려움 때문이었다는 서술은 이러한 판단을 뒷받침한다. 그는 "거기서는 고함 소리와 놀란 소리 외에는 아무것도 들리지 않았다. 주민들은 경보가 울려 집에서 달려나오다 서로 맞부딪쳐서 상처를 입히고 죽였는데, 마치 적군이 그들 도시를 점령한 듯 싶었다. 모든 것이 혼란이고 소동이었다. 마지막에 기도를 하고 제를 지내 신의 분노를 진정시킬 때까지, 이 사태는 계속되었다"(83~86)라는 서술을 통해 공포가 인간을 혼란, 무질서, 지옥, 절망의 심연으로 이끄는 거대한 혼돈, 즉 공황(恐慌)임을 암시한다. 공포는 존엄한 시민들의 태생지 혹은 문명의 상징 공간인 도시를 순식간에 피와 비명으로 뒤덮어버리고, 인간을 비이성적인 격정에 휩싸이게 만드는 위험한 정서라는 것이다.

　　근대 철학을 수립한 데카르트는 인식의 확실성을 주장하면서 '정서'나 '느낌'을 부정적으로 규정한 바 있다. 특히 공포를 비롯한 격정적 감정은 인간의 이성과 자율성을 훼손하는 것으로 해석된다. 데카르트가 암시하듯이 공포는 '자기'의 추방과 몰수를 명령한다는 점에서 폭력적인 감정이다. 공포는 "정작 우리 자신이 지키고자 했던 것, 즉 '자기 자신'마저 까먹게" 하고 "'어디에도' 즉 '자기 자신'에게조차도 머무를 수 없"(70)게 하기에 불쾌 체험에 속한다. 공포는 홀린다는 말처럼 "제 정신을 잃고 모든 것이 까맣게 변해 버리"는 자기의 죽음을 경험하게 만든다. 심지어 공포에 사로잡힌 이들은 그 대상이 사라졌을 때도 쉬이 자유를 얻지 못한다. 공포에 짓눌린 자들은 먹지도 자지도 못한 채 불안으로 영혼을 갉아먹히고 충격을 견디지 못해 죽음을 선택하기도 한다. 공포는 인간 주체를 돌이킬 수 없이 훼손할 수 있는 위험한 감정인 것이다. 그러나 칸트는 우리가 안전한 곳에 있기만 하다면 공포는 영혼을 고양시키는 '숭고(sublime)' 체험의 절대적 계기가 된다고 함으로써 공포에 대한 새로운 인식의 문을 연다. 그는 "단적으로 큰 것", 즉 비교 대상이 없는 절대적으로 큰 것이라고 전제하며, 그것은 통상적인 상상력을 넘어서는 것이기 때문에 인간을 당혹스럽게 만들고 위축시키는 불쾌의 계기라고 본다. 인간은 자연의 무한성 앞에 상상력의 무력감을 경험하는데, 보는 것만으로 오금이 저릴 정도로 가파른 절벽과 깊이를 모를 바다의 심연, 번개와 우뢰를 몰아오며 순식간에 세상의 빛을 꺼뜨리는 먹구름, 닥치는 대로 난타하고 집어 삼키는 태풍 등은 인간의 모든 저항력을 무의미하게 만드는 공포스러운 힘의 증거이다. 그것은 간절히 자비를 구하며 격정이 가라앉기를 기도하는 노인처럼 오만한 인간에게 체념을 가르쳐주고, 자연의 전능함 앞에 순응의 무릎을 꿇게 만드는 것처럼 보인다. 그러나 칸트는 이 모든 일들이 만약 자신의 생명이 안전한 상황 속에서 이루어진다면 인간의 이성이 얼어붙는 게 아니라 인식의 지평이 무한히 열리는 역설이 발생한다는 점에 주목한다. 즉 그것은 정신력을 통상적인 평균성을 넘도록 고양시키며, 전능한 것처럼 보이는 자연에 견줄 수 있는 용기를 일깨운다. 그러므로 숭고해지는 것은 인간의 상상력을 압도하는 크기의 자연이 아니라, 기실 우리 자신의 정신이 되는 역설이 발생한다.[1]

칸트의 숭고론은 벅찬 고양감 속에서 자아의 승리를 확신하는 오만한 근대인의 모습을 보여주기보다 공포가 친숙한 일상의 세계에 머무름으로써 전체 세계에 대한 시야를 확보하지 못한 우리들에게 세계의 진실을

---

1   숭고론에 대해서는 다음의 책을 참고할 것. 안성찬, 『숭고의 미학─파괴와 혁신의 문화적 동력』, 유로서적, 2004.

보도록 만든다는 점을 암시한다. 박인철은 떨림과 충격이 "견고한, 습관적인 일상적 삶의 틀을" 깸으로써 우리의 삶을 혼란스럽게 만드는 것처럼 보이지만 기실 "일상성의 좁은 제약으로부터 해방되어 열린 마음으로 이 세계 전체를 바라볼 수 있게 된다"(167~168)고 지적한다. 특히 그것은 우리를 어두운 진실로 끌고 들어가는 '두려운 낯설음'의 체험[2]으로 어떤 진실과 대면하도록 초대하는 계기가 된다. 그러나 이 초대는 자아를 상실하는 것이라기보다는 자아의 분열을 촉구하기에 의미가 있다. 즉 그것은 저물녘의 대숲을 들썩이는 바람, 호수의 동심원처럼 인간을 검은 심연으로 이끌고 들어가 주체와 객체, 의식과 무의식, 이성과 감성의 경계를 허물도록 유도함으로써 자아의 불확실성을 목도하게 만들거나 주체를 공황 상태에 빠뜨릴 수 있다. 그렇지만 그것이 근대의 기획을 해체하려는 반인간주의적 모티프라고 규정할 수 없다.

로즈마리 잭슨은 프로이트의 이론을 마르크스주의적으로 재해석하면서 우리에게 공포를 일으키는 '기이한 것'의 환상성을 현실 세계 너머의 지향이 아니라 지배적 현실에 대한 전복적 욕망으로 재해석한다. "환상은 전혀 생소한 비인간적인 세계를 창조하는 것이 아니다. 달리 말해 환상은 초월적인 것이 아니다. 환상은 이 세계의 요소들을 전도시키는 것, 낯설고 친숙하지 않으며 그리고 명백하게 '새롭고' 절대적으로 '다른'

---

2 김혜련은 바흐친의 분석을 빌려 중세 사육제 전통에서 그로테스크 미학의 가능성을 발견한다. 그녀에 의하면 괴물성과 기형성이 환기하는 그로테스크 미학은 끔찍스러운 비현실성이 언어적으로 기술될 수 없다는 깨달음에서 얻게 되는 당혹감, 이해불가능성, 사고 자체의 무력함 자체를 의식함으로써 관람자로 하여금 현실 세계의 비가시적인 빈틈의 존재를 감지하게 하는데, 그러한 '사이 공간' 혹은 '중간 영역'은 마치 중세 사육제 공간이 합리성에 의거해 주체와 객체를 대립시키며 진정한 대화없는 근대사회를 해체함으로써 참여자들에게 해방과 치유를 경험하게 하는 것처럼 인간을 자유롭게 만든다(207). 김혜련, 「그로테스크의 시각성과 존재론적 함의」, 『카톨릭 철학』 12, 한국카톨릭철학회, 2009.

어떤 것을 산출하기 위해 그 구성 자질들을 새로운 관계로 재결합하는 것과 관련되어 있다"(18)라고 밝힌다. 잭슨이 보기에 그것은 숨겨진 진실을 폭로함으로써 인간을 자유롭게 만든다. 특히 그녀는 프로이트의 '친숙한 낯설음(uncanny)'을 원용해 전혀 낯설고 기이한 것이 주는 공포를 익숙하기 때문에 자연스럽게 여겨지는 것 뒤에 감춰진 모호하고 폐쇄된 영역의 폭로로 해석함으로써 환상을 초현실주의적인 아니라 현실 이면에 감춰진 틈새적 공간으로 재해석하는데, 이렇게 볼 때 유령, 악마, 영혼, 괴물, 전염병 등 그로테스쿼리(grotesqueries, 그로테스크한 특징을 보여주는 작품이나 인공물들)들은 우리가 꺼려하지만 기실 우리의 무의식이 투사한 것이나 보이지 않는 진실을 가시화하는 역할을 한다고 볼 수 있다. 그것들은 얼핏 평온해 보이는 세계 내부에 드리운 균열과 공허의 영역을 파헤치면서 세계의 정상성에 의문을 던진다. 그러므로 이때 돌연히 솟아나는 두려움 혹은 공포는 자아의 상실을 유도하는 것이 아니라 우리 시대의 심연을 가시화하기 위한 리얼리즘적 충동의 계기가 될 수 있다. 실제로 많은 공포서사들은 제 각각의 시대적 억압에 대처하기 위한 미적 대응의 소산이었다.

편혜영의 『재와 빨강』을 읽는 일은 영혼에 깊은 자상(自傷)을 남기는 일일 가능성이 높다. 그녀는 이 소설에서 전염병으로 인해 공황상태에 빠진 C국을 무대로 약탈, 방화, 살인 등이 버젓이 벌어지며 아나키 상태로 회귀 중인 세계의 끝, 즉 종말의 징후를 포착한다. 이 소설은 인간 존재의 경악스러움과 부조리함을 적나라하게 드러내고 있기 때문에 독자는 치밀어오르는 '구토'를 경험할지도 모른다. 그것은 휴먼의 종말이 공공연히 선언되고 있으리만큼 인간성이 위기에 처한 문명의 현재를 비춤으로써 공포의 정체를 묘파한다. 신자유주의 시장이 등장한 이후, 인간은 이제 존엄성을 상실하고 한낱 쓰레기로 전락하고 말았다.[3] 바우만의 비유를 빌리자면 마치 환불해주지 않는 빈 병이나 기준 미달의 불량품처럼 많은 이들이 생산라인에서 배제되어 잉여(32)로 분류된다. 더 이상 존엄성을 주장할 수 없다는 점에서 '인간'은 소멸 중인 이름인 것이다. 이 작품이 문제적인 까닭은, 새로이 도래한 홉스적 '자연상태'(무질서) 속에서 벌거벗은 생명들의 처절한 생존투쟁과 함께 한 마리 시궁쥐인 양 바닥을 모르는 인간의 추락을 알리고 있기 때문이다. 김홍중은 오늘날 생존은 그 어떤 것보다 초월적인 가치가 되었으며, 인간은 생물학적 생존자로 전락해 "그의 모든 행위를 규범적으로 지도하는 텔로스가 바로 '살아남는 것'"(181)이 되었다고 함으로써 신자유주의 시장 이후 생존불안정성이 높아지면서 공포의 대상이 달라지고 있음을 암시한 바 있다. 그러므로 이제 그로테스쿼리들은 과거 그랬듯이 구(久)가정의 '소복 입은 며느리'나 냉전 시대의 '외계에서 온 괴물'이 아니라, 인간과 비인간, 인간과 동물의 경계 사이에 있기 때문에 격한 혐오를 유발하는 노숙자, 쥐, 기형인간 등이 된다. 『재와 빨강』은 공포를 신자유주의 도입 이후 우리 시대의 지배적 정서로 포착하고, 재앙의 상상력을 통해 우리 시대의 심연을 알레고리한다. 대중적 쾌락을 낳는 익숙한 장르적 문법인 '공포서사'가 우리 시대의 실상을 충격적으로 포착하기 위한 리얼리즘적 충동 속에서 다시 쓰여지고 있다.

---

3 김현미에 의하면 신자유주의라는 폭력적인 물결이 사회적 안전판들을 무너뜨리며 정처없는 난민을 양산하는 상황이다. 최근 자주 일어나는 쓰나미나 지진 등 거대한 자연재해들도 벌채나 개발, 빈곤화, 공공투자의 후퇴 등 신자유주의적 구조조정의 결과물이다. 그러나 재해만 난민을 낳는 것이 아니라, 신자유주의 정치체제 역시 사회적 안전망을 무너뜨리며 수많은 추방자 혹은 난민들을 만들어 내고 있다(431). 김현미, 「후기 근대를 통찰하는 비판이론의 대서사」, 『창작과비평』147, 창비, 2010.

2. 위험사회와 인플루엔자 팬더믹(pandemic) 현상

『재와 빨강』은 우리에게 안전감을 제공하는 세계가 예고없이 붕괴되는 위험사회를 배경으로 하고 있다. C국은 이미 몇 차례 대지진을 겪었을 뿐 아니라 더 큰 지진이 올 것이라는 예언에 휩싸인 위험국가인데, 현재 전세계적으로 돌고 있는 전염병으로 인해 더 깊은 공황 상태에 빠져 있다. C국은 진보에 대한 인류의 낙관을 비웃듯 문명의 불안을 보여주는 디스토피아이다. 곳곳에 전염병 예방수칙이 내걸려 있고 수시로 방역차가 화학약품을 내뿜으며 거리를 가로지르는 풍경은 C국이 재앙의 상상력이 불러낸 공간임을 암시한다. 소설은 이렇듯 위험 국가에 도착하자마자 모든 일이 꼬이기 시작해 결국 거대한 미로 속에 내던져진 한 남자의 이야기를 들려준다. 다국적 방역 회사의 연구원인 주인공은 본사가 있는 C국으로 발령을 받지만 미래에 대한 희망에 들뜨기도 전에 공항에서 발이 묶인다. 기침과 미열 등의 증상으로 전염병 보균 가능성이 높다는 판정을 받았기 때문이다. 그는 며칠 간 조사를 받은 결과 좀 더 사태를 지켜봐야 한다는 검역관의 소견으로, 수도 외곽의 제4구역에 다시 억류당한 채 본사의 인사담당자 '몰'의 전화만을 기다린다. 그러던 중 우연히 전처(前妻)의 두 번째 남편인 유진에게 자신의 전처가 칼에 찔려 참혹하게 살해되었고, 자신이 용의자로 지목되고 있다는 소식을 접한다. 그는 당혹감 속에서 과음으로 지워져버린 기억을 하나씩 복원해내려 애쓰던 중 알 수 없는 방문객이 문을 두드리자 자신을 쫓는 경찰일 것이라고 단정짓고 제4구역 내 6번가의 거대한 쓰레기장이나 마찬가지인 공원으로 도주한다. 그리고 이후 불결할 뿐더러 악취로 가득한 암흑 지대를 떠돌며, 세계와 자신의 어두운 이면을 대면하는 쓸쓸하고 참담한 모험을 시작하게 된다.

사스, 에볼라, 광우병 등 최근 인류를 공포에 몰아넣은 사건들을 반영하듯 이 작품은 전염병을 인간의 예측과 의지를 비웃으며 삶을 난도질하는 재난 서사의 목록으로 등재시키고 있다.[4] 의학사를 살펴보면 전염병은 인류에 대한 중대한 도전 혹은 문명에 난 상처의 다른 이름이다. 근대인은 전염병을 분노한 신의 징벌이라 받아들인 중세인과 달리 바이러스성 질환으로 선언하고 정복을 꿈꾸었지만 백신 발견의 희열을 만끽하기도 전에 더욱 교묘하고 기세 좋은 신종 바이러스의 습격을 받아왔기 때문이다. 미생물들은 경이로운 번식력으로 자신의 숙주를 퍼뜨릴 뿐 아니라, 인간을 한껏 희롱한 후 더 강한 전염균을 남겨둔 채 사라졌다가 문명의 감시망을 뚫고 되돌아온다. 그래서 의학자들은 전염병을 내몰고 살 수 있는 인간의 땅은 없음을 선언하기도 한다. 전염병은 "우리는 교외로 도피하거나 미개척지로 도주한다고 해도 질병을 피할 수 없다는 사실

---

4 근대의 역설은 문명의 발달과 함께 인간을 두려움에 떨게 만드는 것들이 정복된 듯 보이지만 인간은 불안과 공포감정에 더 노출되고 있다는 것이다. 자연 정복을 향한 도전과 정복의 역사에도 불구하고, 재해를 다룬 다수의 대중적 서사물들이 보여주듯이 자연은 마치 고대인들에게 그랬던 것처럼 어두운 정념을 일깨운다. 자연은 더 이상 고즈넉한 서정이 아니라 불길한 예언이나 섬뜩한 공포를 자아내는 '노이즈'로 다가오는 것이다. 더욱이 2011년 일본의 대지진 발생 이후 방사능 유출 사건이 보여주듯이 위험의 원천이 문명에 의해 제조된 탓에 문명이 이후 가져올 파괴적 영향력에 대한 공포는 종말의 상상력과 결합해 미래에 대한 우울한 전망을 낳고 있다. 후기 근대의 인간이 마주 대하고 있는 위험은 미증유의 것으로서, 그 결과가 상상력의 크기를 압도하리만큼 파괴적일 것으로 추측되고 있다. 또한 전염병 역시 수렵채집인들이 처음으로 정착생활을 시작한 이후 1만년이 넘는 시간 동안 전쟁이나 기근보다 더욱 많은 사람들의 생명을 앗아갔으리만큼 인간의 오래된 '동반자'이지만, 갈수록 그 위험은 커져가고 있다. 그러나 이후 서술하겠지만 공포의 진원이 거대한 '해일'이나 '원전', '전염병'만은 아니다.

을 잘 안다. 보호벽으로 둘러싸인 마법의 도시는 없고 앞으로도 그럴 것이다"(아렌 카노, 344~345)라는 침통한 고백을 유도한다. 그러나 전염병의 공포스러운 힘은 그것이 불가항력적이라는 데서 비롯되지 않는다. 의학은 전염병과 함께 성장해왔기 때문이다. 새로이 등장한 바이러스들은 인간에게 두려움만큼이나 충만한 전투의지 역시 선사해왔다. 근대 의학은 무참히 많은 희생자를 내 주고 말았지만 그것에 완전히 무릎 꿇지 않았을 뿐더러 심지어 정복의 이력도 보유하고 있기 때문이다. 『재와 빨강』이 전염병의 출현에 주목하는 것은 그것이 생명에 대한 위협이어서가 아니라, 문명의 정수를 무참히 훼손해 버림으로써 인간의 역사를 위기에 빠뜨리는 '파괴'이기 때문이다. 기록에 따르면 발진성 질환인 아테네 역병은 페리클레스의 황금시대가 이룩한 문명의 고귀한 가치를 파괴했다. 그것은 인간의 목숨과 재물만을 앗아가는 게 아니라 시민사회와 도덕질서를 무차별적으로 붕괴시킨다(아렌 카노, 97~98). 전염병은 인간사회를 방종, 무법, 심지어 살인이 난무하는 아수라로 만드는, 거대한 암흑 혹은 해일인 것이다. 그 결과 강고하게 결속되어 있던 공동체는 붕괴되고 개인은 저마다의 고립된 처소로 뿔뿔이 흩어져간다.

전염병이 문명에 대한 파괴인 것은 사회와 이웃에 대한 무관심과 냉담을 유도하기 때문이다. 전염병은 감염경로를 알 수 없이 번져가는 바이러스로부터 스스로를 보호하기 위해 자신을 제외한 타인을 잠정적인 병균 혹은 바이러스 보균 가능성이 높은 위험한 물질로 분류하도록 만든다. 소설 속 C국의 상황은 이러한 판단을 뒷받침한다. 전염균이 만연한 C국의 거리는 마치 죽은 자들의 도시인 양 멈춰있다. 전염균은 이웃과 공동체를 파괴했다. 거리는 바이러스가 부유하는 위험한 곳이기 때문에 자신의 집처럼 안전한 곳은 없다고 여겨진다. 이제 타인과 사회로부터 스스로를 격리시킬수록 안전이 보장되기 때문에 혼자 있다는 것은 더 이상 고독이나 소외의 증거가 아니다. 외로움보다 더 두려운 것은 질병 혹은 죽음의 사신에게 붙들리는 것이기 때문이다. 그것은 C국 사람들의 일상을 바꾸어 놓았다. 이제 그들은 더 이상 누군가를 그리워하며 약속을 잡거나 반가움의 표현으로 악수를 하지 않는다. 더 나아가 전염병은 약탈과 폭력에 대한 도덕적 불감증을 유발한다. C국의 수도인 Y시의 제4구역에 억류된 주인공은 전염병에 대한 공포로 약을 구하러 나서지만, 이미 한 무리의 약탈자들이 다녀가 난장판이 된 약국을 나서던 중 신사복을 입은 낯선 사내로부터 머리를 강타 당한다. 주인공은 더러운 쓰레기 더미 위에 쓰러진 순간 자신이 당도한 곳이 불법과 반칙이 생존의 정언명령이 된 부조리한 세계임을 비로소 알아차린다.

냄새 속에 누워 통증을 참아내는 동안 그 역시 냄새의 일부가 되었다. 세계가 냄새를 풍기는 것이 아니라 스스로 냄새를 풍기는 세계가 된 셈이었다. 그는 이처럼 빠르게 냄새에 동화된 자신을 두둔하는 심정으로 구역질을 삼키고 천천히 걸음을 옮겼다. 빼앗길 게 없으니 서두를 이유가 없었다. 사내에게 얻어맞는 순간, 그는 자신이 이제까지와는 완전히 다른 방식으로 문제를 해결하는 세계에 들어섰음을, 도덕과 질서와 교양과 친절이 정당한 세계에서 약탈과 노략질과 폭력과 쓰레기가 정당한 세계로 진입했음을 깨달았다. 새로운 세계에서의 생존방식은 그를 가격한 사내의 방식일 거였다. 약탈과 노략질이 생계의 방편이라면 아무것도 가지지 않은 게 유일한 자산이었다. (54~55)

소설은 이렇듯 재앙의 상상력을 등장시킴으로써 문명의 불안과 공포를 묘파해낸다. 문명은 오랜 시간 동안 인간 사이에 도사린 적의와 혐오를 다스리기 위해 고투해왔다. 그러나 전염병은 문명의 모든 시도를 일시에 무화시켜버림으로써 공포의 진원이 되어왔다. 그것은 특히 시민사회의 질서와 법칙을 몰아내고 생존을 향한 동물적 욕망만이 가득한 혼돈 상태를 불러온다. 공포의 포자는 살아남는 것을 유일한 도덕법칙으로 승인해주기 때문이다. 그러므로 가해와 약탈의 행위 속에서 죄책감의 기미조차 찾아볼 수 없다. 심플해서 천진하기조차 한 악이 탄생하는 것이다. 나아가 전염균은 들불처럼 번져가며 피해자와 가해자의 경계마저 무너뜨린다. 쓰레기 더미 위에 누운 주인공이 냄새나는 세계와 자신이 어느새 한 몸으로 묶여버린 것을 감지하는 대목은, 이후 그가 비윤리적인 방식으로 생존을 도모해 나갈 것임을 암시한다. 창궐하는 전염병으로부터 "자신을 보호하는 일", 즉 "전력을 기울여야 할 일은 살아남는 것"(87)이기 때문이다. 전염병은 단순히 의학적인 차원의 문제가 아니라 신자유주의 도입 이후 새로운 삶의 조작 메커니즘에 대한 은유인 양 보인다.

인플루엔자 팬더믹현상은 전통적으로 단단하게 고정되어 있던 것들이 산산이 붕괴되고 훼손되는 파국의 시대, 즉 리스크로 가득한 후기 근대의 실감을 담고 있다. 신자유주의 시장의 도입 이후 살아간다는 것은 고립된 개인이 로빈슨 크루소인 양 예기치 못한 위험들이 도사린 격랑 속을 표류하는 일이 되어버렸기 때문이다. 공포의 감각은 단순히 우울질의 음습한 상상력이 불러낸 환영의 소산이 아니다. 구조조정, 정리해고, 88만원 세대, 중산층의 몰락, 연봉제, 비정규직, 서바이벌 등 불길한 어감의 용어들이 등장한 데서 알 수 있듯이 신자유주의 시장 하에서 생존불안정성은 점점 높아지고 있기 때문이다. 워크아웃의 시대는 한 가지 일만 하며 고요히 늙어가는 느릿하고 유순한 삶을 추방하고, 금맥을 찾아 모든 땅들을 들쑤시고 파헤치는 미치광이에게서 엿볼 수 있을 법한 역동적인 분열의 시대를 열었다. 대규모로 청산과 쇄신의 작업이 이루어지면서 노동 불안정성, 노동유연성이 높아짐에 따라, 몰락의 예감 탓에 깊이 잠들 수 없는 시대가 도래했기 때문이다. 김홍중의 표현을 빌자면 공포는 마치 포자인 양 창공을 활공하며 주체를 새롭게 인스톨하는 우리 시대 실존의 감각일 뿐 아니라 '마음의 레짐(regime)'이다.

후기 근대는 공포의 연쇄성, 편재성의 시공간인 것이다. 이렇게 볼 때 지진다발국가이자 전염병으로 도시 전체가 공포에 나포된 듯한 C국은 위험사회의 맨얼굴을 엿볼 수 있는 장소라 할 수 있다. 소설은 주인공을 위험이 난무하는 C국으로 던져 놓고 독자들 역시 더러운 쓰레기장과 신원미상의 시체가 불길 속에 타들어가며 재를 날리는 종말의 장소 속에 세워둔다. 그리고 순식간에 직장이나 이름 같은 정체성의 자원들만이 아니라 최소한의 인간적 실존을 보장해주는 집과 일상마저 잃어버린다. 빈 몸으로 법도 윤리도 정지해버린 세기말적 삶의 혼돈, 즉 생존만이 유일한 도덕률로 자리잡은 세계 속으로 들어선 것이다. 그리고 인간이 되기 위해 인간이라는 존엄한 이름을 버려야 하는 역설의 구조 속에서 쉬이 끝나지 않을 듯한 전락을 거듭한다. 그러나 이러한 과정은 인간 존재와 세계의 숨겨진 진실을 발견하는 뜻밖의 계기가 된다.

3. 쥐와 인간 그리고 수용소

이 소설은 글로벌 방역회사의 연구원이라는 그럴듯한 직업이 있었지만 쥐처럼 비루한 동물로 추락한 한 남자에 대한 이야기이다. 남자는 자신이 경찰에 쫓기고 있다고 판단해 쓰레기 더미 위로 몸을 던지는 순간, '인간'이라는 이름을 박탈당한다. 제4구역에서도 가장 지독한 곳, 즉 6번가의 공원에 들어섰기 때문이다. 본래 제4구역은 재개발 당시 대량의 산업폐기물과 가정용쓰레기를 매립하고 세운 산업단지이지만 마치 숨길 수 없는 비밀인 양 지독한 악취로 구역질을 유발하는 저주받은 땅이다. 문명의 배설물 위에 세워진 그곳은 디스토피아의 한 사례에 속한다. 더욱이 제6번가의 공원은 붉은 빛이 쉼없이 검은 재를 토해내는 소각장, 즉 도시의 모든 생활쓰레기들의 최종귀착지이다. 그러나 붉은 열기가 감쪽같이 삼키는 것은 쓸모가 다한 물건만이 아니다. 생명이 다한 폐기물들인 양 사회로부터 버려진 인간들이 난폭하게 혹은 고요히 죽음을 선고받기 때문이다. 여기에서 인간은, 모든 시민이 교양을 갖추기 바라는 C국 정부의 언설과 달리 존엄한 존재가 아니라 언제든 폐기처분될 수 있는 쓰레기 혹은 폐품인 것이다.

제4구역의 공원은 폐기된 인간의 집결지라는 점에서 수용소를 연상시킨다. 왜냐하면 그곳은 살아남기 위한 필사의 투쟁 속에서 최소한의 인간적 존엄을 유지할 수 없는 굴욕의 땅이기 때문이다. 이렇듯 휴먼의 종말 혹은 비인탄생(非人誕生)의 상상력은 '쥐'의 표상에 응축되어 있다. 제4구역의 노숙자들은 인간이 아니라 쥐를 닮아있다. 이들은 실제로 악취 가득한 공원에서 거대한 야생쥐인 양 노숙을 하며 인간이 아닌 '쥐'와 경쟁한다. 수용소의 삶이 생사의 문턱을 넘나들 정도로 만성적인 배고픔과 허기에 시달리며 스스로를 인간이 아닌 텅 비어 있는 위장 기관으로 감지하게 만드는 동물적 삶의 메커니즘이라면 제4구역을 수용소라고 보아도 좋을 곳이다. 이들은 쥐처럼 쓰레기장을 뒤져 먹을 것을 구하며, 함부로 배설한다. 어쩌면 이들은 쥐보다 못한 존재이다. 쥐들은 인간보다 빨리 먹을 것을 구하고 강력한 생식력으로 더 빠르게 개체수를 불려가기 때문이다. 쥐를 연상시키는, 혹은 쥐보다 못한 인간이 된다는 것은 세상의 혐오와 경멸의 채찍을 견뎌야 할 뿐 아니라 사회로부터 버려진다는 것을 의미한다.

박일형에 의하면 그간 문학에서 '쥐'는 "인간의 오랜 그림자, 더 나아가 일종의 거울이미지"(22)로서 인간에게 가장 친숙한 만큼이나 낯선 감정을 불러일으키는 이중적 존재로 재현되어 왔다. 쥐는 인간이 사는 곳엔 언제나 함께 있어왔다고 할 수 있을 만큼 인간과 가까울 뿐 아니라 공히 포유동물로서 집단생활과 식습관 등이 여러 모로 비슷하다. 그런데 바로 이러한 친숙함이 쥐에 대한 인간의 극렬한 혐오감을 불러일으킨다. 이는 쥐가 인간사회가 품위를 유지하기 위해 늘 필요로 하는 존재라는 점을 역설한다. 즉 '쥐'는 보편 인권의 수혜를 받지 못한 소외된 자, 사회경제적으로 열악한 처지에 놓인 주변부인의 처참한 실존 등을 상기시켜 주는 메타포에 머물지 않고 인간과 비인간, 정상과 비정상 등을 배정하고 발명하는 기준임을 암시한다. 그리고 수용소는 사회의 외부에 존재하는 듯 보이지만 기실 사회의 내부를 운영하는 법칙 혹은 법이 작동하는 장소라고 볼 수 있다.

이러한 판단을 암시하듯 소설 속에서 쥐인간은 아무런 쓸모도 찾을 수 없는 '잉여'로 머물지 않는다. "쥐가 나타날 때까지 가만히 앉아서 언젠가 분명히 쥐가 지나갔을 어둡고 좁은 길을 바라보노라면 자신이 거대한 한 마리의 쓸모없는 쥐가 된 느낌이었다. 그런데도 쥐를 잡으려고 쭈그려 앉아 있는 것은 쥐를 잡을 때만 자신이 전혀 무용한 인간, 쓰레기와 같은 인간, 쥐와 같은 인간이 아니라는 생각이 들어서였다"(175)라는 서술이 보여주듯이 주인공은 쥐인간으로 남지 않기 위해 두려움과 혐오 속에서도 쥐를 잡아야 하기 때문이다. 그리고 그는 운좋게도 하수도 주변에서 가망이 없는 듯한 나날을 보내던 중 쥐를 잘 잡는다는 이유로 방역회사의 임시직으로 취업한다. 전염병 예방에 만전을 가하고 있는 C국에서 쥐를 잡는 일은 누군가 해야 할 꼭 필요한 일이지만, 쥐를 잡는 한 타인의 혐오를 면할 수 없기 때문에 그 일은 기피된다. 그러나 이렇듯 타인에게 기피되는 일은 누군가에게는 자신이 쥐가 아니라 인간임을 주장할 수 있는 유일한 기회로 찾아온다. 쥐를 잡을수록 타인들 사이에서 기피되지만 '쥐'로 전락하기 않기 위해서, 즉 깨끗한 의식주를 얻어 인간으로 존재하기 위해서 쥐를 잡아야만 하는 것은 쥐인간의 역설적 존재방식이다. 이는 쥐인간이 사회적으로 필요악에 해당하며, 수용소는 그러한 거대한 악이 탄생하는 장소임을 암시한다. 그렇다면 4구역은 그저 문명의 빛이 들지 않는 소외지대가 아니라 사회와 연동되어 법을 작동시키는 필수적인 장소임을 알 수 있다.

4구역의 공원은 전염병에 걸린 것으로 의심되는 이들의 마지막 종착지로서, 사회적으로 위험한 세력들을 격리시킨 수용소라고 볼 수 있다. 본래 수용소는 비상상태에서 유래한다. 공공의 안전과 질서가 심각하게 위협받는 긴급사태가 발생했을 때 공공안전을 위해 구성원의 기본권을 잠정적으로 유보할 수 있다. 그곳은 정상적인 법질서 외부에서 개인적 권리나 법적 보호로부터 버려진 '예외적 공간'이다. 제4구역의 노숙자들은 시민이라는 고귀한 이름을 부여받지 못했을 뿐 아니라 죽여도 죄가 되지 않을 만큼 잉여로 취급받는다는 점은 이러한 판단을 암시한다. 공원의 노숙자들은 살인과 방화, 약탈과 폭력을 생존의 방편으로 취하지만, 이 날것의 삶을 종식시키고 평화를 가져다 줄 법과 윤리는 존재하지 않는다. 쓰레기와 함께 인간이 산 채로 불태워지고, 쓰레기더미인 양 더러운 하수구에 던져져도 아무도 슬퍼하지도 죄를 묻지도 않는 것이다. '쥐'의 목숨은 존엄하지 않기 때문이다. 그러나 양운덕에 의하면 비상사태는 예외적인 경우에 머물지 않고 정상적인 법적 효력과 뒤섞여(194) 민간인들 전체로 확장될 수 있다. 예외상태를 규칙으로 만드는 것이 바로 수용소이기 때문이다. 공원의 노숙자들은 모두 전염병 환자가 아니지만 전염병은 이들을 벌거벗은 삶의 자리로 몰아넣는다.

제4구역만 수용소인 것은 아니다. 주인공이 자신에게 파견명령을 내린 '몰'을 찾기 위해 감시망을 뚫고 가까스로 들어간 본사 역시 수용소를 연상시킨다. 경비는 감염을 막는다는 이유로 외부인의 출입을 철저하게 통제하는데, 이로 인해 본사의 직원들이 감금되는 역설이 발생된다. 주인공이 경비의 감시가 소홀한 틈을 타 가까스로 본사에 잠입해 만난 직원은 피로 가득한 얼굴로 사원들이 과중한 개인 업무로 밖에 나간 지 한 달이 넘었으며, 수많은 직원들이 전염병 보균자로 의심받아 퇴사했다고 전한다. 이는 본사의 직원들 역시 언제든 공원으로 보내질 수 있음도 암시한다. 실제로 공원에서 8번으로 불리는 남자는 흰 와이셔츠에 검은 양복을 입었고, 어깨에 서류가방을 맨 평범한 회사원으로, 감염된 것으로 추정되어 하루 만에 공원으로 들어오게 된다. 반면에 8번 남자와 달리 주인공은 우연히 쥐를 잘 잡는다는 이유로 본사 직원에게 발탁되어 제4구역을 떠난다. 여기서 제4구역은 중심과 주변, 시민과 비시민, 인간과 비인간 등 엄격히 구획된 두 세계를 뫼비우스의 띠인 양 연결지으며 사회와 세계를 캠프화하는 거대한 권력 장치다.

　주인공의 전락은 불운한 사건 혹은 우연의 소산이 아니라, 정교하고도 거대한 구조에 의해 집행된 필연적 결과였을 가능성이 높다. 글로벌 기업의 지역 회사의 연구원이었던 그가 업무 수행에 필수적으로 요청되는 자질인 외국어 능력이 현저히 부족하고 업무 실적도 높지 않다는 점을 고려해 보면, 본사 파견은 해고 통고 문자 같은 추방의 형식이었을 가능성이 높다. 본사에 파견되기 전 지사장 집의 아름다운 정원에서 일어난 불미스러운 사건은 이러한 추정을 뒷받침한다. 지사장의 초대를 받아 정원에서 파티를 즐기던 중 그는 난데없이 커다란 쥐가 나타나자 마치 모두가 자신에게 요청하는 것만 같아 깊은 혐오감에도 불구하고 동료의 핸드백을 던져 쥐를 죽인다. 그러나 내장이 터져 죽은 쥐로 인해 오히려 아름다운 파티를 망치고, 마치 더러운 시궁쥐인 양 동료들 사이에서 기피된다. 그리고 얼마 후 마치 수순인 양 본사 파견을 통고받은 것이다. 이는 파견이 영전이 아니라 추방이었음을 암시한다. 마치 용도를 다 한 헌 옷이나 폐타이어가 국경을 넘어 팔려가듯 그는 자신의 직장과 고국으로부터 분리 혹은 적출당하는 절차를 거쳐 쓰레기의 신분으로 국경을 넘은 것이다.

　신자유주의 시장의 도입 이후, 국경은 점점 더 합법적으로 인간을 폐기 혹은 교환하는 거대한 마켓이 되어가고 있다. 일종의 국경지대라 할 공항에 새로이 출현해 점점 급증하는 종족들은 애국적 사명이나 글로벌 리더의 꿈을 품고 비장하게 이별을 고하는 지사 혹은 댄디가 아니라 존 버거의 표현을 빌자면 미구에 닥쳐올 거대한 재앙을 예감하며 서둘러 거주지를 옮기는 쥐떼인 양 옹색하고도 비루한 "제7의 인간"이다. 이들은 공항에서부터 까다로운 입국심사를 거쳐 국경의 문을 통과해 글로벌 경제의 하인으로 편입된다. 소설의 첫 무대가 공항인 데서 알 수 있듯이 주인공은 자신의 모국으로부터 버려졌으며 C국에서 일정한 적합성 검사를 거쳐 결국 모든 폐기물들의 종착지인 제4구역으로 보내진 것이다. 그러므로 '쥐'는 글로벌 금융자본주의의 디아스포라, 즉 노동자의 새로운 이름일 가능성이 높다. 그렇지만 '쥐'는 단순히 외국인 노동자의 표상에 한정되지 않는다. 제4구역이라는 치외법권의 지대로 내몰리는 것은 제3세계 외국인 노동자만은 아니기 때문이다. 그곳은 어쩌면 후기 근대를 사는 대다수 인류의 미래일 수 있다. 그러므로 이제 쥐는 아우슈비츠의 유대인이라는 한정된 의미를 벗어나 후기 근대인간의 표상이 된다. '추방'과 '박탈'은 신자유주의 시장의 운영법칙이기 때문이다.

오늘날 19세기 영국의 노동자들이 겪었을 법한 비참한 삶은 계급, 젠더, 나이의 경계를 초월해 누구에게나 공평하게 분배되고 있는 중이다. 이 소설 속의 등장인물의 이름이 '몰'이라는 점 역시 이러한 판단을 뒷받침한다. 주인공이 C국에서 새로이 얻은 이름은 '몰'인데, 그것은 그에게 이름을 붙여준 늙은 노숙자의 것이기도 하다. 심지어 그가 찾는 본사의 인사담당자의 이름이기도 하다. 주인공은 나중 감시망을 뚫고 본사에 들어가는데, 본사에도 복수의 '몰'들이 있다. '몰'은 어떤 탄생의 신화나

고유한 개성의 징후조차 찾을 수 없다는 점에서 '이름'이라기보다 그저 무의미한 소리에 불과하다. 우연히 주워 입은 티셔츠에 쓰여져 있던 이름이 '몰'인 탓에 갖게 된 것이기 때문이다. '몰'은 낡은 슬리퍼, 눈알이 떨어져 나간 인형, 저수지에 버려진 자동차처럼 쓸모를 잃어버린 상품으로서의 현존, 즉 존엄성을 박탈당한 인간의 표상이다. 그러므로 '몰'은 '沒', 즉 '몰수된' 혹은 박탈의 위기에 내몰린 인간의 지위를 상징한다. 자아의 개별성을 부인당한 이 이름은 수용소적 삶을 암시한다. 수용소가 개별자의 존재를 부정하고 개인을 시스템의 일부로 환원해 들이는 기계화된 장치라는 점을 고려한다면 '몰'이라는 이름은 수용소에 갇힌 개인의 운명을 단수로 처리해 표상한 것이라 할 수 있다. 개체로서 아무런 의미도 없고 자기 삶에 대한 스스로의 결정의 권리를 박탈당한 삶은 수용소적인 것이라 할 수 있다.

인간과 전염병의 역사는, 전염병이 인류 문명의 모든 것을 박탈해 간 것만은 아님을 보여준다. 의학사에 따르면, 전염병은 문명의 형성에 중대한 영향력을 미쳐왔다는 점에서 인류의 오랜 파트너라 할만하다. 미생물 혹은 바이러스가 역사적 전환을 가져온 주인이었다는 주장이 성립 불가능한 것은 아니다. 전염병은 새로운 정치의 조건이 되기도 하기 때문이다. 본래 질병은 개개인의 문제, 즉 유기체의 생명력과 결부된 문제였다. 그러나 개개인의 생명이 위협받는 상태는 곧 집단 전체를 위태롭게 하기 때문에 전염병은 질병을 개인의 사생활이 아니라 공적인 문제로 만든다. 전염병은 공동체에 적합한 자, 적합하지 않은 자를 가르는 기준일 뿐 아니라, 집단을 보호한다는 명분하에 질병에 걸린 자들을 공동체 너머로 분리 혹은 추방하기 때문에 단지 권력의 수사학에 머물지 않는다. 이는 위험사회가 공포의 전제 정치를 부활시킬 수 있음을 암시한다. 전염병이 퍼뜨리는 공포는 민주주의를 약화시키고 속물사회를 실현한다. 공포는 세계의 진실을 외면하고 자신의 안위에 매달리게 만든다. 즉, 그것은 자유의 광장에서 사람들을 내몰고, 시민을 고립된 사인(私人)으로 만들며, 정의를 추구하기보다 생존을 최고의 도덕률로 삼게 한다. 전염병은 단지 바이러스에 머물지 않고 인간과 사회를 다시 쓰는 새로운 정치의 조건을 은유한다. 즉, 그것은 단순히 바이러스가 아니라, 정치적 이데올로기일 가능성이 높다.

전염병이 대유행 단계에 들어섰다는 당국의 발표가 거리 여기저기에 붙어 있다. 거리 곳곳에 설치된 스피커를 통해 전염병에 대처하기 위해 방역을 강화하고 있으니 시민들은 개인위생에 만전을 기해달라는 당부가 시보처럼 일정한 간격으로 들려왔다.

구역마다 보건소 설비가 확충되었으며 검역 수위가 높아졌다. 방역차를 이용한 소독약 살포 외에 항공살포 및 개별주택 방역 사업이 시작될 거라고 했다. 이미 방역이 강화된 구역에서 흘러 나온 얘기에 따르면, 방역원이 수동 펌프기를 건물 안으로 끌고 들어가 소독약을 뿌리는데 거기에서는 좀약이 풍기는 곰팡내와 함께 유황냄새가 난다고 했다. 소독약 냄새에 구역질을 하고 피부발진을 일으키는 사람이 많으나 구역질은 참고 피부발진은 약도 바르지 않는다고 했다. 전염병 증상 중 하나가 피부발진으로 알려졌기 때문에 자칫 약을 구하려 했다가는 병에 걸린 것으로 오해받을 수 있어서였다.

전염병에 대해 여러 가지 이야기가 떠돌았으나 모두 전해들은 것에 불과했다. 진상을 제대로 알고 있는 사람은 없었다. (180~181)

주인공이 방역업체 비정규직 직원으로 방문한 집주인 여자는 생명보험 회사의 직원인데 "전염병 때문에 죽을 수 있다고 겁을 주지만 실제 감염자를 본 적이 한번도 없"(211)으며, "일하기 싫은 날에는 차라리 병에 걸렸으면 하고 바랄 때도 있어요. 당국에서 치료도 해주고 일도 쉴 수 있을 테니 말이에요"(210)라고 함으로써 전염병이 정치적 술책, 즉 국가가 퍼뜨린 유언비어일 가능성을 암시한다. 실제로 프랭크 푸레디는 "현대 사회에서 공포는 끊임없이 확장되는 삶의 일부가 되어있다. 우리는 질병, 학대, 낯선 사람에 대한 두려움, 환경 파괴, 테러리스트들 습격의 공포 속에서 살고 있다. 그러나 기실 과거에 비해 오늘날의 우리는 고통, 재해, 소모성 질환, 죽음에서 훨씬 멀리 떨어져 있다. 우리는 실제로 전례없는 수준의 개인적 안전을 누리고 있다"(32)고 꼬집는다.

4. '두려운 낯설음'과 파국을 향한 정념

『재와 빨강』은 절멸의 수용소에서 일상으로 복귀한 생존자에 관한 이야기이기도 하다. 방역회사 직원인 주인공은 부랑자로 공원을 전전하다 그곳에서마저 쫓겨나 하수도 언저리까지 밀려나지만 쥐를 잘 잡는다는 이유로 방역회사의 임시직원이 됨으로써 가까스로 일상세계로 귀환한다. 그런데 이러한 표층 서사의 이면에서 전처 살해의 진실을 좇는 내성적인 탐문의 과정이 펼쳐지고 있다. 주인공은 우연히 전처가 참혹하게 칼로 난자당했고 자신이 아내살해범으로 의심받고 있다는 사실을 안 후 어쩌면 기억하지 못하는 시간 속에서 아내를 죽였을지도 모른다고 여긴다. 그리고 자신의 손바닥에서 무언가를 쥐고 있었던 듯 선명한 멍을 발견하고 칼을 쥐어본 후 "낯설고도 익숙한 떨림"을 감지하면서 더욱 자신이 아내를 죽였을지도 모른다는 예감에 사로잡힌다. 이렇듯 '두려운 낯설음'의 감각은 그의 고단한 여정, 즉 서사를 촉발시킨 참된 계기가 된다. 만약 그러한 전율이 아니었다면 숙소의 문을 두드리는 익명의 방문자를 자신을 잡으러 온 경찰로 가정하지도, 그를 피해 쓰레기장으로 투신해 쥐인간의 비루한 삶을 전전하지 않았을지도 모른다. '두려운 낯설음'의 감각은 시종일관 놓아주지 않으면서 그를 존재의 영도로 내몰아 모험을 촉발시킨 진정한 계기라 할 수 있다.

그렇다면 그는 아내를 잔혹하게 살해하고 도주 중인 살인마일까? 언뜻 그를 아내살인범으로 지목하는 것은 매우 합리적인 판단인 양 보인다. 전처는 그의 집에서 살해당했는데, 그의 아파트 쓰레기통에서 발견된 칼은 그가 집에서 사용하던 것과 같은 종류로 죽은 자의 혈흔을 잔뜩 묻히고 있다. 또한 손바닥과 팔뚝에 선명한 정체 모를 멍은 살인의 시간을 증언하고 있는 듯 보인다. 무엇보다 C국의 공항에 도착한 그는 검역관이 전염병 검사를 위해 팔을 붙들자 "이대로 잡혀서는 안 된다"(40)는 이유 모를 생각에 사로잡히고, 급기야 익명의 방문객을 피하기 위해 도주하는데, 그것은 공권력에 대한 두려움이 불러일으킨 일반적인 반응이라고 보기 어렵다. 더욱이 그는 전처에 대한 애증감정이 극심해 실제로 강간의 폭력을 저지른 이력도 있다. 그러나 정황이나 심리적 근거를 내세워 주인공을 전처살해범으로 결론지을 수 없다. 자신의 동창이자 전처의 두 번째 남편이었던 유진 역시 그와 마찬가지로 전처에 대한 애착과 불신의 감정이 강렬할 뿐 아니라 그녀의 전 남편, 즉 주인공에 대한 질투 감정에 사로잡혀 있었기 때문이다. 유진과 주인공은 도플 갱어라고 할 만큼 닮았다.

이 소설은 미궁에 빠진 살인사건이라는 추리소설의 모티프를 도입하고 있지만 진범이 누구인지를 판단해 줄만한 객관적 증거를 찾는데 아무런 관심이 없다. 진실의 여부가 모호하게 처리되어 있는 만큼 텍스트 밖의 독자로서는 사실 관계를 확인할 방법도 없다. 그럼에도 불구하고 아내 살인 모티프는 중요한 의미를 갖는다. 왜냐하면 그것은 우리들 자신의 인간성을 향한 예리한 질문을 숨기고 있기 때문이다. 그가 자신이 아내를 죽였다고 확신하는 것은 몇 차례의 살인이 이루어지고 난 후라는 점은 아내의 시신이 우리들 자신이 은폐해버린 어두운 진실을 들추는 그로테스쿼리임을 암시한다. 주인공은 공원의 노숙자들과 함께 2번으로 불리는 부랑자를 구타하고, 그가 살아있음을 확인했음에도 불구하고 보디백에 넣어 쓰레기 소각장의 화염 속에 던져 버린다. 고열과 구역질 그리고 팔에 난 종기는 그가 전염병의 환자일 가능성을 암시하기 때문이다. 그는 순전히 두려움 때문에 2번으로 불리는 부랑자를 죽이는 데 가담하고, 살인을 저지른 후에는 도덕적인 가책이 아니라 2번이 피고름 섞인 팔로 그를 붙들었다는 점 때문에 더 큰 공포에 사로잡힌다. 그리고 그 역시 바로 동일한 이유로 공원의 부랑자들에 의해 보디백에 넣어진 채 더러운 강물 위로 던져진다.

비록 운 좋게도 살아남아 하수도로 거처를 옮기지만 이 일은 그에게 수용소적 삶의 방식을 내면화하게 만든다. 살아남기 위해서는 누구도 믿어서는 안 되며, 타자의 고통에 대한 감각은 생존의 정글에서 불필요한 레이스처럼 거추장스러운 것이기 때문이다. 결국 그는 순전히 살아남기 위해 자신이 방역 출장을 나온 집주인 여자를 잔혹하게 살해한다. 쥐를 잘 잡는다는 이유로 방역회사의 비정규직 직원이 되지만 기실 세상에서 쥐를 가장 무서워하는 그는 이미 준비해둔 쥐꼬리에 피를 묻히는 식으로 집주인 여자를 속이려 한다. 그러나 여자의 예리한 눈에 의해 속임수가 발각되자, 다시는 하수도 주변이나 공원으로 되돌아가고 싶지 않다는 이유만으로 여자를 살해한다. 그가 임시직원으로서 방역회사로부터 제공받는 약간의 음식과 침대를 지키는 것은 도덕보다 앞서는 생존 가치이기 때문이다. 흥미로운 것은 그가 살인을 저지른 후 자신이 아내를 죽였을지도 모른다는 두려운 예감이 단지 상상력의 소산이 아니라 실제로 일어난 사건이었다고 확신한다는 것이다.

> 낯선 피냄새가 봉인의 열쇠이기라도 한 듯, 언젠가 이런 일이 있었다는 것이 비로소 떠올랐다. 금속성 무기를 손아귀에 쥐었을 때 전해오는 느낌이나 피가 튀었을 때의 느낌은 쥐꼬리를 자르기 위해 칼을 쥐거나 쥐의 몸통을 사정없이 내리칠 때와는 전적으로 달랐다. 그 낯익은 감각 때문에 그는 오래전 쓰레깃더미로 투신한 자신의 행동을 기꺼이 이해했다. 가장 먼저 든 생각은 스스로도 이해할 수 없는 기이한 안도감이었다. 이 안도감을 얻기 위해 C국에서 긴 시간을 허비한 것 같았다.(217~218)

그가 자신이 아내를 죽인 범인이라고 확신하며 해방감을 느끼고 있다는 점에서 이 장면은 매우 아이러니하다. 여기서 난도질당한 아내의 시체는 '두려운 낯설음'을 불러일으키는 그로테스쿼리라고 할만하다. '두려운 낯설음'은 우리를 공포로 전율하게 만드는 괴물은 우리의 바깥이 아니라 우리의 내부에서 거주하는, 즉 우리의 자신의 초상임을 일깨운다.

그는 모든 허위들을 일거에 붕괴시키는 파국의 시간, 즉 자기 자신마저 궁지로 내모는 멸망을 열렬히 소망한다. 파국은 숨겨진 진실에 대한 드러냄이자, 쇄신을 재촉하는 멸망의 축제이다.[5] 제4구역의 쓰레기 장 위에는 방화와 유기와 살인의 어두운 기억들을 덮고 휘황찬란한 쇼핑몰이 들어선 땅 위에서 미래에 대한 가슴 뛰는 희망을 품는 대신에 증언과 폭로의 욕망에 휩싸인 양 수신자를 찾아 자신의 고국으로 전화를 걸어댄다. 그가 전하고자 한 것은 무엇이었을까? 짧은 시간 동안 그에게는 많은 일들이 있었다. 직장동료의 질투를 받으며 C국 본사로 발령을 받은 그는 뜻하게 않게 전염병 소동에 휩싸이고 업친 데 덮친 격으로 자신이 아내 살인범으로 몰린 사실을 유진에게 전해듣고 제4구역의 공원과 더러운 하수도를 전전하며 가까스로 살아남았다. 그리고 하수도에서 쥐를 잡던 중 방역회사의 임시직원으로 채용되어 깨끗한 의복을 입고 건실하게 일하는 시민이 되었다. 더욱이 상사는 그가 근무실적이 좋아 곧 정규직으로 발령이 날 것 같다고 말한다. 그의 인생에 발생한 위기는 이제 서서히

---

5 프로이트는 독일어의 'unheimlich'는 '섬뜩함, 이상한, 으스스한 공포를 자아내는' 등의 의미로 해석되는데, 그 의미가 반대말인 'heimlich'와 그 의미가 상통한다는 점에서 흥미로운 단어라고 본다. 독일어 사전에서 'heimlich'은 한편으로는 집의 한 부분인, 낯설지 않은, 친숙한, 길들여진 등으로, 다른 한편으로는 집의 한 부분이고 내밀하다는 앞의 의미에서 파생된 '남들이 모르도록 숨겨진, 감추어진, 비밀스러운' 등의 뜻으로, 'unheimlich'와 상통한다. 이는 'unheimlich'는 'heimlich'의 반대말이라기보다 오히려 그 하위 개념에 속하며, 또한 'un-heimlich'는 '숨겨진, 비밀스러운'의 부정이므로, 곧 눈에 보이지 않게 숨겨진 것을 드러낸다는 의미가 된다. 그러므로 '두려운 낯설음(unheimlich)'은 묻혀있던 진실들을 발굴하게 만드는 계기가 된다. 지그문트 프로이트, 정장진 역, 『창조적인 작가와 몽상』, 열린책들, 1996.

복구되어 보인다. 그러나 그는 살아남은 기쁨을 전하기보다 억눌린 진실을 발설하고 싶어 하는데, 여기에는 보잘것없는 잠자리와 약간의 음식을 얻기 위해 여자를 잔혹하게 살해한, 즉 생존이 최고의 도덕률이 된 수용소적 삶의 에토스를 해체하고자 하는 욕망이 담겨있다.

그가 아내를 살인했다고 확신하는 것은 자신 안의 어두운 가능성을 인정하는 것이자, 자기를 처벌하는 방식일 수도 있다. 그러나 왜 자신이 아내를 죽였다고 여기는지는 여전히 미스터리이다. 기실 그는 아내를 누구보다 사랑했다. 쓰레기 더미 속을 쥐처럼 누비고 누군가에 의해 더러운 강 속으로 내던져져 절명할 위기 속에서 그가 떠올린 가장 행복했던 기억은 아내와 함께 일상의 자질구레한 일들을 도란도란 이야기하던 순간들이다. 어린 시절 어머니를 잃고, 사람들과의 관계마저 소원한 그에게 아내는 유일하게 말이 통하는 타인이자 살아가야 할 이유였다. 그러나 그와 그녀는 번번이 어긋나기만 해왔다. 그의 말대로 그의 전처는 잦은 외출과 음주, 외박과 여행, 가사 방임 등 부적절한 행동을 일삼는, 즉 "이해 불가능한 여자"(70)였기 때문은 아니다. 그의 증언의 객관성은 충분하지 않기 때문이다. 아내는 절멸의 공포 속에서 고립된 개인들의 세계에 대한 애착과 증오 모두가 향하는 타자 중의 타자일 수 있다. 또한 열렬히 희구함에도 불구하고 복구할 수 없이 파괴되어 추억이라는 이름으로도 보유할 수 없을 만큼 훼손된 삶의 은유일 것이다.

이 소설의 전편에 오롯한 것은 삶의 균열을 발견한 자의 불안과 복구하려 하면 할수록 더욱 더 깊은 금이 가는 아이러니 그리고 끝내 무력하게 소중하던 모든 것들이 파괴되는 과정을 지켜볼 수밖에 없는 이의 깊은 고독이다. 원숭이 사원 여행에 관한 에피소드는 파괴적 힘 앞에선 주체의 무력감을 보여주는 매우 인상적인 모티프이자 비극적 결말을 암시하는 서사적 복선이다. 주인공은 이혼 전 "아내와 관계를 회복할 마지막 기회"라고 여기며 T국의 원숭이 사원으로 여행을 떠난다. 그러나 "사원을 향해가는 길은 그들이 가진 것들을 하나씩 잃어가는 과정이나 다름없었다"(158)는 서술이 암시하듯이 여행은 그와 그녀의 관계를 더욱 악화시킴으로써 씻을 수 없는 트라우마를 남긴다. 원숭이 떼는 그들로부터 단지 모자와 선글라스 등의 물건을 빼앗고 신체를 상처 입혀 여행을 엉망으로 만들어 온 게 아니라 그 자신 속의 숨겨진 잔혹성을 이끌어 낸다. 그는 필사적으로 여권이 든 가방을 가로채는 원숭이를 때리고 "질기고 더러운 냄새나는 가죽"(159) 같은 꼬리를 씹어대며 자신의 물건을 지키려 저항하지만 여권도 그가 사랑하는 아내도 지키지 못한다. 아내는 이 여행의 끝에 그를 떠나기 때문이다. 원숭이 사원 에피소드는 박탈에 관한 우화로서 후기 근대의 삶을 알레고리화한다. 위험은 마치 기습처럼 예고없이 출연해 개인의 삶을 그 내부까지 조금씩 무너뜨리며, 그 파괴적 힘은 강고해서 개인의 항거는 여지없이 패배하기 마련이다.

5. 맺음말

최근 문화예술계 일각에서는 재앙의 상상력 혹은 종말론적 모티프가 증가하면서 공포나 혐오 같은 불쾌한 감정들이 부상하고 있는데 이는 위험에 대한 전율어린 인지 혹은 규명을 향한 서사적 접근으로 볼 수 있다. 진화심리학에 따르면 '노이즈'가 불편한 것은 그것이 위험에 대한 경고이기 때문인데, 인간의 다양한 기관들이 위험에서 전율을 감지하는 것은 좀 더 안전한 생존을 위한 진화론적 선택의 결과이다. 이는 재앙의 상상력이라는 쾌락의 근저에 다가올 위험을 느끼면서 긴장하는 몸과 마음이 자리 잡고 있으며, '전율'은 혼돈을 감식하고 대적하려는 노력의 일환임을 암시한다. 다른 한편으로 리처드 커니는 그것을 상실에 대한 심리적 애도작업의 일환으로 본다. 그는 신학자인 티모시 빌의 말을 인용해, 9·11 테러 이후 미국사회에 급증한 괴물 서사의 유행 현상을 일종의 게슈탈트 치료방식이라고 언명하고 현실세계의 공포가 더해갈수록 더 많은 사람들이 공포체험을 더 많이 하고 싶어 하는데, 그 이유는 그러한 상상의 세계는 참을 수 없는 살과 피의 축제가 벌어지는 어둠의 심장으로 접근할 수 있도록 해주는 한편으로 심리적 전이와 희생양에 대한 애도작업을 통해 자기 자신의 상처를 치유하게 만들기 때문이다(216~223).

또 다른 한편으로 섬찟한 감정을 소환하는 이야기들은 시간의 이해에 대한 인간의 본질적 태도를 반영하는 것이자 서사문학의 본래적 영역이라는 주장도 있다. 프랭크 커모드에 따르자면, 가공할 일들, 퇴폐, 쇄신, 과도기, 지식인의 회의 등은 종말론적 문학의 두드러진 특징이며, 그것은 허구적 서사의 본질적 성격을 드러낸다. 인간은 본성적으로 미래를 그 봉인이 열리는 것을 장차 보게 될 어떤 책처럼 이해하는데, 이렇게 하기 위한 유일한 방도로 과거로부터 미래에 두려움을 투사한다는 것이다. 그는 종말론 모티프는 기실 현실에 대한 절망이라기보다 쇄신을 향한 의지의 소산이라는 점을 강조한다. 인지적 규명을 위한 탐색이든, 상실에 대한 심리적 애도작업이든, 문학의 본래적 특질이든 이러한 전제들은 우리를 섬뜩하게 만드는 그 무엇이 서스펜스의 쾌락을 안겨주는 통속적 기획물이나, 비정상적인 것들을 불러들여 처벌하고 추방함으로써 사회적 질서의 경계를 구축하는 정치적 책략으로 간주할 수 없음을 암시한다.[6]

『재와 빨강』은 공포를 생존불안정성이 높아진 우리 시대의 지배적 정서로 포착하는 한편으로, 공포의 정치가 해방적 근대성의 조건을 위협 혹은 침식하고 있는 시대적 정황을 알레고리화하는 진지한 작품에 속한다. 바바렛에 따르면 "감정적 분위기는 공통의 사회구조와 과정에 연루된 개인들로 구성된 집단에 의해 공유될 뿐 아니라 정치적 사회적 정체성과 집합행동의 형성과 유지에 중요한 일련의 감정 또는 느낌"(27)이다. 이러한 분석은 공포 정서가 단지 우리 시대를 현상학적으로 보여주는 것만이 아니라 세계를 어떻게 형성짓는가를 암시하는데,『재와 빨강』이 공들여 포착하는 것은 공포가 정치적 이데올로기로 화하는 국면이다. 공포는 근대적 사회계약이 맺어짐으로써 자연 상태에서 참담한 고통에 휩싸여 살아가던 인간을 자유롭게 해준 해방적 계기이다. 홉스에 따르면 자연상태에서 인간의 삶은 폭력으로 인해 고독하고 가난하고, 험악하고, 잔인하며 짧다. 인간은 기본적으로 끝없이 권력을 추구하는 존재인데, 각자의 육체적 정신적 능력이 거의 같기 때문에 생명을 보존하기

6　그간 한국문학에서 '공포'는 유의미한 주제 혹은 미적 양식으로 간주되지 않았다. 전반적으로 합리적 계몽 이념에 의해 지배되거나 리얼리즘이 우세했던 근대문학의 전통 속에서 공포는 순수(본격)문학이 다루기에 다소 볼품없는 주제영역으로 폄훼된다. 그래서 공포는 추리소설이나 공포 영화 등 3류 장르, 즉 주로 교양이 낮고 진지하지 못한 대중들의 문화적 소비재 혹은 조야한 상품미학의 정서로 규정된다. 그로테스크, 괴기, 환상성 등 한국 근대문학에서 추방당한 미적 양식은 징후적으로만 출현한다. 이러한 현상은 공포가 야기하는 격렬한 파토스의 감정에 내재된 수동성이 근대문학의 이념에 적합하지 않은 것으로 간주되었음을 암시한다.

위한 투쟁은 더욱 그악스러워진다. 홉스에 의하면 이러한 전쟁상태 즉 만인 대 만인의 투쟁이 서로를 공멸의 수렁으로 몰고 가는 불행한 상황에서 자연상태 극복의 출발점은 자연법이고 이렇듯 무질서한 세계를 바로잡는 것은 '리바이어던', 즉 정치이다. 그런데 신자유주의 출현 이후 우리 사회는 홉스가 말한 바처럼 만인이 만인에게 늑대인 자연상태로 회귀한 형국이지만, 공포는 더 이상 정치공동체 형성의 계기가 되지 못한다. 정치는 약육강식의 무질서를 비호하고 합법화하는 들러리로 전락하고 있기 때문이다. 즉 공포는 인간을 악무한의 경쟁으로 몰고 가 사회적 삶 혹은 공동체를 종식시키며 인간의 역사를 야생적 무질서의 시점으로 되돌리고 있는 중이다.

편혜영의 『재와 빨강』이 문제적인 까닭은, 이렇듯 다시 도래한 아나키의 세계 속에서 벌거벗은 생명들의 처절한 생존투쟁과 함께 한 마리 시궁쥐인 양 바닥을 모르는 인간의 추락을, 괴물의 재림을 알리고 있기 때문이다. 소설 속 주인공은 폐품에 진배없거나 폐품이 될 위기에 직면한 채 쓰레기장에서 생존하며 인간이 아닌 '쥐'와 경쟁한다. 까뮈에게 이성의 간지 혹은 존엄한 투쟁 의지를 일깨워졌던 '쥐'는 이제 후기 근대의 인간의 표상이 된다. 그러므로 '쥐'는 아우슈비츠의 유대인이라는 한정적 의미를 벗어나며, 아우슈비츠는 세상의 모든 장소들의 미래가 된다. 인간 혹은 역사의 시간을 삼킨 시뻘건 불꽃이 검은 재들을 토해내는 황야에서 묵시의 종이 울려 퍼진다. 몰은 애타게 수신자를 찾아 전화를 걸지만 그의 말은 독백 혹은 반향없는 비명으로 남을 뿐이다. 『재와 빨강』은 우리가 전통적으로 신봉해온 도덕이나 미덕에 대한 믿음, 종교적 구원에 대한 믿음, 그리고 미래에 대한 낙관론적 믿음을 철회하기 요구하면서 우리를 대책없는 공황상태에 빠지게 만든다. 그러나 그것은 무의미의 진리를 유희적으로 표현하기보다는 우리 시대의 심연에 대한 진지한 탐구를 유도하고 있다.

혐오와 불안의 감정 경제

최근 한국사회의 여성혐오 경향에 대해

이명호

1. "나는 페미니스트가 싫다"

"나는 페미니스트가 싫다. 그래서 IS가 좋다. 하지만 지금은 남자가 차별받는 시대다." 작년 10월 한국인 최초로 과격 이슬람 무장단체 'IS'(이슬람 국가)에 가담한 것으로 알려진 19살 소년 김모 군이 터키로 떠나기 전 자신의 트위터 계정에 올린 글이다. 시간이 한참 흘렀지만 나는 이 세 문장(원 문장은 영어로 되어 있다)이 던진 충격이 지금도 생생하다. 내가 누군가에게 이토록 강한 증오의 대상이 될 수 있구나! 명색이 페미니스트를 자처하면서도 늘 마음 한 구석에 페미니스트 구실을 제대로 못하고 있다는 자괴감에 시달리던 나는 익명의 소년이 던진 이 더없이 간결한 삼단 명제에 경악했다. 나는 거실 소파에 등을 오그리고 앉아 멍한 눈으로 TV 화면을 쳐다보았다. 검은 복면을 쓰고 총을 든 IS 무장대원들의 모습이 화면에 어른거렸다. 페미니스트가 '싫다'고 선언한 김군이 '좋다'며 달려간 그곳, 보기에도 섬뜩한 과격 무장단체가 화면을 가득 채우고 있었다. 무엇이 19세 소년을 이런 극단적 '증오'와 이해할 수 없는 '사랑'으로 이끌었을까? 김군은 나의 이런 의문을 예견이라도 한 듯 답을 마련해놓고 있었다. "지금은 남자가 차별받는 시대다." 이 문장은 지금의 현실을 기술하는 진술문이다. '판단'이 개입된 이 '기술'에 입각해 그는 호불호의 '감정'을 발전시켰고, '의지'를 발동하여 감정이 시키는 것을 '행동'으로 옮겼다. 물론 이 행동은 과격 무장단체의 일원이 되는 것이다. 그에게 무장단체에 가입하는 것은 차별을 시정하는 용기 있는 정치적 행위다.

김군의 트위터 글이 던진 충격이 어느 정도 가라앉을 즈음 인터넷 공간에서는 페미니즘을 둘러싸고 다시 한바탕 소란이 벌어졌다. 2015년 2월 2일 문화비평가 김태훈이 패션 잡지 『그라치아』 48호에 기고한 「IS보다 무뇌아적 페미니즘이 더 위험해요」라는 제목의 글이 불러일으킨 소동이 그것이다. 여기서 소동이란 여성들에겐 공분을, 다수 남성들에게는 심정적 지지를 불러일으킨 정황을 일컫는다. 김군에 이어 김태훈의 페미니스트 공격에 분노한 여성들이 '#나는 페미니스트입니다—'라고 커밍아웃하는 해시태크 달기 운동을 벌였고,[1] 몇몇 일간지에서는 한국 사회에서 '적이 된 페미니즘' 현상을 다각도로 분석하는 특집기사를 내보냈다.[2] 자신을 페미니스트라고 공개하는 일이 이토록 떠들썩한 화제

---

1   일러스트레이터 윤나리씨는 2015년 2월 10일부터 26일간 트위터에 올라온 페미니스트 선언 모음집을 소책자로 만들었다. '#나는 페미니스트입니다' 해시태그 달기 운동과 이후 전개 상황에 대해서는 여성주의 온라인 저널 『일다』 2005년 3월 9일자 기사 「#나는 페미니스트입니다. 그 이후」를 참조할 것.
2   『경향신문』이 올 3월 초 기획 보도한 「적이 된 페미니스트」 시리즈와 『시사인』 392호(3월 2일) 커버스토리에 실린 두 기사 전혜원·천관율, 「여성혐오하는 젊은 그대는 누구?」; 전혜원·천

가 된다는 것은 역설적으로 우리 사회에서 페미니스트라는 말이 벽장 속에 숨어 있어야 할 그 무엇, "낯설고 불편하고 때로는 강렬한 증오를 불러일으키는 단어"[3]임을 새삼 환기시켜주었다. 어느새 우리 사회에서 '나는 페미니스트다'라고 선언하는 것은 미움 받을 용기를 지닌 사람만이 할 수 있는 불온한 행위가 된 것이다. 사실 페미니즘에 호의적인 남자들뿐 아니라 적지 않은 여자들도 '나는 페미니스트는 아니지만……'이라는 부인의 어구를 밝혀야만 증오와 배제의 대상이 되는 위험으로부터 자신을 보호할 수 있다고 느낀다. '페미니스트는 아니다'라는 부인의 제스처 속에는 페미니스트를 타자화하여 자신으로부터 떼어내야만 주류 남성 사회에서 배척당하지 않을 것이라는 방어적 본능이 내재되어 있다. 그러나 최근 한국사회에 두드러지게 나타나는 안티페미니즘 기류는 가부장제의 여성혐오(여성의 자기혐오를 포함하여)라는 일반적 현상으로는 설명할 수 없는 독특한 측면이 있다. 언제부턴가 사이버공간에서는 '무뇌아 페미니즘', '사이비 페미니즘', '꼴페미'라는 말이 아무 저항 없이 통용되는 보통명사가 되었다. 오해하지는 말자. 페미니즘에 대한 비판이 문제라고 말하는 것은 아니다. 페미니즘은 무오류의 성역이 아니다. 페미니즘 안에서도 사안에 따라 이견이 있고, 때로 격렬한 내부 논쟁이 벌어지기도 한다. 하지만 최근 한국사회에 불고 있는 안티페미니즘 기류의 저변에는 이런 일반적 비판으로는 설명할 수 없는 강한 혐오와 증오의 감정이 흐르고 있다. 김군의 트위터 메시지 속에 선명하게 아로새겨진 "싫다"는 그 감정, 그리고 그것을 이어받아 '무뇌아적 페미니즘'이라는 저 모

관율, 「김치년은 어떻게 탄생하게 되었을까」, 참조.

3   『경향신문』 박은하 기자가 3월 6일 쓴 「페미니스트, 어떻게 적이 되었나」 기사에 나오는 말.

욕의 언어를 기어이 공론장에 박아 넣은 김태훈과 그의 글을 아무 문제의식 없이 게재한『그라치아』편집진들의 감정구조가 문제인 것이다.

감정은 외부 자극에 대한 단순한 생리적 · 본능적 · 감각적 반응이 아니라 사회적 의미를 담고 있는 '해석활동'이다. 그것은 느낌을 통해 이루어지는 세계에 대한 '이해'다. 이 이해 속에는 구체적 맥락과 상황에 대한 '인지'와 '판단' 및 '평가'가 동시에 들어가 있다. 감정은 믿을 수 없고 쉽게 휘발되어 사라질 '그까이' 것이 아니라, 세계 속에 던져진 현존재로서 한 인간이 세계에 대한 자신의 태도를 구조화하는 '엄청난' 사건이다. 물론 이 사건은 눈에 잘 띄지 않는 개인의 내밀한 영역에서 일어난다. 그러나 개인의 내면은 사회와 절연된 폐쇄적 공간이 아니라 사회적 의미를 담고 있는 상징적 기호에 의해 구성되고 그 의미에 대한 저항과 해체와 재구축이 일어나는 열린 공간이다. 그곳은 사회관계의 흔적이 새겨지고 사회적 권력의 힘들이 관통하고 있다. 이런 점에서 감정은 개인적인 동시에 집합적이다. 우리가 레이먼드 윌리엄스의 문제의식을 쫓아 "특정 시공간에서 삶의 질에 대한 느낌"(윌리엄스, 159)을 문화연구가 포괄해야 할 중요한 영역으로 받아들인다면, 공적 공간에 돌출되어 나온 저 증오의 감정은 분명 우리 시대 남성들의 "삶의 질에 대한 느낌"을 드러내는 중요한 문화적 지표다.

김태훈은『그라치아』에 기고한 글에서 이렇게 쓰고 있다. "페미니스트들이 도대체 김군에게 뭘 어쨌길래 차라리 그 무시무시한 IS를 제 발로 찾아가는 길을 택했을까. (…중략…) 그래서 현재의 페미니즘은 뭔가 이상하다. 아니 무뇌아적인 남성들보다 더 무뇌아적이다. 남성을 공격해 현재의 위치에서 끌어내리면 그 자리를 여성이 차지할 거라고 생각한다." '무뇌아적'이라는 모욕의 어휘가 시쳇말로 나를 포함한 다수 여성들의 꼭지를 돌게 만들었지만, 표현의 과격성을 걷어내면 김태훈의 글과 김군의 글 사이에는 기묘한 정서적 동질성이 흐르고 있다. 남성들이 테러리즘을 선택하게 만든 '원인 제공자'는 페미니즘이고, 그런 페미니즘은 테러리즘보다 더 '위험'하다는 인식, 이 인식 뒤에 흐르고 있는 페미니스트에 대한 강한 '반감'이 두 남성이 공유하고 있는 감정구조다. 김군은 "지금은 남자가 차별받는 시대다"라고 말한다. 김태훈은 "남성을 공격해 현재의 위치에서 끌어내리"는 것이 '현재의 페미니즘'이 하고 있는 일이라고 말한다. 김군보다 세련된 언어와 복잡한 논리를 구사할 수 있는 김태훈은 '현재의 페미니즘'과 프랑스 68혁명에서 시작된 체제변혁적 페미니즘을 구분하고, 후자를 칭송하고 전자를 비난하는 이중 분할 전략을 취하고 있다. '분할하여 통치하라(divide and rule)'. 이는 지배의 철칙이다. 김태훈의 글에서 과거 페미니즘은 68혁명 당시의 프랑스 페미니즘으로 특정화되어 있지만 현재의 페미니즘이 무엇을 가리키는 것인지는 나와 있지 않다. 남성을 현재의 위치에서 끌어내리는 세력이라는 모호한 규정만 있을 뿐이다. 하지만 "재산의 공동분할과 전업주부의 가사노동 인정과 군가산점제에 피켓을 들어 반대하는 것만이 페미니즘의 전부인가"라는 물음 속에 그가 혐오하는 "현재의 페미니즘"이 무얼 가리키는지 얼추 드러난다. 이 모두가 그의 눈엔 남성이 가진 것을 빼앗아가는 이권 쟁탈로 보일 뿐 체제 변혁의 정신은 사라진 것으로 비친다. 그 중에서도 특히 군가산점 폐지운동이 그의 반발을 불러 일으켜 무뇌아라는 경멸의 어휘를 동원하도록 만든 것으로 보인다.

사실 김태훈이 체제를 혁명적으로 재편하는 정신을 페미니즘의 대의로 언급할 때, 나는 그의 주장에 동의한다. 어느 글에서 나는 페미니즘이 '보편적 평등'이라는 문제의식과 접속해야만 "남성 지배 사회에서 자신들이 누려온 권리가 박탈되는 것에 대해 전도된 피해의식에 사로잡힌 남성들이 반동적으로 공격성을 표출하는 작금의 현실에 적절히 대응할 근거와 가치"를 지니게 될 것이라고 말한 적이 있다(이명호, 174). 이는 페미니즘이 정체성 정치학을 넘어설 것을 요구하는 것이기도 하다. "배제를 폭로하고 포함을 요구하는 정체성의 정치학은 역사적 인과관계에서 부정의 부정이라는 변증법적 운동으로 시작한다. 그런데 이 변증법적 운동이 긍정으로 도약하는 과정에서 보편성을 획득하기보다는 부정의 악무한에 떨어질 가능성이 더 커진다. 다시 말해 차이의 인정이라는 명목하에 일어나는 다문화주의적 / 다원주의적 정체성의 정치는 보편성을 부정하면서 한없이 사소한 차이들의 나열과 나르시시즘에 매몰될 위험을 떨치기 힘들다. 차이들을 규정하는 구조적 차원이 고려되지 않을 때 차이들의 무한연쇄를 넘어설 길을 찾기란 힘들다"(이명호, 172). 페미니즘이 정체성 정치학에 매몰되면서 이런 위험을 안고 있다는 지적은 그것이 페미니즘 내부에서 나온 것이든 외부에서 제기된 것이든 깊이 경청할 필요가 있다. 페미니즘이 이런 위험을 벗어나기 위해서는 여성이 이해관계를 공유하는 하나의 동질적 집단으로서 권리를 얻기 위해 싸우기보다는 스스로를 사회 자체의 보편성의 주체로 상정할 권리를 주장함으로써 이루어진다. 평등을 향한 여성의 요구는 인간 보편성 그 자체의 해방이라는 이상을 실천함으로써 특수한 이해를 차별적으로 대변하는 기존 정치의 장 자체를 근본적으로 변혁하는 것이다.

　문제는 보편적 평등의 실현이 구체적 정책으로 나타날 때 그것은 불가피하게 남성 기득권의 재조정과 일정 정도의 박탈을 요구하는 것일 수밖에 없다는 사실이다. 김태훈의 문제는 페미니즘의 대의를 왜곡해서가 아니라 그 대의의 실천이 자신의 기득권을 포기해야 하는 현실적 사안으로 다가올 때 그가 취하는 모순적 태도다. 추상적 수위에서는 받아들이지만 그것이 나의 권리를 포기해야 될 때는 강력 반발하는 태도, 지식인 남성들에게 흔히 나타나는 분열상이다. 김태훈 글이 여성들에게 공분을 일으킨 것은 이 분열을 성찰하지 못하는 무능력 때문이라기보다(이런 반성적 성찰의 결여는 흔하고 어쩌면 일정 정도 불가피하기도 하다. 누가 이 한계를 쉽게 벗어날 수 있을 것인가), 자기 분열에서 비롯된 감정적 긴장을 페미니즘에 대한 원초적 공격으로 풀어낸다는 데 있다. 대중잡지에 실린 짧은 글을 놓고 논리적 결함을 지나치게 따지는 것은 그리 공정해 보이지 않는다. 자극적인 그의 글 제목 "IS보다 무뇌아적 페미니즘이 더 위험해요"는 아마도 독자들을 '낚기' 위해 편집자가 뽑은 것으로 보인다. 하지만 내가 그의 글을 길게 비판하는 것은 논리적 타당성을 떠나 그의 글에 흐르는 감정이 이 시대 남성들이 공유하는 감정구조를 징후적으로 드러내고 있다고 판단하기 때문이다. IS로 떠난 김군 못지않게 김태훈도 몹시 화가 나있다. 왜 이들은 이렇게 화가 났을까? 무엇이 이들을 이토록 강퍅한 분노로 이끈 것일까?

2. "나는 너를 혐오할 권리가 있다"

21세기 한국사회에서 남성들이, 그 중에서도 특히 젊은 남성들이 몹시 화가 나있다는 것은 사이버공간에 한두 번 들어가 보기만 하면 금방 알 수 있다. 군가산점, 성매매, 성희롱, 여성부, 페미니스트 등 여성 관계 키워드 몇 개만 친 후 관련 기사에 달린 댓글들을 읽어보면 차마 입에 담을 수 없는 온갖 욕설과 비방이 난무한다. 최근 몇 년 사이 사이버공간의 양극화와 욕설화는 이른바 '인터넷 민주주의'를 주장했던 논의들을 무색케 할 만큼 극단화되었지만, 이 극단화가 가장 보편적으로 실현되는 순간은 단연 여성 이슈와 관련될 때다. 온라인 공간의 보수 커뮤니티 중에서 가장 극단적인 성향을 보이는 '일베'에서 가장 많이 언급되는 주제어는 '여자'다. 2년 동안 일베 내 46,174개 게시물을 자동 분석한 「일베 리포트」에 따르면 일베에서 가장 많이 등장하는 단어는 '씨발, 존나'(5,417건)이고, 그 다음이 여자(4,321)이다. 여자는 세 번째 주제어인 '노무현'(2,339)의 두 배에 달한다.[4] 일베에서 욕이 접두사나 접미사로 쓰인다는 점을 감안하면 일베에서 가장 많이 등장하는 말은 여성 관련 게시물이라 할 수 있다. 온라인상의 남성 하위문화 공간이라 할 수 있는 일베에 여성 관련 주제어가 압도적으로 많다는 사실은 하등 놀랄 일이 아니다.[5] 하지만

---

4   www.ilbe.coroke.net. 프로그래머 이준행이 2011년 7월 19일부터 2013년 5월 24일까지 일베 게시물을 분석하여 공개한 사이트. 나는 이 분석을 윤보라의 글에서 가져왔다. 윤보라, 「일베와 여성혐오─"일베는 어디에나 있고 어디에도 없다"」, 36쪽 참조.
5   일베 운영자는 게시물 등록자가 여성이라는 성별을 밝히지 못하게 막았다. 여성이 게시판에 들어오면 그들 표현으로 '보빨'하는 경향이 생기기 때문에 금지시킨다는 것이다.

일베에서 여성은 '보혐'(보지혐오의 줄임말), '보슬아치'(보지가 벼슬인 줄 알고 이용하는 여자의 줄임말로 자신들의 성을 이용해 이득을 취하는 여성을 가리킴), '보지년' 등과 같은 말에서 드러나듯 존재 자체가 혐오대상이다. 노무현 지지자나 김대중 지지자, 혹은 전라도 출신이라는 것을 밖으로 드러내지 않는 이상 이런 정체성 소지자들은 일베의 공격을 피할 수 있다. 그러나 여성은 자신의 신체 표지를 완전히 숨기거나 변형시킬 수 없다. 문화적으로 구성된 '여성'(젠더)이 생물학적 '여자'(섹스)와 일치하지 않는다 해도 양자를 완전히 분리시키는 일도 가능하지 않은 까닭에, 여성은 일베의 가장 직접적 공격 타깃이다. 미국 흑인 여성소설가 토니 모리슨은 '인종' 범주가 어떻게 여타 민족적, 종교적, 종족적 범주와 구분되는지 설명하면서 '피부색깔'은 도저히 감출 수 없는 인종 기호라고 말한 적이 있다. 아무리 '하얀 가면'을 뒤집어쓴다 해도 '검은 피부'를 감출 수 없는 것과 마찬가지로, 여성이라는 신체 특성을 완전히 지울 수는 없다. 그런 만큼 여성은 존재 자체만으로 일베의 극단적 혐오 공격에서 벗어날 길이 없다.

사실 '혐오'야말로 일베를 떠받치는 정념의 토대다. 일베의 출현, 전개 과정, 미학적 특징, 사상적 기반을 종합적으로 분석한 단행본 『일베의 사상－새로운 젊은 우파의 탄생』에서 저자 박가분은 '혐오의 권리'를 일베의 주요 특성으로 제시한다. 그에 따르면 "나는 너를 혐오할 권리가 있다"는 일베의 정언명령이다. 물론 이 명령은 자기 자신에게도 적용된다. 스스로를 '일베충'이라 비하하여 웃음거리로 만드는 이른바 '병맛코드', '루저코드', '유머코드', '막장코드'는 젊은 남성들의 하위문화 공동체라 할 수 있는 일베의 특징적 표현양식이다. 공격적·말초적 쾌락의 추구와 상호 비존중의 원칙은 '남성 혐오 공동체'로서 일베의 조직 구성 원리이다.[6] 일베의 혐오대상에는 특정 지역(전라도 : 홍어), 정치인(노무현 : 노운지, 노알라, 놈현 / 김대중 : 슨상님), 운동세력(민주화세력 : 좌빨, 좌놈, 촛불좀비), 젠더(여성 : 된장녀, 김치년, 보슬아치), 정치적 사건(광주민주화운동 : 홍어, 피떡갈비) 등 다양하다. 특히 광주민주화항쟁이 북한의 사주를 받은 폭동이라는 의혹을 제기하며 당시 희생자들의 시신이 든 관을 홍어 택배라 부르며 조롱했던 사건은, 일베에 대해 다소 무감했던 일반 시민들조차 경악시키기에 충분했다. 격분한 유가족과 5 · 18 관련 단체들이 법적대응을 시도하여 해당 게시물을 올린 당사자를 처벌하기도 했다. 최근에는 이 혐오 리스트에 세월호 참사 희생자와 유가족들도 올라왔고(일베 인증샷이 찍힌 어묵사진), 인터넷 공간 안에서 떠돌던 혐오감정이 밖으로 튀어나와 단식투쟁을 벌이는 유가족 옆에서 폭식 퍼포먼스를 벌이는 가공할 행동으로 표출되기도 했다.

일본 철학자 아즈마 히로키가 주장하듯이, 일베를 포함한 인터넷 공간 자체가 하버마스가 꿈꾼 의사소통적 합리성이 실현되는 공론장이자 숙의 민주주의가 실현되는 공간이라기보다는 대중들의 집합적 · 무의식적 정념이 표출되고 기록되는 거대한 '데이터베이스'에 가깝다. 이는 인터넷 환경이 정보기술 혁신을 통해 근대 초 루소가 말한 '일반의지(general will)'를 새로운 방식으로 구현한 것이라 할만하다. 아즈마 히로키의 논의에서 가장 흥미로운 대목은 루소의 일반의지를 프로이트의 '무의식'과 연결하

---

6 박가분은 일베를 "부정적 호혜성(negative reciprocity)"에 기초한 '형제공동체'로 규정한다. 그에 의하면, 일베 자체가 "현실에서 불가능한, 모두가 동등하게 서로를 혐오할 권리를 나눠 갖는 평등한 형제애의 공간에 관한 유토피아에 기반을 두고 있다. 그들이 진보 좌파에 갖는 반감은 바로 그들이 무의식적으로 지지하고 신봉하는 유토피아 사상에서 유래한다". 박가분, 『일베의 사상』, 오월의봄, 149쪽.

고 이를 오늘날 인터넷 공간에 구현된 대중의 '집합적 무의식'(그는 이를 '일반의지 2.0'이라 부른다)과 연결시키는 부분이다. 그의 분석에 따르면 오늘날 일본사회를 비롯한 세계 여러 나라가 공히 마주하고 있는 민주주의의 위기는 대의 민주주의와 숙의 민주주의라는 정치적 이상에 가해오는 대중의 무의식의 공격이다. 히로키는 공론장을 공략하는 이 집합적 무의식을 정치에서 배제할 것이 아니라 정치의 '물질적 제약조건'으로 인정하고 이를 민주주의 정치질서 속으로 수렴해드릴 새로운 시스템을 개발하자고 제안한다. 그는 대중의 집합적 욕망과 무의식을 포괄하는 새로운 민주주의를 '무의식 민주주의' 혹은 '민주주의 2.0'이라 부른다(아즈마 히로키, 187).

일반의지에 대한 루소의 논의가 근대 사회계약론자들의 통상적 주장과 다른 점은 그가 '일반의지'를 '특수의지들'을 모아놓은 '전체의지'와 구분한다는 것이다. "그러나 이들 (전체의지를 구성하는 - 저자) 특수의지에서 상쇄되는 플러스와 마이너스를 제거하면 차이의 합이 남는데, 이것이 일반의지다." 아즈마 히로키는 루소의 『사회계약론』에 나오는 이 문장을 이렇게 해설한다. "루소의 전체의지는 특수의지의 단순한 합계이다. 그러나 일반의지는 그러한 합에서 상쇄되는 부분을 제거한 후 남는 '차이의 합'으로 정의된다"(히로키, 46). 루소는 이 '차이의 합', 혹은 '잉여의 합'으로서 일반의지를 "사물(thing)"에 비유하는 데, 여기서 사물이란 인간이 통제할 수 없는 어떤 자연의 영역을 가리킨다. 일반의지에 따르는 것은 인간이 아니라 사물에 의존한다. 루소가 보기에 사물의 질서는 인간의 질서보다 더 강인하고 올바르다. 일반의지는 인간들 사이의 합리적 의사소통의 결과가 아니라 자연물처럼 인간의 의지를 초과하여 공공의 장에 불현듯 나타난다. 국가는 이 일반의지의 명령을 따라야 한다. 루소의 사상이 종종 권위주의적 정치체제를 옹호하는 것으로 받아들여졌던 것은 일반의지를 이렇게 인간의 합리적 의사소통 절차를 초과하는 '이념(Idea)'으로 개념화하게 되면 결사나 정당을 비롯한 민주주의적 정치토론 과정 자체를 무시하는 결과로 이어질 것이기 때문이다. 아즈마 히로키는 이런 위험성을 무릅쓴 것이야말로 루소 사상의 혁명성이라 본다. 그런데 이 혁명성을 다른 분야에서 다른 이름으로 계승하고 있는 인물이 정신분석가 프로이트이다. 히로키의 해석에 의하면, 프로이트가 찾아낸 무의식은 루소의 일반의지의 다른 이름이다. 무의식은 "일상적 인간의 지각으로는 포착할 수 없는, 그렇지만 인간의 의식이나 행동을 규정하고 있는 심층구조"이다. 눈에 보이지 않는 이 심층구조가 바로 루소가 말한 일반의지다. 아즈마 히로키에 따르면, 오늘날 정보기술은 루소 자신도 그 실현가능성을 충분히 예측하지 못했던 일반의지를 공공의 장에 가시화하는 데 성공했다. 아즈마 히로키가 제안한 '민주주의 2.0'이란 구글 검색 서비스, 클라우딩, 소셜 미디어를 통해 구현된 대중들의 무의식적 정념과 욕망을 데이터베이스화하여 의사결정과정에 반영하는 새로운 정치 시스템을 가리킨다. 그는 "대중의 무의식을 철저히 가시화해서 이를 제약조건으로 수용하면서도 의식의 빛을 잃지 않는 국가, 숙의와 데이터베이스가 서로를 보완하고 때로는 충돌을 겪으면서 욕망과 싸우는 사춘기 소년처럼 비틀비틀 운영되는 국가", 이런 국가를 새로운 민주주의 국가의 비전으로 제시한다(히로키, 176).

루소의 일반의지에 대한 아즈마 히로키의 참신한(?) 재해석을 다소 길게 언급한 것은 그가 제시하는 새로운 국가 비전을 공유해서라기보다는 일베를 비롯한 사이버공간에서 표출되는 욕망과 정념의 문제에 접근하는데 그의 시각이 하나의 통로를 열어준다고 생각하기 때문이다. 일베는 한국사회의 합법적 담론공간에서 배제되고 억압된 욕망과 정념이 분출하고 충돌하는 공론장의 하부구조라 할 수 있다. 이곳에서는 사회의 공식 담론 아래 은폐되고 봉합되었던 사회적 적대와 갈등이 공공연하게 노출된다. 일베는 그들의 어휘를 빌어 표현하자면 북한에 나라를 팔아먹는 '좌빨 좀비'에 맞서 '애국보수'가, '민주화'에 맞서 '산업화'가, '보슬아치'와 '꼴페미'에 맞서 성실한 '군필자 남성'이 '정상국가'를 건설하기 위해 문화전쟁을 벌이는 곳이다. 일베 유저들은 스스로를 '일베충'이라 비하해서 부르면서도 '팩트'에 기반해 좌빨의 '허구적 이념' 공세에 맞서 국가를 지키는 '진격의 남성'이라고 생각하며 '일부심'(일베 유저들이 일베에 갖는 자부심)을 드러내기도 한다. 문화전쟁은 이데올로기적 정념과 감정을 매개로 하지 않을 수 없다. 일베 게시판을 가득 채운 혐오의 에너지는 이데올로기 전쟁을 수행하는 정념의 힘이다. 일베에 난무하는 지역 혐오, 정치 혐오, 외국인 혐오, 여성혐오는 주류 사회 무의식에 잠재해 있던 것들이다. 우리사회가 사회적 합의를 이뤘다고 생각한 민주주의 그 자체를 공격하는 이들의 파시즘적 성향과 그 표현방식의 과격함에 놀란 주류 사회는 일베를 예외적 일탈 집단으로 보고 거리두기를 시도한다. 그러나 일베는 우리 사회 집합적 무의식 안에 작동하고 있는 적대와 그것을 가동시키는 의미구조를 정확히 반영하고 있다. 아즈마 히로키가 루소 재해석을 통해 제시한 '일반의지 2.0'이 그 섬뜩한 모습을 가감 없이 드러내는 곳이 일베라면, 그 폭력적 얼굴을 보고 시선을 돌리거나 계몽적 비판을 한다고 해서 대중의 무의식이 사라지는 것은 아니다. 비판 이성의 가동을 차단하기 위해 일베가 붙인 '씹선비질'이라는 촌철살인의 딱지는 그곳이 합리적 비판이 무력화되는 공간이라는 점을 역으로 드러낸다.

하지만 혐오적 생각을 가슴에 품고 있는 것과 그것을 실제로 발화하는 것 사이에는 엄청난 차이가 있다. 일베는 이 차이를 무화시킨다. 일베는 우리 사회에 잠재되어 있는 무의식을 드러낼 뿐 아니라 이것을 전면화하며 '혐오발화'의 형태로 '수행'하고 '혐오의 권리'를 공공연하게 요구한다. 우리가 일베 현상에 화들짝 놀란 것은 일베가 드러낸 우리사회 무의식의 맨얼굴을 대면했기 때문일 뿐 아니라, 사회적 타자에 대한 혐오발화를 주체의 권리로 주장하는 그 대담함 때문이기도 하다. 그러나 진격의 남성임을 공격적으로 드러내는 이 대담함 뒤에는 박탈감에 시달리는 상처받은 자아가 웅크리고 있다. 상상적 착취와 현실의 불안이 교차하는 이 상처받은 남성자아의 감정구조를 직시하고 해결책을 모색하지 않는 한 일베의 진격은 멈추지 않을 것이다.

3. 여성혐오의 감정 경제
─ 여성부-꼴페미-된장녀-개똥녀-김치녀

IS로 떠난 김군에서 무뇌아 페미니즘을 질타한 김태훈으로, 그리고 이들 뒤에 거대한 정념 수원지로 출렁이는 일베에 이르기까지 최근 한국사회를 강타하는 여성혐오의 감정정치는 언제, 어디서, 어떻게 시작된 것일까? 일베와 여성혐오를 최초로 연결시켜 분석한 윤보라에 따르면, "일베에서 발견되는 여성혐오는 사이버공간에서의 여성혐오의 역사와 매우 밀접한 관련이 있을 뿐 아니라, 현재 일베가 벌이고 있는 문제적 실천의 기초를 이룬다"고 한다(41). 일베의 여성혐오는 특정 지역, 정치인, 외국인 혐오를 구성하는 여러 요인들 중 하나가 아니라 이 혐오들을 촉발시킨 메커니즘과 정확히 일치한다. 따라서 여성혐오를 빼놓고 일베 현상을 논할 수는 없다. 윤보라에 따르면, "'김치년 / 보지년 / 보슬아치' 단어를 만들어낸 메커니즘은 '홍어', '좌놈 / 좌빨', '노운지'를 만들어낸 메커니즘과 정확하게 조응한다"(41). 왜 이런 조응관계가 형성된 것일까? '여성'은 일베가 맞서 싸우는 '진보'의 상징으로 전유되고 있기 때문이다. 진보이념에 동의하지 않는 여성들이 동의하는 여성들보다 많고, 무엇보다 보수 여성 대통령의 존재 자체가 '여성=진보'의 등식이 논리적 무리라는 것을 입증하지만, 일베의 감정 경제 속에서 여성과 진보 사이엔 단단한 연결고리가 형성되어 있다. 그렇다면 한국사회에서 '새로운 젊은 우파의 탄생'에는 여성에 대한 적개심, 분노, 증오, 혐오가 심층에너지로 흐르고 있는 셈이다.

내가 '감정 경제(affective economy)'라는 표현을 쓴 것은 감정이 일종의 교환체계처럼 작동한다는 점을 가리키기 위해서다. 감정은 자본주의 경제 시스템을 순환하는 '자본'처럼 움직인다. 그것은 특정 기호나 대상에 실정적으로 존재한다기보다는 순환의 '효과'로 '생산'된다. 감정의 작동기제를 일종의 경제 시스템으로 파악하는 이런 시각은 감정 대상이 그 자체로 '실정적 가치(positive value)'를 갖지 않는 '차이와 전치의 관계(relation of difference and displacement)'라고 본다. 화폐가 교환체계 속에서 가치를 획득하듯이, 감정 대상 역시 내재적 가치 때문에 감정 투자의 대상이 되는 것이 아니라 사회적 장을 순환하고 교환되면서 의미와 가치를 얻는다. 감정 대상은 상품처럼 '기호적' 성격을 지니며, 대상의 선택은 본질적이 아니라 '우연적(contingent)'이다. 사라 아메드는 감정 경제를 맑스의 교환 경제와 비교하면서 특정 대상이 감정 가치를 집중적으로 획득하는 것을 "감정가치의 잉여 축적"이라고 부른다(253). 특정 대상 혹은 기호가 사회 의 담론장을 더 많이 순환하면 할수록 감정 가치도 커진다.

나는 현재 사이버공간에서 이루어지고 있는 여성혐오의 감정 경제가 시작된 시점을 군가산점 폐지 논란이 벌어졌던 1999년이라고 본다. 이 사건은 5명의 대학생(여기엔 여성만이 아니라 장애인 남성도 포함되어 있다)이 공 직이나 민간기업 채용 시 군필자에게 주어지는 가산점이 위헌이라는 헌 법소원을 내면서 시작됐다. 헌법재판소는 공무원 시험에서 5% 가산점 을 주는 것은 위헌이라는 판결을 내림으로써 이들의 손을 들어 주었다. 헌재의 판결 직후 당시 인터넷과 PC통신 게시판은 사이버 테러라 부를 수 있을 만큼 여성에 대한 욕설과 폭언으로 얼룩졌다. 군가산점 논란의 원인은 국가가 일체의 추가비용 없이 군필 남자들을 위로하기 위해 여성 과 장애인의 취업문을 닫아버리려는 것이었지만 담론의 구도는 '돈 없고 빽 없어 군대 끌려간 힘없는 남자 VS 군대 가지 않아도 되는 잘나고 편한 고학력 여자'의 성대결로 치환되었다. 당시 논란의 와중에 발표한 글에 서 배은경이 정확히 지적하듯이, 헌법소원을 낸 여성계나 장애인 단체 는 군필자에 대한 국가의 '보상'을 반대한 것이 아니라 "비군필자 개개인 에게 상대적 불이익을 줌으로써 개인과 사기업에 부담을 전가할 수 있는 방법만을 '보상책'이라며 내세우고 있는" 국가정책에 반대하는 것이다. "그 보상이 그렇지 않아도 차별적인 노동시장에 직접 개입해서 차별적 구조를 더욱 심화시키는 것이어서는 안 된다는 것이며, 오히려 국가에 의해 시행되고 있는 이른바 보상책의 '편중성'을 지적하고 이것의 시정을 요구"하는 것이었다(배은경, 102). 하지만 군가산점 폐지 논란은 공평한 보상에 대한 합리적 토론이나 그간 한국사회에서 성역화된 징병제에 관한 논의로 이어지기보다는 '군대 끌려가는 남자 vs 군대 안 가도 되는 여자'의 이익다툼으로 변질되어 버렸다. 국가에 의한 개인의 '전인격적 징발'이라 할 수 있는 한국사회의 독특한 (전근대적) 군대체험은 군대에 강제로 '끌려가야' 했던 다수 남성들에게 부당한 방법으로 병역면제를 받는 특권층 자녀들에게 계층적 박탈감을 느끼게 만들었고 자신의 인격이 송두리째 짓밟히는 좌절감을 안겨주었는데, 이 박탈감과 좌절감이 자신들의 군복무를 인정해주지 않는 여성들에게 옮겨 폭발한 것이다. 배은경의 적절한 표현처럼 한국의 남성성이란 여성들의 인정을 통해 "겨우 봉합된 군대의 상처 위에 위태롭게 내려앉은 딱지 같은 것"인지 모른다(99). 그런데 여성들이 겨우 유지하고 있던 자신들의 허약한 남성성을 받쳐 주는 역할을 거부하자 분노가 터져 나온 것이다. 군가산점제 소동에 가장 열을 올린 층이 어느 정도 안정된 사회적 지위를 확보한 나이든 남성들이 아니라 막 군대를 다녀와 사회 진입단계에 있거나 곧 입대를 앞둔 젊은 남성들이었던 것도 계층갈등이 이 논란의 배후에 잠복해있음을 말해준다. 사이버 세계의 지배자인 이 젊은 남성들이 이후 '군대 안가도 되는 여성들'을 대상으로 자신들의 억눌린 분노와 좌절을 폭발시키는 마녀사냥의 주체가 되었던 것은 성대결이 계급갈등과 중첩된 당시 이데올로기 국면의 서글픈 모습이다.

이 서글픈 자화상은 2000년대 들어 금융위기와 고용불안을 맞이하여 더욱 증폭된 형태로 계속된다. 물론 고용불안의 가장 직접적 타깃이 된 청년층 남성들이 스스로를 피해자라 생각하는 가해자가 된다. 오찬호는 최근 20대 대학생들에 대한 심층 현장연구를 통해 무한경쟁과 각자 도생의 신자유주의 시대에 "피해자이자 가해자"가 된 20대의 자화상(여기엔 여성도 포함된다)을 "차별과 배제의 구조를 내면화하여 (능력주의라는) 새로운 윤리"로 신봉하는 '괴물'이라 부른다.[7] 이 괴물이 20대의 대다수를 차지한다고 말할 수는 없겠지만, 차별과 배제의 구조를 지탱하는 혐오감정이 이들의 몸과 마음을 깊이 물들이고 있는 것은 사실이다.

'군대 끌려간 힘없는 남자들의 밥그릇을 빼앗는 이기적인 여자'라는 표상은 이후 한국사회에서 이루어진 여성혐오의 감정 경제를 추동하는 '끈끈이 기표(sticky signifier)'라 할 수 있다. 여기서 '끈끈이 기표'란 비슷하지만 약간씩 다른 의미를 가진 기표들이 환유적으로 대체되면서도 이들을 하나의 의미소 속으로 들러붙게 만드는 '물신적 성격(fetish quality)'의 기호를 가리킨다(Ahmed, 94). 이기적 여자라는 끈끈이 기표를 중심으로 된장녀, 개똥녀, 김치녀가 의미화 사슬을 이루며 배치되어 있다. 이 의미화 회로에서 혐오의 감정은, 남성들이 폐지해야 할 정부부처 1순위로 꼽는 '여성부'와 그 뒤에 거만하게 버티고 있는 '꼴페미'에게로 옮겨가고, 2000년대 들어 소비하는 '된장녀'와 공중도덕 관념 없는 '개똥녀'를 거쳐 마침내 한국 여성 전체로 확대된다. '김치녀'은 이런 여성혐오발화의 환유적 연쇄회로가 최종 도달한 기표다. '김치녀'이라는 기표에 이르러 강성 페미니스트나 일부 몰지각한 여성들이 아닌 한국 여성 전체가 혐오의 타깃이

---

[7] 인용된 부분은 오찬호의 책 『우리는 차별에 찬성합니다─괴물이 된 이십대의 자화상』 뒤표지에 쓰인 문구이다.

된다. 이제 김치녀는 한국여성의 '종특'(종족특성)이 되었다. 한국 여성들은 공중 의식이라곤 없고, 이기적이며, 돈 많은 남자와 명품을 밝히는 속물이자, 성적으로 방종한 '걸레녀'이다. 특히 연애와 결혼과 취업의 인생 삼중과제를 단기간 안에 해결해야 하는 젊은 세대 남성들에게—삶의 기회이자 기쁨이어야 할 이 삼중과제를 강제로 포기할 수밖에 없어 '삼포세대'라 불리는—한국의 젊은 여성들은 데이트 비용은 남자에게 떠넘기면서 성과 결혼을 통해 기회비용은 제대로 보상해주지 않는 이기주의자, 공무원 시험에서 군가산점도 못 받게 남자들의 밥그릇을 빼앗는 강탈자, 외모자본을 이용해 쉽게 경제적 이득을 취하고 사회적 신분상승을 도모하는 무임 승차자이다. 남녀 성비가 115 : 100일 정도로 성비 불균형이 심한 20~30대 연령층에서 남성의 대략 15%는 연애의 꿈을 접어야 하는 지극히 한국적 현실도—산술적으로만 따지더라도—이런 혐오감정의 확산에 기여했다. 한 TV 오락 프로그램에서 "키 180cm 이하 남자는 루저" 발언을 했다가 거의 인격살인에 해당하는 사이버폭력을 당했던 어느 여대생 사건은, 돈 없어 연애사업에 참여하지 못하고 성적 욕구를 억눌러야 하는 20대 남성들이 자신들의 외모가 동년배 여성들의 품평대상이 될 때 터트린 공격성의 수위를 여실히 보여준 사건이다. 이런 성적·경제적 박탈감에서 비롯된 공격성은 2013년 '안녕들 하십니까' 대자보가 대학가를 휩쓸었을 때 고려대 게시판에 붙은 한 여학생의 글에 '자궁떨리노'라는 이름으로 모욕하는 사건으로 나타나기도 했다.

사랑과 증오, 매혹과 혐오는 장갑의 앞뒷면처럼 맞붙어있다. 프로이트의 설명처럼 모든 감정에는 그 반대감정이 포함되어 있다. 사랑과 증오, 혐오와 매혹 등 양가감정은 주체가 대상과 애착(attachment)의 끈을 유지하는 상반되는 방식이다. 이언 수티의 표현을 빌면, "증오의 의미는 사랑의 요구에 빚지고 있다"(37). 증오는 주체가 사랑받고 싶은 타자를 발견하는 과정, 더 정확히 말하면 나의 '사랑의 요구'로 환원되지 않는 타자의 '욕망'을 발견하는 '불안'과 결합되어 있다. 증오와 불안은 주체가 타자와 긍정적 애착관계를 유지하기 위해 치러야 하는 감정적 대가다. 『쾌락원칙을 넘어서』에서 프로이트는 엄마를 향한 아이의 사랑이 엄마를 대체하는 대상과 벌이는 적대적 상징게임을 통해 표현된다고 말한다. 아이는 엄마가 눈에 보이지 않으면 실패를 내던졌다가 다시 잡아당기며 '포르트-다(Fort-Da)'라고 소리치는 놀이를 한다. 'Fort-Da'는 독일어로 각기 '여기'와 '저기'를 뜻하는데, 아이는 엄마를 대체하되 그 흔적을 간직하고 있는 대상(실패)을 자신에게서 분리시켰다가 다시 데려오는 놀이를 통해 엄마의 사라짐(상실)이라는 '불안'을 '통제(master)'하려고 한다. 아이에게 엄마의 상실은 트라우마다. 이 절체절명의 트라우마와 대적하기 위해 아이는 불쾌한 경험을 반복한다(반복강박). 실패를 던졌다 다시 가져오는 행위, 그리고 그 행위에 동반되는 상징적 기호의 회로 속에는 강력한 공격성이 내재되어 있다. 아이는 공격성을 '놀이'(놀이란 아이가 이룩한 위대한 문화적 성취다)로 승화시키는데 성공하지만, 승화 속에도 공격성은 남아있다. 공격성을 통해 드러나는 죽음충동은 인간에게 주어진 선험적 조건이다. 앞서 논의한 아즈마 히로키의 표현을 빌면, 그것은 한 사회의 '일반의지'를 형성하는 인간의 물질적 조건이다.

세상에 존재하는 다양한 증오 형태들을 인간이 최초 사랑대상과 맺는 애착관계로 환원하는 것은 잘못이다. 이런 환원론적 시도는 사회적 감정을 개인의 심리로 돌리고 역사적으로 특수한 감정들의 기원을 찾기 위해 원초적 장면으로 거슬러 올라가는 정신분석의 부정적 사례라 할 수 있다. 하지만 프로이트 정신분석 모델은 인간이 대상에 대해 갖는 애착이 얼마나 복합적이며, 긍정적 감정에서 부정적 감정으로의 전환을 통해 어떻게 이 애착이 유지되고 있는지 이해하도록 도와준다. 증오가 있는 곳에는 반드시 대상에 대한 과잉의 요구가 있다. 마찬가지로 혐오가 존재하는 곳에는 대상에 대한 강렬한 매혹이 존재한다. 인간은 고약한 냄새를 풍기는 물체(이를테면 똥, 시체, 상한 음식 따위)를 피하지만, 회피의 동작 이전에 먼저 강렬한 매혹과 접촉의 욕망이 있다. 이 위태로운 '근접성(proximity)'—오염을 피하기 위해 몸을 돌려야 하지만 완전히 떠날 수는 없어 반쯤 고개를 돌려 쳐다보는—은 혐오 속에 매혹이, 분리 속에 접촉의 욕구가 유지되고 있음을 말해준다. 증오는 주체가 대상과 파괴적 방식으로 애착을 유지하는 방식이다. 대상과 (파괴적이든 긍정적이든) 애착이 유지되려면 대상 자체는 주체의 심리 속에서 어떤 형태로든 보존되어야 한다. 미켈 보르쉬 야콥센(Mikkel Borch-Jacobsen)의 말처럼, "증오는 타자를 만지고 싶다. 증오는 파괴하고 싶을 때조차 만지고 싶어 한다"(10). 마찬가지로 혐오는 타자에게 다가가고 싶다. 혐오는 대상을 피할 때에도 가까이 가고 싶다.

이런 프로이트적 통찰을 오늘날 한국사회 젊은 남성들의 여성혐오감정에 적용시켜보면, 우리는 그들의 파괴욕 속에 접근의 욕망이 자라잡고 있음을 알 수 있다. 문제는 된장녀로 표상되는 여성들의 소비욕망과 성욕망, 그리고 여성부와 꼴페미로 대변되는 여성들의 정치적 요구가 남성들의 욕망구도를 벗어난다는 점이다. 자신들이 지금껏 누려온 기득권을 허물고 자신들의 욕망을 배반하는 여성들에게 위협을 느낀 남성들은 이제 그녀들을 더럽고 역한 존재로 만들어 축출한다. 여성을 가리키는 그 모든 기호들을 떠올려보라. 된장녀, 김치녀, 개똥녀 모두 역한 냄새를 풍기는 물체와 연관되어 있다.(인간 심리 발달단계 상 혐오감정은 주로 구순기와 항문기 단계 애착 대상이라 할 수 있는 음식과 배설물과 연관된다) 혐오는 이런 대상들을 하나로 '묶는다'(Ahmed, 88). 혐오와 다른 감정들 사이의 '미끄러짐(sliding)'이 이런 대상들을 묶는 데 핵심적이다. 다시 말해 주체는 혐오감을 느끼는 대상에 대해 두려움과 증오를 동시에 느낀다. 공포, 증오, 혐오, 사랑의 감정 사이에는 의미화 사슬들이 하나로 이어지면서 쉽게 이동이 일어난다. 남성들은 여성들을 자신들의 기득권을 침해하는 위협 세력으로 느껴 '공포감'을 발동시키고, 그들을 고약한 냄새를 풍기는 물체로 만들어 '혐오'하며, 그들에게 강한 '증오감'을 표현을 하는 동시에 그들에 대해 강렬한 '욕망'을 갖는다. '주먹'(주면 먹는다)이라는 기발한 약어는 여자들을 몸속으로 집어넣고 싶은 '합체(合體, incorporation)'의 욕구가 남성들의 내면에 존재함을 역설적으로 드러낸다. 주면 먹지만 안 줘서 못 먹는다! 없어서 못 먹고 있는 자신에 대한 결핍과 박탈감, 안 주는 여자들에 대한 증오와 혐오가 이 모든 감정 경제를 순환하는 숨은 에너지다.

그렇다면 한국의 여성들은 언제부터 남성들의 욕망을 배신했고 남성들은 언제부터 이 배반에 불안과 혐오의 감정을 발동시키기 시작했을까? 일베는 그 시작을 이른바 '좌파 정권'의 출범과 연결시키고 있다. 일베 내한 게시물은 진보와 여성의 연결고리를 정확히 보여준다. 그 논리를 요약하면 이렇다. 1998년 김대중 정부는 "여성계의 표가 필요한 좌파와, 권력이 필요했던 여성계의 썩쎅스한 원원 전략" 덕분에 탄생했고, "김치년들은 좌파들과 손잡고 정권을 탄생시키고 여성부를 만들어 뿌리 깊게 박아버린" 존재들이다. 좌파 정권 하에서 여성들은 "여성할당제를 통해" 여성들을 "대거 진출"시킨다. 그래서 "이제는 좌파영역을 넘어 조중동 이런 데서도 여기자들이 대거 진출해 여자 편만 드는 소리를 앵무새처럼 되풀이하게" 된 것이다.[8] 일베의 이런 상황인식을 더욱 확고하게 만들어준 것이 2008년 촛불광장에 모여든 젊은 여성들의 모습이었다. 처음 발칙한 10대 소녀들에 의해 점화된 촛불은 곧이어 패션, 요리, 화장, 성형 커뮤니티 깃발을 들고 나온 젊은 여성들의 가세로 이어졌다. 이 '된장녀들'은 자신들의 소비욕망을 표현하는 수위를 넘어 광장을 점령하고 공적 발화를 쏟아내기 시작했다. 이들은 이제 대한민국 헌법 제1조("대한민국은 민주공화국이다")를 거론하며 민주주의와 정치를 이야기하기 시작한 것이다. 공적영역의 공적 발화는 남성의 전유물이 아니던가. 남성의 전유물을 찬탈한 이 젊은 여성들의 정치적 요구는 '된장녀들'의 알 수 없는, 혹은 충족시켜줄 수 없는 욕망보다 훨씬 더 당혹스러웠으리라. 일베에게 "'잃어버린 10년' 간 자신들에게 무언가를 약탈해간 자는 여성이며 그것이 가능하도록 나라를 이 꼴로 만든 것이 바로 좌파정권이다. (…중략…) 민주주의가 발달할수록, 좌파가 득세할수록 자신들은 점점 더 여성들에게 무언가 빼앗길 것이다. 한국의 모든 여성을 '김치년'으로 만든 프로세서에 '진보 좌파'를 입력하면 아무에게나 '종북' 딱지를 붙이는 일이 벌어지는 것이다"(윤보라, 54). 일베는 한국사회가 지난 20년간 여성들을 향해 축적해온 혐오의 에너지를 민주주의 일반으로 확대하면서 이념전쟁을 벌이고 있다.

---

8   윤보라(53). 원출처는 http://ilbe.com/323393315 "꼴페미는 이미 우리 머리 꼭대기 위에 있다.eu".

'여성부'와 '꼴페미'와 '보슬아치'에 맞서 싸웠던 군필 남성들은 이제 '민주화'에 맞서 '산업화'의 성과를 지키고 '좌빨 좀비'의 준동을 제압하는 '애국보수'의 '정상국가 만들기 프로젝트'를 수행하는 '사이버 워리어'로 진화하고 있다. '정상국가'의 '정상국민'은 군필남성이다. 이들은 스스로를 '비시민'(여성과 외국인)과 '반시민'(좌익과 종북)에 맞서 국가를 지키는 전사로 자처한다. 최근 이 전사들이 벌이는 이념전쟁은 기독교 보수 세력, 국가인권위원회 해체를 바라는 국민연대, 남성연대, 공교육살리기학부모연합 등과 합세하여 필리핀 이주민 여성 출신 새누리당 국회의원 이자스민에 대한 인종주의적 공격으로 옮겨가고 있다.[9]

4. 불안과 혐오의 이중주

그런데, 이 진격의 전사들은 몹시 허약하고 불안하다. 그들은 박탈당할까봐 전전긍긍하고, 남성의 '역차별'을 주장하며, (지금까지 여성들의 구호였던) '양성평등'의 슬로건을 가져와 남성권리를 선언한다.[10] 불안에서

---

9 『한겨레21』 신윤동욱 기자의 「지금, 그녀에게 한 것이 그들이 한 모든 짓이다─이주여성 국회의원 이자스민을 향한 조작된 편견과 한국의 인종주의」 기사 참조. 『한겨레21』 1,053호, 2015. 3.23.

10 양성평등연대는 남성연대를 계승한 단체이다. 남성연대 성재기 대표가 2013년 7월 서울 마포대교에서 투신 퍼포먼스를 벌이다 사망한 후, 그의 정신을 계승한다는 이른바 '성재기 키즈들'이 새로이 설립한 단체가 양성평등연대다. 성재기 키즈들은 여성의 과도한 특권이 철폐되어 남성 역차별이 해소되는 것을 목표로 한다고 주장한다. 이에 대해서는 전혜원·천관율, 「여성혐오하는 젊은 그대는?」, 『시사인』 392호 기사 참조.

비롯된 이런 과잉 방어 제스처를 이해하기 위해서는 군가산점 폐지 논쟁이 일어났던 1990년대 후반부터 한국남성들의 삶에 일어난 변화를 깊이 들여다봐야 한다. 한국의 젊은 남성들이 여성을 혐오대상으로 만들면서 해소하려고 했던 그 '불안'의 정체를 이해하지 못하는 한, 혐오의 감정정치는 모습을 바꾸어 더욱 격화된 형태로 계속될 것이기 때문이다.

1997년 한국사회에 불어 닥친 IMF 경제위기는 고도 성장기 산업화된 노동력으로 안정적 물질적 기반을 얻었던 한국사회 남성들에게 일대 전환을 가져온 사건이었다. 이제는 모두가 아는 상식이 되어버렸지만, IMF 경제위기와 이후 전개된 신자유주의적 노동 유연화 정책은 가족의 생계를 책임질 수 있는 남성들의 안정적 일자리를 허물어버렸다. 기업은 구조조정과 비용절감을 위해 정규직을 계약직으로 돌리거나 업무를 외주화하는 전략을 택하면서 비정규직을 확산시켰다. 여기에 급속한 기술혁신은 노동의 잉여를 가속화시키고 노동이 사회에 대한 통제를 잃게 만들었다. 이런 신자유주의적 자본주의의 확산과 더불어 상층 엘리트 계층으로 올라가지 못한 다수 남성노동자들은 가족임금에 기초한 생계부양자(breadwinner)의 위치, 애초 불안정한 것이긴 하지만 그래도 사회와 가족 내에서 남성의 지배를 어느 정도 보장해주던 물질적 기반을 무너뜨렸다. 남성 내부의 양극화와 함께 다수 남성노동자가 자본과의 협상에서 극히 불리한 위치에 놓이게 된 구조적 변화가 일어난 것이다. 이런 자본과의 협상력 저하는 여성과의 협상력도 약화시킬 수밖에 없었다. 한국사회에서 여성 고등교육 진학률의 급속한 증가는 여성 내에서도 중상층으로 진입할 수 있는 일부 계층을 만들어냈는데, 이들과 남성들 사이에 경쟁구도가 형성되었다. 이미 사회에 진입하여 일정한 지위와 경제적 토대를 갖고 있는 중장년층 남성들에 비해 사회 진입 자체에 장애를 겪고 있는 젊은 남성들이 여성을 경쟁상대로 여기며 역차별을 더욱 강하게 호소하고 있는 것이다.

　노동 유연화의 다른 말은 고용 불안정이다. 한국에서 기간제 및 단시간 노동자, 파견직 노동자 등, 정규직이 아닌 노동자들을 통칭해서 부르는 '비정규직'이란 명칭(부정적 접두사를 통해서 자신의 정체성을 얻는 호명)은 서양에서도 단일한 이름을 갖고 있지 않다. 한시(contingent), 시간제(temporary), 비정규(irregular), 비전형(atypical), 비정형(non-standard) 등 여러 이름으로 불리고 있다. 최근에는 '불안정(precarious)'이라는 표현이 주목받고 있다. '프레카리아트'(precarious와 proletariat의 합성어)는 실업자, 노숙자, 이주노동자 등을 포함해 불안정 노동에 종사하는 사람들을 포괄적으로 지칭하기 위해 고안된 명칭이다. 이 용어를 제안한 가이 스탠딩은 프레카리아트의 감정상태가 영어로 '4A', 즉 '불안(anxiety)', '분노(anger)', '소외(alienation)', '아노미(anomie)'라고 말한다. 실제 최근 한 언론사에서 실시한 한국 비정규직 노동자 실태조사에 따르면, "비정규직이라는 단어를 생각했을 때 머릿속에 떠오르는 단어를 자유롭게 적어주세요"란 질문에 가장 많이 응답한 단어가 차례대로 '저임금', '고용불안', '차별'이었고, 의미망 연결빈도가 가장 높은 단어들은 '저임금과 고용불안', '저임금과 차별', '차별과 고용불안'이었다.[11] 이런 단어군과 연관된 감정 상태를 분석해보면 불안과 분노, 좌절과 두려움, 서러움과 억울함, 상대적 박탈감과 부러움이다. 이런 부정적 감정이 설문 응답자의 무려 85.55%를 차지한다.

---

11 『한겨레21』 1,053호, 2015년 3월 23일자 특집기획 「아무도 우리를 돌보지 않는다」 참조. 이 설문에는 1,070명에게 설문을 돌려 957명이 응답했다.

문제는 상대적 박탈감에서 비롯된 이런 불안과 분노가 그 발생 원천에서 분리되어 초점을 찾지 못한 채 유동하고 있다는 것이다. 중심 없이 흘러다니는 공포와 분노는 쉽게 추적할 수 있고 영향을 미칠 수 있는 대체 표적을 찾는다. 안전에 대한 욕구는 그 어느 때보다 높지만, 불안정 노동에 종사하는 사람들이 느끼는 극도의 불안과 공포를 누그러뜨려 줄 사회안전망과 국가의 기능은 약화되어 있다. 새로운 개인주의의 확산과 함께 전통적으로 인간관계를 감싸주었던, 가족을 비롯한 사회적 유대관계는 급속히 무너지고 있다. 서구에서 '새로운 개인주의'라 불리는 현상은 한국에서는 '각자도생(各自圖生)'이라는 더욱 조악한 형태로 나타나고 있다. '아무도 믿지 마라', '아무도 남을 돌보지 마라'는 고용 유연성이란 명목으로 불안정 노동을 경제시스템의 주춧돌로 만든 우리 사회가 구성원들에게 요구하는 정언명령이다. 홉스는 만인이 만인에게 늑대가 되는 자연상태의 공포를 극복하기 위해 근대국가가 탄생했다고 말했지만, 오늘날 국가는 더 이상 약육강식의 공포를 완화시켜주는 정치 시스템이 아니다. 국가는 국민의 복종을 구하는 대신 안전을 지켜준다는 사회계약을 더 이상 지킬 생각 없이 자본의 관리자 역할이나 임시적인 위기 관리활동에 만족하고 있다. 이제 개인의 안전은 오로지 개인의 몫으로 돌아가는 개인 안전국가로 후퇴하고 있다. 그러나 "안전하지 않은 자유는 자유 없는 안전보다 결코 덜 무섭지 않고, 덜 당혹스럽지 않다. 두 경우 모두 억압적이며 공포를 잉태하고 있다. 악마냐? 검푸른 바다냐? 제3의 길을 찾기 위해 노력했건만 적어도 믿음직해보이는 탈출구는 보이지 않는다"(바우만, 224~5). 바우만이 서유럽 사회를 향해 던진 위 발언은 2000년대 한국사회에 적용해도 큰 무리가 없다. 두 번의 민주정부를 거치면서 진보와 가졌던 짧았던 로맨스는 끝나고 이제 민주주의는 과거가 되었다. 민주주의가 더 이상 자신의 안전과 번영을 보장해주지 못하는 것을 확인한 후 사람들은 힘 센 쪽에 내기를 건다. 바우만의 지적처럼 "신자유주의는 강한 쪽에 거는 것"이다(바우만, 239). 신뢰의 위기, 공동체의 붕괴는 이런 사회가 치러야 하는 대가다. 불안에 결박당한 사람들이 겪는 마음의 고통은 풀릴 길이 없고, 그런 이들로 가득한 사회는 폭발을 향해 질주하고 있다.

여성은 신자유주의적 자본주의 하에서 항시적 고용 불안에 시달리는 다수 남성들이 발생 원천에서 떨어져 나온 불안을 가장 손쉽게 처리하는 대체물이다. 가부장적 사회에서 남성들이 자신의 주체성과 가치를 확인하는 것은 남성 내 패권게임(권력, 부, 명예를 얻기 위한 게임)을 통해서다. 이브 세즈윅이 '동성사회적 연대(homosocial bonding)'라 지칭한 남성들 사이의 연대는 동성 간 성적 욕망(homosexual desire)을 억압한 채 남성들이 성적 주체로서 서로를 인정하고 승인하면서 형성된다. 일본 페미니스트 우에노 치즈코의 날카로운 묘사를 원용하자면, 남성들에게 "시대극에 나오는 한 장면처럼 호적수와 칼과 칼을 맞대고 힘겨루기를 하다가 얼굴과 얼굴이 가까워졌을 때 귓바퀴 언저리에 대고 읊조리는 "제법인걸!"이란 말보다 더 가슴을 요동치는 쾌감"은 없을 것이다(30). 남성들이 공유하는 이 상호인정의 쾌감이 남성 주체성의 근간을 이루고 있다. 남성들 사이의 이런 인정은 동성애에 대한 억압과 여성의 객체화를 통해 일어난다. 동성 간에 성적 욕망을 갖는다는 것은 상대를 성적 객체(대상)로 본다는 것인데, 이는 동일시에 기초한 성적 주체간의 상호인정을 위협한다. 그러므로 남성공동체에서 호모섹슈얼리티는 금지되어야 한다. 여성의 성적 객체화(대상화)는 호모소셜한 남자가 자신의 성적 주체성을 확인하기 위해 이용하는 장치다. "'자기 여자'를 (적어도 한 명 이상) 소유하는 것'이 성적 주체가 되기 위한 조건"이다(37). 우에노 치즈코는 여성을 남성과 동등한 성적 주체로 인정하지 않는 이런 객체화를 여성혐오라고 부른다. 여성혐오의 핵심은 여성멸시다. 여성은 영원히 주체가 되지 못하고 객체의 위치에 머물러 있어야 하는 경멸 대상이기 때문이다. 호모소셜, 호모포비아, 여성혐오는 남성사회를 유지하는 삼종 세트다. 그런데 이 삼종 세트에 의해 유지되는 남성성과 남성유대는 취약한 기반 위에 서 있다. 남성성은 남성이 되지 못하는 이들과 여성을 배제하고 차별함으로써 유지되는데, 이것이 원활하게 이루어지려면 여성의 차별 뿐 아니라 남자가 되지 못한 이들(비남성)을 가려내는 경계선의 관리와 배제가 끊임없이 일어나야 하기 때문이다.

신자유주의는 차별과 배제에 기초하여 형성된 남성성과 남성유대가 지속되기 힘든 물적 조건을 강제했다. 남성들 사이의 이른바 '형제공동체'는 객체화된 여성을 적어도 한 명 이상씩 가질 수 있어야 유지되지만, 자원의 결핍과 패권경쟁에서 승리한 남자들의 과식은 공평한 분배를 어렵게 만든다. 공동체는 여성이라는 대상을 소유하는 자와 소유하지 못하는 자로 위계적으로 분할된다. 이제 사극 속 남성들이 칼싸움을 하며 읊조렸던 '제법인걸'이라는 말을 들을 수 없는 이들이 대량으로 양산되기 시작한 것이다. 이제 그들은 연애박탈, 성박탈, 결혼박탈의 삼중 위기에 내몰린다. 더욱이 남성 무사들의 쟁취 대상이었던 여성들이 객체의 위치에서 주체의 자리를 요구하면서 '그들만의 리그'에 금이 가기 시작한다. 여성의 소유를 통해 보장되던 남성들 간의 가정된 형제애는 심각하게 손상되었다. 이런 남성성 위기 국면에서 가장 먼저 처리해야 할 일은 부서진 남성들 간의 연대를 복원하는 것이다. 여자처럼 되어 버린 남자와 게이를 처단하고 주제넘게 남성의 자리를 넘보는 여자들을 격퇴함으로써 형제공동체를 복구하는 일, 이보다 더 화급한 과제는 없다. 군가산점에 대한 요구와 꼴페미-된장녀-개똥녀-김치녀로 이어지는 여성혐오발화가 반복적으로 나타날 수밖에 없고, 형제공동체가 혐오공동체에 기초해있을 수밖에 없는 이유다.

신자유주의 사회는 특권을 지닌 상층 남성들을 제외하고 다수 남성들을 박탈과 불안의 상태로 몰아넣었다. 여성도 예외는 아니다. 저임금 불안정 노동이라는 범주 속으로 가장 먼저 대량으로 쓸려 들어갔던 층이 바로 하층계급 여성들이다. 1997년 IMF와 2008년 금융위기 상황에서 정리해고 및 비정규직화의 주요 타깃은 (피부양자로 가정된) 여성노동자들이었다. 자본은 여성을 이중박탈의 위험 속으로 몰아넣음으로써 (가장으로 가정된) 남성 노동자들의 불만과 불안을 잠재울 수 있었다. 최근 한 시사주간지 기사는 일과 가정 양쪽으로부터 압박에 시달리는 일하는 엄마들을 가리켜 우리 시대 '감정적 천민'이라고 부르며, "엄마를 위한 신은 어디에 있는 걸까" 묻고 있다.[12] 집밖에서 타인을 위한 돌봄 노동에 종사하는 엄마들은 집안에서 자식을 위한 돌봄 노동을 하지 못한다는 데 대한 자기비하, 무력감, 고립감, 분노에 시달린다. 위 기사를 쓴 기자는 이렇게 진단한다. "감정상태를 두고 계급을 나눌 수 있다면 일하는 엄마들이야말로 이 시대의 감정적 천민이다. 일하는 여성은 사회와 가정 모두에서 낮은 위치에 있기 때문이기도 하고, 아이에게 적대적인 사회는 어머

---

12 N기자, 「엄마를 위한 신은 어디에 있는 걸까」, 『한겨레21』 1,059호, 2015.5.4.

니에게도 적대적이기 때문이다." 물론 일하는 엄마들만 감정 천민은 아니다. 정도의 차이는 있지만 일하지 않는 엄마들과 일하는 비혼 여성들도 감정적 압박에 시달린다. 자녀교육이 계급전쟁의 성격을 띠고 있는 한국사회에서 육아와 자녀교육에 올인해야 하는 엄마들이 겪어야 하는 심리적 압박도 엄청나다. 화려한 싱글의 환상이 벗겨진 요즈음 독신여성은 가난과 외로움을 견뎌야 하는 독거여성으로 전락할 위험에 처해있다. 엄기호의 지적처럼, 신자유주의 시대에 "우리 모두는 곤궁해졌으며, 그 곤궁은 한 사람의 어깨 위에 모두 얹힐 수 없다. (…중략…) 관계를 유지하려고 하는 한 나누고 함께 짊어지는 것을 실천해야 한다. 문제는 이런 인정이 남성들의 세계에서는 남성성의 거세, 혹은 수치라고 받아들여진다는 것이다"(156). 남성성에 대한 기존의 관념을 바꾸고 책임과 부담, 권리와 권한을 나누는 쪽으로 나아가지 않는 한 불안이 촉발한 혐오의 감정정치는 계속될 것이다. 공유는 평등의 토대 위에서만 이루어질 수 있다. 페미니즘이 사회적 의제로 제기한 평등을 공적 영역과 사적 영역, 생산노동과 재생산노동의 구획을 가로질러 사회 전체로 확장함으로써 인간의 보편적 권리로 만들 때, 차별과 배제가 아닌 평등에 기초한 공생·공유사회를 만들어갈 수 있을 것이다. 우에노 치즈코는 여성혐오의 역사를 고발하는 책을 이렇게 끝맺고 있다. "페미니즘은 여성에게 있어 자신과 화해하는 길이었다. 남성에게도 자신과 화해하는 길이 없지는 않을 것이다. 그것은 아마 여성의 경우와 마찬가지로 '자기혐오'와 싸우는 것이 될 것이다. 그리고 그 길을 제시하는 것은 더 이상 여성의 역할이 아니다"(304). 나는 남성들이 치즈코의 제안을 경청하기를 바라는 것이외에 덧붙일 말이 없다.

유령의 귀환과 비통한 마음의 서사

한강의『소년이 온다』· 권여선의『레가토』

김은하

1. 기억의 정치에서 사회적 애도로

한 정신과 의사는 어린 아들을 병으로 잃은 뒤, "생각할 수 있는 모든 각도에서 검토하고 나서 그저 무거운 짐처럼 들고 다니는 것, 어쩌면 영원한 상실이란 그런 것일지도 모른다"(대리언 리더, 38)고 쓴 바 있다. 비통함이 잔뜩 묻어나는 이 문장은 남겨진 자는 슬픔 속에 갇힌 채 다양한 상황, 분위기, 장소, 맥락 속에서 사랑하는 이에 대한 기억에 사로잡힘으로써 그/그녀의 부재로 인한 고통을 반복해 겪는다는 것을 보여준다. 이러한 발견은 애도를 상실의 슬픔을 점차로 견디게 해주는 승화의 과정으로 여겨온 문화적 관습을 무력화하는 듯하다. 살아남은 자들이 망자를 기억의 영역에 안치하고 일상으로 복귀할 수 있기에 애도는 슬픔의 극복을 돕는 감정의 의례로 받아들여져 왔다. 그러나 '애도의 불가능성'이 애도의 충실성을 보장한다는 데리다의 역설적 명제처럼 애도에 실패했기 때문에 애도는 일회적인 것에 그치지 않고 지속될 수 있다. 타자를 쉽게 비워낼 수 없어 멜랑콜리에 빠지지만, 치유할 수 없는 슬픔은 애도를 촉발하는 것이다.

애도의 충실성은 자연사가 아닌 모종의 억압적인 힘에 의해 희생된 죽음과 그 애도를 통해 잘 증명되는 듯 보인다. 희생적 죽음은 시간이 지난다고 해도 쉬이 잊혀질 수 없는 '원한'에 사로잡혀 있기 때문이다. 더 나아가 그것은 '애도'를 개인의 슬픔이 아닌 사회 집단의 의무, 즉 상실로 상처받은 개인이 아니라 공동체가 짊어져야 할 과제로 만든다. 사건을 직접 겪은 당사자만이 아니라 공동체 전체에 트라우마를 가함으로써, 슬픔을 개인적 차원이 아니라 집단적으로 치유해야 할 필요성을 제기하기 때문이다. 고통에 대한 공감과 그로 인한 연대는 고립된 개인을 넘어 '우리'를 구성하기 위한 정치적 실험의 관건이 될 수 있다. 이는 슬픔이 호르몬 요법을 요하는 생리학적 문제로 축소되거나 개인에게 떠맡겨진 우리 시대에 애도가 공동체 구성의 자원임을 암시한다.

한국의 현대사는 애도가 단지 사적인 것이 아니라 공적이고 정치적인 의미를 획득해왔음을 증명한다. 숱한 의문의 죽음이 발생했음에도 불구하고 국가는 죽음의 원인을 은폐하고 시신을 빼앗음으로써 망자에 대한 가족과 벗들의 애도할 권리를 빼앗고 가해의 죄를 부정해왔기 때문이다. 그러므로 애도는 가해자를 심판의 법정에 세워 역사를 바로 세우는 한편으로, 희생자의 명예를 회복시켜 그 몸을 편히 누이는 수순으로 이루어진다. 이렇게 볼 때 오월의 희생자에 대한 애도는 짧은 시간 안에 잘 이루어진 듯 보인다. 1995년 '5·18 민주화운동 등에 관한 특별법'이 제정

됨으로써 가해자들이 국가내란과 살인죄로 기소되고, 희생자들의 명예회복과 국가폭력에 대한 보상이 이루어졌기 때문이다. 그런데 보상이 곧 치유일 수 있을까? 성공한 혁명이라고 할지라도 희생자의 영혼과 육체를 파괴한 사건은 돌이킬 수 없다는 점에서 애도 문제에서 희생과 보상이라는 교환의 등식은 성립되기 어렵다. 문부식의 "성공한 항쟁은 반복하여 기념될 뿐이지 '거슬러' 기억되지는 않"(273)는다는 지적대로 역사의 성역에 안치된 죽음은 오히려 망각의 위험 속에 놓이기 쉽다.

서경식·다카하시 테츠야에 따르면 애도는 희생자의 억울한 죽음을 초래한 억압적인 정치적 현실을 바로잡는 정치적 과제일 뿐 아니라 '응답가능성으로서의 책임', 즉 타자로부터 요청 또는 호소하는 목소리에 대해 책임을 지는 것이다(115). 애도는 인간은 응답할 수 있는 존재이며, 응답가능성으로써 책임의 내부에 있는 존재임에서 비롯된다. 그리고 이때 책임이란 자기만의 고립된 세계, 침묵의 세계를 벗어나 타자와의 관계로 들어가는 것을 말한다. 그렇다면 애도는 희생자를 기념비화함으로써 추방하는 것이 아니라 자신의 삶의 지평 속으로 끌고 들어가는 것을 의미한다. 그것은 삶의 방식을 바꾸도록 요구한다. 그러므로 애도는 정치의 수단이 아니라, 윤리의 지평 속에 놓이게 된다. 타자의 고통과 상처를 깊이 공감하고 배려하는 심성의 형성이 일어나지 않는다면 애도는 단지 정치적 투쟁의 계기에 불과하기 때문이다.

1985년은 광주민주화항쟁에 관한 다큐멘터리『죽음을 넘어 시대의 어둠을 넘어』가 출판되었다는 점에서 뜻 깊은 해이다. 항쟁참여자의 증언과 여러 문건들을 토대로 5월의 봄날에 이루어졌던 믿을 수 없던 사건을 재구성함으로써 기억의 쇠퇴와 휘발에 맞서 '사건'을 기억하고 희생자를 애도할 수 있는 장이 마련되었기 때문이다. '전남사회운동협의회'의 대표 전계량은 책의 서문에서 중대한 의무를 마친 자의 감격과 회한인 양, 불귀의 객이 되어버린 아들 영진의 이름을 비통하게 부른다. 그러나 그는 이내 민주화에 대한 갈망의 표현인 양 아들과 희생자들을 "민주, 민중, 민족의 사나이들"로 호명하고, "그대들의 불퇴전의 헌신성과 죽음에의 결단 앞에 그대들의 이 작은 족적을 이 민족 뜨거운 양심의 이름으로 헌화한다"(7)고 쓴다. 공동집필자인 황석영 역시 신화나 기념비로 만들지 말자는 다짐에도 불구하고 희생자의 죽음을 "민족운동의 지평" 속에서 위치짓는다. "민주, 민중, 민족의 사나이들", "민족의 뜨거운 양심"(8~10) 등은 5월 광주를 폭동으로 명명함으로써 사건의 진실을 은폐하려한 국가에 맞선 대항 기억의 언어이다.

그간 한국의 지식학계에서 과거 청산문제는 주로 기억투쟁, 기억의 정치학 등의 담론을 통해 논의되어왔다. 역사가 국가권력이 위로부터 만든 공식기억과 민중이 아래로부터 만든 대항기억이 서로 충돌하고 타협하며 다시 쓰는 기록으로 여겨지게 되고, 기억투쟁이 일정한 성과를 냄으로써 사회 민주화가 이루어졌다. 그런데 왜곡된 기억을 바로잡으면 사회적 애도가 촉발되어야 함에도 불구하고 애도가 불가능해지는 역설적 현상은 왜 발생하는가? 아래로부터의 투쟁이 민주주의를 표방하는 국가기구의 공식 기억으로 전유되는 한편으로 희생자가 성전의 기억 속에 안치되기 때문이다. 보상과 인정은 애도의 필수조건이지만 충분조건이 되지 못한다. 또한 희생자의 의지 혹은 용기 등 추상화된 정신을 강조하게 되면 폭력 앞에 선 인간의 두려움이나 갈등 그리고 신체의 기억 등을 외면해버림으로써 희생자가 겪은 사건의 리얼리티와 접촉할 수 없게 된다. 그러므로 희생자는 기념의 대상이 되고 애도는 불가능해지는 역설적 사태가 발생하는 것이다.

고바야시 히데오는 기계론적 인과론에 집착하는 근대의 역사관이 역사에서 문학을 무리하게 떼어냄으로써 역사가 실종되는 사태가 발생했다고 비판하며, 역사는 "인류의 거대한 원한"으로서, 그것을 떠받쳐 온 것은 "우리들의 애석한 마음이지, 결코 인과의 사슬이 아니라고" 주장한다. 마치 "엄마에게 역사적 사실이란, 아이의 죽음이라는 사건이 언제, 어디서, 어떠한 원인으로 어떤 조건 하에서 일어났는가 하는, 단지 그것뿐만이 아니라, 무엇과도 바꿀 수 없는 소중한 생명을 잃게 되었다는 감정이 동반되지 않으면, 역사 사실로서의 의미가 생기지 않는 것"과 같은 이치라는 것이다. 그는 "좋은 문학이 반드시 좋은 역사라고는 할 수 없으나, 좋은 역사는 반드시 좋은 문학"이라는 주장을 통해 "스스로 짊어져, 온몸에 가해지는 중량감이 느껴지는 역사의 무게"를 이야기한다. 법칙으로 전달 불가능한 인간의 상처와 고통을 배려하고 공감하지 않는다면 역사는 허위에 불과하기 때문이다(178~214).[1]

'애도'는 추상적이고 보편적인 공정성과 정의라는 도덕철학의 빈곤을

---

1 이혜정에 의하면, 전통적 도덕철학은 보편성, 추상성 그리고 공평성을 지향하는 속성이 있는데, 이러한 속성들로만 이루어진 도덕은 도덕적 경험의 특수성과 편파성을 도덕 영역 밖으로 내몰고 경시하게 된다. 서구 도덕 철학의 밑그림이라 할 수 있는 스미스와 롤스로 이어지는 공리주의, 홉스, 로크, 칸트, 롤스로 이어지는 계약론적 전통은 도덕을 극도로 추상화, 보편화함으로써 오히려 도덕의 빈곤을 유도했다. 캐롤 길리건은 도덕영역을 재구성하기 위한 돌파구로서 어머니 역할에서 발견되는 보살핌의 윤리(the ethic of care)를 제시한다. 그녀에 의하면 보살핌이란 특수한 타자에게 특별한 도덕적 관심을 보이고, 그의 상황에 공감하고 그와 나를 동일시하는 것이다. 나아가 인간들이 관계의 네트워크 속에서 연결되어 있음을 인식하면서, 타인의 필요를 수용하고 응답하는 행위인데, 이 관계의 전형적인 형태가 어머니와 어린 아이의 관계이다(이혜정, 「도덕 영역을 재구성하기 위한 모성적 윤리 연구」, 『한국여성철학』 8, 2007, 92~112쪽).

벗어나 따뜻하고 애정 있고 동시에 책임감 있는 도덕과 도덕 행위자를 낳을 수 있는 윤리학의 재구성을 위한 핵심 의제이다. 슬픔은 들어주는 이가 있을 때 극복될 수 있다는 것은 애도의 독특한 측면 중의 하나이다. 상실의 고통은 사건을 어느 누구와도 나눌 수 없을 때 더욱 커진다. 따라서 타자의 목소리에 귀 기울이고 이야기를 나누는 과정이 필요하다. 그런데 타자가 겪은 사건을 전해 듣는다는 것은 이야기되는 언어의 의미가 아니라 그러한 침묵, 신음, 몸부림이 이야기하는 전체를 받아들이기를 요구한다. 그렇기 때문에 공감적 경청이 일어나지 않는다면 애도 작업은 이루어지지 않는다. 즉, 애도는 타자와 내가 독립된 별개의 존재가 아니라는 것을 새삼 확인시키며 서로를 관계지향적으로 연결한다. 그러나 슬픔이 사적인 것으로 취급되는 사회일수록 애도는 개인에게 떠맡겨지기 때문에 점점 더 극복하기 어려운 일이 되고 만다. 더욱이 슬픔은 사건의 밖에 있는 사람들에게도 슬픔의 공유를 요구하기 때문에, 혹은 재난이 언제 어디서든 나／우리에게 발생할 수 있다는 불안으로 인해 기피되기 쉽다. 이는 폭력과 상처에 대한 민감한 이해와 배려가 동반될 때 사회적 애도 문화가 형성될 수 있음을 암시한다.

한강의 『소년이 온다』(2014, 창비)와 권여선의 『레가토』(2012, 창비)는 현대사의 가장 충격적인 사건인 광주항쟁을 배경으로 상처와 모욕의 지난 연대를 소환해 애도 의례를 펼친다. 특히 희생을 명예로운 것으로 언표화하는 대신에 희생자가 겪은 모욕과 그로 인한 슬픔을 서사화한다. 모멸의 기억은 마치 책상에서 서랍을 빼내듯 몸과 정신이 간단히 분리되지 않음을 증명한다. 최근 한국문학에서 역사의 희생자, 즉 유령이 다시 소환되고 있으며, 그것은 우리 시대의 위기를 알리는 징후이다. 2009년의 용산이나 2014년의 세월호 같은 재난이 아니더라도 지금 개개인은 일종의 비상체제 하에서 '벌거벗은 생명'으로 내던져져 있으며, 살아남는다는 것은 수치를 무릅쓰는 일이 되었다. 『소년이 온다』가 '용산도 광주다'라는 식의 발견에 도달하거나 『레가토』가 광주를 배경으로 처리하는 과감한 생략과 개인의 원한을 강조하는 방식을 통해 상처와 폭력에 대한 민감성을 촉발하는 것은 이러한 맥락 때문이다. 타인의 고통에 대한 공감적 상상력의 실패가 폭력을 끌어들인다고 말하는 듯 애도 서사는 새롭게 쓰여지고 있다.

2. 비통한 죽음과 증언의 형식-한강,『소년이 온다』

80년 광주는 비민주적으로 권력을 탈취한 국가가 저항적 시민을 향해 저지른 잔혹하고도 조직적인 학살이라는 점에서 인간의 상상력을 압도하는 사건이다. 이는 아마도 '광주'가 현대사를 관통하는 충격임에도 불구하고 그간 본격적으로 재현되지 못한 이유일 것이다. 한강의 『소년이 온다』는 재현의 결핍을 뛰어넘듯 열흘간의 광주에 대한 세밀한 고증을 바탕으로 국가폭력의 부당성을 폭로하는 한편으로 희생자가 겪은 모멸적인 사건을 사건의 밖에 있는 사람들이 공유할 수 있도록 미적 실험을 시도한다. 삼십여 년도 더 지난 시간의 저편에서 광주의 유령을 불러내고 그 죽음과 슬픔을 추체험하게 함으로써 소설을 진혼을 위한 제의 공간으로 만든다. 특히 희생자가 겪은 인간적인 상처에 대한 탐구는 인간의 취약함에 대한 숙연한 인정을 유도함으로써 이념, 정치, 역사 주체 등의 언어로 수렴되지 않는다. 개개인의 비통이 곧 역사임을 떠올리게 만드는 대목이다.

6개의 장과 에필로그는 특정 인물에게 시점을 고정하고 있지 않다.[2] 다각적인 시점이 사용되는 한편으로 각 장마다 중심인물을 달리해 고백과 증언이 이루어짐으로써 간접화된 방식이나마 죽은 자와 산 자가 서로의 슬픔과 죄책감을 이야기하는 소통의 구조가 형성된다. '너'라는 이인칭 시점으로 소년 동호와 그의 친구 정대가 총에 맞아 몸없는 혼령이 되는 과정을 담은 1, 2장은 파격적이다. 기억의 영역에 안치될 수 없다는 듯 소년들은 부란 중인 시체로, 몸마저 잃고 떠도는 유령으로 산 자의 시간 속으로 회귀해오기 때문이다. 여기서 이인칭 시점은 동호가 체험한 사건을 사건의 외부에 있는 이들이 나누어갖기 위한 형식이다. 다른 한편으로 소년, 즉 광주의 희생자들은 살아남은 자들의 마음속에 출몰하는 유령이다. 에필로그에서 비로소 모습을 드러낸 서술자-작가는 어린 시절 우연히 동호의 죽음을 알게 된 후 자신의 영혼도 외상을 입었다고 고백한다. 희생자를 애도하지 못한 것은 비단 도청 투쟁을 함께했던 생존자만이 아닐 것이다. 이는 타자의 훼손이 나의 상처가 될 수도 있다는 사실을 암시함으로써 사건이 공동체의 구성원들을 연결하고 있음을 암시한다.

그런데 동호를 비롯한 시민군들은 왜 죽음이 닥쳐오는데도 도청에 끝까지 남아있었던 것일까? 소년은 이미 망자가 되었기 때문에 더 이상 말

---

2   여섯 개의 장과 하나의 에필로그의 제목은 다음과 같다. 1장(어린 새), 2장(검은 숲), 3장(일곱 개의 뺨), 4장(쇠와 피), 5장(밤의 눈동자), 6장(꽃핀 쪽으로), 에필로그(눈 덮인 램프).

할 수 없으므로 의문은 더욱 증폭된다. 동호와 도청 투쟁을 함께 했던 여고생 은숙, 대학생 진수, 미싱사 선주가 겪은 항쟁과 그 이후를 그린 3, 4, 5장은 소년이 겪은 사건에 다가가기 위한 서사 전략으로 보인다. 광주의 생존자이면서 항쟁 후 폭력에 노출된 이들의 삶은 희생의 의미를 증언해 준다. '신성화'가 희생자의 죽음에 대한 보상이 되지 못하기에 애도는 한 없는 슬픔이자 비통이다. 그러나 도덕감정이라는 인간의 희귀한 자질마저 놓쳐버릴 수는 없을 것이다. 이러한 판단을 뒷받침하듯 작가는 폭력의 잔혹함을 고발하는 한편으로 그것을 통해 환기되는 인간 정신의 소중한 본질을 포착하려 한다.

작가는 상상만으로도 애잔하기만 한 소년 동호를 되살려내고, 그와 도청 투쟁을 함께했던 이들을 중심으로 삼십여 년에 이르는 긴 시간을 담아낸다. 살아남은 자들은 동호를 집으로 돌려보내지 못한 죄책감에 짓눌리는 한편으로 항쟁 후 겪은 고문으로 고통 받는다. 은숙, 진수, 선주의 이야기는 각각 연대를 달리하지만, 개별적 시간의 차이는 무의미하게 여겨진다. 트라우마의 시간은 진보를 뜻하는 직선이 아니라 반복적으로 되돌아오는 나선이며, 사건의 얼굴은 동질적이다. 트라우마는 자발적 기억이 아니라 의지와 무관하게 회귀해오는 폭력이기 때문이다. 그것은 불시에 사로잡아 점령의 폭력을 행사한다는 점에서 '나'를 철저히 무력하게 만든다. 인간 생존의 가장 근원적인 추진력인 나르시시즘을 훼손하고 세계에 대한 신뢰감을 박탈함으로써 시간이 지나도 뭉개지거나 흐릿해지지 않는다는 점에서 현재진행형의 시간이다. 이렇듯 작가는 트라우마적 시간의 재현을 통해 희생자가 겪는 고통을 추체험하게 만든다.

오카 마리는 '사건'의 기억은 타자와 나누어가짐으로써만 애도될 수 있는데, 이는 단지 '사건'이 이해되는 것이 아니라 청자와의 공감이 형성되어야 하는 것임을 강조한다(39). 인간의 인식 지평을 넘어서는 사건, 이해할 수 없는 사건이 그것을 겪지 않은 사람들에게 공감 혹은 전이될 때 비로소 애도는 개인의 슬픔이 아니라 공동의 과제가 될 수 있다는 것이다. 버틀러는 슬픔이 복잡한 수준의 정치공동체의 느낌을 제공하고, 무엇보다도 우리의 근본적인 의존성과 윤리적 책임감을 이론화하는 데 중요한 관계적 끈을 강조함으로써 그렇게 한다고 말한 바 있는데, 이를 잘 확인시켜주는 것이 상실이라는 외상적 경험이다. 우리는 저마다 자신을 단독자로 가정하지만, 사랑하는 이의 상실이라는 사건이 나의 상실이 되는 미스터리한 현상이 발생함으로써 우리가 잃어버린 그 대상에게 상당히 기대고 있었을 뿐 아니라 '너'가 곧 '나'이었음을 뒤늦게 확인하기 때문이다(49~50). 그러므로 애도는 이러한 관계성, 즉 나의 타자에 대한 책임을 깨닫고, 그것을 다하려는 것이라고 할 수 있다.

사건의 공유는 단지 사건이 그 외부에 있는 이에게 실감 있게 전달되어야 한다는 것을 의미하지 않는다. 오카 마리는 오히려 사실주의는 사건을 완전하게 재현할 수 있다는 자만심으로 인해 타자를 지워버린다고 비판한다. 사건의 전달불가능성은 트라우마의 냉혹성 속성에서 비롯된다. 오랜 시간이 지났음에도 불구하고 희생자는 폭력적인 사건에 무방비하게 노출되어 바로 그 장소에서 자신이 신체와 마음으로 느꼈던 모든 감정을 다시 한 번 겪게 된다. 육년이 지났지만 여전히 사건의 시간을 사는 은수는 도청에 전화를 걸어 분수를 꺼달라고 항의한다. 그리고 사람들의 기대와 달리 명랑한 처녀가 되지 못한 채 자신이 편집한 희곡집의 문장처럼 눈도 귀도 사원(寺院)이 되어버린 상주의 삶을 산다. 그녀는 보안사에 끌려가 뺨 일곱 대를 맞은 뒤 매일매일 한 개의 뺨을 잊자고 마음 먹지만 "일곱 번째 뺨을 잊을 날은 오지 않을 것"(98)을 예감한다. 다른 한편으로 도청의 마지막 투쟁에 참여했던 진수는 출옥 후 고문의 트라우마에 시달리던 끝에 자살한다. 기억의 저주로부터 숨을 곳이 없는 피해자에게 자살은 유일한 탈출구이자 선택지이다. 환경단체에서 이십년 째 일하고 있는 선주는 언뜻 보기에 비교적 잘 살고 있는 듯 보인다. 그러나 그녀 역시 육체적 · 성적 고문의 충격으로 불면증에 시달리고, 어느 누구와도 따뜻한 관계를 맺지 못한 채 고립되어 있다.

사건의 외부에 있는 이들이 사건의 폭력을 체험해야 공감이 일어나지만, 인간과 세계에 대한 불신을 촉구하는 사건의 폭력성을 받아들이기 쉽지 않다. 트라우마적 사건이 시간이 지나도 뭉개지거나 흐릿해지지 않는 까닭은, 인간 생존의 가장 근원적인 추진력인 나르시시즘을 훼손하고 세계에 대한 신뢰감을 박탈하기 때문이다. 이러한 의미에서 은숙, 진수, 선주가 겪은 폭력은 각각의 개별성에도 불구하고 동질적이다. 폭력은 육체 위에 고통을 퍼부음으로써 인간을 고깃덩어리로 전락시키고 자신이 존엄하고 품위있는 존재라는 확신을 추방해버리기 때문이다. 지옥같은 고통 속에서도 살아남은 이가 자신의 생환을 자랑스러워하지 않는 것은 자신보다 순결한 사람들이 죽었다는 죄의식 때문인데, 그러한 감정의 밑바닥에는 자신이 인간 이하의 존재로 떨어져버린 수치의 기억이 깔려있다.

이렇게 볼 때 빨갱이로 내몰린 선주가 삼십센티 나무 자가 자궁을 후벼파는 고문을 겪고도 그런대로 일상을 꾸려가는 것은 미스터리해 보인다. 그러나 기실 그녀가 도청에 남은 시민군을 증언해달라는 윤의 제안을 거절하는 데서 알 수 있듯이 애도 거부는 더 깊은 병증을 암시한다. 그녀는 인간은 고귀하다는 테제를 불신하게 만든 계급적 경험에 일찌감치 노출되었다. 서울의 방직공장에 다니던 십대 노동자 선주는 민주 노조를 지키기 위해 옷을 벗지만 모랫바닥에 내팽개쳐진 신체의 기억을 안고 있다. 그녀가 노동운동가인 성희언니와 불화하는 것은 '노동자는 고귀하다'는 그녀의 말을 믿을 수 없기 때문이다.[3] 이렇듯 이들의 증언 혹은 증언으로서의 삶은 "냄새를 풍기는 더러운 몸, 상처가 문드러지는 몸, 굶주린 짐승 같은 몸뚱어리들이 너희들이라는 걸, 우리가 증명해주겠어"(119)라는 고문관의 말처럼, 폭력이 인간의 명예를 실추시킴으로써 생존자를 쉴 새 없이 절망하게 만드는 메커니즘임을 암시한다. 그러나 작가는 인간의 취약성을 한껏 슬퍼하는 한편으로 그것을 통해 역설적으로 인간은 고귀하다는 사실을 증명하고자 한다.

그러니까 형, 영혼이란 건 아무것도 아닌 건가.

아니, 그건 무슨 유리 같은 건가.

유리는 투명하고 깨지기 쉽지. 그게 유리의 본성이지. 그러니까 유리로 만든 물건은 조심해서 다뤄야 하는 거지. 금이 가거나 부서지면 못쓰게 되니까, 버려야 하니까.

3　임선주의 이야기는 유신 말기 동일방직의 똥물사건을 연상시킨다. 동일방직의 여성 노동자였던 석정남은 노동 수기 『공장의 불빛』(일월서각, 1984)에서 경찰의 공권력과 남성노동자에 의해 민주노조가 와해되어 해고되자 좌절한 여성 노동자 셋이 복직투쟁을 그만두고 광주로 갔다며 안타까워한다. 이 셋 중 세상에 대한 불신 탓에 유난히 낯빛이 어두웠던 선애는 작중인물인 선주의 원형처럼 여겨진다. 작가는 정대의 실종된 누이 정미가 서울의 방직공장 노동자였다가 광주로 돌아와 전남방직의 노동자로 시위를 하는 장면을 통해 그녀의 죽음을 암시한다. 광주와 동일방직 사건은 인간에게 수치를 안겨주는 폭력이라는 점에서 동일한 것이라 할 수 있다.

예전에 우린 깨지지 않은 유리를 갖고 있었지. 그게 유린지 뭔지 확인도 안 해본, 단단하고 투명한 진짜였지. 그러니까 우린, 부서지면서 우리가 영혼을 갖고 있었단 걸 보여준 거지. 진짜 유리로 만들어진 인간이었단 걸 증명한 거야.(130)

진수는 죽음의 공포와 무차별적인 폭력을 겪고도 살아 돌아오지만 모멸의 기억을 지울 수 없어 정신병원을 드나들다가 결국 자살한다. 그가 죽기 전 유언처럼 남긴 위의 말은 진수와 함께 고문을 받던 시민군의 "우리는 존엄하다는 착각 속에 살고 있을 뿐, 언제든 아무것도 아닌 것, 벌레, 짐승, 고름과 진물의 덩어리로 변할 수 있는 겁니까? 굴욕당하고 훼손되고 살해되는 것, 그것이 역사 속에서 증명된 인간의 본질입니까?"(134)라는 절망어린 항의를 위로하지 못하는 듯 보인다. 그는 항쟁을 "세상에서 가장 거대하고 숭고한 심장", "느닷없이 발견한 내 안이 깨끗한 무엇"(114), "양심이라는 눈부시게 깨끗한 보석"(116)에 비유함으로써 익사의 위기로부터 자기를 구조해내려 한다. 그러나 자신도 진수처럼 언젠가 자살할지도 모른다는 고백처럼 아름다움은 죽음의 유혹으로부터 생명을 지켜주지 못할지도 모른다. 희생적 죽음이 내포한 고귀한 뜻과 무관하게 폭력은 "우린 도륙된 고깃덩어리들이 아니어야 하니까"(173)라는 다짐을 무력하게 만들기 때문이다.

한강은 도청에 남은 시민군들의 주검을 심리적으로 부검하면서 그들의 죽음을 단지 덧없는 것으로 치부할 수 없다는 결론에 도달한 듯 보인다. 동호가 도청으로 다시 되돌아간 것은 정대의 손을 놓아버린 자신을 용서할 수 없었기 때문이다. 즉, 죽음은 타자의 고통에 대한 응답이었던 것이다. 그러므로 '고귀한 인간'이라는 테제는 사건의 외부에 있는 이들이 삶에 대한 불신과 인간에 대한 환멸을 유도하는 유령을 추방해내기 위한 의도의 소산이 아니다.[4] 그러나 작가는 어느 책의 인용문을 빌어 "군중의 도덕성을 좌우하는 결정적인 요인이 무엇인지는 아직 밝혀지지 않았"(95)다고 함으로써 희생을 미화하기보다 인간의 취약함을 슬퍼함으로써 상처와 폭력에 대한 민감성을 일깨우려 한다. 그것만이 타자에 대한 나의 책임을 일깨움으로써 '보살핌의 정의'가 실현되는 공동체로 우리를 이끌 것이기 때문이다. 그렇다면 인간은 고귀하다는 발견은 기실 인간의 취약함에 대한 인정을 요구하는 것임을 알 수 있다.

소설의 말미에서 그간 애도를 거부했던 선주는 소년에 대한 증언을 결심하는 한편으로 죽어가는 성희언니를 만나러 나선다. "우리들을 희생자라고 부르도록 놔둬선 안돼"(175)라는 성희언니의 말처럼 수치심에 시달리는 희생자에게 모종의 과제가 떠맡겨져 있음을 깨달았기 때문이다. 성희 언니의 임박한 죽음은 '인간은 고귀하다'는 믿음이 흔들리고 있는 우리 시대의 위기를 알리는 신호일 것이다. 이러한 맥락에서 작가는 광주를 인간의 존엄성을 모독하는 모든 폭력들의 대명사로 호명한다. 2009년의 잿더미로 변해버린 용산만이 아니라 1979년의 동일방직의 어린 여공들의 몸으로 똥물이 퍼부어지던 여름날도 모두 '광주'라는 발견은 광주가 기억의 정치가 아니라 애도의 자원으로 재의미화되고 있음을 암시한다.

---

4 홀로코스트 생환자인 베텔하임은 인간의 숭고함과 존엄 그 모든 것을 빼앗아가는 절멸수용소라는 사건 그리고 거기에서 살아남은 것 자체가 폭력이 아닐 수 없는 사건이 사건의 외부에 있는 사람들에 의해 인간의 숭고한 사랑의 찬가로 소비된다는 것 자체가 그로테스크한 일이라고 비판하며, 그것이 기실 희생자를 추방하는 방식임을 암시한다(오카 마리, 김병구 역, 『기억·서사』, 소명출판, 2004, 78쪽).

3. 모욕의 인간학과 '고귀한' 죄책감―권여선, 『레가토』

　『레가토』는 한국인의 정치사에서 가장 무거운 사건으로서 '광주'가 개인의 인생에 던진 충격을 암시하듯 '광주'와 '청춘'을 연동시켜 이야기한다. 그런데 실상 사건의 충격적 무게를 염두에 두자면 광주민주화항쟁이 본격적으로 다루어지지 않았다. 작가는 인터뷰를 통해 "80년 광주를 다루고 싶다는 욕망에서 출발했지만, 한국전쟁이나 4·19혁명을 다루듯이, 보편적으로 격변의 시기에 인간이 겪는 고뇌, 갈등, 절망과 그리움을 다루려고 했다"고 창작의 동기를 밝힌다.[5] 광주라는 소재의 무거움을 염두에 둘 때 이러한 재현 방식은 다소 당혹스럽다. 그러나 어쩌면 이렇듯 대담한 발상은 현대사에서 죄책의 최종심급으로 신성화됨으로써 역설적으로 기억의 영역에서 추방된 광주의 의미를 개개인의 구체적인 삶과 연동시켜 담아내겠다는 의지의 표현으로 읽힌다. 즉 광주는 마치 거울인 양 소설의 배경에 펼쳐져 있으면서 항쟁과 직접적인 연관이 없는 사건들을 되비추며 의미를 형성해간다.

　이 작품은 유신말기 학생운동 세대의 삼십년 후를 그리고 있다. 이념 써클인 전통연구회의 인하, 준태, 준환, 재현 등은 정치적 격정의 시간을 치열하게 살아온 대가인 양 국회의원, 국회의원 보좌관, 출판사 사장, 교수 등이 되어 있다. 그런데 이들은 능글맞고 영악하게 잇속을 채우면서

5　권여선은 80년대 학번이면서 굳이 79학번 이야기를 선택한 이유가 무엇인가라는 기자의 질문에 "광주민주화운동을 다루고 싶은 마음에서였다"라고 답한다. 박서강, 「제45회 한국일보문학상 수상자 권여선―"안간힘 쓰고 나니 마음에 힘이 고일 자리 생긴 듯"」, 『한국일보』, 2012.11.13.

도 우울의 징후를 감추지 못한다. 이러한 서사구도는 1990년대에 '386'으로 불리던 혁명세대를 주인공으로 내세워, 순결했던 과거와 타락한 현재의 도식을 통해 세대적 인정투쟁의 욕망을 드러낸 '후일담' 소설을 연상시킨다. 그러나 이 소설은 과거에 대한 나르시시즘적 향유를 저지하는 여성의 비명과 눈물을 들려준다는 점에서 후일담의 공식을 배반한다. 삼십년 전 어느 날 학교를 떠난 뒤 5월의 광주에서 사라진 오정연의 딸 하연이 이들을 찾아옴으로써 청춘의 과오 역시 소환되기 때문이다. 유장한 시간의 흐름을 거슬러 소멸하지 못한 기억과 숨은 죄가 회귀해옴으로써 가해자의 애도가 시작되는 것이다.

전통연구회 멤버들에게 오정연은 이름만으로도 간절하게 그리운 연인이자 죄책감을 자아내는 고문관이다. 그녀는 대학의 첫 학기를 마치지 못한 채 우리들 곁을 떠나고, 이듬해 5월의 광주에서 총상을 입은 몸으로 실종된다. 합숙기간 중 선배 박인하에게 성폭행을 당한 후 전남의 고향으로 내려가 딸을 낳고, 서울의 친구들에게 돌아오던 중 사라져버린 것이다. 그러나 이러한 사실을 알지 못한 채 우리들은 그녀를 그리워하는 한편으로, 그녀가 석연치 않은 일로 떠났음을 짐작하지만 그 원인을 추적하지 않음으로써 죄책감에 사로잡힌다. 박인하는 운동권의 전설적인 투사이자 우리들 조직의 리더이기 때문일 것이다. 희생자가 어디 있는지 알 수 없기에 그 몸을 편안히 누일 수 없다는 점에서 '실종'은 멜랑콜리를 유발한다. 그러나 이들이 보이는 폭음, 자기 학대, 히스테리, 수시로 터져나오는 눈물은 죄책감에서 기인한 자기징벌의 욕망을 암시한다. 그것은 광주에 대한 '우리'의 원죄의식과 결합함으로써 더욱 증폭된다.

여기서 오정연은 단순히 학생운동세대의 가부장성을 까발리는 희생제물이 아니라 광주세대가 직면해야 할 타자, 어쩌면 자기 자신의 얼굴이다. 신입생인 정연은 전통연구회에서 청춘의 첫 발을 디디지만 공동체로부터 받아들여지지 못하는데, 이는 몇 개의 폭력 사건으로 나타난다. 어느 날 정연은 형사의 눈을 피해 '불온' 문건을 배포하며 느낀 공포를 고백하고 선배로부터 뺨을 맞는다. 그녀가 전사에게 금지된 나약함, 즉 여성적 감정을 일깨웠기 때문이다. 다른 한편으로 박인하는 정연을 성폭행함으로써 그녀에게 씻을 수 없는 모욕을 안겨준다. 아픈 자신을 돌보는 그녀의 손길에서 단단히 억누르고 있던 인간적인 감정들이 깨어났기 때문이다. 전설의 운동권이지만 첩의 자식이라는 출생의 트라우마와 모성 결핍에 시달리는 빈곤한 마음이 그녀의 모성적 보살핌에 의해 무방비하게 회귀해온 탓이다. 그는 자신이 나약해지는 것, 즉 여성화되는 것이 두려워, 정연에게 매 맞고 옷이 찢겨지고 살이 뜯어지는 조잡한 고통으로 전달불가능한 모멸감을 안겨준다. 그러므로 정연은 홉뜬 눈으로 밤을 새우게 하는 유령, 용서를 빌고 구원 받기 위해 찾아야 하는 피에 젖은 천사가 된다.

　작가는 일견 이질적으로 보이는 폭력들을 연결지어 상처와 고통에 대한 섬세하고 예리한 발견의 틈을 열어둠으로써 오정연을 애도하려고 한다. "소멸하는 앞의 음과 개시되는 뒤의 음이 겹치는 순간의 화음"(작가의 말, 429)을 연주하는 음악적 기법인 '레가토'를 제목으로 차용해 단지 과거와 현재만이 아니라 사건과 사건 간의 대화를 유도하고 있는 것이다. 그렇다면 이질적인 시간 혹은 사건들을 부드럽게 연결하고 겹치게 하는 접점은 무엇인가? 그것은 아마도 '모욕의 인간학'과 '귀중한 죄책감'일 것이다. 작가는 마치 가해와 피해, 죄책과 모욕의 연산법칙을 구하는 수학자인 양 누군가에게 안겨준 수치심이 자기 증오로 되돌아오는 순환구조를 정밀하게 보여준다. 예기치 않은 사건으로 인간의 삶과 관계를 돌이킬 수 없이 훼손해버리는 폭력들을 통해 모욕의 인간학을 펼쳐 보인다. 근대의 인권선언이나, 사랑과 환대에 대한 하나님의 말씀마저 폭력을 저지하지 못했다는 점에서 모욕은 시간의 유일한 승리자인지도 모른다. 그러나 역설적으로 폭력은 피해자를 가해자의 삶 속으로 끌고 들어와 양자를 합체시킴으로써 가해자를 징벌의 시간 속에 가둔다.

> 아무려나, 누군가를 지독히 모욕하면 격렬히 증오하게 된다는 대목에 책 주인이 왜 밑줄을 그어놓았는지 인하는 삼십년이 지난 지금에야 제대로 이해할 수 있을 것 같았다. (…중략…) 모욕의 관계에서 증오를 품는 쪽은 모욕을 당하는 쪽이 아니라 모욕을 가하는 쪽이다. 모욕을 감내하는 자의 얼굴은 모욕을 가한 자에게 견딜 수 없이 냉혹한 거울이니, 누군가를 지독히 모욕한 자기 악의 심연을 들여다보는 일이니.(30)

재선 국회의원인 박인하는 잘생긴 얼굴과 높은 사회적 지위에도 불구하고 우울의 병리적 징후를 감추지 못한다. "과오를 저지르지 않은 자는 기억의 저주에 대해 알 리가 없다"(54)는 독백은 가해자가 반드시 상처 없는 승리자가 아님을 암시한다. 강간당한 정연이 비명인 양 읊조리던 퀸의 음악은 마치 플래시백인 양 시도 때도 없이 그를 사건의 기억 속으로 끌고 들어가기 때문이다. 그 결과 그는 가장 추악한 모습으로 자신이 더러운 강간범이라고 만인 앞에 고발당하는 모습을 상상하며 심리적 만족을 얻는다. 가해자의 자기징벌을 향한 소망은 사랑을 잃고서 쓴 연서

인 양 애절해 아름답기조차 하다. 그러나 이는 가해자에게 면죄부를 주는 것이기보다 가해자를 심문함으로써 우정의 책임을 일깨우는 것이다. 만약 자기처벌을 갈망하는 가해자가 기이한 감동을 안겨 준다면, 이는 죄책감이 인간을 윤리적으로 만들어주는 정서적 자원이기 때문일 것이다. 소설은 실종된 정연이 발견됨으로써 박인하에게 처벌의 시간이 다가왔음을 알린다.

정신분석의인 노다 마사히토는 이차 세계대전 후 일본이 전쟁 가해자로서 죄의식을 억압해왔다고 하며, 희생자를 애도하지 못해 참전병사들이 겪는 고통을 "귀중한 죄의식"(50)이라고 명명한다. 그가 죄의식에 '귀중한'이라는 수식어를 붙이는 것은 그것만이 전쟁의 희생자를 애도하게 함으로써 폭력의 방지를 약속할 수 있기 때문이다. 그러므로 죄의식과 그로 인한 수치심은 결코 버려야 할 것이 아니라 붙들어두어야 할 귀중한 자원, 즉 타자의 상처 입을 가능성을 고려하는 도덕감정이 될 것이다. 이러한 맥락에서 왼쪽 얼굴의 화상 자국으로 순구라는 이름 대신에 '딘둥이'로 불리는 남자에게 주목해야 한다. 어린 시절 이웃 할머니의 실수로 화상을 입게 된 그는 인하가 가르치는 야학의 학생으로, 광주에서 정연을 칼로 내리친 공수부대원으로, 전철에서 성경을 읽는 암내 지독한 여자의 남편으로 잠깐씩 얼굴을 비춘다. 흉터 난 얼굴과 눈의 떨림으로 두려움과 혐오를 유발하는 순구는 한 인간의 삶에 대한 상상력을 촉발하면서 가해와 피해가 연동하는 폭력의 법칙을 암시한다. 하연이 여자의 암내에 코를 막는 깔끔한 슈트 차림의 남자에게서 "강한 윤리적 명령"(299)을 읽어내는 것은 타자의 상처를 고려하지 않는다면, 사랑도 정의도 불가능할 것이기 때문이다.

애도가 이상적 공동체에 대한 이야기로 수렴되는 것은 자연스러워 보인다. 이 작품에는 전통연구회, 근대 국민 국가, 성암사라는 세 개의 공동체가 등장한다. 이 중 폭력을 통해 복종을 유도하는 '네이션'과 여성이라는 다른 몸과 성에 대한 보살핌의 능력을 결여하고 있는 이념적 커뮤니티는 공동체의 조건을 충족하지 못한다. 전남의 성암사만이 대안적 공동체의 미래로 다가온다. 오래 전 빨치산이었던 정연의 아버지가 산에서 내려와 세운 그곳은 공동체에 적합한 것과 아닌 것을 구분하고, 하나를 배타적으로 억압하는 국민국가의 법을 넘어선 초월적 장소이다. 또한 아버지의 사망 후 정연의 어머니 유보살이 꾸려가는 데서 알 수 있듯이 성암사는 세상에서 상처 입고 돌아온 딸의 몸과 마음을 어루만지는 모성적 공간이지만 다른 한편으로 손녀(하연)를 성폭행한 남자를 살해하고 그 시체를 감쪽같이 묻어버리는 공포의 권력이 통치하는 땅이다. 본래 망자의 넋을 달래고 산 자와 죽은 자를 화해시키는 애도 공간인 성암사는 '나'와 '너', 즉 '주체'와 '타자'가 미분화된 전오디푸스적 '코라'인 것이다.

행방불명된 오정연이 모습을 드러내는 파리는 국경을 초월한 공동체의 미래이기도 하다. 정연의 이야기는 파리의 한식당에서, 5월의 광주를 방문한 에르베 교수에게 극적으로 구조되어 아델이라는 이름으로 살아가는 정연이 한국인 유학생들과 만찬을 함께 하는 것으로 끝이 난다. 이 장면은 정연의 아픔이 사람들에게 공유됨으로써 애도가 촉발되는 희귀한 경우에 속한다. 마치 참혹했던 폭력을 증언하듯 정연의 몸은 치명적인 장애를 안고 있으며 그녀는 끔찍한 기억으로부터 자신을 방어해내려는 듯 모국어와 국적 그리고 자기의 이름마저 송두리째 잊었다. 정연이 유학생들 앞에서 훼손된 자신의 몸을 '전시'하고, 에르베 교수가 그녀가 광주에서 겪은 폭력을 이야기하는 대목은 다소 유치해 보인다. 타인이 슬픔을 공감해주기를 바라고, 또 그것이 가능할 것이라는 순진한 믿음이 깔려 있기 때문이다. 그러나 작가는 이 장면을 통해 오랜 타국생활로 향수병을 겪는 유학생들과 사촌 누이의 죽음을 막지 못한 죄책감으로 정연을 보살피는 에르베 교수, 그리고 자신의 딸 하연은 미처 지우지 못한 오정연의 슬픔이 공명하게 함으로써 애도의 가능성을 의도적이리만치 낙관한다. 이는 슬픔이 애도 간 대화를 유도해 사람들 사이를 연결함으로써 사회적 애도의 틈을 만들어낼 수 있다는 소망어린 믿음을 암시한다.

4. 슬픔의 금지를 넘어

한국의 현대사는 한국전쟁으로부터 시작해 최근 세월호 사건에 이르기까지 무수히 많은 재난과 그로 인한 희생적 죽음들을 양산해 온 외상의 연대기이다. 그러나 정작 재난 피해자는 슬퍼할 권리를 박탈당하는 한편으로 희생적 죽음을 위로하기 위한 애도의 문화 역시 형성되지 못했다. 이는 슬픔의 금지 혹은 부인이 이루어져왔음을 암시한다. 전후의 한국 사회는 곳곳에 전란의 흔적이 뚜렷함에도 불구하고 전쟁 희생자를 추방하려는 듯 '명랑하라'고 명령한다. 잡지들은 『명랑』, 『희망』, 『아리랑』 등의 제호를 걸고 활짝 웃는 미인의 사진을 독자에게 내민다.[6] 박정희에서 전두환으로 이어지는 개발 독재기에 이르면 슬픔은 경계와 감시가 아니라 징벌해야 할 대상이 된다. 슬픔이 퇴폐 정서와 동일시됨으로써 '불온'의 목록에 오르기 때문이다. 이천 년대 역시 슬픔은 여전히 금기시 된다. 생존이 정언명령이 된 시장사회에서 우수한 노동력은 무엇이든 긍정적으로 받아들이며 모욕에도 미소를 잃지 않는 '경조증'의 인간이다.

노다 마사아키는 일본의 현대사를 감정마비 환자들이 득시글한 "항진과 충동의 시대"로 표현한다. 패전 후 일본은 과거사를 반성하기는커녕 근대화를 서두르고 부국강병을 향해 공격성을 최대한 활용하는 초조의 사회였다. 이에 따라 사람들의 기분은 변화하기 쉽고 권위적이며, 공격할 대상을 찾아 늘 자극적이기 쉬웠다. 이러한 시대 분위기는 감정의 빈곤함을 유도하기 때문에 풍부한 상상력을 발휘하거나 타인에게 감정이입하는 일은 가능하지 않았다(15~16). 그러나 한국인의 삶 역시 일본인의 경우와 크게 다르지 않은 듯 보인다. 압축 근대화 과정에서 한국인들은 경제성장을 위한 공격적인 행위자로 호명 받음에 따라 폭력에 대한 둔감함, 다수의 이익을 위해서는 소수가 희생되어도 된다는 식의 윤리감각의 황폐화를 겪어왔기 때문이다. 베트남 참전, 광주항쟁 등 발전주의 기획의 어두운 심연을 드러내는 사건들은 침묵에 부쳐지고 유령으로 회귀해오는 희생자는 추방되어온 것이다. 이렇게 본다면 5월의 광주는

6 그간 우리 사회에서 애도의 권한은 국가가 가지고 있었다. 그러나 국가주의로서의 애도는 희생자에 대한 사회적 애도를 불가능하게 만드는데, 이를 잘 보여주는 것이 제1회 현충일 추념식이다. 1956년 현충일 추념식은 국가 주도의 애도가 희생자의 넋을 위로하기 위한 것이 아니라 한 사회의 권력 주체가 자신의 정체성을 공고화하기 위해서 자신의 기원, 생존과 발전에 있어서 중요한 의미를 지니는 특정인물이나 집단 또는 특정한 역사적 사건을 지속적으로 '기념'해야 할 필요성에서 이루어진다는 점을 암시한다. 대통령 이승만은 유가족이 소리내어 통곡하자 "우리가 잠시 인정적 감상만을 위해서 울며 부르짖는 것이 전망자(戰亡者)에게나 산 사람들에게 조금도 도움이 없는 것"이라고 함으로써 슬픔의 표현을 금지시키고, 전몰자의 죽음을 반공을 위한 의지적이고도 자발적인 희생인 양 미화한다.

단지 군부정권에 의해 저질러진 폭력이라기보다 마비된 윤리 감각을 일깨우는 사건으로 재의미화되어야 할 것이다.

앞서 보았듯이 최근 한국문학에서 광주의 유령이 다시 소환되는 다소 낯선 풍경이 펼쳐지고 있다. 광주는 더 이상 '반미민족주의'나 '탈국민의 선언' 같은 저항적 주체 구성의 계기로 서사화되지 않는다. 오히려 그것은 폭력의 대명사로서 소환되지만 우리의 황폐화된 윤리감각을 재구성하는 이름으로 재서사화한다. 『소년이 온다』의 광주 희생자들은 의인이나 열사가 아니라 모멸이 퍼부어지면 돌이킬 수 없이 훼손되고 마는 취약한 인간이다. 광주세대의 회한어린 폭로적 자술서이기도 한 『레가토』는 정치적 앎이나 신념의 순결성 이전에 부지불식간에 저질러지는 폭력에 대한 예리한 느낌의 중요성을 일깨운다. 적나라한 폭력들은 인간성에 대한 환멸과 냉소로 독자를 끌고가는 듯 보인다. 그러나 이들 작품은 수치, 죄책감 등 그간 이성의 그늘 아래 폄훼되어온 감정이 인간을 윤리적으로 소환하고 공동체의 정의를 다시 세우는 실마리가 될 수 있음을 암시한다. 특히, 애도는 우리가 타자와 불가분하게 연결되어있다는 사실을 일깨움으로써 슬픔을 각자를 고독의 벽 안으로 밀어넣는 사적인 감정이 아니라 공동체에 대한 감각을 섬세하게 만드는 정치적 자원으로 서사화된다.

참고문헌

1. 감정의 문화정치

콜린 고든, 「통치합리성에 관한 소개」, 『푸코효과―통치성에 관한 연구』(심성보 외 역), 난장, 2014.

레이몬드 윌리엄스, 성은애 역, 『기나긴 혁명』, 서울 : 문학동네, 2007.

마틴 하이데거, 소광희 역, 『존재와 사건』, 경문사, 1995.

Adorno, W. Theodore, *Aesthetic Theory*, Ed. & Trans. Robert Huller-Kentor, Minneapolis : U of Minnesota P, 1997.

Ahmed, Sarah, *The Cultural Politics of Emotion*, New York : Routledge, 2004.

Althusser, Louis, *Lenin and Philosophy and Other Essays*, Trans. Ben Brewster, London : Monthly Review Books, 1971.

Bell, Michael, *Sentimentalism, Ethics, and the Culture of Feeling*, New York : Palgrave, 2000.

Berlant, Laruren, *Cruel Optimism*, Durham : Duke UP, 2011.

Deleuze, Gilles, *Essays Critical and Clinical*, Trans. D. W. Smith, London : Verso, 1998.

Grossberg, Lawrence, "Postmodernity and Affect : all dressed up with no place to go", *Emotions : A Cultural Studies Reader*, eds. Jenniper Harding · Pribram, E. Deidre, London and New York : Routledge, 2009.

_____, *We Gotta Get Out of This Place : Popular Conservation and Postmodern Culture*, New York : Routledge, 1992.

_____, "Affect's Future : Rediscovering the Virtual in the Actual"(Interview with Gregory J. Seigworth · Melissa Gregg), *The Affect Theory Reader*, eds. Gregory J. Seigworth · Melissa Gregg, Durham and London : Duke UP, 2010.

Harding Jenniper · Pribram, E. Deidre, "Losing Our Cool? Following Williams and Grossberg on Emotions", *Culture Studies* 18(6), 2004.

_____, "Introduction : the Case for a Cultural Emotion Studies", *Emotions : A Cultural Studies Reader*, eds. Jenniper Harding · Pribram, E. Deidre, London and New York : Routledge, 2009.

Lupton, Deborah, *The Emotional Self : A Sociological Exploration*, London : Sage, 1998.

Massumi, Brian, *Parables for the Virtual : Movement, Affect, Sensation*, Durham : Duke UP, 2002.

Mestrovic. Stjepan G., *Postemotional Society*, London : Sage Press, 1997.

Ngai, Sianne, *Ugly Feelings*, Cambridge and London : Harvard UP, 2005.

Seigworth J. Gregory・Melissa Gregg, "An Inventory of Shimmers", *The Affect Theory Reader*, eds. Gregory J. Seigworth・Melissa Gregg, Durham and London : Duke UP, 2010.

Tarada, Rei, *Feeling in Theory : Emotion after the Death of the Subject*, Cambridge : Harvard UP, 2001.

Williams, Raymond, *Marxism and Literature*, Oxford : Oxford UP, 1977.

_____, *Politics and Letters : Interviews with New Left Review*, London : NLB, 1979.

Williams, Simon J., "Modernity and the Emotions : Corporeal Reflections on the (Ir)rational", *Sociology*, 32(4), 1998.

_____, *Emotion and Social Theory : Corporeal Reflections on the (Ir)rational*, London : Sage, 2001.

2. 근대국가의 파토스, 공감과 동정

권두연, 「신문관 단행본 번역소설 연구」, 『사이』 5호, 국제한국문학문화학회, 2008.

권영민, 『한국현대문학사』, 민음사, 2002.

김기전, 「무정 122회를 讀ㅎ다가」, 『매일신보』, 1917.6.15.

김동식, 『한국의 근대적 문학개념 형성 과정 연구』, 서울대 박사논문, 1999.

김성연, 「한국 근대문학과 동정의 계보」, 연세대 석사논문, 2002.

김우창, 「감각, 이성, 정신」, 『한국문학이란 무엇인가』(이남호 외편), 민음사, 1995.

김윤식, 『한국소설사』, 문학동네, 2000.

김주리, 『한국근대소설에 나타난 신체담론 연구』, 서울대 박사논문, 2005.

김현주, 「문학・예술교육과 '동정(同情)'―이광수의 『무정』을 중심으로」, 『상허학보』 12, 2004.

김홍중, 「진정성의 기원과 구조」, 『마음의 사회학』, 문학동네, 2009.

민은경, 「타인의 고통과 공감의 원리」, 『철학사상』 27집, 서울대 철학사상연구소, 2008.

박진영, 『한국의 근대 번역 및 번안 소설사 연구』, 연세대 박사논문, 2010.

배개화, 「이광수 초기 글쓰기에 나타난 '감정'의 의미」, 『어문학』 95, 한국어문학회,

2007.

손유경, 『한국 근대소설에 나타난 동정의 윤리와 미학에 관한 연구』, 서울대 박사논문, 2006.

아담 스미스, 『도덕감정론』, 비봉출판사, 2009.

이광수, 「今日 我韓靑年의 情育」, 『대한흥학보』 10호, 1910.2.

이광수, 『무정』, 『매일신보』, 1917.6.7.

이광수, 『전집』 1, 삼중당, 1965.

이명호, 「감성적 개인주의와 가정의 정치학」, 『비평과 이론』, 2009.

이재선, 『한국현대 소설사』, 홍성사, 1979.

주요한, 「『무정』을 읽고」, 『매일신보』, 1918.8.10.

춘원, 「동정」, 『靑春』 3호, 1914.11.

정정호, 『공감의 상상력과 통섭의 인문학』, 한국문화사, 2009.

레이몬드 윌리엄즈, 『이념과 문학』, 문학과지성사, 1982.

가라타니 고진, 조영일 역, 『세계공화국으로』, 도서출판b, 2007.

자크 랑시에르, 주형일 역, 『미학 안의 불편함』, 인간사랑, 2008.

제러미 리프킨, 이경남 역, 『공감의 시대』, 민음사, 2010.

메리 고든, 문희경 역, 『공감의 뿌리』, 샨티, 2010.

3. 모성적 공감과 분노의 정치학

Cole, Lucinda, "(Anti)Feminist Sympathies : The Politics of Relationship in Smith, Wollstonecraft, and More", *ELH* 58, 1991.

Cooper, Christine M., "Reading the Politics of Abortion : Mary Wollstonecraft Revisited", *Eighteenth-Century Fiction* 16(4), 2004.

Figes, Eva, *Sex and Subterfuge : Women Novelists to 1850*, London : MacMillan, 1982.

Haggerty, George E., *Unnatural Affections : Women and Fiction in the Late 18th Century*, Bloomington : Indiana UP, 1998.

Lorch, Jennifer, *Mary Wollstonecraft : The Making of a Radical Feminist*, New York : Berg, 1990.

McCann, Andrew, *Cultural Politics in the 1790s : Literature, Radicalism and the Public Sphere*, New York : St. Martins's, 1999.

Nyquist, Mary, "Wanting Protection : Fair Ladies, Sensibility and Romance", *Mary Woll-*

stonecraft and 200 years of Feminism, Ed. Eileen Janes Yeo, London : Rivers Oram, 1997.

Sapiro, Virginia, "Wollstonecraft, Feminism and Democracy. 'Being Bastilled'", *Feminist Interpretations of Mary Wollstonecraft*, Pennsylvania : Pennsylvania State UP, 1996.

Smith, Adam, *The Theory of Moral Sentiments*, Ed. Knud Haakonssen, Cambridge : Cambridge UP, 2002.

Todd, Janet, *The Sign of Angelica : Women, Writing, and Fiction, 1660~1800*, New York : Columbia UP, 1989.

Ward, Candace, "Active Sensibility and Positive Virtue : Wollstonecraft's 'Grand Principle of Action'", *European Romantic Review* 8(4), 1997.

Willson, Anna, *Persuasive Fictions : Feminist Narrative and Critical Myth*, Lewisburg : Bucknell UP, 2001.

Wollstonecraft, Mary, *Mary Wollstonecraft's Mary and Maria, and Mary Shelley's Matilda*, Ed. Janet Todd, London : Penguin, 2004.

_____, "A Vindication of the Rights of Woman", *Mary Wollstonecraft : A Vindication of the Rights of Men and A Vindication of the Rights of Woman*, Ed. Sylvana Tomaselli, Cambridge : Cambridge UP, 1995.

4. 분노 감정의 젠더 정치학

김정순, 「제인의 '여성-되기'-들뢰즈와 가타리로 읽은 『제인 에어』」, 『근대영미소설』 16(3), 2009.

김진옥, 「메어리 푸비와 낸시 암스트롱의 신역사주의적 소설 읽기-19세기 소설을 중심으로」, 『근대영미소설』 6(1), 1999.

손영희, 「『제인 에어』-괴물성이 제거된 아내의 자서전」, 『근대영미소설』 16(1), 2009.

조애리, 「『제인 에어』」, 『안과밖』 31, 2011.

셔먼, 로버트 A. F., 정명진 역, 『화』, 서울 : 민음 in, 2007.

Brontë, Charlotte, *Jane Eyre*, London : Penguin Books Ltd, 2006.

Davies, Stevie, "Introduction", *Jane Eyre*, London : Penguin Books Ltd, 2006.

Eagleton, Terry, *Myths of Power : A Marxist Study of the Brontës*, Hampshire : Palgrave Macmillan, 1975.

Fisher, Philip, "Anger and Diminution", *The Vehement Passions*, Princeton : Princeton UP,

2002.

Gilbert, Sandra M. · Susan Guba, *The Madwoman in the Attic*, New Haven : Yale UP, 1984.

Gilbert, Sandra M., "*Jane Eyre* and the Secrets of Furious Lovemaking", *NOVEL*: A Forum on Fiction 31(3), Summer 1998.

Gross, Linda M., *The Artistry of Anger: Black and White Women's Literature in America, 1820~1860*, Chapel Hill, N. C. : U of North Carolina P, 2002.

Marcus, Jane, *Art & Anger: Reading like a Woman*, Columbus : Ohio State UP, 1988.

Millett, Kate, *Sexual Politics*, NY : Ballantine Books, 1970.

Pollock, Linda, "Anger and the Negotiation of Relationships in Early Modern England", *The Historical Journal* 47(3), 2004.

Rich, Adrienne, "Jane Eyre : The Temptations of a Motherless Woman", *On Lies, Secrets and Silence : Selected Prose 1966~1978*, NY : W. W. Norton & Company, 1979.

Showalter, Elaine, *A Literature of Their Own : British Women Novelists From Brontë to Lessing*, Princeton : Princeton UP, 1997.

Spivak, Gayatri Chakravorty, "Three Women's Texts and a Critique of Imperialism", *Critical Theory* 12(1), Autumn 1985.

Stauffer, Andrew M., *Anger, Revolution and Romanticism*, Cambridge : Cambridge UP, 2005.

Stoneman, Patsy, *Brontë Transformations*, Harvester Wheatsheaf : Prentice Hall, 1996.

Woolf, Virginia, *A Room of One's Own*, London : Penguin Books, 2000.

5. 혐오의 매혹

Ahmed, Sara, *The Cultural Politics of Emotion*, New York : Routledge, 2004.

Conrad, Joseph, *Heart of Darkness*, New York : Norton, 1988.

Douglas, Christopher, "The Flawed Design : American Imperialism in N. Scott Momaday's *House Made of Dawn* and Cormac McCarthy's *Blood Meridian*", *Critique* 45(1), 2003.

Faulkner, William, *Absalom, Absalom!*, New York : Vintage, 1986.

Freud, Sigmund, *Beyond the Pleasure Principle*(1920), In *The Standard Edition of the Complete Psychological Works of Sigmund Freud* vol. 18, Ed. and Trans. James Strachey, London : Hogarth Press, 1976.

_____, "Instincts and Their Vicissitudes"(1915), *S.E.* 14.

_____, *Three Essays on the Theory of Sexuality*(1905), *S.E.* 7.

_____, *Totem and Taboo*(1913), *S.E.* 13.

Josyph, Peter, "Blood Music : Reading *Blood Meridian*", *Sacred Violence : A Reader's Companion to Cormac McCarthy*, Ed. Wade Hall · Rick Wallach, El Paso : U of Texas at El Paso P, 1995.

Kristeva, Julia, *Powers of Horror*, Trans. Leon S. Roudiez, New York : Columbia UP, 1982.

McCarthy, Cormac, *All the Pretty Horses*, New York : Vintage, 1992.

_____, *Blood Meridian*, New York : Vintage, 1985.

_____, *The Crossing*, New York : Alfred A. Knopf, 1994.

_____, *Cities of the Plain*, New York : Alfred A. Knopf, 1998.

_____, *The Road*, New York : Vintage, 2006.

Miller, William Ian, *The Anatomy of Disgust*, Cambridge : Harvard UP, 1997.

Ngai, Sianne, *Ugly Feelings*, Cambridge : Harvard UP, 2005.

Rothfork, John, "Language and the Dance of Time in Cormac McCarthy's *Blood Meridian*", *Southwestern American Literature* 30(1), 2004.

Sepich, John, *Notes on* Blood Meridian, Louisville, Kentucky : Bellamine College Press, 1993.

_____, "'What kind of indians was them?' : Some Historical Sources in Cormac McCarthy's *Blood Meridian*", *Perspectives on Cormac McCarthy*, Ed. Edwin T Arnold · Dianne C. Luce, Jackson : UP of Mississippi, 1999.

Scoones, Jacqueline, "The World on Fire : Ethics and Evolution in Cormac McCarthy's Border Triolgy", *A Cormac McCarthy Companion : The Border Trilogy*, Ed. Edwin T. Arnold · Cianne C. Luce, Jackson : UP of Mississippi, 2001.

Wallach, Rick, "Judge Holden, *Blood Meridian's* Evil Archon", *Sacred Violence : A Reader's Companion to Cormac McCarthy*, Ed. Wade Hall · Rick Wallach, El Paso : U of Texas at El Paso P, 1995.

Woodward, Richard B., "Cormac McCarthy's Venomous Fiction", *The New York Times Magazine*, 19 April 1992.

6. 사랑의 윤리

알랭 바디우, 조재룡 역, 『사랑 예찬』, 서울 : 길, 2010.

_____, 이종영 역, 『윤리학』, 서울 : 동문선, 2001.

정혜욱, 「외상의 물질성과 이창래의 『제스처 인생』」, 『현대영어영문학』 51(1), 2007.

Ahmed, Sara, *The Cultural Politics of Emotion*, New York : Routledge, 2004.

Blanchot, Maurice, *The Unavowable Community*, Trans. Pierre Joris, Barry Town, New York : Station Hill, 1988.

Carroll, Hamilton, "Traumatic Patriarchy : Reading Gendered Nationalism in Chang-rae Lee's *A Gesture Life*", *Modern Fiction Studies* 51(3), 2005.

Cheng, Anne A., "Passing, Natural Selection, and Love's Failure : Ethics of Survival from Chang-rae Lee to Jacques Lacan", *American Literary History* 17(3), 2005.

Freud, Sigmund, "On Narcissism : An Introduction"(1914), *The Standard Edition of the Complete Psychological Works of Sigmund Freud* vol.14, Trans. James Strachey, London : Hogarth, 1953.

Garner, Dwight, "Review Interview : Adopted Voice", NYTimes.com, Sept. 5, 1999, Sunday. (http://query.nytimes.com/gst/fullpage.html)

Hogan, Ron, "The Beatrice Interview : Chang-rae Lee." 2000.(http://www.beatrice.com/interviews/lee/)

Kant, Immanuel, *Practical Philosophy*, Trans. and Ed. Mary J. Gregor, Cambridge : Cambridge UP, 1996.

Lacan, Jacques, *On Feminine Sexuality, the Limits of Love and Knowledge : The Seminar of Jacques Lacan, Book XX, Encore*, Trans. Bruce Fink, New York : Norton, 1998.

Lee, Chang-rae, *A Gesture Life*, New York : Riverhead, 1999.

7. 우울한 시대, 멜랑콜리커가 사는 방법

김동규, 『멜랑콜리아』, 서울 : 문학동네, 2014.

김승옥, 『김승옥 소설전집』 1, 서울 : 문학동네, 1995.

김영찬, 『비평극장의 유령들』, 서울 : 창비, 2006.

김영하, 『퀴즈쇼』, 서울 : 문학동네, 2007.

김항, 「독재와 우울, '최후의 인간'을 위한 결정 혹은 각성」, 『말하는 입과 먹는 입』, 서울 : 새물결, 2009.

김홍중, 「멜랑콜리와 모더니티」, 『마음의 사회학』, 서울 : 문학동네, 2009.

리처드 커니, 이지영 역, 『이방인, 신, 괴물』, 서울 : 개마고원, 2010.

민혜숙, 『한국문학 속에 내재된 서사의 불안』, 서울 : 예림기획, 2003.

박태원, 「소설가 구보씨의 일일」, 서울 : 문학과지성사, 2005.

발터 벤야민, 김영옥・황현산 역, 「보들레르 작품에 나타난 제2제정기의 파리」, 『발터 벤야민 선집』 4, 서울 : 길, 2010.

_____, 김유동・최성만 역, 『독일 비애극의 원천』, 서울 : 한길사, 2009.

송은영, 「김승옥과 60년대 청년들의 초상」, 『르네상스인 김승옥』, 서울 : 앨피, 2005.

수전 손택, 홍한별 역, 『우울한 열정』, 서울 : 이후, 2005.

슬라예보 지젝, 이현우 외역, 『폭력이란 무엇인가』, 서울 : 난장이, 2008.

알랭 드 보통, 정영목 역, 『불안』, 서울 : 이레, 2004.

염무웅, 「미감아의 질주」, 『세대』, 1967.7.

지그문트 바우만, 이일수 역, 『액체 근대』, 서울 : 강, 2009.

최현석, 『인간의 모든 감정』, 서울 : 서해문집, 2011.

프로이트a, 정장진 역, 「유머」, 『창조적인 작가와 몽상』, 서울 : 열린책들, 1996.

프로이트b, 윤희기・박찬부 역, 「슬픔과 우울증」, 『정신분석학의 근본 개념』, 열린책들, 1997.

하이데거, 이기상 역, 『존재와 시간』, 서울 : 까치, 1998.

Jennifer Harding, "Emotional Subjects", *Emotions : A Cultural Studies Reader*, eds. Jennifer Harding・Deidre Pribram, New York : Routledge, 2009.

Philip Fisher, *The Vehement Passion*, Princeton : Princeton UP, 2001.

Sarah Ahmed, *The Cultural Politics of Emotion*, New York : Routledge, 2004.

8. 공감의 한계와 부정적 감정

김성호, 「과잉활동에서 무위의 활동으로-피로사회 담론을 넘어서」, 『안과밖』 33, 2012년 하반기.

박주영, 「영원히 지워지지 않는 흔적-크리스테바의 어머니의 몸」, 『여성의 몸-시각・쟁점・역사』, 창비, 2005.

이명호, 「감성적 개인주의와 가정의 정치학-해리엇 비처 스토우의 『엉클 톰의 오두막 집』을 중심으로」, 『비평과 이론』 14(1), 2009년 봄・여름.

_____, 「언어의 혁명, 주체의 혁명-줄리아 크리스테바의 시적 언어의 혁명」, 『안과

밖』 24, 2008년 상반기.

장정윤, 「허먼 멜빌의 「필경사 바틀비」와 후기 근대 사회의 바틀비적 삶의 가능성」, 『안과밖』 28, 2010년 상반기.

한병철, 김태환 역, 『피로사회』, 문학과지성사, 2012.

Adorno, W. Theodore, *Aesthetic Theory*, Ed. & Trans. Robert Huller-Kentor, Minneapolis : U of Minnesota P, 1997.

Agamben, Giorgio, *Potentialities : Collected Essays in Philosophy*, Trans. Daniel Heller-Roazen, Stanford : Stanford UP, 1999.

Barns, Elizabeth, *States of Sympathy : Seduction and Democracy in the American Novel*, New York : Columbia UP, 1997.

Beverungen, Armin · Dunne, Stephen, "I'd Prefer Not To : Bartleby and the Excess of Interpretation", *Culture and Organization* 13(2), June 2007.

Brown, Gillian, *Domestic Individualism : Imagining Self in Nineteenth-Century America*, Berkeley : U of California P, 1990.

Cooke, Alexander, "Resistance, Potentiality and the Law", *Angelaki : Journal of the Theoretical Humanities* 10(3), 2005.

Deleuze, Gilles, *Essays Critical and Clinical*, Trans. D. W. Smith, London : Verso, 1998.

Douglass, Ann, *The Feminization of American Culture*, New York : Knopf, 1977.

Fisher, Philip, *The Vehement Passions*, Princeton and Oxford : Princeton UP, 2002.

Foley, Barbara, "From Wall Street to Astor Place : Historicizing Melville's Bartleby", *American Literature* 72(1), March 2000.

Giles, Todd, "Melville's Bartleby, the Scrivener", *The Explicator* 65(2), Winter 2007.

Hardt, Michael · Negri, Antonio, *Empire*, London : Harvard UP, 2000.

Kaplan, Amy, "Manifest Domesticity", *American Literature* 70(3), 1998.

Kristeva, Julia, *Powers of Horror : An Essay on Abjection*, Trans. Leon Roudiez, New York : Columbia UP, 1982.

Melville, Herman, "Bartleby the Scrivener : A Story of Wall Street", *Billy Budd and Other Stories*, J. M. Dent : Everyman, 1993.

Miller, William Ian, *The Anatomy of Disgust*, Cambridge and London : Harvard UP, 1997.

Ngai, Sianne, *Ugly Feelings*, Cambridge and London : Harvard UP, 2005.

Romero, Laura, *Home Fronts : Domesticity and Its Critics in the Antebellum United States*, Durham :

Duke UP, 1997.

Stowe, Harriet Beecher, *Uncle Tom's Cabin Authoritative Text, Backgrounds and Contexts, Criticism*, Ed. Elizabeth Ammons, New York : W. W. Norton, 1994.

Tomkins, Jane, *Sensational Design : The Cultural Work of American Fiction 1790~1860*, New York : Oxford UP, 1985.

Wexler, Laura, "Tender Violence : Literary Eavesdropping, Domestic Fiction, and Educational Reform", *The Culture of Sentiment : Race, Gender, and Sentimentality in 19th Century America*, Ed. Shirley Samuels, New York : Oxford UP, 1992.

Žižek, Slavoj, *The Parallax View*, Cambridge and London : MIT P, 2006.

9. 소비사회와 시기하는 주체

베로스, 케이트, 김숙진 역, 『시기심』, 서울 : 이제이북스, 2004.
보콕, 로버트, 양건열 역, 『소비-나는 소비한다, 고로 존재한다』, 서울 : 시공 아트, 2003.
차운아, 「부러움-한국의 "무해한 선망"」, 『한국심리학회지』 23(2), 2009.
프로이트, 박영신 역, 『집단심리학』, 서울 : 학문과사상사, 1980.
Ben-Ze'ev, Aaron, "Envy and Inequality", *The Journal of Philosophy* 89(11), 1992.
Foster, George M., "Cultural Responses to Expressions of Envy in Tzintzuntzan", *Southwestern Journal of Anthropology* 21(1), 1965.
Highsmith, Patricia, *The Talented Mr. Ripley*, New York : W. W. Norton & Company, 2008.
Klein, Melanie, *Envy and Gratitude : A Study of Unconscious Sources*, London : Tavistock Publications Limited, 1957.
Matt, Susan, "Children's Envy and the Emergence of the Modern Consumer Ethic, 1890~1930", *Journal of Social History* 36(2), 2002.
Meskill, Lynn S., *Ben Jonson and Envy*, New York : Cambridge UP, 2009.
Ngai, Sianne, "Envy", *Ugly Feelings*, Cambridge : Harvard UP, 2005.
Russel, Bertrand, *The Conquest of Happiness*, New York : Liveright, 1958.
Sabini J. · M. Silver, "Envy", *The Social Construction of Emotions*, Ed. Rom Harre, Oxford : Basil Blackwell Ltd, 1986.
Shannon, Edward A., "Where Was the Sex? : Fetishism and Dirty Mind in Patricia

Highsmith's *The Talented Mr. Ripley*", *Modern Language Studies* 34(1/2), 2004.

Street, Sarah, "*The Talented Mr. Ripley*: Consuming Identity", *Costume and Cinema: Dress Code in Popular Film*, London: Wallflower P, 2001.

Ulanov, Ann · Barry, *Cinderella and Her Sisters: The Envied and the Envying*, Philadelphia: The Westerminster P, 1983.

10. 아우슈비츠의 수치

남수영, 「'헐벗은 생명,' 탈주의 지점 – 통치불가능성에 대한 아감벤의 구상」, 『비평과 이론』 15(1), 2010년 봄 · 여름.

서경식, 박광현 역, 『시대의 증언자 쁘리모 레비를 찾아서』, 서울: 창비, 1999.

슬라보예 지젝, 한보희 역, 『전체주의가 어땠다구?』, 서울: 새물결, 2008.

우카이 사토시, 박성관 역, 「어떤 감정의 역사성 – 부끄러움의 역사성」, 『흔적 – 서구의 유령과 번역의 정치』, 서울: 문화과학사, 2001.

이명호, 「외상의 기억과 증언의 과제 – 프리모 레비의 증언집이 던지는 질문들」, 『영미문학연구』 13, 2007년 겨울.

Agamben, Giorgio, *Homo Sacer: Sovereign Power and Bare Life*, Trans. Daniel Heller-Roazen, Stanford: Stanford UP, 1998.

_____, *Remnants of Auschwitz: The Witness and the Archive*, Trans. Daniel Heller-Roazen, New York: Zone Books, 2002.

Ahmed, Sara, *The Cultural Politics of Emotion*, New York: Routledge, 2004.

Bettleheim, Bruno, *Surviving and Other Essays*, New York: Knopf, 1979.

Freud, Sigmund, "On Narcissism: An Introduction", *The Standard Edition of the Complete Psychological Works of Sigmund Freud* 14, Eds. James Strachey et al, Trans. James Strachey, London: Hogarth, 1957.

Levi, Primo, 이현경 역, 『이것이 인간인가』, 서울: 돌베개, 2007.

_____, 이산하 편역, 『살아남은 자의 아픔』, 서울: 노마드북스, 2011.

_____, *The Drowned and the Saved*, Trans. Raymond Rosenthal, New York: Vintage International, 1989.

Leys, Ruth, *From Guilt to Shame: Auschwitz and After*, Princeton: Princeton UP, 2007.

Nussbaum Matha C., *Hiding from Humanity: Disgust, Shame and the Law*, Princeton, NJ:

Princeton UP, 2004.

Sedgwick, Eve Kosofsky · Adam Frank. *Shame and Its Sisters : A Sylvan Tomkins Reader*, Durham and London : Duke UP, 1995.

Todorov, Tzbetan, *Facing the Extreme : Moral life in Concentration Camp*, Trans. Arther Denner · Abigail Pollak. New York : An Owl Book, 1997.

11. 편집증적 반응과 과잉감정

김영찬, 「영화로 읽는 근대의 무의식」, 『문학과 경계』 12호, 2004.

조르조 아감벤, 김상운 역, 『세속화 예찬』, 난장, 2010.

Dick, Philip K., *Do Androids Dream of Electric Sheep?*, New York : Random House, 1968.

Freeman, Daniel, *Paranoia : the 21st-Century Fear*, Oxford : Oxford UP, 2008.

MacCabe, Colin, "Preface", *The Geopolitical Aesthetic : Cinema and Space in the World System*, Bloomington and Indianapolis : Indiana UP, 1992.

Ngai, Sianne, *Ugly Feelings*, Massachusetts : Harvard UP, 2005.

Zizek Slavoj, *Tarrying with the Negative : Kant, Hegel, and the Critique of Ideology*, Durham : Duke UP, 1993.

12. 아파테이아, 감정의 잠재태

손병석, 「무정념(ἀπάθεια) – 현인에 이르는 스토아적 이상과 실천」, 『철학연구』 제80집, 2005.

이복기, 「J. M. 쿳시의 『마이클K』 – 동물-되기를 통한 탈주」, 『신영어영문학』 45집, 2010.

Barthes, Roland, *The Rustle of Language*, Trans. Richard Howard, Berkeley : U of California P, 1989.

Coetzee, J. M., *Doubling the Point*, Cambridge : Harvard UP, 1992.

_____, *Life and Times of Michael K*, London : Secker & Warburg, 1983.

Davis, Diane, "Responsible Stupidity", *PMC* 14(1), 2003.

Deleuze, Gilles, *Difference and Repetition*, Trans. Paul Patton, New York : Columbia UP, 1994.

Derrida, Jacques, *Of Grammatology*, Trans. Gayatri Chakravorty Spivak, Baltimore : Johns

Hopkins UP, 1976.

de Man, Paul, *Aesthetic Ideology*, ed. Andrzej Warminski, Minneapolis : U of Minnesota P, 1996.

Kant, Immanuel, *Critique of Judgement*(1790), trans. Werner S. Pluhar, Indianapolis : Hackett, 1987.

Moses, Michael Valdez, "Solitary Walkers : Rousseau and Coetzee's *Life and Times of Michael K*", *The Writings of J. M. Coetzee*, Durham : Duke UP, 1994.

Ngai, Sianne, *Ugly Feelings*, Cambridge : Harvard UP, 2005.

Nancy, Jean-Luc, "Shattered Love", *A Finite Thinking*, Ed. Simon Sparks, Stanford : Stanford UP, 2003.

Pinch, Adela, *Strange Fits of Passion : Emotional Epistemologies from Hume to Austen*, Stanford : Stanford UP, 1996.

Pynchon, Thomas, *Slow Learner*, New York : Little, Brown, 1984.

Ronell, Avital, *Stupidity*, Chicago : University of Illinois Press, 2002.

Terada, Rei, *Feeling in Theory : Emotion after the "Death of the Subject"*, Cambridge : Harvard UP, 2001.

Ten Bos, Rene, "The Vitality of Stupidity", *Social Epistemology* 12(2), 2007.

13. 후기 근대의 공포와 재앙의 상상력

구연상, 『공포와 두려움 그리고 불안』, 서울 : 청계, 2002.

김병곤, 「홉스의 정치사상-과학과 공포의 만남」, 『계간 사상』 51, 사회과학원, 2001.

김혜련, 「그로테스크의 시각성과 존재론적 함의」, 『카톨릭 철학』 12, 한국카톨릭철학회, 2009.

김현미, 「후기 근대를 통찰하는 비판이론의 대서사」, 『창작과 비평』 147, 파주 : 창비, 2010.

김홍중, 「육화된 신자유주의의 윤리적 해체」, 『사회와 이론』 14, 한국이론사회학회, 2010.

_____, 「진정성의 기원과 구조」, 『마음의 사회학』, 파주 : 문학동네, 2009.

로즈마리 잭슨, 서강여성문학연구회 역, 『환상성-전복의 문학』, 파주 : 문학동네, 2001.

리처드 커니, 이지영 역, 『이방인, 신, 괴물』, 서울 : 개마고원, 2004.

미셸 드 몽테뉴, 손우성 역, 『몽테뉴 수상록』, 서울 : 동서문화사, 1978.

박인철, 「숭고의 현상학과 현상학적 예술론」, 『철학연구』 85, 고려대 철학연구소, 2009.

박일형, 「기식(寄食)의 연쇄─쥐와 모더니즘 문학」, 『영어영문학』 53(1), 한국영어영 문학회, 2007.

아노 카렌, 권복규 역, 『전염병의 문화사』, 서울 : 사이언스북스, 2001.

안성찬, 『숭고의 미학─파괴와 혁신의 문화적 동력』, 서울 : 유로서적, 2004.

양운덕, 「미시권력들의 작용과 생명정치」, 『철학연구』 36, 고려대 철학연구소, 2008.

이진경, 「근대적 생명정치의 계보학적 계기들─생명복제시대의 생명정치학을 위하 여」, 『시대와 철학』 18, 한국철학사상연구회, 2007.

편혜영, 『재와 빨강』, 파주 : 창비, 2010.

프랑코 모레티, 조형준 역, 「공포의 변증법」, 『세계의 문학』 84, 서울 : 민음사, 1997.

프랭크 커모드, 조초희 역, 『종말의식과 인간적 시간─허구 이론의 연구』, 서울 : 문학 과지성사, 1993.

프랭크 푸레디, 박형신 · 박형진 역, 『우리는 왜 공포에 빠지는가』, 서울 : 이학사, 2011.

J. M. 바바렛, 박형신 · 정수남 역, 『감정의 거시사회학』, 서울 : 일신사, 2007.

존 버거, 차미례 역, 『제7의 인간』, 서울 : 눈빛, 2004.

지그문트 바우만, 정일준 역, 『쓰레기가 되는 삶들─모더니티와 그 추방자들』, 서울 : 새물결, 2011.

지그문트 프로이트, 정장진 역, 『창조적인 작가와 몽상』, 서울 : 열린책들, 1996.

14. 혐오와 불안의 감정 경제

박가분, 『일베의 사상』, 오월의봄, 2013.

배은경, 「군가산점 논란의 지형과 쟁점」, 『여성과 사회』 11호, 창비, 2000.

엄기호, 「신자유주의 이후, 새로운 남성성의 가능성/불가능성」, 『남성성과 젠더』(권 김현영 외편), 자음과모음, 2011.

오찬호, 『우리는 차별에 찬성합니다─괴물이 된 이십대의 자화상』, 개마고원, 2013.

윤보라, 「일베와 여성혐오─"일베는 어디에나 있고 어디에도 없다"」, 『진보평론』 57 호, 2013년 가을.

이명호, 「성차와 민주주의」, 『누가 안티고네를 두려워하는가—성차의 문화정치』, 문학동네, 2014.

레이먼드 윌리엄스, 성은애 역, 『기나긴 혁명』, 문학동네, 2007.

지그문트 바우만, 함규진 역, 『유동하는 공포』, 산책자, 2006.

아즈마 히로키, 안천 역, 『일반의지 2.0』, 현실문화, 2012.

우에노 치즈코, 나일등 역, 『여성혐오를 혐오한다』, 은행나무, 2012.

후루이치 노라토시, 이연숙 역, 『절망의 나라의 행복한 젊은이들』, 민음사, 2014.

Suttie, Ian, *The Origin of Love and Hate*, Harmonsworth : Penguin, 1963.

Borch-Jacobsen, Mikkel, *The Emotional Tie : Psychoanalysis, Mimesis, and Affect*, Stanford : Stanford UP, 1993.

Ahmed, Sara, "The Organization of Hate", *Emotions : A Cultural Studies Reader*, Ed. Jennifer Harding · E. Deire Pribram, New York : Routledge, 2009.

_____, *The Cultural Politics of Emotion*, New York : Routledge, 2004.

Freud, Sigmund, "Beyond the Pleasure Principle", *The Standard Edition of the Complete Psychological Works of Sigmund Freud* vol. 18, Tr. J. Strachey, London : The Horgath Press, 1964.

Gregg, Melissa · Gregory J. Seigworth eds., *The Affective Theory Reader*, Durham, Duke UP, 2010.

「#나는 페미니스트입니다. 그 이후」, 『일다』, 2005.3.9.

김태훈, 「IS보다 무뇌아적 페미니즘이 더 위험해요」, 『그라치아』 48호, 2015.

박은하, 「페미니스트, 어떻게 적이 되었나」, 『경향신문』, 2015.3.6.

신윤동욱, 「지금, 그녀에게 한 것이 그들이 한 모든 짓이다—이주여성 국회의원 이자스민을 향한 조작된 편견과 한국의 인종주의」, 『한겨레21』 1,053호, 2015.3.23.

황예랑, 「아무도 우리를 돌보지 않는다」, 『한겨레21』 1,053호, 2015.3.23.

N기자, 「엄마를 위한 신은 어디에 있는 걸까」, 『한겨레21』 1,059호, 2015.5.4.

전혜원 · 천관율, 「여성혐오하는 젊은 그대는 누구?」, 『시사인』 392호, 2015.3.2.

_____, 「김치녀은 어떻게 탄생하게 되었을까」, 『시사인』 392호, 2015.3.2.

15. 유령의 귀환과 비통한 마음의 서사

권여선, 『레가토』, 파주 : 창비, 2012.

한강, 『소년이 온다』, 파주 : 창비, 2014.

문부식, 「'광주' 20년 후－역사의 기억과 인간의 기억－끼엔, 나디야, 그리고 윤상원
　　을 위하여」, 『기억과 역사의 투쟁』(당대비평 특별호), 서울 : 삼인, 2002.
박서강, 「제45회 한국일보문학상 수상자 권여선－"안간힘 쓰고 나니 마음에 힘이 고
　　일 자리 생긴 듯"」, 『한국일보』, 2012.11.13.
서경식·타카하시 테츠야, 김경윤 역, 『단절의 세기 증언의 시대』, 서울 : 삼인, 2002.
이혜정, 「도덕 영역을 재구성하기 위한 모성적 윤리 연구」, 『한국여성철학』 8, 2007.
전남사회운동협의회 편, 황석영 기록, 『죽음을 넘어 시대의 어둠을 넘어－광주 5월
　　민중항쟁의 기록』, 서울 : 풀빛, 1985.
고바야시 히데오, 유은경 역, 「역사와 문학」, 『고바야시 히데오 평론집－문학이란 무
　　엇인가』, 서울 : 소화, 2003.
노다 마사아키, 서혜영 역, 『전쟁과 인간』, 길, 2000.
대리언 리더, 우달임 역, 『우리는 왜 우울할까－멜랑콜리로 읽는 우울증 심리학』, 동
　　녘, 2011.
오카 마리, 김병구 역, 『기억·서사』, 소명출판, 2004.

저자소개

김미현은 연세대학교 영어영문학과를 졸업하고 같은 학교에서 영문학 석사학위를 받았다. 미국 뉴욕 주립대(올바니)에서 미국문학을 전공했으며 토니 모리슨 소설 연구로 박사학위를 받았다. 공동 편저『토니 모리슨』(동인, 2009)이 있으며 토니 모리슨 외에 윌리엄 포크너, 이창래, 코맥 매카시 등 현대 미국 소설 관련 다수의 논문이 있다. 감정 연구 관련 논문으로「「서기 바틀비」―공감의 규율성과 책임의 공포」,「공감의 상호성―나다니엘 호손의「목사의 검은 베일」」,「그웬돌린 브룩스의『모드 마사』―분노의 의지와 범위」등이 있다. 공동체와 윤리, 감정과 문화, 문화 비교가 주된 연구 주제이다. 현재 아주대학교 영어영문학과 교수로 재직하고 있다.

김연숙은 경희대학교에서 한국문학을 전공했으며, 박사 논문에서는 1930년대 채만식 소설의 여성인물을 연구했다. (사)한국여성연구소에서 발행된『여성과 사회』편집위원을 역임했고, 2011년부터 경희대학교 후마니타스 칼리지에서 학생들을 가르치고 있다. 주요 연구분야는 근대, 식민지, 젠더이며 그동안 신여성과 근대 여성작가, 여성문화에 대한 다수의 논문을 썼다. 단행본『그녀들의 이야기, 신여성』을 냈으며, 이와나미출판사의 '근대일본의 문화사'시리즈를 공동번역했고,「식민지 조선인 자본가의 표상과 민족담론」,「가정소설의 번역과 젠더의 기획」,「아시아적 근대와 '청년' 지식인의 불안 감정」등의 논문을 발표했다. 최근에는 해방 이후 여성/대중문화와 고전읽기에 새로운 관심을 기울이고 있으며, 한국 근현대생활사와 고전읽기를 주제로 한 단행본 저술을 준비하고 있다.

김영미는 이화여자대학교에서 영어영문학을 공부했다. 같은 대학교에서「윌리엄 포크너의 남부―부성에 대한 비판적 탐구」로 박사학위를 받았다. 이화여자대학교 BK 사업단 연구교수, 경희대학교 학술연구교수 등을 거쳐 현재 경인여자대학교 간호학과에서 영어전담 교수로 재직하고 있다. 페미니즘 문학비평, 문화연구의 시각과 방법론에 관심이 많고, 그간 아시아계 미국소설, 입양소설, 유대계 미국소설에 대한 논문들을 발표했다. 최근에는 포스트모던 시대의 섹슈얼리티 문제에 좀 더 관심을 가지고 연구하고 있다. 저서로는 공저자로 참여했던『미국이민소설의 초국가적 역동성』이 있으며, 역서로는『블레이크 씨의 특별한 심리치료법』,『대지의 순례자 애니 딜라드가 전하는 자연의 지혜』등이 있다.

김은하는 중앙대학교에서 한국문학을 전공했다.『1970년대 여성의 몸 담론 연구』로 박사학위를 받았다. 현재 경희대학교 후마니타스 칼리지에서 학생들을 가르치고 있다. 석사 과정 시절,『여성과 사회』(창비)라는 여성주의 무크지에 공선옥 소설의 모성론을 발표하면서 문학 비평을 시작해「식탁 위의 성정치―음식과 여성」,「애중 속의 공생, 우울증적 모녀 관계」,「공포의 시대와 루저의 문화정치학」등을 발표했다. 논문으로「전후 국가 근대화와 "아프레 걸(전후 여성)" 표상의 의미」, 「전후 국가근대화와 위험한 미망인의 문화정치학」, 「386세대 여성 후일담과 성/속의 통과제의」 등이 있다. 『강신재 소설 선집』 등을 출간하고, 현재 70년대 남성성에 관한 연구서를 준비 중이다. (사)한국여성연구소에서 발행된 『여성과 사회』 편집위원을 역임했다.

박숙자는 1970년생으로 『근대문학에 나타난 개인의 형성 과정 연구』로 서강대 국어국문학과에서 박사학위를 받았다. 저서로 『한국문학과 개인성』, 『속물교양의 탄생』 등이 있으며, 논문으로는 「100권의 세계문학과 그 적들」, 「문학소녀를 허하라―4 · 19 이후의 '문학/청년'의 문화정치학」, 「로컬리티의 재구성―조선/문학/전집의 사상」 등이 있다. (사)한국여성연구소에서 발행된 『여성과 사회』 편집위원을 역임했다. 현재 경기대학교 교양학부에 재직 중이며 '고전'과 '감정' 연구에 관심을 기울이고 있다.

오봉희는 경희대학교 영어영문학과를 졸업하고 동대학교 대학원에서 뉴저널리즘의 서사 전략에 관한 연구로 석사학위를 취득하였으며, 초기 영국소설에 나타난 집 상실감과 이방인성을 젠더 및 장르 문제와 결부시켜 연구한 논문으로 뉴욕주립대학교(올바니)에서 박사학위를 취득하였다. 현재는 경남대학교 영어학과에 조교수로 재직하고 있다. 「메어리 셸리의 『프랑켄슈타인』에 나타난 이방인과 환대의 문제」, 「아프라 벤의 『오루노코』에 나타난 권력과 신체의 관계」, 「미국의 9 · 11 애도 작업에 관한 고찰―9 · 11 추모관 건립과 테러와의 전쟁을 중심으로」 등 다수의 논문을 발표하였다. 이방인, 환대, 애도, 감정의 문화정치학, 유토피아/디스토피아 논의에 관심을 기울이고 있다

이명호는 경희대학교 영어영문학과를 졸업했다. 같은 학교에서 석사와 박사과정을 수료한 후 뉴욕 주립대(버팔로)에서 「아메리카와 애도의 과제―윌리엄 포크너와 토니 모리슨의 애도작업」으로 박사학위를 받았다. 귀국 후 『여성과 사회』 편집장, 『안과밖』 편집위원을 역임했고, 현대 미국문화와 페미니즘, 정신분석학에 관한 다수의 논문을 발표했다. 저서로는 『누가 안티고네를 두려워하는가―성차의 문화의 정치』가 있고, 공저로는 『여성의 몸―시각 · 쟁점 · 역사』, 『페미니즘 차이와 사이』, 『포르노 이슈』, 『토니 모리슨』 등이 있다. 최근 논문으로는 「문화연구의 감정론적 전환을 위하여―느낌의 구조와 정동경제론 검토」, 「민족의 기원적 분열과 잔여공동체―프로이트 모세론의 정치윤리적 독해」가 있고, 트라우마 관련 저서를 집필 중이다. 현재 경희대학교 글로벌커뮤니케이션 학부 영미문화 전공 교수로 재직하고 있다.

장정윤은 숙명여자대학교 영어영문학과를 졸업하고 같은 학교에서 석사학위를 받았다. 미국 뉴욕 주립대(버팔로)에서 미국문학을 전공했으며, 박사 논문에서는 조르조 아감벤의 호모 사케르와 허먼 멜빌의 「필경사 바틀비」와 『피에르』를 연구하여 박사학위를 받았다. 최근 논문인 「목적 없는 수단으로 존재하기―에드가 앨런 포우의 단편을 중심으로」에서 보듯이 19세기 미국문학 속에서 후기 근대사회의 징후를 연구하고 있다. 최근에는 캐나다 여성 작가인 엘리스 먼로의 단편 연구를 통해 어린 시절과 젠더 연구에 관심을 두고 있다.

전소영은 경희대학교 영어영문학과를 졸업했다. 같은 학교에서 「동물이라는 타자―쿳시의 공감적 상상력에 대한 연구」로 박사학위를 받았다. 「타자를 환대하기―쿳시의 '글쓰기'」, 「타자의 공간―쿳시의 『예수의 어린시절』」, 「쿳시와 카프카 소설에 나타난 동물타자」 등 쿳시의 소설과 동물 타자와 관련된 여러 편의 논문을 썼다. 최근에는 글로벌 사회에서의 '문화번역'과 '유토피아/디스토피아'라는 주제와 관련하여 연구 중이다. 경희대학교 후마니타스 칼리지에서 강의하고 있다.

원문출처

김미현, 혐오의 매혹―코맥 매카시의 『피의 자오선』 :「혐오의 매혹―코맥 매카시의 『피의 자오선』」, 『미국소설』 18권 2호, 2011.

_____, 사랑의 윤리―이창래의 『제스처 라이프』 :「타자의 지평과 사랑의 윤리―이창래의 『제스처 인생』에 나타난 어려운 사랑」, 『현대영미소설』 제18권 3호, 2011.

김연숙, 우울한 시대, 멜랑콜리커가 사는 방법―박태원, 김승옥, 김영하 소설 :「한국문학에 나타난 우울의 계보학」, 『새국어교육』 제88호, 2011.

김영미, 소비사회와 시기하는 주체―패트리셔 하이스미스의 『유능한 리플리 씨』 :「현대 소비 사회와 시기하는 주체―패트리셔 하이스미스의 『유능한 리플리 씨』」, 『미국소설』 18권 2호, 2011.

김영미 · 이명호, 분노 감정의 젠더 정치학―샬럿 브론테의 『제인 에어』 :「분노 감정의 정치학과 『제인 에어』」, 『한국근대영미소설학회』 19권 1호, 2012.

김은하, 후기 근대의 공포와 재앙의 상상력―편혜영의 『재와 빨강』 :「후기 근대의 공포와 재앙의 상상력」, 『Comparative Korean Studies』 제21권 제1호, 2013.

_____, 유령의 귀환과 비통한 마음의 서사―한강의 『소년이 온다』 · 권여선의 『레가토』 :「유령의 귀환과 비통한 마음의 서사」, 『한국문화』 제69호, 2015.

박숙자, 근대국가의 파토스, 공감과 동정―이광수의 『무정』 :「근대국가의 파토스 '공감'의 (불)가능성―『검둥의 설움』에서 『무정』까지」, 『서강인문논총』 32, 2011.

오봉희, 모성적 공감과 분노의 정치학―메리 울스턴크래프트의 『마리아』 :「메어리 울스턴크래프트의 『마리아』에 나타난 공감의 정치적 함의와 그 한계」, 『근대영미소설』 17집 3호, 2010.

이명호, 아우슈비츠의 수치―프리모 레비의 증언록 :「아우슈비츠의 수치」, 『비평과 이론』

16권 2호, 2011.

_____, 공감의 한계와 부정적 감정―허먼 멜빌의 「필경사 바틀비」: 「공감의 한계와 혐오의 미학」, 『영미문화』 9권 2호, 2009.

장정윤, 편집증적 반응과 과잉감정―필립 K. 딕의 『안드로이드는 전기양을 꿈꾸는가?』: 「수동적 감정의 가능성―필릭 K. 딕의 『안드로이드는 전기양을 꿈꾸는가?』」, 『현대영미소설』 제18권 1호, 2011.

전소영, 아파테이아, 감정의 잠재태―존 쿳시의 『마이클 K』: 「잠재적 감정으로서의 아파테이아―쿳시의 『마이클 K의 삶과 시대』」, 『현대영미소설』 제18권 1호, 2011.